FOLIO POLICIER

Dolores Redondo

La face nord du cœur

Traduit de l'espagnol
par Anne Plantagenet

Gallimard

Cet ouvrage a été publié avec le concours
de Marie-Caroline Aubert.

La traduction de cet ouvrage a reçu le soutien
de l'Acción Cultural Española, AC/E

AC/E
ACCIÓN CULTURAL
ESPAÑOLA

Titre original :
LA CARA NORTE DEL CORAZÓN

Dolores Redondo est née en 1969 à Donostia-San Sebastián, au Pays basque. Elle a travaillé dans la restauration pendant plusieurs années, avant de se consacrer à l'écriture. Sa trilogie du Baztán, inaugurée en 2013 avec *Le gardien invisible*, a été vendue à plus de deux millions et demi d'exemplaires dans le monde et traduite en trente-deux langues, avant d'être adaptée au cinéma. Dolores Redondo a depuis reçu le prix Planeta pour *Tout cela je te le donnerai* et le Grand Prix des lectrices de *Elle* du roman policier en 2021 pour *La face nord du cœur*.

Bien qu'inspiré en partie de faits historiques, ce roman est composé de personnages, de lieux et d'événements fictifs.

Pour Aitor et June, qui ont renoncé à « nager encore un peu » pour être avec moi. C'est un vrai privilège.

Pour Eduardo. Toujours, tout.

Pour mon agente, Anna Soler-Pont, pour sa présence, ses conseils, son travail permanent et inlassable. Merci d'être la « méchante flic » de mes romans et mon bon guide jour après jour. Merci de tout cœur et « on continue ».

À Maria Cardona, pour le courage, la rigueur et la joie qu'elle distille dans le travail, prouvant qu'on peut tout « mieux » faire avec un sourire. Merci de rendre tout plus facile.

À Ricard Domingo. Tu as toujours le pouvoir de voir l'invisible. Depuis longtemps.

À la mémoire de José Antonio Arrabal, mort dans la clandestinité, mais pas dans l'oubli. Merci d'avoir été mon lecteur jusqu'au bout.

Ce livre fait partie d'un cycle de romans inspirés par le Nord. Dans certains, Amaia Salazar est l'héroïne principale ; dans d'autres, les personnages et les intrigues s'entrelacent, créant un univers commun dont le Nord n'est pas toujours un point cardinal, mais le fil conducteur.

Car le lieu le plus désolé du monde est la face nord du cœur humain.

Prologue

Elizondo

Quand Amaia Salazar avait douze ans, elle se perdit dans la forêt pendant seize heures. On la retrouva à l'aube à trente kilomètres au nord de l'endroit où elle avait quitté le chemin. Évanouie sous une pluie battante, les vêtements noircis et roussis comme ceux d'une sorcière médiévale rescapée d'un bûcher. En revanche, sa peau était blanche, propre et froide comme si elle venait de sortir de la glace.

Amaia affirma toujours qu'elle ne se rappelait presque rien de tout cela. À partir du moment où elle avait quitté le chemin, le film dans sa mémoire durait seulement quelques secondes, d'images répétées inlassablement. La vitesse vertigineuse de ses souvenirs lui procurait la sensation du praxinoscope de Reynaud, dans lequel la répétition successive d'images en mouvement finissait par provoquer un effet d'immobilité absolue. Parfois elle se demandait si elle avait marché dans la forêt, ou si elle s'était contentée de s'asseoir là et de rester sans bouger à regarder le même arbre pendant tellement longtemps que son cerveau était tombé dans une sorte d'hypnose, au point de graver pour toujours dans son esprit sa silhouette primitive et maternelle. C'était un dimanche matin comme un autre, où elle était allée marcher en compagnie de son chien, Ipar*[1], avec le groupe de randonneurs d'Aranza qu'elle avait rejoint le printemps précédent. Elle aimait la forêt, mais elle avait accepté, surtout, pour faire plaisir à sa tante, Engrasi, qui depuis des mois la pressait de sortir davantage. Toutes deux savaient qu'elle ne pouvait pas le faire dans le village. La dernière année, ses trajets s'étaient limités aux allers-retours entre l'école et la maison, et à accompagner sa tante à l'église le dimanche. Sinon elle demeurait chez Engrasi, assise près du feu, lisant ou faisant ses devoirs, aidant au ménage ou à la cuisine. N'importe quel prétexte était bon pour ne pas franchir le seuil de la porte. N'importe quelle excuse pour ne pas avoir à affronter ce qui se passait dans le village.

Amaia raconta toujours qu'elle se rappelait seulement l'arbre, rien d'autre… même si ce n'était pas tout à fait vrai. Dans ses souvenirs il y avait toujours l'arbre, mais aussi la tempête… et la maison au milieu de la forêt.

Quand elle reprit conscience, elle vit son père à côté de son lit d'hôpital. Pâle, les cheveux mouillés par la pluie plaqués sur son front. Ses paupières irritées par les larmes étaient cerclées de rouge. Quand il la vit ouvrir les yeux, il se pencha, le visage crispé, mais avec un début de soulagement. Cette attitude la remplit d'une immense tendresse, l'émotion menaçant de la submerger. Elle l'aima, comme elle l'avait toujours

1. Les mots suivis d'un astérisque sont expliqués dans un glossaire à la fin du livre. *(Note de l'éditeur.)*

aimé. C'est ce qu'elle voulut lui dire, mais elle sentit alors le léger contact de ses lèvres chaudes lui susurrant à l'oreille :

— Amaia, ne le raconte à personne. Si tu m'aimes, fais-le pour moi. Ne raconte rien.

Tout l'amour qu'elle éprouvait, qu'elle avait toujours éprouvé pour lui, lui oppressa douloureusement le cœur. Les mots destinés à lui dire combien elle l'aimait moururent en elle et restèrent comme un souvenir pénible, collés à ses cordes vocales. Incapable d'émettre un son, elle acquiesça, et son silence devint le dernier secret de son père qu'elle garderait et la raison pour laquelle elle cessa de l'aimer.

PREMIÈRE PARTIE

Le compositeur pense sans cesse
à son œuvre inachevée.

STRAVINSKI

Les morts font ce qu'ils peuvent.

ENGRASI SALAZAR

1

Albert et Martin

Brooksville, Oklahoma

Albert

Albert avait onze ans et ce n'était pas un mauvais garçon, mais le jour des meurtres il désobéit à ses parents. Non parce qu'il aimait les contrarier, mais simplement parce qu'il pensait, comme les fois précédentes, qu'il ne lui arriverait rien. Les prévisions météo annonçaient depuis plusieurs heures l'arrivée d'une grande tempête, de vents chauds et froids qui, quand ils entreraient en collision là-haut, descendraient jusqu'à terre sous forme de tornades. Mais la vérité c'est qu'ils étaient en alerte permanente depuis le début du printemps. Sa mère laissait le téléviseur de la cuisine à plein volume même si les informations tournaient inlassablement en boucle, et malheur à celui qui avait l'idée de baisser le son ou de changer de chaîne. Ses parents prenaient très au sérieux la question des tornades, et Albert ne comprenait pas pourquoi, car leur maison n'avait jamais été touchée par l'une d'elles. Par conséquent, quand il leur annonça le matin qu'il avait prévu d'aller jouer avec Tim, le fils Jones, chez lui, ils refusèrent catégoriquement de le laisser sortir. La ferme des Jones avait déjà été dévastée par une tempête trois ans plus tôt, et il n'y avait aucune raison de croire que cela ne pouvait pas se reproduire. Le sujet était clos. Ils resteraient tous dans la maison et descendraient à l'abri dès que sonneraient les sirènes d'alarme.

Albert ne protesta pas. Il posa sa tasse dans l'évier après le petit déjeuner et se faufila par la porte de derrière. Il avait parcouru la moitié du chemin qui séparait sa maison de la ferme des Jones quand il se rendit compte qu'il se passait quelque chose de bizarre. Les nuages qui avaient plombé le ciel dès les premières heures du jour se déplaçaient à toute vitesse ; le soleil se glissait entre eux, projetant sur la terre des silhouettes d'ombre et de lumière. Rien ne bougeait au ras du sol, le calme envahissait les champs, les machines agricoles restaient dans les granges, les oiseaux s'étaient tus. Il tendit l'oreille et ne perçut que le hurlement d'un chien au loin. Ou peut-être n'était-ce pas un chien ? Il distinguait la ferme des Jones quand arrivèrent les premières rafales de vent. Effrayé, il se mit à courir, monta les marches du porche et frappa à la porte de toutes ses forces. Personne ne répondit. Il fit le tour de la maison jusqu'à la porte de derrière, qu'ils laissaient toujours ouverte. Mais pas aujourd'hui. Il mit ses mains autour de son visage qu'il plaqua contre la vitre, scrutant l'intérieur de la cuisine. Il n'y avait personne. Alors il l'entendit. Il recula de deux pas et regarda à droite de la maison. La tornade grondait en avançant dans le pré désert comme une silhouette surgie des ténèbres, enveloppée dans une cape de poussière, de brouillard et de destruction. Albert resta immobile, l'admirant pendant un instant, hypnotisé par sa course puissante en direction de la ferme et surpris par son énergie magnétique, alors que ses yeux se remplissaient de larmes de pure panique et de sable volant. Il regarda autour de lui, cherchant un endroit où fuir, où se réfugier.

Les Jones possédaient un abri, peut-être à l'avant de la ferme… mais il n'était pas sûr, et il était trop tard pour revenir sur ses pas. Il courut vers le poulailler, se retourna une dernière fois pour voir le monstre avancer et se remit à courir vers le petit bâtiment, priant pour qu'ils n'aient pas verrouillé la porte. Il tira sur le grossier loquet, une simple tablette qui oscillait sur un clou et se calait dans un renfoncement du linteau. Il referma une fois à l'intérieur. Il demeura dans l'obscurité la plus absolue, le temps que ses yeux s'habituent à la faible lumière qui filtrait par les fentes, haletant, asphyxié par la course et l'odeur suffocante de plumes et de fiente. Il tâta sa poche en quête de son inhalateur, puis le revit mentalement sur la table, à côté du téléviseur. S'interdisant de pleurer, il entendit la bête qui rugissait dehors. Le bruit n'avait-il pas diminué ? Peut-être s'éloignait-elle ? Il se jeta par terre sans se soucier des déjections molles et tièdes qui pénétrèrent le tissu de son pantalon, et regarda à travers les fissures des planches. La tornade avait changé de direction pendant un moment mais c'était pour revenir avec plus de force. Il la vit avancer dans le pré telle une créature vivante composée de tout ce qu'elle arrachait sur son passage. Il se tourna vers l'intérieur du poulailler et, ses yeux s'étant accoutumés à la pénombre, vit les animaux. Les poules s'étaient entassées les unes sur les autres, formant une pyramide silencieuse et compacte dans un coin du poulailler. Elles savaient qu'elles allaient mourir, et à cet instant il le sut aussi. Tremblant de la tête aux pieds, il se traîna jusqu'à elles et, se faisant le plus petit possible, s'enfouit dans la masse, un instant seulement avant que la tornade atteigne la ferme. La soumission silencieuse avec laquelle les poules avaient accepté leur destin laissa place à une explosion de caquètements longs et profonds qui ressemblaient à des cris humains de panique. Albert cria à son tour, appelant sa mère, sentant l'air qui s'échappait de ses poumons, visualisant les petites alvéoles que le médecin lui avait montrées sur une radio, repliées sur elles-mêmes, incapables d'héberger de l'oxygène. Il cria quand même, se vidant entièrement, se concentrant sur ce hurlement qui lui parut être celui d'un tout petit enfant. Il comprit que c'était la fin quand, quelques secondes plus tard, il n'entendit plus rien, car le rugissement de la bête au-dehors occupait tout. La dernière chose qu'il sentit avant que le poulailler s'effondre sur lui fut la chaleur de l'urine qui se répandait entre ses jambes.

Martin

Le soleil brillait très haut dans un ciel limpide et bleu. Pas un nuage ne ternissait sa perfection, comme une sorte de plaisanterie postapocalyptique. Martin s'arrêta quand il sentit une goutte de sueur couler sur sa tête entre ses cheveux courts et bien coiffés. Il passa une main nerveuse et s'aperçut, préoccupé, que le col de sa chemise commençait à être humide. Du bout de sa chaussure cirée, il écarta les éclats de bois et les décombres pour pouvoir poser sa mallette. Il sortit de sa poche un mouchoir en coton blanc et s'essuya la nuque. Il le plia et le rangea, tandis qu'il s'examinait. Le pantalon bien repassé, les chaussures impeccables. La veste sobre en denim, cependant, avait été une erreur. Il aurait dû choisir quelque chose de plus léger en prévision de la chaleur après le passage de la tornade. À perte de vue, tout était dévastation, à l'exception de la petite grange rouge à côté de l'escalier qui descendait à l'abri où s'était réfugiée la famille Jones. Il reprit sa mallette et se dirigea là-bas. Les deux portes grandes ouvertes et une chaîne solide qui pendait encore des poignées intérieures révélaient la hâte avec laquelle il avait été abandonné. Il resta immobile un instant et respira l'odeur qui émanait de la terre obscure du sous-sol ; ça sentait le moisi, la tourbe et un peu aussi l'urine. Il sentit son pouls s'accélérer. Il n'y avait personne ici. Martin s'avança vers la ferme, ou ce qu'il en restait.

Albert

Albert se réveilla. Avant même d'ouvrir les yeux il constata qu'il ne pouvait pas bouger, sentit une énorme pression sur sa poitrine. Il entendit au loin les voix de la famille Jones et voulut les appeler. Ses poumons comprimés par le poids supportèrent à peine trois expirations, puis il s'évanouit.

La lumière blessante et aveuglante le réveilla à nouveau. Il ne savait pas combien de temps il était resté inconscient, mais cette fois il se promit de ne pas devenir hystérique et de ne pas perdre son sang-froid. Il fit le point sur sa situation : il ne pouvait pas bouger. Une planche, provenant sûrement du toit du poulailler, le recouvrait complètement, mais il devina qu'il devait y avoir dessus autre chose, de très lourd. Avec la main gauche il parvenait à palper le bord de la planche, qui n'était pas très large. Par conséquent, ce qui lui était tombé dessus était probablement une des grosses poutres qui soutenaient auparavant le poulailler. Il haleta en respirant par la bouche. Son front le brûlait à l'endroit où des éclats de bois lui avaient arraché la peau, et son nez bouché par la morve et le sang l'empêchait de percevoir la puanteur asphyxiante des volailles. La poutre lui comprimait la poitrine et lui avait sans doute cassé le pied gauche. Même immobile, il le sentait emprisonné et brisé comme du verre. Près de sa main droite il remarqua le cadavre tiède d'une poule. Il se mit à pleurer, mais, comme il savait qu'il ne devait pas se laisser envahir par la peur, il s'efforça de ne pas oublier qu'il devait rester calme pour maîtriser ses crises d'asthme. Il respira profondément et péniblement par la bouche, aussi fort que la lourde planche sur sa poitrine le lui permettait. « Très bien, Albert, c'est très bien, mon chéri. » Il entendit la voix de sa mère, qui d'habitude l'aidait pendant les crises. Penser à elle lui redonna envie de pleurer. Ses yeux se remplirent de larmes, il se sentit bête et petit. Se le reprochant, il imprima à son corps une secousse involontaire, qui s'étendit jusqu'à son pied détruit, ce qui le fit suffoquer de douleur et perdre le contrôle fragile qu'il avait pris sur sa respiration. Il s'employa donc, au cours des minutes suivantes, à compter mentalement ses inspirations et ses expirations, tenant sa mère loin de ses pensées, jusqu'à ce qu'il arrive à se ressaisir un peu. Il tourna alors la tête sur la droite, se griffant à nouveau le front, pour tenter de voir quelque chose à travers l'ouverture que les planches avaient créée en tombant.

C'était un garçon de la campagne et, même s'il ne pouvait pas distinguer le ciel de là où il se trouvait, il sut à l'intensité de la lumière qu'il était un peu plus de midi et que la tornade avait balayé toute trace des nuages qui l'encombraient le matin. Il pensa aussi que c'était une chance que M. Jones ait tondu l'herbe deux jours plus tôt, sinon du sol il n'aurait pas pu voir l'homme qui avançait dans le pré. Ce n'était pas M. Jones. Un insigne brillait sur sa veste et il portait une mallette. Albert respira profondément, remplissant ses poumons autant qu'il le pouvait, et cria, même si de sa bouche ne jaillit qu'un grognement rauque et étouffé. L'homme tourna un instant la tête vers les décombres du poulailler. Albert eut la certitude qu'il allait venir vers lui, mais alors la poule qu'il avait crue morte près de sa main droite se dandina jusqu'à l'ouverture entre les planches et sortit dans le pré. L'homme détourna le regard et se dirigea à nouveau vers la ferme. Albert éclata en sanglots sans craindre de s'étouffer. Maintenant il en était sûr, il allait mourir.

Martin

Alors qu'il s'approchait, il perçut les plaintes sourdes de la désolation. Il les avait entendues des douzaines de fois. Peu importaient les mots. Tous les survivants d'une tragédie, sans exception, disaient la même chose. Leur voix étranglée tentait de transmettre des encouragements pathétiques pleins d'espoir qui mouraient sur leurs lèvres pendant qu'ils fouillaient dans les décombres, exsangues, vidés de leurs propres forces, à la recherche de quelque chose à quoi s'accrocher.

Une fille d'environ seize ans récupérait parmi les ruines des foulards colorés qu'elle secouait comme des rubans de gymnaste, traçant dans l'air une ligne de poussière avant de les accrocher autour de son cou. Elle fut la première à le voir. Elle alerta sa famille en pointant sur lui de longs doigts aux ongles courts, peints en noir. Ils le contemplèrent à travers le trou de ce qui avait été une fenêtre ; l'homme avançait dans le pré jonché de débris en direction de la ferme. Martin les observa, satisfait. Il y avait deux autres enfants : un adolescent plus ou moins du même âge, et un garçon qui ne devait pas avoir douze ans. L'aîné portait un tee-shirt d'un groupe de rock et le petit avait les cheveux trop longs pour son âge. M. Jones ne le déçut pas. Il pleurnichait, assis sur les marches du porche disparu. Martin remarqua qu'il avait posé à côté de lui une bouteille d'eau, des barres chocolatées et un pistolet. Il se tenait la tête dans les mains en un geste d'impuissance totale. Sa vieille mère, assise tout près de lui, le consolait en le berçant comme un petit enfant. Debout, un peu plus loin, une femme d'environ quarante-cinq ans le dévisagea, curieuse et effrontée. La jeune Mme Jones, supposa-t-il. Mince et jolie, elle avait les cheveux teints, d'une couleur rouge et artificielle qui ne l'avantageait pas, et portait dans ses bras un de ces petits chiens stupides qui n'arrêtait pas de glapir. Martin s'assura une fois de plus que son insigne était bien visible sur sa veste. Tout le groupe sembla reprendre espoir à sa vue. Ils lâchèrent ce qu'ils avaient dans les mains et, par instinct, se dirigèrent vers ce qui avait été la porte de la maison, même si une grande partie du mur de ce côté avait été détruit. Mme Jones fut la première à réagir. Sans lâcher le petit chien, elle ajusta le décolleté de son chemisier et se lissa légèrement les cheveux, avant de descendre l'escalier pour accueillir Martin avec son plus beau sourire. Il sourit aussi, la haïssant de toute son âme d'être capable de tant de mal, de tant de corruption, de tant d'horreur, de courroucer Dieu

Lui-même. Il tendit la main et, avant de toucher la sienne, avait déjà décidé que, même si personnellement il aurait plutôt commencé par la vieille, cette fois ce serait elle qu'il tuerait en premier.

Albert

Albert entendit les cris et les coups de feu. Il ouvrit grands les yeux et arrêta de pleurer. Finalement, c'était peut-être son jour de chance.

2

Caractère montagnard

Académie du FBI, Quantico, Virginie
Mercredi 24 août 2005

Amaia Salazar remua, mal à l'aise, sur son siège au deuxième rang. Elle avait été une des premières à arriver dans la grande salle où allait se dérouler la conférence qui, vu la grande affluence du public, menaçait d'être trop petite. À la différence des cours des jours précédents, réservés exclusivement aux policiers européens, celui-ci était annoncé comme un cours magistral et ouvert à tous les agents et élèves du FBI qui voulaient y assister. Son regard le plus froid suffit pour tenir à distance des sièges voisins du sien deux agents en costume et deux élèves trop souriants, vêtu du polo bleu caractéristique de l'académie. Elle ne désirait pas de compagnie. Parmi toutes les prestations inscrites au programme d'échange, la conférence de l'agent spécial Dupree était la plus intéressante. Et pas seulement à ses yeux, vu le rythme auquel la salle se remplissait. Gertha, une inspectrice de police allemande d'âge moyen, la salua en souriant et s'assit à côté d'elle. Elles étaient les deux seules femmes du groupe de policiers européens. Et compte tenu de l'accueil glacial qu'elles avaient toutes deux reçu de la part de leurs camarades masculins, l'Allemande, en toute logique, ne l'avait pas quittée depuis leur arrivée. D'emblée Amaia avait eu des réserves à son égard. Elle l'aimait bien, la trouvait sympathique et gentille, mais Gertha lui avait semblé trop bavarde à son goût. Pas du genre à vous saouler sans raison ni à vous interroger sans pitié. Cependant, entre deux petits déjeuners, deux déjeuners et un trajet en bus depuis l'aéroport, elle lui avait raconté pratiquement toute sa vie.

— Caractère montagnard, lui avait dit Gertha.

— Quoi ?

— Je parie que tu viens d'une région de montagne, mon mari aussi, et j'ai du mal à lui arracher trois mots à la suite.

— En réalité, je viens d'une vallée.

Elles avaient ri. En quatre jours, Gertha lui avait arraché beaucoup plus que trois mots. Sans doute parce qu'il est plus facile de se confesser à quelqu'un qu'on ne reverra peut-être plus, ou parce que l'inspectrice Gertha Schneider ne se contentait pas de parler, elle savait écouter. Elle avait fini par recevoir des confidences et des révélations qu'Amaia n'avait jamais faites à personne. Plus d'une nuit, leurs conversations s'étaient prolongées jusqu'à l'aube. Gertha dirigeait une brigade criminelle de quarante-cinq personnes, dont trente-huit hommes. Elle avait dû batailler pour se faire respecter, mais n'en gardait pour autant aucun ressentiment envers qui que ce soit.

Avant qu'elle puisse commencer à parler, un homme en costume s'assit à côté d'Amaia.

— Sous-inspectrice, je vous ai cherchée partout.

Je pensais que vous seriez dans la pièce commune, avec les autres…

Son ton feignait le reproche, et pour le renforcer, il la gratifia d'un sourire bien trop appuyé. Amaia baissa les yeux afin de ne plus le voir.

Emerson était son agent référent pendant la durée du stage ; il avait pour mission de la guider dans les installations, de l'aider à accomplir sa formation, de l'accompagner, de lui présenter les différents instructeurs et de lui fournir, au moyen de son propre équipement et de son code d'accès, les renseignements dont les participants au stage avaient besoin pour faire leurs exercices pratiques. Et, de temps en temps, il la draguait un peu…

— En effet, je suis venue en avance, je voulais avoir une bonne place : cette conférence m'intéresse particulièrement.

— Vous n'êtes pas la seule, constata Emerson, se tournant pour observer la salle presque pleine. Je vois que notre agent Dupree soulève par ici de vraies passions. Vous l'avez déjà entendu ? Vous le connaissez ?

— J'ai assisté à une conférence qu'il a donnée il y a trois ans à l'université de Loyola à Boston, où j'étudiais alors. J'ai fait la queue pour qu'il me dédicace le programme et je lui ai serré la main, c'est tout. D'après le dossier de la formation, l'agent Dupree dirigera notre prochain séminaire, je veux être prête.

Emerson eut un sourire prétentieux, haussa un sourcil.

— Vous savez quelque chose que j'ignore ? demanda-t-elle, consciente qu'il mourait d'envie de le lui dire.

— L'agent spécial Dupree possède ses propres méthodes ; il n'a pas la même conception d'un cours que les autres. C'est le chef d'un groupe d'action, pas un instructeur. Parfois il donne une conférence ou publie un article en interne. Qu'il accepte de participer à la formation du groupe d'Europol est exceptionnel.

— Vous travaillez avec lui, n'est-ce pas ?

— Pas exactement… (Elle remarqua qu'il avait du mal à l'admettre.) Je l'accompagne ponctuellement sur le terrain. J'adorerais que cela devienne habituel, et je n'exclus pas cette éventualité, peut-être à l'avenir… J'appartiens au contingent de soutien du département de communication avec l'agente Stella Tucker qui, de son côté, fait partie de l'équipe de Dupree. On pourrait dire que je travaille pour lui indirectement. Le département d'analyse comportementale comprend de nombreux domaines. Les groupes d'action sont composés de profileurs, mais il y a beaucoup d'autres aspects de l'enquête qui doivent être étudiés ici, pour soutenir ceux qui, sur le terrain, poursuivent les méchants.

Il prononça « les méchants » comme s'il parlait à une petite fille, et la gratifia à nouveau d'un de ses sourires insistants. Constatant qu'il n'obtenait pas le résultat désiré, il continua sur un ton professionnel :

— Les enquêteurs qui, comme moi, restent ici, sont communs aux trois groupes d'action. Bien entendu je suis profileur et ma spécialité est l'analyse de données. Ça ne paraît peut-être pas aussi brillant, mais c'est d'une importance capitale au cours d'une enquête.

Comme si le même dispositif contrôlait les deux, la lumière de la salle et les murmures du public diminuèrent jusqu'à s'éteindre, tandis qu'un spot puissant, blanc, gagnait en intensité, éclairant le pupitre solitaire au milieu de la scène.

L'agent Dupree surgit du côté droit de la scène et s'avança jusqu'au rond de lumière. C'était un homme mince et élégant ; ses cheveux noirs, courts et bien coiffés, rappelèrent à Amaia qu'elle avait pensé à un passé militaire la première fois qu'elle l'avait vu. La pâleur de son visage faisait ressortir l'ombre autour de ses yeux, qui lui donnait l'air d'un insomniaque-né. Il portait un costume bleu marine impeccable avec une chemise blanche et une cravate bleue, et était rasé de près. Il se planta derrière le pupitre dont il corrigea la hauteur de quelques millimètres, bien qu'à aucun moment Amaia ne le vît poser dessus un quelconque papier. Elle se demanda s'il avait placé auparavant son discours sur le support ; ce renseignement lui permettrait de se faire une idée plus précise sur le caractère et la capacité de prévision de l'agent. Elle se promit de vérifier s'il récupérait le texte à la fin.

Selon la brève biographie du programme, il avait quarante-quatre ans, était né en Louisiane, possédait une vaste formation en droit, économie, histoire de l'art, psychologie et criminologie. Depuis environ un an, il dirigeait un des trois groupes de travail de terrain du département des sciences comportementales du FBI, dont il avait fait partie pendant les cinq années précédentes. Dupree leva le menton, avança une jambe, faisant tomber son poids sur l'autre et, laissant ses bras se positionner de façon naturelle à côté de ses hanches, il balaya le public du regard. Deux rangs derrière Amaia, un spectateur se mit à applaudir avant de s'arrêter aussitôt. Elle garda les yeux fixés sur la scène, mais entendit le frottement soyeux des costumes de plusieurs agents quand ils se retournèrent pour fusiller du regard l'imprudent. Ils n'aimaient pas le bruit ; les cris, les hurlements et les applaudissements étaient réservés au sport.

Dupree tendit la main et tapota le micro, produisant

dans la salle le grondement du tonnerre. Il se pencha légèrement sur le pupitre, examina l'auditoire et sembla s'adresser à quelqu'un d'invisible au fond.

— S'il vous plaît, pourriez-vous éclairer un peu le public ? Quand je ne peux pas voir les gens, j'ai l'impression de parler tout seul, ajouta-t-il avec un sourire résigné. Et j'ai déjà cette impression si souvent…

Le commentaire suscita la sympathie immédiate de la salle, qui sembla beaucoup plus détendue lorsque le niveau de lumière augmenta assez pour que l'agent Dupree puisse distinguer chacun.

Il dévisagea les spectateurs un à un comme s'il cherchait quelqu'un. Quand il arriva à Amaia, il la fixa deux secondes avant de revenir au pupitre. Cela n'avait duré qu'un instant. Elle songea qu'il regardait probablement une autre personne derrière elle, puis elle vit que l'agent Emerson l'observait. Il avait remarqué, lui aussi. Dupree commença à parler.

— Vous connaissez tous l'importance d'établir un profil des victimes qui nous permet, à travers l'analyse du choix des victimes manifestes, d'atteindre notre objectif. Mais aujourd'hui je vous parlerai de l'importance d'établir des listes de victimes potentielles pour détecter la présence d'un tueur en série. Nous prêterons attention dans un premier temps au type de victime qu'il choisit, avant même qu'il se manifeste ou connaisse leur existence.

Une sorte de soupir, à moitié contenu, survola la salle. Dupree regarda à nouveau Amaia et reprit la parole, lui adressant chacun de ses mots.

— Il est commun de supposer que le crime est la façon dont l'assassin se purge de sa propre douleur, puisqu'il a souvent été victime avant de passer à l'acte. Mais la plus dangereuse de toutes les hypothèses est celle-ci : tous au fond veulent être arrêtés, tous veulent être attrapés, et leurs crimes ne sont que de terribles appels pour attirer l'attention sur leur propre souffrance, ce qui exclut évidemment les maladies mentales.

Amaia entendit Emerson qui chuchotait, sidéré.

— Mais, putain…

L'agent spécial Dupree marqua une pause et se tourna à nouveau vers l'ensemble du public.

— Hypothèse selon laquelle le bruit et la fureur sont seulement destinés à se faire remarquer. Les assassins ne s'arrêteront pas, parce qu'ils ont enfin trouvé le moyen d'être quelque chose, d'être quelqu'un, d'être importants, et cet ego les conduit souvent à leur perte, car, dans leur soif de reconnaissance, ils s'exposent jusqu'au moment où ils sont attrapés. Mais attention : le présupposé est le plus grand ennemi de l'enquêteur, et l'évidence montre que tous les tueurs en série ne sont pas compulsifs et désorganisés. D'ailleurs, certains arrivent à être assez conscients de leurs « particularités » et, souvent, ils ont recours à des ruses et des pièges afin de brouiller les pistes, tandis qu'ils réalisent un travail de contrôle mental sur l'enquêteur qui les poursuit, manipulant les scènes de crime ou établissant de faux indices, ce qui nous incite à penser que ce que nous avons sous les yeux est différent de la réalité. Ce type de tueur en série est capable d'exercer pendant des années son travail macabre avec discrétion, dissimulant ses traces ou les cadavres de ses victimes, faisant passer ses meurtres pour des disparitions, des fugues, des accidents ou des suicides, et choisissant pour cela des victimes avec un profil à haut risque, des exclus sociaux dont la disparition peut passer inaperçue ou attire peu l'attention :

drogués, prostituées, sans-abri, réfugiés clandestins ou en situation irrégulière. Ce prédateur sélectionne de manière minutieuse ses victimes, sachant que les membres de ces groupes se déplacent très souvent. Cette particularité de notre grand pays complique pas mal les enquêtes aux États-Unis ; mais pour vous, policiers européens, avec l'ouverture des frontières entre les pays membres de l'Union, ce n'est pas très différent, dit-il en s'adressant à la partie gauche de la salle où étaient assis Amaia et ses camarades.

» Ce type d'assassin n'a nullement l'intention d'être arrêté, il est capable de jouer au bon citoyen toute sa vie, il n'a pas soif de notoriété, il a déjà sa place dans le monde.

Il fit une pause et fixa le regard sur Amaia avant d'ajouter :

— Sa satisfaction et son pouvoir proviennent du fait que nous ne croyons pas à son existence. Comme le diable.

Il sourit, le public lui était acquis.

Amaia feignit de ne pas remarquer le regard en coin de l'agent Emerson, mais il lui fut impossible de ne pas entendre Gertha, qui lui susurra :

— C'est à toi qu'il l'a dit.

Dupree continua, en direction de la salle.

— L'enquêteur de la brigade criminelle est entraîné à détecter des éléments discordants et à explorer les lignes d'enquête habituelles : bénéficiaires, jalousie, sexe, drogues, argent, héritages, chantages. Mais avec les tueurs en série, les mobiles échappent aux lignes habituelles, car la gratification est psychologique. D'où l'importance de prêter attention à la façon par laquelle notre sujet se récompense pour comprendre quels besoins il satisfait. L'objectif de cette conférence et des prochains exercices de votre formation traitera de la détection d'éléments communs et discordants autour d'un type de victime, des caractéristiques de la disparition ou du lieu d'apparition du corps, qui peuvent laisser soupçonner que ce qui se présente comme un suicide ou un accident cache un meurtre ou une série de meurtres. Et comment étudierons-nous des assassins que nous n'avons pas encore été capables d'appréhender ? Comment créer des dossiers avec des éléments que nous ne connaissons pas ? Comment établir le comportement d'un fantôme, d'un braconnier qui tire profit du fait que nous ignorons son existence ?

Il marqua une pause.

— La victimologie, susurra Amaia.

— La victimologie, continua Dupree presque à l'unisson, la science basée sur l'étude du profil des victimes, mais aussi des victimes supposées, des personnes disparues, des fugitifs, de tous ceux qui s'évanouissent dans la nature sans laisser de trace. La victimologie dans ce cas devient une science abstraite, et l'intuition de l'enquêteur sera fondamentale pour déterminer s'il s'agit réellement d'une victime. Pour cela, on tiendra compte d'éléments tels que le profil physique, psychologique, la position sociale, toutes les caractéristiques, des déficiences aux malformations, en passant par les particularités les plus frappantes de leur aspect. Et le type de famille à laquelle les victimes appartiennent ou, si elles n'ont pas de famille, leurs maladies et pathologies, leurs traitements médicaux et toute information que nous pouvons obtenir sur leurs comportements et personnalités, goûts et affinités. Évidemment, le travail de l'enquêteur face au moindre soupçon qu'il puisse s'agir d'une victime, que nous ayons ou non le corps, est titanesque, et nous savons que notre mémoire peut nous trahir, nous troubler. Pour cette raison, il est vital de consigner dûment ces éléments afin d'établir une base de données à laquelle nous pouvons recourir quand notre cerveau tilte à nouveau devant l'apparition, ou la disparition, d'une autre victime potentielle qui présente des traits communs.

L'agent Dupree pressa un bouton du pupitre et sur l'écran, derrière lui, apparut le visage d'un homme jeune, en costume, beau, bien que très maigre. L'image en noir et blanc semblait provenir d'un vieux journal.

— Dans les années 1980, l'enquêteur anglais Noah Scott Sherrington, de Scotland Yard, commença à élaborer une base de données de victimes potentielles fondée sur le profil de femmes fugitives, disparues ou enfuies de leur foyer. Le plus remarquable est que l'inspecteur Scott Sherrington n'avait aucun cadavre qui lui aurait permis de supposer qu'elles étaient mortes, ni d'indices qui lui auraient soufflé qu'elles avaient été victimes d'un enlèvement ou que leur disparition n'était pas volontaire. Quand vous étudierez le dossier qu'on vous remettra après la conférence, vous constaterez que c'était dans une région côtière affectée par le chômage, souffrant d'un climat épouvantable.

» La promesse pop des années 1980 à Londres s'avérait très séduisante comparée à un emploi dans une usine de conserves, quand on avait de la chance ; et cela poussait de nombreuses jeunes femmes à s'enfuir de chez elles. L'arrivée périodique de travailleurs spécialisés qui restaient peu de temps était vue par les jeunes filles de la région comme la possibilité de rencontrer un amoureux qui les sorte de là.

» Développer cette base de données avec les profils des filles lui permit d'établir ce qui pouvait être la zone d'action d'un prédateur. Ce travail le conduisit à suivre pendant des années cette liste particulière de disparues dont l'enquêteur biffait les noms quand il réussissait à vérifier qu'elles avaient réapparu à un autre endroit du pays. Cependant, peu à peu, il dessina une carte, et le profil concret de victime se précisa jusqu'à être alarmant. L'inspecteur Scott Sherrington est une référence pour tous les enquêteurs qui se réfèrent à la victimologie, car il a déterminé la présence d'un assassin juste avec le profil de ses victimes potentielles. À partir de là, il démarra une enquête dans laquelle entrèrent des éléments que nous connaissons : recherche de témoins, reconstruction des dernières heures où les victimes ont été vues et profils passés au crible jusqu'à pouvoir établir, quasiment sans marge d'erreur, parmi toutes ces filles, qui avaient en commun le fait de vouloir abandonner leur foyer, celles qui avaient fugué et celles qui étaient tombées entre les mains du prédateur. Les théories de l'inspecteur Scott Sherrington ne reçurent pas, à l'époque, le soutien dont elles bénéficient aujourd'hui.

Dupree fit une pause, regarda à nouveau Amaia, ce qui, cette fois, amena plusieurs agents à se tourner vers elle.

— Suivant son instinct, et comme couronnement d'une enquête impeccable, Scott Sherrington réduisit son nombre de suspects à deux, même si l'officier qualifia alors cela d'« intuition » souligna Dupree.

— Une intuition, murmura Amaia, faisant le lien.

À peine six mois plus tôt, tout juste promue sous-inspectrice de la Police forale de Navarre, elle avait hérité du dossier de la disparition d'une jeune infirmière qui venait d'intégrer un hôpital pour faire son stage. Les précédents enquêteurs avaient déjà interrogé son cercle le plus proche et étaient sur le point de classer l'enquête comme disparition volontaire, mais la mère de la jeune fille, inconsolable, n'arrêtait pas de venir au commissariat et s'était mise à faire du bruit dans les médias. Ce n'était pas un cadeau, plutôt une manière de se débarrasser de l'affaire, mais Amaia accepta avec enthousiasme. Elle passa en revue tous les éléments du dossier et se concentra immédiatement sur un médecin de l'hôpital. Au cours de l'enquête initiale il n'avait même pas été considéré comme suspect, mais on avait enregistré son témoignage, puisque plusieurs camarades de la fille se souvenaient de les avoir vus parler ensemble. Il avait été écarté car on n'avait pas pu établir de lien, mais, surtout, en raison de sa conduite irréprochable. Un chirurgien prometteur, héritier de la tradition médicale familiale, une des familles les plus réputées de Pampelune. Elle se rappelait les paroles du commissaire quand elle lui avait exposé ses doutes : « Je connais cette famille. C'est complètement déplacé. » Il avait accompagné ses paroles d'une expression grave et respectueuse, qui rejetait ses arguments en raison de leur ridicule. Amaia n'évoqua plus ses soupçons, mais, après avoir suivi le chirurgien prometteur pendant des semaines, y compris pendant son temps libre, elle finit par découvrir l'endroit où il séquestrait la jeune fille dont il avait fait son esclave sexuelle. Elle n'était pas la première. L'arrestation du chirurgien permit d'élucider la disparition d'au moins deux autres femmes. Quand elle dut expliquer dans son rapport ce qui l'avait conduite à porter ses soupçons sur le collectionneur, Amaia réussit simplement à dire que c'était une intuition.

Dupree continua, s'adressant au public.

— L'intuition de Scott Sherrington était très forte. Pendant des semaines il surveilla en alternance les deux hommes sur lesquels se portaient ses soupçons. Un soir, au milieu d'une tempête colossale, alors qu'il rentrait chez lui après avoir suivi un des hommes, sa voiture croisa à un feu celle de l'autre suspect. Il décida de le suivre, sans savoir que c'était son homme et que ce soir-là, il serait témoin de la manière dont il se débarrassait de ses victimes. Ce qu'il faisait des corps était la seule chose que l'inspecteur Scott Sherrington n'avait pas été capable d'établir, même si, quand on regarde aujourd'hui ses notes, on est surpris par l'intelligence de ses déductions. Malheureusement, comme je l'ai dit, Scott Sherrington ne recevait aucune aide, ni aucune écoute. La zone où l'assassin faisait disparaître les cadavres était gigantesque, l'analogie du paysage multipliait les difficultés pour découvrir où il les cachait, et il aurait été presque impossible de trouver les corps. Seul, au cœur de la nuit, sur un terrain hostile et en pleine tempête, le policier tenta d'arrêter le prédateur tandis qu'il se débarrassait du cadavre de sa dernière victime, une fille qui correspondait au profil de Scott Sherrington. La surprise de réaliser qu'il avait attrapé le monstre, la supériorité physique de l'assassin et des problèmes non diagnostiqués provoquèrent chez l'inspecteur un infarctus alors qu'il se battait contre le meurtrier. Scott Sherrington fut découvert le lendemain par des chasseurs du coin, qui le transportèrent à l'hôpital. On réussit à le sauver après une intervention cardiaque risquée. Quand il reprit conscience, l'assassin avait filé. Cependant, ses investigations furent suffisantes pour établir le parcours criminel de l'individu et localiser les cadavres de neuf de ses victimes. La base de données créée par Scott Sherrington sert encore aujourd'hui de référence et de cours magistral sur la façon d'appliquer la victimologie, aussi bien lorsque le crime est évident que, en raison d'une mise en scène effectuée par l'assassin, quand il nous est présenté comme un suicide ou un accident. L'inspecteur dut prendre sa retraite à cause de sa grave maladie cardiaque.

Dupree parcourut du regard l'ensemble de la salle.

— Agents, élèves de l'académie, merci à tous pour votre attention. Membres des polices invitées, vos agents référents vous fourniront un dossier complet des enquêtes de l'inspecteur Scott Sherrington et des fichiers établis sur la victimologie, aussi bien les profils comportementaux que géographiques. Étudiez-les, ils constitueront le thème du prochain séminaire. La conférence est terminée.

L'agent spécial Dupree repartit par où il était venu. Le public resta silencieux jusqu'au moment où on augmenta le faible degré de lumière que Dupree avait exigé pour voir les spectateurs, leur faisant cligner des yeux.

Amaia se leva, mais demeura immobile, contemplant l'endroit où Dupree avait disparu, se sentant presque orpheline de l'attention qu'il lui avait portée, à la fois inquiétante et étrangement flatteuse. Elle s'aperçut alors qu'elle n'avait pas remarqué si Dupree avait remporté des documents.

L'enquêtrice allemande lui tapota l'épaule.

— C'est ce que j'appelle attirer le regard ! dit-elle.

Pensive, elle entendit également Emerson.

— Eh bien, sous-inspectrice Salazar ! Il semblerait que vous ayez impressionné le chef, dit-il d'un ton où perçait un soupçon de jalousie malsaine.

Amaia se tourna vers lui comme si elle sortait de transe et l'observa. Quelque chose en lui avait changé. Correct à tout moment, il avait largement rempli ses fonctions ; quand on l'avait désigné comme son agent référent le jour de son arrivée, elle avait été sûre de percevoir chez lui un certain ennui, qu'elle avait attribué au fait que, parmi une majorité de policiers de sexe masculin, il avait écopé d'une femme. Même si en compensation elle avait obtenu les meilleures notes dans tous les domaines, ce qui avait été suffisant pour lui faire retrouver sa bonne humeur, et cela amena Amaia à penser que c'était juste un de ces types très compétitifs qui n'aiment pas perdre, dans aucun secteur. À plusieurs reprises elle avait remarqué comme il essayait de la séduire, combinant son sourire, blanchi à l'excès, avec d'intenses regards droit dans les yeux. Mais à présent il n'affichait plus qu'un rictus pareil à l'entaille faite par un bistouri. Les poumons remplis d'air, le menton légèrement levé. Un coq. Amaia lui toucha légèrement l'épaule et l'écarta de son chemin. Elle passa devant lui, le laissant déconcerté et lésé, comme si au lieu de son doigt elle avait pointé sur lui le canon d'une arme. Contournant les agents qui parlaient entre les rangs, elle sortit de la salle, cherchant la porte latérale de la scène.

Dans son dos, elle entendit Emerson qui lui disait :

— Salazar, vous ne pouvez pas partir maintenant ! Le séminaire commence dans quinze minutes dans la salle trois et c'est à l'autre bout du bâtiment, nous avons à peine le temps d'y aller.

Il la rattrapa au moment où la porte qui conduisait à la scène s'ouvrait. C'était Dupree, en compagnie d'une agente. Un groupe d'hommes qui l'attendait dans le couloir l'entoura, le saluant et le complimentant, tandis qu'ils se dirigeaient tous vers le fond.

Amaia leva une main pour attirer son attention.

— Agent Dupree, s'il vous plaît.

Dupree se retourna, la considéra avec indifférence, inclina la tête et salua Emerson, qui s'était placé juste derrière elle.

— Agent Emerson, dit-il et, se tournant, il continua d'avancer, entouré par ses collègues.

Amaia, pétrifiée, le regarda s'éloigner. Et peu lui importa qu'Emerson entende ses paroles :

— Putain de connard prétentieux !

3

Dessein du vent

Académie du FBI, Quantico, Virginie

Les lumières étaient déjà éteintes quand ils arrivèrent à la porte de la salle. L'agent Emerson s'arrêta là et, sans lui dire au revoir, repartit par le couloir qu'ils avaient emprunté. À l'intérieur, une tempête semblait avoir éclaté. Sur l'écran du fond était projetée une vidéo dans laquelle on voyait la pluie et le vent emporter sur leur passage les toits des maisons, flanquer les lignes électriques par terre, et soulever la mer. Se courbant autant qu'elle le pouvait pour tenter de passer inaperçue, Amaia entra et chercha dans la pénombre un siège où s'asseoir au plus vite. Une autre vidéo succéda à la première, puis une série de photos de désastres naturels, cyclones, typhons, ouragans. Certaines étaient prises du ciel, et toutes semblaient provenir soit des informations télévisées, soit des unes de différents journaux.

— Catastrophes naturelles, dit une femme au fond de la salle.

Amaia reconnut la voix quelque peu nasillarde de l'agente Tucker. Et, bien qu'elle ne pût la voir, son image revint à son esprit avec une grande clarté.

Tucker était une Afro-Américaine d'environ cinquante ans, au visage d'une remarquable beauté. Elle portait les cheveux courts comme un marine, peut-être pour contrebalancer l'exubérance de son corps, qui la faisait paraître plus petite qu'elle l'était en réalité. Elle appartenait au groupe de terrain de l'agent Dupree. Elle était responsable de la communication avec les médias, les familles et les victimes, et c'était l'agente qui avait le plus d'ancienneté après Dupree lui-même. Trois jours plus tôt, elle avait animé un séminaire sur la cybercriminalité et, en entendant à nouveau sa voix, Amaia pensa que c'était à cela que devait se référer Emerson quand il avait dit que Dupree avait une façon bien à lui de faire les choses. Il était évident que le super agent n'avait pas prévu d'apparaître en ce lieu. Elle soupira, s'obligeant à prêter attention à l'agente Tucker qui continuait de parler, invisible dans l'obscurité.

— Ils laissent dans leur sillage des dizaines de victimes, des cadavres qui présentent de multiples lésions, et il y a un protocole d'action après leur passage destiné à sauver le plus vite possible les survivants et à éviter la propagation des maladies à cause de la décomposition des corps. Cela pousse toutes les personnes impliquées dans les secours et dans l'enquête à être aussi rapides que possible. Des scènes où tout est pur chaos, dans des lieux où il est facile pour un enquêteur de se laisser entraîner par la confusion et de ne pas remarquer les indices d'un crime. Des cadavres broyés, pendus à des arbres ou partiellement éviscérés, tellement abîmés et meurtris que dans la plupart des cas la fureur des éléments a totalement arraché leurs vêtements.

» Vous trouverez sur vos tables un dossier qui

concerne le prochain exercice. Tous les détails figurent à l'intérieur, je ne vous livre qu'un résumé. Au printemps dernier, pendant un des mois de mars les plus chauds jamais enregistrés, la formation de tornades et de tempêtes d'une grande puissance a ravagé violemment de nombreuses régions de notre pays. L'une d'elles s'est abattue sur une petite localité, près de Killeen, Texas, causant des dégâts considérables dans le bétail et les cultures, et beaucoup de pertes humaines, parmi lesquelles les Mason. Une famille entière : le père, la mère, les trois enfants adolescents et la vieille grand-mère qui vivait avec eux.

Sur l'écran, les photos d'avant et après d'une ferme texane traditionnelle et d'une famille souriante, posant sous le porche. Les clichés étaient de mauvaise qualité, pris sans doute par un assistant sans grande expérience. Il n'y avait ni marqueurs ni références. Les blessures n'avaient pas été photographiées d'assez près, et les autres étaient floues. Deux plans larges étaient passables. Les cadavres se trouvaient très près les uns des autres, ce qui laissait supposer qu'au moment où le toit et une partie des murs s'étaient effondrés ils étaient ensemble. Amaia put presque les voir s'étreindre, tentant de se donner du courage pour lutter contre la peur. Sur eux, décombres, éclats de bois, et deux meubles lourds, typiques des fermes.

Tucker continua.

— La hâte habituelle pour les enterrer, protocole normal en cas de catastrophe naturelle, et le fait que, a priori, la cause des morts n'éveillait pas de soupçons, ont conduit à établir rapidement un certificat de décès qui a évité l'autopsie. À peine un mois plus tard, l'air froid poussé par les vents du Canada et les masses d'air chaud du golfe du Mexique ont provoqué la formation de plusieurs orages de type supercellulaire, qui se caractérisent par leur capacité à produire de nombreuses tornades. L'orage supercellulaire a éclaté avec toute sa violence dans le couloir d'Oklahoma, et une de ces tornades a rasé la ferme de la famille Jones, dans les environs de Brooksville.

À nouveau sur l'écran une jolie ferme, cette fois vue du ciel. Puis une photo où tout n'était que ruines et désolation.

— Les Jones ont été trouvés morts à l'intérieur de leur ferme. Le père, sa vieille mère, qui vivait avec eux, son épouse et leurs trois enfants, tous de sexe et d'âge semblables à ceux de la famille Mason.

Les plans larges des deux scènes auraient pu être superposés, tant ils coïncidaient : les corps très près les uns des autres, poussière, décombres et des meubles écroulés sur eux. Bien qu'elle ne disposât pas des coordonnées de l'emplacement des deux fermes, Amaia aurait dit d'emblée qu'elles avaient la même orientation. Elle en prit note mentalement.

L'agente Tucker marqua une pause et écouta avec satisfaction le murmure qui grossissait parmi les agents des polices européennes. Cette fois, les images étaient de très bonne qualité ; même pour un œil novice, il était évident qu'un professionnel avait pris les photos.

— Si on avait procédé comme précédemment, continua l'agente Tucker, ces morts seraient facilement passées inaperçues pour les enquêteurs. Tous les membres de la famille étaient réunis dans ce qui avait été le salon, ils présentaient peu de lésions sur le corps, mais d'horribles coups à la tête, qui correspondaient visiblement aux poutres, morceaux de charpente et meubles tombés sur eux.

L'agent français de l'ancienne Sûreté, assis à côté d'Amaia, intervint :

— Les scènes sont très similaires. Puisque vous reconnaissez que la première n'a pas éveillé les soupçons des autorités locales ou nationales, et d'après les photos je présume que le FBI ne s'en est pas occupé, qu'est-ce qui vous a amenés à traiter différemment celle-ci ?

L'agente Tucker attendit quelques secondes pour être sûre de recueillir toute l'attention du groupe.

— Un témoin, dit-elle en un susurrement qui, cependant, fut audible jusqu'au fond obscur de la salle.

Amaia sourit. Cette femme maniait à la perfection la technique pour capter l'attention et l'intérêt.

— Un garçon de onze ans, ami du fils de la famille, expliqua l'agente, retrouvant son ton habituel. Malgré les alertes météo et le fait que ses parents lui avaient interdit de sortir, il s'est éclipsé pour aller voir son copain. La tempête s'est intensifiée avant qu'il puisse atteindre l'abri, et il s'est réfugié dans le poulailler. Le garçon n'a pas souffert de blessures graves, mais il est resté coincé pendant des heures sous une grande planche qui lui a sauvé la vie, puisqu'elle a évité qu'une poutre lui tombe dessus. La pression sur sa poitrine l'empêchait de crier. Il raconte qu'après le passage de la tempête il a entendu les membres de la famille sortir de l'abri sous la grange. Il ne pouvait pas les voir de là où il était mais il affirme avoir reconnu plusieurs voix. Alors il a vu un homme arriver à travers champs et s'avancer vers la maison, et au bout d'un moment il a entendu des coups de feu, des cris, et d'autres coups de feu jusqu'à ce que les voix se taisent. Terrorisé, il a entendu l'homme remuer les décombres; puis le bruit a cessé et il a pu le voir à nouveau. Un homme grand, mince, qui marchait d'un pas vif, avec une mallette et un insigne sur sa veste. Quand cet homme s'est retrouvé à nouveau dans le pré devant la maison, il a posé sa mallette par terre, s'est redressé face aux ruines de la ferme, a levé les deux bras et, dans un silence absolu, s'est mis à les bouger lentement et en rythme, comme s'il dirigeait un grand orchestre. « Le compositeur », c'est ainsi que l'a appelé le témoin, et c'est le nom par lequel le désigne le département qui enquête sur lui.

Tous les policiers restèrent silencieux, et pourtant on avait l'impression d'entendre leurs muscles se tendre, comme ceux d'un limier reniflant une proie.

Amaia se retourna pour regarder l'agente Tucker. Même si elle pouvait à peine distinguer son visage dans la pénombre, elle perçut qu'elle hochait la tête, satisfaite de l'effet produit par ses paroles.

— Contre toute attente, l'assassin n'a pas emporté l'arme, nous l'avons trouvée près des corps. Un Smith and Wesson 617, calibre 22, qui appartenait au père. L'autopsie a révélé que les blessures à la tête, qu'on supposait causées par les décombres et les poutres, de tous les membres de la famille, cachaient des tirs de balle réalisés avec cette arme et responsables des morts. Comme le garçon l'avait déclaré, nous avons découvert assez d'indices pour prouver que la famille avait passé la tempête dans le refuge sous la grange, qu'ils avaient tous été tués d'une balle dans la tête, et que la mise en scène des décombres de la maison visait à faire croire qu'ils étaient morts des suites de l'effondrement de leur ferme. La scène a rappelé à un membre de notre département une photo parue à la une d'un journal un mois plus tôt. Celle de la famille

Mason, morte au Texas après le passage d'une grande tempête, avec leurs cadavres à moitié ensevelis sous les ruines de leur maison. Vous vous rappelez qu'ils avaient été enterrés sans autopsie. Nous avons interrogé le shérif qui s'était occupé de l'affaire. Lui aussi avait trouvé une arme près des corps, un calibre 22 à nouveau, qui appartenait au père, et sur le moment il ne lui avait accordé aucune importance. Nous avons obtenu l'autorisation d'exhumer les corps et avons réalisé une autopsie qui a montré que sous les coups à la tête il y avait des impacts de balle qui correspondaient, comme dans l'autre cas, au revolver du père trouvé sur place.

Sur l'écran se succédaient en gros plan des photos des traumatismes et des écorchures prises au cours de l'autopsie.

Tucker abandonna la position qu'elle occupait au fond de la salle et, s'approchant de l'entrée, alluma la lumière. La vision des cadavres se dilua jusqu'à disparaître presque totalement. Les policiers clignèrent des yeux sous l'intensité de la lumière. Elle reprit la parole :

— La violence de vents soufflant à plus de deux cent quarante kilomètres à l'heure transforme la moindre écharde en projectile mortel. L'assassin connaissait sans aucun doute cette information. Dans deux cas il a écrasé les orifices d'entrée des balles avec des pierres, mais dans les autres il a utilisé des bouts de bois pour littéralement empaler leurs têtes.

Tucker fit une pause théâtrale et survola l'assistance du regard. Amaia sut qu'elle allait faire une révélation pour laquelle elle attendait une réaction : ainsi était l'agente Tucker.

— Toutes les blessures causées par les décombres

ont été infligées post mortem. L'assassin a manipulé la scène de crime pour inverser l'ordre dans lequel se sont déroulés les faits.

Amaia, qui s'était assise à une table non loin de la porte, se tenait tout près de l'agente Tucker. Elle vit se dessiner sur sa bouche une ébauche de sourire quand elle entendit à nouveau la rumeur qui enflait parmi les policiers. Certains s'étaient même retournés pour parler avec leurs camarades, commençant à échafauder des hypothèses. Lorsque l'agente Tucker posa les yeux sur Amaia et s'aperçut qu'elle était observée, son sourire s'évanouit.

Elle montra la pochette sur la table d'Amaia.

— Dans le dossier que vous avez devant vous, vous trouverez les éléments dont nous disposons ; les renseignements recueillis auprès des voisins, la déclaration du témoin, les photographies des scènes de crime, les brèves biographies des membres des deux familles et, afin de vous faire gagner du temps, toutes les démarches que nous avons réalisées jusqu'à aujourd'hui ; les tentatives pour trouver un lien entre les deux scènes ou entre les deux familles, même si pour l'heure nous n'avons pas obtenu d'autres résultats que les similitudes de sexe, d'âge et de nombre des membres dont je vous ai déjà parlé. Il s'agit d'une enquête en cours, sur laquelle travaille actuellement le FBI. Le rapport auquel vous avez accès est confidentiel. Rien n'a été révélé à la presse. Nous pensons que l'intention de cet homme est de passer inaperçu, qu'il est de ceux qui ne désirent pas la notoriété et semble satisfaire son objectif par le passage à l'acte. Il n'a pas besoin de publicité, et nous non plus. Notre meilleur atout est qu'il continue de croire que nous ignorons son existence.

Gertha secoua la tête et dit à voix haute :

— N'est-il pas mesquin d'attendre qu'il passe à nouveau à l'acte et de ne pas informer la presse ?

— Si on rendait cette information publique, cela pourrait l'amener à modifier son mode opératoire, et compte tenu de l'immensité de son champ d'action, cela rendrait sa capture pratiquement impossible. Notre seule chance consiste à le devancer. Pour effectuer cet exercice, vous compterez sur la collaboration de votre agent référent, mais en aucun cas il ne vous communiquera ses suggestions ou son avis. Il vous facilitera l'accès, grâce à sa propre équipe informatique, à tous les renseignements que nous avons en notre possession. Vous réaliserez trois profils : comportemental, géographique, et un troisième des victimes. Vous devrez remettre vos conclusions demain avant midi.

Barbagallo, l'inspecteur italien des Carabinieri, leva le dossier au-dessus de sa tête.

— Excusez-moi, agente Tucker, ne le prenez pas personnellement, mais selon le programme c'était l'agent spécial Dupree qui devait donner ce cours…

Amaia sourit et secoua la tête en silence, elle se rappela l'attitude de Dupree, quand il l'avait délibérément ignorée dans le couloir.

L'agente Tucker, qui était déjà à la porte, s'arrêta, la main sur la poignée, et savoura ses paroles :

— Et c'est ce qu'il a fait. Qui a préparé cette conférence, à votre avis ?

4

Funérarium Ward

Cape May, New Jersey

Le cadavre était dans un sale état. Mary Ward pinça la peau des joues avec ses doigts nus. La première couche se détacha, laissant sur la pommette une marque semblable à un coup de soleil. Elle palpa l'épiderme entre ses doigts. La consistance était caoutchouteuse, comme des restes de colle pour papier peint. Elle soupira. Les cadavres qui avaient été congelés étaient toujours les pires, et celui-là ne ferait pas exception. Elle nettoya ses mains avec un coton humide et s'accroupit pour vérifier le niveau du dépôt du déshumidificateur d'air qu'elle avait laissé en marche toute la nuit à côté de la table. Elle le vida dans l'évier et décida, malgré le bruit gênant, qu'elle le laisserait en marche pendant qu'elle donnerait un aspect décent à la pauvre Mme Miller. Elle appliqua d'abord une grosse couche de poudre déshydratante, qu'elle laissa agir pendant qu'elle s'attaquait aux cheveux. Elle observa avec une sincère compassion l'abondante chevelure châtain que la défunte arborait sur la photo qu'on lui avait remise comme modèle. Elle souriait face à l'objectif, serrant un de ses enfants,

« sûrement l'aîné », pensa Mary. Elle se rappelait ; elle était morte au côté de son mari, de sa belle-mère et de leurs trois enfants, six mois plus tôt, pendant la grande tempête.

Suivant le protocole, la famille avait été enterrée quelques heures plus tard, mais la mère de Mme Miller, qui vivait en Espagne, avait eu un infarctus en apprenant la nouvelle et avait remué ciel et terre pour que sa fille ne soit pas inhumée avant qu'elle l'ait vue. À présent on lui confiait un cadavre qui avait été congelé pendant six mois et une photo, et on attendait qu'elle fasse des miracles. Elle retira les restes de poudre avec un sèche-cheveux et, après avoir essayé différents pigments, remua dans un bol un mélange onctueux de couleur chair, qu'elle commença à étaler à l'aide d'une spatule sur le visage de Mme Miller. Elle sourit avec satisfaction, alors qu'elle répartissait la pâte avec une éponge et un pinceau qui n'était pas très différent de ceux qu'utilisent les femmes pour se maquiller. S'aidant de ses doigts, elle modela les pommettes et les joues. Quand elle passa la pâte sur la mâchoire, elle sentit une petite bosse. Une dent cassée, sans doute. Cela arrivait souvent. Elle soupira, ennuyée, posant le bol et le pinceau sur la table. Utilisant un forceps et une lampe de poche, elle examina la cavité buccale et constata avec surprise que tout semblait en ordre. Elle palpa à nouveau la mâchoire inférieure. Il y avait bien quelque chose, là, elle pouvait le sentir entre ses doigts. Elle poussa le petit objet le long de la mâchoire, l'emprisonnant contre les molaires. Elle devait prendre garde à ce que ce truc, quoi que ce soit, ne finisse pas dans la gorge de Mme Miller. Avec une extrême attention, elle introduisit les pinces et les dirigea vers les dents du fond. En s'aidant de ses doigts, elle l'attrapa et le plaça sous la lumière. Ce n'était pas la première fois que Mary Ward voyait une balle, mais jamais, mon Dieu, elle n'aurait pensé en trouver une dans la bouche de Mme Miller.

5

Insolente

Académie du FBI, Quantico, Virginie
Jeudi 25 août 2005

Amaia marchait dans les couloirs du FBI, observant le dos de l'agent Emerson. Après avoir échangé de brèves paroles, il lui avait demandé de le suivre. Elle savait qu'il ne lui fournirait aucune information. Il avait esquivé son regard et avançait un mètre devant elle. Les relations entre eux semblant s'être irrémédiablement dégradées depuis la veille, elle renonça à l'interroger et s'efforça de mémoriser le trajet complexe, soupçonnant son guide de faire peut-être d'inutiles détours dans le seul but de la dérouter. Elle en était presque convaincue quand ils arrivèrent au bout d'un étroit couloir et descendirent par l'ascenseur jusqu'au premier sous-sol. Les portes s'ouvrirent devant une grande salle, divisée par des panneaux bas, qui abritait de nombreux bureaux et des agents au travail. Ils s'arrêtèrent devant une des portes qui donnaient sur la pièce. Indiquant à Amaia deux étroites chaises contre un mur, Emerson lui ordonna d'attendre. Il frappa doucement à la porte et entra. Dès qu'elle fut seule, Amaia remarqua que les occupants des divers bureaux se retournaient pour l'étudier avec intérêt, et elle nota que l'un d'eux fixait un point au-dessus de sa tête. Elle leva les yeux et vit la lumière rouge clignotante d'une caméra. Elle inspira et soupira profondément. Ils étaient en train de l'observer.

L'agent Emerson entra dans le bureau, salua les personnes présentes et se plaça en retrait près du mur. Il s'attendait à voir Dupree, l'agente Tucker et l'agent Johnson, mais il fut surpris par la présence de deux autres hommes qui, à côté de Dupree, contemplaient sur un écran la femme qui patientait dehors. La sous-inspectrice Amaia Salazar était une jeune femme élégante, avec de longs cheveux blonds attachés en queue de cheval, de petites boucles d'oreilles, des chaussures cirées, l'insigne bien visible, le dos droit et la tête haute. Dupree remarqua son coup d'œil rapide vers la caméra. Elle savait qu'ils étaient en train de l'observer et cela ne semblait pas la troubler. Son attitude était la preuve d'une authentique et légitime suffisance.

L'agent Johnson, debout à côté du bureau, ouvrit un dossier et commença à lire. Sa voix était grave et son ton calme, pédagogique, comme celui d'un professeur, quoique son apparence rappelât plutôt celle d'un gentil médecin victorien, certainement à cause de sa moustache et de sa barbe bien taillées, prématurément blanches. Il n'avait pas pris un gramme de graisse depuis le jour où il était entré à l'académie trente ans auparavant, peut-être même avait-il maigri. Il se vantait de porter toujours les mêmes costumes, et certains juraient que c'était le cas, vu qu'il flottait négligemment dedans.

— Amaia Salazar, vingt-cinq ans, a étudié à l'université catholique de Loyola à Boston : droit et sciences sociales et comportementales. S'est spécialisée dans la communication non verbale scientifique et la criminologie, est sortie première de sa promotion. A terminé ses études universitaires quand elle est retournée dans son pays, avant d'entrer dans la police.

Un des hommes, qui regardait l'écran à côté de Dupree, acquiesça sans paraître tellement impressionné. Jim Wilson était l'actuel directeur du Centre national d'information criminelle, et l'un de ses créateurs. Ses fichiers contenaient des renseignements sur des meurtres, des viols et des vols assortis de violence, mais aussi sur des prévenus n'ayant pas respecté les conditions de leur libération conditionnelle, des gangsters, des terroristes, des personnes disparues, des usurpateurs d'identité… Il avait obtenu que des agences du monde entier contribuent à sa base de données en fournissant les antécédents judiciaires de milliers de délinquants, et disposait d'environ quinze millions de fiches. L'autre homme était Michael Verdon, directeur du département d'enquête criminelle. Il était de notoriété publique que Wilson et lui étaient de vieux amis. Tous deux avaient la soixantaine, étaient entrés en même temps au FBI, et semblaient avoir renoncé à lutter pour coiffer leurs rares cheveux sur un crâne de plus en plus brillant. Les points communs s'arrêtaient là. Michael Verdon avait une silhouette athlétique, la peau tannée comme celle d'un marin, et il paraissait capable de passer sans problème les épreuves physiques d'admission comme n'importe quel élève. Wilson était de ces hommes qui peuvent donner l'illusion d'être en forme quand on les voit de dos. De face, un ventre dodu, aussi gros que celui d'une femme enceinte de six mois, ne laissait aucun doute. Ensemble, Wilson et Verdon avaient été les artisans de l'Indice descriptif latent d'identification, un programme pionnier dans les années 1980 qui permettait de comparer les caractéristiques d'un crime avec les profils d'assassins étudiés, déjà intégrés dans le système. Le programme détectait les analogies et suggérait des suspects. À l'époque, il était juste capable de comparer des empreintes si le sujet était allé en prison, ou s'il y était encore, et possédait également une liste de ses compagnons de cellule et possibles collaborateurs. L'Indice descriptif latent d'identification appartenait désormais à la préhistoire, mais il avait jeté les fondements des bases de données qui étaient aujourd'hui utilisées dans le monde entier. Wilson feuilleta son exemplaire du rapport sur Amaia Salazar et acquiesça quand Michael Verdon posa la question qui flottait dans l'air.

— Pourquoi ne l'avons-nous pas recrutée quand elle était étudiante ? Loyola nous a fourni certains de nos meilleurs agents.

Johnson intervint.

— Le chef l'avait en effet repérée, dit-il en pointant le menton en direction de Dupree qui continuait d'observer avec attention la femme sur l'écran, et on a essayé. Tout collait parfaitement : aucun antécédent, étudiait ici depuis l'âge de douze ans, toujours dans d'excellents établissements. A eu deux histoires d'amour sans importance avec des étudiants américains tranquilles. Des relations qui se sont terminées sans bruit. Pas de drogues, pas d'armes, pas de scandale. Nous avons reçu une recommandation spéciale du recteur de l'université de Loyola. Salazar a présenté un brillant mémoire de fin d'études sur… (Johnson chercha dans le dossier le titre exact.) Voilà. « Communication non verbale scientifique appliquée aux mineurs en risque d'exclusion». Mais quand nous l'avons approchée, elle a exprimé son intention de retourner en Europe.

— En Espagne, précisa Dupree qui, jusqu'à cet instant, était resté silencieux.

— Oui, dans le Nord, à Pampelune, confirma Johnson. Et alors qu'elle aurait été admise sans problème à la Police nationale ou à la Guardia Civil, elle a intégré une unité mineure, la Police forale de Navarre.

— Et aujourd'hui la revoilà, murmura Verdon, pensif, comme pour lui-même.

Il quitta son poste près de Dupree pour aller s'asseoir sur une chaise de bureau qui se trouvait à côté de la porte.

— Bien, dit Johnson avec un sourire. En réalité nous n'avons jamais perdu sa trace : comme il fallait s'y attendre, par sa formation seule elle a grimpé à toute allure : elle est sous-inspectrice, la plus jeune de son pays, et ils devraient déjà l'avoir promue, elle a un parcours impeccable et…

— Et ils ne savent pas quoi faire d'elle, dit l'agente Tucker, jetant avec dégoût son exemplaire du rapport sur la table. Aucune bonne action ne reste impunie, surtout si elle vient d'une femme, ajouta-t-elle, secouant la tête avec une feinte résignation.

Johnson haussa un sourcil. Tucker ne perdait jamais l'occasion de montrer son féminisme militant. Johnson supposait comme tout le monde qu'elle avait eu sa dose d'humiliations, parce qu'elle était une femme, parce qu'elle était afro-américaine… Mais il savait également qu'elle débordait d'ambition, convoitait le poste de Dupree, et que sur son chemin pour parvenir au sommet, elle avait décapité des hommes et des femmes. Au cours des deux dernières années, elle s'était débarrassée des trois profileurs qui lui avaient été affectés comme analystes référents, un homme et deux femmes. Elle supportait Emerson à ses côtés seulement parce que c'était un lèche-cul professionnel, à qui il fallait reconnaître le talent de se raccrocher aux branches.

Emerson haussa les épaules.

— De toute façon, le taux de criminalité dans cette région est très bas ; je ne crois pas qu'elle ait vu un seul cadavre là-bas, en dehors des suicides et de la violence machiste. Elle est probablement un peu rouillée.

Dupree le regarda comme s'il s'étonnait de sa présence. À son expression, Emerson comprit que sa remarque ne lui avait pas du tout plu. Mais ce fut Tucker qui répliqua.

— Vous vous trompez. Elle a capturé toute seule un collectionneur, la pire espèce de prédateurs, la plus insaisissable. Elle a libéré la dernière femme qu'il avait enlevée et prouvé qu'il en avait kidnappé au moins deux autres, avant de les tuer.

Emerson tendit les muscles de sa mâchoire, comme s'il mastiquait ses propres dents.

Verdon posa une question à la cantonade :

— Pourquoi une policière ayant une telle formation aurait-elle voulu retourner là-bas ? Pourquoi est-elle rentrée en Espagne ?

— Pour attendre, dit Dupree.

— Attendre quoi ?

Dupree préféra ne pas répondre. Il sourit légèrement et baissa le regard sans cesser d'observer la jeune femme sur l'écran.

Johnson reprit la parole.

— Quand nous adressons les invitations aux policiers européens, nous laissons toujours les supérieurs hiérarchiques choisir la personne qu'ils nous envoient. Dans le cas de la sous-inspectrice Salazar, l'invitation était nominale, précisa Johnson en souriant. Mais elle l'ignore.

— Son ignorance est notre chance, ajouta Dupree.

Le directeur Wilson, qui avait suivi la conversation en silence, se dirigea vers la porte donnant sur le bureau voisin. La main sur la poignée, il se retourna pour regarder Dupree.

— Vous savez ce que je pense. Elle a déjà refusé une fois, et l'intelligence exceptionnelle ne justifie pas l'insolence. Si elle est capable d'expliquer ça…, dit-il en pointant de son doigt pâle les post-it multicolores qui dépassaient d'un dossier sur la table. Et si, comme tu le crois, il s'agit de génie, et non d'arrogance, tu auras mon soutien pour toutes les décisions que tu prendras.

— Merci, Jim, je te remercie, répondit Dupree.

— Tu me remercieras si elle a une explication cohérente. Je suivrai l'entretien de mon bureau.

Dupree acquiesça et attendit que Wilson ait fermé la porte.

— Johnson, faites-la entrer.

Assise sur une chaise de bureau solitaire face à l'agent Dupree, elle arrivait à deviner la présence de Johnson et de Tucker à sa gauche, et celle d'Emerson à sa droite. Seul l'homme près de la porte, dont elle ignorait le nom et qui ne lui avait pas été présenté, demeurait hors de son champ de vision. Dupree ne lui tendit pas la main, ne la salua en aucune manière. Il feuilletait un rapport qui était sur la table, et qu'elle reconnut immédiatement aux post-it multicolores.

Dupree se mit à parler de manière si soudaine que sa voix la fit sursauter.

— Hier, l'agente Tucker vous a remis des éléments pour la réalisation d'un exercice autour d'une affaire réelle. Il s'agissait d'établir trois profils, comportemental, géographique, et des victimes.

Dupree montra dans son dos une horloge qui indiquait neuf heures quarante-cinq.

— Vous aviez jusqu'à midi aujourd'hui, mais vous avez été la première à remettre vos conclusions, au bout de trois heures seulement, dit-il en levant le rapport devant ses yeux. Cela pourrait constituer un record, si vous ne nous aviez pas rendu le même dossier avec à peu près une demi-douzaine de post-it de toutes les couleurs et le même nombre de notes concises.

— Monsieur…, commença Amaia.

Dupree leva la main pour l'interrompre.

— Votre première note dit : « Il manque les éléments de la troisième affaire » (Dupree la regarda avec curiosité.) Dites-moi, sous-inspectrice Salazar, qu'est-ce qui vous fait penser qu'il y a une troisième affaire ?

Elle déglutit avant de répondre.

— Un commentaire de l'agente Tucker pendant son exposé.

Dupree haussa un sourcil, interrogateur. Amaia sentit l'agente Tucker se redresser en entendant son nom.

— Pendant la présentation, expliqua Amaia, l'agente Tucker a dit : « Compte tenu de l'immensité du champ d'action du meurtrier. » Monsieur, peut-être que pour un Grec ou pour un Italien les quatre heures de route qui séparent le Texas de l'Oklahoma représentent une grande distance, mais pas pour un Américain. Cette phrase de l'agente Tucker m'a fait penser qu'il y avait probablement une autre affaire dont on ne nous avait pas donné les éléments.

— Mais l'instructrice vous a dit que vous aviez tous les éléments dont nous disposions…, insista Dupree.

— On ne dévoile pas tous les détails d'une affaire en cours juste pour effectuer un exercice pratique, c'est du bon sens, justifia Amaia.

L'agente Tucker avança d'un pas pour qu'elle puisse bien voir son visage.

— Si vous partez du principe qu'il n'existe pas d'autres éléments, ceux que nous vous avons fournis étaient suffisants pour faire l'exercice.

Dupree aperçut la légère moue de scepticisme qui s'était dessinée sur le visage d'Amaia tandis qu'elle écoutait les paroles de Tucker et il l'encouragea à continuer :

— Mais vous ne partez pas de ce principe.

— Je pars du principe que tout montre qu'il peut y avoir, au moins, une autre affaire.

Dupree recula dans son fauteuil et pendant plusieurs secondes, qu'elle trouva éternelles, il regarda fixement Amaia avant de reprendre la parole.

— Tout a commencé, c'est exact, avec la déclaration du garçon coincé dans le poulailler des Jones. Il ne fait pas la différence entre un compositeur et un chef d'orchestre, mais il nous a fourni un schéma rituel qui nous a amenés à soupçonner que ce n'était peut-être pas son premier meurtre. Nous avons obtenu l'autorisation d'exhumer et d'autopsier les Mason, qui étaient morts dans leur ferme un mois plus tôt et dont un de nos agents s'était souvenu, à cause de l'extraordinaire similitude entre les scènes. Nous avons alors fait une découverte, quelque chose qui n'a pas été révélé pour l'exercice. Je ne sais pas si vous connaissez les effets de l'embaumement sur les cadavres. Le retrait rapide du sang et sa substitution par un fluide peut empêcher, au début, la perception de certaines marques à l'œil nu, mais au bout d'un mois tous les corps présentaient des marques de liens, y compris le père.

Amaia n'osa pas bouger. Dupree se repencha sur son rapport, sautant des pages.

— Dans votre deuxième note, reprit-il, montrant un post-it collé sur son index, vous dites : « Il les sauve de la dévastation », « Il est leur Sauveur », « Il arrive au moment où ils ont le plus besoin de lui ».

Elle inspira bruyamment et à fond avant de parler. Elle était nerveuse.

— Grâce au témoin… (Sa voix jaillit, fine et étouffée, comme celle d'une enfant suffoquant après avoir couru. Elle se racla la gorge et déglutit à nouveau avant de reprendre.) Grâce au témoin, nous savons qu'il arrive à la maison après la catastrophe, il est le premier sur place alors que les unités de secours, la police ou les pompiers ne sont pas encore là. Les membres de la famille ont survécu, mais ils sont bouleversés, en train de prendre conscience qu'ils ont tout perdu. Le sujet se présente comme quelqu'un qui vient aider, qui apporte le salut, dans plusieurs sens du terme. C'est la seule chose qui explique qu'une famille de trois adultes et trois adolescents costauds ne soit pas capable de se défendre contre cet homme. Si, comme l'a expliqué l'agente Tucker, il est probablement désarmé, et utilise pour les tuer, comme nous le savons, l'arme du père. Il doit être proche, gentil, un individu en qui on peut avoir tellement confiance qu'il arrive à les désarmer.

Emerson intervint :

— Vous n'apportez rien de nouveau. Si vous avez lu le rapport, vous savez que nous envisageons la possibilité qu'il s'agisse d'un membre d'un groupe de secours. D'après le témoin, le Compositeur portait une mallette et un insigne, des accessoires propres aux pompiers, aux ambulanciers…

Dupree montra un autre post-it collé sur le dossier.

— Dans votre troisième note, à propos de la position dans laquelle les corps ont été trouvés, et alors que vous ignoriez qu'ils avaient été attachés et qu'ils semblaient avoir été alignés la tête vers le nord, vous avez écrit : « Après les avoir tués, il prend soin d'eux. C'est sa mission, et continuer de l'accomplir est fermement lié au fait de ne pas se faire prendre, de dissimuler ses crimes, mais moins par souci de rester dans l'ombre que de donner aux morts une certaine dignité. »

Pendant que Dupree lisait, Amaia percevait le mouvement constant de la tête d'Emerson qui, posté à côté d'elle, désapprouvait chacun de ses arguments. Pourtant, ce fut Johnson qui les contesta. Sa voix était posée et, comme chaque fois qu'il prenait la parole, il employa ce ton extrêmement poli qui rappelait celui d'un professeur qui tente de faire entendre raison à un élève.

— Je ne suis pas d'accord sur ce point. L'individu que nous recherchons est un braconnier, il souhaite rester dans l'ombre pour continuer de chasser tranquillement. Nous ne pensons pas que le fait de dissimuler ses crimes ait un rapport avec les victimes, son but est de passer inaperçu. Il a réussi dans le cas de la famille Mason, et aurait réussi également avec les Jones s'il n'y avait pas eu le témoin.

Dupree leva les yeux du dossier et, d'un geste du menton, invita Amaia à répondre.

— À mon avis, dissimuler la façon dont il les a tués, exécutés, répond à un autre désir. Je crois que d'une certaine manière il trouve cela mesquin. Et dans son raisonnement malade, il tente d'instaurer de l'ordre, de donner du sens, et de leur offrir une mort digne. Il ne veut pas se moquer ni se venger d'eux, et pour cette raison cache leurs blessures en faisant croire que leur mort est accidentelle, que c'est la volonté de Dieu, ou en réalisant le travail que Dieu n'a pas terminé avec sa tempête. Beaucoup de personnes croient encore que les désastres naturels sont des châtiments du ciel, le moyen par lequel le Créateur manifeste sa puissance en rappelant aux hommes leur insignifiance dans l'univers, la fragilité de leur vie et, par conséquent, son pouvoir supérieur. Je crois que si le sujet profite de désastres naturels pour mener à bien sa mission, ce n'est pas simplement pour dissimuler son crime, mais pour unir celui-ci à la colère de Dieu.

Tucker et Johnson échangèrent un regard rapide avec Dupree. L'agent spécial, assis derrière son bureau, inspira profondément.

— Je ne sais pas encore si je peux être d'accord avec vous. Nous suivons une ligne d'enquête claire, basée sur le comportement rituel des exterminateurs de familles. Mais il faut reconnaître que votre approche est aussi originale que votre manière de présenter vos conclusions.

Elle posa la main sur son genou qui avait commencé à trembler. Il fallait qu'elle se calme. Elle savait ce qu'elle voulait quand elle avait décidé de présenter son travail ainsi, provoquer des réactions, et devait maintenant tenir bon.

— Celle-ci en particulier attire mon attention, dit Dupree, pointant du doigt une note jaune sous la déclaration du garçon qui avait vu le Compositeur.

Il lut à voix haute :

« Ce garçon va-t-il à l'église ? A-t-il déjà assisté à un enterrement ? Saurait-il reconnaître des gestes religieux ? »

Amaia avait retenu son souffle pendant qu'il lisait ; à nouveau elle inspira bruyamment, cligna des yeux et s'apprêtait à parler quand Dupree leva la main pour l'en empêcher et ramassa sur le bureau un document à l'en-tête du FBI.

— Hier, après avoir pris connaissance de votre brève note, dit-il en insistant sur le mot « brève », les agents Johnson et Tucker sont allés jusqu'en Oklahoma pour interroger le témoin. Ils ont parlé avec lui et avec ses parents. Ils sont revenus ce matin très tôt. Agents… (D'un geste, il leur laissa la parole.)

— Cette famille ne va pas à l'église, dit Tucker. Le père n'en voit pas la nécessité, il a même expliqué pourquoi, qui plus est, continua-t-elle en lisant le document qu'elle avait dans la main. Il ne veut pas qu'on fourre n'importe quoi dans la tête de son fils. Pour répondre à votre question : le garçon n'a jamais assisté à une cérémonie religieuse ni à un enterrement.

— Nous lui avons montré une vidéo de plusieurs pasteurs, prêtres et prédicateurs en train de prier pendant un office, précisa Johnson. Le garçon a immédiatement reconnu les gestes. Il nous a dit que c'était exactement ce que faisait le Compositeur.

Amaia poussa un bruyant soupir devant l'importance de la révélation, mais ce fut Dupree qui intervint.

— L'assassin ne dirigeait pas un orchestre, ne

composait pas une symphonie de mort… Il priait pour eux, donnait une messe d'adieu pour leurs obsèques.

Amaia murmura.

— … un *Dies irae*, une messe de Requiem.

Dupree échangea un regard rapide avec Verdon, qui à l'autre bout de la pièce acquiesça. Il fixa à nouveau son attention sur le visage de la jeune femme, conscient qu'elle commençait à se sentir mal à l'aise.

Amaia soutint son regard aussi longtemps qu'elle le put. Cet homme fouillait en elle, cherchait quelque chose qu'elle n'avait pas l'intention de lui montrer. Prenant le risque de commettre une erreur et de paraître faible, elle baissa les yeux. Elle redressa la tête seulement quand il reprit sa lecture.

— La note suivante dit : « Il les exécute avec l'arme du père, ce n'est pas un hasard, il sait que l'arme est dans la maison. »

Emerson s'agita sur sa chaise.

— Et comment la trouve-t-il au milieu de ce chaos ? C'est facile de supposer que dans une ferme il y a une arme, un fusil de chasse ou une carabine, mais dans les deux cas c'était un petit calibre ; même s'il avait eu le moyen de savoir qu'ils possédaient ces armes, comment les a-t-il trouvées après le passage de la tornade ?

Amaia resta silencieuse. Elle continua de fixer Dupree jusqu'à ce qu'un signe de lui l'autorise à répondre.

— Devant l'imminence d'une grande tempête, d'un cataclysme, dans ce cas d'un cataclysme annoncé, il est normal que les familles prennent des mesures de sécurité, emportent de la nourriture, des lampes, de l'eau, des armes… Ils avaient probablement tout dans un sac et, comme je l'ai dit au début, le sujet ne leur a pas semblé suspect ni dangereux. C'est seulement pour ça qu'ils ne se sont pas méfiés, pour ça ou… (elle fit une pause, consciente qu'elle entrerait en conflit avec Tucker) parce que lui-même avait une arme et qu'en la pointant il les a obligés à lui remettre la leur.

Dupree haussa un sourcil, surpris. Et tandis qu'il posait une question, il écrivit une note au bas de la page.

— S'il a sa propre arme, pourquoi utiliser celle du père ?

— Ça fait partie de son rituel. Il est important pour lui d'agir ainsi.

Emerson se leva, incapable de se contenir davantage.

— Ce qui nous ramène à un exterminateur familial qui doit mener à bien son crime avec l'arme du père pour obtenir ce que cherchent les exterminateurs familiaux : pouvoir et contrôle. Son principal objectif est le père. C'est pour cette raison qu'il utilise son arme.

— Et pourquoi punit-il le reste de la famille ? demanda Tucker.

— Ils représentent probablement la sienne. Il les punit parce qu'ils ont assisté à son calvaire sans rien faire, expliqua Emerson.

Amaia réfléchit.

— Souvent, les exterminateurs familiaux qui tuent pour obtenir pouvoir et contrôle ont souffert de terribles abus dans leur enfance, physiques, émotionnels et, dans la plupart des cas, sexuels. Généralement ils torturent leurs victimes en leur infligeant des souffrances identiques à celles qu'ils ont subies. Si le Compositeur choisit une famille parce qu'elle lui rappelle la sienne, il doit s'identifier à un des membres. Dans la plupart des cas référencés, les assassins préservent le membre auquel ils s'identifient, et même s'ils finissent par devenir incontrôlables, ils le tuent seulement si c'est nécessaire et ne le torturent jamais, contrairement aux autres, dont ils ne dissimulent pas les blessures, les sévices ou les humiliations. Plus encore, dans leur mise en scène, ils les mettent en avant. Ils désirent que le monde entier voie bien ce qu'ils leur ont fait et connaisse leur douleur.

Johnson approuva.

— Je pense que c'est une approche intéressante. Il est possible que nous soyons face à quelque chose de différent. Les membres de ces familles ont été exécutés, leurs blessures dissimulées, aucun d'eux n'a subi de sévices particuliers, il les a tous traités de la même façon.

Amaia acquiesça.

— S'il existe une différence, dit-elle, c'est envers le père, puisqu'il utilise chaque fois son arme. Mais c'est tout. Je ne pense pas qu'il s'agisse d'un exterminateur familial, même si tout le laisse croire de prime abord. C'est un assassin religieux, il les choisit à cause de leurs péchés, les sauve en les tuant, et nous savons à présent qu'il prie pour eux.

— Ça n'a rien à voir. Peut-être qu'il se repent. Pour le reste, il présente en tout point le profil d'un exterminateur. Nous sommes tous d'accord là-dessus, conclut Emerson.

Amaia vit que Tucker hochait légèrement la tête. Emerson n'avait peut-être pas autant de soutiens qu'il le pensait.

— Biais de confirmation, susurra Amaia, contrariée.

— Qu'insinuez-vous ? demanda Emerson, sans cacher sa vexation.

Amaia attendit quelques secondes avant de répondre. Tout cela commençait à être ridicule. Il était normal qu'ils lui mettent des bâtons dans les roues, mais elle n'aurait jamais pensé qu'ils prétendraient la convaincre seulement parce que c'étaient de brillants agents du FBI. Elle choisit ses mots avec soin.

— Quand on établit le profil d'un criminel, il faut faire très attention au biais de confirmation. On trouve facilement des théories et des preuves qui confirment ce que nous croyons, en évitant celles qui le contredisent. C'est pareil avec le consensus et la tendance à penser que la théorie que nous défendons a plus de valeur parce qu'elle est plus répandue, ou plus commune parmi ceux qui nous entourent, sans préciser qui sont exactement « tous ceux qui pensent comme ça ». C'est une erreur que nous incite à commettre le cerveau quand nous ne prenons pas la peine de raisonner davantage. Souvent, quand beaucoup de gens pensent la même chose, cela signifie simplement que beaucoup de gens se trompent.

Emerson baissa les yeux, concentrant sa haine en direction du sol. Le soupir dégoûté de Johnson fut audible.

Dupree fronça légèrement les sourcils et le regarda. Il était évident que son discours ne lui plaisait pas non plus. Amaia comprit qu'elle était juste pour eux une policière de seconde zone qui leur manquait de respect. Mais elle n'était pas une de leurs élèves, elle était flic autant qu'eux, d'un petit corps de police, certes, mais qui méritait le même respect, et sur la façon d'inspirer celui-ci, Amaia Salazar connaissait sa partition. Elle avait essayé de faire l'exercice alors qu'elle savait très bien qu'il était incomplet, mais à cet instant plus rien ne lui importait. Elle sentit un léger mouvement derrière elle et s'aperçut que Dupree acquiesçait à un geste de l'homme qui était assis là.

— Continuez, lui ordonna-t-il.

Elle inclina la tête en signe d'obéissance. Si finalement ils avaient décidé de l'écouter, elle n'avait plus besoin de se montrer irrévérencieuse.

— Le fait qu'il prie pour eux le différencie, et cette distinction change la donne. Bien que nous ignorions encore quelle importance ça a, ni si c'est déterminant, nous ne pouvons pas l'écarter sans enquêter plus profondément, seulement parce qu'il ne correspond pas au profil d'un exterminateur de familles. Et je vous soupçonne de le croire aussi, dit-elle en s'adressant à Dupree.

Il eut l'air surpris. Mais rapidement le scepticisme laissa place à l'amusement.

— Ah bon ? Vous devinez ce que je crois… Et d'où viennent vos soupçons ?

— Ce n'est sûrement pas un hasard si vous avez consacré votre conférence d'hier aux assassins qui dissimulent leurs crimes en les faisant passer pour autre chose.

Dupree demeura silencieux, feuilletant dans tous les sens le rapport laconique émaillé de post-it multicolores. Il finit par le refermer et regarda Amaia.

— Il y a deux autres notes. Celle qui correspond au profil des victimes dit : « Identique casting choral. » Cela ne rejoindrait-il pas la ligne que défend le département ? S'il s'agit d'un exterminateur familial, il a besoin du « casting » dont vous parlez. Que chaque membre de la famille représente quelqu'un qu'il a connu, de sa propre famille, pour avoir l'occasion de se venger d'eux.

Amaia secoua la tête.

— Il ne cherche pas la vengeance mais l'expiation. Il se fiche du casting, ce qui lui importe c'est qu'il soit choral. C'est la famille en soi, le concept pour lui-même. C'est un assassin religieux qui n'a pas tué le chien parce qu'il n'entrait pas dans son œuvre. Je suis sûre qu'en aucun cas il n'a touché aux animaux domestiques.

Elle perçut le malaise parmi les personnes présentes dans la pièce. Soupirs, changements de position. Elle avait tout joué à quitte ou double. Par son audace, elle avait réussi à capter l'attention, mais elle était consciente du risque : entre le courage et l'impertinence, seul variait le degré de considération envers l'adversaire. Ils commençaient à se lasser. Amaia se redressa sur sa chaise. Cela touchait à sa fin. C'était le moment ou jamais de parler.

— Monsieur, je ne pouvais pas présenter les profils sans avoir d'abord les réponses à ces questions. Il manque des éléments, monsieur…

Tucker l'interrompit.

— Vous auriez pu faire l'exercice avec ceux dont vous disposiez.

— La certitude qu'il manque des éléments est en soi un élément qui constate une réalité, répondit-elle avec fermeté. Dans ces conditions, si je l'avais fait, j'aurais fait l'exercice sur la base d'un mensonge ou d'une erreur. Dans le rapport que vous nous avez donné, les marques de liens n'étaient pas mentionnées, ni le fait que le garçon a vu un insigne sur la veste du suspect.

Elle regretta aussitôt ses paroles. Elle entendit une porte s'ouvrir et se refermer dans son dos. L'homme qui était resté silencieux derrière elle venait de quitter la pièce et son intuition lui disait que la possibilité qu'on la prenne au sérieux s'était évanouie avec lui.

Elle plissa les paupières et expira lentement, avant d'oser regarder à nouveau Dupree. Il tenait devant elle le seul post-it bleu. Celui qui correspondait au profil géographique.

— « Variables latentes » ? interrogea Dupree, plaçant la note sous ses yeux.

Elle s'efforça de répondre calmement.

— Variables latentes ou cachées, monsieur. Les variables qui ne peuvent pas être mesurées directement mais qui sont supposées être à la base des variables observées. Les variables latentes indiquent qu'il l'a déjà fait auparavant, son système est au point, je suis sûre qu'il y a au moins une autre affaire.

Emerson sourit malicieusement.

— Sur quoi vous fondez-vous ?

Amaia se tourna vers lui, et s'autorisa même à sourire légèrement avant de répondre.

— Sur un modèle mathématique. C'est ainsi qu'on calcule les variables latentes. Vous devriez savoir ce que c'est si vous vous consacrez à l'analyse de données.

— Je sais ce que c'est…, marmonna-t-il.

— Dans ce cas, l'interrompit-elle, sur l'affirmation de l'agente Tucker selon laquelle l'assassin se déplaçait sur un vaste territoire.

Elle garda la même attitude quelques secondes de plus, le temps de voir le visage d'Emerson se décomposer, alors que ses yeux roulaient d'un point à un autre dans le vide, cherchant une éventuelle réponse.

— Vous vous trompez totalement…, commença-t-il.

— Elle a raison, intervint Dupree. Il y a une autre affaire. En février dernier, une tempête a frappé une localité côtière près de Cape May, dans le New Jersey.

La famille Miller, même nombre de personnes, a été retrouvée décimée à l'intérieur de sa maison. Comme dans le cas de la famille Mason, ils ont été enterrés sans autopsie. La mère de Mme Miller vit à l'étranger. Quand elle a appris la pénible nouvelle, elle a eu un infarctus et, jusqu'à la semaine dernière, n'a pas pu se rendre aux États-Unis. Pendant tout ce temps, le cadavre de Mme Miller est resté congelé, à la demande expresse de sa mère. Mary Ward, héritière de la quatrième génération du funérarium de Cape May, l'a décongelé et a entrepris de le rendre le plus présentable possible pour sa mère. Alors qu'elle maquillait Mme Miller, elle a senti quelque chose dans la mâchoire qui s'est révélé être une balle de calibre 22. Malheureusement, l'opposition de la famille, le temps passé et un juge très conservateur ont empêché jusqu'à présent qu'on puisse exhumer les corps pour pratiquer des autopsies. Le juge estime que les photographies prises sur les lieux renseignent suffisamment.

Dupree ouvrit un tiroir de son bureau et sortit un dossier marron qu'il plaça devant Amaia. Une vingtaine de clichés montraient l'intérieur d'une habitation côtière détruite par l'eau et le vent. Les cadavres de la famille apparaissaient regroupés dans la pièce centrale de la maison. Un rideau en lambeaux ondoyait, accroché à ce qui avait été une grande baie vitrée. La photo avait été prise au moment où il se remplissait d'air, ce qui donnait l'impression qu'une présence fantomatique flottait sur les corps. Les crânes brisés violemment contrastaient avec les rares blessures sur le reste du corps.

Amaia examina les photos avec attention, presque

avec solennité, évitant le plus possible de les toucher. La voix de l'agent Dupree la ramena dans la pièce.

— Sous-inspectrice Salazar. Je sais que vous avez vécu plusieurs années dans notre pays ; vous êtes sans doute familiarisée avec les particularités météorologiques. Nous sommes en pleine période d'ouragans. Cette nuit, une tempête a dévasté une grande partie du Texas. Les Allen, une famille composée du père, de la mère et de trois enfants adolescents, deux garçons et une fille, ont été retrouvés morts sous les décombres de leur maison. Nous avons vérifié, ils n'avaient pas de grands-parents. Les parents des époux sont morts quand ils étaient petits, tous deux ont grandi dans des foyers d'accueil. A priori, ils ne correspondent pas au profil de famille sur lequel l'assassin s'est concentré. Nous partons là-bas immédiatement, nous souhaitons que vous nous accompagniez.

Amaia baissa le regard en acquiesçant. Elle put entendre les soupirs inquiets du groupe.

6

Itxusuria. Couloir des âmes

Alvord, Texas

Le champ devant la maison des Allen trahissait à peine le passage de l'ouragan. Pour un observateur, la ferme pouvait donner, dans un premier temps, une impression de normalité absolue. Au ras du sol, les fenêtres de la cave étaient intactes, ainsi que l'escalier menant à la véranda, où deux pots de petites fleurs violettes gardaient l'entrée principale. Seulement quand on regardait l'étage, les fenêtres, on s'apercevait que la maison n'avait pas de toit. Il avait été arraché net comme la carapace d'une tortue.

La quantité de véhicules qui encombraient le chemin d'accès attestait de la présence de nombreux agents locaux, nationaux, pompiers, ambulanciers, et même d'employés du funérarium, qui envahissaient la maison. Amaia suivit les membres de l'unité à l'intérieur dans l'étroit couloir que les policiers ouvraient sur leur passage, jusqu'à ce qu'elle ne puisse plus avancer. L'agent Emerson, qui marchait devant elle, se retourna et, quand il la vit, il s'éclipsa dans le salon sans l'attendre. Amaia n'y accorda pas d'importance, elle était sûre qu'elle ne pourrait pas voir grand-chose là-dedans tant qu'il y aurait encore tous ces gens. Autant commencer par les autres pièces, auxquelles personne ne prêtait attention. Elle portait une veste trop grande pour elle, mais les lettres jaunes caractéristiques du FBI y étincelaient. Elle fouilla dans les nombreuses poches cachées, sortit une paire de gants et avança vers le fond du bâtiment tout en les enfilant. Malgré l'absence du toit, on ne constatait pas trop de dégâts, on pouvait encore passer d'une pièce à une autre par l'embrasure des portes. Il y avait des tableaux de travers, des bouts de bois qui pendaient des murs, des débris couverts de poussière tombés du toit, et les vestiges de l'installation électrique inutilisable. Amaia remarqua que les vitres avaient explosé en mille morceaux jonchant le sol. Dans la cuisine, il y avait des restes de nourriture sur la table, et une botte de carottes, encore pleine de terre, dépassait de l'évier. Même les chaises renversées donnaient l'impression d'un départ précipité, et il semblait qu'à tout moment les propriétaires de la maison allaient revenir et reprendre l'occupation qui était la leur avant la tempête.

En arrivant à la maison, elle avait observé avec attention la configuration de la petite ferme, en quête de l'entrée de l'abri où avait dû se réfugier la famille pendant le passage de la tempête. Dupree l'avait prévenue qu'a priori cette famille ne correspondait pas au profil des victimes choisies par le suspect. Mais Amaia ne croyait pas au hasard. Le mari, l'épouse et les trois enfants, deux garçons et une fille du même âge que ceux des Mason et des Jones. Tous réunis dans le salon d'une maison qui avait subi de nombreux dégâts, mais où ils auraient pu survivre, cachés sous les meubles. Il fallait vérifier la direction dans laquelle étaient alignées leurs têtes et trouver l'arme du père ; et si, comme elle le pensait, les membres de la famille Allen avaient été victimes du Compositeur, ils s'étaient certainement mis à l'abri pendant la tempête dans un refuge. Près de la porte de la cuisine il y en avait une autre, identique. Dès qu'elle l'ouvrit, elle sut qu'elle avait trouvé l'accès à la cave. Elle palpa à nouveau ses poches à la recherche de la petite lampe qu'elle avait toujours sur elle. Elle descendit les marches sans toucher la rampe, s'efforçant de marcher sur le côté pour éviter de brouiller les traces de pas. La lumière entrait, tamisée par la poussière. Une grosse couche recouvrait les petites fenêtres, visibles au ras du sol quand on se tenait à l'extérieur, et qui à l'intérieur étaient au niveau du plafond. En regardant plus attentivement, elle se rendit compte qu'elles avaient été renforcées par du scotch de carrosserie et du papier kraft. Dans des boîtes en plastique parfaitement étiquetées, elle trouva des lampes, un transistor avec des piles, des bidons d'eau, des conserves, et même un petit réchaud, attaché à sa base à un camping-gaz. Sur un gros buffet, que le temps avait relégué à la cave, s'entassaient des canettes de soda et des paquets de gâteaux. Deux bières, deux canettes d'une boisson sans sucre, une demi-douzaine de Coca, et deux petites bouteilles d'eau. Évitant de les toucher, elle se pencha et put entendre le gaz siffler à l'intérieur d'une des canettes. Aux portes du buffet était accroché un petit cadenas ouvert. Sans utiliser les poignées, elle entrouvrit les battants et reconnut immédiatement l'odeur familière de la graisse pour nettoyer les armes. Il n'y en avait aucune à l'intérieur, mais rangés au fond elle vit plusieurs paquets de munitions de calibre 22. Elle aperçut plusieurs sacs de couchage et des oreillers, entassés par terre près du mur le plus éloigné des fenêtres. Elle s'accroupit pour examiner le contenu d'une trousse de toilette dorée, semblable à celles qu'on utilise pour les produits de maquillage. Elle était remplie de médicaments. Elle la referma et la laissa où elle était.

Elle remonta et tenta de gagner le salon, mais elle se trouva littéralement coincée entre deux policiers d'État. Elle entendit Dupree convaincre le shérif de la nécessité de faire sortir toutes les personnes présentes sur la scène de crime, et se colla comme elle put au mur pour laisser passer les policiers qui, avec leur sombrero, occupaient quasiment tout l'espace dans le couloir. Alors elle put voir l'intérieur du salon. Dans la pièce où était réunie la famille, régnait le plus grand désordre. Plusieurs agents, enveloppés dans les combinaisons blanches caractéristiques du laboratoire forensique, photographiaient chaque élément accumulé sur les corps avant de les retirer. Leurs crânes, une bouillie de cheveux poisseux et de sang grisâtre à cause de la poussière, étaient alignés en direction du nord, et dans le même ordre que dans les autres affaires : l'épouse, les trois enfants, du plus grand au plus petit, et l'époux. Les agents attendaient patiemment, formant un chœur silencieux autour des corps. Dupree remarqua la présence d'Amaia plantée à la porte, et se tourna, furieux, vers elle. Il se contint néanmoins avant d'arriver à sa hauteur :

— Où diable étiez-vous passée ?

Elle hésita.

— J'étais…

Dupree lui saisit le bras et l'emmena dehors.

Elle commença à s'expliquer.

— Je ne pouvais pas entrer. L'agent Emerson m'a

laissée tomber, le couloir était bondé et j'en ai profité pour…

— Je ne veux pas d'excuses, l'interrompit-il. Emerson est un imbécile, mais j'ai pris un gros risque en vous faisant venir ici, et je ne l'ai pas fait pour que vous soyez une simple observatrice, mais pour que vous ouvriez les yeux et aiguisiez vos sens. Entrez là-dedans, sentez la peur de cette famille. Ce qui m'intéresse, c'est de savoir comment pense le Compositeur, et je veux que vous m'expliquiez ce qu'il a dans la tête. Et ne vous laissez pas intimider, soyez sûre de vous.

Sans attendre qu'elle réponde, il tourna les talons et retourna dans le salon.

Amaia pinça les lèvres, souffla par le nez, et le suivit.

Les experts scientifiques avaient fini de dégager les cadavres, et les agents accroupis observaient les corps, pendant que le pathologiste exposait ses premières impressions. Amaia se pencha juste derrière lui.

— Ils sont morts depuis moins de cinq heures. La lividité cadavérique n'est pas encore apparue, mais sur la partie en contact avec le sol on commence à distinguer des marques de liens. La perte de sang est peu importante par rapport à la gravité des blessures qu'ils présentent tous à la tête.

— Ce pourrait être parce qu'ils étaient déjà morts avant de recevoir les coups ? suggéra l'agente Tucker.

— Je ne peux pas encore répondre à cela, il faudra attendre l'autopsie ; ce que je peux vous dire, en revanche, c'est que toutes leurs plaies sont létales, dit-il en écartant avec les doigts les cheveux du plus jeune garçon pour que tous puissent constater la violence avec laquelle le crâne avait été défoncé.

— Vous semble-t-il possible qu'ils aient tous reçu

ces blessures mortelles à la tête dans cette pièce précisément ? demanda Tucker.

— Vous avez vu la quantité d'objets qui leur sont tombés dessus, des morceaux de poutre, de mortier, dont certains sont profondément incrustés dans les os. Par ailleurs, qu'ils aient fini par se réunir ici n'exclut pas l'hypothèse qu'ils aient été blessés à un autre endroit de la maison. J'ai souvent vu ça dans les cas d'incendie. En situation de panique, il est normal que les membres d'une famille se cherchent les uns les autres et meurent ensemble.

— La tête en direction du nord, souligna Dupree.

Le pathologiste haussa les épaules.

— C'est étrange en effet, mais…

Amaia secoua la tête et objecta :

— Il n'y a pas de sang dans le reste de la maison, j'ai vérifié, insista-t-elle en s'adressant à Dupree. Pas la moindre goutte qui pourrait prouver qu'ils ont reçu ces blessures à la tête ailleurs avant de venir dans le salon. S'ils s'étaient déplacés d'une pièce à une autre avec des lésions aussi importantes au crâne, ils auraient perdu beaucoup de sang et il y en aurait partout sur le parcours.

— Il n'y a pas non plus de taches ni d'éclaboussures sur leurs vêtements et sur leur visage, ce qui se serait produit s'ils avaient été debout quand ils ont été touchés par ces objets, fit remarquer Johnson.

Amaia s'avança un peu et se pencha sur le cadavre.

— Et si vous regardez bien, dit-elle en montrant l'amas de sang que formait la blessure sur la tête du garçon, quelques centimètres sous l'impact, il y a une cloque.

Le pathologiste écarta les cheveux à l'endroit qu'elle lui indiquait.

— C’est peut-être du sang…

— Non, ce n’est pas du sang. C’est du gaz, affirma Amaia. Si on observe l’extrémité de la plaie, on remarque deux petites marques noires, la forme en étoile caractéristique d’abrasion que dessinent sur la peau les gaz d’un coup de feu tiré à bout portant ; celle de la tête est très fine, contrairement au crâne, qui est tellement dur qu’il a empêché que les gaz se dissipent à l’intérieur, formant cette cloque.

Dupree acquiesça, satisfait.

— Il est possible que vous ayez raison…, admit le pathologiste à contrecœur.

— Ils sont tous morts d’une balle dans la tête, un tir dissimulé ensuite par ces terribles coups, dit-elle.

— Il est certain qu’ils présentent de nombreuses similitudes avec les affaires que nous connaissons, mais nous n’avons encore trouvé aucune arme et, comme prévu, cette fois il n’y a pas de grand-mère, objecta Johnson.

— Pendant l’ouragan, la famille s’est réfugiée à la cave, à laquelle on accède par la cuisine, continua Amaia en regardant Dupree avec insistance. Ils étaient bien préparés : ils avaient stocké de l’eau, de la nourriture, des piles, un transistor, des lampes. Tout dans des boîtes hermétiques. Il y a un buffet ouvert, aucune arme à l’intérieur mais un chiffon lubrifié et une brosse de nettoyage, ainsi que plusieurs boîtes de munitions de calibre 22. Je ne crois pas qu’ils aient dormi, mais ils ont passé la nuit là-bas ; dans les chambres c’est le chaos, cependant on voit que les lits sont faits. Il y a six sacs de couchage et des boissons pour six personnes : de la bière, sûrement pour le père, une boisson sans sucre pour la mère, des sodas pour les enfants et de l’eau pour une sixième personne.

Emerson regarda les autres, cherchant leur soutien avant d'affirmer :

— Il me semble très hasardeux d'affirmer qu'il y avait une sixième personne à cause d'un sac de couchage et de quelques bouteilles d'eau ; ils ont pu poser sur le sol tous les sacs qu'ils avaient, et n'importe lequel d'entre eux a pu boire de l'eau en plus d'un soda.

Dupree observa Amaia, attendant qu'elle réponde.

— À côté des sacs de couchage il y a une trousse de toilette remplie de médicaments caractéristiques du troisième âge. Pour la circulation, l'hypertension, l'arthrose, des somnifères. Les personnes âgées ne vont nulle part sans leurs médicaments, et elles ne boivent que de l'eau pour les prendre. Par ailleurs, la bouteille présente des marques de rouge à lèvres rose très clair. Il n'y en a pas sur la bouche de la mère ni de l'adolescente.

— Le seul problème, contesta Tucker en se redressant, c'est qu'il n'y a aucune trace de cette personne. Selon les renseignements dont nous disposons, les époux n'avaient plus de parents. Ils sont morts quand ils étaient tout petits. Ils se sont connus à l'adolescence dans un foyer d'accueil. Mais tous deux étaient orphelins, sans aucune famille. C'est peut-être ce qui les a unis jusqu'à la fin, dit-elle en regardant les corps avec tristesse.

Amaia sortit de la maison et, slalomant entre les véhicules qui encombraient le chemin, elle s'éloigna suffisamment pour obtenir une nouvelle perspective de la propriété. La route était seulement à deux cents mètres. Elle observa les champs de la ferme de la famille Allen. Les cultures, probablement des légumes, avaient été récoltées, et l'absence de machines ne l'étonna pas. Elle se rappelait avoir vu sur la porte du réfrigérateur un grand autocollant de la coopérative d'agriculteurs d'Alvord. À l'exception de la maison, il n'y avait aucune autre construction à l'horizon, et d'après leurs informations la ferme la plus proche se trouvait à plus de trois kilomètres. La clôture blanche qui entourait le bâtiment et la douzaine d'arbustes chétifs qui avaient bordé le chemin penchaient à présent furieusement en direction du nord, celle des vents. Elle leva les yeux vers le ciel qui se couvrait par moments, et marcha à nouveau jusqu'à la ferme.

Appuyée contre une voiture de la police d'État, elle vit une femme d'une quarantaine d'années, en uniforme, qui lui sourit, avant de se retourner vers la maison et de commenter :

— Incroyable, n'est-ce pas ? On dirait une tortue à laquelle on a arraché sa carapace.

Amaia esquissa un sourire.

— Figurez-vous que j'ai pensé la même chose. Le pire, c'est qu'on dirait qu'il va bientôt pleuvoir.

— Oh ! Ne vous inquiétez pas pour ça, une entreprise de l'État voisin va vous livrer une bâche industrielle pour couvrir la maison ce soir. Quand on aura embarqué les cadavres, on s'occupera des lieux, on démontera la maison pièce par pièce, on fera un inventaire du contenu, et tout ira dans un dépôt d'État jusqu'à la fin de l'enquête. Seulement alors ce sera à la disposition des héritiers, s'il y en a.

— Quelle efficacité ! dit Amaia avec un sourire.

La femme lui tendit une main amicale.

— Alana Harris, police d'État.

— Sous-inspectrice Amaia Salazar, collaboratrice

du FBI, dit-elle, touchant l'insigne qui pendait du col trop large de sa veste.

La femme le remarqua, amusée :

— Ils ne se sont pas beaucoup foulés pour la taille, n'est-ce pas ?

Amaia sourit, tandis qu'elle pointait du doigt la ferme. Elle vit que Dupree l'observait depuis la véranda.

— Vous ne sauriez pas, par hasard, où a atterri le toit ?

— Bien sûr que si, répondit la policière. Il est à deux cent cinquante mètres, juste derrière la maison. Et ce n'est rien. Il y a trois ans, l'ouragan Helen a arraché une partie du toit de l'église et l'a déposée sur une grange à plus de trois kilomètres.

Amaia commença à avancer vers l'endroit que lui avait indiqué la femme. Contrairement au champ de devant, celui qui s'étendait derrière la maison était jonché de débris, de vêtements et d'objets pulvérisés de la ferme. Au loin elle distingua une lampe à six bras, ampoules intactes. Il n'y avait pas trace du toit.

— Il faut que vous alliez plus loin, il est coincé dans un ravin, précisa la policière en haussant la voix.

Amaia leva la main pour la remercier, et vit que Dupree était descendu de la véranda et venait vers elle.

Dans ce champ, l'herbe était sauvage, et bien que le vent l'eût plaquée contre le sol, la brise légère qui commençait à souffler contribuait à la relever. Amaia avança, consciente que Dupree la suivait. Elle ne voyait toujours pas le toit, mais quand elle se retourna, elle aperçut Alana, qui d'un grand geste de la main lui faisait signe de continuer. Le ravin dont la policière lui avait parlé formait sur le terrain une marche d'à peine deux mètres de haut et d'environ vingt-cinq mètres de long, et comme elle le lui avait dit, le toit était là. Pratiquement entier, avec les poutres qui l'avaient uni à la maison. On avait la sensation de voir un édifice enterré qui aurait décidé d'émerger dans ce lieu loin de tout. Il y avait dans le champ des traces de pas qui avaient écrasé l'herbe, aussi nettes que des empreintes dans la neige. Elle se retourna et s'aperçut qu'elle avait laissé les mêmes traces pour venir jusque-là. Dupree la rejoignit et se plaça à côté d'elle en silence. Elle remarqua alors que les autres membres du groupe arrivaient derrière lui.

Amaia descendit dans le petit fossé, s'allongea par terre et regarda sous le toit. Elle se redressa aussitôt, fit un signe à Dupree et aux autres.

— Là d'où je viens, expliqua-t-elle, il y a une vieille croyance selon laquelle la maison d'une famille s'étend jusqu'à l'endroit où arrive son toit. *Itxusuria.* Dans ce périmètre, on enterrait les morts du clan qui, pour différentes raisons, ne pouvaient pas être enterrés dans le cimetière.

Elle attendit qu'ils soient tous accroupis et pointa le faisceau de sa lampe sur le visage couvert de sang de la vieille dame morte sous le toit.

— La grand-mère est là.

7

Hésiter

Académie du FBI, Quantico, Virginie

Assise devant un ordinateur, Amaia tenta une fois de plus de se concentrer sur la voix de l'instructeur qui expliquait comment devaient être remplies les listes d'affaires soupçonnées d'être des assassinats pour intégrer le programme international de fichiers de victimes. Elle était fatiguée. Elle avait passé la nuit à rédiger un nouveau rapport avec ses conclusions et, malgré ses efforts, elle avait conscience de ne pas écouter. Elle n'arrêtait pas de penser aux profils qu'elle avait établis. Ses affirmations, pour la plupart, allaient à l'encontre de l'opinion des agents qui composaient le groupe ; plutôt audacieuses pour les uns, purement intuitives pour les autres. Au bout du compte, c'était ce que lui avait demandé l'agent spécial Dupree quand ils s'étaient séparés.

— Maintenant vous avez tous les éléments. Complétez les trois profils. Je veux votre rapport sur mon bureau demain matin à huit heures.

Amaia avait posé son rapport sur le bureau de Dupree à sept heures. Elle regarda à nouveau sa montre. Il était plus de midi.

> Homme blanc de plus de quarante-cinq ans, qui a déjà tué auparavant de la même façon à l'intérieur de son groupe racial. Organisé et patient, capable d'attendre que se présente le moment opportun. Croyant, même s'il est possible qu'il trouve la position de l'Église envers le péché trop laxiste.

Le cours se termina et elle enchaîna sur le suivant.

Elle se sentait fragilisée. Elle savait que c'était le prix à payer pour avoir raison, pour le privilège toujours mystérieux de trouver la pièce manquante du puzzle. L'irrévérence de la connaissance, de la vérité, qui était révélée avec violence, sans protocole ni mesure, et cela avait toujours un coût.

Elle n'avait pas pu se retenir à partir du moment où elle avait trouvé la femme morte sous le toit. L'affrontement avec l'équipe de Dupree avait cessé d'être purement dialectique. Quand elle avait pointé le faisceau de sa lampe sur le visage défiguré de la femme prisonnière de sa tombe improvisée, elle avait vu s'emboîter les pièces qui constituaient la scène obscure sur laquelle évoluait le Compositeur. Contrairement à l'intérieur de la maison, contaminée par des dizaines de policiers, cette scène de crime était vierge. Si elle se concentrait, elle pouvait encore sentir la trace de la présence du meurtrier, poursuivant la vieille dame jusque-là. C'était pour les profileurs le mode opératoire classique des exterminateurs familiaux. Pourtant, elle était absolument certaine à présent que ce n'en était pas un. Son objectif n'était pas de détruire des familles, mais d'en composer une. Une famille parfaite, parfaite dans la mort. La découverte de la grand-mère, suivie de cette affirmation profonde, avait fait éclater l'irritation difficilement contenue depuis qu'ils s'étaient trouvés dans le bureau de Dupree le matin.

— Ils n'ont pas de grands-parents. Les parents des deux époux sont morts, l'agente Tucker vous l'a déjà dit, objecta Johnson, se dressant devant elle, visiblement remonté mais toujours poli.

— C'est la grand-mère, vérifiez, insista-t-elle, s'éloignant du groupe pour retourner vers la maison.

— Nous l'avons vérifié, répondit Tucker, qui la suivit dans le champ, énervée. Je n'affirmerais pas une telle chose si je n'avais pas les renseignements.

— Revérifiez.

— Vous savez à qui vous parlez ? explosa Tucker. Vous êtes qui pour me donner des ordres ?

Amaia s'arrêta. Elle soupira et regarda le sol, s'efforçant de se calmer. Elle avait une terrible envie de se retourner et d'empoigner Tucker par le col de sa chemise jusqu'à lui faire entendre raison. Elle se retint. Sans céder d'un pouce, elle baissa la voix au point d'en devenir à peine audible, obligeant les membres du groupe à l'entourer pour l'entendre.

— Oubliez les documents officiels, demandez à leurs voisins si cette femme vivait avec eux. Les enfants qu'on enterrait sous l'avant-toit n'étaient pas non plus officiellement des membres de la famille chrétienne.

L'agent Johnson haussa les épaules, consterné par ses propos. Il lança un regard à Dupree, la bouche ouverte, dans l'attente de sa réaction. Emerson s'adressa aux autres, à bout de nerfs.

— C'est quoi cette connerie ? s'exclama-t-il, levant les deux mains. Des membres de la famille enterrés sous le toit ? Nous devons sérieusement supporter ça d'une amatrice ?

— Revérifiez, ordonna Dupree lentement.

— Mais… Dupree, nous avons les informations…, protesta Johnson.

Dupree le foudroya du regard.

— J'ai dit de revérifier.

Puis il avait demandé à Amaia de s'éloigner pendant qu'il parlait aux autres. Elle avait attendu à l'intérieur de la voiture, comme une enfant punie, condamnée à être séparée du reste du groupe. D'où elle était, elle voyait Dupree, Emerson et Tucker de dos ; elle ne pouvait les entendre, mais à leurs gestes, elle comprenait qu'ils discutaient. Les hommes étaient tendus, la tête baissée et les mains posées sur les hanches. Tucker regarda une fois en direction de la voiture et Emerson désigna Amaia d'un mouvement du menton. Elle n'eut aucun doute : ils parlaient d'elle. Elle vit revenir Johnson, parti interroger le groupe de voisins qui s'étaient rassemblés près de la maison pour prendre des nouvelles de la famille Allen. Il parla brièvement à Dupree, et tout le monde se tourna vers l'endroit où elle se trouvait, l'observant avec stupéfaction et méfiance à la fois.

Amaia sortit de la voiture et attendit qu'ils s'approchent. D'un geste, Dupree autorisa Johnson à révéler l'information qu'il avait recueillie :

— La vieille dame morte sous le toit s'appelle Belinda Wright. C'était l'amie d'enfance de la mère de Hugh Allen. Elle a recueilli Hugh chez elle quand il est sorti du foyer d'accueil à sa majorité. Il a vécu avec elle et son époux dans une petite ferme non loin jusqu'à ce qu'il se marie et s'installe dans cette maison. Des années plus tard, devenue veuve, Belinda s'est installée avec eux et les a aidés à élever leurs enfants. Même si ce n'était pas sa mère biologique, Hugh la considérait comme telle.

Dupree continua :

— D'une manière ou d'une autre, cette femme a réussi à s'échapper de la maison, ou peut-être était-elle dehors quand l'assassin est arrivé. Il l'a poursuivie dans le champ, l'a abattue et traînée jusqu'au toit pour la placer dessous, comme un membre de la famille, dit-il, et il prononça ces derniers mots en regardant avec respect Amaia.

Tucker baissa également d'un ton quand elle s'adressa à elle.

— Je comprends que c'est à cela que vous vous référiez quand vous parliez de « casting choral ». Il ne recherche pas la même famille à chaque fois, mais quelque chose qui la représente. Il faut reconnaître que c'est très difficile d'accepter qu'il puisse les choisir en fonction du lieu où se produit une catastrophe…

— Non, objecta Amaia, retrouvant sa fougue. Ce n'est pas si simple. Nous devons prendre en compte le fait que nous connaissons désormais avec de plus en plus de précision le moment où va se déclencher une grande tempête, un cyclone ou un ouragan, et lui aussi. C'est l'ouragan qui lui dit où il doit aller, Dieu Lui-même. Dieu et les instituts météorologiques, ajouta-t-elle, souriant légèrement. Je crois que c'est comme ça qu'il réussit à anticiper. Il est sur place avant l'arrivée de l'ouragan, attendant que Dieu lui donne les coordonnées exactes.

Emerson fit claquer sa langue avec dégoût.

— Voyons si j'ai bien compris, dit-il sur un ton faussement aimable : selon votre hypothèse, l'assassin ne choisit pas une famille, mais un lieu, sur lequel déferle une tornade, s'abat un ouragan, ou se produisent des inondations. J'admets que, jusqu'à un certain point, ce peut être facile à prévoir. Comme vous le dites vous-même, les instituts nationaux de météorologie sont de plus en plus performants et prévoient avec une plus grande fiabilité l'endroit où se déclenchera une tempête. Mais s'il choisit le lieu de cette façon, comment le Compositeur trouve-t-il des familles qui correspondent parfaitement au profil dont il a besoin pour mener à bien son œuvre, une fois que la tempête lui a indiqué où il doit agir ? Dieu lui dit-Il suffisamment à l'avance, avant l'institut météo, où va frapper une tempête pour qu'il puisse trouver les familles qui seront ses victimes ? Ou croyez-vous qu'il s'agisse cette fois de quelque chose de mystique, comme l'histoire des enterrements sous les toits ?

Emerson conclut son exposé par un de ses sourires répugnants.

— Il ne me viendrait pas à l'esprit autant de sottises, pas même pour discréditer une hypothèse erronée, répondit-elle. Et ce n'est pas une supposition, c'est une base constituée à partir de données.

Le sourire d'Emerson s'évanouit, remplacé par l'incision au scalpel qu'il affichait quand il était frustré.

Amaia continua avec fermeté.

— Peu importe ce que je crois. L'important, c'est ce qu'il croit, lui. La foi est puissante pour cette raison même. S'il s'agit d'un assassin qui justifie ses actes par le fait qu'ils sont liés à la volonté de Dieu, du moins, que Dieu ne le voit pas comme un assassin mais comme un Loth, un homme juste, il doit interpréter comme des signes ce qui passe inaperçu pour nous, et a sûrement développé un modèle personnel pour choisir ses victimes. N'oublions à aucun moment sa capacité exacerbée d'unir la volonté de la providence à ses propres désirs.

— Nous sommes dans la phase préliminaire et ne possédons pas tous les éléments, mais les assassins religieux considèrent qu'ils libèrent la société d'êtres indignes, de pervers, de misérables. Leurs victimes sont généralement des prostituées, des mendiants, des dealers, des drogués. Toute personne qu'ils estiment immorale… Nous sommes encore en train d'enquêter sur la famille Allen, mais cela fait des semaines que nous travaillons sur les dossiers des autres familles, et je peux vous assurer qu'elles ne correspondent pas au profil. Ce sont des familles classiques, avec leurs hauts et leurs bas, mais elles ne cadrent pas avec le profil de victimes qu'un assassin religieux pourrait juger immorales. Il n'y a rien chez elles de manifestement condamnable, expliqua Tucker.

Johnson intervint.

— Dans l'affaire Wuornos, la meurtrière tuait les clients de prostituées, les punissant eux, pas elles. Le péché que cherche cet apôtre peut passer inaperçu à première vue.

Tucker sembla réfléchir.

— Vous voulez dire que peut-être un ou plusieurs membres de ces familles avaient un aspect de leur existence qui était condamnable ? demanda Tucker en s'adressant à nouveau à Amaia.

— Condamnable aux yeux de l'assassin, précisa Amaia. Il n'a pas forcément les mêmes critères que le reste du monde. Il a juste besoin de connaître un élément qui lui semble une raison suffisante. Mais je crois que dans cette affaire il va plus loin, car il ne se concentre pas seulement sur le membre corrompu de la famille : il les châtie tous, car il les considère tous comme responsables de ce mal.

Elle sentit le regard de Dupree posé sur elle. La tête inclinée de côté, il l'observait. Non, il la scrutait, de la même façon qu'il l'avait fait le matin même pendant un instant dans son bureau.

Emerson se pencha un peu en avant.

— Je crois qu'il manque toujours quelque chose dans votre théorie. Le fait que les catastrophes marquent le lieu et votre côté « medium » pour expliquer la découverte de la grand-mère sont très spectaculaires, je dois le reconnaître, mais pas suffisants pour clarifier comment il choisit les familles.

— Je ne sais pas encore comment il trouve les familles, admit Amaia en fixant Emerson droit dans les yeux, surtout pour fuir le regard insistant de Dupree. Je pense que ce n'est pas le moment de répondre à cette question, et que nous aurons la solution quand nous saurons quel est son rythme. La question maintenant est : depuis quand tue-t-il ?

— Nous pouvons remonter jusqu'à février…, tenta Emerson.

Amaia lui coupa la parole :

— Pour le moment, nous pouvons remonter jusqu'à février avec la famille de Cape May… mais je suis sûre qu'il a commencé bien avant. Sa méthode est impeccable, au point de savoir par exemple que Belinda Wright était comme une grand-mère pour les Allen. Un tel niveau de maîtrise requiert de l'expérience, de l'adresse et de la pratique. Et dans la pratique, au début, on commet des erreurs…

Dupree acquiesça lentement.

— Développez, l'encouragea-t-il.

— En février, il y a eu les Miller, en mars les Mason,

en avril les Jones ; maintenant les Allen. Nous sommes en août. Vous remarquerez un saut dans le temps, et il est impossible qu'il s'en soit toujours bien tiré. Nous devrions chercher des agressions incomplètes, ratées.

L'agente Tucker approuva, s'avançant d'un pas pour se placer devant Amaia.

— Des familles ayant le même nombre de membres, de même sexe et de même âge, mais dans lesquelles certains ne seraient pas morts parce qu'ils n'étaient pas dans la maison quand la tempête a frappé.

Amaia sourit, satisfaite, presque heureuse d'avoir réussi à connecter son raisonnement avec elle. Elle continua avec plus d'assurance :

— Ce doit être compliqué de soumettre autant d'individus : il faut d'abord qu'il récupère leur arme, les immobilise ensuite dans une pièce de la maison et les exécute un par un. Si Belinda Wright a réussi à s'échapper, cela a pu arriver d'autres fois. Je suis sûre qu'il a déjà dû commettre une erreur ; attaquer une famille après une catastrophe naturelle laisse le flanc trop exposé, trop de détails peuvent lui échapper des imprévus peuvent se présenter.

Dupree hocha la tête, s'adressant à l'équipe.

— Cherchez des plaintes déposées par des familles ayant le même nombre de membres qui ont reçu des visites suspectes après une catastrophe. Des tentatives manquées, des moments où le sujet a peut-être dû renoncer pour une raison ou une autre : un voisin qui est arrivé pour les secourir, d'autres personnes dans la maison à la présence desquelles il ne s'attendait pas, des invités, des parents, ou l'absence d'un ou de plusieurs membres qui l'aurait empêché de réaliser pleinement son plan.

Amaia acquiesçait à chacune de ses paroles. Dupree se tourna à nouveau vers elle.

— Autre chose ?

— Je... Eh bien... Si je devais mener cette enquête... je voudrais connaître dans le moindre détail la vie de ces familles. Je suis sûre que leur profil correspond aux préceptes de l'assassin beaucoup plus qu'il n'y paraît. La raison peut être si minime et si insignifiante que nous passons à côté. Ce type d'individu est motivé par des aspects qui échappent au sens commun et qui, cependant, représentent tout pour lui. Si nous parvenons à bien connaître ces familles, nous saurons mieux comment l'assassin arrive jusqu'à elles, comment il est capable de trouver un profil aussi concret de famille dans une région aussi grande, et en fonction de la direction des tempêtes. Il faut compléter le profil des victimes.

— Si vous meniez l'enquête..., murmura Emerson, se penchant de façon qu'elle soit la seule à l'entendre.

Ce n'était qu'une broutille, mais cela suffit à lui faire perdre sa concentration un instant.

— Salazar, quoi d'autre ? l'apostropha Dupree.

— Le profil géographique, dit-elle, tentant de se reconcentrer. Je chercherais sur un terrain plus vaste.

— C'est-à-dire ? demanda Johnson.

— Tous les endroits où une catastrophe naturelle a touché une famille qui réunit les caractéristiques, disons au cours des deux dernières années. Si nous trouvons des pistes, nous devrons peut-être remonter plus loin.

— C'est de la folie ! s'opposa Johnson.

— J'imagine qu'elle n'a pas entendu parler du cercle de Kanter, commenta Emerson en s'adressant à Johnson comme si elle n'était pas là.

— On ne peut pas appliquer la théorie du cercle géographique d'action des tueurs en série sans vérifier s'il existe plus de cas : c'est la première étape de la théorie.

— Je crois que ce qu'Emerson veut dire, intervint Tucker, c'est qu'il est impossible que sur un territoire aussi vaste il ait pu les surveiller, être assez proche pour connaître des détails, comme le calibre de l'arme qu'ils ont chez eux, ou savoir qu'une femme qui n'est pas la grand-mère biologique vivait avec eux. Il doit être plus près. Il doit les voir pour les choisir, les voir pour les haïr.

Amaia secoua la tête avant d'expliquer.

— Il ne les hait pas, du moins il ne les hait pas pour ce qu'ils sont, mais pour ce qu'ils représentent. Il prie pour leurs âmes, pour leur repos. Il efface toute trace de violence évidente, élimine les liens, leur évite le déshonneur. D'une certaine manière, le fait de prier pour eux montre qu'il doit nécessairement y avoir une relation et une raison, mais je ne crois pas que ce soit la haine. Il ne veut rien d'eux non plus, n'emporte rien, ne leur vole rien, que volerait-il à ceux qui ont déjà tout perdu ? Nous sommes à l'ère de l'information et de l'exhibitionnisme. De la même façon qu'un institut météorologique prévoit tempêtes, tornades et ouragans avec une précision presque millimétrique, et nous apporte l'information jusque dans nos appareils portables, Internet permet à n'importe qui d'entrer dans notre intimité. À travers Internet, les gens exhibent leur vie privée sans penser à qui peut les regarder. Je ne dis pas que c'est le cas, mais il y a d'autres moyens, nombreux, d'accéder à la vie privée d'une personne, d'une famille, que de la surveiller du champ en face de sa maison.

— D'un autre côté, il doit s'agir de quelqu'un qui ne se fait pas tellement remarquer après une catastrophe car sa présence est attendue, indiqua Dupree.

Tucker ouvrit le portable qu'elle avait à la main, le posa sur le capot de la voiture et leur montra plusieurs graphiques.

— Envisageons d'abord la possibilité de l'observateur proche. Nous vérifions actuellement les compagnies de téléphone, d'électricité, Internet, les éventuels techniciens, réparateurs… Tous les liens que les familles avaient en commun. Grâce au témoin, nous savons que son apparence n'éveille pas les soupçons, ni la méfiance. Nous avons aussi dans notre ligne de mire les policiers, les pompiers, les équipes de secours, les médecins, les ambulanciers, le personnel médical… C'est vrai qu'au milieu du chaos un individu appartenant à un de ces groupes pourrait se fondre dans la masse.

— Certains pompiers sont volontaires, ils se présentent pour agir au moment des catastrophes. Je sais qu'une brigade cynophile se déplace dans tout le pays, et se rend même à l'étranger quand il y a des accidents en haute montagne ou des tremblements de terre, ajouta Johnson.

Amaia acquiesça.

— Il faudrait inclure également les informateurs, journalistes, reporters, équipes de télévision, ceux qui apparaissent quand tout le monde fuit.

Johnson prenait des notes sur un assistant personnel. Il ajouta :

— Je crois que nous devrions élargir aux groupes de volontaires qui se constituent à travers les réseaux sociaux, les bons Samaritains qui débarquent après les catastrophes pour aider…

— Églises, associations municipales, bénévoles, organismes caritatifs…, précisa Tucker.

— Sans oublier les chasseurs de tempêtes, de tornades, pseudo-chercheurs et cinglés qui veulent mettre la vidéo sur YouTube, dit Amaia.

— Le nombre d'imbéciles est infini, commenta Johnson avec un sourire.

— Comme de démons, conclut Dupree en fixant Amaia.

Cette fois, elle ne baissa pas les yeux. Amaia savait qu'elle plaisait aux hommes, connaissait le jeu des regards. Au cours des derniers jours, elle avait dû fuir ceux, lubriques, d'Emerson plus d'une fois. Mais le regard de Dupree était différent. Inquisiteur, il fouillait en elle avec la passion d'un égyptologue devant un hiéroglyphe. Les ombres dans ses yeux noirs passaient de la curiosité à la méfiance, de l'admiration à l'inquiétude. Elle ne s'attendait pas à déchiffrer facilement un homme qui dirigeait une des meilleures équipes du département des sciences comportementales ; et même si elle était plutôt douée pour percer à jour l'attitude cachée et les intentions des autres envers elle, avec Dupree c'était comme entendre un bruit blanc. Elle avait analysé chacune de ses réactions, chacun de ses regards, de ses mots, et elle était encore incapable de dire s'il était son ami ou son ennemi. Mais elle savait une chose : il l'écoutait, et ce qu'elle apportait était suffisamment important à ses yeux pour qu'il mette de côté le malaise initial du reste de son équipe. « Soyez sûre de vous », lui avait-il dit devant la maison. Son assurance et sa perception d'elle-même n'avaient rien à voir avec tout cela ; Amaia Salazar avait toujours fait cavalier seul, elle avait l'habitude. Mais ces dernières minutes, à côté de la voiture, pour la première fois de toute la journée, elle s'était sentie comme un membre de l'unité, avait senti le lien et le respect de ses compagnons.

— Nous avons encore du travail, dit Dupree. Le pathologiste m'a donné sa parole qu'il pratiquerait les autopsies immédiatement. Le groupe passera la nuit ici. Salazar, vous retournez à Quantico. Il y a un vol dans une heure pour la Virginie. L'agente Harris vous conduira à l'aéroport.

C'était donc ça. Nous oui, mais toi non. Qu'avait-elle cru ?

Amaia prit congé des autres rapidement et sans effusion. Elle se dirigea vers la voiture de l'agente Harris, qui lui fit signe de l'intérieur. Elle s'aperçut alors que Dupree marchait vers elle. Elle se retourna pour lui faire face.

— Vous avez maintenant tous les éléments. J'attends votre rapport, dit-il en l'accompagnant jusqu'à la voiture de la policière d'État.

Avant de monter dans le véhicule, Amaia lui demanda :

— Pourquoi vous ne m'avez pas saluée ?

Dupree la regarda avec stupéfaction. Il esquissa même avec les mains un geste machinal d'étonnement ; cependant, il se ressaisit suffisamment pour ne pas lui répondre.

Mais elle était lancée et n'avait pas l'intention d'en rester là.

— Vous vous êtes adressé plusieurs fois à moi pendant votre conférence, mais ensuite, quand je me suis approchée de la scène pour vous saluer, vous m'avez dédaignée intentionnellement. Pourquoi ?

Dupree soupira profondément, déboutonna sa veste et plaça les mains sur ses hanches. Il regarda par-dessus son épaule pour voir où se trouvait le reste du groupe et se pencha vers elle.

— Je ne voulais pas vous déconcentrer ; je suis conscient du mal que l'intérêt d'un instructeur peut causer à un enquêteur.

Elle le regarda attentivement.

— Non, ce n'est pas ça. J'ai été consciente de l'intérêt que vous me portiez pendant la conférence, même Emerson s'en est rendu compte, mais ensuite vous m'avez ignorée. Vous avez voulu m'irriter en me traitant comme une prétentieuse imbue d'elle-même.

Dupree l'observa en silence. Amaia fut certaine qu'elle avait commis une erreur et qu'il ne répondrait pas. Pourtant, il dit :

— Je ne me suis pas trompé. Pendant la conférence, j'avais besoin de votre attention puis de votre colère pour votre rapport, et je les ai obtenues. Vous avez raison sur un point : ce n'était pas un hasard si la conférence portait sur l'inspecteur Scott Sherrington et les victimes cachées. Pendant des semaines j'ai soupçonné que nous pourrions être confrontés à une affaire de cette nature ; les révélations des dernières heures ont permis une nouvelle approche. Nous travaillerons à partir de cette hypothèse.

— Pourquoi moi ?

Le visage de l'homme se durcit.

— Ne vous y trompez pas. La priorité, c'est l'affaire, et si vous êtes ici aujourd'hui, c'est parce que j'ai pensé que votre contribution pourrait nous être utile.

— Je sais parfaitement quelle est ma place ; je suis sous-inspectrice à la brigade criminelle, je connais les priorités. C'est vous qui paraissez vous tromper. Tout à l'heure, sur la scène de crime, vous m'avez réprimandée comme si vous parliez à un élève de votre académie. Je n'ai peut-être pas été formée au FBI, mais je maîtrise la procédure et je sais me comporter sur une scène de crime. De toute façon, vous ne répondez pas à ma question.

Dupree se retourna, contrarié ; il feignit de partir, mais il revint vers elle et lui lança, souriant, incrédule :

— Vous êtes sérieuse ? Vous avez remis un rapport couvert de post-it. Vous avez même réussi à faire sortir de ses gonds Johnson, qui doit être le type le plus pacifique du monde. Je ne répondrai pas à votre question, je le ferai peut-être un jour, mais pas aujourd'hui. Aujourd'hui vous avez été un outil essentiel, mais vous n'aviez pas besoin de le savoir. Je suis sûr que vous n'auriez pas réagi de la même façon si vous l'aviez su. Je crois que nous aurions perdu votre irrévérence quand vous avez interrogé le pathologiste… et votre animosité à côté du toit.

— Vous ne me connaissez pas, objecta-t-elle.

— Vous avez raison sur ce point. D'où votre présence aujourd'hui, j'avais besoin de savoir la part de posture et de talent, de compétence et surtout d'intelligence. (Il sourit malicieusement.) Et je voulais par ailleurs observer cette sorte d'arrogance qui apparaît chez vous quand vous savez que vous avez raison.

Amaia fronça les sourcils.

— Comme maintenant…, conclut Dupree.

— Arrogance ?… (Elle secoua la tête, déçue. À présent elle comprenait tout.) Emerson vous a dit…, susurra-t-elle, accablée.

Dupree lui tourna le dos et se dirigea vers le groupe d'enquêteurs qui l'attendaient à l'entrée de la maison.

— Emerson ne compte pas. N'oubliez pas de me remettre votre rapport avant huit heures. Trois profils, Salazar.

8

Outil

Académie du FBI, Quantico, Virginie
Vendredi 26 août 2005

Les heures passaient avec une lenteur extraordinaire. Amaia avait révisé mentalement son rapport jusqu'à l'épuisement. Au moment de la pause-déjeuner, elle n'avait pas faim mais accompagna quand même le groupe de policiers européens jusqu'au réfectoire. À l'entrée de la cafétéria, elle croisa l'agent Emerson. Amaia le salua, mais Emerson tourna la tête, méprisant, sans même feindre de ne pas l'avoir vue. L'après-midi, elle suivit un cours sur les mafias internationales puis un autre sur les délits par voie maritime, transport international et contrôle portuaire de containers. Son attention ne s'était pas améliorée, mais ce qui l'ennuyait vraiment, c'était de prendre conscience que plus les heures s'écoulaient, plus elle déprimait, car elle n'arrêtait pas d'entendre la voix en elle qui, comme un écho, répétait qu'elle avait commis une erreur. La façon dont elle avait rédigé son rapport, ses conclusions sur le profil. Elle avait refusé d'écouter Dupree quand il lui reprochait son arrogance, et elle était sûre d'avoir signé sa propre condamnation quand elle avait osé lui dire ce qu'elle pensait. À présent elle comprenait qu'ils s'étaient amusés avec elle comme un chat avec une souris. Ils s'étaient divertis à provoquer sa colère, son désir, et maintenant ils l'abandonnaient, fatiguée, disloquée, la tête pleine d'images, de crimes, d'autopsies, de photos, d'informations… Dupree avait été clair. « La priorité, c'est l'affaire. » « Aujourd'hui vous avez été un outil. » Elle se sentit épuisée, décalée, comme l'enfant surdoué que ses parents autorisent à se coucher tard, mais qu'ils obligent à jouer du piano pour leurs invités.

Pendant le dîner, elle tritura la nourriture dans son assiette, se forçant à sourire aux remarques spirituelles de ses camarades de table. Elle se retira tôt et retourna dans la chambre qu'elle partageait avec l'inspectrice allemande. Elle se sentait exténuée, avait besoin de dormir, mais l'affaire tournait en boucle dans sa tête. Elle regarda Gertha, qui s'était endormie la bouche ouverte et ronflait doucement. Elle posa le livre qu'elle avait entre les mains et couvrit la lumière avec un foulard, persuadée qu'une fois de plus elle ne fermerait pas l'œil de la nuit. Une minute plus tard, elle dormait profondément.

Au milieu d'un rêve, elle entendit des coups frappés à la porte, qui étaient réels et la réveillèrent, en même temps que la voix d'un homme qui l'appelait par son nom. La lumière de la table de chevet était encore allumée. Elle se redressa, tandis qu'elle chassait les restes de son rêve. Elle se leva et avança vers la porte, se retournant un instant pour rassurer Gertha, qui avait entrouvert les yeux.

— Dors, c'est pour moi.

Obéissante, Gertha se tourna sur le côté et se rendormit. Amaia alla ouvrir et, à cet instant, prit conscience qu'elle était en culotte et en tee-shirt. Elle entrebâilla la porte et passa la tête par l'ouverture.

— Venez avec moi, dit l'homme sans montrer en aucune façon qu'il venait de la voir en petite tenue. L'agent spécial Dupree veut vous parler.

Elle s'habilla rapidement.

Le trajet compliqué jusqu'au bureau de Dupree lui parut encore plus confus dans le silence de la nuit. Un calme apparent qui disparut quand les portes de l'ascenseur s'ouvrirent au premier sous-sol. Dans les bureaux du département des sciences comportementales régnait une certaine activité. En passant, elle regarda du coin de l'œil la chaise sur laquelle elle avait attendu lors de sa précédente visite. L'agent la conduisit directement dans le bureau.

L'agent Johnson, aussi frais que s'il avait dormi huit heures, se leva de son siège derrière la table de Dupree et se pencha pour lui tendre la main. Puis il s'assit à nouveau et ne dit pas un mot, même s'il l'observa ouvertement. Dupree était debout devant une carte, en bras de chemise. Il se tourna vers elle, la salua et, sans plus de cérémonie, lui demanda :

— Salazar, avez-vous suivi les bulletins météorologiques des derniers jours ?

Amaia pensa qu'il aurait été impossible de faire autrement, et pas seulement à cause d'éventuelles conséquences pour l'affaire. Au cours des dernières heures, tous les journaux du pays ne parlaient que de cela.

— Oui, j'ai vu les infos.

— Le 23 août, une grande dépression s'est formée aux Bahamas, le 24 son statut a été modifié en tempête tropicale baptisée Katrina, et elle a touché hier le sud de la Floride qualifiée d'ouragan de catégorie un, modéré.

Pour le moment il y a eu six morts, beaucoup de blessés, avec une vaste zone isolée, routes et lignes téléphoniques coupées… Nous sommes sans nouvelles de plusieurs familles depuis au moins vingt-quatre heures… Certaines correspondent au profil des victimes.

Amaia inspira profondément, s'efforçant de ne pas intervenir malgré son désir de le faire.

Dupree se montrait prudent.

— Cela n'a peut-être aucune signification, ils ont pu être évacués dès les premiers avis, ou se sont réfugiés chez des parents ou des amis.

— Mais…, commença-t-elle, incapable de se retenir davantage.

— Mais il pourrait s'agir de notre homme.

— Vous devriez aller sur place, osa-t-elle conseiller.

— Oui, je le pense aussi, et c'est pourquoi j'ai envoyé en Floride les agents Tucker et Emerson. Nous connaissons les protocoles d'action des autorités dans ces cas-là, et ne pouvons pas prendre le risque que quelque chose leur échappe. Espérons que d'ici quelques heures ils pourront nous donner des nouvelles.

Amaia baissa le regard et acquiesça. C'était définitif, elle était exclue. Mais alors pour quelle raison Dupree l'avait-il convoquée ? Juste pour lui signifier qu'ils se passaient d'elle ?

— Après avoir touché la Floride, la tempête s'est plutôt affaiblie en pénétrant sur la terre ferme, mais au cours des dernières heures Katrina a reculé vers le golfe du Mexique ; là, les températures élevées l'ont renforcée et transformée à nouveau en ouragan qui n'arrête pas de s'intensifier. Le Centre de contrôle des ouragans nous informe qu'en ce moment Katrina est de catégorie trois. D'après le pronostic initial, elle devait se déplacer vers le nord, entre la Floride et la Géorgie. Cependant, elle avance vers l'ouest, en direction de la Louisiane.

Amaia sentit un frisson parcourir son dos. Elle le savait, les informations avaient montré toute la journée l'évolution du cyclone et son grand œil tournant au-dessus de la mer. Ses muscles se tendirent sous ses vêtements, ce qui provoqua chez elle un tic involontaire, un tremblement dans son épaule droite.

— Le bureau du maire de La Nouvelle-Orléans vient de nous communiquer que Ray Nagin a annoncé publiquement qu'il envisageait de décréter l'évacuation obligatoire de la ville.

Le poids et la gravité de ses paroles semblèrent flotter dans l'air quand Dupree se tut.

— Il va aller là-bas, dit Amaia, convaincue.

Son épaule arrêta de trembler.

— Je le crois également. La différence, c'est que cette fois nous serons sur place, avant lui.

— Vous serez sur place ?

— Nous y serons. Si vous voulez bien nous accompagner.

Amaia sourit.

— Bien sûr que oui.

Dupree lui tendit la main et la félicita.

— Johnson vous escortera. Vous devez suivre le protocole de sécurité pour être autorisée à venir avec nous, puis on vous remettra les accréditations temporaires et une arme. Vous n'avez pas beaucoup de temps, nous partons pour La Nouvelle-Orléans dans deux heures.

L'agent Johnson, souriant, l'accompagna pour prêter serment. On lui remit des vêtements, un gilet pare-balles, une accréditation temporaire et une arme. Elle retourna dans sa chambre et, s'efforçant de ne pas faire de bruit, ouvrit le petit placard où elle rangeait ses quelques affaires. Elle sourit en pensant qu'elle faisait ses bagages pour un ouragan. Elle posa un sac sur son lit et commença à le remplir. Quand ce fut fait, elle consulta sa montre et vit qu'il lui restait à peine une demi-heure. Gertha dormait paisiblement. Si elle l'avait entendue à un moment, elle ne le lui avait pas fait remarquer. Amaia la contempla avec affection, se demandant si elle devait la réveiller. Elle n'eut pas besoin de le faire.

— Tu me racontes, sinon tu vas exploser, dit l'Allemande, les yeux toujours fermés.

— Je pars pour La Nouvelle-Orléans avec eux.

Souriante et somnolente, Gertha la félicita et l'étreignit affectueusement.

— Comment te sens-tu ?

— Très bien, répondit Amaia peut-être trop vite.

— Bien sûr…, commenta sa camarade, levant les yeux au ciel. Et maintenant, petite Amaia de la vallée, dis la vérité à Gertha.

Amaia se mordit la lèvre inférieure et ferma un instant les yeux.

— J'ai peur, Gertha. Il me reste assez de caractère montagnard pour tenir bon, mais là on ne joue plus, mon amie, ce n'est plus un exercice. Si je me trompe, de vraies personnes peuvent mourir. Je n'arrête pas d'y penser. J'aime discuter de théories autour d'un bureau quand il s'agit d'un exercice, mais hier, quand j'ai vu la blessure par balle dans la tête de ce petit garçon… Ils croient que je me trompe… Et s'ils avaient raison ?

Gertha lui prit les mains.

— Écoute-moi, Amaia. Nous ne nous connaissons pas depuis longtemps, pourtant je sais sur toi des choses qu'ils ne peuvent même pas imaginer. Ce qui t'a rendue forte, ce qui te rend fragile, et les questions que tu te poses sur toi, et auxquelles j'espère vraiment qu'un jour tu arriveras à répondre. Tu es douée, Amaia Salazar, tu es forte, et tu es une des personnes les plus courageuses que je connaisse. Mais surtout tu es une grande policière. Quand j'ai lu ton parcours avant le voyage, j'ai été impressionnée. Tu possèdes l'instinct naturel d'une enquêtrice, et ce Dupree, qui n'est pas bête, s'en est rendu compte.

— Oui mais, et si…, répliqua Amaia.

— Et si rien. Fais ton travail avec honnêteté. N'aie pas peur et sois sûre de tes convictions. C'est ce que Dupree attend de toi, il te l'a dit hier devant cette maison sans toit, n'est-ce pas ? Il ne veut pas autre chose, et n'oublie pas que, tout agent du FBI qu'ils soient, tu n'es pas une de leurs élèves. Tu as été la plus jeune sous-inspectrice de ta promotion, tu as arrêté un collectionneur, putain ! Et tu l'as fait sans eux et tout leur savoir. Alors lève la tête et fonce, Amaia de la vallée.

Un nouveau coup à la porte les interrompit. Amaia regarda sa montre. Il restait vingt minutes. Elle ouvrit et vit une femme en uniforme.

— Sous-inspectrice Salazar, vous avez un appel d'Espagne.

Elle frissonna. Seule une personne pouvait l'appeler, et si elle le faisait, c'était parce qu'elle avait de mauvaises nouvelles à lui annoncer.

L'usage des téléphones portables privés n'était pas autorisé sur les sites. Elle se retourna un instant vers l'intérieur de la pièce et contempla son appareil qui, éteint, était posé sur l'étagère en haut de son armoire. Elle laissa transparaître ses sentiments plus qu'elle ne l'aurait voulu. Gertha l'observa, l'air préoccupé. Elle tenta sans succès de la rassurer par un sourire et suivit la femme jusqu'à une salle abritant une demi-douzaine de cabines. Elle entra dans celle qu'elle lui indiqua et décrocha le combiné.

— *Tía*, tu vas bien ?

La voix douce et aimée lui parvint à l'autre bout du fil.

— Je vais bien, ma chérie, je ne voulais pas t'inquiéter. Et toi, comment vas-tu ? Comment ça se passe ?

— Bien, *tía*, tout va bien, très bien. Mais que se passe-t-il ? Pourquoi m'appelles-tu ?

Un soupir angoissé et un silence tendu envahirent la ligne. Amaia put presque voir la tante Engrasi assise dans son fauteuil à côté du petit meuble du téléphone, ses cheveux attachés en un gracieux chignon parisien, avec la fenêtre ouverte pour laisser la brise de la rivière Baztán rafraîchir la chaude nuit d'août à Elizondo.

— Amaia, c'est ton père. Il va très mal. Dimanche dernier il a eu une nouvelle attaque, ça fait trois jours qu'il est à l'hôpital ; je ne t'ai pas appelée avant pour ne pas t'inquiéter, pensant que ce serait comme d'habitude, mais ces dernières heures, son état s'est beaucoup dégradé.

« Non, non. » « Non, s'il te plaît. »

— *Tía*…

— Le cardiologue dit qu'il est très faible et que son cœur ne tiendra plus longtemps. Je suis désolée, Amaia.

« Je te le promets, je ne dirai rien. »

Elle ne savait pas quoi répondre. Elle baissa les yeux vers la tablette qui faisait office de bureau sous le téléphone. Il y avait des dizaines, des centaines de gribouillis dessinés avec différents stylos. Au milieu de toute cette pagaille, quelqu'un avait esquissé un cœur, repassant dessus tellement de fois qu'il ressortait parmi tout le reste. Du bout de l'index, elle en parcourut le tracé jusqu'à l'apex pointu.

— Amaia. Quand tu avais douze ans, je t'ai juré de toujours te dire la vérité. J'aimerais pouvoir te mentir aujourd'hui, mais je tiendrai ma promesse. (La voix ferme d'Engrasi se brisa un peu.) Amaia, ton père est en train de mourir. Si tu veux lui dire adieu, il faut que tu reviennes tout de suite.

9

Apex

Elizondo

Amaia avait trouvé bizarre que sa tante Engrasi l'envoie se coucher si tôt. Après avoir dîné et fait la vaisselle, d'habitude elle la laissait regarder la télévision, pas beaucoup, car Engrasi aimait lire le soir, et quand arrivait l'heure où la petite allait au lit, elle se retirait elle aussi dans sa chambre. Pour cette raison, Amaia feignit de dormir quand elle entendit craquer le parquet dans le couloir en face de sa chambre. La porte s'était suffisamment entrouverte pour dessiner un rayon blanc de lumière sur le bois sombre du sol de la pièce. Alors elle entendit qu'on frappait à la porte d'entrée principale. Elle sortit de sa chambre sur la pointe des pieds et, évitant d'un bond la latte du parquet qui craquait dans le couloir, s'approcha de l'escalier. Les amies d'Engrasi venaient jouer aux cartes l'après-midi, mais jamais personne ne s'était présenté dans cette maison à une heure pareille. Engrasi ouvrit la porte et salua le visiteur. Amaia sentit son cœur battre de joie quand elle reconnut la voix de son père. Elle s'apprêtait à s'élancer en courant dans l'escalier pour se jeter dans ses bras, mais elle s'arrêta net.

— Je suis venu aussi vite que possible. La vérité, c'est que tu m'as fait peur au téléphone.

— Il y a un problème, Juan. C'est Amaia, dit Engrasi d'une voix grave.

La fillette retint son souffle. Ces mots la blessaient comme des piqûres de guêpe. Un problème avec elle ? Elle ne comprenait pas. Elle essayait de bien se comporter, mais les conflits semblaient la poursuivre. Elle attendit que son père et sa tante entrent dans le salon pour descendre la moitié de l'escalier. Elle s'assit dans le noir et écouta avec attention, son index passant et repassant sur le dessin capricieux du bois de la rampe. Quelque chose qui ressemblait à un cœur.

La voix de son père était ferme.

— Si c'est encore pour me dire de l'envoyer étudier à Pampelune, je te répondrai à nouveau non. C'est déjà assez dur pour moi que la petite ne puisse pas vivre à la maison. Tu sais le travail qu'on a à la fabrique, si elle déménageait à Pampelune ce serait encore plus compliqué. Tant qu'elle est au village, je peux au moins la voir quand elle va au collège ou quand elle revient.

Amaia aurait bientôt douze ans, mais son niveau scolaire était exceptionnel. Elle avait déjà sauté deux classes, il lui restait seulement une année de collège. Elle ne voulait pas aller ensuite au lycée du village. On la regardait déjà comme une bête curieuse parce qu'elle était en quatrième au lieu d'être en sixième. Un de ses professeurs lui avait parlé d'un internat à Pampelune. Un lieu où des enfants, plus jeunes qu'elle, suivaient des cours supérieurs sans que quiconque trouve cela bizarre. Un lieu où elle ne serait pas différente des autres. Elle était rentrée à la maison contente et pleine d'espoir, le dépliant du centre scolaire à la main. Au début, cette éventualité avait un peu déconcerté sa tante, mais, comme d'habitude, elle avait fini par se ranger de son côté, consciente de la cruauté que pouvaient témoigner les autres enfants à l'égard de la meilleure de la classe. Juan aussi le savait, il se sentait extraordinairement fier de sa fille, mais ne voulait même pas entendre parler de la possibilité qu'Amaia étudie loin du village.

— Ça n'a rien à voir avec ça. (La voix d'Engrasi était tendue, inquiète.) C'est bien plus délicat.

Juan attendit dans un silence profond.

— Il y a deux semaines, après lui avoir lavé les cheveux, je l'aidais à les démêler et, sans le vouloir, j'ai heurté sa cicatrice avec le peigne.

Le père retint son souffle. Assise sur l'escalier, Amaia palpa la plaie au rebord rugueux sur son crâne.

— La petite a touché sa tête et m'a dit : « Qu'est-ce que j'ai ici, *tía* ? » Je lui ai répondu : « C'est la cicatrice, ma chérie. » Alors elle m'a demandé : « Quelle cicatrice ? » J'ai lâché le peigne et l'ai regardée droit dans les yeux pour m'assurer qu'elle ne se moquait pas de moi. Je lui ai répondu très sérieusement : « C'est la cicatrice du coup que tu as reçu à la tête. » Amaia a souri et m'a dit comme si de rien n'était : « Je devais être très petite alors, parce que je ne m'en souviens pas. » Je l'ai interrogée pendant un bon moment, en faisant très attention à ne rien révéler et à la laisser dire les choses elle-même. J'ai quand même lâché : « C'était à la fabrique, tu ne te rappelles pas ? » Elle a souri et m'a répondu : « J'étais sûrement en train de faire une bêtise, j'étais très *bitxito** quand j'étais petite. » Elle ne se souvient de rien, Juan. Elle a tout oublié.

Juan eut un soupir de soulagement.

— Que veux-tu que je te dise, ma sœur, c'est peut-être mieux ainsi. J'ai tellement prié pour que tout cela n'ait pas eu lieu.

Quand Engrasi reprit la parole, le ton de sa voix était plus dur.

— Tu fais l'autruche, tu enfouis ta tête pour ne rien voir. Mais tu peux prier autant que tu veux, laisse-moi te dire que Dieu n'efface pas ce qui s'est passé. Non, ce n'est pas mieux ainsi. Tu n'as pas l'air de te rendre compte de la gravité de ce que je te dis. Ce soir-là, Amaia a subi un important traumatisme crânien. Tu ne peux pas savoir à quel point il était important puisque tu ne l'as pas emmenée à l'hôpital, tu as fait confiance à ce charlatan de tes amis et as préféré accepter son diagnostic sans discuter ni essayer d'en savoir plus.

Juan ne répondit pas. C'était sa façon de réagir quand il était dépassé. Amaia l'imagina très bien : les mains dans les poches, les yeux baissés.

— Un tel traumatisme peut causer des dégâts neurologiques, même des années plus tard.

— Mais puisqu'elle est tellement intelligente.

— Ce type de mal n'a rien à voir avec l'intelligence. Il est silencieux, peut rester tapi longtemps jusqu'au jour où il décide de se montrer, et alors tout va très vite.

Au début elle n'entendit rien. Puis un faible halètement. Amaia retint son souffle, accablée. Son père pleurait.

— Il faut la conduire chez un médecin, sanglota-t-il.

— Je l'ai fait. Le docteur Munguía est un des meilleurs neurologues du pays et il consulte à Pampelune, à la clinique universitaire. On a fait nos études ensemble et c'est quelqu'un de bien.

Amaia reconnut le nom. Elle avait bien aimé ce médecin.

— Il n'a détecté aucun dégât neurologique ; d'ailleurs il m'a dit qu'Amaia possède une intelligence très supérieure à la moyenne, même si je n'avais pas besoin de voir un spécialiste pour le savoir.

— C'est une bonne nouvelle, dit prudemment son père. N'est-ce pas ?

— Juan, parfois les personnes qui ont été victimes d'un grand trauma développent une défense qui les protège de la souffrance. Je crois que c'est ce qui arrive à Amaia. Elle souffre beaucoup.

Les paroles de son père lui parvinrent étouffées, comme s'il s'était caché le visage avec les mains.

— Nous avons tous souffert.

La voix d'Engrasi monta d'un ton à nouveau.

— Tu déconnes ? s'exclama-t-elle, furieuse.

Amaia sursauta. C'était la première fois qu'elle entendait sa tante parler comme ça.

— Amaia souffre et tu es responsable. C'est pour cette raison que je t'ai fait venir. Parce que tu dois arrêter ça une fois pour toutes.

— Que veux-tu dire ?

— Amaia a toujours été une enfant tranquille, elle aime lire et être ici avec moi. Elle étudie beaucoup, passe son temps à faire des devoirs, même si on ne les lui demande pas. Mais ça fait des mois qu'elle ne sort plus jouer ni voir ses amies. Elle se contente d'aller de la maison au collège et du collège à la maison, j'ai beau la pousser à sortir, elle ne veut pas. La semaine dernière, je l'ai envoyée à la pharmacie. Le soir, au moment où je la couchais, elle m'a demandé si elle était punie. Tu peux imaginer ma stupeur ? « Bien sûr que non, ma chérie, pourquoi penses-tu une chose pareille ? » Alors elle m'a dit que des femmes l'avaient reconnue et lui avaient demandé si elle était plus gentille. La pauvre petite a répondu oui. Les femmes ont continué de parler et l'une d'elles a expliqué à une autre qu'Amaia vivait avec moi parce que c'était une enfant rebelle, qui volait et répondait à ses parents, frappait ses sœurs et avait même levé la main sur sa propre mère. Elle méritait d'être punie. Vous aviez d'abord pensé la mettre dans un internat, mais comme ça faisait de la peine à Rosario, vous l'aviez envoyée vivre avec moi.

Juan, anéanti, ne sut pas quoi répondre.

Engrasi continua :

— Mes amies du Mus[1] n'avaient pas voulu m'en parler pour ne pas me faire de la peine, mais toutes avaient entendu le *ttuku-ttuku** depuis un moment. Je crois que c'est la raison de l'enfermement volontaire d'Amaia, et ce n'est peut-être pas la première fois qu'on calomnie cette petite. Juan, dis-moi que tu n'étais pas au courant.

Elle ne put entendre distinctement les premiers mots de son père.

— Un jour en sortant de la fabrique j'ai entendu Rosario dire quelque chose de semblable à des clientes.

— Quand cela ?

— Il y a quelque temps déjà, des mois peut-être…

La voix d'Engrasi s'éleva, tremblant de colère et d'indignation.

1. Jeu de cartes populaire d'origine basque. *(Note de la traductrice.)*

— Et tu oses dire que tu souffres ! Comment peux-tu accepter que ta femme raconte partout que la petite est méchante ? (Dans la voix d'Engrasi, la rage laissa place à la compassion.) Sais-tu ce qu'elle m'a demandé hier ? « *Tía*, si je suis très gentille, tu crois qu'ils me laisseront revenir à la maison ? »

Son père pleurait.

— La pauvre enfant a construit une barrière autour de sa douleur, une barrière si solide et si haute qu'elle l'empêche de se rappeler ce que vous lui avez fait. Elle veut juste être aimée, juste être normale. (Le mépris d'Engrasi était évident.) Et cette enfant extraordinaire est obligée de souffrir dans la rue à cause de la honte qui l'entoure. Pour toi, son amnésie est un soulagement. Mais c'est une tombe, une tombe ouverte devant ses pieds, et dans laquelle elle finira par tomber tôt ou tard.

— Ne dis pas cela, Engrasi, tu connais le village : personne ne parle, mais tout le monde sait tout. Je te jure que je me suis disputé avec Rosario quand je l'ai entendue dire ça. Mais que veux-tu que je fasse ? Elle est très malade, Engrasi. C'est une bonne mère avec Flora et Rosaura ; le médecin dit qu'elle n'est pas consciente du mal qu'elle fait à Amaia.

— Mais toi, si. Tu dois arrêter ça.

— Comment ? cria son père, désespéré.

— En lui expliquant que ce n'est pas vrai. En lui interdisant de parler ainsi. Comment peux-tu permettre ça ? s'exclama Engrasi avec dégoût.

Il se leva, prit sa sœur par les épaules et la secoua.

— Et que veux-tu que je leur dise ? Que j'ai dû chasser ma fille de ma propre maison parce que sinon, elle serait morte ?

À l'intérieur d'une cabine téléphonique à Quantico, Amaia s'aperçut qu'elle n'avait pas cessé d'effleurer inconsciemment de l'index le dessin qu'un élève avait fait sur la tablette et que des centaines de contacts avaient contribué à faire ressortir. Elle arrêta son doigt sur l'apex de ce cœur artistique si semblable à celui qu'on peut seulement deviner quand on a onze ans dans les veinures du bois. De loin lui parvint la voix aimée de sa tante.

— Amaia…

— Je ne viendrai pas, *tia*.

10

Sensation thermique

La Nouvelle-Orléans, Louisiane
Samedi 27 août 2005, à l'aube

Le bureau du FBI à La Nouvelle-Orléans se trouvait juste à l'extrémité du parc Pontchartrain, à côté de la base navale et de son aéroport. Le plan initial était d'atterrir à l'aérodrome militaire de Lakefront, mais l'évacuation des familles de marines et du personnel civil de la base, ajoutée à l'arrivée des unités d'urgence déployées en renfort pour l'ouragan, rendit impossible l'accès à l'aéroport. Après avoir obligé l'avion à tourner plusieurs fois au-dessus du lac Pontchartrain, il fut décidé au dernier moment d'atterrir à l'aéroport civil Louis Armstrong, à Kenner, une option qui avait été écartée dans un premier temps précisément pour éviter l'intense trafic civil qui charriait les milliers de personnes fuyant La Nouvelle-Orléans. C'était ennuyeux, car le siège du FBI était tout près de l'aéroport de la base navale, et les routes seraient probablement aussi noires de monde que l'aéroport Louis Armstrong. Cependant, ils furent informés que deux agents du FBI seraient là, tous deux motorisés, pour les conduire au siège central.

Et cela serait l'occasion de parler avec le directeur de l'aéroport, qui leur donnerait des informations.

La première sensation, quand ils sortirent de l'avion à La Nouvelle-Orléans, fut thermique. Il ne faisait pas encore jour, même si la lumière argentée de l'aube commençait à se dessiner à l'horizon, mais à peine arrivée sur la passerelle Amaia perçut l'humidité chaude qui perla sa peau d'une fine couche de transpiration. Deux agents portant le costume distinctif du FBI attendaient sur la piste, les poignets immaculés de leurs chemises blanches sortant des manches de leurs vestes. Amaia les vit se tourner légèrement sur le côté pour refaire leur nœud de cravate qu'ils avaient desserré. Se retenant de s'éventer avec le dossier qu'elle avait à la main, elle se demanda comment ils supportaient un costume par cette température. Les agents vinrent à leur rencontre et se présentèrent, puis informèrent Dupree.

— Monsieur, comme vous nous l'avez demandé, nous avons recueilli les listes de tous les passagers qui sont arrivés en ville, aussi bien par cet aéroport que par les aéroports voisins les plus proches, en prêtant une attention particulière à ceux qui ont loué un véhicule à leur arrivée, au cas où le suspect aurait décidé de venir en voiture d'une autre ville jusqu'ici.

— Vous avez le recensement que nous vous avons demandé ? interrogea Dupree.

L'agent répondit avec un air ambigu.

— La mairie s'est montrée aussi coopérative qu'on pouvait s'y attendre dans un moment pareil. Ils sont en train d'évacuer la majorité du personnel, mais nous ont fourni le recensement et une de nos équipes travaille, vérifie et extrait des données pour établir la liste que vous avez demandée. Il nous faudra encore quelques heures, et je dois déjà vous prévenir qu'elle ne sera pas complète.

Amaia fut impressionnée par le nombre de personnes qu'il y avait dans le terminal des arrivées, mais elle se rendit compte aussitôt que l'aéroport était trop petit pour contenir tous les voyageurs en partance, qui s'entassaient en groupes de familles bruyantes, sans quitter des yeux un seul instant les écrans d'embarquement.

Ils traversèrent le terminal, portant eux-mêmes leurs valises et esquivant les enfants qui, épuisés par la longue attente, s'étaient allongés par terre. Certains dormaient.

— Vous avez vu ça, et il fait encore nuit, commenta un des agents. On attend des milliers de personnes dans la journée. Je suppose que vous le savez, mais c'est la première fois dans l'histoire de La Nouvelle-Orléans qu'une évacuation totale est décrétée.

Alors qu'ils étaient encore à l'intérieur de l'aéroport, le jour finit de se lever. Le soleil apparut, tapant déjà avec force sur la carrosserie des voitures noires officielles alors qu'il était encore très tôt. Dupree s'arrêta près de la portière du chauffeur d'un des véhicules et s'adressa aux agents de La Nouvelle-Orléans.

— Vous pouvez retourner au siège, travailler à affiner cette liste à partir du recensement. N'oubliez pas qu'il faut prêter attention aux âges que nous vous avons indiqués. Pour notre homme, l'important n'est pas qu'ils soient de la même famille mais qu'ils puissent interpréter les rôles. Dès que vous l'avez, envoyez-la-moi. L'agent Johnson et la sous-inspectrice Salazar viennent avec moi.

— Monsieur… Nous avions l'ordre de vous conduire au siège, le directeur Peterson attend…

— Dites à Peterson que je le retrouverai plus tard ; pour l'heure, dit-il en regardant sa montre, j'ai rendez-vous avec le capitaine Forneret, de la police de La Nouvelle-Orléans. Je suppose qu'il ne sera pas de très bonne humeur avec tout ce bordel, donc il vaudrait mieux ne pas le faire attendre, conclut-il en tendant sa main ouverte à l'agent qui, à contrecœur, lui remit les clés du 4 × 4.

À leur grande surprise, l'autoroute 10 en direction de la ville était déserte. Ils roulèrent lentement, impressionnés par le sentiment apocalyptique qui se dégageait de la chaussée sans voitures. À l'inverse, la voie de gauche était encombrée de véhicules qui avaient bien du mal à progresser vers le sud-est. La caravane se déplaçait comme un serpent blessé au milieu d'une confusion chaotique, dans laquelle les voix humaines et le son des klaxons écrasaient le bruit des moteurs. Tous les quelques kilomètres on apercevait les lumières bleues d'une voiture de police. Les agents s'efforçaient de rassurer les automobilistes qui s'agglutinaient autour d'eux, réclamant l'ouverture de nouvelles voies.

Cependant, à mesure qu'ils approchaient du centre, la sensation de normalité se renforça, et quand ils tournèrent vers le Quartier français, la ville semblait avoir retrouvé son bon sens, exactement le contraire de ce qui se passait à l'intérieur du commissariat du 8e District. Tous les policiers de La Nouvelle-Orléans paraissaient être en service en même temps. En traversant les différentes salles, ils observèrent que se tenaient plusieurs réunions pour les patrouilles, dirigées par le Centre de contrôle des ouragans et par l'Agence fédérale pour la gestion des urgences.

Malgré cela, ils découvrirent avec joie que Dupree s'était trompé à propos de l'humeur du chef de police ce matin-là. Debout à côté de son bureau, il était au téléphone, légèrement penché, et prenait des notes. Le chef Forneret raccrocha quand il les vit entrer, fit le tour de son bureau et serra Dupree dans ses bras comme un vieil ami qu'on n'a pas vu depuis longtemps et qu'on soupçonne d'avoir fait de la prison. Les deux hommes relâchèrent leur étreinte, mais le policier continua un moment d'examiner l'agent du FBI avec un regard insidieux.

— Je ne pensais pas te revoir par ici ou, plus exactement, je ne pensais pas qu'on te laisserait revenir, dit-il d'une voix qui reflétait un authentique étonnement et une pointe de méfiance.

— Je ne suis pas venu en vacances.

— Mais il a fallu que ce soit maintenant, avec un ouragan aux portes de la ville…, reprit-il sur le même ton.

— Notre homme aime les catastrophes naturelles.

— Et il n'a rien à voir avec Samedi…, lâcha le chef de police.

Dupree se renfrogna et le défia du regard.

Forneret tenta de relever le défi mais abandonna au bout de deux secondes. Il soupira, feignant de ranger des papiers sur son bureau.

— Ne le prends pas mal, c'est mon devoir de poser des questions.

Amaia se tourna vers Johnson, mais l'agent avait baissé les yeux vers le sol, les lèvres pincées en une attitude de retenue respectueuse. Il savait à l'évidence à quoi ils faisaient allusion.

Dupree se rendit compte qu'Amaia les observait et cela sembla accentuer son embarras.

— Je serais ravi que nous poursuivions notre conversation plus tard, mais à présent nous devons travailler ; j'imagine que tu as beaucoup à faire. Tu as ce que je t'ai demandé ?

Le chef de la police eut l'air soulagé d'avoir une échappatoire au malaise qui s'était créé.

— Oui. D'après ce que m'a raconté le directeur, on dirait que vous êtes cette fois à la poursuite d'un vrai méchant. J'ai ce que tu m'as demandé, et sache que ça me coûte beaucoup de me passer de quelqu'un comme Jason Bull à un moment pareil. (Il eut un air de reproche.) Dupree, je t'aurais aidé de toute façon, même si tu n'avais pas appelé le directeur, mais maintenant que tu l'as fait, j'espère que quand tout cela sera terminé tu incluras dans ton rapport une explication détaillée insistant sur l'importance de la collaboration de ce département à la résolution de l'affaire.

Dupree le regarda, très sérieux.

— Tu peux compter sur moi.

Forneret retourna derrière son bureau et prit le téléphone, tout en murmurant :

— Oui, oui. Je sais comment vous êtes à Washington, loin des yeux loin du cœur, dit-il, souriant à moitié.

Deux hommes apparurent à la porte. Ils n'avaient pas plus de trente ans. L'un était blanc, l'autre afro-américain. Athlétiques, musclés, ils portaient des jeans serrés, des tee-shirts noirs et des chaussures de marque. Ils avaient tous deux un pistolet à la taille. Sans leur gilet pare-balles et l'insigne qui les identifiaient comme des policiers de La Nouvelle-Orléans, Amaia les aurait pris pour les héros hollywoodiens d'une série policière à la mode.

— Entrez, les garçons, dit le chef Forneret. Je vous

présente l'agent Dupree et son équipe. Ce sont les gens du FBI dont je vous ai parlé, vous travaillerez en collaboration avec eux au cours des prochains jours. Agent Dupree, agents… Je vous présente mes deux meilleurs policiers d'intervention, les enquêteurs Bill Charbou et Jason Bull. Bill et Bull. Ils appartiennent à l'unité d'enquête et de délits contre les personnes. Ce binôme a arrêté plus de délinquants que tout le reste du commissariat réuni. Ils connaissent les rues et les ruelles, les trafiquants et leurs clients, les putes et leurs macs, et bien sûr les indics. Si j'avais un fils, je leur confierais sa vie ; si j'avais une fille, je la tiendrais bien à l'écart de ces deux-là, dit-il en souriant.

— Policiers d'intervention ? s'étonna Amaia quand elle leur serra la main.

— À La Nouvelle-Orléans, c'est comme ça qu'on appelle les binômes d'enquêteurs qui interviennent dans les bas-fonds, répondit Charbou, saluant les membres du groupe un à un. Nous sommes toujours prêts à agir. Nous avons dans notre téléphone le numéro de tous les juges de l'État pour obtenir des commissions rogatoires en mode accéléré. On ne porte jamais d'uniforme et on a toujours un gilet pare-balles ; dans les lieux où on évolue, porter un gilet pare-balles est la seule chose qui permet de rentrer chez soi après le boulot.

Amaia haussa un sourcil, sceptique devant tant de machisme, et jeta un regard complice à Johnson, qui sourit et s'excusa, sortant du bureau pour répondre à un appel.

— Le chef nous a expliqué que vous envisagez de vous déplacer en ville après la tempête, lança Bull, qui s'était placé à côté de Dupree.

— En effet, confirma l'agent sans le regarder directement.

— Ce sera un plaisir de collaborer avec vous, continua Charbou. Mais cette ville est déjà compliquée d'habitude, et après la tempête on peut prévoir sans se tromper que ce sera encore plus difficile. Nous serons à vos ordres pour tout ce qui concerne l'enquête, nous vous servirons de guides et veillerons sur vos fesses, mais pour ce qui est de la rue, c'est nous qui commandons. Nous entrons en premier, nous décidons quand on entre. Si on entre. La rue est à nous…, résuma-t-il.

Amaia observa Dupree, mi-amusée, mi-incrédule. Il s'était tourné vers Jason Bull. Le policier resta tranquille et échangea avec Dupree un regard de connivence porteur d'un message clair : « Tout est sous contrôle. »

Johnson revint et annonça :

— C'étaient Emerson et Tucker, de Tampa. Ils ont réussi à s'installer dans un bureau, mais les choses se compliquent : Internet ne marche plus, la plupart des registres d'état civil sont détruits ou très endommagés, et de toute façon ils doutent fortement qu'ils soient à jour ; ils font ce qu'ils peuvent. En ce moment ils essaient de trouver un hélicoptère pour rejoindre les zones coupées de tout, mais pour l'heure ils n'ont pas eu connaissance du décès de familles entières. En revanche, nos hommes ici ont plutôt bien avancé, dit-il en montrant l'écran de son portable. Nous avons une liste assez complète des familles qui correspondent, même s'ils continuent de travailler avec l'autre recensement des résidents qui, comme nous l'a expliqué l'agent ce matin, n'apparaissent pas sur le registre. La liste est plus importante que ce que je pensais, et les familles sont réparties dans toute la ville.

Bill Charbou se plaça à côté de Johnson pour regarder l'écran.

— Oui, notre État se caractérise par sa quantité de familles nombreuses. La maison natale constitue le lieu où les membres de la famille vont et viennent à différents moments de leur vie, selon leurs vicissitudes professionnelles ou personnelles. Parfois l'un s'en va et ils reviennent à trois parce qu'il s'est marié et a un enfant. Dans la plupart des cas ils ne prennent pas la peine de se faire recenser à nouveau. Cette liste ne vous servira pas beaucoup, dit-il en désignant l'écran. Si vous espérez trouver une famille qui reste ici pendant l'ouragan, oubliez les quartiers riches ; là-bas, les habitants sont déjà partis, il reste juste les vigiles des sociétés de sécurité. Si votre tueur cherche une famille qui demeure en ville, ce ne sera pas dans le Quartier français, ni dans Garden District, mais dans un quartier plus modeste.

Amaia acquiesça. Après tout, pensa-t-elle, la participation de Bill et Bull serait peut-être utile à l'enquête.

— Vous pourriez nous montrer les endroits où vous pensez qu'il restera le plus de gens ?

— Bien sûr, répondit Bill Charbou, s'avançant jusqu'à un plan de la ville. Ce n'est pas la première fois qu'un ouragan frappe La Nouvelle-Orléans, on a déjà vécu ça. Et même si, cette fois, une évacuation totale a été décrétée, nous savons qu'il y a des gens qui préféreront risquer leur vie plutôt que de partir : les plus pauvres, dit-il en montrant la carte, ceux qui sont trop vieux et n'ont personne pour les aider, ceux qui sont invalides, ceux qui n'ont pas de voiture, il y en a beaucoup à La Nouvelle-Orléans, et les délinquants habituels, qui resteront pour pouvoir piller après le passage de la tempête. Depuis que le maire a ordonné d'évacuer la ville, pas mal de types se frottent les mains. Tout le temps que vous serez avec nous, vous porterez en permanence votre gilet pare-balles. Mais putain ! Qu'est-ce que c'est que ça ? Kevlar ? Spectra ? dit-il en désignant le gilet accroché au sac d'Amaia, qu'elle avait laissé près de la porte du bureau. Vous porterez un gilet type IV comme le nôtre, Spectra et aramide, quinze fois plus puissant que l'acier, insubmersible, résiste à l'humidité, réduit le trauma des tirs obliques, des tirs multiples, et même des tirs de fusil.

— Ce sont les gilets réglementaires…, protesta Johnson.

— Je ne sais pas avec quoi vous faites les exercices de tir réel au FBI, mais je vous assure qu'ici n'importe quel trafiquant de pacotille possède des armes capables de transpercer ce gilet comme du beurre. Et vous croyez que les trafiquants abandonneront leurs caches d'armes à la merci de la concurrence à cause d'un avis d'ouragan ? Si vous avez l'intention d'aller dans ces quartiers et de frapper aux portes avec vos insignes du FBI après le passage de la tempête, ce sera selon nos règles. Sinon ce sera sans nous, conclut Charbou.

Dupree intervint.

— Je suis d'accord… Monsieur Charbou, monsieur Bull. Je suis sûr que notre collaboration fonctionnera parfaitement, dit-il en leur tendant la main pour entériner l'accord.

Jason Bull serra rapidement la main de Dupree, avec cet air de connivence qu'Amaia avait remarqué plus tôt et qui, cette fois, était un signe sans équivoque d'alliance et de collaboration. Jason Bull et Dupree se connaissaient déjà. Elle se demanda pour quelle raison ils avaient joué cette parodie de présentations.

Bill Charbou regarda son collègue, cherchant son soutien, et il prit un air dépité avant de tendre la main à Dupree.

— Bill et Bull. Pas de « monsieur », dit-il, avec une grimace. Bill et Bull. C'est comme ça qu'on nous appelle ici, comme ça qu'on nous connaît dans la rue.

À nouveau cet air gêné de Jason Bull devant Dupree. « Ils se connaissent, c'est sûr », pensa Amaia.

— Comme vous voulez, Bill et Bull, consentit Dupree.

Satisfaits, les policiers esquissèrent un petit salut et se tournèrent à nouveau vers le plan de la ville.

— Bill et moi pensons que le meilleur endroit où se réfugier pendant la tempête est la caserne de pompiers de Lake Marina Tower. Le service d'appel d'urgence du 911 se trouve à l'étage ; vu l'importance de réagir rapidement si on nous signale des coups de feu, c'est là qu'il faut être. Nous avons parlé au coordonnateur des opérations d'urgence et au chef du parc. Nous avons un 4 × 4, et l'unité de secours portuaire nous a cédé un Zodiac. Mais si les choses se compliquent, et elles se compliqueront, ils ont des camions et des véhicules adaptés, le dispositif adéquat et même un hélicoptère. En ce moment, plusieurs patrouilles de notre commissariat sillonnent les quartiers pour informer et prévenir les habitants qui ne partent pas du danger de la tempête. Cela nous permet d'avoir une idée assez claire des endroits où il reste des habitants.

Dupree lut un message sur son portable et les interrompit, s'adressant à Johnson et à Amaia.

— On nous envoie de Quantico une liste des affaires qui réunissent les caractéristiques suggérées par

Salazar, tentatives ou similitudes qui sont peut-être des agressions ratées ou qui ont mal tourné, auprès de familles semblables à celles que cherche notre homme. Johnson, le chef Forneret mettra à votre disposition un bureau où vous pourrez imprimer tous les documents. Il y a six dossiers et, en plus des rapports, un certain nombre de photographies. Il faudrait que l'impression soit de bonne qualité. Quand vous aurez fini, les enquêteurs Charbou et Bull vous accompagneront jusqu'à notre hôtel. Commencez à travailler sur ces affaires. Je vous retrouve là-bas plus tard. Messieurs, dit-il en se tournant vers Bill et Bull, ne les quittez pas d'une semelle.

Dupree sortit du bureau suivi par le chef de la police. Ils s'éloignèrent de quelques mètres, puis le chef Forneret se pencha pour regarder Dupree droit dans les yeux.

— Et maintenant, sérieusement, mon ami, que fais-tu ici ?

— Je te l'ai dit au téléphone : nous poursuivons un exterminateur familial. Il a déjà tué plusieurs fois dans tout le pays, et comme il a un goût étrange pour les catastrophes naturelles…

— Ça n'a rien à voir avec l'ouragan ?

— Tu ne comprends pas. Tout a à voir avec l'ouragan.

— Dupree, je vais être franc avec toi. Quand le directeur m'a appelé pour me dire que tu venais, ça ne m'a pas fait tellement rire. Avec un ouragan à nos portes, j'ai dans une salle les mecs de la gestion des sinistres qui sont arrivés en ville avec un plan pour diviser mon équipe entre ceux qui s'occupent de la fermeture des routes et ceux de l'intervention rapide ; dans une autre, ceux de la Croix-Rouge qui aménagent des refuges; nous avons dû coordonner tout le déploiement, et soudain tu apparais. Tu dois comprendre qu'après ce qui s'est passé la dernière fois je n'ai pas confiance. Quand l'ouragan sera là, nous allons avoir deux ou trois jours terribles. Les gens sont très nerveux et superstitieux, il ne manque jamais de prédicateurs pour annoncer la fin du monde, et la dernière chose dont j'ai besoin c'est qu'on sème la panique comme la dernière fois. Alors si tu as l'intention de ressusciter de vieux fantômes…

— C'était il y a dix ans, murmura sèchement Dupree.

— Tu as raison, c'était il y a dix ans, et aucun de ceux qui ont été impliqués là-dedans ne l'a oublié.

— C'est une affaire totalement différente, je ne vais pas répéter les tenants et les aboutissants, je sais que le directeur t'a expliqué que les ordres viennent directement de Washington, récita Dupree, cinglant.

Le chef mit les mains sur ses hanches et baissa les yeux.

— OK, soupira-t-il. Je veux bien te faire confiance, je veux bien croire que ça n'a rien à voir avec Samedi. Mais en échange tu dois me promettre que tu ne t'approcheras pas de Terrebonne Parish.

Dupree se pinça les lèvres, préférant ne pas répondre. Il prit la main du chef et lui tapota le bras avec l'autre, mettant ainsi un terme à la conversation. Puis il se dirigea vers la sortie.

Forneret attendit que Dupree quitte le commissariat. Alors il prit son téléphone et composa un numéro qu'il connaissait par cœur, qui ne figurait pas dans ses contacts.

— On a peut-être un problème, dit-il à la voix au bout du fil.

11

Linceul

La Nouvelle-Orléans, Louisiane

L'agent Dupree marcha un moment en direction du sud, mais quand il vit passer le tramway rouge, il changea d'idée et monta dedans par pur plaisir, même s'il se trouvait seulement à deux arrêts de sa destination. Le conducteur le prévint que c'était le dernier. Tous les trams rentraient au dépôt. Il vit des camions de déménagement transportant des biens et le mobilier de commerces vidés. Le soleil de la mi-journée était haut dans le ciel et semblait se moquer des panneaux cloués aux devantures de certaines boutiques de la rue Canal. L'intérieur sombre des magasins transformait en miroirs les vitrines qui n'avaient pas été couvertes. Les vitres noires comme des flaques de boue renvoyaient le reflet déformé du tramway circulant sur une des principales artères de la ville qui n'était pas déserte mais donnait une impression de lassitude, de funérailles de pauvres ou d'après-midi dominical. Il descendit à Bourbon et avança dans la rue, écrasé par le poids du soleil. Il vit au loin une voiture de police et, devant certaines boutiques, les véhicules de particuliers qui entassaient dans leurs coffres leur plus précieuse marchandise. Les restaurants et les cafés étaient fermés, mais quand il passa devant les bars de striptease, la musique filtra à travers les portes entrouvertes. Tous les dix pas, la température paraissait monter d'un degré. Il envisagea la possibilité d'enlever sa veste, ce qui dévoilerait à la vue de tous le holster qu'il portait. La présence humaine était limitée à un groupe devant un bar plus loin. Une nouvelle bouffée d'air brûlant le poussa à se décider. Il ôta sa veste et, la pliant avec soin, la mit sur son bras. Les relents pestilentiels qui montaient du sol étaient vieux, d'un autre temps, ils s'étaient incrustés entre le pavé et le goudron depuis longtemps. S'efforçant de respirer, il leva les yeux et réussit à voir une vieille femme qui, aidée par une fillette d'une dizaine d'années, retirait les pots de fleurs qui décoraient son balcon et les plaçait en rang à ses pieds. Le soleil fit briller les larmes qui sillonnaient son visage. Dupree eut un mauvais pressentiment, dont la force le surprit. À cet instant, le regard de la vieille femme croisa le sien. Elle le contempla en secouant la tête. Elle murmura un mot, ancien, oublié. Il le lut sur ses lèvres fines et décolorées et, malgré la distance qui les séparait, l'entendit résonner dans sa tête comme si elle le lui avait susurré à l'oreille. « Bazagrá*. » Un frisson lui parcourut le dos. Il voulut fuir son influence, mais sentit sur lui le regard larmoyant de la vieille femme. Il accéléra le pas mais quand il arriva au coin, avant de prendre à gauche vers la rue Ursuline, Dupree céda à la tentation et se retourna. La femme leva une main sèche et petite comme un vieux gant en cuir tanné et le salua avec un sourire. Ses lèvres fines formèrent les sons de ce mot. Dupree la vit se pencher en avant et en arrière. La peau de son visage était si fine qu'on aurait dit qu'une créature vivante la dévorait de l'intérieur. Il éprouva un élancement aigu à l'épaule, à l'endroit où, longtemps avant, il avait été blessé, et haleta, saisi par la violence de ce souvenir, qui l'obligea à poser sa main là, quelques centimètres au-dessus du cœur.

Il arriva au bout de la rue et dut revenir sur ses pas, certain d'avoir dépassé le lieu où il allait. Il ne se rappelait pas le numéro, et les panneaux en bois, qui en temps normal étaient posés devant la façade sur la rue, avaient été retirés avant d'être emportés par le vent. La vitrine familière était couverte de panneaux en pin fraîchement découpés qui sentaient la résine. Il reconnut la boutique à ses portes grenat et à ses vieux volets. Il remit sa veste. Il tourna la poignée en porcelaine blanche, qui lui parut glacée, et poussa la porte. Un garçon et une fille, tous deux mineurs, enveloppaient dans du papier blanc le contenu des rayons qu'ils déposaient, avec délicatesse, dans des cagettes de fruits. Dupree observa qu'ils avaient tous deux la même coupe de cheveux. Presque aux épaules, avec une frange effilée tombant sur leurs yeux marron.

— C'est fermé, dirent-ils à l'unisson, sans interrompre leur travail.

Dupree referma la porte derrière lui et répondit :

— Je viens voir Antoine.

La fille s'arrêta et le regarda avec inquiétude, pas à cause de sa requête mais parce qu'il avait fermé la porte.

— M. Meire n'est pas là, dit-elle d'une voix douce, attentive à sa réaction.

— Je suis sûr que si, dit Dupree, enfonçant la main dans la poche intérieure de sa veste.

Simultanément, le garçon glissa la sienne sous le comptoir, sans doute à la recherche d'une arme.

Dupree sourit et, délicatement, avec deux doigts, sortit un sac en plastique contenant un billet déplié à l'intérieur, veillant à ce qu'ils puissent bien voir le président.

— Dites-lui que Grover Cleveland veut le voir.

Tous deux sourirent et échangèrent un regard. Puis la fille s'avança, prit le sac, l'ouvrit et palpa le billet en hochant la tête avant de le lui rendre. Le garçon lui fit signe d'entrer dans l'arrière-boutique.

— Bienvenue, monsieur Cleveland ; M. Meire va vous recevoir tout de suite.

Le garçon le guida parmi des dizaines de caisses qui s'entassaient contre les murs ; de certaines dépassaient des breloques en bois, des têtes de mort aux orbites vides, de rustiques poupées de chiffon avec les yeux cousus ; d'autres émanait la riche odeur de cire d'abeille.

— Vaudou de pacotille, murmura le garçon.

— Quoi ?

— Des babioles pour touristes, expliqua-t-il, haussant les épaules en guise d'excuse tandis qu'il le conduisait au fond du magasin.

Il le laissa devant un escalier raide et étroit qui menait au deuxième étage. Il n'y avait aucune lumière sur toute la longueur, mais au bout on devinait une clarté orangée et poussiéreuse, comme si le dernier étage était en feu. Dupree grimpa les marches inégales, qui sonnèrent creux sous ses pieds. Il pensa qu'il faudrait redescendre de la même façon, comme sur un bateau.

La pièce occupait tout l'étage. Et à l'exception de celle qui se trouvait au bout de l'escalier, il n'y avait pas de porte dans la salle, ni de fenêtre. L'air se renouvelait difficilement par une demi-douzaine de lucarnes, à peine plus grandes qu'une bouche d'aération, par lesquelles même un petit enfant ne serait pas passé. Elles étaient ouvertes, laissant entrer des rayons de soleil qui, au lieu d'éclairer, servaient seulement à faire ressortir la quantité de poussière en suspension qu'il y avait dans la pièce. La lumière orangée provenait d'autant de lampes à gaz pendant stratégiquement du plafond à hauteur d'homme. Au fond de la pièce, deux individus, un Blanc et un Noir, avec une blouse, des gants et un masque, transportaient dans de la gaze ce qui de loin lui parut être de l'écorce d'arbre ou du rhizome sec. L'odeur de terre, de talc et de fleurs fanées envahit ses narines, chassant de sa mémoire la puanteur de la rue Bourbon. Certain qu'ils n'avaient pas remarqué sa présence, il les observa de loin. Le Noir était Jacques. D'après ce que savait Dupree, il avait toujours été l'assistant du Blanc. Meire. Son visage était bronzé jusqu'à son front dégarni, ce qui accentuait le contraste avec ses cheveux blancs et épais, coiffés en arrière comme Christopher Lee. Meire était borgne. Quand il avait trois ans, alors qu'il jouait dans un champ de maïs qu'on venait de couper, il était tombé de tout son long et s'était planté l'œil dans la tige pointue d'une plante dans l'œil. La pupille et l'iris étaient détruits, répandant et mélangeant leurs couleurs comme les billes auxquelles les enfants aiment jouer. Nana disait que certaines personnes voyaient trop et que parfois le destin compensait en leur ôtant un œil. Nana croyait que, dans le cas d'Antoine Meire, il avait commencé à voir mieux à partir de son accident. Il portait toujours des lunettes à monture d'écaille et verres fumés, l'un grossissant pour son œil valide, neutre pour l'autre.

Meire et Jacques transportèrent leur charge poussiéreuse jusqu'à une table métallique sur laquelle était posé un sac ouvert. La gaze devint un linceul quand ils la plièrent autour du contenu sableux, mais surtout quand ils remontèrent la fermeture éclair du sac mortuaire. Dupree baissa les yeux et, malgré lui, ne put s'empêcher d'inspirer profondément.

— Je suis chaque fois tenté de demander comment vous les obtenez…, résonna la voix, aussi sèche que les traces brunes collées au masque médical qu'il écarta de son visage avec ses mains encore gantées.

Son œil aveugle était différent dans le souvenir de Dupree, peut-être avec des tons plus verts, et son propriétaire, conscient de la fascination qu'il exerçait, soutint son regard pendant cinq secondes avant de battre des cils en lui disant :

— Montrez-le-moi.

Dupree lui tendit le billet de mille dollars et commença :

— Eh bien…

— N'y pensez même pas, le coupa Meire. J'ai dit que j'ai la tentation, pas que j'y cède.

Il sortit le billet du sac en plastique et, avec son autre main, inclina la lampe à gaz qui pendait du plafond pour le voir à la lumière.

— Grover Cleveland, notre vingt-deuxième et vingt-quatrième président, le seul à avoir occupé la Maison-Blanche pendant deux mandats non consécutifs.

— Je peux vous assurer qu'il est authentique, dit Dupree.

— Je le sais, même si ces billets n'ont aucun signe de sécurité, ni bandes brillantes ni filigranes. Ça ne se faisait pas à l'époque. Mais vous saviez que vous deviez l'apporter, et il n'en reste plus assez pour me refiler une contrefaçon. De toute façon mes enfants ne vous auraient jamais laissé monter si c'était une arnaque. Je parle du billet, ajouta-t-il avec un sourire.

— Ce sont vos enfants ? s'exclama Dupree. Caleb et Emma ? Mon Dieu, comme le temps passe ! Je me souvenais d'eux si petits…

À ces mots, Meire perdit tout intérêt pour le billet. Il s'avança vers lui et retira ses lunettes pour examiner son visage.

— Andrew Aloisius Dupree, murmura-t-il comme s'il voyait un revenant.

Il s'approcha encore, comme s'il voulait le prendre dans ses bras, mais à la place il remit ses lunettes, prit sa main et la serra fort dans les siennes.

— Maintenant je sais que c'est du sérieux ; sinon tu ne serais pas ici.

Dupree se mordit les lèvres et tourna la tête, faisant mine d'admirer les nombreuses et insolites curiosités du lieu. Il ne voulait pas regarder l'œil de Meire. Il se concentra sur les touffes de cheveux humains de différentes couleurs qui pendaient comme un rideau d'un métier à tisser accroché au plafond. Sur une table, un bol avec un couvercle en liège rempli de molaires. Des pots contenant de bulbeuses créatures blanches, immobiles dans leur bain de formol. Des cartons remplis de membres secs d'animaux, de terre, de poudre blanche, de poudre noire. De soyeux linceuls avec les marques rouges et brunes des corps qu'ils avaient enveloppés pendant des années, accrochés à des cintres suspendus au plafond, comme si les âmes de leurs propriétaires les habitaient encore.

— Qu'est-ce qu'il te faut ?

Du sac où se trouvait le billet, Dupree sortit une liste écrite au crayon à papier et la lui tendit. Meire pencha la tête pour lire, puis se redressa pour examiner le visage de Dupree.

— Ça ne peut pas être pour toi.

— Non. C'est pour Nana.

— Nana…, murmura Meire en se tournant vers l'intérieur de la pièce. Jacques ! cria-t-il en agitant la liste pour que son assistant puisse la voir du fond de la salle où il continuait de travailler. J'espère que tu n'as pas terminé d'emballer *le petit enfant*[1]… M. Cleveland a une commande, et il aura besoin d'un petit morceau.

1. Les mots en italique sans astérisque sont en français dans le texte. *(Note de la traductrice)*.

12

Fenêtres

La Nouvelle-Orléans, Louisiane

Johnson remit à Charbou les clés du 4 × 4 noir, toujours garé devant le commissariat du 8e District. Quand il vit le véhicule du FBI, le policier de La Nouvelle-Orléans siffla, admiratif.

— L'hôtel est loin ? demanda Johnson, s'installant à l'arrière avec Amaia.

Bill et Bull étaient montés à l'avant sans leur laisser le choix.

— Cinq minutes en voiture, dix ou douze à pied…, répondit Bull.

Malgré la clim mise à fond, Amaia sentait la chaleur à l'intérieur de la voiture, promesse d'une nuit fiévreuse ou d'un violent mal de crâne. Elle appuya le front contre la vitre froide et observa l'extérieur. Des maisons colorées et bien entretenues alternaient avec d'autres en moins bon état. Les *shotgun** traditionnels cohabitaient avec l'architecture française et des restes de style colonial espagnol. Des panneaux en pin neuf avaient été cloués sur des demeures à la peinture brillante pour certaines, écaillée pour d'autres, afin de tenter de protéger les fenêtres. Elle remarqua qu'il n'y avait pas de voitures garées dans les rues. Et, hormis aux abords immédiats du commissariat, il n'y avait personne. Elle aperçut la moitié du visage d'une femme à sa fenêtre, derrière un rideau en dentelle qu'elle tenait comme un éventail ouvert pour espionner à travers. Sa mémoire vola jusqu'à Elizondo, la rue Santiago et le millier de fois dans sa vie où elle avait vu faire ce geste à une fenêtre. Elle était sûre que les vitres teintées de la voiture empêchaient la femme de la voir, pourtant, obéissant à une loi universelle, quand la voiture passa, la femme lâcha le rideau et recula pour se cacher.

— On dirait que l'évacuation est un succès, observa Johnson, la tirant de ses pensées. Il n'y a pas un piéton, très peu de voitures, la plupart des habitants ont pris des précautions pour protéger leurs maisons…

Charbou se tourna vers Johnson comme s'il s'apprêtait à dire quelque chose, mais il resta silencieux, les yeux fixés sur lui pendant un si long moment que, même s'ils étaient dans une rue résidentielle et que la voiture roulait à peine à quarante kilomètres à l'heure, Amaia craignit qu'ils finissent par s'écraser contre la façade d'une maison. Le policier reporta son attention sur la route sans avoir dit un mot. Ce fut Jason Bull qui parla.

— Le 8e District est probablement le meilleur endroit de La Nouvelle-Orléans. Tout près des coins à touristes, à peine deux rues plus loin, sur Frenchmen, les bars et les restaurants alternent avec les clubs de jazz, peut-être pas aussi élégants que ceux du Quartier français, mais suffisamment pour donner aux visiteurs l'impression d'être dans l'authentique Nouvelle-Orléans. Foutaises. On sait que vous devez aller à votre hôtel, que vous avez du boulot et que c'est important, mais on ne peut pas vous emmener demain dans les rues si vous vous couchez ce soir en pensant que ce que vous avez vu, c'est La Nouvelle-Orléans. Vous n'allez pas pouvoir poursuivre un assassin si vous ne savez pas où vous êtes, et vous n'en aurez aucune idée si vous n'en voyez pas un peu plus. Merde ! Ils vous ont même logés dans ce putain de Quartier français.

Johnson regarda sa montre, et Amaia fut certaine qu'il s'opposerait à un changement de programme. Ils avaient promis à Dupree d'étudier ces affaires avant son retour, et depuis qu'elle le connaissait, Johnson lui était apparu comme un homme méthodique et ordonné. Enfreindre les ordres de Dupree, ne fût-ce que quelques minutes, devait surtout lui sembler très irrégulier et extravagant. Mais il lui jeta un coup d'œil, acquiesça et concentra toute son attention sur l'extérieur.

Une fois passée l'avenue Simon Bolivar, au bout d'à peine cinq minutes de trajet dans l'autre direction, ils découvrirent un décor très différent de celui du 8e District. Charbou ralentit. Il y avait beaucoup de monde dans les rues. Pour tenter de rendre plus dignes leurs maisons qui, pour la plupart, étaient vieilles et abîmées par des années de pluie et de soleil, certains propriétaires les avaient peintes de différentes couleurs. Sur quelques-unes, on distinguait plusieurs teintes, comme s'ils n'avaient pas eu assez de peinture ou, comme s'ils avaient changé d'avis à la dernière minute. Dans la majorité des cas, la protection contre l'ouragan était minime, voire inexistante. Amaia vit des fenêtres avec du ruban adhésif sur les vitres, ou recouvertes avec des journaux. On avait retiré les meubles des porches, c'était à peu près les seules mesures de précaution, et encore, il restait ici et là des vieux assis, même des enfants. À la place de panneaux en pin, les habitants de ce quartier avaient utilisé tout et n'importe quoi pour protéger leurs fenêtres, bouts de plastique, bâches colorées, vieilles planches d'où pendaient des clous rouillés. Au fur et à mesure qu'ils avançaient, les maisons, semblables à des granges allongées, étaient de plus en plus petites et délabrées. Les jardins disparaissaient, remplacés par des cours en ciment ; les jardinières par d'anciens bidons en plastique contenant des plantes à fleurs blanches pathétiquement exubérantes. Entre les propriétés il y avait des terrains vagues où s'entassaient des ordures, des carcasses oxydées de voitures avec toutes leurs portes ouvertes et la mousse des sièges sortant comme les tripes d'un animal écrasé. Devant un patio, ils virent un groupe de jeunes agglutinés autour d'une Buick au capot ouvert. Celui qui était le plus près de la rue alerta les autres. Les garçons se retournèrent de manière hostile et instinctive ; certains levèrent le majeur au passage de la voiture, manifestement officielle, pendant que les autres criaient. Bull se tourna vers Johnson et Amaia.

— J'ai une femme et deux enfants en bas âge ; ils sont à Atlanta chez mes beaux-parents, qui doivent être très contents de les avoir à la maison et de pouvoir rappeler à ma femme que vivre à La Nouvelle-Orléans est une vraie saloperie. Ma mère est avec eux. J'ai réussi à envoyer toute ma famille là-bas.

— Mais pas moi, dit Bill Charbou. J'ai une tante, la petite sœur de ma mère ; c'est une sorte de militante dans son quartier et elle a décidé de rester ; elle est chez elle, dans le 9e District, et personne ne la fera partir de là. Il faut bien que vous compreniez, il y a beaucoup de gens comme ma tante, qui pourraient partir mais ont choisi de rester. Et il y en a d'autres comme ces gosses. Ils vivent ici. C'est ça leur maison, la rue, leurs copains, c'est tout ce qu'ils ont. Ils en chient depuis toujours, ce n'est pas l'ouragan qui va changer les choses. Ils sont à la marge de tout. Ils restent ici, et croyez-moi qu'ils sont prêts à donner leur vie pour protéger leur rue, leur maison et leur famille, y compris contre ceux qui prétendent les aider.

— Mais il s'agit d'un ouragan de niveau cinq, peut-être de niveau six. Ils ne sont pas conscients du danger qu'ils courent. Ils peuvent mourir, peut-être qu'on ne leur a pas expliqué…, objecta Johnson.

— Oui, oui, ils peuvent mourir, admit Bull. Ils s'en fichent. Johnson, avec tout le respect que je vous dois, mec, vous venez d'ailleurs, vous passez dans leur rue, voyez leurs pauvres maisons de merde et vous pensez… Pourquoi sont-ils prêts à mourir ? Vous ne vous rendez pas compte, ce sont peut-être des maisons de merde, mais c'est tout ce qu'ils ont réussi à avoir dans leur vie. Ça fait longtemps que j'ai appris que tous ceux qui viennent ici portent sur eux un regard arrogant.

Johnson inspira. Il parut sur le point de répondre, mais Amaia le devança, tentant de détendre l'atmosphère.

— Et vous, monsieur Charbou ? Vous êtes marié ?

Le policier éclata de rire.

— Monsieur Charbou ? Ne m'appelez plus comme ça. Bill. Bill tout court, ou Charbou, mais pas monsieur Charbou !

— Bill Charbou n'a plus de famille ici, répondit Bull car il était évident que son collègue ne le ferait pas. Ses parents et ses frères et sœurs vivent à Baton Rouge. Il n'a plus personne ici, sauf sa tante. En ville il a une demi-douzaine de fiancées, mais aucune n'est assez amoureuse pour rester et affronter la tempête avec lui, dit-il, feignant de souffrir du coup de poing que l'autre lui asséna sur l'épaule. J'imagine qu'à cette heure elles sont disséminées dans tous les États voisins et dorment bien au chaud chez un ami…

— Aghhh ! se moqua Bill en secouant la tête, alors que son camarade riait.

Ils repartirent vers Simon Bolivar, traversèrent Marigny et, après avoir croisé Esplanade, arrivèrent rue Dauphine.

La façade orange de l'hôtel Dauphine occupait tout l'angle de la rue du même nom. Les portes à claire-voie vert bouteille des balcons contrastaient avec les volets blancs et les arcades du rez-de-chaussée. Bill gara la voiture devant un porche ouvert près de l'entrée principale et constata que, malgré l'obligation de quitter la ville, le parking de l'hôtel était comble. Trois femmes noires corpulentes s'affairaient à la réception. Elles s'occupèrent rapidement de leurs réservations et invitèrent Bill et Bull à patienter dans le joli bar, pendant que l'une d'elles accompagnait Amaia jusqu'à sa chambre. Bill, qui avait insisté pour porter le sac d'Amaia, les escorta jusqu'à la porte de l'ascenseur et refusa de céder son bagage à la femme qui le lui arracha des mains avec fermeté, souriante, lui rappelant au passage qu'il devait attendre au bar. Dès que les portes de l'ascenseur se fermèrent, elle se tourna vers Amaia.

— C'est un beau mec, votre copain, vous savez s'il est célibataire ? lui demanda-t-elle.

Amaia sourit.

— Je crois, oui…

La femme la regarda avec intérêt.

— J'ai l'impression que vous lui plaisez.

— Oh oui, sûrement, je lui plais, vous lui plaisez, toutes les femmes qui passent dans la rue lui plaisent…

— Je vois, un coureur… Bon. Ne vous en faites pas pour eux, ils seront bien au May Bailey's. Aujourd'hui c'est le bar de l'hôtel, mais ce fut un des premiers bordels de La Nouvelle-Orléans, et le premier à obtenir une licence légale pour exercer cette activité. C'est un des endroits les plus « hantés » du Big Easy…, dit-elle en lui faisant un clin d'œil.

Amaia sourit à nouveau.

— Vous voulez dire qu'il y a des fantômes de prostituées ?

— Dames de mauvaise vie, c'est comme ça qu'on les appelait… Nous avons un fantôme, mais ce n'est pas précisément une prostituée. La sœur de la fondatrice, Mlle May Bailey, rêvait de s'échapper d'ici. Elle a rencontré un jeune soldat qui l'a immédiatement demandée en mariage et lui a promis de l'emmener, mais le jour des noces il est mort dans une fusillade, ce qui était très habituel alors en ville. On raconte qu'elle est devenue folle de chagrin et n'a jamais réussi à partir d'ici. Certains clients affirment l'avoir vue dans sa robe de mariée en train de pleurer dans le jardin ou sur les galeries.

Les portes de l'ascenseur s'ouvrirent, la femme passa devant un panneau absurde qui mettait en garde contre le danger de la moquette mouillée, et se dirigea vers la chambre située juste à droite. Amaia se demandait combien de fois elle avait dû raconter cette histoire aux clients de l'hôtel. La femme se tourna vers elle et reprit la parole.

— Mais vous n'avez pas à vous inquiéter, elle apparaît seulement aux hommes, peut-être qu'elle attend toujours son fiancé, dit-elle en haussant les épaules.

Elle ouvrit la porte de la chambre et s'écarta pour la laisser passer. C'était une grande pièce de couleur crème. Tout, meubles, lit, murs, plafond, moquette, possédait cette teinte satinée dans le plus pur style français. La salle de bains, avec baignoire, était à côté, et au milieu du mur trônait une immense fenêtre à guillotine typique du Sud, et un store vénitien qui s'actionnait en déplaçant de bas en haut une pièce mobile. La femme ouvrit les volets, et le bâtiment voisin apparut.

— Je regrette de ne pas pouvoir vous proposer de meilleure chambre, mais une réservation de dernière minute, avec l'hôtel bondé…

— J'ai remarqué, je pensais qu'avec l'évacuation…

— Beaucoup de gens ont décidé de ne pas partir, ils veulent être ici pour protéger leurs propriétés du pillage quand la tempête sera passée, et ils ont pris une chambre au Dauphine car ils savent que le Quartier français n'est jamais inondé. Dans toute l'histoire de La Nouvelle-Orléans, ce n'est jamais arrivé. Ce n'est pas la petite Katrina qui va changer ça…

La femme ouvrit la fenêtre. La musique entra dans la pièce. Un orchestre passait dans la rue. Amaia se pencha et réussit à voir, malgré la perspective limitée qu'elle avait de sa chambre, un groupe nombreux de musiciens qui défilaient à bon pas.

— Des musiciens, dit-elle, se tournant vers l'intérieur. Je ne pensais pas qu'il en restait en ville après l'évacuation.

— Il y a deux catégories d'êtres qui ne quitteront jamais La Nouvelle-Orléans : les musiciens et les fantômes.

La femme s'arrêta pour allumer le téléviseur sur une chaîne d'informations. L'image omniprésente de l'ouragan tournant en boucle sur l'océan apparut à l'écran. Elle ouvrit la porte, hochant la tête avec satisfaction, et se trouva nez à nez avec l'agent Johnson. Il portait sous le bras une demi-douzaine de dossiers contenant les rapports des affaires qu'il avait imprimés au commissariat. Sans un mot, Amaia lui montra le grand bureau situé près de la fenêtre. Elle prit un dossier et s'assit au bout du lit, laissant la chaise de bureau à Johnson qui, avant de s'asseoir, releva le store pour faire entrer plus de lumière.

Au bout de vingt minutes, elle avait écarté deux affaires, sur les trois qu'elle devait examiner. Dans la première, de faux employés du gaz, utilisant leurs cartes professionnelles, s'étaient présentés chez une famille dont l'équipement était hors service à la suite d'un glissement de terrain. Ils avaient ligoté le père et la mère et agressé la grand-mère pour qu'elle leur donne la clé du coffre-fort. Dans la deuxième, des hommes cagoulés avaient attaqué en pleine nuit une famille, dont les membres correspondaient cette fois au profil qu'ils recherchaient. Ils les avaient attachés, volés, mais avaient aussi agressé sexuellement les femmes en obligeant le mari à regarder. Les enfants avaient été enfermés tout le temps dans une autre pièce. La troisième affaire était présentée comme un meurtre-suicide. Huit mois plus tôt, en décembre, à Galveston, Texas, Joseph Andrews, quarante-huit ans, avait tué sa femme et ses deux enfants, un garçon de douze ans et une fille de seize, avant de se suicider. Ils avaient déménagé à peine un mois plus tôt de Sacramento pour des raisons professionnelles, même s'ils ne semblaient pas avoir de difficultés financières. Andrews, cadre supérieur, avait été muté avec une augmentation de salaire importante de la part de son entreprise, et ils vivaient dans une belle maison avec un embarcadère. Sa femme était une célèbre décoratrice dont le blog était très suivi dans tout le pays, qui adorait le théâtre et s'était empressée, à peine arrivée en ville, d'intégrer un club d'*amateurs*. Le portrait de l'adolescente était tiré de la photo de classe de son nouveau lycée à Galveston, où elle paraissait s'être très bien adaptée. Mais le petit garçon avait eu quelques conflits et altercations mineures avec les voisins. Selon le rapport, le jour des meurtres, Andrews n'était pas allé travailler. Les cadavres avaient été découverts à l'intérieur de la maison par un voisin qui était passé prendre de leurs nouvelles. L'arme du père avait été trouvée à côté de lui.

Il y avait six photos. Amaia les posa sur le lit pour les regarder avec attention. Les cadavres étaient allongés par terre, avec la tête en direction de… Il était impossible d'après la photo de savoir si c'était vers le nord, et le tirage trop encré empêchait de discerner s'il y avait des marques de liens. Mais le reste de la scène attira son attention. Même si ce n'était pas mentionné dans le rapport, tout le salon semblait sens dessus dessous, avec des plantes retournées, des tableaux de travers. Pas aussi impressionnant que les effets d'une tornade, cependant…

Elle plaça dans l'ordre sur le lit les six photos de la scène de crime et quatre autres des portraits, des membres de la famille, très souriants. Elle se demanda s'ils avaient été pris dans la maison.

— Johnson, venez voir ça, dit-elle.

L'agent leva la tête du rapport qu'il étudiait et le posa sur le bureau avant de s'avancer vers Amaia.

— On suppose que, ce jour-là, le père est resté à la maison pour assassiner sa famille. Il leur a tiré à chacun une balle dans la tête avant de retourner l'arme contre lui. Mais regardez comment sont placés les cadavres ; je sais qu'il y en a seulement quatre, et qu'on ne voit pas non plus de marques de liens, même si la qualité du tirage empêcherait de les voir. D'après le dossier, le père a tiré les quatre balles avec le revolver posé à côté de lui, qui était enregistré à son nom.

Johnson prit une des photos et se posta près de la fenêtre pour l'observer plus en détail.

— Est-il fait mention d'autres membres de la famille qui ne se seraient pas trouvés dans la maison à ce moment-là ?

— Oui, un fils aîné, qui cadre avec l'âge du profil que nous recherchons. Il a été interrogé parce qu'il a hérité de la maison de Sacramento, de celle de Galveston et de pas mal de fric, même s'il n'a jamais été suspecté. Il vivait à Sacramento et il est prouvé qu'il était là-bas au moment des meurtres. Apparemment il a fait beaucoup de bruit dans la presse, racontant à qui voulait l'entendre que sa famille avait été assassinée par un inconnu et que l'enquête bâclée avait fait porter le chapeau à son père.

Johnson prit le rapport des mains d'Amaia et chercha à la dernière page le nom du policier qui avait mené l'enquête. Il appela à Galveston et on lui dit que l'enquêteur Nelson avait demandé son transfert. Il sourit, composa un autre numéro et mit le haut-parleur pour qu'Amaia puisse entendre la conversation. La voix nasillarde de l'agente Tucker se fit entendre au bout du fil.

— Tucker, je suis avec Salazar, j'ai mis le haut-parleur. Vous êtes encore au siège de la police de Miami ?

— Salut, Salazar, oui, nous attendons un moyen de transport pour pouvoir nous rendre dans les régions touchées et toujours isolées. Nous restons attentifs à tout avis d'homicide ou de morts accidentelles pendant la tempête. Mais nous n'avons pas tellement d'espoir ; les lignes téléphoniques sont coupées et celles qui fonctionnent sont saturées. Il y a eu plusieurs signalements de coups de feu. Pour l'heure les vérifications n'ont rien donné. Deux familles correspondent au profil, mais nous n'avons pas encore réussi à les joindre. Selon leurs proches, elles sont restées chez elles. Même si le Compositeur agissait, il pourrait se passer des heures avant qu'on soit prévenus.

— En examinant les rapports des crimes que nous avons reçus ce matin, Salazar a repéré un cas de meurtre-suicide qui s'est produit il y a huit mois à Galveston. Le père qui tue sa femme et ses deux enfants avant de retourner l'arme contre lui. Jusque-là tout est normal, mais il existe un autre fils qui n'était pas dans la maison et ainsi le profil de famille correspondrait au nôtre. J'ai les photos de la scène de crime sous les yeux, tous les cadavres sont alignés ; nous ne savons pas si c'est en direction du nord car c'est impossible de l'établir à partir des photos. On ne peut pas voir non plus s'il y a des marques de liens, et le rapport balistique se contente de signaler qu'il y avait des résidus de poudre sur les mains du père et que les balles récupérées lors des autopsies coïncident au calibre et aux munitions, du 22, du revolver trouvé à côté de lui, qui lui appartenait.

— Vous pensez qu'il peut s'agir de notre homme ?

— C'est ce que nous essayons d'établir, mais pour cela il est indispensable que nous parlions avec le policier qui a mené l'enquête. Un certain Brad Nelson, de la brigade criminelle de Galveston.

— Et ?

— Nelson a demandé son transfert à Tampa ; apparemment sa femme est de là-bas et il est rattaché à ce commissariat.

— OK. Je m'en occupe. Mais je ne vous raconte pas le bordel que c'est ici, tous les agents disponibles sont mobilisés, mais s'il est en service, je le trouverai. On se rappelle dans quinze minutes pour une conférence téléphonique. À ce numéro.

Amaia entra dans la salle de bains, mit ses poignets sous l'eau froide. L'annonce d'une migraine était suivie par des bouffées de chaleur. Elle mouilla une serviette et la posa sur sa nuque. Johnson passa la tête, la faisant sursauter :

— Salazar, c'est l'heure.

— Agent Johnson, sous-inspectrice Salazar, j'ai mis le haut-parleur, l'inspecteur Emerson est à mes côtés. Le policier Brad Nelson est en service actuellement, il est parti avec les premiers volontaires vers la zone de la catastrophe et il est peu probable qu'il soit de retour dans les prochaines heures. Il est impossible d'établir une communication téléphonique, mais j'ai parlé avec lui par radio. Voilà ce qu'il m'a dit pour le moment : le revolver était un Smith and Wesson, du 22, le même calibre que les balles qu'ils ont retirées des cadavres. Le policier pense que l'acharnement du fils résulte de son incapacité à accepter ce que son père a fait et ce qui est arrivé à sa famille. Il étudie à La Nouvelle-Orléans, à l'université de Tulane ; il est seulement revenu une fois à Galveston depuis les meurtres. La maison est fermée. Le garçon appelle Nelson toutes les semaines pour lui demander de rouvrir le dossier. La dernière fois c'était hier, Nelson n'était pas encore parti. Vous pourriez peut-être lui parler. Il s'appelle Joseph Andrews, comme son père.

Johnson regardait Amaia dans l'attente de sa réaction. Elle se mordit les lèvres, secoua la tête et haussa les épaules. Ils n'avaient pas grand-chose de plus que ce qui était écrit dans le rapport. Certes, ils pouvaient parler avec le garçon, mais l'enquêteur avait raison, il s'agissait probablement du difficile processus de deuil et du refus d'accepter des faits aussi terribles.

La voix de Tucker résonna dans le haut-parleur.

— Je l'ai interrogé aussi à propos du désordre dans la maison.

Amaia retint son souffle.

— Ce jour-là, Galveston a subi le passage d'une tempête tropicale, sans grande importance, ni morts ni blessés à déplorer, juste des arbres arrachés et des vitres brisées. Le père n'était pas allé travailler parce que sa boîte avait recommandé à tous ses employés de rester chez eux. Ils étaient nouveaux en ville, n'avaient jamais vécu de tempête sur la côte. L'enquêteur pense qu'à un moment ils ont dû ouvrir une fenêtre, ce qui a fait voler en éclats plusieurs baies vitrées. Les corps ne présentaient ni coupures ni blessures dues au verre. Il y avait bien des marques sur les poignets du père, mais ils ont pensé qu'il se les était infligées lui-même en essayant de se suicider. Ils n'ont pas trouvé de brides, de cordes, ni de liens d'aucune sorte sur place. Tout le désordre de la maison a été causé par les rafales de vent qui entraient par les fenêtres brisées. Considérant qu'il s'agissait d'un fait isolé, sans lien avec les meurtres, ils ne l'ont pas inclus dans le rapport. Nelson a ajouté que sans avoir le dossier sous les yeux il ne pourrait pas jurer dans quelle direction étaient tournées les têtes, mais il est presque sûr que c'était vers le nord.

— Putain ! s'exclama Amaia. Est-ce que ça suffira pour l'agent Dupree ?

Johnson prit congé de Tucker et appela Dupree. Il exposa leurs dernières découvertes et écouta attentivement. Amaia étudiait son visage, cherchant à deviner quelle serait la prochaine étape.

— Il nous dit d'aller sur le campus, mais insiste pour que Bill et Bull nous accompagnent.

— Vous pensez qu'ils sont toujours en bas ?

— Oui, répondit Johnson alors qu'il rangeait les photos dans le dossier. Et je pense qu'ils y sont bien ; d'après la propriétaire, le bar fut pendant des années le bordel de May Bailey, et apparemment il a gardé un certain charme…

Amaia acquiesça en souriant. Elle avait vu juste, la femme racontait l'histoire à tous les clients.

13

Tristesse sourde et muette

Elizondo

Engrasi se toucha le visage avec dégoût tout en bataillant pour se débarrasser des restes d'une toile d'araignée.

Elle avait passé un bon moment à genoux dans la partie la plus basse du grenier en quête des décorations de Noël. Comme toujours, elle avait trouvé tout ce qu'elle ne cherchait pas. Des cartons de vêtements qu'elle avait portés une fois dans les rues de Paris, des tonnes de notes manuscrites en français datant des années où elle était étudiante en psychologie ; des livres qui avaient rempli les bibliothèques de la maison où elle avait vécu avec l'homme qu'elle aimait. Des objets et des souvenirs qui avaient eu beaucoup d'importance un jour et qu'elle observait à présent avec la distance et la nostalgie d'une vie vécue à une époque désormais aussi lointaine et inaccessible pour elle que si elle avait été réincarnée dans une autre. Elle referma les cartons et se pencha pour laisser la lumière de l'escalier éclairer sa montre. Elle n'avait pas vu le temps passer. Cela faisait un moment qu'Amaia aurait dû rentrer.

Elle recula vers la trappe et, au moment où elle s'apprêtait à descendre, vit un petit coffre en bois qu'elle avait également rapporté de Paris. Elle soupira soudain, à cause du contenu de ce coffre. Elle posa le pied sur la première marche et avant de continuer ouvrit le coffre, glissa sa main à l'intérieur, prit le volumineux dossier qui s'y trouvait et, presque comme une voleuse, le cacha sous sa veste. Elle descendit rapidement l'escalier jusqu'au premier étage, apercevant au passage les cartons débordant de guirlandes vertes, juste de l'autre côté du grenier. Elle appela la fillette dans l'espoir qu'elle soit arrivée comme une petite souris silencieuse pendant qu'elle était en haut.

Il faisait déjà nuit et la fenêtre lui renvoya son propre reflet : les cheveux en bataille, les sourcils froncés, le gros dossier sous sa veste. Elle devait s'occuper de ça d'abord. Elle tira la chaîne qu'elle portait autour du cou, à laquelle pendait une petite clé dorée. Elle se pencha vers le dernier tiroir du buffet qui avait une serrure, l'ouvrit, déposa le dossier à l'intérieur, le referma et cacha à nouveau la petite clé sous ses vêtements. Elle prit le téléphone posé sur la table basse à côté du canapé et composa un numéro par cœur. Elle entendit sonner plusieurs fois pendant qu'elle regardait à nouveau par la porte du salon. À l'autre bout du fil, la voix chaude de son frère lui répondit.

— *Mantecadas* Salazar. J'écoute.

Si elle n'avait pas été tellement inquiète, Engrasi aurait souri. Son frère, qui avait toujours répondu au téléphone avec une sorte de grognement, s'était amélioré ces derniers temps, influencé, sans doute, par son épouse distinguée.

— Juan, Amaia est avec toi ?

— Non, elle n'est pas là.

— Elle n'est pas encore rentrée et je m'inquiète.

— Elle a dû s'attarder avec une amie du collège ; comme il fait nuit de bonne heure on a l'impression qu'il est plus tard, mais il est seulement six heures et demie.

— Juan, je t'ai déjà dit que la petite rentre directement à la maison, sauf quand elle passe te voir. J'ai pensé qu'elle était peut-être avec toi, ou qu'elle jouait avec ses sœurs, tu es sûr qu'elles ne sont pas dans la cour de derrière ?

— Non, Rosario a réussi à les faire rentrer tôt à la maison en leur promettant qu'elles allaient décorer le sapin de Noël.

Engrasi raccrocha sans un mot. Elle enfila son gros manteau, glissa la clé de la maison dans sa poche et sortit.

Juan avait raison, il semblait être beaucoup plus tard qu'il l'était en réalité. Cette année, la douceur de l'automne s'était prolongée plus que de coutume et les premiers froids de l'hiver paraissaient surprendre les habitants de la vallée, les poussant à s'enfermer chez eux. Elle vit au loin les phares de quelques voitures qui franchissaient le pont vers la rue Santiago, mais pas âme qui vive. La lumière extérieure des maisons s'étalait sur le sol mouillé, dessinant des tapis orangés qui n'arrivaient pas jusqu'au muret de la rivière. Elle ne pouvait pas le voir, mais elle le sentait, froid et vif comme une créature, coulant vers le bas et, par moments, emportant la terre sous ses pieds, lui rappelant que son équilibre était fragile. Elle posa la main sur sa poitrine pour palper la petite clé, se mordit les lèvres et accéléra le pas, pressée de retrouver la fillette et priant en même temps pour qu'elle ne soit pas là où elle le croyait.

La maison de son frère était une des plus belles d'Elizondo. Juan l'avait achetée à un vieux contrebandier célibataire qui n'avait pas lésiné sur les moyens pour la mettre en valeur, du moins pour ce qui était de l'extérieur car l'intérieur était aussi austère que l'étaient traditionnellement les hommes de Baztán. L'entrée en arche donnait directement sur un jardin où l'ancien propriétaire avait fait planter deux magnifiques saules pleureurs. Quand les branches des arbres avaient commencé à toucher le sol, l'homme les avait fait élaguer, gêné par le feuillage qui cachait, presque complètement, sa prétentieuse façade. Au troisième élagage, il avait abandonné. Juan était persuadé que cela avait été une raison déterminante pour le pousser à vendre sa maison. Même si cette variété d'arbres ne perdait jamais totalement ses feuilles, les saules souffraient des premiers froids hivernaux et ils n'étaient pas aussi luxuriants que d'habitude. De l'entrée, Engrasi put distinguer la lumière dorée qui, à travers la fenêtre du salon, éclairait une partie du jardin. Au début elle ne vit pas la petite, et sentit à nouveau dans sa poitrine un mélange de soulagement et d'appréhension. Mais une fois que ses yeux furent habitués à la pénombre, elle perçut quelque chose contre l'obscurité d'un tronc d'arbre. Elle ne sut pas l'identifier, car son cerveau lui disait que c'était une étoile de mer et c'était impossible. Elle s'approcha et reconnut la fillette, qui serrait l'arbre entre ses bras, et l'arbre la soutenait comme une amoureuse. L'étoile blanche qu'elle avait cru voir était sa main, minuscule et pâlie par le froid, dépassant de la manche de son pull rouge. Le gros tronc du saule cachait complètement l'enfant. Quand elle se penchait en avant, son petit visage était à moitié visible parmi les branches noires qui, comme des rigoles de larmes, tombaient de l'arbre. Elle aussi pleurait.

Engrasi se baissa pour passer sous les branches et se plaça de l'autre côté du tronc, recouvrant de sa main celle de la petite ; elle fut surprise de découvrir qu'elle était chaude, comme si l'arbre était bien un amant s'efforçant de lui transmettre toute sa chaleur. Engrasi regarda dans la même direction qu'Amaia. Rosario avait laissé le rideau grand ouvert. Toutes les lampes semblaient allumées, et de l'endroit où elles se trouvaient, elles pouvaient voir avec netteté le fond de la pièce. Devant la grande baie vitrée, la mère et les sœurs d'Amaia souriaient, joyeuses, en décorant le sapin de Noël, indifférentes à la spectatrice qui les espionnait de l'extérieur. Engrasi resta là, en silence, témoin de la douleur de l'enfant, patiente. Réfléchissant à ce qu'elle pourrait dire pour la convaincre que tout cela n'était pas bien et qu'elles devaient s'en aller. Ce fut inutile ; au bout de quelques secondes, Amaia relâcha son étreinte et, tirant sur la manche de son pull pour couvrir ses doigts, essuya ses larmes. Puis elle sortit de sa cachette, tendit à nouveau la main à sa tante et l'implora presque :

— On rentre à la maison ?

Engrasi ne répondit rien, elle ne pouvait pas. Elle sentait son pouls battre dans sa gorge, submergée par tout ce qu'elle désirait crier et taisait. Elle embrassa la petite et acquiesça, serrant sa main pour prendre le chemin du retour. Avant de quitter la protection que leur offrait l'arbre, elle se retourna pour regarder encore, comme si elle avait entendu un appel. Rosario l'observait à la fenêtre. La moitié de son visage était dans l'ombre, mais les lumières intermittentes du sapin de Noël lui permirent d'entrevoir son regard mauvais et son sourire. Engrasi serra plus fort la main d'Amaia, alors que la tendresse qui l'étouffait un instant plus tôt laissait place à de la rage pure et, elle devait le reconnaître, à de la peur.

14

Nana. Maison colorée

La Nouvelle-Orléans, Louisiane
Samedi 27 août 2005, soir

Quand il sortit de la boutique, Dupree monta par Ursuline en direction de Tremé, mais il fit des tas de détours inutiles pour passer à côté du cimetière. Il savait qu'il n'avait pas le temps d'y entrer, mais malgré les années, il comprit que l'instinct qui le guidait était le même qui, enfant, le conduisait jusque-là, comme s'il obéissait à une boussole lui indiquant toujours la tombe de ses parents. Deux ouvriers juchés sur des échelles décrochaient de la grille sombre du cimetière une pancarte proposant des visites guidées.

— On va fermer, l'ami, le prévint l'un d'eux en remarquant qu'un homme les observait.

— J'en ai pour une minute. Je voudrais vérifier que le tombeau de ma famille supportera le passage de la tempête, répondit-il, certain qu'ils l'avaient pris pour un touriste à la traîne.

L'ouvrier regarda Dupree, examina ses vêtements et demanda, suspicieux :

— Quelle famille ?

— *Famille* Dupree-Sabrier, répondit-il calmement.

— Oh, bien sûr, monsieur, dit l'homme, qui le laissa entrer.

Dupree se dirigea vers le fond, à gauche, conscient que, comparé au souvenir de son enfance, le cimetière lui semblait différent, plus grand et plus petit à la fois. Il sentit, cependant, le même chagrin qu'autrefois en avançant entre les rangées de niches. À cause du sol marécageux, elles étaient très en dessous du niveau de la rue. Sur beaucoup d'entre elles, le nom des occupants était à peine visible. Arrivé au bout, voyant la sépulture, il éprouva une grande tristesse. Il se rappelait un tombeau se dressant un mètre et demi au-dessus du sol, et une plaque en pierre, sobre, sur laquelle les noms de ses parents étaient gravés. Mais le monument était tellement détérioré sur les côtés qu'on voyait la brique brune dessous. La plaque était brisée et fissurée dans un coin. L'humidité s'était infiltrée du sol, dessinant une ombre sombre incrustée dans la pierre. La saleté s'étendait comme un manteau gris, verdâtre là où apparaissait ce qu'il restait des noms gravés. Sachant à l'avance que cela ne servirait à rien, il frotta les lettres du bout des doigts, et les contempla en silence, immobile, comme si elles n'avaient pour lui aucune signification, ou au contraire toute celle du monde. Il entendit le bruit métallique des chaînes que l'ouvrier fit tinter contre la grille, sûrement exprès. À défaut d'une autre offrande, Dupree s'accroupit et ramassa un morceau de pierre grise appartenant à la tombe, le déposa sous le nom de ses parents et se hâta de sortir après avoir remercié les ouvriers. Il imaginait le vent emportant son petit présent loin de ce tombeau qui, pendant longtemps, avait abrité, à côté de son père et de sa mère, les plus sombres souvenirs. Il se demanda à quel point Katrina serait capable d'exhumer des horreurs.

Il se remit en marche et une patrouille de police de La Nouvelle-Orléans l'arrêta dans la rue Marais. Ils lui demandèrent où il allait, lui rappelant l'obligation de quitter la ville. Cela dura à peine deux minutes. Dès qu'il montra ses papiers, ils le laissèrent partir. Quand les policiers s'éloignèrent, il poussa un soupir de soulagement car ils n'avaient pas demandé à voir le contenu de son sac.

Il avança entre les maisons colorées vers la partie basse du quartier, qui paraissait abandonnée. La plupart étaient plongées dans le noir, à une heure où d'habitude on commençait à allumer les lumières. Les fauteuils à bascule et les pots de fleurs avaient disparu des vérandas et sous les arcades pendaient de petites chaînes qui avaient supporté des fougères et des plantes grimpantes. Les habitants qui n'avaient pas protégé leurs fenêtres avec des planches avaient consolidé leurs volets au moyen de chaînes et de cadenas. Certaines familles se préparaient à partir dans des véhicules pleins à craquer.

Soudain il la vit. Sûrement une des plus jolies de la rue. Comme cela arrive souvent avec les souvenirs de jeunesse, elle lui parut un peu plus petite, mais Nana l'avait conservée en l'état : les murs peints en jaune, avec les lambris blancs autour des fenêtres et les volets vert sombre. Quand il était petit, il n'arrêtait pas de dessiner cette maison, juste pour le plaisir de la colorier. Deux étages, avec quatre grandes fenêtres qui donnaient sur une galerie étroite, à peine plus grande qu'un balcon. Elle bénéficiait en revanche d'un petit jardin entouré par une barrière blanche pas très haute. Il poussa la grille et vit qu'étaient accrochés entre les poteaux, formant des vagues, les colliers de perles étincelants du Mardi gras, parmi lesquels Nana avait choisi les verts, les dorés et les violets pour faire honneur à sa ville et attirer la justice, le pouvoir et la foi.

Il monta l'escalier jusqu'à l'étroit couloir, d'où avaient été retirés meubles et bacs à fleurs. De dehors, on ne voyait pas de lumière et quand il tenta d'ouvrir les volets, il s'aperçut que quelqu'un les avait cloués de l'intérieur. Il redescendit l'escalier jusqu'au jardin et fit le tour par la petite allée qui la séparait de la suivante. Une douce lueur orangée illuminait le mur du bâtiment voisin. Il avança vers la cuisine, sentant la terre humide céder sous ses pieds. Avant même de toucher la porte, il perçut dans la maison un bruit sourd suivi d'un grincement. Il écouta avec attention et entendit qu'on traînait un meuble. Tout doucement, il posa le paquet que lui avait préparé Meire et sortit son arme. Avec lenteur il tourna le pommeau en cuivre. Alors il sentit quelqu'un tirer de l'autre côté, et le battant s'ouvrit.

— *Mon cher petit cœur !* s'exclama la vieille femme en ouvrant les bras.

— Nana.

— Al, je savais que c'était toi, mon petit Al. Depuis ton enfance tu as toujours préféré entrer par la cuisine plutôt que par la porte principale.

Dupree sourit. Elle était la seule à l'appeler Al.

Il la serra dans ses bras et sentit la fragilité de son corps. Elle avait beaucoup maigri. Elle flottait dans sa robe et ses os étaient pointus, minuscules. Il ferma les yeux. Quand était-elle devenue si petite ? Dans son souvenir, elle était aussi grande que lui, et maintenant ses mèches blanches lui arrivaient à peine au menton. Il se pencha et l'embrassa longuement sur le front.

— Tu es venu, tu es venu, mon petit, murmura-t-elle en pleurant.

Voir ses larmes lui fendait le cœur. Il l'étreignit encore plus fort et se mordit les lèvres pour contenir son émotion.

— Nana, je suis désolé. Je suis tellement désolé.

— De quoi, *mon cher* ?

— De ne pas être venu plus tôt, gémit Dupree.

La vieille femme s'écarta pour regarder son visage.

— Ne dis pas de bêtises. Nous savions tous deux que tu ne pouvais pas revenir et que, pourtant, tu le ferais tôt ou tard. Et maintenant que tu es ici, je ne sais pas si c'est bien ou mal.

— Moi non plus.

— Il vaudrait mieux que tu ranges ça avant que quelqu'un soit blessé, dit-elle, montrant l'arme qu'il tenait encore à la main.

— Ça ? C'est ta faute, répondit-il, souriant, tandis qu'il glissait l'arme dans son étui. J'ai cru qu'on était en train de piller ta maison. Je peux savoir ce que tu faisais ? Tu t'es cassé la hanche il y a quelques mois. Tu n'es pas censée porter des meubles.

— Ta Nana est plus forte que tu le penses. Tu crois qu'une pauvre fracture va avoir raison de moi, comme ces petites vieilles qui se mettent au lit et ne se relèvent plus jamais ? Ma hanche va bien, dit-elle, le regardant dans les yeux. C'est dans mon cœur qu'il y a une blessure incurable. Comme dans le tien.

Lui prenant la main, elle l'entraîna vers le salon. Sa démarche chancelante contredisait son discours. Dupree était sur le point de lui faire un commentaire à ce sujet, mais il resta bouche bée en franchissant le seuil. C'était de là que provenait la lueur orangée qu'il avait vue dehors, tamisée par le rideau de l'entrée.

— J'ai dû pousser quelques meubles parce que j'ai besoin d'espace pour…

Elle soupira. Tous les meubles étaient contre les murs et les fenêtres. Sur les tables et les chaises retournées, des dizaines de bougies alternaient avec des fleurs en tissu et en papier. Sur les visages flous de vieilles photos d'ancêtres morts, des yeux pleins de vie semblaient les regarder, animés par le scintillement léger de la lumière des bougies. Près du mur, il y avait un petit autel sur lequel saints et squelettes se partageaient le visage de la mort, entourés de pièces d'une monnaie ancienne, et palpitaient avec le clignotement des petites flammes qui n'arrivaient pas à allumer les guirlandes de soie décorant les *Lwas**.

— L'important, c'est que tu sois ici, ça doit signifier quelque chose. (Son visage s'assombrit.) Tu crois que la tempête sera aussi terrible qu'on l'annonce ?

— Oui.

— Au point de le faire sortir ?

Il soupira profondément. Il ne dit rien, mais hocha la tête, accablé. Elle s'approcha tout près de lui, leva la main droite et, comme pour le bénir, posa deux doigts sur le cœur de Dupree. La blessure brûlait sous sa chemise comme au premier jour. Alors Nana lui prit les mains et déposa dans ses paumes un petit sachet en tissu. Dupree sentit une texture terreuse et sèche. Il ferma les yeux, à la fois soulagé et surpris, puis le glissa dans sa poche. Quand il les rouvrit, Nana le regardait, sereine.

— Finis-en avec lui. Et ramène mes petites à la maison.

Il acquiesça.

— Je ferai tout ce que je peux, Nana.

— Jure-le-moi. Même si elles sont mortes. Ramène mes petites à la maison.

Les yeux de Dupree se remplirent de larmes.

— Je te le jure, Nana. (Il recula d'un pas pour cacher son émotion.) Mais en revanche, tu dois me promettre que tu quitteras la ville dès que tu auras terminé ça. Certains transports sont encore assurés. Je te paierai un hôtel à Baton Rouge, à Dallas, où tu veux.

Elle secoua la tête.

— Tu ne peux pas me demander ça, tu sais bien que je ne peux pas partir. Mais ne t'inquiète pas pour moi. Il y a encore des habitants dans le quartier, des familles avec des enfants, et des vieux comme moi. Tu te souviens de mes voisins, les Davis ?

Dupree acquiesça de la tête. Il se rappelait la pétillante voisine de Nana. Deux maris, cinq enfants.

— Eux non plus ne sont pas partis. Seletha est veuve depuis un moment, elle a eu un AVC et ça fait trois ans qu'elle est clouée au lit. Son fils Bobby, le plus jeune, s'occupe d'elle. C'est un bon garçon. Il a une vieille voiture qui ne pourrait pas nous emmener très loin, mais il a promis de nous sortir d'ici si ça tourne mal. Il paraît que la mairie va ouvrir le Superdome comme refuge d'urgence.

— Oh, Nana, gémit Dupree. Le stade ?

— Seulement si c'est nécessaire. C'est un lieu sûr. Le défunt père de Bobby a travaillé à sa construction. D'après Bobby, le Superdome est au-dessus du niveau de la mer. Il dit que les fondations sont en béton armé et que les couloirs d'accès sont un vrai bunker. (Elle sourit en faisant un geste vers l'autel.) Et tu sais que j'ai toujours aimé les Saints[1].

Dupree tenta en vain d'esquisser un sourire. L'inquiétude envahit son visage. Il retourna à la porte de

1. Nom de l'équipe de football de La Nouvelle-Orléans. Le Superdomeest leur stade. *(Note de la traductrice.)*

la cuisine, restée ouverte, où il avait laissé son sac. Il le tendit à Nana :

— J'ai pensé que tu aurais besoin de ça, dit-il.

Elle ferma la porte, prit le balluchon, le posa sur la table et, avec un couteau, coupa la cordelette et le tissu. Elle examina le contenu, prenant certains éléments entre ses mains. Elle entrouvrit les enveloppes soyeuses, observa la calligraphie tarabiscotée avec laquelle Meire avait étiqueté les petits paquets et étudia à la lumière des bougies ce qu'il y avait dans les bocaux et les poudriers. Elle se tourna vers Dupree.

— Ôte-moi d'un doute. Que veux-tu que je fasse avec ça, *mon cher*, éloigner l'ouragan ou l'attirer ?

15

Deuil

La Nouvelle-Orléans, Louisiane

Joseph Andrews Junior portait un jean et un sweat sur lequel était inscrit le nom de l'université de Tulane. Ses cheveux, trop longs devant, tombaient sur ses yeux bleus, contrastant avec sa peau blanche. Il attendait assis devant un livre à la table de réunion du bureau du recteur. Mais il ne lisait pas. Il avait les épaules et le regard baissés. Amaia l'observa du couloir, attentive dans le même temps aux chuchotements du recteur qui s'adressait à eux.

— C'est un garçon formidable et un étudiant brillant. Nous le soutenons beaucoup, et plus encore depuis que nous avons appris la tragédie qui a frappé sa famille. Il ne sort jamais du campus, vit à la cité universitaire. En juillet et en août, il est resté ici pour compléter sa formation par des cours de linguistique et de littérature. Quand l'ordre d'évacuation est arrivé, nous avons aménagé un refuge dans le bâtiment principal pour ceux qui voudraient rester. Je savais que Joseph serait l'un d'eux.

— C'est prudent de rester ici ?

— Le bâtiment principal a résisté à d'autres ouragans, affirma-t-il, sûr de lui.

Amaia remarqua la transformation qui s'opéra dans le corps de Joseph Andrews Junior quand ils entrèrent dans le bureau. Il se redressa. Les muscles de ses épaules se tendirent, perceptibles sous son sweat malgré sa maigreur. Il considéra les deux intrus d'un regard dur entre les mèches sombres de ses cheveux. Il baissa juste les yeux pour vérifier les cartes qu'ils lui montrèrent, pendant que Johnson faisait les présentations. Ils s'étaient mis d'accord sur le fait qu'il s'en tiendrait là. Johnson pensait qu'un jeune homme comme Joseph Andrews communiquerait mieux avec Amaia.

— Bonsoir, monsieur Andrews. Nous sommes les agents Johnson et Salazar du FBI. Nous voudrions vous poser quelques questions. Je peux vous appeler Joseph ?

— Toi, tu n'es pas agente du FBI, dit-il en s'adressant à Amaia. Sur ta carte, c'est marqué « temporaire ». Tu as quel âge, vingt-deux ?

Johnson croisa les bras et recula d'un pas, laissant la vedette à sa collègue. Il avait eu raison. Malgré son apparente hostilité, le garçon préférait lui parler.

— J'ai vingt-cinq ans et c'est vrai, je ne suis pas agente, je suis sous-inspectrice de police et je collabore temporairement avec le FBI. Mais lui, dit-elle en désignant Johnson, c'est un authentique agent. Nous faisons partie d'une équipe d'enquête et voulons parler avec toi de ce qui est arrivé à ta famille.

Joseph sourit avec amertume.

— Ce qui est arrivé à ma famille… Il n'est rien arrivé à ma famille ; il arrive des maladies, des accidents, des catastrophes… Ma famille a été assassinée. Ça fait huit mois que je le répète. Pourquoi le FBI s'intéresse à ça maintenant ?

Johnson intervint prudemment. Il ne voulait pas donner trop d'espoir au garçon alors que la réouverture du dossier n'avait pas encore été décidée.

— Nous voulons juste éclaircir certains éléments. Pourquoi crois-tu que ta famille a été assassinée par un inconnu ?

— J'ai vu mon père mort, il avait des marques de coups sur la tête, comme s'il s'était battu.

Johnson lança un regard dubitatif à Amaia. Elle comprit tout de suite. C'était peut-être l'épouse, quand elle avait tenté de se défendre.

— Et parce que je connaissais mon père. Je sais qu'il ne nous aurait jamais fait de mal, ajouta le garçon.

Johnson hocha la tête. Il avait souvent entendu cette explication.

Son geste n'échappa pas au jeune homme.

— Vous ne comprenez pas. Mes parents nous aimaient et ils s'aimaient, ils étaient amoureux. Avec mon frère et ma sœur, on les taquinait quand on les voyait s'embrasser ou s'enlacer. Mon père était quelqu'un de bien, qui nous aimait vraiment. Il n'y a aucune raison qu'il ait pu faire ce dont on l'accuse.

— Parfois un événement tel qu'un déménagement forcé peut fortement déstabiliser une famille, et venir de Californie au Texas est un grand changement, suggéra Amaia.

— Mon père a été promu dans son entreprise ; ma mère était habituée à voyager dans tout le pays pour son travail. Ça faisait des mois qu'ils attendaient cette nouvelle. Quant au changement, il n'y a pas que des plages et du surf en Californie. Sacramento se trouve dans les terres, et notre maison à Galveston était au bord de la mer. Déménager à Galveston était une bonne chose. Ma sœur avait déjà de nouvelles copines et ma mère était enchantée.

— Tous les membres de ta famille ne l'ont pas vécu aussi bien, apparemment ton petit frère ne s'adaptait pas. Plusieurs voisins ont eu des problèmes avec lui et l'un d'eux a même porté plainte pour dégradation de sa propriété.

— Il avait douze ans, c'était un enfant… Pour lui ç'a été difficile de changer de collège, de quitter ses copains. Il a piqué une crise, un truc de gosse. Il a abîmé un parterre de fleurs chez le voisin. L'homme ne nous connaissait pas encore. Il a cru que c'était un voyou et a appelé la police, mais mes parents sont allés s'excuser et ont payé les frais. L'homme s'est montré compréhensif et a retiré sa plainte. D'ailleurs, à partir de là, ils ont eu d'excellentes relations. C'est ce voisin qui est passé voir comment ils allaient après la tempête et qui… les a trouvés…

Amaia perçut son refus de dire qu'ils étaient morts. Il parlait d'assassinat, mais ne prononçait pas le mot « morts ».

— Tu vivais avec tes parents à Sacramento ?

— Oui.

— C'est un peu curieux que tes parents aient déménagé en te laissant tout seul…

Une lueur apparut dans les yeux clairs de Joseph. Il soupira bruyamment, puis inspira à nouveau avant de répondre. Il était évident qu'il pouvait se mettre en colère.

— Ils ne m'ont pas laissé tout seul. Deux mois avant la date du déménagement, ma grand-mère est tombée et s'est cassé la hanche. Elle a été opérée et a très bien récupéré, mais au moment du départ, il lui restait encore un mois de rééducation. Nous avons essayé de négocier avec l'assurance, mais ils ne voulaient plus prendre ses soins en charge si elle déménageait. Comme mes cours commençaient plus tard, nous avons décidé que je resterais avec elle à Sacramento jusqu'à la fin de sa rééducation et que nous nous retrouverions à Galveston.

— Vous deviez tous vivre ensemble à Galveston ?

— C'était le plan.

— Même ta grand-mère ? demanda Amaia, jetant un regard furtif à Johnson.

— Oui, répondit le garçon. Depuis son accident, ils pensaient qu'il valait mieux qu'elle vive avec nous.

— Qui savait que vous alliez déménager ?

Joseph haussa les épaules.

— Beaucoup de gens je suppose… Voisins, amis… Évidemment tous les gens de la boîte de mon père, ceux du blog de ma mère. Les membres de son club de théâtre, les directeurs et les profs des établissements scolaires, les employés de l'assurance… Je t'ai dit, c'était un déménagement programmé.

— L'enquêteur Nelson nous a raconté que tu étais revenu ici après ce qui s'est passé, et le recteur dit que tu ne sors jamais du campus et que tu resteras ici pendant le passage de l'ouragan.

Son regard retourna vers le point à l'horizon où il s'était réfugié auparavant.

— Je n'ai nulle part où aller.

Sa voix était la preuve même de son désespoir.

— Et ta grand-mère ?

Il baissa les yeux. Pendant un instant, elle crut qu'il allait garder le silence. Elle fut surprise de sa réponse.

— Tu as déjà entendu l'expression « mourir de chagrin » ?

Amaia acquiesça.

— C'est ce qu'a dit son médecin, qu'elle était morte de chagrin. Alors qu'elle avait bien récupéré de son opération, elle est tombée dans une profonde dépression après les meurtres. Elle est morte il y a six mois, deux seulement après le reste de ma famille.

Le regard de Joseph repartit se perdre à l'horizon. Amaia nota cette attitude. Il trouvait dans ce lieu lointain une sorte de paix amère où, elle en était sûre, il se réfugiait de plus en plus souvent. C'était un candidat potentiel au suicide.

— J'ai besoin de connaître tes raisons, dit-elle, le tirant de ses pensées.

— Mes raisons ? répéta-t-il, comme s'il se réveillait.

— Tes raisons de croire que ta famille a été assassinée par un étranger qui est entré dans la maison. Quelque chose de plus que la certitude que ton père n'aurait pas pu faire ça.

Amaia se pencha légèrement en avant et prononça les mots suivants sur un ton pressant.

— Qu'est-ce qui ne colle pas ? Tu les connaissais mieux que personne et je sais que nous sommes tous reliés intimement aux gens que nous aimons. Raconte-moi. Dis-moi ce que tu as senti. Il a dû y avoir quelque chose, quelque chose que n'a pas pu voir l'enquêteur Nelson, que même une légion d'enquêteurs n'aurait pas vu, car ça leur était inaccessible. Mais pas à toi. Qu'est-ce que c'était ?

Joseph la regarda, dépassé. Sa respiration s'était un peu accélérée, et Amaia fut certaine qu'il était sur le point de faire une révélation. Mais elle fut consciente aussi de sa tristesse, une tristesse telle que plus rien n'avait d'importance. Elle craignit un instant qu'il fasse marche arrière sans parler. Il détourna le regard, retourna une seconde à son point lointain mais revint aussitôt.

— Le violon, dit-il avec fermeté. Un violon sans archet, qui ensuite a disparu.

Joseph

Joseph Andrews Junior avait souvent répété qu'il n'avait pas cru un instant que son père avait tué sa famille. Et il continuerait de l'affirmer, même si ce n'était pas tout à fait vrai. Sa conviction avait commencé à vaciller quand il s'était retrouvé devant l'enquêteur Nelson. L'homme avait essayé de se montrer compatissant. Cependant, sa voix trahissait la vérité, et la vérité était qu'il n'éprouvait pas de compassion, mais de la peine. Joseph possédait cette intelligence qui permet de percevoir la nature des émotions d'autrui. Il savait ce qu'éprouvait réellement le policier à son égard : « Il aurait mieux valu pour lui qu'il meure avec sa famille et s'épargne toute cette horreur. » Et cette misérable émotion avait été ce qui l'avait fait douter. Le soupçon qu'il pût y avoir quelque chose que Nelson savait et ne lui disait pas. Son côté revenu de tout, avoir vu le pire et y être habitué. Joseph avait tenté de se préparer à ce qu'il allait trouver dans la maison de ses parents. Nelson lui avait expliqué, évitant d'entrer dans les détails, l'état dans lequel elle était quand ils étaient arrivés : le désordre, les vitres brisées… Et Joseph avait beau chasser cette image, son imagination ajoutait d'elle-même la vision de sa famille réunie dans le salon, le sang par terre, l'odeur de la peur… Il savait qu'il n'était pas prêt, que ce qu'il éprouverait en entrant changerait sa vie pour toujours, mais prêt ou non, il devait y aller. Le voisin, celui qui avait porté plainte contre son petit frère pour avoir abîmé son jardin et qui avait trouvé les corps, était finalement un type bien. Dès que la police lui avait donné la permission, il avait fait venir des ouvriers qui avaient recouvert les fenêtres cassées avec des planches en bois, et s'était chargé aussi de tout faire nettoyer. Il s'efforça de l'expliquer à Joseph tandis qu'il l'accompagnait jusqu'à la porte.

Toute l'horreur à laquelle il avait tenté de se préparer n'existait pas, simplement. Le désarroi l'envahit. Tout en écoutant les explications du bon Samaritain, il chercha sur le sol les traces de sang, l'odeur de la mort, un vestige de ce qui s'était passé là. En vain. Il ne restait rien de l'horreur. En revanche, il vit le sac de son petit frère posé près du portemanteau, à l'entrée. Il sentit, émerveillé, le délicat parfum des orchidées blanches que sa mère avait disposées dans le salon et qui étaient sa marque de fabrique. Le tableau abstrait dans des tons bleus que sa sœur avait peint un an plus tôt en cours d'arts graphiques, et qu'ils avaient apporté de Sacramento, trônait sur un des murs blancs du salon. L'énorme téléviseur que son père avait acheté en lui promettant qu'ils regarderaient le football ensemble alors que sa mère levait les yeux au ciel, feignant d'être consternée. Il sentit leur présence de toutes ses forces. Comme s'ils étaient allés au cinéma, ou faire des courses, et pouvaient revenir à tout moment. Il était épuisé, était seulement un garçon qui rentrait chez lui et avait besoin de sa famille. Il remercia l'aimable voisin, qui résista autant qu'il put pour ne pas le laisser seul, et ferma la porte derrière lui. Comme si, entre ces murs, l'énergie des siens l'enveloppait, il se sentit soudain plus fort et tout lui parut clair. C'était sa maison, il habiterait là, où résidaient les âmes de sa famille. Cela avait du sens. Il était inscrit à l'université, ferait venir sa grand-mère et ils vivraient ici.

Souvent, quand quelqu'un meurt, ceux qui lui survivent pensent à ce qu'aurait voulu cette personne, mais la mort change tout. Auraient-ils voulu que leur fils et frère reste ici après ce qui s'était passé ? Cela n'avait plus d'importance. Car à cet instant il vit le violon. Un instrument sombre et brillant, tout aussi innocent qu'incongru. Quelqu'un l'avait posé sur le rebord de la cheminée à côté des bougies blanches alignées par sa mère. Sa présence était aussi criante que si l'assassin avait écrit avec du sang le nom de ses victimes sur le mur.

Il ne pouvait pas s'empêcher de le regarder, fasciné par l'atrocité que cela supposait. Et tout à coup l'envahit la sensation d'être dans un cimetière, d'être le seul survivant de cette pièce. Le regard fixé sur l'instrument, il recula jusqu'à l'entrée et ouvrit la porte, laissant la brise marine le libérer de cette sensation de mausolée qui le faisait trembler. Il s'était trompé : ce n'était pas sa maison, ses parents ne reviendraient jamais parce qu'un inconnu les avait assassinés. Et ce maudit policier était un imbécile incapable de voir plus loin que le bout de son nez.

16

Apprivoiser le fauve

La Nouvelle-Orléans, Louisiane

Jason Bull roulait dans les rues de plus en plus vides, parlant avec animation avec son collègue. À l'arrière, Johnson et Amaia, silencieux, regardaient chacun par sa fenêtre. Jason était sûr que ces deux-là s'étaient disputés, c'était évident. Cela n'avait pas l'air grave. Johnson avait rattrapé Amaia près de la voiture et lui avait dit ses quatre vérités, ce à quoi elle avait répliqué avec un calme extraordinaire. Ces gens de Washington étaient tellement bien élevés qu'ils ne s'engueulaient même pas en bonne et due forme. Ils avaient à peine échangé deux ou trois phrases pendant tout le trajet entre le campus de Tulane et l'hôtel Dauphine.

Johnson vit que Bull l'observait dans le rétroviseur et détourna le regard, agacé. Il avait la réputation d'être quelqu'un de bien : tolérant, facile d'accès, il reconnaissait sans problème le talent d'autrui et comprenait pourquoi Dupree avait inclus Amaia dans l'équipe. S'il était vraiment sincère, il pouvait même comprendre la jalousie d'Emerson pour l'avoir ressentie lui aussi. La différence entre Emerson et lui reposait sur le fait que le premier était un imbécile et que Johnson faisait ce métier depuis suffisamment longtemps pour savoir que les mérites personnels l'emportent sur le bien de l'équipe. Ce qui expliquait qu'Emerson soit en Floride avec Tucker et lui avec Dupree à La Nouvelle-Orléans.

Il avait essayé d'appeler Dupree quand il marchait à côté d'Amaia dans les couloirs de l'université. Son téléphone sonnait dans le vide. Il avait raccroché après avoir jeté un regard découragé à sa camarade. Malgré tous ses efforts, il ne comprenait pas Salazar. Avec elle, il avait toujours l'impression d'être en présence d'un tigre. Son calme apparent et délicat n'était que le beau pelage d'un prédateur hostile. Avant d'entrer dans le bureau du recteur, Johnson avait pensé que compte tenu de l'âge de Joseph Andrews, ce dernier serait plus enclin à parler à Salazar. Et il avait vu juste. Il s'était mis en retrait, évitant d'intervenir et la laissant diriger l'interrogatoire. Salazar était habile. Elle déploya devant le garçon un mélange de force et de fragilité d'une extraordinaire sensualité. Un instant avant qu'il commence à parler, Johnson crut que le garçon allait se rétracter. Il le vit se pencher en avant et prendre sa tête dans ses mains, les coudes sur les genoux, comme s'il allait vomir. Amaia avança alors sa chaise vers lui jusqu'à ce que leurs genoux se frôlent et, imitant son attitude, se pencha à son tour, effleurant ses cheveux. Alors il raconta. Comment il était rentré chez lui, comment il avait trouvé le violon, comment il avait su à cet instant que c'était l'assassin de sa famille qui l'avait laissé là, et comment l'enquêteur Nelson n'avait pas tenu compte de cette certitude, trouvant une pauvre explication pour justifier l'injustifiable.

Après le récit, il sembla vidé.

Johnson s'avança vers Amaia et lui susurra à l'oreille :

— Je suis du même avis que Nelson. Un violon ?

Elle se tourna. Ses yeux brillaient avec une intensité féroce. Les muscles tendus. Sur le qui-vive.

— J'ai vu un violon dans la ferme des Allen.

Johnson commença à répliquer :

— Ce n'est pas si rare…

Amaia l'interrompit, se leva et s'approcha de Johnson pour que le garçon ne puisse pas les entendre.

— Et je suis certaine qu'il y avait un instrument semblable sur les photos de la scène de crime des Mason au Texas, dans la pièce même où on a trouvé les corps. Sur une des images on voyait une partie de la courbe et de la mentonnière, mais je ne sais pas s'il s'agissait d'un violon ou d'un alto…

— Sérieusement ? Le Compositeur et maintenant un violon ? dit-il, haussant un peu la voix.

Leur discussion attira l'attention de Joseph, qui regarda l'agent, une lueur d'espoir dans les yeux.

— Ce n'est pas moi qui ai choisi ce nom stupide, susurra-t-elle avec un geste de considération à l'égard du garçon.

Johnson se tut prudemment quand il vit le regard de Joseph. Il connaissait ça. L'impérieux besoin de se raccrocher à quelque chose pour pouvoir continuer. Mais il en connaissait aussi les dangers. C'était comme souffler de l'air dans les poumons d'un noyé : on risque de créer une dépendance émotionnelle insatiable, alors qu'on sait qu'il n'y a plus d'espoir. Était-ce ce qui était arrivé au policier Nelson au cours des derniers mois, l'incapacité de tourner une page importante de son existence ? Il tenta de se souvenir des détails sur les photos de la scène de crime des

Mason. Mais il eut beau se concentrer pour visualiser la scène, il ne se rappelait pas un violon au milieu du chaos de cette maison. Il n'était pas sûr. Il regarda Amaia, consterné.

— Si vous êtes certaine que…

— Oui, je le suis. Appelez Dupree, nous devons tout de suite retourner à l'hôtel. Il faut parler à Brad Nelson et examiner de nouveau les scènes de crime, dit-elle, regardant sa montre. Au Texas, une agente de la police d'État m'a expliqué que tout le contenu de la ferme des Allen allait se retrouver dans un entrepôt judiciaire. Si on se dépêche, on arrivera peut-être à temps pour parler avec les responsables des dépôts fédéraux avant qu'ils ferment ; c'est peut-être ce qui s'est passé aussi pour les autres scènes de crime.

Avant de quitter le bureau du recteur, Johnson se pencha par-dessus la table et regarda droit dans les yeux Joseph, qui demeurait immobile à la même place.

— Il y a encore des cars qui sortent de la ville, si tu te dépêches tu peux partir. C'est trop dangereux de rester ici.

—Et que peut-il m'arriver ? Mourir ? répondit-il avec une sérénité démentielle.

Johnson ne sut pas quoi répondre.

Amaia revint vers lui.

— Tu ne dois pas mourir. Tu dois nous aider à arrêter l'assassin de ta famille.

Joseph inspira. Soudain, ce fut comme si le pantin désarticulé qu'ils avaient eu devant eux s'animait. Il acquiesça lentement, comme s'il esquissait une sorte de révérence.

— Je ne vais pas mourir, dit-il en la regardant.

C'était une promesse.

Elle le contempla avec un certain orgueil. Pour une raison qui intriguait Johnson, elle s'identifiait à lui.

— Donne-moi un numéro où on peut te joindre, et ensuite quitte la ville.

Johnson tenta à nouveau d'appeler Dupree, en vain. Il jeta un coup d'œil à Amaia qui, contrairement à lui, ne semblait pas souffrir de leur dispute. Son visage était détendu, et il perçut une ébauche de sourire sur ses lèvres tandis qu'elle regardait défiler la ville. Ainsi, elle avait l'air plus jeune, presque une adolescente. Elle cligna des yeux et Johnson sut qu'elle s'était endormie. Entre le voyage au Texas, la rédaction du rapport et le vol à l'aube pour La Nouvelle-Orléans, elle n'avait pas dû dormir plus de quelques heures au cours des derniers jours. Il secoua la tête. Elle arrivait à le faire sortir de ses gonds et il devait remédier à cela. Recevoir des ordres ne lui posait aucun problème. C'était un agent aguerri. Mais il y avait chez cette fille une sorte d'insolence qui l'exaspérait. Il était sûr qu'elle ne le faisait pas exprès, mais dans sa façon de parler, elle réussissait à avoir un ton aussi impérieux que sentencieux.

— Salazar, lui avait-il dit en sortant du bureau, je pense que vous avez eu tort de donner de l'espoir à ce garçon. Moi aussi j'ai été touché par son chagrin, c'est pour cette raison que je l'ai encouragé à quitter la ville, mais vous (il eut une grimace de dégoût qui tira ses moustaches vers le bas), vous lui avez menti. On ne peut pas affirmer quelque chose comme vous l'avez fait. Nous ne sommes pas sûrs que sa famille ait été victime du Compositeur, et vous avez vu sa réaction. Il s'accrochera à n'importe quoi pour ne pas accepter l'évidence. Ce garçon est un candidat potentiel au suicide.

Elle s'était arrêtée puis retournée vers lui, lui montrant son autre profil. Le beau pelage du tigre. Même sa voix ressemblait à un ronronnement.

— Agent Johnson. La seule façon d'échapper à la mort c'est d'essayer de ne pas mourir aujourd'hui, et on n'y arrive pas toujours.

À nouveau cette maudite majesté et ces déclarations sentencieuses. Bon sang, elle était trop jeune pour parler comme ça.

— Ah bon ? Et que se passera-t-il demain si vous devez lui dire que vous vous êtes trompée ? Que ce n'est pas un tueur en série qui a massacré toute sa famille, mais son propre père ?

— Il aura vécu un jour de plus. Un jour de plus de possibilités, de rencontres, d'apprentissage, de survie. Quand on survit, on apprend à vivre. On n'a plus le choix quand on est morte.

Johnson s'était tu. Elle avait dit « morte », et il était sûr que ce n'était pas une erreur. Ce n'était pas du garçon qu'elle parlait.

17

Avant de mourir

Elizondo

Si seulement elle avait pu trouver le sommeil tout de suite. Elle voulait dormir. Ainsi, elle serait à l'abri ; si elle dormait quand sa mère entrerait, elle ne le remarquerait pas, ne le saurait pas et, si elle ne le savait pas, ne souffrirait pas. Une fois Amaia s'était assoupie sans s'en rendre compte, sans même essayer, cela était arrivé simplement, peut-être parce qu'elle avait à peine dormi la nuit d'avant. Et quand elle s'était réveillée le lendemain, elle avait eu du mal à croire au bonheur d'avoir dormi, de ne pas avoir eu peur. Cela ne s'était pas reproduit depuis, mais elle essayait, elle essayait de toutes ses forces. Amaia était toujours la première à aller se coucher ; elle se brossait les dents pour ne pas être obligée de se relever, faisait pipi pour ne pas avoir envie en pleine nuit. Elle préparait son sac pour l'école, rangeait ses vêtements, ses affaires, se couchait et fermait les yeux pour trouver le sommeil, désirant qu'il arrive avec son silence et son amnésie.

« Dors ! »

Tournée contre le mur, elle fermait les yeux et, s'efforçant de les ignorer, entendait ses sœurs se chuchoter des secrets, chacune dans son lit. À travers ses paupières fermées Amaia percevait, comme sur un écran de cinéma orangé, le changement d'intensité de lumière quand elles éteignaient le plafonnier et que Flora, désirant lire un peu, allumait sa lampe de chevet.

« Dors ! »

Elle entendait son père entrer dans la chambre, embrasser ses sœurs et leur souhaiter bonne nuit. Puis elle le sentait s'approcher de son lit, se pencher en hésitant au-dessus d'elle. Parfois il lui caressait doucement les cheveux sur la nuque ; mais la plupart du temps il ne la touchait pas de peur de la réveiller, et se contentait de remonter un peu sa couverture pour la border avec délicatesse.

« Dors ! »

C'était le plus grand sacrifice. Amaia renonçait au baiser chaud de son père pour ne pas gêner le sommeil qui allait arriver, qui devait arriver, à tout moment.

« Dors, c'est ta dernière chance ! »

La chambre plongeait dans un silence brisé seulement par le son sec des pages du livre de Flora. Vingt minutes plus tard, la voix de sa mère surgissait du couloir, lui indiquant que c'était l'heure, qu'elle devait éteindre la lumière.

Si Amaia ne s'était pas endormie à ce moment-là, elle ne dormirait plus.

« Tu n'as pas réussi et maintenant elle va venir. »

À partir de cet instant, les minutes, les heures se succéderaient pendant qu'elle attendait.

« Jamais sur le dos ! »

Dans cette position, en plus de la chaleur de son haleine, elle pouvait sentir la proximité de ses lèvres, ses cheveux effleurant son visage, de microscopiques gouttes de salive chaude tomber sur elle, et elle ne pouvait pas le supporter.

« Jamais sur le dos ! »

Elle ne regardait pas non plus la porte ; sinon, elle ne pouvait pas s'empêcher d'ouvrir les yeux et de guetter. Et quand elle voyait la silhouette de sa mère sur le seuil, elle commençait à trembler de manière incontrôlable. Alors elle fermait les yeux de toutes ses forces et feignait de dormir, mais c'était trop tard ; toutes deux savaient qu'elle était éveillée, toutes deux savaient que sa mère l'avait vue, et d'une certaine façon Amaia avait l'impression que cela augmentait son plaisir de la torturer, qu'elle se nourrissait de sa peur quand elle se penchait sur elle pour lui dire :

— Dors tranquille, petite sorcière, l'*ama** ne te mangera pas cette nuit.

Elle l'entendait avec clarté saliver, entendait ses dents s'entrechoquer. Elle percevait la tension des muscles de son cou et de son visage tandis que sa mère souriait et qu'elle-même mourait de peur.

« Non, ne regarde pas la porte. »

Maintenant Amaia regardait toujours la porte. Quand elle entendait sa mère s'avancer dans le couloir, elle fermait les yeux, restait immobile et priait.

« Notre Père Notre Père Notre Père Notre Père Notre Père… »

Mais la position où elle était le plus vulnérable c'était tournée contre le mur, et il y avait dans cet acte, dans cette attitude, une audace qui offensait sa mère, la provoquait et l'inquiétait à la fois, la rendait furieuse, mais surtout la déconcertait. Elle connaissait son pouvoir, la terreur qu'elle exerçait sur sa fille, et la première fois qu'Amaia osa l'attendre tournée contre le mur, il y eut un changement. Elle entendit sa mère entrer dans la chambre, s'approcher de son lit. Elle sentit ses yeux scruter la fillette qui faisait semblant de dormir, les paupières tellement serrées qu'il aurait été impossible de savoir qu'elle ne dormait pas. Amaia discerna son souffle près de son oreille, de sa joue. Elle pouvait percevoir la fièvre qui brûlait ses lèvres. Rosario ouvrit la bouche, tout près, inspira si profondément qu'elle absorba quelques-uns des doux cheveux de l'enfant, qui se collèrent à ses dents. Elle balbutia et trembla même d'impuissance, comme si elle allait dire quelque chose, en vain. Elle se redressa soudain, les cheveux de sa fille toujours accrochés à sa bouche. Comme dans un film, elle recula jusqu'à la porte de la chambre et resta là, observant la fillette, très très très longtemps, tandis qu'Amaia priait, les yeux grands ouverts à présent, dans le noir.

« Notre Père Notre Père Notre Père Notre Père… »

18

Archet

La Nouvelle-Orléans, Louisiane
Samedi 27 août 2005, soir

Amaia ouvrit les yeux. S'était-elle endormie ?

— Salazar, murmura Johnson, c'est l'agent Dupree.

La voix de Dupree retentit à l'intérieur du véhicule. Amaia avait mal au cœur. Elle se concentra sur ses paroles.

— Une famille entière a été trouvée morte dans sa maison de Tampa, en Floride. Les agents Emerson et Tucker sont sur place. Ils sont en ligne. Agente Tucker, nous vous écoutons.

La voix de Tucker était difficilement reconnaissable avec la distance. L'agente énuméra les coïncidences. Amaia avait l'impression d'être encore prisonnière de son rêve. Les interférences de connexion et le fort accent de Tucker rendaient ses paroles incompréhensibles et elle dut faire un effort pour déchiffrer ce qu'elle disait.

— Il s'agit des Samuels, mais ce pourrait être n'importe quelle famille précédente. C'est comme au Texas, exactement pareil. Le père, la mère, trois enfants, deux garçons et une fille, et la grand-mère. Les marques de liens, les balles dans la tête, de calibre 22, l'arme du père et les têtes alignées en direction du nord, les mêmes âges.

— Nous nous sommes trompés, ce n'était pas La Nouvelle-Orléans, c'était la Floride, gémit Johnson.

— Non, nous ne nous sommes pas trompés, la moitié de l'équipe est sur place, répondit Dupree.

« La moitié », pensa Johnson, résigné.

— Les agents Emerson et Tucker poursuivront l'enquête, surveilleront les corps des victimes, la scène de crime et tout ce qu'on peut en tirer. Ils assisteront aux autopsies. Nous resterons ici. Quatre jours seulement ont passé depuis l'assassinat des Allen. Il est évident qu'il accélère son rythme. Quelle que soit la raison qui le motive, elle se fait plus pressante. Je crois qu'il va venir ici, dit Dupree. Il ne va pas perdre une telle occasion.

— Agente Tucker, interrompit Amaia, c'est la sous-inspectrice Salazar. Vous êtes sur la scène de crime actuellement ?

La réponse de Tucker arriva, métallique.

— Oui, nous sommes avec le pathologiste.

— Vérifiez s'il y a un violon près des corps. Négligemment posé non loin de leurs têtes ou au-dessus. Peut-être accroché au mur ou tombé à cause de la tempête.

À peine deux secondes plus tard, Tucker confirma :

— En effet il y a un violon, par terre, entre la tête de la mère et celle du fils aîné, légèrement penché vers la droite et à moitié caché par une chaise retournée. Comment le saviez-vous ?

— Salazar, expliquez-moi ça, ordonna Dupree.

Amaia ferma les yeux et appuya à nouveau la tête

contre la vitre tandis qu'elle faisait signe à Johnson de parler à sa place.

Et comme Johnson était un bon gars, il se sentit immédiatement réconcilié avec Amaia.

— Agent Dupree, répondit-il, nous sommes arrivés à l'hôtel. L'enquêteur Bull est en train de garer la voiture dans la cour. On se reparle dans une minute. Agente Tucker, cherchez l'archet du violon, c'est important. S'il s'agit du Compositeur, vous ne le trouverez pas.

Dupree écouta avec attention la déclaration de Joseph Andrews, tandis qu'il étudiait minutieusement les photographies des scènes de crime. Il était d'accord, ce qu'on voyait dans le salon des Mason était probablement la partie de la mentonnière d'un violon. Même si les photos s'étaient centrées sur les cadavres. L'accumulation de décombres, d'objets de toute sorte, mélangés à de la terre, de la poussière et des branches, et le fait de dégager les corps de tout ce qui les recouvrait, avaient contaminé la scène originale. Dans les affaires de Cape May, Brooksville et Killeen, les scènes de crime avaient été traitées comme le résultat de catastrophes naturelles, et la priorité avait été donnée au sauvetage d'éventuels survivants. On n'apercevait rien qui ressemble à un violon sur les autres photos.

Johnson regarda Amaia avant de prendre la parole.

— Une policière de l'État du Texas a dit à la sous-inspectrice Salazar qu'ils feraient un inventaire de tous les objets de la maison avant de les transférer dans un dépôt en attendant qu'ils soient réclamés par d'éventuels héritiers.

— OK, dit Dupree, regardant sa montre. On s'occupera de ça dès qu'on aura terminé avec l'enquêteur

Nelson. Son capitaine a promis qu'il nous appellerait dans deux minutes. Les agents Emerson et Tucker seront également en ligne depuis Tampa.

Le capitaine était un homme de parole. À l'heure convenue, il appela Dupree et lui passa l'enquêteur Brad Nelson. Dupree lui fit un résumé rapide de la situation.

— L'assassinat de la famille Andrews présente de nombreuses similitudes avec une série de meurtres de familles sur lesquels nous enquêtons. À partir de maintenant, le dossier Andrews appartient au FBI. Votre ancien capitaine à Galveston nous a envoyé tout ce qui est lié à cette enquête et nous a offert sa collaboration ; nous espérons compter également sur la vôtre… Bien entendu, inutile de dire que vous ne pouvez pas révéler le contenu de cette conversation à qui que ce soit.

— Et à qui voudriez-vous que j'en parle ? Très bien. Faites comme vous voulez, répondit Nelson avec arrogance, ce n'est plus mon affaire. De toute façon, ça fait des mois que ça ne l'est plus. N'oubliez pas de le dire à Joseph Andrews pour qu'il arrête de m'emmerder.

— Enquêteur, je suis la sous-inspectrice Salazar.

Brad Nelson écouta avec résignation et répondit d'une voix lasse : oui, le maudit violon. Ils l'avaient vu dès le début. Sans doute un élément décoratif sans importance. Un violon n'était pas le genre de chose que la brigade criminelle examine quand elle cherche une trace éventuelle de la présence d'une personne extérieure sur la scène d'un meurtre-suicide. Ils n'avaient d'ailleurs rien trouvé : ni cheveux, ni empreintes, ni traces d'aucune sorte. Rien indiquant que quelqu'un était entré dans la maison. Le violon était sûrement un des accessoires du spectacle auquel participait la mère, ou peut-être que le petit avait commencé à prendre des cours.

— Enquêteur Nelson, je suis l'agent Johnson. Vous saviez que Mme Andrews était décoratrice d'intérieur et qu'elle s'était occupée elle-même d'aménager sa nouvelle maison ?

— Enchanté, agent Johnson. Oui, Joseph nous a expliqué tout ça, que sa mère n'aurait jamais laissé un violon rompre le « climat esthétique » de son travail, et que son petit frère était apathique et n'aurait jamais pris de cours de musique… Mais il y a de nombreuses raisons pour lesquelles cet instrument aurait pu se trouver là. N'oubliez pas que Joseph ne vivait pas avec eux à cette époque. N'importe quel membre de la famille aurait pu l'apporter. La mère faisait partie d'un club de théâtre.

— L'affirmation par un membre de la famille qu'un élément n'appartient pas à la maison aurait dû vous faire douter. Même s'il ne vivait pas avec eux, Joseph les connaissait mieux que personne, insista Johnson.

— Et c'est ce qui s'est passé. Le lendemain j'ai envoyé un expert relever les empreintes sur le violon… Il n'y en avait pas.

— Après que vous avez autorisé une équipe de nettoyage à faire son travail, souligna Dupree.

Amaia regarda son chef. Sa voix douce ne trompait personne.

Nelson soupira dans le téléphone et cela résonna comme un coup de tonnerre.

— Écoutez, je sais ce que vous essayez de faire. Moi aussi ce garçon me fait de la peine, je comprends ce qu'il traverse, c'est pour ça que je continue de répondre à ses appels. Malheureusement j'ai vu beaucoup de cas comme le sien. C'est un survivant, pris dans une double spirale de culpabilité : de ne pas avoir été présent et de nier ce qui s'est passé. Il s'accroche à n'importe quoi, et je sais comment ça va se terminer : s'il n'accepte pas ce qui est arrivé ce jour-là, il finira par se tirer une balle dans la tête. Pour cette raison j'ai renvoyé l'équipe sur place, non parce que je pensais que nous n'avions pas bien fait notre travail, mais pour balayer ses doutes une bonne fois pour toutes. Nous avions examiné la scène de crime, analysé les cheveux, la salive, le sang, l'urine. Les résidus de poudre. Je les ai envoyés à nouveau relever les empreintes sur le violon, juste pour tranquilliser le gosse. Et rien. Rien n'indique qu'une autre personne, en dehors des membres de la famille, ait été dans la maison. L'arme se trouvait à côté de la main du père. Il y avait des résidus de poudre sur sa peau. Les balles retrouvées ont été tirées avec cette arme. Clair et net.

— Quelle sorte de violon était-ce ? interrogea Amaia.

Il y eut un certain soulagement dans la voix du policier.

— Ça je le sais. Après l'esclandre du gamin au sujet du violon, je ne me suis pas contenté des empreintes, j'ai demandé un rapport complet. Un violon ordinaire, de ceux qu'on utilise pour débuter, l'instrument que vous achèteriez à votre fils adolescent si tout à coup il décidait de prendre des cours. Fabriqué aux États-Unis, en rayon dans tous les magasins de musique moyennant soixante-dix dollars environ. On a vérifié les cartes de crédit pour chercher une trace d'achat dans une boutique, en vain. Mais ce n'est pas beaucoup d'argent, ils ont pu payer en liquide.

— Enquêteur, avez-vous trouvé l'archet ? demanda Amaia.

— L'archet ?

La perplexité dans sa voix était évidente.

— C'est une baguette de bois en forme de petit arc, aux extrémités de laquelle est tendue une mèche en crin de cheval. On la frotte sur les cordes pour produire un son.

— Je sais ce qu'est un archet, répondit-il, hargneux.

— Eh bien ? Vous l'avez trouvé ?

Nelson soupira à nouveau.

— Non. On ne l'a pas trouvé, mais je ne vois pas quelle importance ça peut…

— Racontez-moi comment le violon a disparu, l'interrompit Amaia.

— Il n'a pas disparu, il a été volé, répondit-il, fâché. Et ça s'est passé après que le labo l'a examiné pour la seconde fois. Donc, si vous essayez de faire le lien, vous vous trompez d'un bout à l'autre. Comme je vous ai dit, après la tempête, les fenêtres ont été sécurisées avec des planches, pas très efficacement, je le crains. Au cours des jours suivants, une patrouille a remarqué qu'une des planches était en partie décrochée ; tout porte à croire que son poids a fait céder les clous qui étaient trop petits. Il y avait dans la maison du matériel photographique et informatique, et rien ne manquait. Ils ont trouvé un paquet de gâteaux ouvert dans la cuisine. Une coupe en verre, un petit plateau pour les clés, également en verre, et le violon avaient disparu. N'importe quel gosse du coin, excité par l'affaire, a pu être tenté d'entrer dans la maison en voyant la fenêtre ouverte… et il aura emporté quatre babioles, rien de valeur… Ne cherchez pas midi à quatorze…

— Enquêteur Nelson, coupa Johnson, le jeune Joseph Andrews a insisté pour voir les cadavres des membres de sa famille ; nous savons que, comme c'est l'usage, vous avez tenté de l'en dissuader. Joseph nous a dit que son père s'entraînait tous les jours et qu'il se serait défendu face à un agresseur. Il nous a également expliqué que le visage de son père présentait de nombreuses marques, compatibles avec des coups reçus lors d'une bagarre. Il se souvient même d'un ongle cassé. D'après le rapport du pathologiste que j'ai sous les yeux, les autres membres de la famille ne présentaient pas de blessures défensives ou offensives. Comment expliquez-vous les lésions sur le visage de M. Andrews ?

— Un agresseur extérieur ? Peut-être avez-vous lu si minutieusement le rapport que vous avez négligé deux éléments : l'entrée n'était pas forcée et il n'y avait aucune trace de lutte. C'est juste un homme qui a perdu la tête. Nous pensons qu'il s'est blessé lui-même. Il y avait des bouts de sa peau sur la crosse de l'arme. J'ai déjà vu ça plusieurs fois : les types sont tellement désespérés qu'avant de se suicider, ils se frappent pour se punir ou pour retrouver leurs esprits. La douleur physique les aide à se recentrer.

— Enquêteur, il y a quelque chose que je ne comprends pas dans le rapport balistique, insista Amaia. La comparaison a été effectuée entre une balle tirée au labo et une retrouvée dans la tête d'une victime, en l'occurrence celle du petit garçon.

— C'est exact, confirma Nelson.

— Pourquoi avoir comparé seulement une balle ? demanda Johnson.

Amaia répondit à la place du policier.

— Je vois que vous avez essayé avec l'épouse et la fille, mais souvent, quand on tire dans la tête, la balle est fragmentée. Celle qu'on a trouvée dans la tête du petit garçon était intacte car son crâne était moins dur.

— En effet, approuva Nelson. On n'a pas pu faire de comparaison avec l'empreinte du canon, mais il a été établi que c'était le même calibre et la même marque.

— Et pour le père ? pressa Amaia.

— Eh bien…, bredouilla Nelson.

— Vous ne l'avez pas fait, accusa Amaia.

— Vous savez qu'il s'agissait d'un calibre 22, le résidu de déflagration est beaucoup plus petit qu'avec d'autres armes, mais nous avons été exhaustifs. Nous avons procédé à une analyse de plomb, de baryum et d'antimoine. Le résultat s'est révélé positif pour les trois, sur la main gauche ; je vous rappelle qu'il était gaucher. Comment un agresseur étranger aurait-il pu savoir ça ? C'est lui qui a tiré.

— Et la balle ? insista Amaia.

— Nous ne l'avons pas récupérée.

— Vous voulez dire qu'elle n'a pas été trouvée sur la scène de crime ? voulut savoir Dupree.

— Il veut dire qu'elle est toujours dans la tête de M. Andrews, martela Amaia.

Pendant un instant, Nelson sembla perdre pied. Il répondit enfin.

— Bon sang ! Ce n'était pas nécessaire. Nous avons les résidus de poudre, la balle que nous avons retirée de la tête du petit, et celles de l'épouse et de la fille. Elle doit sûrement être fragmentée.

— Non, trancha Amaia. Nous venons de recevoir le rapport du pathologiste et, sur la radio du crâne, on peut voir la balle entière.

Ils gardèrent tous le silence, dans l'attente que Nelson réponde. Ça lui prit quelques secondes.

— En premier lieu, je ne pense pas que cela change quoi que ce soit. C'est lui qui a tiré et tué sa famille, toutes les preuves vont dans ce sens. En deuxième lieu, vous avez l'air de faire porter toute la responsabilité de cette enquête sur moi. Je suis un enquêteur de la brigade criminelle, membre d'une unité. Nous avons traité cette affaire aussi bien que les autres.

— Enquêteur Nelson. Pourriez-vous répondre à une dernière question ? demanda Amaia.

— Une dernière question ? Si c'est vraiment le cas, je peux vous assurer que oui !

Johnson et Dupree sourirent à Amaia. Ils pouvaient imaginer le policier, essuyant la sueur de son front.

— Une autre balle a été trouvée sur la scène de crime…

— En effet, incrustée dans le plâtre du mur. Celle-là était bien intacte. Calibre 22 et tirée avec la même arme.

— La photographie que j'ai devant moi a été prise de très près. Je ne peux pas voir à quelle hauteur se situe l'impact sur le mur, mais je parie que c'est au ras du sol.

— Oui. Comment le savez-vous ?

La stupéfaction de Nelson gagna Johnson et Dupree.

Amaia appuya sur une touche et mit Nelson en attente avant de répondre.

— Tout s'est mal passé pour le Compositeur dans cette affaire ; une tempête qui finalement n'a pas été si destructrice, une famille incomplète, un père incontrôlable. Pourtant il a décidé de passer quand même à l'acte ou, pour une raison ou une autre, une fois qu'il a commencé il n'a pas pu s'arrêter. Nous supposons que, dans les autres cas, il a gardé le père pour la fin.

Mais Andrews s'est rebellé et il a dû le tuer pour le désarmer, et pour cela il avait forcément sa propre arme. L'agente Tucker a déjà avancé cette théorie ; il n'en a peut-être pas eu besoin ailleurs, mais il a dû envisager l'éventualité que ça tourne mal, comme ça a été le cas à Galveston. Après avoir tué Andrews, il a exécuté l'épouse et les enfants avec le pistolet du père.

— Et la balle dans le mur ? Vous pensez qu'Andrews a réussi à tirer ?

— La balle provient de son arme, mais je crois qu'il était déjà mort au moment du coup de feu. Pour se suicider, on se tire une balle dans la tête, et exceptionnellement dans le cœur. Personne ne se tire une balle d'abord dans une partie du corps, puis dans la tête, et il aurait paru très suspect qu'il ait deux balles dans le crâne. L'assassin a mis le pistolet dans la main du cadavre et il a tiré pour s'assurer qu'il y aurait des traces de poudre, mais Andrews était déjà mort et à terre. C'est pour ça que la balle est au ras du sol.

Johnson poussa un profond soupir.

Dupree saisit son téléphone.

— Je donne l'ordre d'exhumer le corps d'Andrews. Si j'arrive à convaincre le juge de l'urgence, nous l'aurons peut-être dès ce soir.

— Je dois le dire à Joseph Andrews, murmura Amaia, pensive.

— Salazar, avec un ordre du juge nous n'avons pas besoin de son autorisation, objecta Dupree. Souvent, il vaut mieux que les familles l'apprennent après coup, cela leur évite de souffrir.

— Je suis d'accord avec Salazar, dit Johnson. Dans ce contexte, la souffrance aura pour Joseph Andrews un goût de victoire. Et ça fait très longtemps qu'il ne l'a pas senti.

19

Mary Ward

Cape May, New Jersey

Le téléphone sonna dans les locaux du funérarium Ward. Mary sursauta, râlant et souriant en même temps. Elle faisait ce métier depuis quarante ans et bondissait comme un chat au moindre bruit fort. Elle aimait travailler en silence. Ainsi travaillait son père et ainsi l'avait-elle fait jusqu'à ce que son fils Ben décide de suivre la tradition familiale et de se consacrer à son tour au funérarium. Elle appréciait de travailler avec Ben, même si au cours des premiers mois leurs disputes à cause du hard rock que son fils mettait à plein volume avaient failli couler l'entreprise.

Elle avait trouvé la solution en autorisant Ben à travailler coiffé de ses écouteurs en permanence. Mary savait que cela aurait des conséquences sur son audition et qu'il serait probablement obligé de porter un appareil avant même d'être vieux. Elle se considérait comme une bonne mère, mais elle avait pris en compte ses migraines permanentes, la continuité de l'entreprise familiale, et avait décidé que, finalement, un appareil auditif n'était pas le pire. Qu'il ait un casque sur les oreilles toute la journée comportait néanmoins un hic : il n'entendait rien. Pour elle, ce n'était pas un problème de s'approcher de lui et de lui tapoter le dos quand elle voulait lui parler. Mary sourit. Lui toucher le dos ou lui souffler dans le cou. Ben avait hérité de sa nervosité naturelle et il réagissait chaque fois comme face à une alarme incendie. Elle s'amusait à lui donner ce genre de frayeurs et se moquait de lui pendant des heures, voire des jours, sachant qu'il lui rendrait la pareille.

Le principal problème, c'était que quelqu'un appelle en son absence pour une commande et que Ben n'entende pas la sonnerie. La clientèle du funérarium était plutôt fidèle ; en principe, les gens contactaient la même société que leurs grands-parents ou leurs parents avant eux. Mais il fallait être vigilant, la concurrence était féroce. Ben avait trouvé la solution en installant un système semblable à celui des casernes de pompiers. À chaque appel, un haut-parleur diffusait la sonnerie dans toutes les pièces ; il l'entendait parfaitement, et elle sursautait jusqu'au plafond. C'était un des aspects du travail avec la mort qui, au fil du temps, avait fini par être amusant.

Mary fit signe à son fils de continuer son travail. Elle répondit à l'appel et sourit quand une voix de jeune femme s'identifia au bout du fil comme une agente du FBI. Comme les choses avaient changé. Elle se sentit un peu déçue, croyant qu'elle ne pourrait pas l'aider. Après le passage de la tempête et la mort de la famille Miller, la mairie de Cape May avait décrété que la maison était en état de ruine et procédé à sa démolition pour des raisons de sécurité. Il n'y avait plus d'objets à l'intérieur. Mais c'était Ben qui, avec plusieurs employés du funérarium, s'était occupé du transfert des corps quand le juge avait donné l'autorisation. Entre cinq et neuf ans, il avait pris des cours de violon. Vraiment peu doué, il avait arrêté à dix ans. Mais il avait une très bonne mémoire : s'il y avait eu un violon là, il l'aurait vu. Mary était sûre qu'il pourrait l'aider. Elle posa le téléphone et sourit en voyant son fils qui travaillait, le dos tourné, avec cette musique infernale à fond dans les oreilles. Elle s'approcha tout doucement et lui posa une main glacée sur la nuque.

20

Prédicateur

Rue Bourbon, La Nouvelle-Orléans
Samedi 27 août 2005, 22 heures

De toute la journée ils avaient à peine avalé un sandwich, que les propriétaires de l'hôtel Dauphine avaient monté dans la chambre pendant qu'ils étudiaient les dossiers.

La mélodie provenant du piano situé dans un coin du bar se mêlait par moments à la musique qui entrait par la porte ouverte sur la rue. La douce lumière de l'établissement accentuait davantage encore la couleur jaune des murs qui brillaient à certains endroits comme s'ils avaient été peints à l'huile. Par une petite arche à la droite du bar on accédait à un patio que Dupree avait tenu à leur montrer. Des plantes débordaient des balcons du premier étage, couvrant presque totalement les murs qui, seulement au ras du sol, où les bougies des lampes parvenaient à les éclairer, laissaient voir la couleur d'origine, plus lumineuse que l'orange de l'intérieur.

— Ça n'a jamais été repeint, expliqua Bull. C'est la peinture d'origine, quand l'hôtel a ouvert, en 1930.

On raconte qu'à une autre époque ce fut la maison d'un maire de la ville.

Des fauteuils tapissés de velours noir s'entassaient autour de tables minuscules que les serveurs déplaçaient selon le nombre de clients. Deux tables furent réunies à leur intention. Bill et Bull s'installèrent autour de la première avec Johnson ; Amaia s'assit à l'autre en compagnie de Dupree, avec la sensation que ses collègues, d'une certaine façon, ne lui laissaient pas le choix. Peut-être avaient-ils remarqué les regards intenses que Charbou lui adressait quand il croyait qu'elle ne s'en rendait pas compte. Ils commandèrent des huîtres Bienville et des fettucine aux écrevisses qu'Amaia trouva délicieuses, même si les deux policiers de La Nouvelle-Orléans n'arrêtaient pas de dire que ce n'était pas la saison.

— Vous devriez venir au printemps, ajouta Bill en s'adressant à Amaia. Quasiment à la porte de chaque maison il y a une marmite de *crawfish boil**. On cuit les écrevisses avec du maïs et des pommes de terre, puis on les renverse sur une table couverte de papier journal et on les mange avec les doigts en les trempant dans du beurre fondu et de la sauce piquante.

Par chance, l'exposé de Dupree avait intrigué le juge, qui avait autorisé l'exhumation. Ils ne pouvaient rien faire de plus jusqu'à ce que l'équipe de Galveston leur communique les résultats de l'autopsie de Joseph Andrews père. En parcourant la ville pendant la journée, Amaia avait eu l'impression que la recommandation des autorités, enjoignant à la population de se mettre à l'abri, avait été entendue. Pourtant, quand ensuite ils s'étaient promenés entre les rues Dauphine et Frenchmen, elle avait été émerveillée et surprise par le nombre de buveurs qui, bière à la main et appuyés contre les capots des voitures garées des deux côtés de la rue, célébraient l'arrivée de l'ouragan tout en se moquant de la puissance que pourrait avoir une créature dotée d'un prénom aussi sexy que Katrina.

Dans la rue Bourbon, les odeurs de bière luttaient contre la puanteur habituelle de la rue. La pestilence chaude de la mi-journée diminuait le soir, quand la température baissait, juste un peu. L'odeur caractéristique se mariait à présent avec l'arôme qui s'échappait des rares restaurants ouverts et avec le capiteux parfum féminin qui, comme une main invisible, attrapait les passants devant les night-clubs. La brève illusion de calme dominical que Dupree avait observée en milieu de journée avait laissé place à une marée humaine qui parcourait la rue de haut en bas. Amaia remarqua que beaucoup portaient des chapeaux festifs, des colliers ou des déguisements. Le gérant d'un striptease s'adressa à eux, les incitant à entrer dans un local peint aux couleurs du drapeau américain qui promettait des filles authentiquement patriotes. À deux mètres à peine de là, juché sur une estrade en plein milieu de la rue, un prédicateur s'époumonait, pointant du doigt ceux qui s'approchaient du club patriote.

— Repentez-vous, pécheurs ! La fin est proche. Le Seigneur déverse Sa colère sur vous ; aujourd'hui vous vous livrez à la luxure et demain vous pleurerez comme des enfants. Mais demain il sera trop tard !

Amaia sourit, amusée, et haussa les épaules en regardant Dupree d'un air de connivence. Ce n'était pas la première fois qu'elle voyait un prédicateur des rues, ni qu'elle entendait des messages alarmistes de fin du monde, mais dans le contexte d'une ville menacée par un ouragan, cela prenait évidemment un autre sens.

Bull s'approcha de Dupree et lui susurra quelque chose. Dupree continua d'avancer. Surpris, il tourna la tête vers le balcon que lui indiquait Bull et d'où le matin même une vieille femme l'avait salué. Sous les yeux ébahis de Johnson et d'Amaia, l'orateur abandonna sa tribune, rejoignit Dupree en deux enjambées et, de son doigt inquisiteur, lui toucha l'épaule. Dupree poussa un cri étouffé et, le souffle coupé, fouilla dans sa poche à la recherche du grigri que Nana lui avait donné. Il l'avait laissé dans son autre veste. Bill Charbou, déjà à ses côtés, tordit d'un mouvement rapide le bras de l'homme dans son dos et lui passa le sien autour du cou, l'immobilisant.

— Bas les pattes, l'ami, lui murmura-t-il à l'oreille. Tu peux brailler autant que tu veux, mais tu ne touches pas.

Le pseudo-apôtre capitula aussitôt.

— La plupart sont inoffensifs, mais parfois ils perdent un peu la boule avec leur discours sinistre, et j'imagine que l'arrivée de l'ouragan n'arrange pas les choses. Il vous a fait mal ? demanda Charbou.

Dupree secoua la tête, refusa d'accorder de l'importance à l'incident.

— Une blessure ancienne, qui m'a fait mal toute la journée. Sûrement à cause de l'humidité.

Amaia baissa le regard. Ce n'était pas une douleur physique qu'elle avait vue reflétée sur le visage de Dupree. Elle connaissait cette sensation. En silence, elle porta la main à sa tête et caressa sous ses cheveux le bord rugueux, presque imperceptible, de sa vieille cicatrice. Elle se le reprocha. Elle pouvait ne pas la sentir pendant des mois. Elle arrivait à l'oublier, mais la conversation avec sa tante et la réaction de Dupree avaient ravivé sa présence.

Pensive, elle parcourut du bout du doigt la cicatrice tout en se resservant du délicieux sorbet aux figues que le chef l'avait convaincue d'essayer. D'habitude, elle ne prenait pas de dessert. L'odeur du sucre chaud, de la farine et du beurre fondu ne provoquait pas en elle les mêmes sensations que chez les autres. Elle avait refusé le gâteau aux noix de pécan, spécialité de la ville, mais cela avait réactivé l'intérêt du chef, qui s'était démené pour trouver un dessert qu'elle accepte de goûter.

— Je n'étais pas sûr au début car ils ont une façon de travailler très différente de la nôtre, mais je crois que Bull et Charbou nous seront d'un grand secours.

— Pardon ? dit Amaia, sortant de ses pensées.

— Bill et Bull.

Dupree fit un geste en direction du bar où les deux policiers de La Nouvelle-Orléans parlaient avec animation avec Johnson et demandaient au serveur de monter le son du téléviseur. L'image de l'ouragan tournant au-dessus du golfe du Mexique occupait tout l'écran. Charbou leva la main et le bar plongea dans le silence. On entendit juste la voix off accompagnant le déplacement hypnotique de la tempête.

« Un cycle de remplacement du mur de l'œil a interrompu temporairement l'intensification des vents, mais avec le début d'une deuxième période plus intense, le rayon d'action de l'ouragan a doublé. »

Un murmure de contrariété, semblable à celui qui se produit quand une équipe de foot rate un but, s'éleva de toutes parts. Mais ce fut tout. La musique reprit. Personne ne se précipita vers la porte, personne ne quitta sa place en renversant sa chaise. Charbou et Bull continuèrent de parler avec Johnson et le serveur.

Amaia acquiesça tout en les observant, pensive. Soudain Dupree lui posa une question :

— Vous rêvez des morts, sous-inspectrice Salazar ?

Elle le regarda, déconcertée, se demandant si elle avait bien entendu.

— Je ne comprends pas…

— Les morts vous rendent-ils visite au pied de votre lit, Salazar ?

Elle ouvrit la bouche, mais aucun son ne sortit. Qu'est-ce que ça signifiait ? Était-ce une plaisanterie ? Comme s'il lisait dans ses pensées, il ajouta :

— Je ne plaisante pas. Je rêve des morts. Ils me poursuivent, cherchant à me dire quelque chose que j'ai beaucoup de mal à comprendre. Les cauchemars s'arrêtent seulement quand je réussis à distinguer leurs paroles.

Amaia écarquilla les yeux. Elle déglutit.

— Eh bien…, balbutia-t-elle.

— Je vous comprends parfaitement : ce n'est pas le genre de choses qu'on peut raconter par ici ni ce qu'on doit dire au psychiatre de la police quand on fait une formation. Vous n'avez pas besoin de répondre. Je sais que oui. J'ai lu votre rapport sur l'affaire du collectionneur que vous avez arrêté dans votre pays. Votre engagement sans faille auprès des victimes et cette vague explication que vous avez appelée…

— Une intuition…, murmura-t-elle.

Dupree continua, hochant lentement la tête.

— J'ai connu beaucoup de policiers, d'agents et d'enquêteurs ; je suis capable de reconnaître, quand il est devant moi, un individu qui a ce don. Et vous l'avez.

Amaia se mordit les lèvres, gênée.

— Vous savez, beaucoup de gens vous trouveront bizarre, ils qualifieront vos intuitions de pressentiment, presque de divination, de sixième sens. Mais moi je sais que ce sixième sens se développe chez des personnes qui ont vécu des circonstances spéciales, de celles qui en détruiraient d'autres. Mais elles, cela leur a permis d'apprendre et de développer un pouvoir pour détecter les variables latentes, comme Scott Sherrington. Vous vous rappelez ? Le policier anglais dont j'ai parlé pendant la conférence. Lui aussi savait voir le type de possibilités qui peuvent apparaître, mais restent cachées et, cependant, palpitent sous une fine couche de peau. Une couche de peau qui les rend invisibles pour la plupart des gens, mais pas pour vous.

— Je ne suis pas aussi sûre que vous…

Dupree parut soudain contrarié.

— Ce n'est pas le moment de faire de la fausse modestie. Peu importe que vous le reconnaissiez ou non. L'essentiel est de savoir d'où ça vient. Quand on parle d'assassins, de tueurs en série, les variables latentes ne sont pas flagrantes, pas évidentes. Dans la majorité des cas elles ne sont même pas logiques, du moins pas pour la plupart des esprits, ceux qui n'ont pas exploré ce côté obscur que vous connaissez. Quand Emerson vous a demandé comment vous traitiez les potentialités, vous avez mentionné le recours aux variables latentes. Un grand nombre de variables observables peuvent être ajoutées à un modèle pour représenter un concept sous-jacent grâce auquel il est plus facile de comprendre les faits. La théorie est valable pour tout le monde, je l'ai expliqué mille fois dans mes conférences. Mais elle est seulement réservée à quelques-uns, qui ont tous un point commun, affirma-t-il, la fixant droit dans les yeux : avoir visité l'enfer.

Elle baissa le regard un instant, sachant que c'était une erreur, que son attitude confirmait ce qu'il venait de dire. Quand elle le releva, il lui sembla discerner, dans l'expression toujours sous contrôle de Dupree, la satisfaction d'avoir vu juste. Elle ne put s'empêcher de se demander pour quelle raison c'était si important pour lui.

— Cela leur permet de concevoir ces variables qui, pour les autres, restent dans l'angle mort, comme quelque chose de latent, de probable, de plausible… Et on acquiert ce savoir seulement quand on est confronté au démon, quand on connaît sa nature intime et qu'on est capable d'y échapper.

Dupree croisa les avant-bras sur la table et se pencha vers elle.

— Vous l'avez, et ce n'est jamais gratuit. Je veux savoir d'où ça vient. Quand vous avez trouvé le cadavre de la grand-mère sous le toit de la ferme, vous avez parlé de l'endroit où vous êtes née. Parlez-moi de ce lieu.

Amaia réussit cette fois à soutenir son regard et à affronter Dupree sans sourciller, s'efforçant d'être convaincante. Elle tint bon. L'agent du FBI scrutait chacun de ses gestes, explorant, creusant la surface fragile de ses défenses.

— Je ne sais pas comment je m'en suis souvenue. Je ne suis pas attachée à ce lieu, je n'y ai pas de racines et n'avais jamais repensé à cette vieille histoire. Quelqu'un a dû me la raconter quand j'étais petite, je suppose. Je crois que c'était une simple déduction logique, une connexion de mes neurones à une histoire que je ne me rappelais même pas.

Il secoua la tête, impatient.

— Peu importe votre opinion. Le lieu où on naît et passe son enfance nous marque de manière indélébile, laisse en nous une trace composée de tout ce que nous avons vu, appris, observé ou écouté.

— Agent Dupree, j'ai vécu autant aux États-Unis que là où je suis née ; j'étais encore petite quand je suis arrivée ici.

— Pourtant vous êtes rentrée.

— Pour vivre dans une ville. Rien à voir avec le lieu où je suis née. Un lieu qui ne m'a jamais particulièrement plu et que je ne déteste pas non plus spécialement. Un lieu comme un autre.

— Elizondo, dit-il.

Elle recula, comme frappée par le mot.

— Un lieu que vous ne nommez jamais, insista-t-il, avec des traditions anthropologiques tellement puissantes qu'elles vous ont conduite à expliquer pourquoi le Compositeur n'a pas trouvé grotesque de laisser la grand-mère sous le toit de la maison.

— Je me souviens très vaguement de ces histoires, qui m'ont toujours paru stupides.

— Toujours ? En êtes-vous sûre ?

— Absolument.

— N'y a-t-il pas eu un moment où vous les avez crues, où elles vous ont semblé un peu plausibles ? Il n'y a aucune honte à avoir. Les raisons et motivations anthropologiques qui animent différents groupes humains sur terre découlent des mêmes besoins, des mêmes craintes et peurs, de la conscience de leur place dans le monde. Les connaître et les maîtriser octroie un privilège maudit, celui que possédait Scott Sherrington, celui que vous possédez.

Elle continuait de secouer la tête.

Il sembla renoncer, regarda sa montre.

— Il se fait tard. Une dure journée nous attend demain, il vaudrait mieux aller se coucher.

Dupree se leva et fit un signe en direction du bar pour prévenir les autres.

Amaia soupira de soulagement. Dupree se tourna vers elle et, alors qu'il laissait un généreux pourboire sur la table, il ajouta :

— Il existe une raison qui pousse les êtres humains à se détacher complètement du lieu où ils sont nés et ont passé leur enfance, et c'est toujours une dette. Attention avec les dettes, Salazar, le temps finit toujours par les faire payer.

Amaia résista avec difficulté à l'impulsion de se toucher le crâne. Sa cicatrice brûlait sous ses cheveux.

21

Prémonition

Elizondo

Engrasi pensait que les prémonitions étaient simplement l'instinct basique de survie perverti au fil des siècles par l'évolution présumée de l'être humain, et surtout par le confort moderne. Tous ces signes que notre espèce savait lire dans l'air, rumeurs, sons, minuscules mais perceptibles changements qui se produisaient en permanence autour de nous et pouvaient être interprétés par un humain connecté à la nature : l'approche d'une tempête, l'imminence d'un accouchement, la présence de l'eau, la traque d'un prédateur, l'arrivée d'un fléau, la proximité de la mort.

Elle continuait de croire aux premières impressions. C'était, d'après elle, dans ce moment de vulnérabilité face à l'avenir que nos récepteurs étaient encore assez purs pour percevoir l'avenir sans cette information ajoutée que la plupart des gens croyaient interpréter brillamment et qui servait juste à nous tromper.

Elle fut surprise qu'on frappe à sa porte à onze heures du matin. Il était trop tôt pour qu'Amaia rentre de l'école, et elle n'attendait pas de visite. Elle posa son livre et se dirigea vers l'entrée. Elle fut encore plus surprise de découvrir son frère Juan. À cette heure, il était toujours au travail. Mais le plus étonnant était sa tenue. Il aurait dû porter sa blouse blanche de pâtissier. Or il avait revêtu une veste classique, bleu marine, qu'elle l'avait seulement vu porter le dimanche à l'église, et il avait même mis une cravate ! Surtout, il débarquait sans prévenir. Au cours des trois dernières années, Juan était venu chez elle uniquement à sa demande. Alors elle eut un mauvais pressentiment. Un de ces instincts primaires qui nous avertissent du danger.

Plus tard, quand tout fut consommé, elle repensa aux premières impressions et à la façon dont nous négligeons l'information que nous recevons au nom de ce que nous croyons connaître. Elle perçut les signaux d'alerte, l'étonnement, l'étrangeté. Elle soupçonna, devina, sentit… et décida pourtant de ne pas y prêter attention car l'homme à sa porte était son frère. Un cas typique où l'information l'emporte sur l'instinct.

Elle embrassa Juan et le serra dans ses bras comme elle le faisait toujours et, lui prenant la main, l'emmena dans le salon. Mais il refusa de s'asseoir. Il resta debout avec sa veste du dimanche et un grand sourire. Il se mit à lui parler de son travail qui marchait bien, de ses investissements dans du nouveau matériel, des grandes initiatives de Rosario pour agrandir le commerce, de ses *mantecadas* qui étaient exportées en France et qu'on pouvait trouver dans des hôtels à Biarritz et à Saint-Jean-de-Luz… Engrasi l'interrompit sèchement.

— Pourquoi es-tu là, Juan ?

Il avança de deux pas et se planta devant elle. Soudain sérieux, pressé.

— C'est pour une bonne raison, Engrasi, une très bonne raison qui va te faire plaisir, dit-il, s'asseyant sur une chaise mais sans se détendre le moins du monde.

Il joignit les mains sur la table, réclamant son attention. Elle s'assit en face de lui. À son air concentré et à la façon dont il pétrissait ses doigts, elle sut qu'il ordonnait ses pensées, répétait mentalement ce qu'il avait préparé. Il mit plusieurs secondes avant de commencer à parler.

— Engrasi, je suis très inquiet depuis la conversation que nous avons eue au sujet de la petite.

Engrasi acquiesça.

— Ce que tu m'as dit m'a fait très mal, ma sœur. Ne crois pas que je n'aime pas Amaia, je l'aime plus que ma vie…

Engrasi scruta son visage.

— J'ai parlé avec Rosario. Ç'a été pour moi très difficile, mais je lui ai répété ce que tu m'as raconté, les choses horribles que ces femmes ont dites à la petite et combien elle souffrait. Engrasi, Rosario a fondu en larmes.

Il sembla lui aussi sur le point de pleurer. Il mordit fort ses lèvres qui s'étaient mises à trembler, ferma les yeux et tendit les mains vers celles de sa sœur. Elle les prit dans les siennes.

— Les médicaments provoquent chez elle des effets secondaires terribles, nausées, dépression, mauvaise humeur. Le docteur Hidalgo m'a expliqué que ce serait comme ça tant qu'on n'aurait pas trouvé le bon dosage… et ça prend parfois des années… Rosario a reconnu que parfois elle n'avait pas pris ses médicaments, précisément à l'époque où elle a dit ces choses… Mais tout est résolu. (Il haussa les épaules, prouvant qu'il n'y croyait pas lui-même.) Le docteur semble avoir trouvé le bon dosage. Ça fait un moment qu'elle va beaucoup mieux. Elle est en pleine forme, heureuse, toujours de bonne humeur, très tendre. Comme elle l'était quand je l'ai rencontrée, comme elle l'était avant la naissance d'Amaia. Tu ne peux pas savoir combien elle regrette. Elle m'a demandé de l'excuser auprès de toi et elle reconnaît que tu as raison.

Engrasi se redressa, sur la défensive, repoussant les mains de son frère. Il ne parut pas remarquer que, ce faisant, elle lui retirait sa confiance. Il continua de parler.

— Les gens sont très méchants et nous vivons dans un tout petit village. Rosario est consciente du mal qu'une telle chose peut faire à la famille.

Engrasi nota qu'il avait dit « à la famille », et non « à la petite ».

— Je me réjouis qu'il en soit ainsi, que vous en ayez conscience tous les deux, répondit Engrasi, prudente.

— C'est pourquoi j'ai pensé, nous avons pensé, qu'il vaut mieux qu'Amaia revienne à la maison.

C'était donc ça. La tempête. Le prédateur. L'avortement. La mort. Et elle ne l'avait même pas senti venir.

— Quoi ? répliqua-t-elle, incrédule.

— Rosario a terriblement souffert d'être séparée de sa fille. Ces commentaires, ces choses horribles qu'elle a dites, étaient juste une manière pour elle de se défendre. Elle se sentait attaquée par les gens, avec leurs questions malintentionnées parce que la petite ne vivait pas avec nous. Même si, comme je le lui ai dit, c'est normal que les gens parlent. Mais il est plus logique qu'une petite fille vive avec ses parents et ses sœurs.

Engrasi regardait son frère, mais elle ne l'écoutait plus. L'observer de cette façon lui permit de percevoir la mise en scène soignée qu'on était en train de lui jouer. La veste impeccable, la visite impromptue, ce discours impossible de la part d'un homme qu'Engrasi connaissait si bien. Depuis l'enfance ils étaient différents. Engrasi, pipelette et joyeuse, toujours prête à plonger dans un livre et à parler à qui voulait l'entendre de ce qu'elle avait lu. Lui, plus taiseux et taciturne, attendant la cloche qui annonçait la fin des cours pour courir à la fabrique dont il finirait par hériter. Ils s'étaient toujours aimés et, bien qu'elle fût la cadette, elle s'était, d'une certaine manière, occupée de lui. Engrasi comprenait que son instinct de protection envers Juan se basait, en partie, sur le fait que son frère était un *juanxiño*, un homme travailleur, gentil et tranquille, à qui on prédisait depuis l'enfance une épouse dominante. Elle le regarda à nouveau et le vit alors tel qu'il était : un émissaire. Une marionnette exécutant une pantomime. Cela faisait des années qu'Engrasi ne parlait plus à Rosario. Elle détournait même les yeux quand elle la croisait par hasard dans la rue. Mais elle n'avait pas besoin de lui parler. Ses années d'études à la faculté de psychologie avaient beau être très loin, Engrasi pouvait encore énumérer les symptômes d'un comportement névrotique. Comment avait-elle pu être assez idiote pour ne pas reconnaître dans les paroles de Juan le discours de Rosario, son assurance, sa domination ? Elle avait sous-estimé le pouvoir et l'influence d'une mère maligne pour infuser sa névrose et sa psychose à ceux qui étaient à ses côtés.

Tout y était : sa victimisation, sa dualité, son sacrifice, ses messages confus. La manière avec laquelle

Juan considérait, presque comme un cadeau du ciel, que sa femme était normale et se comportait comme n'importe quelle femme, n'importe quelle épouse ou n'importe quelle mère, au point d'entrevoir chez elle une abnégation proche de la sainteté.

Rosario, victime de sa maladie, de l'incompréhension des autres, de ses terribles impulsions, dont elle n'était en rien responsable. Martyre, souffrant de tout et plus que personne. Elle avait eu tellement mal d'être séparée de sa fille, alors qu'elle faisait tant d'efforts ! Compréhensive et résignée. Elle acceptait que les autres la détestent, mais puisqu'elle faisait tout pour arranger les choses, ne pouvaient-ils pas faire un effort eux aussi ?

Duelle et manipulatrice. Reconnaissant qu'elle ne méritait pas le pardon et réclamant en même temps un peu de clémence. L'occasion de prouver combien c'était important pour elle, combien elle faisait d'efforts. Le poids de la culpabilité sur le dos des autres. Elle se mettait à genoux, demandait pardon, que pouvait-elle faire de plus ? Si quelqu'un n'était pas capable d'éprouver de la pitié, c'était à cause de la méchanceté de son propre cœur. Qui n'aurait pas d'empathie pour le sacrifice d'une mère malade qui reconnaissait avoir causé de la souffrance, mais qui, surtout, s'en était causé à elle-même ? C'était le syndrome de Münchhausen par procuration. Un cas d'école. La mère faisait souffrir sa fille et finissait par recueillir elle-même les marques de pitié, de sympathie et d'attention de la part des autres. Voilà comment une névrosée pouvait arriver à aliéner sa famille et être mise sur un piédestal.

Engrasi posa la main sur son ventre et pressa doucement pour calmer la nausée qui brûlait son estomac. La colère montait en elle comme une créature, enserrant ses poumons et l'empêchant de respirer. Pas un mot sur Amaia, sur sa souffrance, sur l'exil forcé d'une petite fille de douze ans qui depuis presque trois ans ne vivait plus chez elle. Rien sur sa douleur, son chagrin, ni sur l'injustice d'avoir à supporter qu'on l'injurie dans la rue. Elle se rendit compte que ses mains tremblaient et les mit sur ses genoux, sous la table. Il fallait qu'elle se calme. Se concentre. Elle resta donc silencieuse, observant son frère, très sérieuse.

— Tu ne dis rien ? finit-il par lui demander.

— Je réfléchis, répondit-elle, avec toute la sérénité dont elle fut capable.

Il parut déçu.

— Je pensais que tu serais contente, vraiment. Je ne vois pas pourquoi tu ne l'es pas. L'autre jour tu as eu des mots très durs, et je t'en remercie. Maintenant que j'ai parlé avec Rosario je vois les choses comme elles sont.

— Comme elle dit qu'elles sont.

Il continua comme s'il ne l'avait pas entendue.

— Je croyais que c'était ce que tu voulais…

Engrasi secoua la tête, consternée.

— Tout ce que je veux c'est protéger la petite.

Juan se leva et fit le tour de la table pour venir vers sa sœur. Il se pencha vers elle et posa la main sur son épaule. Conciliant.

— Ma sœur, je ne pourrai jamais assez te remercier de t'être occupée d'Amaia quand Rosario était affaiblie, mais maintenant elle va bien, affirma-t-il avec trop de conviction.

Engrasi repoussa sa main et se mit debout. Leurs visages se faisaient face, tout près.

— Non, Juan, Rosario ne va pas bien. Rosario n'ira jamais bien, de toute sa vie.

L'attitude de Juan, pourtant prévisible, la surprit quand même. Il eut un air suffisant, comme s'il s'attendait à sa réaction. Il s'écarta de sa sœur sans dissimuler son ennui d'avoir perdu son temps et son énergie.

— Elle avait raison ! s'exclama-t-il.

— Que veux-tu dire, Juan ? Qui avait raison ? demanda-t-elle, offensée.

— Rosario. Elle avait dit que tu dirais ça.

Engrasi secoua la tête. Son frère était un imbécile. Elle avança à nouveau vers lui pour lui faire face.

— Et quoi d'autre ?

— Rien…, éluda-t-il, intimidé.

— Non, non. Dis-moi, exigea-t-elle. Je veux savoir ce qu'elle pense.

Juan leva la tête.

— Elle pense que tu t'es trop attachée à la petite…

— Trop ? Plus qu'il ne le faudrait ? Tu es vraiment en train de me dire qu'on peut trop aimer Amaia ? l'interpella-t-elle avec détermination.

— Tu agis, continua-t-il, comme si tu étais sa propre mère. Peut-être parce que tu n'as pas eu d'enfants…

Engrasi ouvrit la bouche, stupéfaite.

— Mais tu n'es pas sa mère, et on dirait que tu l'as oublié.

Elle toisa son frère comme si elle ne le connaissait pas.

— Eh ben… elle t'a tellement bien fait apprendre ta leçon que tu emploies même ses mots, dit-elle avec mépris.

— Engrasi, il vaudrait mieux que tu te fasses à cette

idée : sa mère veut que la petite revienne à la maison, et moi aussi.

Elle se tourna et le regarda droit dans les yeux afin qu'il n'ait aucun doute sur sa détermination.

— Non.

Il acquiesça, comme s'il s'y attendait.

— Rosario avait dit aussi que tu refuserais. Alors elle a pris les devants et consulté un avocat. Tu ne peux rien faire. Si tu persistes, tu vas juste perdre du temps et de l'argent. C'est notre fille et elle doit vivre dans sa maison.

— C'est ici sa maison, répliqua Engrasi. On dirait que tu as oublié pour quelle raison elle vit avec moi et dans quelles circonstances tu me l'as amenée.

Juan répondit, impassible, et Engrasi eut l'impression de voir Rosario.

— N'importe quel juge comprendra qu'une mère malade ne pouvait pas s'occuper de sa fille. Nous avons pris cette douloureuse décision pour le bien de la petite. Tu le savais, tu as accepté qu'Amaia vive avec toi le temps que Rosario aille mieux.

La rage déforma les traits d'Engrasi.

— Non. Tu ne me l'as pas amenée parce que Rosario était malade, ni même parce qu'elle la maltraitait, l'humiliait et la terrorisait depuis longtemps.

— Rosario allait mal, répéta-t-il comme un mantra.

— Et toi, mon frère, tu n'as rien fait. Tu n'as rien fait quand elle l'obligeait à porter les vêtements d'une enfant morte. Tu n'as rien fait quand tu la voyais se lever la nuit pour aller la menacer dans son lit. Tu n'as rien fait quand elle lui a coupé tous ses cheveux.

Juan explosa.

— Elle était malade ! cria-t-il.

Engrasi ne cilla pas.

— Tu n'as rien fait car mieux valait fermer les yeux et attendre, attendre jusqu'à ce qu'il soit trop tard. Jusqu'à ce qu'elle essaie de la…

— C'était un accident ! cria-t-il à nouveau.

— Pas du tout ! hurla-t-elle à son tour de toutes ses forces.

Juan ferma les yeux et se mordit les lèvres. Quand il reprit la parole, sa voix était étouffée par le désespoir.

— Si, c'en était un, Engrasi. J'y ai beaucoup repensé depuis et c'était forcément un accident.

Engrasi s'avança à nouveau vers lui et pointa l'index sur sa poitrine.

— Ce n'est pas ce que tu m'as dit ce soir-là, quand tu m'as amené Amaia. Non, Juan. L'accident, c'est ce que tu as raconté aux gens qui t'ont vu sortir de la fabrique avec la petite inconsciente, couverte de farine. Que la petite avait glissé et s'était cogné la tête en tombant dans le pétrin. C'est cette saloperie de mensonge que tu as racontée et que tu sembles avoir fini par croire toi aussi.

Elle ponctuait chaque mot d'un coup d'index accusateur.

— Mais quand tu m'as amené Amaia, tu t'es assis là, dit-elle en lui montrant l'escalier, et tu m'as avoué, en larmes, ce qui s'était passé. Tu l'as peut-être oublié, mais pas moi.

Il se mit à pleurer.

— J'ai recueilli cette enfant et je sais dans quel état elle était : blessée, fragile, terrorisée… Il a fallu des mois avant qu'elle arrive à dormir seule sans se réveiller en hurlant en pleine nuit. Alors tu peux continuer de raconter ton putain de mensonge à qui tu veux, mais pas à moi.

Juan pâlit brusquement. Il semblait sur le point de vomir.

— La petite l'a oublié, murmura-t-il, ravalant sa salive. Rosario l'a oublié. Pourquoi ne l'oublies-tu pas ?

Engrasi sourit avec amertume. C'était inutile.

— Je te connais, Juan. Tu n'es pas un homme méchant, mais tu n'as pas de couilles. Ce n'est pas un crime, sauf si tu te laisses manipuler par les mensonges de ta femme, sauf si tu te laisses entraîner vers le mal. Penses-y.

Juan essuya ses larmes avec la manche de sa veste du dimanche.

— Je ne veux plus parler de cela avec toi, dit-il, se dirigeant vers la porte.

— Attends, j'ai quelque chose pour toi, dit Engrasi.

Elle tira sur la fine chaîne qu'elle portait autour du cou et se pencha pour que la petite clé qui pendait au bout puisse ouvrir le tiroir. Elle sortit une grande enveloppe et jeta sur la table la radio d'un crâne humain, un crâne d'enfant.

— Qu'est-ce que c'est que ça ? demanda-t-il, revenant sur ses pas.

— Quand tu m'as amené Amaia, elle parlait à peine. Il était évident qu'elle était traumatisée. Je n'ai jamais fait confiance à ce docteur Hidalgo. J'ai eu peur qu'elle ait une lésion interne et, en plus du neurologue, comme je te l'ai dit, je l'ai aussi fait examiner par un ami médecin, un spécialiste qui a pu reconstituer exactement ce qui s'est passé. Ici, dit-elle en montrant une petite ligne blanche sur la radiographie, un premier traumatisme avec un objet lourd et contondant, qui l'a frappée seulement de côté ; j'ai aussi la radio des doigts de sa main droite brisés quand elle a tenté de se protéger. Et ici, le deuxième coup, dont elle n'a pas pu se défendre puisqu'elle était par terre, inconsciente, la trajectoire est identique car il a été porté du même endroit, mais avec beaucoup plus de force. Là, le bord du rouleau d'acier a fracturé le crâne. (Elle planta ses yeux accusateurs dans ceux de son frère.) Ce coup était destiné à la tuer, et a presque réussi.

Juan regardait la radio sur la table, comme halluciné.

Engrasi renversa le contenu de l'enveloppe. Radios, photos, et un rapport détaillé.

— La petite avait en plus une brûlure autour du cou produite par le cordon auquel était accrochée la clé quand Rosario la lui a arrachée. Elle présentait une lésion cervicale dans les vertèbres du cou après avoir été secouée dans tous les sens avec une force brutale. Et des érosions à l'arrière des jambes, sur les fesses et sur les coudes quand elle se traînait par terre en essayant de fuir.

— Tu as fait faire ce rapport pour…

Elle le regarda avec dégoût.

— Ne sois pas mesquin. J'ai conduit la petite chez le médecin pour être sûre qu'elle allait bien, mais en effet, j'ai gardé ce dossier. Et aujourd'hui je sais que j'ai bien fait.

La réaction de son frère la stupéfia et lui prouva à quel point il était aliéné.

— Si tu montres ça maintenant, cela aura aussi des conséquences pour toi.

— La différence entre toi et moi, mon frère, c'est que je suis prête à faire n'importe quoi pour la protéger, et je me fiche d'être compromise.

Juan contemplait, hébété, les documents.

— Tu peux les prendre. Une amie de confiance garde une copie de tout.

Il releva la tête, inquiet, les mains en un geste clair de rejet.

— Dis à ta femme de montrer ça à son avocat et de lui demander ce que va en penser le juge. Parce que ce que je vois, moi, c'est ce que tout le monde verra : ce n'était pas un accident, mais une tentative de meurtre.

Juan se dirigea vers la porte. Engrasi le poursuivit, le rapport à la main.

— Tout était prémédité. Elle l'a suivie dans la fabrique quand elle savait qu'il n'y aurait personne. Cela faisait des jours qu'elle savait que la petite avait la clé et elle a attendu qu'Amaia soit seule. Elle t'a menti en racontant qu'elle allait je ne sais où. C'était un prétexte pour sortir de la maison et la suivre jusqu'à la fabrique, sûre que personne ne la gênerait. Elle l'a frappée avec rage, et a arrêté seulement quand elle a cru qu'elle était morte. Alors elle l'a enfouie dans le pétrin plein de farine et est rentrée à la maison. Parce qu'elle avait enfin atteint, a-t-elle estimé, l'objectif qu'elle s'était fixé depuis le jour où Amaia est née.

Juan avait ouvert la porte de la rue. Il se retourna vers sa sœur, visiblement bouleversé, et répliqua, consterné :

— Comment peux-tu mentionner ça ? Je n'aurais jamais dû te le raconter. Elle a fait une dépression post-partum, ça arrive à beaucoup de femmes.

— Elle n'a pas d'amies, tu sais qu'elle ne parle même plus à Elena Ochoa, son amie de toujours, dont elle était inséparable. Tu ferais bien de lui rendre une petite visite. J'ai croisé sa fille dans la rue, je lui ai demandé des nouvelles de sa mère, car ça faisait longtemps que je ne la voyais plus. Elle m'a dit qu'elle était très malade et je suis allée la voir. Elle n'est pas malade, Juan, elle est morte de peur. Je ne sais pas dans quoi est fourrée ta femme, mais depuis qu'elle ne la fréquente plus, Elena vit cloîtrée chez elle entourée de saints et de crucifix partout. Elle est terrifiée. Ne veut plus entendre parler de Rosario. Elle m'a dit que ta femme avait perdu son âme. Que crois-tu que cela signifie ?

— C'est de la jalousie. Les femmes de ce village ne l'ont jamais aimée.

— Elle continue de sortir la nuit sans que tu saches où elle va ?

Il lui jeta un regard épouvanté. Engrasi sut qu'elle ne s'était pas trompée. Pourtant Juan campa sur ses positions.

— Je ne peux pas le croire. Tu vas utiliser tout ce que je t'ai raconté avec confiance contre ma femme ?

Elle le regarda, écœurée.

— Juan, ouvre les yeux. Ça n'a rien à voir avec Rosario. Il s'agit d'Amaia. Je constate qu'avec toi tout est perdu. Continue de justifier son comportement autant que tu veux, mais si tu crois m'obliger d'une quelconque manière à livrer Amaia à la femme qui cherche à l'assassiner depuis sa naissance, tu peux toujours courir.

22

Méthode Charbou

La Nouvelle-Orléans, Louisiane
Dimanche 28 août 2005

Amaia s'était réveillée tôt. Après s'être douchée et habillée, elle avait fini par faire son lit avant de s'asseoir par terre pour regarder les informations du matin.

Toutes les quinze minutes depuis six heures, les autorités avaient employé les grands moyens pour diffuser l'alerte : Katrina causerait des dégâts dévastateurs sur toute la côte du golfe, et les prévisions pour La Nouvelle-Orléans n'étaient pas très optimistes. La ville était située deux mètres sous le niveau de la mer, avec le lac Pontchartrain au nord et l'abondant Mississippi qui la traversait tel un serpent, et la menace d'un raz-de-marée cyclonique commençait à apparaître soudain comme une réalité inévitable. Le Centre national des ouragans annonçait un niveau cinq : des vents de trois cent cinquante kilomètres à l'heure et des rafales de plus de quatre cents kilomètres à l'heure. La Nouvelle-Orléans n'avait jamais connu un ouragan de force cinq. Le plus puissant jamais enregistré jusque-là avait été Betsy.

On dit que les villes n'ont pas de mémoire et que leurs habitants oublient vite pour vivre vite. Cependant, l'évocation de Betsy réveilla une vieille peur. Le 9 septembre 1965, l'ouragan Betsy avait touché la terre à l'embouchure du Mississippi. Il était de force quatre, et avait détruit toutes les localités sur son passage. Puis il avait avancé en suivant le fleuve, ce qui avait provoqué une crue de trois mètres quand il était passé à La Nouvelle-Orléans. Betsy avait coûté la vie à quatre-vingt-neuf personnes et causé tant de dégâts qu'il était entré dans l'histoire sous le surnom de Billion-Dollar Betsy. Quand on établissait la comparaison avec Betsy, alors seulement la menace de Katrina devenait concrète. Les chaînes de télévision intercalaient des images de l'avancée de Katrina au-dessus du golfe du Mexique avec des photos en noir et blanc des ravages causés par Betsy.

Ne tenant pas en place, Amaia éteignit le poste et sortit dans le couloir de l'hôtel. Elle aperçut de loin Dupree qui, ignorant l'ascenseur, descendait à pied. Elle accéléra le pas pour le rejoindre. La cage d'escalier amplifia la voix de l'agent, qui parlait au téléphone.

— OK. J'arrive, attendez-moi dans la voiture.

Piquée par la curiosité, elle fit volte-face et, rejoignant les portes-fenêtres qui donnaient sur les galeries où, selon la propriétaire, se promenait la fiancée fantôme, sortit. Elle s'avança jusqu'aux arcades qui se trouvaient juste au-dessus de l'entrée de l'hôtel, et se pencha. La voiture officielle qu'on leur avait assignée était juste en dessous. Amaia put reconnaître Jason Bull au volant ; Dupree s'installa à la place du copilote. Elle ne réussit pas à voir Charbou. Elle renonça et retourna à l'intérieur. Elle avait faim.

« WWL en direct de La Nouvelle-Orléans. L'alerte ouragan s'étend de Morgan City à la frontière entre l'Alabama et la Floride. »

Les nouvelles de la météo nationale émanaient d'un vieux transistor Thompson que les propriétaires du Dauphine avaient récupéré dans un coffre bien rempli, suivant les conseils des services de secours pour s'équiper en cas d'ouragan. Elles l'avaient posé sous l'écran du téléviseur occupé par un plan omniprésent de l'ouragan avançant sur le golfe du Mexique, des images qui tournaient en boucle et dont Amaia était persuadée qu'elles n'étaient pas actualisées. Les trois femmes avaient coupé le son de la télé et opté pour les bulletins météo qui arrivaient en permanence de la radio.

Alors qu'elle traversait le patio de l'hôtel pour se diriger vers la salle de petit déjeuner, Amaia avait senti de légères rafales d'air chaud qui avaient soulevé ses cheveux comme si quelqu'un avait soufflé tout doucement derrière elle. Se penchant en avant, elle les attacha avec l'élastique qu'elle avait au poignet. Elle vit alors que, près de la porte fragile de la serre où l'on servait le petit déjeuner, Bill Charbou l'observait avec un sourire, tout en aidant une des sœurs du Dauphine à porter un sac de sable pour le déposer sur la demi-douzaine déjà empilés là.

— Bonjour, sous-inspectrice.

— Bonjour, enquêteur. Que faites-vous ici ? demanda-t-elle, se tournant légèrement vers la rue.

Il était facile de déduire que Dupree était seul avec Bull. Elle se demanda si Charbou le savait.

— J'espérais que vous voudriez bien prendre votre petit déjeuner avec moi.

Il lui adressa un sourire charmeur et Amaia eut la confirmation qu'elle était bien sa cible. Elle enjamba les sacs et acquiesça sans prêter attention au petit sourire de la propriétaire du Dauphine.

Elle se servit un café, des œufs brouillés, et s'attarda volontairement près du grille-pain dans l'espoir que Johnson ou Dupree surgiraient. Au bout d'un moment elle abandonna et se dirigea vers la table.

— Votre collègue n'est pas là ?

— Si, il est dans la voiture, il appelle sa famille. Il aime beaucoup ses enfants.

Elle décida que Charbou croyait ce qu'il disait.

— Bien sûr.

— Et sa femme…, ajouta-t-il avec un sourire.

Elle ne fit aucun commentaire.

— Parfois je me dis que ce doit être bien…, continua le policier, pensif.

Amaia avala une bouchée de pain, déterminée à ne pas lui tendre de perche.

— D'avoir une femme… Vous savez, quelqu'un avec qui tout partager…

Elle hocha la tête de manière ambiguë. C'était donc sa stratégie. Elle n'en avait encore jamais rencontré, mais avait entendu parler de ces hommes qui font allusion au mariage dès leur première approche. En réalité ils se fichent du mariage mais veulent laisser entendre qu'ils ne papillonnent pas et espèrent ainsi se faire passer avantageusement pour ce qu'ils ne sont pas.

Elle mastiqua lentement, tout en l'observant. Aujourd'hui, il avait renoncé au gilet pare-balles qu'il ne quittait jamais, il l'avait oublié dans la voiture, et portait à la place un tee-shirt bleu moulant qui faisait ressortir son torse et ses bras musclés. Ses grands yeux, très sombres, semblaient sincères. Il était beau et le savait, et il aurait plu davantage à Amaia s'il avait souri un peu moins. Comme s'il avait pu lire dans ses pensées, il devint soudain très sérieux. Elle pensa qu'en effet il lui plaisait davantage et que le moment des confidences était venu.

Il se pencha en avant pour donner à ses mots un air de confession intime. Elle sourit, reconnaissant sa stratégie, ce qui le déconcerta un peu. Cependant, il continua :

— D'expérience, je sais qu'il est difficile de rencontrer quelqu'un qui soit disposé à supporter nos horaires, notre mode de vie… (il baissa le regard pour parer d'une sobre émotion sa phrase suivante)… la façon dont nous finissons par être affectés par ce que nous faisons…

C'était la deuxième partie de la méthode Charbou. Amaia était certaine qu'il utilisait une version identique, enrichie de « ce n'est pas toi, c'est moi et ce foutu job », quand il voulait mettre fin à une relation.

Elle sourit à nouveau. Après tout, elle s'amusait. Bill Charbou prit son sourire pour un encouragement.

— Sous-inspectrice, je peux vous appeler Amaia ? J'ai remarqué que vous ne portez pas d'alliance, mais je sais que certaines collègues préfèrent la retirer pour travailler. Vous êtes mariée ?

Ses collègues entrèrent à ce moment-là. Elle les salua, leur faisant signe de les rejoindre.

— Salazar, dit-elle alors.

Charbou la regarda, embarrassé et contrarié par l'arrivée des agents du FBI.

— Vous pouvez m'appeler sous-inspectrice Salazar.

Une des corpulentes propriétaires du Dauphine

traversa la salle en courant vers le fond, la télécommande du téléviseur brandie comme si elle tenait la rêne d'un cheval difficile à maîtriser. Quand elle fut assez près, elle appuya sur la touche du volume jusqu'à ce que le bout de son gros doigt devienne tout blanc. Il était presque neuf heures du matin et le maire, Ray Nagin, se présentait devant les médias pour décréter l'obligation d'évacuer La Nouvelle-Orléans.

Le plan de Dupree et du chef de la police consistait à mettre en place, dans les premières heures suivant le passage de l'ouragan, des mesures exceptionnelles communément utilisées après un attentat terroriste : contrôle strict des principaux axes de circulation, des gares routières et des aéroports ; filtrage exhaustif et contrôle de toutes les personnes qui quitteraient la ville par des vols privés, y compris les militaires ; avec une attention spéciale portée au personnel de secours. Si le Compositeur avait voyagé seul ou au sein d'une équipe venue de l'extérieur, il partirait de la même façon.

Amaia n'arrêtait pas de penser à l'insigne que le garçon avait vu briller sur la veste du Compositeur. Pour cette raison, dès qu'ils auraient la confirmation d'un nouveau crime, ils appliqueraient une restriction des communications, totale ou partielle, afin d'éviter de renseigner l'assassin sur l'emplacement et l'importance des contrôles, et de ne pas lui indiquer de routes alternatives pour fuir. Une méthode utilisée par les armées du monde entier pendant les conflits, qu'on appelait « silence radio ».

Dupree était sûr que leur ennemi se cachait tout près, attendant que le démon du ciel déverse sa colère.

Eux aussi attendraient. Et pour ce faire, ils avaient choisi le centre de coordination des urgences. La base était située au troisième étage d'une caserne de pompiers qui occupait le premier et le deuxième étage, près du siège du FBI, à côté du lac. Le chef de la caserne avait mis à leur disposition une salle de réunion qui, visiblement, n'avait jamais été utilisée à cet effet. Ils y établirent leur quartier général et installèrent des tableaux noirs, des ordinateurs, une ligne fixe et une demi-douzaine de lits de camp au cas où ils devraient passer la nuit sur place. Le bâtiment était une construction solide, avec de bonnes fondations, qui avait résisté à d'autres tempêtes. Au troisième étage il y avait trente postes de travail, dont seul le tiers était occupé, avec trente écrans et autant de standards téléphoniques. Au centre, un plan lumineux de la ville indiquait les lieux où se produisaient des événements de toute sorte, des embouteillages aux rixes dans les bars, des pannes électriques aux incendies.

Dupree et son équipe passèrent un moment à former les opérateurs sur le type d'urgence pour lesquelles ils devaient les alerter.

Un. Une fusillade. Quatre, cinq coups de feu, ou plus. Très rapprochés.

Deux. Tous les membres d'une même famille tués par balle, à l'intérieur de leur maison.

Trois. Tous rassemblés dans la même pièce.

En cas d'alerte, ils seraient confrontés à plusieurs difficultés : zones inondées, portes barricadées, éventuelle chute de branches d'arbres et de câbles électriques. Compter sur l'équipement des pompiers faciliterait leurs déplacements à un moment où les rues seraient impraticables.

En début d'après-midi, Dupree proposa à Amaia et

aux autres de faire un tour de reconnaissance dans la ville. Au moment où ils traversaient, un calme étrange les enveloppa. Les oiseaux se turent et on entendit au loin la rumeur du trafic. Alors il commença à pleuvoir. Doucement, la pluie apaisait le vent menaçant qui avait forci au fil de la matinée. Ils montèrent dans la voiture et restèrent silencieux, commentant de temps à autre les changements qui avaient eu lieu depuis le lever du jour. Les voitures, qui la veille au soir étaient garées des deux côtés des rues, avaient disparu, et quand ils arrivèrent avenue Poydras, ils virent que les accès au Superdome se remplissaient de gens. Beaucoup de personnes âgées, avec des béquilles ou des fauteuils roulants. Certaines portaient des bébés dans leurs bras, d'autres des couettes et des oreillers en prévision de la nuit. Amaia vit deux caméras de télévision et des reporters qui interviewaient les gens entrant dans le stade.

Dupree regarda, accablé, la foule qui s'entassait devant les accès, se demandant si Nana était là. Il ne dit rien, mais tous perçurent son inquiétude.

— Ils ont commencé à arriver hier soir, expliqua Jason Bull. La police, qui est à l'intérieur du stade, parle de dix mille personnes, et ce n'est pas fini…

Tout le monde se tut. Sans doute pour rompre ce silence pesant, Bull alluma la radio.

La circulation sur l'autoroute, moins dense qu'à la première heure, avançait à un bon rythme. Les rares contrôles policiers de la veille s'étaient multipliés dans toute la ville. Les patrouilles avertissaient la population de l'obligation de quitter la ville ou de se rendre dans des lieux autorisés comme refuges. Il ne devait rester personne dans les rues à dix-huit heures trente.

C'était l'heure du couvre-feu. Quiconque se trouverait dehors serait arrêté pour sa sécurité.

Amaia observa les rideaux de pluie qui se déplaçaient comme des vagues, dessinant leur tracé d'est en ouest, tandis qu'on annonçait à la radio l'arrivée des premières bandes pluvieuses de Katrina. Un téléphone sonna à l'intérieur du véhicule. Bull baissa le volume de la radio. Dupree répondit à l'appel. Il écouta avec attention puis raccrocha.

— Enquêteur Bull, dit-il en s'adressant au policier de La Nouvelle-Orléans, puis à tous les autres. Nous retournons au centre. On a la balle qui était dans le crâne de Joseph Andrews père. Elle est différente de celles qui ont tué les autres membres de la famille, mais ce n'est pas le plus important. Les experts ont tout de suite remarqué que c'était une munition ancienne, et quand ils l'ont mise dans le système, toutes les alarmes se sont déclenchées. La balle et les marques du canon correspondent à l'arme et à la munition employées dans le meurtre d'une famille à Madison, Wisconsin… il y a dix-huit ans.

— On nous envoie tout ce qu'il y a sur l'affaire de Quantico et de Madison. Dans vingt minutes nous avons une conférence téléphonique avec Tucker et Emerson en Floride.

23

Le mal

Martin Lenx, son épouse, leurs deux garçons de douze et dix-sept ans, et leur fille de quinze ans, vivaient dans une belle demeure d'une petite commune non loin de Madison, dans le Wisconsin, au côté d'Alma, la vieille mère de Martin, fils unique, qui avait hérité de la maison après la mort de son père. Ce dernier était un austère pasteur luthérien d'origine autrichienne, qui avait émigré aux États-Unis avec son épouse pendant la Seconde Guerre mondiale. La fortune d'Alma, riche héritière, leur avait permis de bien vivre. Et depuis la mort de son époux, la vieille dame habitait avec eux dans un appartement spécialement aménagé pour elle dans la partie supérieure de la demeure. Leurs cadavres furent découverts dans un état de décomposition avancé, quand certains voisins commencèrent à s'étonner de ne pas les voir rentrer du voyage qu'ils avaient entrepris un mois plus tôt pour rendre visite à des proches. La maison était glacée et, pourtant, empestait. En guise d'avertissement, les cloches du cinquième mouvement de la *Symphonie fantastique* de Berlioz résonnaient à l'intérieur, sans parler des traînées puantes de sang brun qui montraient le chemin vers le salon de musique de la grande demeure. Là, les cadavres des membres de la famille étaient alignés, têtes orientées vers le nord. Le père, Martin, cadre dans une moyenne entreprise, un homme terne, peu séduisant et très croyant, avait disparu. Sur la table de la cuisine, la police trouva une lettre adressée au pasteur de son église, dans laquelle Martin Lenx expliquait que sa famille s'était écartée du droit chemin. Apparemment, les habitudes esthétiques de son épouse lui semblaient indignes ; sa fille adolescente lui avait annoncé récemment son intention de devenir chanteuse ; et les goûts musicaux de ses fils, de plus en plus dépravés, offensaient Dieu. Martin était en train de les perdre et il ne pouvait pas s'y résigner. Il se sentait responsable, en tant que père de famille, et savait qu'il devait faire quelque chose. Après avoir beaucoup réfléchi, il avait décidé que le mieux pour eux était la mort ; il sauverait ainsi leurs âmes avant qu'il soit trop tard.

Au cours des semaines qui suivirent la découverte des cadavres, la police s'aperçut que Martin Lenx connaissait de grosses difficultés économiques. Son caractère introverti et son manque de sociabilité lui avaient fait perdre à plusieurs reprises la possibilité d'être promu dans son travail. Quelques semaines plus tôt, il avait manifesté un intérêt inhabituel pour un poste dans une banque locale que, finalement, il n'avait pas obtenu. Martin n'avait pas semblé affecté par cet échec mais, d'après les enquêteurs, il avait présenté dès le lendemain une requête pour acheter une arme. Les caractéristiques et le calibre renseignés dans les documents fournis par l'armurerie coïncidaient avec ceux des balles trouvées dans chacun des membres de la famille Lenx. La grande demeure héritée de son père était grevée de deux hypothèques arrivées à échéance et, derrière l'apparence d'une existence exemplaire qu'il s'efforçait d'afficher, Martin Lenx cachait en lui un enfer intérieur qui bouillonnait. Sa voiture fut repérée un mois plus tard, abandonnée sur le parking public de l'aéroport de Chicago, même si rien n'indiquait qu'il avait décollé de là. L'arme ne fut jamais retrouvée. Martin Lenx avait disparu depuis dix-huit ans. Certains psychologues judiciaires envisagèrent la possibilité qu'il se soit suicidé.

Amaia Salazar ne croyait pas une seconde que cette idée ait pu lui traverser l'esprit une fois qu'il s'était libéré. Non.

Johnson lut à haute voix la lettre que Martin avait laissée après les meurtres à l'attention du pasteur de sa paroisse. Amaia écouta chaque mot, consciente qu'elle devait être attentive à ce qu'ils exprimaient mais aussi à ce qu'ils sous-entendaient, et que seule leur analyse conjointe permettrait d'éclairer un peu les véritables motivations de Lenx. Elle nota dans son carnet certaines tournures, des variations de style et des phrases entières. Il avait recours en permanence à des métaphores apocalyptiques. « Le soleil s'obscurcira et la lune perdra son éclat. » Ses mots sombres et sinistres prétendaient justifier son acte, le présentant comme une chose inéluctable, à laquelle il avait été contraint. Mais sous cette couche d'abnégation et de sacrifice palpitait de manière très vive une vieille haine. « Les étoiles tomberont du ciel et les puissances célestes seront ébranlées. » Martin avait cultivé pendant des années son ressentiment, mêlé à ses échecs, offenses imaginaires, à sa frustration et aux petits affronts dont il se croyait l'objet et qu'il collectionnait pour excuser son incapacité à résoudre sa propre vie. Malgré cela, il se sentait bien supérieur et bien meilleur que n'importe quel membre de sa famille. Ce profil trouvait toujours un alibi freudien pour attribuer ses échecs aux femmes de sa vie. Ainsi il condamnait d'abord sa mère, si stricte avec lui jadis et qui, à présent, encourageait les idées saugrenues de sa petite-fille, prétextant sa jeunesse et souriant devant ses audaces. Quant à son épouse, il n'attendait rien d'elle. Elle était devenue une femme fragile et nerveuse, qui avait gâté et mal élevé leurs enfants au point que Martin ne pouvait plus reconnaître en eux un seul trait des enfants adorables dont il avait été si fier et en qui il avait mis tant d'espoir à une autre époque.

Amaia retint son souffle en écoutant la partie consacrée à sa fille. Celle qui avait été la prunelle de ses yeux, sa petite princesse, avait perdu ses faveurs en grandissant, révélant alors ce qu'elle finirait par devenir, celle qui couvrirait sa famille de honte avec ses horribles penchants et ses goûts dépravés. C'était sur elle que semblaient se concentrer ses angoisses. Martin expliquait ses tentatives ratées pour la corriger, pour la remettre sur le droit chemin : interdictions de sortir voir ses amies, séances de prière, visites à l'église. Mais ça n'avait servi à rien. Martin avait vu sa petite fille se transformer sous ses yeux. Parfois il se levait la nuit et entrait dans leurs chambres pour observer les membres de sa famille, qui dormaient, étrangers à la menace qui planait sur eux. Ces visages, tant aimés auparavant. Les cheveux noirs et bouclés des garçons, le visage inexpressif de sa femme avec ses bigoudis destinés à domestiquer sa chevelure rebelle. Les doux ronflements de sa vieille mère endormie, comme tous les soirs, devant le téléviseur qu'elle n'éteignait jamais.

Comme un Loth miséricordieux, il les observait pendant des heures, cherchant à éprouver de la pitié pour eux. Alors il entrait dans la dernière chambre. Les cheveux roux de sa fille étincelaient sur son oreiller blanc comme l'éclat solaire d'une jeune déesse en colère. C'était elle qu'il avait le plus chouchoutée, en elle qu'il avait placé le plus d'espoirs, et pour cette raison elle était sa plus grande déception. Le temps du pardon était révolu, il avait fait tout son possible, il avait essayé, Dieu le savait : il avait travaillé, prié, et s'était sacrifié, mais cette épreuve était trop grande pour un homme, aussi fort qu'il ait combattu pour maintenir sa maison à flot. Il était à bout de forces, épuisé ; alors, tandis qu'il regardait dormir sa fille, il était sûr que Dieu ne l'avait pas abandonné, le Seigneur lui avait montré quoi faire. Avant de retourner se coucher, il s'était penché toutes les nuits sur sa fille et lui avait susurré une promesse : « Je te sauverai, papa te sauvera. »

Amaia écouta attentivement chaque mot de Johnson, et la puissance de la menace, le poids de la condamnation qu'ils contenaient, résonnèrent en elle. Sans s'en rendre compte, elle poussa un long soupir et tous les regards se tournèrent vers elle, alors qu'elle sentait le sol se dérober sous ses pieds, la précipitant dans un abîme obscur et terriblement familier.

La voix de Tucker leur parvint de très loin.

— La sous-inspectrice Salazar avait raison. (Elle fit une pause.) Félicitations, Salazar. Les allusions permanentes à Dieu et aux Écritures saintes dans la lettre ne laissent aucun doute : il s'agit d'un assassin religieux, avec une mission et Dieu de son côté. Dès que nous avons eu le texte complet, Emerson a analysé et localisé les citations qui, comme nous le suspections, appartiennent à l'Évangile, précisément de Marc (13,24), où est racontée la fin des temps. Je vous ai envoyé les textes comparés. Ce qui a particulièrement attiré notre attention, c'est quand il parle des puissances célestes et la façon dont elles seront ébranlées. À mon avis, ces puissances célestes pourraient tout à fait s'équiper d'ouragans, de tempêtes et de tornades. La partie où il dit qu'elles seront ébranlées souligne un lien de cause à effet entre le péché et ses conséquences, et indique au Compositeur qui doit mourir. Emerson pense que ce peut être un hasard et que l'hypothèse est fragile, mais je crois qu'avec ces mots, il a élaboré, il y a vingt ans, la justification de ses crimes actuels.

— Emerson, invita Dupree.

— Je pense que nous allons trop vite. Avant de commencer à établir le profil de notre homme d'après ce que nous savons de Martin Lenx, nous devons être sûrs et certains que Martin et le Compositeur sont la même personne.

— La balle et les résidus de poudre qu'a laissés le canon sur le crâne de Joseph Andrews correspondent à l'arme utilisée par Lenx contre sa propre famille il y a dix-huit ans, fit remarquer Johnson.

— Il pourrait s'agir d'un imitateur ou, mieux, d'un disciple. Je crois qu'un disciple cadre parfaitement avec le profil d'assassin religieux, argumenta Emerson au bout du fil.

— Listons les éléments qui pencheraient pour Martin Lenx, demanda Dupree.

— Bien, commença Johnson. En premier lieu,

l'âge. Martin Lenx avait trente-sept ans à l'époque des meurtres il y a dix-huit ans. S'il n'est pas mort, il a donc aujourd'hui cinquante-cinq ans. Un homme actif qui s'est bien entretenu peut être en pleine forme. Il sort des moyennes d'âge traditionnelles des tueurs en série, et nous ne savons pas ce qu'il a fait pendant ces dix-huit ans, mais l'âge l'a rendu aussi plus calme, prudent et méticuleux. Ce qui correspond au mode opératoire du Compositeur.

— Et l'arme, ajouta Tucker. Le fait qu'il ne l'a pas laissée sur la scène de crime montre son intention de la conserver, ce qui peut signifier qu'il veut la garder en souvenir, mais aussi qu'il envisage de s'en resservir. Il aurait pu l'abandonner près des cadavres ou dans la voiture où on a retrouvé le reste de ses affaires ; après ses aveux écrits, l'arme était une moindre preuve de sa culpabilité.

Emerson reprit la parole d'un ton glacial.

— Les profils des familles coïncident avec celle de Lenx, mais pas les âges, bien qu'ils soient très proches, admit-il. Mais le Compositeur assassine également le père. Si Martin Lenx est le Compositeur, il ne s'est donc pas suicidé et ne se met pas en scène lui-même.

Dupree intervint.

— Je suppose que vous avez tous remarqué que Martin Lenx a traîné les cadavres dans la maison pour les réunir dans la pièce que la police de Madison a appelée « le salon de musique ». Je viens de parler avec le chef Carter, de la brigade criminelle de Madison, qui était alors enfant, mais il se trouve que c'est le fils du précédent chef et il se souvient d'avoir souvent entendu parler de cette affaire. Même si la grande demeure où se sont déroulés les faits a été détruite depuis, il m'a expliqué qu'en effet il y avait dans la résidence de la famille Lenx une salle abritant un piano et un certain nombre d'instruments, assez pour qu'on puisse l'appeler salon de musique sans exagération. Cela nous renvoie aux violons découverts sur cinq scènes de crime ; l'employé du funérarium de Cape May s'en souvenait, et on a mis la main sur les deux instruments dans les dépôts où avaient été rangés les objets des fermes Jones et Mason. Si nous ajoutons à cela ceux qui étaient dans la maison des Andrews et des Samuels… L'apparition d'un violon ne suffit pas pour considérer celui-ci comme une signature, ni sa présence pour transformer une pièce en salon de musique, mais c'est peut-être un accessoire dont Martin Lenx a besoin pour régler sa mise en scène. Vous êtes d'accord, Salazar ?

Amaia, qui avait regardé attentivement Dupree pendant qu'il parlait, détourna les yeux vers le centre de la table et se concentra sur la petite lumière scintillante indiquant que l'appareil était allumé.

— Je pense comme Emerson, dit-elle. (Johnson se tourna vers elle en haussant les épaules.) Je suis d'accord avec tout ce que vous dites, mais auparavant nous devons établir si Lenx est le Compositeur.

Dupree la dévisagea, stupéfait.

— Je ne vous comprends pas. Martin Lenx cadre parfaitement avec le profil que vous avez élaboré.

— Pour l'instant je n'ai pas assez d'éléments pour pouvoir être aussi affirmative que vous, répondit-elle, évasive.

— Elle est incroyable…, murmura Johnson, adressant le reproche à Dupree.

Dupree la regarda, sourcils froncés, visiblement contrarié.

— D'un côté, continua-t-elle, examinant sur l'écran

les textes envoyés par Tucker et les comparant avec un exemplaire de la Bible, ce pourrait être lui. Il y a un autre verset qui dit : « Vois-tu ces grandes constructions ? Il ne restera aucune pierre qui ne soit renversée. » Un assassin religieux se caractérise, entre autres choses, par son obsession pour les textes bibliques ou, à défaut, les messages mystiques ou prétendument sacrés. Dans sa lettre d'adieu il évoque les efforts qu'il a dû faire pour maintenir sa maison debout et comme il sent qu'elle s'écroule. Quand il tue une famille après une catastrophe qui a détruit sa maison, il symbolise la ruine de son propre foyer et choisit une famille qu'il considère comme pécheresse, comme la sienne. Il les choisit pour les sauver, comme il a sauvé sa famille, en les tuant et en les envoyant droit au ciel.

Johnson et Dupree avaient acquiescé à chacune de ses phrases. La voix de Tucker retentit dans le téléphone.

— Eh bien alors, sous-inspectrice Salazar, quels arguments avez-vous contre votre propre hypothèse ? Où est le problème ?

— Le problème, c'est que Martin Lenx a tué sa famille, les siens. Son épouse, sa propre mère, ses propres fils, sa fille, détailla-t-elle. Cela fait de lui un exterminateur familial type. Il entre dans au moins deux des quatre catégories caractéristiques : sentiment de supériorité morale, anomalie ou aliénation, déception, paranoïa. Généralement, les assassins de ce type se suicident après avoir commis leur crime, sauf ceux qui se sentent moralement supérieurs, ce qui serait le cas de Lenx. Mais, s'il a survécu, qu'est-ce qui le pousserait, dix-huit ans plus tard, à tuer des familles qui, même si elles présentent des points communs, sont très différentes et vivent dans des endroits du pays sans aucun rapport entre eux ? Et surtout, qu'a fait Martin Lenx pendant ces dix-huit ans ? Les meurtres de familles entières attirent l'attention et, même s'ils s'étaient produits dans les coins les plus reculés du pays, on en aurait forcément entendu parler, ne serait-ce que dans la presse. Or il n'y a rien. Ni dans les archives du FBI ni dans celles des polices d'État. Nous avons recherché les affaires similaires dans tout le pays et n'avons trouvé que la famille Andrews, il y a huit mois. Soit Martin Lenx a tué sa famille, s'est enfui et n'a rien à voir avec les meurtres du Compositeur, soit, s'il est le Compositeur, comment a-t-il contrôlé une si puissante impulsion ? Car je sais une chose : quand un fou est persuadé que Dieu, le diable, ou n'importe quelle entité guide ses actes, la seule option est de le capturer, car il ne s'arrêtera jamais. Comment Martin Lenx a-t-il pu se tenir tranquille ?

Tucker énuméra les options connues :

— Les raisons du silence d'un tueur en série sont toujours la mort, une longue maladie, un séjour à l'étranger ou en prison pour un autre délit. Si nous partons du principe qu'il est vivant, on a du mal à croire que quelqu'un qui aurait lutté pendant dix-huit ans contre une maladie qui l'a tenu à l'écart de tout puisse être capable d'affronter des familles entières avec, ne l'oublions pas, des pères assez costauds et des fils adolescents. Et le type de citoyen que Martin Lenx essayait d'être ne finit pas en prison pour un délit mineur. L'option d'un long séjour à l'étranger pourrait être la plus plausible, mais je ne sais pas pourquoi, je n'imagine pas Martin Lenx quitter le pays. Il a une si haute opinion de lui-même qu'il ne peut pas s'envisager en fuyard. À l'époque, les enquêteurs étaient arrivés à la conclusion que la voiture abandonnée à l'aéroport était une fausse piste. Ils ont examiné la possibilité qu'il soit retourné dans le pays d'origine de ses parents, mais ils ont vérifié et il ne lui restait plus de famille en Autriche. Je parierais qu'il s'est installé dans un autre endroit du pays avec une nouvelle identité et une nouvelle vie, celle à laquelle il avait toujours prétendu et que, selon lui, sa famille l'empêchait d'avoir.

Dupree observa la réaction d'Amaia. Elle fit la moue, l'air contrarié. Elle n'était manifestement pas d'accord, mais ne dit rien.

— Récapitulons, intervint Johnson qui s'impatientait. Donc, même si le mode opératoire de Martin Lenx quand il a assassiné les siens, le profil des membres des familles, la manière dont il a disposé les cadavres, la pièce qu'il a choisie, l'arme et les balles correspondent, vous souhaitez maintenant que nous l'éliminions de l'équation parce que vous ne savez pas ce qu'il a fait pendant les dix-huit dernières années…

Amaia baissa la tête.

— Répondez, Salazar, ordonna Dupree.

— Jusqu'à ce que j'aie une bonne explication sur la raison puissante qui l'aura poussé à passer de nouveau à l'acte, je dois continuer de dissocier Martin Lenx et le Compositeur.

Un silence pesant envahit la pièce, altéré seulement par le bourdonnement provenant de l'interphone qu'ils utilisaient comme haut-parleur.

Ce fut Dupree qui le rompit.

— Très bien, tout le monde au travail. Nous opérons sur deux fronts : d'un côté, nous continuons de traiter le Compositeur comme une entité indépendante ; de l'autre, nous essayons d'en savoir plus sur Martin Lenx et lançons un avis de recherche dans tout le pays. Nous cherchons un lien entre les familles assassinées et les Lenx. Nous examinons tout ce qu'il y a sur Martin Lenx, ses relations personnelles en dehors de son foyer, la possibilité qu'il ait eu un disciple, ses anciens collègues, les fidèles de sa paroisse…

Emerson prit la parole sur un ton triomphant. Sa voix retentit avec clarté.

— Il ne serait pas superflu d'envisager qu'il ait pu mener une double vie, avoir des maîtresses ou d'autres épouses, des enfants hors mariage, des relations homosexuelles. Ce genre de choses qui pourraient provoquer un sentiment de culpabilité chez un homme qui se veut irréprochable. Cela aurait pu le pousser à la destruction et, également, nous donner un héritier de ses enseignements.

La réunion terminée, Dupree se leva.

— Salazar, venez avec moi, dit-il, sortant de la salle pour se diriger vers la cage d'escalier.

C'était le seul endroit où ils pourraient être seuls. Mais ce fut une mauvaise idée. Les escaliers desservaient les trois étages qu'occupaient l'unité d'intervention d'urgence et la caserne de pompiers, et le vent, de plus en plus fort, entrait au rez-de-chaussée, sifflant dans les fissures des fenêtres.

Dupree n'en tint pas compte.

— Vous pouvez m'expliquer ce qui s'est passé pendant la réunion ?

Elle haussa les épaules et se mordit les lèvres.

— Je ne vois pas à quoi vous faites allusion.

— Vraiment ? Je fais allusion au fait que vous tergiversez à nouveau. Par moments, vous nous surprenez en faisant preuve d'une clairvoyance saisissante, et une minute après vous donnez raison à Emerson. Pourquoi ? Je ne vous ai pas amenée ici pour que vous soyez d'accord avec les autres, ni pour que vous taisiez vos désaccords, dit-il, se rappelant comment elle avait réagi aux hypothèses de Tucker. Parfois vous êtes capable d'affronter tout le monde pour défendre votre théorie sans vous soucier d'aller à l'encontre du groupe, vous nous bousculez, nous obligez à vous écouter, à tenir compte de votre point de vue différent, et quand vous obtenez des résultats qui vous donnent raison, quand tout semble coller, vous faites marche arrière.

— J'ai exprimé mon opinion… mais je respecte aussi celle de mes collègues…

Il scruta son visage.

— C'est à cause de la famille Lenx, n'est-ce pas ? Vous admettez plus facilement que quelqu'un tue des familles en série que le fait que Martin Lenx ait assassiné les siens. (Dupree hocha la tête, il était sûr d'avoir vu juste.) Ceux qui font du mal aux leurs, surtout à leurs enfants, sont les plus difficiles à accepter. Ce qu'il a dit sur sa fille…

Dupree fit une pause, comme s'il remarquait soudain quelque chose qu'il n'avait pas perçu avant. Il garda le silence quelques secondes tandis qu'elle priait pour qu'il n'aille pas plus loin. Mais il reprit :

— Vous devez l'accepter, ce qui n'est pas pareil que le comprendre, car je crois que c'est impossible ou…

Il s'arrêta à nouveau.

Elle plissa les paupières et inspira profondément pour tenter de dominer ses émotions. Bien sûr que c'était à cause de Lenx, de Martin Lenx et de sa propre mère, car les raisons obscures qui poussaient un père ou une mère à exterminer un par un tous les membres de leur propre famille les sortaient du cadre des assassins pour les faire entrer dans celui des démons. La menace de Lenx sur les siens et la nature des crimes auxquels ils étaient confrontés dépassaient les profils étudiés et s'aventuraient sur un territoire exploré seulement par ceux qui avaient visité cette partie de l'enfer. N'était-ce pas ce qu'avait dit Dupree au cours du dîner ?

Et, surtout, si Martin Lenx et le Compositeur étaient la même personne, ils ne se trouvaient pas confrontés à un assassin religieux qui recherchait le péché, ni à un exterminateur familial qui se vengeait sur les autres des abus de son enfance. Si Martin Lenx et le Compositeur ne faisaient qu'un, il travaillait juste à la mise en scène de son œuvre, et autant de répétitions avaient pour but un spectacle grandiose.

Oui, elle avait visité cette partie de l'enfer, connaissait la nature de ce démon qui, comme le diable lui-même, tirait son pouvoir de la croyance qu'il n'existait pas. À sa façon de la regarder, elle sut que Dupree la démasquerait tôt ou tard, il flairait la proie, il ne savait pas encore de quoi il s'agissait, mais elle était sûre qu'il ne la lâcherait plus désormais car, d'une certaine manière, c'était la raison pour laquelle elle était là.

Le vent siffla avec force entre les fissures de la vitre derrière elle.

Ce bruit irritant déconcentra Dupree, troublant ses pensées. Visiblement agacé, il se dirigea vers la fenêtre dont il tenta de caler les battants. Dehors, le vent faisait plier la rangée d'arbustes qui entouraient le centre des urgences, et les eaux du lac commençaient à onduler en petites éruptions blanches qui apparaissaient ici et là sur la surface. Mais il eut beau appuyer de toutes ses forces sur la fenêtre, le sifflement du vent diminua à peine. Vaincu, Dupree se retourna vers Amaia.

— Pourquoi faites-vous tout pour passer inaperçue ?

Elle le regarda, perdue.

— Vous êtes une perle rare. Je connais des hommes et des femmes qui tueraient pour être comme vous. D'ailleurs, il y a des tas de gens qui, à un moment, essaient de faire croire qu'ils le sont. Vous l'êtes. Une perle rare. Brillante et précieuse, complètement différente des autres. Votre destin est de ressortir, pas de vous fondre dans la masse.

Elle était déconcertée, ne savait que répondre.

— Ça ne cadre pas, Salazar. Et ça n'a certainement jamais cadré. Il n'est pas très normal d'arracher une enfant de douze ans à son foyer et de l'envoyer étudier à l'autre bout du monde. Je me trompe ?

Elle se mordit les lèvres. Touchée. Elle tourna la tête pour éviter son regard.

— Ça ne cadre pas, insista-t-il, et vous n'avez qu'une option : l'utiliser à votre avantage.

Elle resta immobile quelques secondes, comme saisie par ses paroles, puis le regarda dans les yeux et acquiesça.

Il acquiesça à son tour, satisfait, et fit un pas vers elle.

— Joseph Andrews avait raison. Son père a résisté et l'assassin a été obligé de l'abattre avec l'arme qu'il avait apportée. La même munition et la même arme qu'il avait utilisées dix-huit ans plus tôt pour tuer sa propre famille. Ce sont les faits. Vous nous avez indiqué que nous devions revenir en arrière, que ce n'était pas la première fois qu'il tuait. Nous sommes remontés jusqu'à Lenx. Maintenant, dites-moi : Martin Lenx est-il le Compositeur ?

— Je ne peux pas expliquer ce qu'il a fait pendant

ces dix-huit ans, ni ce qui pousse un exterminateur familial à devenir un assassin religieux en série, mais je crois que oui, c'est lui.

Dupree approuva, satisfait, avant d'ajouter :

— J'ai remarqué que vous n'étiez pas d'accord avec Tucker quand elle spéculait sur ce que pourrait être sa nouvelle vie…

— Je n'ai pas encore saisi Martin Lenx et je dois savoir ce qu'il y a dans sa tête avant de commencer à spéculer sur la vie qu'il pourrait avoir aujourd'hui…

— Mais…

— Je ne le ferai pas avant, répondit-elle avec détermination.

Dupree retint son enthousiasme. Elle était de retour. Arrogante et orgueilleuse comme une reine. Ou une martyre ? Cette dernière pensée l'inquiéta et dessina une ride sur son front.

— Vous pourrez le faire, Salazar ?

Elle approuva de la tête.

— Alors travaillez à ça, oubliez le Compositeur et concentrez-vous sur Lenx, ordonna-t-il.

Elle partit, visiblement soulagée. Malgré le bruit grinçant du vent qui ne cessait d'augmenter, Dupree s'attarda un moment encore, pensif. Puis il alla dans la salle qu'on leur avait attribuée et fit signe à Johnson de le suivre jusqu'à la cage d'escalier. Dès qu'il entendit la porte se refermer, il se retourna brusquement vers lui.

— Vous m'avez dit que, après que nous avons recruté Salazar pour nous accompagner à La Nouvelle-Orléans, elle a reçu un coup de fil.

— Oui, vous nous aviez informés que la sous-inspectrice Salazar viendrait avec nous et que tous les appels urgents qu'elle recevrait devraient être redirigés, d'abord dans l'avion, puis sur mon téléphone jusqu'à ce qu'on lui en attribue un.

— Vous savez qui cherchait à la joindre ?

— Oui, la standardiste m'a passé la communication avant qu'on prévienne Salazar. C'était sa tante d'Espagne. Elle a sûrement cru qu'elle devait justifier son coup de fil et elle l'a fait avant que j'aie eu le temps de lui expliquer qu'elle pouvait parler directement à la sous-inspectrice Salazar. Elle m'a dit que son père était gravement malade et que le médecin lui donnait quarante-huit heures maximum.

Dupree le regarda, songeur.

Johnson ne sut pas très bien comment interpréter son silence.

— J'aurais peut-être dû vous en parler… Sur le moment, j'ai été surpris que Salazar ne décide pas de rentrer chez elle. Mais, d'un autre côté, comme elle n'a fait aucun commentaire à ce sujet et que c'est quelque chose que j'ai appris par accident, je ne me sens pas très à l'aise avec ça…

— Ne vous inquiétez pas, vous avez bien fait, le rassura Dupree.

24

Nana. Photographies anciennes

La Nouvelle-Orléans, Louisiane
Dimanche 28 août 2005

Nana contempla le haut du Superdome. Les nuages qui avaient commencé à couvrir le ciel à midi avaient contribué, telle une serre, à faire monter la température, et la pluie, qui s'était mise à tomber deux heures plus tôt, était tiède et douce, comme si elle sortait d'un arrosoir. Personne n'essayait de se protéger pour éviter d'être mouillé. Certains levaient le visage vers cette douche tant désirée.

Des caméras de télévision filmaient l'entrée du stade. Il y avait des familles entières avec des enfants en bas âge, mais la plupart étaient des personnes âgées, avançant à l'aide de béquilles ou de cannes pareilles à celle qu'elle utilisait depuis son opération, ou dans un fauteuil roulant, à l'image de Seletha. Les plus jeunes aidaient les anciens ou poussaient leurs fauteuils tout en traînant des couettes et des oreillers emballés dans de grands sacs-poubelle ; quelques-uns s'arrêtaient pour adresser un signe aux caméras.

Nana crut que le plus difficile serait de passer la porte principale, mais une fois à l'intérieur, la foule se pressa vers le vomitoire, et la proximité des autres corps lui fit perdre un équilibre déjà fragile. Bobby la saisit par le coude et, la tirant vers lui, la plaça entre les poignées du fauteuil roulant de sa mère et son propre corps.

Sortant d'un haut-parleur, d'aimables messages leur souhaitaient la bienvenue, les encourageant à occuper un siège et à dégager les couloirs le plus vite possible afin de faciliter l'accès à tous ceux qui attendaient dehors, sous la pluie.

Nana soupira, alors que tout le monde autour d'elle se mettait soudain à applaudir chaleureusement. Confuse, elle regarda Bobby.

— Ils viennent d'annoncer que la mairie a fourni de la nourriture pour ce soir, dit-il en souriant. On va être bien ici, Nana, ne t'inquiète pas.

Elle tenta de sourire.

Bobby était apparu à sa porte à la mi-journée.

— Nana, le maire a décrété l'évacuation obligatoire et la météo nationale annonce un ouragan de force cinq. À la télé, ils ont montré toute la matinée de vieilles images de Betsy et ça fait peur, Nana. J'avais dit qu'on resterait chez nous, je le sais, mais je crois qu'il est plus raisonnable de partir.

Nana acquiesça tristement. Sur l'écran de son téléviseur, Katrina tourbillonnait au-dessus du golfe du Mexique.

— Betsy était de force quatre…, susurra-t-elle.

— Nous passerons la nuit au Superdome, beaucoup de gens sont déjà là-bas. On dit qu'il y aura un service médical et des ambulances au cas où ça se compliquerait. J'attends que mon cousin Gabriel vienne m'aider à descendre maman et nous partirons. J'ai préparé de l'eau, des sandwichs et des couvertures ; prends tes médicaments et tout ce que tu estimes nécessaire.

Elle ferma la porte et se dirigea vers le buffet de la cuisine. Elle prit à l'intérieur un gros album bleu. Elle le pressa contre sa poitrine, serrant sa canne de son autre main. Au cours des dernières heures, l'humidité de l'air avait tellement augmenté que sa hanche grinçait comme du vieux bois. Elle posa l'album sur la table et l'ouvrit en soupirant. Elle avait longtemps conservé les journaux pliés entre ses draps. Mais cinq ou six ans plus tôt, elle s'était enfin décidée à découper les articles jaunis pour les mettre à l'abri sous les feuilles en plastique de cet album. Elle aurait dû le faire plus tôt. Le temps passé entre les draps avait décoloré les photos, abîmé le papier qui commençait à devenir transparent à certains endroits, et effacé les titres. Presque tous les articles étaient extraits de *The Times-Picayune*, un des plus anciens quotidiens de La Nouvelle-Orléans.

Nana fit glisser son doigt sur le plastique recouvrant les mots qu'elle connaissait par cœur et pourtant, elle se pencha pour pouvoir lire.

BETSY. LA PLUS GRANDE ÉVACUATION DE L'HISTOIRE DE LA RÉGION

Près d'un million de personnes du sud de la Louisiane ont fui devant la tempête.

LE MAIRE VIC SCHIRO ENCOURAGE LES HABITANTS À AVOIR UNE HACHE DANS LEUR GRENIER

Comme la tempête a frappé en pleine nuit, de très nombreux habitants de La Nouvelle-Orléans ont découvert leurs maisons inondées quand ils se sont réveillés. Beaucoup, pour fuir, sont alors montés dans leur grenier où ils ont fini par être noyés par la montée des eaux.

BILLION-DOLLAR BETSY, L'OURAGAN LE PLUS CHER DE L'HISTOIRE DE LA NOUVELLE-ORLÉANS

Betsy bat le triste record d'être le premier ouragan à mille millions de dollars de l'histoire des États-Unis.

Nana arrêta sa main sur un des articles.

L'ENQUÊTE SE POURSUIT AUTOUR DE LA DISPARITION DE SIX JEUNES FILLES AU COURS DE LA TEMPÊTE

Elle s'ajoute à la vingtaine de disparitions à déplorer pendant le passage de Betsy, même si celle-ci, selon la police, ne serait pas liée à la tempête.

LES CADAVRES DU DOCTEUR DUPREE ET DE SON ÉPOUSE DÉCOUVERTS SOUS LES DÉCOMBRES D'UN BÂTIMENT

Le docteur John Dupree venait de répondre à une urgence, et son épouse, Marion, qui était aussi son assistante, était avec lui. Ils se trouvaient tous deux à l'intérieur de leur voiture qui fut écrasée par un bâtiment arraché de ses fondations par la tempête. Les corps étaient dans un état de décomposition avancé à cause des fortes températures en vigueur depuis le passage mortifère de Betsy.

LA DISPARITION DES SIX FILLES DE TREMÉ REQUALIFIÉE EN ENLÈVEMENT

Pendant la tempête, un groupe, prétendument de secours, a enlevé six jeunes filles dont on est toujours sans nouvelles. Les mineures étaient sous la responsabilité d'une nounou chez qui elles attendaient que la tempête s'éloigne. Une des disparues est la fille de la nounou, une autre sa nièce. Cette femme et son neveu, frère et cousin de deux des disparues, sont les seuls témoins. Ils seront entendus aujourd'hui par le procureur.

BETSY SERA RETIRÉ DE LA LISTE DES NOMS D'OURAGAN

Un an après les disparitions des « six filles de Tremé », le bureau du procureur clôt l'enquête, requalifiant ces disparitions en « pertes causées par Betsy ». Les six jeunes filles s'ajoutent aux quarante-sept victimes toujours disparues et officiellement déclarées mortes.

Nana feuilleta plusieurs pages jusqu'à une vieille photographie d'une adolescente aux longs cheveux bruns bouclés qui souriait à l'objectif. C'était le cliché qu'ils avaient utilisé sur les affiches après sa disparition. La police la lui avait rendue assez abîmée, mais le temps, qui avait jauni la photo et écorné les bords, n'avait pas réussi à ternir le vif éclat de ses yeux noirs. Nana n'arrivait pas à la ranger entre les protections en plastique, ainsi qu'elle l'avait fait pendant des années avec les journaux. Elle avait besoin de pouvoir la toucher, avait l'impression que, de cette manière, elle gardait le contact avec elle. Elle sentait que si elle la mettait sous un plastique ou sous verre, cela deviendrait une relique, et elle ne voulait pas ça pour sa fille. Elle ne l'avait pas enterrée, ne confinerait sa photo ni dans une boîte ni dans un cadre. Elle regarda autour d'elle. Elle s'était juré de toujours attendre ici, et maintenant elle devait partir. Elle vit sur l'étagère de la cuisine son sac bleu contenant ses papiers d'identité, un peu d'argent et ses médicaments. Elle regarda à nouveau la photo comme si elle allait prendre un enfant dans ses bras, la saisit des deux mains, la serra contre elle et referma l'album qu'elle laissa sur la table. Elle glissa la photo sous sa chemise, contre son cœur, attrapa sa canne et le sac bleu, et sortit de chez elle en verrouillant la porte.

25

Une perle rare

La Nouvelle-Orléans, Louisiane

Amaia examina les clichés qui se trouvaient dans le dossier. Ceux des enfants semblaient provenir de leurs établissements scolaires. Il y en avait un du père seul. Quant à la mère, elle apparaissait uniquement sur la photo de groupe avec le reste de la famille. Amaia observa celle où les Lenx posaient tous ensemble. Martin, un petit homme anodin et terne. Tout en lui, de son nœud de cravate austère au col amidonné de sa chemise impeccable, reflétait la méticulosité et le soin. Il s'efforçait de donner l'image d'un homme respectable, intelligent, avec des lunettes à monture d'écaille typiques d'un professeur. L'image d'un homme qui contrôlait tout, mais dont l'excès de zèle jouait en sa défaveur, trahissant dans son attitude, dans ses cheveux impeccablement coiffés et ses ongles récurés, une insécurité de castré. Écrasé par l'éducation d'une mère stricte, il n'avait pas pu offrir de foyer à sa propre famille et vivait toujours sous le toit de sa mère. Amaia était sûre que c'était humiliant pour lui, qu'incapable d'échapper à l'influence maternelle, ou au contraire désireux d'imiter la vie, réussie à ses yeux, de ses parents, il avait fini par choisir une épouse qui regardait timidement l'objectif, coiffée exactement comme sa belle-mère.

Les enfants, c'était différent. Ils souriaient, insouciants et sincères, visiblement heureux. La fille avait de longs cheveux roux ébouriffés, lâchés dans le dos, et un sourire chaleureux, confiant. Amaia remarqua qu'elle avait mis un peu de rouge à lèvres, qui contrastait avec sa robe sobre, de coupe classique. Elle fut certaine que c'était juste pour la photo et l'imagina essuyant son maquillage avec du papier toilette devant le miroir de la salle de bains. Tous fixaient l'objectif, collés les uns aux autres, excepté Martin, légèrement à l'écart. Amaia saisit la photo sur laquelle il était seul, peut-être prise le même jour – il portait le même costume et la même cravate –, et constata qu'il posait exactement de la même manière que sur la photo de groupe. La position des mains, du visage, les épaules redressées imperceptiblement, les plis sur les vêtements. Tout était identique, sauf la bouche. Le rictus, telle une fine coupure sur la photo de famille, avait disparu sur le portrait solitaire. La bouche était toujours fermée, mais les lèvres s'étaient détendues et esquissaient presque un sourire. Amaia agrandit l'image et put lire tout en bas : Clayton Gray, photographe.

La ligne fixe grâce à laquelle ils avaient pu communiquer avec Emerson et Tucker à peine une heure plus tôt avait été réquisitionnée par le service d'urgence. Elle sonnait sans interruption depuis quelques minutes et ils avaient décidé de renoncer à s'en servir. Elle tapa le numéro sur le téléphone portable que Dupree lui avait donné.

Oui, il était toujours en activité, expliqua spontanément Clayton Gray, mais il espérait s'arrêter bientôt car, pour être franc, il avait du mal à se lever le matin. Ses filles prendraient bientôt la relève. Amaia devina qu'il souriait.

Bien entendu il se souvenait des Lenx. Personne à Madison n'avait pu les oublier. Oui, c'était lui qui avait pris la photo, un portrait de famille typique, très en vogue à cette époque. Dans les années 1970 et 1980, ce genre de photos était pour les familles de la classe moyenne ce qu'avait été une huile sur toile pour les nobles de la Renaissance. Depuis l'apparition des appareils numériques, on avait cessé de faire appel aussi souvent qu'avant à des photographes comme Gray, même s'il restait des événements, les mariages par exemple, pour lesquels le travail d'un professionnel de prestige était encore indispensable. Non, la police ne l'avait jamais interrogé. S'il se souvenait de quelque chose qui aurait attiré son attention à ce moment-là ?

— Ma femme dit que je me suis trompé de métier et qu'au lieu d'être photographe, j'aurais dû être psychologue. À la manière dont un couple pose sur sa photo de mariage, je peux pronostiquer avec très peu de marge d'erreur s'ils seront encore ensemble deux ans plus tard, dit-il en riant. Je ne crois pas qu'on puisse étudier cela à l'université, c'est lié à la façon dont ils se placent pour la photo, la position des mains et surtout la bouche, vous savez ? Plus que les yeux, dont certains disent qu'ils sont le miroir de l'âme, moi, l'expression de la bouche me parle beaucoup plus.

Amaia sourit avant de répondre.

— Votre femme a raison, ça s'appelle la communication non verbale et c'est une spécialité très recherchée.

— J'en tiendrai compte ; quand je serai à la retraite, si j'en ai assez de faire la grasse matinée, je m'inscrirai peut-être à l'université pour me spécialiser, dit-il en riant.

— Vous vous rappelez quand vous avez pris la photo ?

— Eh bien… n'allez pas croire que j'ai une mémoire d'éléphant, dans la plupart des cas je pourrais être assez précis, et même absolument rigoureux si je consulte mes agendas, je les conserve tous. Mais pour les Lenx, à cause de ce qui s'est passé, tout ce qui est lié à eux s'est gravé dans nos mémoires de manière indélébile. C'était deux mois avant les meurtres. Le père, Martin, est venu trois fois au magasin avant de se décider. Un homme méticuleux et très exigeant. On montre à tous nos clients un album avec une sélection de nos meilleurs travaux, des familles de différents âges et compositions. Mais lui a aussi voulu voir le studio, les fonds qu'on pourrait utiliser et même les types d'éclairage. Quand il est venu avec sa famille, tout était décidé, jusqu'aux fauteuils et aux chaises où ils s'assiéraient.

— On dirait qu'il aimait tout contrôler, fit remarquer Amaia.

— Ça ne lui a pas beaucoup servi. Au début, j'ai cru que tout se passerait bien. Ils se sont installés, j'ai fait quelques essais. Mais Martin Lenx n'était pas content. Il les a obligés à changer huit fois de place. Les enfants semblaient amusés par ce bazar, mais son épouse était embarrassée. Alors M. Lenx a suggéré que leur plus jeune fils ne figure pas sur la photo. Mme Lenx s'est mise à marmonner que tout cela était ridicule, et bien que ce fût une femme très timide et effacée, Martin Lenx a cessé d'insister. La photographie qu'ils ont gardée, celle qui est ensuite sortie dans les journaux et que vous avez, est la première que nous avons faite. Je n'ai pas conservé les tirages des autres, sur le moment elles étaient sans importance et je les ai détruites. Mais sur ce cliché que j'ai sous les yeux en ce moment, il y a assez d'informations, du moins de mon point de vue.

— Très bien, monsieur Gray, dit-elle, admirative, montrez-moi votre talent. Dites-moi ce que vous voyez dessus.

— Regardez la bouche de Lenx. On dirait une entaille faite à la hache.

Elle acquiesça. C'était exactement ce qu'elle avait pensé en la voyant.

— En quarante ans de métier, je l'ai souvent observé, c'est ce que j'appelle le « syndrome de la mariée et la pluie ».

Amaia examina l'image qu'elle avait agrandie sur son portable, et souligna la bouche de l'homme avec la pointe d'un crayon.

— La mariée et la pluie ? Expliquez-moi ça.

— Malheureusement, les choses ont beaucoup changé ces derniers temps. Se marier n'est plus un objectif primordial dans la vie, mais pendant longtemps ce fut le cas pour beaucoup d'hommes et pour la majorité des femmes. À présent c'est une jolie option, une éventualité ; mais j'ai connu des femmes, plus rarement des hommes, qui avaient idéalisé ce moment jusqu'au ridicule. Je l'appelle le syndrome de la mariée et la pluie car cela concerne plus souvent les femmes. Qui rêvent de se marier depuis l'enfance. Pas de tomber amoureuses ou simplement de rencontrer quelqu'un avec qui partager leur vie, mais de se marier. Elles ont imaginé, planifié et idéalisé le jour de leur mariage dans le moindre détail.

Amaia hocha la tête, l'air approbateur.

— Je vois ce que vous voulez dire.

Gray continua, encouragé.

— Mais la réalité s'impose, et la réalité, c'est qu'il pleut aussi dans le Wisconsin. Ces mariées se lèvent le matin, prêtes pour le jour le plus important de leur vie et, quand elles voient le ciel menaçant, veulent tout arrêter. La pluie ne fait pas partie de leurs plans. Dans leur idéalisation de la cérémonie, il ne peut pas y avoir de robe mouillée ni de chaussures boueuses pour les invités, et sur ce point elles sont catégoriques. Ce n'était pas ce qu'elles avaient imaginé et elles veulent tout annuler. Bien entendu, il y a toujours quelqu'un, généralement la personne qui paie la noce, le père, la mère, qui réussit à leur faire entendre raison, ou plus exactement qui les oblige à entendre raison. Alors apparaît ce rictus, évident chez certaines, imperceptible chez d'autres, qui exprime toute leur contrariété. Le même rictus que vous pouvez observer sur la bouche de Martin Lenx quand il pose avec sa famille. Une mariée un jour de pluie. Il voudrait retourner se coucher et tout oublier, parce que ce n'est pas ainsi qu'il avait planifié les choses. Et l'attitude de son épouse est tout aussi éloquente. Déconcertée, elle sait que quelque chose ne va pas, se rend compte que le malaise de son couple est seulement la pointe de l'iceberg contre lequel leur relation va se fracasser. Mais à ce moment elle est trop dépassée pour pouvoir l'affronter, fait comme si de rien n'était et pose pour la photo… On dirait un agneau sacrifié. J'ai souvent vu ça.

— Vous pensez que Lenx avait déjà pris sa décision ?

— Je sais, parce qu'il me l'a dit et qu'ensuite les journaux l'ont raconté, qu'il espérait être embauché comme directeur d'une banque locale. Je pense que la photo de famille était une façon, en quelque sorte, de se positionner socialement. Apparemment, ils ont rejeté sa candidature quelques jours plus tard. Mais il s'est sans doute passé quelque chose pendant cette séance au cours de laquelle il a fait changer tant de fois les enfants de place et a fini par vouloir en écarter un…

Une violente rafale de vent frappa le bâtiment, pulvérisant les vitres d'une fenêtre. Au fracas succédèrent des cris effrayés ainsi que des jurons.

— Bon sang, qu'est-ce que c'était ? demanda Clayton Gray.

— Un ouragan, monsieur Gray. Je vous appelle de La Nouvelle-Orléans.

— Katrina ? C'est comme ça qu'on l'appelle, n'est-ce pas ? Mais que faites-vous là-bas, ma pauvre enfant ?

Amaia poussa un lent et silencieux soupir, tandis qu'elle ordonnait ses idées.

— J'ai aussi ici un portrait de Martin Lenx, seul, réalisé probablement le même jour, continua-t-elle sans répondre.

— Ça ne m'étonne pas que vous ayez pensé ça, parce qu'il porte les mêmes vêtements, mais en réalité cette photographie a été prise deux jours plus tard. Martin Lenx s'est présenté au studio et m'a dit qu'il voulait un portrait de lui seul. La photo la plus rapide de ma vie. Il est entré, s'est installé, et on n'a fait qu'une prise. Martin ne m'a pas laissé en faire d'autre. Il m'a dit que celle-là était parfaite.

Amaia fit glisser son crayon sur le calendrier des faits survenus dix-huit ans plus tôt, que Johnson lui avait fourni. Deux jours après la photo de famille. Le jour même où la banque avait rejeté sa candidature pour le poste de directeur, et vingt-quatre heures avant qu'il demande un permis de port d'arme ; ce jour-là Martin Lenx avait fait la photo parfaite : celle sur laquelle il était seul.

Elle prit congé de Clayton Gray, qui lui conseilla de quitter La Nouvelle-Orléans le plus vite possible, réussissant à la dérider.

— La télévision dit que l'ouragan va détruire la ville. Mettez-vous à l'abri, mon petit, dit-il avant de raccrocher.

À cet instant précis, toutes les sirènes de la caserne de pompiers retentirent. Amaia entendit d'autres alarmes qui s'étaient mises à sonner dans la rue. Elle vit que Johnson avait interrompu son travail et regardait de tous côtés, dépassé par le bruit. Elle l'observa, perplexe. Désignant sa montre, il articula silencieusement les mots « couvre-feu ». Elle acquiesça avant de baisser à nouveau la tête et de fixer toute son attention sur le portrait de Lenx.

Elle agrandit encore l'image. La commissure des lèvres apparaissait légèrement relevée à cause de la contraction des muscles zygomatiques supérieurs et inférieurs, près de la bouche. À l'évidence il souriait, discrètement, comme en cachette.

Il existe de nombreux types de sourires, faux pour la plupart : celui qu'on adopte pour une photo ; celui de circonstance, quand quelqu'un fait une blague déplacée ; gêné, face à des commentaires regrettables ; séducteur, qui se dessine sur le visage quand quelqu'un nous attire sexuellement ; sarcastique, caractéristique des politiques qui sourient quand une question ne leur plaît pas du tout. Puis il y a le sourire authentique, le sourire de bonheur. Amaia se souvenait que, quand elle était petite et triste, elle essayait de sourire pour ne pas inquiéter sa tante, mais cette dernière lui disait : « Tu ne me trompes pas, Amaia, tu ne souris pas avec les yeux. » Ainsi, avec ses mots simples, Engrasi définissait le sourire de Duchenne, la physiologie du sourire sincère. Amaia agrandit encore l'image pour pouvoir voir les yeux indépendamment de la bouche. Même derrière les verres de ses lunettes à monture d'écaille, elle repéra le signe dont elle avait besoin. La tension dans le muscle orbiculaire élevait de manière perceptible les joues, produisant de petites rides autour des yeux. Les psychopathes sont très forts pour imiter les émotions humaines, mais elle n'en avait pas encore rencontré un seul capable d'avoir un contrôle autonome de son muscle orbiculaire. Elle tenait le sésame qui allait lui permettre d'entrer dans le cerveau de cet homme et la certitude qui lui permettrait sans nul doute d'élaborer son profil, la preuve de la raison pour laquelle cette photographie avait satisfait tout de suite l'exigeant M. Lenx. À cet instant, il était heureux, authentiquement heureux.

26

Sourire triomphant

Elizondo

Engrasi traversa la Baztán par Mendinueta et tourna dans Braulio Iriarte. Sa maison, où elle vivait depuis son retour de Paris, se trouvait au milieu de la rue. La pierre épaisse des murs la protégeait de l'humidité de la rivière qui passait à côté, même si Amaia jurait qu'elle pouvait sentir la Baztán couler sous ses pieds. Braulio Iriarte était le nom d'un habitant de la commune qui était parti en Amérique et avait fait fortune en montant une grande brasserie au Mexique. Des années plus tard, il était revenu riche et généreux, et était devenu un bienfaiteur d'Elizondo. Mais avant de porter son nom, la rue s'appelait « Du Soleil », une dénomination primaire et logique, puisque, située dans le nord du village, c'était la rue la plus exposée au soleil ; à une époque où l'éclairage se limitait, presque totalement, à la lumière du jour, et où l'obscurité était pleine d'incertitude, c'était non seulement important mais vital. Engrasi marchait, distraite, fascinée par l'éclat de l'astre qui se reflétait à la surface ondulée de la rivière, laissant les timides rayons tiédir ses vêtements et pénétrer sa peau. Pour cette raison, elle ne vit pas Rosario avant d'arriver à sa hauteur. Elle portait un élégant tailleur beige, des chaussures à talons moyens et un sac marron accroché à son coude par une anse courte, ce qui l'obligeait à lever la main gauche en un geste qui pouvait paraître nonchalant mais était parfaitement travaillé. Dans ses cheveux châtains et bien coiffés brillaient des éclats acajou. Elle se tenait immobile devant la porte d'Engrasi. Elle l'attendait et sourit quand elle la vit. Un large sourire, absolu, les lèvres retroussées, les joues et les pommettes hautes. Comme pour balayer les doutes d'Engrasi, elle ôta ses lunettes de soleil pour lui permettre de voir les ridules qui s'étaient formées au coin de ses yeux, montrant ainsi que son sourire était pleinement heureux.

Engrasi s'arrêta net. Elle n'avait pas peur de Rosario, mais ce sourire triomphant l'inquiéta profondément, et elle décida de se faire confiance. Depuis l'expérience avec son frère, elle prêtait une attention primordiale à son intuition. Et que Rosario se présente à sa rencontre revenait, si elle écoutait son intuition, à voir soudain un loup surgir devant elle.

— Que fais-tu là, Rosario ?

— Tu n'es pas contente de me voir, chère belle-sœur ?

— Non, répondit sèchement Engrasi.

Rosario remit ses lunettes.

— Tu n'as aucune raison d'être malpolie, dit-elle. Cela fait longtemps que nous ne nous sommes pas parlé, toi et moi. Combien, trois ans ? J'ai pensé que c'était le bon moment.

Engrasi resta immobile devant elle, à l'observer.

— Que veux-tu, Rosario ? Pourquoi es-tu là ?

Le sourire de Rosario s'élargit encore, aussi impossible que cela parût.

— Juan m'a rapporté votre conversation…

Engrasi demeura impassible.

— Pour être honnête, je dois t'avouer, chère belle-sœur, que je t'avais sous-estimée. N'y vois aucune mauvaise intention de ma part, mais en général je n'ai pas une bonne opinion des psychiatres et psychologues, avec leurs combines et leur naïveté. En vérité, c'est pour moi un ramassis de cinglés pleins de traumas qui se regardent le nombril.

Rosario haussa les épaules, accompagnant ce geste d'une moue qui aurait été coquette dans un autre contexte, et reprit :

— Je te demande donc pardon, ma chère belle-sœur, car tu as vraiment été très intelligente.

Engrasi pencha la tête, se mordit les lèvres et durcit le regard. Cette gentillesse affectée ne la trompait pas, cette amabilité apparente était pleine de venin. Elle resta immobile, attendant l'attaque, quand Rosario fit un pas vers elle et lui toucha légèrement le bras en un geste de confiance.

— Je ne te fais aucun reproche, Engrasi. Je dois admettre que tu as été maligne et as saisi l'occasion quand elle s'est présentée. Même si, d'une certaine manière, je te l'ai servie sur un plateau.

— Je ne sais pas de quoi tu parles, il n'y a eu aucune occasion, juste un homme qui a frappé à ma porte avec une petite fille à moitié morte et terrorisée dans les bras.

Rosario sourit à nouveau. Elle leva les mains et haussa les épaules, comme pour montrer qu'elle n'accordait aucune importance aux paroles d'Engrasi.

— Je t'ai dit, ma chère belle-sœur, qu'il n'y a aucune

raison d'être désagréable. Je pensais qu'il serait plus facile de parler avec une psychologue. (Elle sourit, comme si elle plaisantait, puis reprit son sérieux.) Ce que je veux dire, Engrasi, c'est que j'étais malade à l'époque, mes actes n'avaient aucune logique… Mais cela a changé, à présent je suis un traitement qui me convient bien, affirma-t-elle d'un air satisfait, même si elle ajouta sur le ton de la confession : Ne crois pas que cela a été facile, au début j'étais réticente ; je dois avouer, pour ma défense, que ce sont des médicaments très difficiles à doser. Je me sentais très mal quand je les prenais ; somnolente, ralentie, un peu stupide. Et je détestais me sentir comme ça, chère belle-sœur, tu dois le comprendre, car je suis tout sauf stupide. J'avais une peur atroce que les médicaments détruisent ma personnalité ; au bout du compte, qu'est-on, sinon une personnalité ?

Engrasi croisa les bras sur sa poitrine sans cesser de la regarder. Ce petit numéro commençait à la fatiguer, mais elle voulait savoir jusqu'où elle irait.

Un magnifique sourire se dessina sur le visage de Rosario.

— Mais tout ceci est derrière nous, le docteur Hidalgo a enfin trouvé le bon dosage. Je me sens bien, Engrasi, merveilleusement je dirais. Le traitement me réussit, me permet d'avoir les idées claires. Quand je prends mes médicaments, je suis capable de contrôler ce que je fais et, le plus important (elle fit glisser ses lunettes au bout de son nez pour qu'Engrasi puisse voir ses yeux), sans perdre une once de ma personnalité. Je suis toujours la même.

Le loup était là.

Engrasi fit un pas en avant et se permit même de placer sa main droite sur le bras de Rosario.

— Je suis très heureuse pour toi, chère belle-sœur, répliqua-t-elle moqueuse, imitant Rosario. Mais que tu prennes ton traitement ou que tu le jettes dans les toilettes, ça m'est complètement égal et ça ne change rien.

Rosario cessa de sourire et posa sa main sur celle d'Engrasi.

— Tu te trompes, ça change tout ; comme je te l'ai dit avant, mes actes manquaient de logique et de bon sens. Ne te méprends pas, j'ai toujours su ce que je devais faire, mais je n'étais pas capable de discerner quand c'était le bon moment. La différence, c'est que maintenant je le sais. (Elle saisit avec force la main d'Engrasi et la serra dans la sienne comme pour l'emprisonner.) Et s'il y a une chose dont je suis sûre depuis le jour où cette gamine est née, c'est que nous avons tous un destin, Engrasi, et le sien s'accomplira comme le mien.

Engrasi recula en se dégageant, frappée par tant de méchanceté.

— Salope ! haleta-t-elle en un murmure, horrifiée.

— Oh, mon Dieu ! Je n'aurais jamais cru ça de toi, Engrasi, la psychologue ? dit-elle, feignant d'être déçue.

Les mains d'Engrasi tremblaient tellement qu'elle les pressa l'une contre l'autre pour éviter que Rosario ne s'en aperçoive.

— La petite ne retournera pas chez vous, je ne vous la rendrai pas, et je suis prête à tout, même à aller devant les tribunaux…

Rosario sourit à nouveau, amusée, tout en secouant la tête.

— Personne n'ira devant les tribunaux. Pour des raisons évidentes, ce n'est pas la solution. (Elle jeta un regard autour d'elle.) Je n'imagine même pas le scandale que ce serait dans le village, et maintenant que j'ai enfin réussi à faire décoller votre sale fabrique de *mantecadas*… Non…

Engrasi était déconcertée.

— Alors…

Rosario traversa la rue et commença à redescendre le long de la rivière, comme si la conversation était terminée. Et elle se retourna, avec son sourire triomphant.

— Je t'ai dit qu'à présent j'ai les idées claires. À présent, je sais ce que je dois faire à tout moment.

Engrasi demeura immobile au milieu de la rue jusqu'à ce qu'elle perde de vue sa belle-sœur. Elle se réjouit que Rosario ne puisse plus la voir, car elle fit tomber deux fois ses clés avant de réussir à ouvrir la serrure. Puis elle entra dans la maison et referma la porte en s'appuyant contre celle-ci, comme si elle faisait rempart à l'aide de son corps. Elle n'avait jamais eu aussi peur de toute sa vie.

27
Rayures

La Nouvelle-Orléans, Louisiane
Dimanche 28 août 2005, au soir

Dupree entra dans la salle de réunion accompagné de deux policiers en uniforme.

— Johnson, Salazar, voici les agents Elliott et Case, de la police de Galveston. Ils ont roulé plus de six heures pour nous apporter les photos originales de la scène de crime des Andrews et celles, postérieures, du violon.

Il souleva une boîte en carton de taille moyenne en guise de preuve.

— Bon sang ! s'écria Johnson. Vous avez roulé jusqu'ici avec un avis d'ouragan dans l'air ? Depuis une heure, c'est le couvre-feu.

Les policiers tenaient leur chapeau entre leurs mains. Ils se regardèrent avant de répondre.

— On ne pensait pas que c'était aussi grave et on croyait qu'on aurait le temps. Le capitaine Reed a insisté, il a dit que c'était important…

Johnson sourit. Le pauvre homme s'excusait comme s'il lui avait fait des reproches.

— Et ça l'est. C'est juste que nous ne nous attendions pas à ce que vous débarquiez ici en plein ouragan.

— Nous vous en sommes très reconnaissants, intervint Dupree, mais maintenant nous ne pouvons plus vous laisser repartir, il faudra que vous restiez ici pendant la tempête.

Les deux hommes se regardèrent à nouveau, visiblement satisfaits.

— Pas de problème. Aux infos, ils disent que cet ouragan sera magnifique.

Johnson mit le magnétophone en marche.

— Il y a cinq types d'experts indispensables pour avoir une parfaite analyse de scène de crime. À savoir : un photographe, un expert planimétrique, un spécialiste des empreintes, un anatomopathologiste et un chimiste, énuméra Johnson, qui déambulait dans la salle en observant une par une les deux cent vingt-deux photos que comptait le dossier, pendant que Bill Charbou et Jason Bull aidaient Amaia à les disposer sur la table. D'après les nombreux documents photographiques que nous avons, on constate qu'ils étaient tous présents sur la scène de crime de la famille Andrews.

Tous les plafonniers étaient allumés, ainsi que deux lampes de bureau que Dupree avait réquisitionnées au centre d'urgence, et l'ensemble éclairait le sinistre contenu des photographies étalées sur l'immense table. Les couleurs vives et brillantes des différents stades de la mort violente apparaissaient grises et bleutées, brunâtres et violettes, mates et sèches ou brillantes et grasses. C'était aussi macabre que sur la table d'un pathologiste.

Amaia ne fut pas la seule à le remarquer. Elle observa que Charbou et Bull restaient inhabituellement silencieux. C'étaient des hommes durs, Amaia était sûre que dans le cadre de leur travail ils avaient déjà tout vu, mais alors qu'ils l'aidaient à disposer les images, elle avait noté leur émotion. Les clichés, dans leur majorité, étaient de très gros plans de gouttes de sang, de filaments d'aspect pileux ou d'empreintes. Les cavaliers en plastique, avec leurs codes d'identification et les marques des emplacements, conféraient à ces photos un aspect technique qui les privait de toute humanité, mais les plans larges, les têtes alignées des membres de la famille, les flaques de sang sous le corps, les gros plans des visages… c'était autre chose. C'étaient peut-être des hommes très durs, habitués à lutter contre des narcotrafiquants, rodés aux rixes de rue, aux fusillades entre bandes, aux cadavres sur les trottoirs. La brutalité et la sauvagerie de la violence quotidienne étaient répugnantes, mais les crimes en série renfermaient un côté glauque, malsain, c'était une aberration qui s'avérait à la fois terrifiante et déconcertante.

Dupree avait raison : avoir eu la possibilité de voir à l'intérieur du cerveau d'un assassin de ce type ouvrait un accès direct à l'enfer. Elle éprouva de la pitié pour eux, car elle savait que lorsqu'on avait approché un tueur en série, plus rien n'était comme avant. La façon dont on voyait les autres, la façon dont on se voyait soi-même, tout changeait. Parce que admettre qu'un autre individu avait été capable de faire ça, c'était assumer la partie la plus sombre de la nature humaine et, par conséquent, de sa propre nature.

Elle sortit une chemise de la boîte en carton et s'approcha de la table.

— Enquêteur Bull, dit-elle en lui tendant la chemise.

Quand ses yeux croisèrent ceux d'Amaia, elle reconnut l'expression grave et réservée de quelqu'un qui a vu l'horreur en face.

— Ce sont les photos du violon, réalisées à la demande insistante de Joseph Andrews Junior. Pouvez-vous les placer sur l'autre table ? demanda-t-elle en lui montrant le fond de la salle.

Il acquiesça et, sans un mot, se dirigea vers la table située à côté du tableau.

— Tout a été méticuleusement consigné, continua Johnson. Chaque expert a pris des notes chronologiques dans sa catégorie, et il y a aussi des relevés des phénomènes environnementaux, climatiques et orographiques. Comme il s'agit d'un domicile, on a tenu compte des températures intérieure et extérieure, incluant le fait qu'une fenêtre était cassée, dit-il en se penchant vers le magnétophone qu'il avait laissé au centre de la table. Et d'après le matériel que j'ai devant moi, tout a été dûment documenté. Certaines photographies montrent la présence d'indices, des rapports écrits en expliquent la nature et précisent où ils ont été trouvés.

Amaia désigna un groupe d'images sur lesquelles apparaissaient différentes taches de sang par goutte-à-goutte, projection ou contact. Toutes numérotées, avec leurs cavaliers correspondants placés à côté.

— Le relevé des indices, la préservation et la chaîne de traçabilité semblent corrects, estima-t-elle. Tous les échantillons ont été photographiés et étiquetés dans des enveloppes en papier.

Johnson attira l'attention des policiers vers l'autre assortiment de photos. Prises dans l'obscurité, avec un flash très puissant.

— Qu'est-ce que c'est ? demanda Charbou.

— Nos amis de Galveston ont été minutieux, ces clichés correspondent à une recherche de sang non visible à l'œil nu à l'aide de réactifs de type luminol et d'une lumière spéciale. Ils n'ont pas trouvé d'indices prouvant qu'on ait tenté de faire disparaître du sang ou quelque fluide que ce soit.

Amaia lisait le rapport tout en observant les photos des empreintes.

— Pour le relevé des empreintes, dit-elle en montrant l'autre groupe d'images, ils ont utilisé différents réactifs et poudres de couleur. Toutes les empreintes trouvées dans la maison appartenaient à la famille. De la même façon, tous les filaments d'aspect pileux récupérés sur la scène de crime ont été placés dans des enveloppes afin d'être analysés, et tous correspondaient aux membres de la famille.

Dupree rejoignit Johnson et Amaia.

— Nous avons donc une scène de crime parfaitement analysée.

— Selon moi, la procédure a été impeccable, dit Amaia.

— Alors… Pourquoi ? interrogea Dupree.

Johnson et Amaia se regardèrent.

— Pourquoi quoi ? demanda Johnson.

— La police de Galveston nous a déjà envoyé par mail les rapports des crimes, les photos numériques… la routine. Pourquoi, quand nous demandons les photos du violon, le capitaine Reed ordonne-t-il à deux policiers de Galveston de nous apporter les images originales malgré l'avis d'ouragan ?

— Je ne sais pas. Pourquoi ? répéta Johnson.

— Je ne sais pas non plus, admit Dupree. Mais pour une raison ou une autre, le capitaine de Brad Nelson a jugé important de nous les faire parvenir.

— Il est peut-être sensible au malheur du jeune Andrews et culpabilise parce que nous rouvrons l'affaire…, suggéra Johnson.

— Ou peut-être n'est-il pas aussi certain que l'enquêteur Brad Nelson que les choses aient été bien faites depuis le début, dit Amaia.

Johnson haussa les épaules.

— Pour moi, dit-il en montrant la table, le travail jusqu'ici a été impeccable.

— Et le violon ? demanda Dupree en les conduisant vers la table devant laquelle se tenait Jason Bull.

— Procédure identique, propre et professionnelle, répondit ce dernier. Il est certain que quand la seconde analyse a été effectuée, la société de nettoyage des scènes de crime était intervenue dans la maison, mais sur les plans larges comme sur les gros plans réalisés après le crime, on voit très bien le violon, et on ne constate ni marques, ni éclaboussures, ni adhérences d'aucune sorte. On peut scanner les images originales d'avant le nettoyage et les agrandir mais, sincèrement, avec un travail aussi minutieux que celui que nous avons là, je ne pense pas que les experts aient laissé passer quoi que ce soit…

Jason Bull se racla la gorge.

— Oui ? l'encouragea Amaia.

— C'est peut-être une bêtise, je ne suis pas du tout spécialiste, mais…

— Bull, vous avez vu quelque chose ? insista Dupree.

— Ce n'est peut-être rien, dit-il en montrant une photo, mais on dirait que quelque chose est écrit en dessous.

Ils se penchèrent sur la photo. C'était un gros plan du violon où apparaissait une marque qui avait écaillé le vernis sur la caisse, sous la mentonnière.

— On dirait juste une rayure due à un frottement contre une surface plus dure, constata Johnson.

Dupree tint la photo entre ses mains gantées et l'examina de près.

— On dirait qu'elle continue derrière le violon. Il y a une autre photo où on voit mieux ?

Ils passèrent tous les clichés en revue sans en trouver un seul qui leur permette de vérifier si la marque s'étendait au-delà.

Dupree soupira, découragé.

— Peut-être sur celles de la scène de crime, où le violon apparaissait droit, posé contre la cheminée, dit Amaia, s'élançant vers la table, suivie par l'équipe.

Elle scruta les photos avec attention et en sélectionna deux.

— Sur celles-ci, on voit parfaitement le côté du violon, même si à cette distance on ne distingue pas jusqu'où va la marque. Les images que nous a envoyées le capitaine sont de très bonne qualité ; je crois que si, comme l'a suggéré l'agent Johnson, on les scanne et on essaie de les agrandir, on obtiendra peut-être une image plus nette.

— Foncez ! autorisa Dupree.

28

Sous nos yeux

La Nouvelle-Orléans, Louisiane

La pluie s'était intensifiée au cours de la dernière heure, déferlant par vagues de plus en plus puissantes qui s'abattaient contre les vitres avec le même crépitement que du gravier. Un vent d'une extrême violence soufflait. Au loin, on entendait les coups de tonnerre comme un écho monotone, et les éclairs illuminaient un horizon limité par de très nombreux nuages. Le Centre national des ouragans confirma que l'œil de Katrina mesurait quatre-vingts kilomètres de large, occupait tout le golfe du Mexique et avançait inexorablement vers La Nouvelle-Orléans.

Amaia regarda vers la fenêtre, surprise par une autre rafale puissante, et se demanda à nouveau si le kraft que les pompiers avaient fixé à l'intérieur avec du gros adhésif serait assez solide pour les protéger des bris de verre au cas où la fenêtre volerait en éclats. Comme si la nature voulait lui donner une réponse, un éclair illumina l'extérieur, projetant sur le kraft une ombre ressemblant au tracé d'un jeu de morpion.

Scanner les photos et agrandir l'image lui avait pris à peine quelques minutes. Elle avait passé plus de temps à trouver un programme pour identifier l'écriture. Le résultat était le suivant :

Le programme précisait que d'après sa morphologie, sa fermeté et ses dimensions, le trait avait les conditions requises pour être qualifié d'écriture. Bien sûr, il pouvait s'agir d'une rayure accidentelle, comme disait Johnson. Pendant tout le temps qu'elle avait consacré à observer cette graphie supposée, Amaia avait trouvé des ressemblances avec un I, un N, peut-être un R, ou un M suivi d'un N. Le dernier trait paraissait inachevé, comme s'il manquait le suivant. Elle secoua la tête, accablée. « C'est peut-être juste une rayure. »

À vingt-deux heures quinze, ils eurent une nouvelle conférence téléphonique avec Emerson et Tucker.

Dupree laissa la parole à Amaia.

— Nous avons peu de renseignements sur le comportement de Martin Lenx avant qu'il assassine toute sa famille. Il n'a pas fait l'armée et, à l'époque où il a pu être scolarisé, on ne soumettait pas les élèves à des tests de personnalité. Il n'a jamais reçu de traitement psychiatrique ou psychologique, et les entreprises pour lesquelles il a travaillé ne lui ont pas fait passer d'examens en dehors des formations professionnelles et des visites médicales habituelles. Tous les rapports sur sa personnalité ont été élaborés à partir de son comportement lors des crimes, de sa fuite présumée et de sa disparition. Comme vous le savez, il existe différentes hypothèses, beaucoup soutiennent que Lenx s'est suicidé après les meurtres, mais, selon moi, rien n'indique une telle culpabilité dans la lettre qu'il a laissée après avoir tué sa famille. Son caractère le conduirait plutôt à avoir refait sa vie. Recommencer de zéro cadre parfaitement avec sa personnalité. Je pense que Martin Lenx et le Compositeur peuvent être la même personne.

— Je crois que c'est une possibilité que nous devons prendre en compte, je me réjouis que nous travaillions à partir de ce postulat, déclara Tucker.

Dupree fit signe à Amaia de continuer.

— Oui, mais… Je ne suis pas d'accord sur ce qu'il a pu faire pendant tout ce temps, s'il s'agit bien de lui. Agente Tucker, vous supposiez qu'il pouvait avoir changé radicalement de vie, d'apparence. Mais si c'est le même homme qui s'est fait photographier avec sa famille avant de l'assassiner, il n'aura pas modifié les aspects les plus basiques de son existence. Les conditions dans lesquelles a été réalisée cette photographie nous donnent la clé de ses fantasmes. Il a fait changer de place les membres de sa famille un nombre incalculable de fois, puis a voulu exclure son plus jeune fils. Quand il a constaté le trouble et la gêne que cela engendrait chez son épouse, et chez le photographe, il a consenti à faire cette photo de famille, mais deux jours plus tard il est revenu et s'est fait photographier seul. Un portrait pour lequel il n'a pas changé de vêtements, ni d'apparence, ni de coiffure, ni de lunettes. Il a même posé de façon parfaitement identique, au point que j'ai d'abord cru qu'il s'agissait de la première image sur laquelle il avait fait disparaître sa famille, comme si elle avait été prise au même moment. La seule différence, c'est que sur la photo où il pose seul, il sourit d'un air satisfait.

— Je ne vois pas où vous voulez en venir…, lui reprocha Tucker.

— Martin Lenx a massacré sa famille parce qu'elle ne correspondait pas à son idéal, mais il pensait qu'il n'y avait rien de mauvais en lui, rien à corriger, rien à changer. S'il a refait sa vie, il aura essayé de la répéter, en contrôlant mieux les choses cette fois, en faisant tout bien, sans commettre d'erreurs. L'unique élément qui aura souffert un changement, c'est sa famille, lui se considère comme parfait.

Elle s'était attendue à ce que Tucker la contredise, mais quand l'agente reprit la parole, ce fut d'un ton analytique et approbateur.

— Donc, d'après vous, le Compositeur serait un homme d'environ cinquante-cinq ans, qui est l'âge qu'aurait Lenx aujourd'hui… marié, traditionaliste, conservateur. Vous croyez qu'il peut avoir le même nombre d'enfants ?

— Probablement, répondit Amaia. L'homme conservateur qu'était Lenx aura cherché à répéter son idéal, mais sans failles. Et n'oubliez pas qu'il ne se sent pas coupable.

Johnson poursuivit l'énumération.

— Son épouse ne sera pas trop jolie, sa voiture peu voyante. Il aura une maison de la classe moyenne, un travail de cadre intermédiaire, et il sera toujours croyant. Lenx se rendait à l'église plusieurs fois par semaine, obligeait ses enfants à aller au catéchisme et effectuait différents travaux et tâches au sein de sa congrégation. D'ailleurs, dans sa lettre, il justifie l'extermination de sa famille par le fait qu'elle aurait dévié du droit chemin.

Dupree acquiesça, fixant le téléphone.

Il aurait juré que l'agente Tucker souriait quand elle dit d'une voix qui avait retrouvé son assurance :

— Eh bien, nous avons ici quelque chose qui va vous plaire. Emerson et moi avons travaillé à partir d'un doute que j'ai eu après l'entretien avec le policier Nelson cet après-midi. Nelson nous a semblé moins négligent qu'évasif et, d'après les résultats tirés du matériel que l'agent Johnson nous a envoyé, nous sommes d'accord : l'enquête sur le meurtre des Andrews a été menée correctement. L'attitude de l'inspecteur a donc fait naître en moi une question liée à son apparente négligence. Nous nous sommes souvenus qu'il était à Tampa avec un groupe de volontaires quand nous l'avons appelé pour lui parler, seulement quelques heures avant qu'on découvre la dernière famille assassinée. Il était aussi à Galveston au moment du massacre des Andrews.

— C'est un enquêteur de la brigade criminelle, interrompit Johnson, et avant de vivre en Floride, il vivait à Galveston… Je ne vois pas ce que…

— Et juste quand Joseph Andrews Junior attire l'attention sur le violon, l'indice disparaît.

— Agente Tucker, je vous rappelle que l'instrument a disparu après le second passage de la police scientifique. C'est l'enquêteur Nelson qui a fait à nouveau analyser le violon sur l'insistance de Joseph Andrews Junior, précisa Johnson.

— Je suis sûre que celui qui l'a placé là a dû l'essuyer auparavant ; un assassin tel que le Compositeur ne commettrait pas une erreur aussi basique. N'oubliez pas qu'il n'y a pas une seule empreinte sur les corps, ni sur l'ensemble des scènes de crime, et il est relativement facile de faire croire à un menu larcin, surtout pour un policier.

— S'il y avait une raison de faire disparaître le violon, à votre avis, il n'aurait pas été plus logique que ce soit avant le second passage de la police scientifique ? demanda Johnson.

— Cela aurait été trop voyant à ce moment-là, juste quand Joseph Andrews réussit à attirer l'attention dessus ; alors qu'une fois la scientifique passée, sa disparition n'a plus d'importance, et le violon ouvre peut-être une autre piste ou constitue un indice en soi, pas pour ses empreintes improbables, mais par sa seule présence, comme l'a signalé le jeune Andrews.

Dupree prit la parole.

— Agente Tucker, en examinant les photos du violon, nous avons remarqué une marque sur le côté ; la sous-inspectrice Salazar est presque sûre qu'il s'agit d'une sorte d'écriture. Nous avons demandé de l'aide à Quantico, mais nous vous en avons envoyé également une copie.

Ils entendirent le son lointain du clavier.

— Je l'ai sous les yeux. En effet, ça ressemble à une écriture, ou ça veut se faire passer pour telle… C'est à cela que je faisais référence, à ce type d'empreinte distinctive qu'on pourrait prendre pour une rayure ou un dommage occasionné par un coup accidentel, et qui pourtant pourrait identifier la personne qui a laissé le violon à cet endroit. Peut-être que cette personne, justement, n'a pas remarqué ce signe et qu'elle l'a découvert de la même façon que vous, en regardant les photos.

— Insinuez-vous que le policier Brad Nelson puisse être impliqué d'une manière ou d'une autre ? interrogea Dupree.

— Je n'ai pas moyen de le savoir, répondit Tucker, légèrement agressive, quand j'ai voulu le rappeler pour lui poser d'autres questions, on m'a informée qu'il se trouvait dans le groupe de volontaires partis à La Nouvelle-Orléans pour venir au secours des victimes de Katrina.

— Putain ! s'exclama Amaia. Juste sous nos yeux.

Johnson et Dupree la regardèrent, conscients de l'importance de cette information.

— Agente Tucker, Brad Nelson a-t-il des enfants ?

— Deux garçons et une fille, de douze, seize et dix-huit ans. Et ce n'est pas tout… Nelson et sa femme n'habitent plus à la même adresse. Officiellement, ils n'ont pas entamé de procédure de divorce, mais ils vivent séparément depuis qu'ils se sont installés ici. D'abord, c'est elle qui a déménagé, il y a huit mois, quelques jours avant l'assassinat des Andrews, puis lui, trois mois plus tard, quand il a obtenu sa mutation pour regroupement familial.

— Le départ de sa femme a peut-être été l'élément déclencheur, suggéra Dupree.

— C'est ce que je crois, dit Tucker. Le fait qu'il la suive jusqu'ici montre que c'est un homme qui ne supporte pas que le nœud familial soit brisé et n'accepte pas que parfois les choses tournent mal. Il occupe un poste professionnel intermédiaire, où il n'a jamais particulièrement brillé, il conduit une berline, une Ford Crown Victoria de 2001. Et sur la photo que j'ai devant moi, il porte un costume-cravate ordinaire, qu'on peut acheter dans n'importe quel grand magasin. Il correspond au profil.

— Cela prouve seulement que c'est un conservateur, comme des millions d'Américains, et quel mal y a-t-il à vouloir se rapprocher de sa famille ? Vous avez dit vous-même qu'ils n'ont pas entamé de procédure de divorce, objecta Johnson.

— Par ailleurs, continua Tucker sur un ton un rien méprisant, il a effectué sa première sortie avec l'équipe de secours quinze jours à peine après l'assassinat des Andrews à Galveston. Il s'agit d'une ONG appelée Rescue Me, regroupant des pompiers, des policiers et du personnel qualifié de tout le pays, qui se déplacent sur les lieux des catastrophes. Seulement sur le territoire national. J'ai un rendez-vous téléphonique dans une demi-heure avec la directrice pour vérifier les interventions de Nelson, lieux et dates.

— Ça a l'air d'être un type bien…, commenta Johnson.

— Agente Tucker, intervint Amaia. J'ai une bonne photo de Lenx et un programme de reconnaissance faciale qui identifie les parallélismes entre les visages, y compris en cas de chirurgie esthétique. J'ai besoin de votre photo de l'enquêteur Nelson.

— Je vous l'envoie par mail, mais je ne sais pas si ça vous servira à grand-chose, répondit Tucker.

— Il me faudrait aussi des photos de toute la famille. Et leurs prénoms.

— Emerson s'en occupe.

Dupree reprit la parole, s'adressant au haut-parleur tandis qu'il fixait Johnson.

— Il est urgent de vérifier de manière irréfutable si Nelson s'est trouvé sur une des scènes de crime des autres familles. Une équipe volontaire d'intervention immédiate spécialisée dans les catastrophes lui fournit l'alibi parfait pour se déplacer dans tout le pays, mais même ainsi, il ne s'agirait que de preuves indirectes. Il y a encore beaucoup à faire, et c'est peut-être la raison pour laquelle le capitaine Reed de Galveston était si pressé de nous faire parvenir les photographies de l'affaire Andrews. Je crois qu'une conversation avec lui s'impose. Bon travail, agente Tucker, agent Emerson. On se rappelle dès qu'on a du nouveau.

Johnson leva la main droite pour intervenir.

— Agente Tucker, vous n'avez pas mentionné la religion. Martin Lenx était un homme profondément croyant. Nous sommes d'accord sur le rôle important que sa notion particulière du péché a eu pour justifier les meurtres de sa famille. Brad Nelson va-t-il à l'église ?

Tucker mit quelques secondes à répondre.

— Nous travaillons encore sur ce point, nous n'avons pas eu le temps de… Mais tout laisse penser qu'il n'est pas croyant.

Quand la communication se termina, Amaia fut certaine d'apercevoir un sourire sous la grosse moustache de l'agent Johnson.

L'agente spéciale Stella Tucker souligna avec son stylo les noms de chaque localité que la directrice de Rescue Me lui communiquait par téléphone. Elle les comparait dans le même temps avec la liste, qu'elle venait d'obtenir du personnel de la police, des autorisations pour accompagner l'équipe de volontaires sollicitées par Nelson en intégrant son nouveau poste au commissariat central de Miami.

— Brooksville, Oklahoma. Texas, une petite localité près d'Alvord ; Tampa en Floride, et La Nouvelle-Orléans, Louisiane, répéta-t-elle, pointant les noms sur la liste. Vous êtes absolument sûre que l'enquêteur Nelson était présent à tous ces endroits ?

— Toutes les semaines, nous établissons un tableau des disponibilités, en fonction des renseignements que nous fournissent les volontaires. Quand il y a une alerte, nous appelons ceux qui sont apparemment disponibles, en tenant compte de leur proximité avec le lieu de la catastrophe, même si parfois nous avons fait bouger des gens d'un bout à l'autre du pays. Mais ce sont des policiers, des pompiers, des infirmiers et des médecins. Les renseignements du tableau ne correspondent pas toujours à la réalité, vous me comprenez, astreintes, affaires qui demandent plus de temps que prévu, ou même urgences locales. N'oubliez pas qu'il s'agit de volontaires, que la plupart du temps ils doivent prendre en charge eux-mêmes leur déplacement, nous ne pouvons pas exiger d'eux une assiduité comme à l'école. Quand nous les prévenons, ils prennent contact avec leur chef d'équipe, et c'est lui qui nous réclame plus de personnel si ceux que nous avons convoqués ne peuvent pas répondre présents. Dans ce cas, le chef d'équipe est Meigs. C'est notre plus ancien collaborateur, un pompier de Boston, un homme formidable. En ce moment, il est avec son équipe à La Nouvelle-Orléans.

— Oui. Au commissariat où travaille Nelson, on m'a dit qu'il était parti là-bas, mais nous avons besoin de lui parler, ce n'est pas urgent, mentit-elle. S'il est au beau milieu d'un ouragan, je ne veux pas le déranger, c'est pourquoi je souhaitais obtenir la confirmation qu'il se trouve bel et bien à La Nouvelle-Orléans.

— Écoutez, je n'ai aucun moyen de le savoir avant d'avoir parlé avec son chef, je peux juste vous certifier qu'il a répondu présent à l'alerte. Mais s'il a eu un imprévu par la suite… Je peux vous donner le numéro de Meigs. La dernière fois que nous avons eu des nouvelles, ils étaient à Kenner, dans la caserne de pompiers de l'aéroport Louis Armstrong, et comptaient rejoindre l'hôpital Charity.

Tucker nota le numéro, remercia la directrice, raccrocha et appela immédiatement le chef Meigs.

« Le numéro que vous avez demandé n'est pas disponible actuellement. »

— Putain de tempête, murmura-t-elle.

Elle entoura les noms Cape May, New Jersey et Killeen, Texas. Elle n'avait pas la confirmation de la présence de Nelson pour ces affaires en février et mars. À cette époque, il était encore policier à Galveston et, bien entendu, était là en décembre quand les Andrews avaient été assassinés. Dupree avait dit qu'il allait appeler le capitaine ; si elle aussi appelait le commissariat central de Galveston, elle prenait le risque que quelqu'un en parle au chef, et ce dernier à Dupree. Tucker était sûre que deux appels du FBI le même jour à Galveston ne passeraient pas inaperçus, par ailleurs, si elle se trompait, cette action entraînerait un risque.

Elle savait ce que les autres pensaient d'elle et s'en fichait. Depuis longtemps elle avait appris, à ses dépens, que la seule erreur impardonnable qu'elle avait fini par commettre avait été de ne pas suivre son intuition. Elle était intelligente et savait deux choses : une institution comme le FBI n'était nullement disposée à aider une femme à faire carrière, encore moins une Afro-Américaine ; et le seul élément qui pouvait les faire changer d'avis s'appelait « résultats ».

L'agente Tucker composa à nouveau le numéro de Meigs et raccrocha dès qu'elle entendit le message automatique de l'opérateur. Pendant quelques secondes, elle resta les yeux fixés sur le téléphone comme devant un objet inconnu. On aurait pu croire qu'elle était stupide ou incapable, si on ne la connaissait pas.

Emerson l'observa attentivement, les mains suspendues au-dessus de son clavier, dans l'attente. Il travaillait depuis des mois avec elle et avait appris à mesurer ses moments d'inaction, car cette femme énergique et dominatrice s'arrêtait seulement pour réfléchir. Elle demeurait immobile quelques secondes, cillant à peine alors que son regard errait dans la pièce où il se posait, à volonté, à tel ou tel endroit. Puis revenait. Alors elle avait pris une décision.

Elle leva les yeux. Emerson en profita pour dire :

— Agente Tucker, j'ai les images de la famille Nelson demandées par la sous-inspectrice Salazar ; la plupart proviennent d'albums de photos scolaires et de documents officiels. Elles n'ont pas la qualité que nous aurions souhaitée, mais…

Tucker s'approcha de son bureau. Emerson recula sa chaise pour lui laisser la place devant l'écran. Elle examina les images. Emerson les avait déjà passées en revue et scrutées en détail. Mme Nelson était jolie, peut-être un peu trop pour le profil de Lenx, et les enfants tenaient de leur mère. La fille était différente, semblait un peu boudeuse, elle n'était peut-être pas à l'aise devant l'objectif, ou c'était une adolescente fâchée contre la terre entière, ou alors il y avait autre chose.

L'agente Tucker se retourna et s'appuya contre le bureau, face à Emerson qui attendait ses paroles comme un chat lorgne son bol de lait.

— J'ai parlé avec la directrice de l'équipe de secours et comparé la liste des demandes d'autorisation que Nelson a déposées depuis avril auprès de la police de Miami avec celle des interventions de l'équipe de secours à différents endroits. Ça coïncide pour toutes les affaires depuis avril à Brooksville jusqu'à Tampa il y a trois jours. Nelson était également à Galveston au moment du meurtre des Andrews et aujourd'hui, je suis presque sûre qu'il est à La Nouvelle-Orléans. Chaque fois, il s'agissait d'une tempête, d'une tornade ou d'un ouragan.

— C'est notre homme, dit Emerson.

— Je le pense aussi. J'essaie de joindre le chef Meigs, qui coordonne l'équipe de secours à laquelle Nelson appartient, mais nous n'avons pas encore de confirmation pour les interventions à Cape May, New Jersey et Killeen, Texas, en février et mars.

Emerson mordit à l'hameçon.

— Nelson travaillait alors à Galveston. Je pourrais appeler le commissariat et leur poser la question, suggéra-t-il, regardant sa montre. On est dimanche, j'espère qu'il y a quelqu'un…

Elle ne répondit pas. Nulle part il n'apparaîtrait qu'elle avait ordonné à Emerson de passer un coup de fil que devait également passer Dupree. Elle retourna à son bureau, le laissant composer le numéro.

Quand Emerson raccrocha, il souriait.

— Il a demandé des autorisations à ces dates pour accompagner l'équipe de secours.

L'agente Tucker s'appuya sur son bureau, une main sous le menton. Son regard traversa Emerson et elle réfléchit pendant quelques minutes déterminantes.

— Vous pensez que Mme Nelson se couche tôt ?

Emerson ne répondit pas, c'était un autre enseignement qu'il avait tiré du temps passé avec elle : cette question n'en était pas une. Il se leva et attrapa sa veste ; il hésita juste un instant en voyant les mails avec les archives photo prêts à être envoyés.

Tucker était déjà à la porte, mais elle se retourna et répondit comme si Emerson avait posé la question à voix haute.

— Chaque chose en son temps. Allons-y.

Amaia ralluma son ordinateur et la marque trouvée sur le violon occupa à nouveau tout l'écran :

Elle se demanda aussitôt s'il pouvait s'agir d'un N suivi d'un E, et si ce trait inachevé aurait pu être un L.

— On dirait une écriture d'enfant, dit une voix derrière elle.

Elle se retourna et vit l'enquêteur Bull. Il tenait des cafés dans ses mains.

— J'ai fait une pause et j'ai pensé que ça pouvait vous tenter, dit-il en lui tendant un gobelet.

Amaia le remercia d'un sourire.

— Une écriture d'enfant ?…, répéta-t-elle, lui indiquant une chaise à côté d'elle.

Le policier s'assit, souriant, heureux de pouvoir aider.

— J'ai un fils de six ans et une fille de dix, et on dirait leur calligraphie, ils écrivent toujours en minuscules.

Amaia observa à nouveau la marque. C'était peut-être un trait d'enfant.

— Même s'il pourrait aussi s'agir d'un adulte qui écrit beaucoup à la main…

Amaia le regarda à nouveau avec un intérêt redoublé.

— Expliquez-moi ça, demanda-t-elle.

— Addison a toujours eu une très belle écriture,

dès le début. Mais Liam, son petit frère, ce n'est pas la même histoire. Je pense que l'écriture fait partie de la personnalité, et mon garçon en a beaucoup. Mais son institutrice n'est pas du même avis et ne cesse de faire des commentaires à ce sujet sur ses devoirs.

Amaia acquiesça, l'encourageant à continuer.

— La semaine dernière, elle a écrit un de ces commentaires au bas d'une petite rédaction. J'avais vu plusieurs fois son écriture et celle d'autres professeurs, mais comme cela me tourmentait, j'ai remarqué qu'elle ne finissait pas bien ses *s* ni ses *r* et inversait la courbe des *m* et des *n*; je fais pareil. Seulement, on l'accepte chez un adulte comme trait distinctif, alors qu'on harcèle un enfant pour la même chose. Le commentaire disait quelque chose comme : « Liam doit améliorer son écriture, j'ai beaucoup de mal à le lire. » J'ai ajouté un commentaire à mon tour, de ma plus belle écriture : « Excusez-moi, madame, je ne comprends pas ce que vous avez écrit. »

Amaia rit de bon cœur.

— Comment l'a-t-elle pris ?

— Oh, très bien, avec beaucoup d'humour. L'après-midi, quand Liam est rentré de l'école, il y avait un nouveau commentaire : « *Touché*. Mais Liam doit améliorer son écriture. »

Amaia se concentra sur la marque sans cesser de sourire.

— Comment vous êtes-vous connus, avec l'agent Dupree ? lui demanda-t-elle soudain, se tournant vers lui pour observer sa réaction.

Le visage du policier se décomposa deux secondes, mais il se ressaisit immédiatement.

— Vous étiez là quand nous avons été présentés hier matin, dit-il.

Elle sourit et fit claquer sa langue, penchant la tête en une attitude très nette de déception. L'ordinateur indiqua l'arrivée d'un nouveau message ; c'était l'image d'archives envoyée par Tucker. Amaia regarda Bull, qui se leva sans attendre.

— Je vous laisse travailler.

— Vous ne m'avez pas répondu, lui lança-t-elle, feignant d'être fâchée, tandis qu'il s'éloignait.

Dès que la photo apparut sur l'écran, elle comprit pourquoi l'agente Tucker avait dit que ça ne lui servirait peut-être pas à grand-chose.

Brad Nelson avait la même taille, la même corpulence, le même âge et la même couleur de cheveux et d'yeux que Martin Lenx. Mais son visage était recouvert de cicatrices. Amaia agrandit l'image pour voir les marques de près, sachant d'avance qu'elle ne pourrait pas utiliser le programme de reconnaissance faciale. Des brûlures. De grosses cicatrices brillantes, du front au menton, qui affectaient en particulier le nez et la pommette gauche. L'homme semblait avoir subi plusieurs greffes de peau. Les sutures avaient sans doute touché la racine des cheveux. Les marques paraissaient profondes et anciennes, elles n'avaient pas cette couleur rose caractéristique des cicatrices récentes. L'image était extraite d'une photo de groupe. Brad Nelson avait des lunettes à monture légère, presque invisibles sur son visage, et il souriait. Le muscle zygomatique était en partie détruit, et les ridules au coin de ses yeux ne permettaient pas de savoir si son sourire était sincère. Il avait aussi de profondes cicatrices sur la joue, jusqu'au muscle. La tension du tissu cicatriciel dans la région de la bouche tirait la peau sur le côté droit du visage, ce qui lui donnait un sourire torve. Mais il posait avec fierté et confiance, comme un volontaire parmi d'autres d'une équipe de secours.

Elle ouvrit les autres images que lui avaient envoyées Tucker et Emerson. Ils n'avaient pas trouvé de photo de famille des Nelson. Celles des enfants semblaient provenir d'albums scolaires, et celle de l'épouse peut-être de son permis de conduire. Cependant, on constatait que c'était une jolie femme, une brune aux grands yeux qui se faisait des brushings. Elle était maquillée, souriait et regardait l'objectif de face. Si elle avait posé ainsi pour une photo officielle, c'était sans doute son apparence habituelle. Elle s'appelait Sarah. Tout l'opposé de la femme de Martin Lenx. Les deux garçons, Dylan et Jackson, ressemblaient à leur mère. Très beaux, les cheveux noirs, de grands yeux. L'aîné tout sourire, le cadet très sérieux. La fille, en revanche, était différente. Isabella. Elle avait les cheveux châtains, tirant sur le roux et légèrement ondulés, comme ceux de son père. Amaia se demanda si elle avait hérité de ses traits ou de ceux d'un autre membre de leur famille. Elle copia l'image de la fille et ouvrit à nouveau la photo de famille des Lenx, même si elle savait que le programme ne fonctionnerait pas pour établir des analogies. Les garçons Lenx avaient les cheveux châtains de leur mère, et la fille était dotée d'une crinière frisée rousse, comme une princesse irlandaise. Elle compara les deux filles. Les cheveux d'Isabella étaient moins bouclés, plus lâches, loin d'être aussi flamboyants que ceux de la fille de Martin Lenx. Pour le reste, c'étaient des adolescentes de différentes époques, et il y avait autant de différences entre elles que de points communs. Cela ne menait nulle part.

Amaia revint au portrait de Brad Nelson et le

plaça à côté de celui de Martin Lenx. Cet homme aurait-il été capable de se défigurer pour échapper à la justice ? Sûrement. Lenx avait une haute opinion de lui-même qui allait au-delà de son apparence. C'était dans sa moralité qu'il atteignait la perfection. Un élément aussi banal que le physique ne serait pas un obstacle ni une entrave pour conserver sa perfection sans tache.

Il était vingt-deux heures quand une joyeuse voix de femme répondit au téléphone depuis Galveston. On entendait de la musique et du bruit.

— Résidence des Reed.

— Bonsoir, madame. Je suis désolée de vous déranger à cette heure, je suis l'agent Dupree, du FBI. Je voudrais parler au capitaine Reed.

— Ne quittez pas, dit-elle à contrecœur.

Pendant quelques secondes, seuls furent perceptibles la musique et un brouhaha lointain, puis la voix d'un homme retentit.

— Capitaine Reed.

— Capitaine, je suis l'agent Dupree, du FBI, on m'a communiqué votre numéro au commissariat. J'espère que je ne vous dérange pas, il semble que nous ayons interrompu une fête, mais il est très important que nous parlions.

— C'est l'anniversaire de ma femme, nous donnons une soirée à la maison, mais ne vous inquiétez pas, je comprends la gravité de l'affaire.

Le bruit de fond s'atténua, comme si Reed avait fermé la porte. La voix du capitaine était plus tendue quand il reprit la parole.

— Quelqu'un de votre bureau a appelé le commissariat en fin d'après-midi pour vérifier des données relatives aux autorisations sollicitées par l'enquêteur Nelson quand il travaillait avec nous, mais je ne vois pas ce que tout cela a à voir…

Dupree jeta un regard interrogateur à Johnson. L'agent prononça en silence « l'implacable Tucker », avec une grimace à la fois d'incrédulité et de lassitude. Dupree ferma les yeux une seconde et souffla par le nez avant de continuer.

— Capitaine, je suis avec la sous-inspectrice Salazar et l'agent Johnson. Nous avons besoin que vous nous parliez de l'enquêteur Brad Nelson et de l'affaire Andrews.

Ils entendirent le capitaine soupirer. Quand il reprit la parole, il leur sembla affligé.

— Je vous écoute. Que voulez-vous savoir ?

Dupree alla droit au but.

— Depuis combien de temps connaissez-vous Brad Nelson ?

— Douze ans.

— Que pensez-vous de lui ?

— C'est un bon policier. Mais c'est encore une meilleure personne. C'est un homme généreux, que le travail de police n'a pas déshumanisé. Il est toujours capable d'empathie.

— Savez-vous ce qui lui est arrivé au visage ?

— Oui. C'était il y a longtemps, avant qu'on se rencontre, et de là vient peut-être son empathie pour les victimes… Le propriétaire du vieil immeuble où il vivait à Boston a mis le feu pour toucher l'assurance. Dix personnes sont mortes dans l'incendie. Nelson n'aime pas parler de ça. Il a été sauvé par un pompier. Quand il est sorti de l'hôpital et a été suffisamment rétabli, il a voulu s'engager chez les pompiers. Ses blessures l'ont empêché de réussir les épreuves physiques, alors il est entré dans la police. Il a rencontré son épouse, a eu des enfants, et est arrivé dans mon commissariat. Je ne peux pas vous donner plus de précisions car, comme je vous l'ai dit, il ne parle pas beaucoup de ça.

— Avez-vous une raison de penser que l'affaire Andrews n'a pas été traitée avec la plus grande vigilance ?

— Non, ce n'est pas ça. Je pense que tout ce qui pouvait être fait l'a été. Mais les policiers sont des êtres humains, et un être humain n'est pas à cent pour cent tout le temps.

— Que voulez-vous dire ?

— On parle toujours beaucoup de la façon dont le stress qu'un policier vit dans son travail affecte sa vie privée, mais cela va dans les deux sens. Quand un policier a des problèmes chez lui… Cela peut avoir une influence sur son travail. Je ne dis pas que c'est ce qui s'est passé, mais il est vrai qu'au moment de l'enquête Nelson traversait une mauvaise passe.

— Vous faites allusion au fait que Nelson et son épouse étaient en train de se séparer ?

La réponse du capitaine Reed grésilla de manière inintelligible dans le téléphone.

— Capitaine Reed, nous vous appelons de La Nouvelle-Orléans. Je crains qu'il recommence à y avoir des interférences avec l'arrivée de l'ouragan, nous n'avons pas entendu votre phrase. Auriez-vous l'amabilité de la répéter ?

— Je vous disais que, selon moi, l'expression « en train de se séparer » n'est pas la plus appropriée. Que savez-vous de votre côté ?

— L'épouse a déménagé en Floride avec les enfants,

et Nelson les a suivis trois mois plus tard, même s'ils ne vivent pas ensemble.

— Écoutez, j'apprécie Nelson. Nous ne sommes pas amis intimes, mais nous avons toujours eu de bonnes relations, repas de famille, barbecues, ce genre de choses. Il ne m'a jamais confié qu'il avait des problèmes dans son couple, pas même une allusion. Quand ils sont partis, ma femme m'a dit que Sarah lui reprochait d'être dur avec leurs enfants. Peut-être trop rigide concernant leurs horaires, leurs amis, leurs devoirs, vous voyez… Ce n'est pas si rare non plus, beaucoup de policiers sont comme ça vis-à-vis de leurs enfants ; je suppose que c'est une tentative pour les protéger de ce que nous savons, de ce que nous voyons au quotidien, mais apparemment Nelson perdait les pédales.

— Il les battait ?

— Pas à ma connaissance…

— Mais ?

— Deux semaines avant l'affaire Andrews, des voisins des Nelson nous ont prévenus qu'ils entendaient des cris et du bruit chez eux. Une patrouille s'est rendue sur place. Les enfants n'étaient pas là. Sarah leur avait donné la permission de sortir et de dormir chez des copains. Cela a provoqué une dispute entre eux et le ton est monté. Quand les policiers sont entrés dans la maison, Sarah s'était enfermée dans la chambre. Il ne l'avait pas touchée, mais il avait détruit le salon et brisé les meubles. Pourtant, elle n'a pas voulu déposer de main courante ni porter plainte. Les policiers m'ont appelé et ont amené Nelson au commissariat, où il a passé la nuit. Le lendemain, il était calmé et je l'ai raccompagné chez lui. Quand je suis entré dans la maison, je ne pouvais pas le croire : c'était comme s'il y avait eu une tornade, et apparemment ce n'était pas la première fois, même si cela n'avait jamais atteint de telles proportions. Sarah était partie avec les gosses. Elle est retournée en Floride, où vivait sa famille, a trouvé du travail dans sa branche, l'immobilier, et a dit à Brad qu'elle ne reviendrait pas. Le jour même, Nelson a fait une demande de mutation pour regroupement familial. J'ai tenté de le convaincre de rester, mais il m'a dit qu'il l'aimait et qu'il pouvait changer. Alors la tempête est arrivée et les Andrews ont été trouvés morts, et ce pauvre garçon n'arrêtait pas de dire que le violon n'appartenait pas à sa famille, n'appartenait pas à la maison… que l'enquête n'avait pas été bien menée…

— Pensez-vous que Nelson pourrait être impliqué d'une manière ou d'une autre ?

— Quoi ? Qu'est-ce que vous dites ? Bien sûr que non, s'indigna Reed. Nelson n'était pas concentré, il était obsédé par son déménagement en Floride. Il se rendait là-bas dès qu'il avait un jour de libre. Depuis que Sarah était partie, son seul objectif était de la retrouver. Il a commencé à se comporter différemment, à faire de nouvelles choses, pour essayer de changer, devenir meilleur, surtout aux yeux de Sarah, et tenir la promesse qu'il m'avait faite.

— Et une de ces choses a été d'intégrer une équipe volontaire de secours après des catastrophes ?

— Oui. Il a participé à plusieurs interventions avec eux pendant la période où il était encore ici.

— Pourriez-vous être plus précis ? Pourriez-vous nous dire combien de fois et à quelles dates il a participé à ces interventions ?

— Ces informations ont déjà été communiquées à la personne qui a appelé cet après-midi…

Johnson lança un regard noir à Dupree, comme s'il s'était brusquement souvenu qu'il était fâché contre Tucker.

— Je n'ai pas les éléments sous la main, continua Reed, et le service administratif est fermé à cette heure. Je pourrais vous les envoyer demain matin, mais je crois qu'il a fait deux interventions avec l'équipe : une en février, il me semble qu'il est allé dans un autre État, si je ne me rappelle plus lequel, et une autre en mars, quelques jours avant de déménager en Floride. Je m'en souviens parce qu'ils sont restés au Texas pour apporter de l'aide après le passage d'une série de tornades autour de Killeen.

— Capitaine Reed, je suis la sous-inspectrice Salazar. Vous connaissez l'enquêteur Nelson depuis douze ans. Est-il croyant ?

La question était simple ; cependant, il y eut un silence assez long, au point qu'Amaia se demanda s'il n'y avait pas eu une interférence.

— Avez-vous entendu la question, capitaine ?

— Parfaitement… C'est juste que, enfin, si vous m'aviez posé cette question il y a un an, j'aurais éclaté de rire. Nelson est quelqu'un de bien, sincère, généreux, il a beaucoup de qualités, mais il jure comme un diable ; c'est une bonne personne, mais pas du genre à aller à l'église.

— Et qu'est-ce qui a changé ?

— Il y a quelques mois, après le départ de Sarah, je l'ai vu un soir dans une rue du centre-ville. J'ai baissé la vitre de ma voiture pour lui demander ce qu'il faisait là, si loin de son quartier, et alors je l'ai vu entrer dans une église. J'étais tellement stupéfait que je n'ai rien dit, j'ai remonté la vitre et je suis parti.

— Vous êtes sûr ? Vous rappelez-vous laquelle c'était ?

— Oui. L'église des Anges Gardiens.

— L'avez-vous interrogé à ce sujet ?

— Non. Je ne l'ai pas fait… Il était évident qu'il ne voulait pas qu'on le sache. Il a regardé de tous les côtés avant d'entrer, comme s'il avait peur d'être reconnu. S'il voulait garder sa foi secrète, ce n'était pas à moi d'en parler, vous ne croyez pas ? Un homme tel que Nelson peut craindre que le fait d'être pratiquant soit perçu comme une faiblesse…

Amaia lança un coup d'œil à Dupree, secouant la tête. Par amitié ou esprit de corps, Reed ne leur dirait plus rien.

— Merci pour votre temps, capitaine. Vous nous avez beaucoup aidés, dit Dupree avant de raccrocher.

— Vous pensez qu'il était totalement sincère ? demanda Johnson.

À cet instant, la porte de la salle s'ouvrit et l'agent Bull fit signe à Dupree de le rejoindre dans le couloir. D'un geste de la main, Dupree lui ordonna d'attendre, tandis qu'il répondait :

— Je crois qu'il a été franc avec nous, mais l'est-il avec lui-même ? Qu'en pensez-vous ?

— Il a dit que Nelson était très strict avec ses enfants, comme Lenx. Deux garçons et une fille, comme Lenx. Et il y a le thème de l'église qu'il fréquente en secret, de la foi intime. Ça correspondrait bien…

Amaia consultait son ordinateur.

— Oui, ça a aussi attiré mon attention, dit-elle. C'est pourquoi je lui ai demandé s'il se souvenait de quelle église il s'agissait. Les Anges Gardiens, une paroisse catholique. Nous savons que Lenx avait sa propre manière d'appréhender la religion, mais j'ai du mal à croire qu'un luthérien aussi strict change de croyance et renonce à élever ses enfants dans sa foi. Pour moi, sur ce plan, ça ne colle pas du tout.

— Que pensez-vous de l'histoire de l'incendie ? voulut savoir Dupree.

— Je crois que Lenx aurait été capable de le provoquer. Il faut avouer qu'un incendie au cours duquel votre maison brûle et qui vous défigure est l'occasion parfaite pour un nouveau départ ; nouveaux papiers, nouveau visage… Je pense que Lenx avait une telle opinion de lui-même qu'il pouvait sacrifier son apparence.

— Mais il n'y a sans doute pas eu beaucoup d'incendies à Boston à la date où Lenx a disparu, et dans lesquels dix personnes sont mortes. (Les doigts de Johnson s'agitèrent sur le clavier de son ordinateur.) Ah, je l'ai. Incendie dans un immeuble locatif ancien. Bilan : dix morts, deux blessés légers et un blessé très grave ; un homme dont les initiales correspondent à celles de Brad Nelson est sorti lui-même du bâtiment, mais s'est écroulé à l'entrée. Les pompiers ont juste eu le temps de le sauver avant que l'immeuble s'effondre. Ils n'ont pas réussi à récupérer l'intégralité de tous les corps ni à identifier certaines victimes, apparemment il y avait parmi elles des personnes en situation irrégulière. Prendre l'identité de quelqu'un qui est mort dans un incendie est assez facile. Il a pu entrer dans l'immeuble quand le feu n'était déjà plus maîtrisable, s'exposer aux brûlures et ressortir in extremis pour être sauvé par les pompiers. Ça paraît complètement dément mais, comme dit Salazar, un homme tel que Lenx serait capable de ça… et de beaucoup plus.

Bull réapparut à la porte, pressant Dupree du regard. Aucun des deux ne prononça un mot. Dupree lui fit à nouveau signe d'attendre.

— Continuez, Johnson.

Johnson sortit le bout de sa langue, qui apparut sous sa moustache broussailleuse. Pendant quelques secondes, il étudia l'attitude de l'enquêteur Bull, immobile sur le seuil. Puis il détourna le regard et reprit la parole.

— Ça me rappelle une chose qu'a dite Joseph Andrews. Nelson aurait insinué que, d'une certaine manière, il aurait mieux valu qu'il meure avec toute sa famille. Il ne l'a pas formulé dans ces termes, mais c'est ainsi que Joseph l'a perçu. Et je me souviens que Nelson a fait également un commentaire de ce genre quand nous l'avons eu au téléphone.

— Je ne suis pas d'accord, dit Amaia. C'était plutôt un constat : le garçon était déprimé et finirait mal s'il continuait comme ça.

— Sans parler du fait d'intégrer une équipe volontaire de secours après des catastrophes, il y a huit mois, poursuivit Johnson, précisément quand ont commencé les meurtres et que sa famille s'est fissurée, répétant la même histoire. Une intervention dans un autre État, qui peut très bien être le New Jersey, et la confirmation qu'il était présent à Killeen, où la famille Mason a été tuée. Il nous manque les informations qu'aurait dû nous envoyer Tucker concernant la vérification des autorisations de sortie depuis qu'il a déménagé, mais il faut reconnaître que pour le moment tout coïncide. Le personnel de secours a une mallette et porte un insigne. Grâce à sa formation, Nelson est capable de se déplacer sur une scène de catastrophe, et un policier, un volontaire d'une équipe de secours, ou qui y ressemble, est toujours le bienvenu, affirma Johnson en regardant Amaia. Même avec un visage couvert de cicatrices comme celui de Nelson.

— Bien utilisé, ce pourrait même être une sorte de sauf-conduit, renchérit-elle. À un moment où la famille est blessée, vulnérable, où sa maison est détruite, quelqu'un arrive, portant sur son visage les traces d'une horreur similaire. S'il a assez de talent pour se contrôler, il peut susciter la compassion des gens et tisser avec eux un lien qu'ils n'auraient pas avec quelqu'un en bonne santé, étranger, indemne… Le type de confiance qu'il faut pour désarmer une famille. Cependant, nous ne devons pas aller trop vite en besogne. Nous ignorons s'il était dans le New Jersey et, même si c'était le cas, il pourrait s'agir d'une coïncidence, certes fortement suspecte, comme le fait qu'il soit actuellement à La Nouvelle-Orléans. Il est urgent de localiser son équipe, mais discrètement, sans que Nelson remarque que nous le surveillons. Il faut savoir quand et comment ils sont arrivés, et où ils seront pendant la tempête, dans un lieu très semblable à celui-ci, je suppose.

— Agent Dupree, insista Bull à la porte.

— Continuez, dit Dupree, qui se leva et le rejoignit.

Amaia observa les deux hommes. Ils étaient tout près l'un de l'autre, mais parlaient sans se regarder, dans une attitude intime, à la fois de confidence et de confiance. Bull expliquait quelque chose à Dupree, qui acquiesçait avec gravité. À un moment, son regard rencontra celui d'Amaia. Aucun des deux ne baissa les yeux, mais Dupree fit un signe à Bull, et ils sortirent de son champ de vision.

Charbou entra avec un plateau de sandwichs. S'il avait croisé son collègue dans le couloir avec Dupree, il ne montra aucun signe d'étonnement.

Johnson se frotta les yeux et colla un post-it sur une

page d'un dossier qu'il étudiait. Sur la couverture, il avait écrit en gros, au marqueur, « Famille Miller ». Il prit un sandwich et imita Charbou, qui s'était installé sur un lit de camp.

— Vous devriez tâcher de vous reposer un peu, il est presque trois heures du matin et demain sera une dure journée, conseilla-t-il à Amaia, qui regardait toujours en direction du couloir.

— Je crois qu'il faudrait essayer de localiser le groupe d'intervention de Nelson, répondit-elle, même si sa fatigue était évidente.

— Il me semble que l'agente Tucker et l'agent Emerson s'en occupent, répliqua Johnson avec malice. Ils nous appelleront dès qu'ils auront découvert quelque chose.

— Et vous ? Vous avez quelque chose ? dit-elle en montrant la pile de dossiers qui portaient chacun le nom d'une famille.

Il secoua la tête et se mordit les lèvres avant de parler.

— Rien de spécial. C'étaient des familles normales, avec des problèmes normaux : les Miller ont entamé une procédure de divorce un an avant les assassinats ; ils voyaient un conseiller conjugal et la procédure était à l'arrêt. Les Mason connaissaient des difficultés financières, ils venaient de contracter une deuxième hypothèque sur leur ferme. Apparemment ils avaient du mal à payer les études du fils aîné, et le petit avait eu quelques problèmes de comportement à l'école, des bagarres… Sur les Andrews, nous savons ce que nous a raconté Joseph. Les Allen ont eu aussi leur lot d'épreuves : il y a un an, la femme a été opérée d'une tumeur au sein et elle a eu des séances de chimiothérapie. Elle a bien récupéré, même si cela a sans doute affecté les résultats scolaires des enfants et leur comportement. Les deux garçons ont emprunté le tracteur d'un voisin et l'ont conduit à travers champs. Le tracteur s'est retourné et la jambe d'un garçon est restée coincée dessous. Il a fallu l'opérer, mais il s'est totalement rétabli. Je viens de recevoir les renseignements qu'on a pu réunir à propos de la famille de Tampa, et c'est plus ou moins la même chose : une famille normale, des contraventions pour stationnement gênant, un litige avec la mairie à cause de la construction d'un embarcadère, et trois enfants adolescents. La fille a été arrêtée pour avoir volé du rouge à lèvres dans un grand magasin, c'est tout. Ah si ! Comme nous a dit Joseph Andrews, la grand-mère ne vivait pas avec eux à Galveston, même s'il aurait été naturel de penser qu'elle était là puisqu'elle aurait dû les rejoindre quelques jours plus tard. Et si ça peut vous être utile, les Nelson non plus n'ont pas de grand-mère : ses parents à lui sont morts quand il avait vingt ans, et il n'a pas de frère et sœur, ni aucun proche. Ce qui vient à point nommé si c'est Martin Lenx et qu'il a adopté cette identité. La mère de son épouse, Sarah Nelson, née Rosenblant, est morte quand elle était enfant ; ses frères et elle ont été élevés par leur père en Floride. D'ailleurs, Stephen Rosenblant est un sénateur républicain de Floride.

Bill Charbou émit un long sifflement qui s'acheva par un grand sourire. Johnson continua comme s'il ne l'avait pas entendu, mais sourit fugacement sous sa moustache.

— Je suis en train d'établir un tableau avec les « délits présumés » et les dates auxquelles ils ont été commis, en comparant les informations sur les familles pour voir si nous sommes capables de trouver un lien entre les « péchés » de ces personnes et le jugement par lequel le Compositeur les condamne.

Johnson termina son exposé en mordant dans son sandwich. Charbou poursuivit.

— Vous croyez qu'un divorce, un litige avec la mairie, un accident de tracteur du voisin ou un vol de rouge à lèvres dans un grand magasin peuvent être des raisons suffisantes pour que le Compositeur les condamne à mort ? Je suis un flic de rue ; je sais comment fonctionnent les macs, les trafiquants, les putes et les junkies ; je sais ce qu'on peut attendre d'eux et, d'une certaine façon, comment ils pensent. Je ne sais rien du comportement d'un psychopathe, mais si ces trucs-là lui suffisent pour tuer des gens, neuf familles sur dix de ce pays seraient condamnées à mort.

Amaia le regarda droit dans les yeux, tandis qu'elle réfléchissait.

— Je suppose que vous avez raison, dit-elle, sur le fait que ces délits ne semblent ni très graves ni condamnables. On trouve des cas similaires à celui des Lenx dans tous les manuels de psychologie. Les experts s'accordent pour dire que les raisons invoquées ne sont pour lui qu'un prétexte grossier pour justifier la nécessité de mettre fin à une vie où il se sentait en situation d'échec, qui ne lui plaisait plus, n'était pas comme il l'avait imaginée. Une excuse pour la jeter à la poubelle, parce que c'est ainsi qu'agissent les psychopathes.

— Pour cette raison, nous pensons que Lenx s'est construit une nouvelle vie, approuva Johnson. Une vie qui pendant un temps a correspondu à l'idéal qui est dans sa tête, mais qui depuis peu a commencé à le décevoir.

Amaia soupira.

— Ce qui est sûr, c'est que ce n'est pas tant la logique que la simple satisfaction personnelle qui justifie le passage à l'acte d'un psychopathe. N'oubliez pas qu'un homme comme Lenx est le seul acteur et ordonnateur de son œuvre : quand un des figurants ne lui plaît pas, il l'élimine et le remplace par un autre sans regret, comme un grand metteur en scène supprimerait un acteur de troisième zone qui n'arrive pas à retenir sa réplique.

Charbou la regardait, les yeux écarquillés.

— Vous êtes très intelligente, Salazar, et ça m'excite… Oubliez ce dernier point, dit-il, levant les deux mains comme pour parer les coups. Je suis réellement impressionné par votre esprit. Votre esprit est sexy.

Déconcertée dans un premier temps par ce commentaire, elle toisa le policier, hésitant à se fâcher. Elle avait compris la méthode Charbou et était épuisée.

— Et moi alors, enquêteur Charbou ? intervint Johnson. Mon esprit ne vous excite pas ? Je suis responsable de la moitié de l'exposé de Salazar.

Charbou haussa les épaules, secouant la tête avec un sourire. Amaia dissimula son amusement.

Dehors le vent faisait rage. Chaque fois que quelqu'un ouvrait la porte donnant sur l'escalier, l'air s'infiltrait par les fissures des vieilles fenêtres et hurlait furieusement. Par réflexe, ils regardèrent tous en direction de la porte et de la vitre qui, derrière la protection, trembla de manière perceptible.

— Reposez-vous, Salazar, dit Johnson, qui prit un autre sandwich sur le plateau et le lui tendit. Mangez quelque chose et essayez de dormir un peu.

— Je crois qu'avec ce vacarme je ne pourrais pas dormir, même si je le voulais.

— On y arrive parfois dans des conditions étonnantes.

Vous avez dormi tout à l'heure dans la voiture, dit Johnson en souriant.

Charbou acquiesça.

— Exact. Je suis témoin. Et si vous ne dormez pas, vous devriez au moins vous reposer.

Elle céda. Elle retira l'emballage en cellophane du sandwich et s'assit sur son lit de camp, le dos appuyé contre le mur.

— Vous voulez que j'éteigne la lumière ? demanda Charbou.

Avant qu'elle ait eu le temps de répondre, tout le bâtiment se retrouva dans le noir et le silence. Même les téléphones des urgences s'arrêtèrent net. Dehors, l'ouragan rugit avec force, et un puissant coup de tonnerre secoua les fenêtres.

— Je vois qu'on ne fait pas les choses à moitié à La Nouvelle-Orléans, plaisanta Johnson. Quand on éteint la lumière, on éteint la lumière.

Un éclair illumina la silhouette d'Amaia, qui s'était approchée de la fenêtre.

— C'est une coupure générale, dit-elle en regardant à l'extérieur. Il n'y a plus de lumière dans tout le quartier, du moins la partie que je peux voir d'ici.

— Pas de panique, le générateur de secours va être mis en marche dans quelques instants ! cria quelqu'un dans le couloir.

Amaia Salazar n'aimait pas l'obscurité. Elle ignorait si une fois dans sa vie elle avait réussi à garder son calme dans le noir. Elle ne se le rappelait pas. Du plus loin qu'elle s'en souvienne, elle laissait une lumière allumée, toute petite, qui ne l'empêchait pas de dormir, mais lui permettait de reconnaître, dès qu'elle ouvrait les yeux, l'endroit où elle se trouvait, de savoir qu'elle était à l'abri, que personne ne viendrait se pencher sur son lit pour la menacer de manger son âme. Parfois c'était compliqué, surtout quand elle était en déplacement, contrainte de dormir à l'hôtel ou chez quelqu'un. Mais elle avait développé toute une série de techniques : mettre une veilleuse dans une armoire, entrouvrir la porte de la salle de bains ou ne pas fermer les volets qui donnaient sur la rue pour laisser la lumière extérieure éclairer la pièce, et même construire avec des livres, de petits meubles, des foulards, des écharpes, ou sa propre valise, une structure servant d'écran, stratégiquement située par terre devant une lampe trop forte, pour tamiser la lumière de façon à pouvoir à la fois dormir et voir. Et quand, rarement, elle ne dormait pas seule, elle avait mis au point une histoire qui, sans être authentique, était assez sincère. Cauchemars. Des cauchemars liés à son travail. Mais aucun homme ne lui avait jamais posé de questions. Elle se demandait ce qu'ils auraient dit si elle leur avait avoué qu'elle ne pouvait pas éteindre la lumière parce qu'elle avait peur qu'un fantôme du passé vienne la manger.

Elle n'aimait pas l'obscurité. Et encore moins ajoutée au silence, car dans le silence on entend tout. Pour cette raison peut-être, elle demanda :

— Agent Johnson, qu'avez-vous contre Tucker ?

— Oui, renchérit l'enquêteur Charbou, visiblement amusé. Qu'avez-vous contre Tucker ? Tout à l'heure, au téléphone, vous lui avez coupé la parole trois ou quatre fois. Et quand vous parliez au capitaine de Galveston, il m'a semblé que vous l'appeliez…

— L'implacable Tucker, confirma Johnson.

À l'exception de la faible lueur émanant des issues

de secours dans le couloir, tout était plongé dans le noir. Amaia ne pouvait pas voir Johnson. Aussi sursauta-t-elle quand il répondit :

— Je ne l'aime pas.

Cette déclaration fut tellement sincère, dépourvue de justification et d'artifice, qu'Amaia et Charbou éclatèrent de rire.

— Attendez, vous ne l'aimez pas comme les gens dont on ne supporte pas le parfum, ou la voix, ou la façon dont ils boivent leur café ? Ou vous la détestez vraiment ? demanda Charbou, quand il retrouva son sérieux.

Johnson réfléchit quelques secondes.

— Je veux croire que je ne déteste personne de façon aussi ouvertement, enfin, si, les pédophiles, les tueurs en série et les ennemis de l'Amérique. (On l'entendait presque sourire.) Mais je n'aime pas l'agente Tucker car elle est déloyale.

Amaia intervint.

— La loyauté me semble un concept abstrait, du moins tel que vous la présentez. Je comprends la dévotion envers les personnes qui nous aiment, la famille, les amis de toujours… mais c'est la première fois que je travaille en équipe. Bien sûr, j'ai eu des expériences de groupe quand j'étais étudiante, et je comprends bien l'importance de la parole donnée et de l'honnêteté, mais je n'ai jamais fait partie de quelque chose, et on ne m'a jamais demandé une telle cohésion.

Johnson n'était pas d'accord avec elle.

— Vous dites que vous ne connaissez rien à ce sujet, cependant, au cours des quelques heures que vous avez passées avec nous, vous vous êtes montrée plus loyale à l'égard de cette unité que Tucker dans toute sa vie. Sans parler du fait qu'elle a téléphoné à Galveston alors que Dupree lui avait dit qu'il contacterait le capitaine dès qu'on aurait raccroché. (Il soupira.) L'implacable Tucker. Croyez-moi, s'ils la connaissaient, les mecs du Centre national des ouragans auraient donné son nom à Katrina. Implacable et tout aussi destructrice. Ce genre de trahison nuit à l'enquête ; devancer l'action du groupe juste pour récolter les lauriers aurait pu entraîner une mauvaise réaction de la part du capitaine Reed quand nous l'avons appelé. Il aurait pu être sur la défensive ou se braquer. Je ne l'aime pas ! Vous avez vu comment elle s'est comportée pendant la conversation ? Révéler que l'attitude de Nelson lui avait paru suspecte… pourquoi ne pas nous en faire part pour que nous puissions y réfléchir ? Elle est intelligente et elle sait très bien ce qu'elle fait. Il y a une raison derrière tout ça : Tucker est une arriviste, et je peux vous assurer qu'elle remettra un rapport personnel dans lequel il sera écrit noir sur blanc quelles idées, avancées ou pistes sont venues d'elle. Elle est déloyale envers Dupree, déloyale envers l'unité.

Amaia acquiesça sans cesser de réfléchir.

— Et Emerson ?

Elle entendit clairement Johnson soupirer et fut certaine qu'il hochait la tête en même temps.

— Emerson est un béni-oui-oui. Il n'est pas très brillant, mais il travaille en équipe ; il sait qu'il n'est pas aussi intelligent que Tucker et qu'il n'évoluera pas s'il n'accepte pas d'être dans son ombre. C'est pourquoi il se met à son service. Emerson est un homme de main, pas très malin mais loyal.

Amaia sembla pensive.

— Vous connaissez Dupree, que pensez-vous de lui, pourquoi la garde-t-il dans son unité ?

— Tout ce qui intéresse Dupree, c'est l'enquête en cours, et l'agente Tucker est très bonne dans son domaine. Il se fiche du reste. (Il marqua une pause, puis ajouta avec une certaine tristesse :) Tucker marche sur ses plates-bandes et on dirait que ça lui est égal.

— Attendez, dit Charbou en riant, c'est une vraie conspiration.

Amaia fut plus directe.

— Vous pensez que Tucker convoite le poste de Dupree ?

Johnson rit amèrement.

— Il y a vouloir et pouvoir. Tucker est une bonne enquêtrice, mais Dupree est excellent, le meilleur. Un agent comme Dupree, on en a seulement tous les quinze, vingt ans. Il est à un autre niveau. Je trouve Tucker déloyale parce qu'elle l'est. C'est malhonnête de faire passer ses intérêts personnels avant l'enquête en cours. Ne vous méprenez pas, Salazar, je ne suis pas brillant, mais pas servile non plus ; je n'irais pas applaudir un intrigant juste pour pouvoir m'abriter derrière lui.

Amaia reconnut les paroles que Dupree avait prononcées dans l'escalier.

— Et que fait notre chef en ce moment à votre avis ? osa-t-elle lui demander, peut-être protégée par l'obscurité qu'elle redoutait tant. Vous avez sûrement vu comme il chuchotait avec l'enquêteur Bull.

— Sous-inspectrice Salazar, il y a une chose que vous devez savoir de Dupree : il a toujours une longueur d'avance, et même un jour d'avance ; c'est sans doute pour cela qu'il a toujours l'air préoccupé, comme Atlas portant le monde sur ses épaules.

— J'ai remarqué en effet qu'il ne souriait pas souvent…, observa Charbou.

— C'est un homme sérieux, mais c'est vrai qu'il est particulièrement fermé depuis que nous sommes arrivés à La Nouvelle-Orléans.

Amaia s'adressa à Charbou dans l'obscurité.

— Et vous, Bill ? Vous savez ce que fait votre collègue ? C'est peut-être seulement mon impression, mais quand ils se sont présentés au commissariat comme s'ils ne s'étaient jamais vus, j'ai eu le sentiment qu'ils se connaissaient déjà.

— Ah, sous-inspectrice, vous êtes tombée sur un os, dit le policier en riant. Moi, en revanche, je sais ce qu'est la loyauté.

— Je croyais que la loyauté et la sincérité allaient ensemble. Ça ne vous ennuie pas que votre collègue vous cache des choses ? insista-t-elle.

— Sous-inspectrice, nous sommes Bill et Bull, pas Tom et Jerry. La loyauté, ce n'est pas tout se dire, c'est se dire l'essentiel.

Amaia sourit à Charbou d'une façon qu'elle ne se serait pas permise en pleine lumière.

29

Nana. Maudit

Stade Superdome de La Nouvelle-Orléans
Lundi 29 août 2005, 3 heures du matin

Alors qu'elle n'avait pas pris son médicament et aurait juré qu'elle ne pourrait pas dormir sans, Nana s'était assoupie. Elle se réveilla dans le murmure de dix mille personnes respirant ou susurrant à la fois et le gémissement du vent qui, comme une plainte constante, se répandait sur la partie supérieure de la structure du Superdome. La musique qui avait retenti sans interruption tout l'après-midi à travers les haut-parleurs s'était arrêtée, et on avait diminué l'intensité des projecteurs. Les enfants qui, les premières heures, avaient couru partout sur la piste, semblaient avoir fini par renoncer. Ils dormaient, écroulés par terre ou allongés sur leurs parents, entassés comme des chatons. Nana sentit un pincement aigu dans le bas-ventre, elle avait besoin d'uriner. Elle était allée aux toilettes avant de quitter sa maison, mais depuis n'avait pas osé bouger de sa place de peur qu'on la lui prenne. Ils avaient choisi les deux premiers sièges de la rangée, près de l'allée. Bobby avait collé le fauteuil roulant de Seletha à son siège pour laisser passer les gens qui avaient continué d'arriver en un flot incessant jusqu'au couvre-feu. De temps en temps apparaissaient à l'entrée des patrouilles de police amenant des malheureux et des vagabonds qui avaient résisté à venir se réfugier. À vingt heures on leur avait distribué des sandwichs et de petites bouteilles d'eau, et à vingt-deux heures trente un beignet au sucre et du jus de fruits. Bobby avait apporté un sac contenant de l'eau et des sandwichs, mais il avait choisi de manger d'abord ceux de la mairie.

— Nana, on ne sait pas combien de temps on va rester ici, ni à quelle heure on rentrera chez nous demain ; il vaut mieux qu'on mange les leurs d'abord et qu'on garde les nôtres au cas où.

Il faisait chaud, elle avait bu la petite bouteille d'eau et plus de la moitié du jus de fruits, et sa vessie n'en pouvait plus. Nana se leva, s'appuyant prudemment sur sa canne. Elle était restée assise très longtemps et, alors qu'elle s'attendait à éprouver de la douleur dans sa hanche ankylosée, elle ressentit un vif élancement au niveau des genoux. Seletha dormait, la tête abandonnée sur sa poitrine ; malgré la rumeur permanente du vent et des ronfleurs, Nana l'entendit respirer péniblement. Bobby avait glissé au bord de son siège, la capuche de son sweat lui cachant la moitié du visage, et il sommeillait, les deux bras croisés sur le sac qu'il tenait contre lui. Nana tenta de l'enjamber sans le réveiller, mais elle perdit légèrement l'équilibre et Bobby ouvrit les yeux.

— Où vas-tu, Nana ? Il ne faut pas bouger d'ici.

Un homme assis la rangée au-dessus l'observa avec insistance. Il avait trois enfants sur deux sièges et un autre dans les bras, qui s'était endormi. Nana sentit qu'elle rougissait. Elle avait mal aux reins, mais se pencha pour murmurer à l'oreille de Bobby :

— J'ai besoin d'aller aux toilettes, mon petit.

Bobby se redressa, inquiet. Il regarda tour à tour sa mère endormie et l'allée éclairée qui menait aux couloirs intérieurs, où se trouvaient les lavabos.

— Bon sang, Nana ! Comment faire ?... Je ne peux pas laisser ma mère toute seule, et si nous t'accompagnons, on nous prendra nos places, et il faut qu'on soit au bout d'une rangée ; sinon je serais obligé de sortir ma mère de son fauteuil, et c'est impossible.

— Bien sûr que non, mon petit, ne t'en fais pas, je peux y aller toute seule.

— Tu es sûre ?

Nana acquiesça avant de se pencher à nouveau vers lui.

— Je me demande comment tu as résolu le problème pour Seletha.

Bobby sourit.

— Je lui ai mis deux couches, dit-il, regardant sa mère avec inquiétude. J'espère que ce sera suffisant.

— Je finirai peut-être par t'en demander une, conclut Nana, et elle se dirigea vers l'allée.

Ce n'était pas son jour de chance, le panneau, au bout du vomitoire, indiquait que les toilettes les plus proches étaient situées à une cinquantaine de mètres. Là, il n'y avait pas grand monde, la plupart des gens avaient opté pour le confort précaire d'un siège sur les gradins. Contrastant avec la chaleur intense qui s'accumulait à l'intérieur du stade, le courant d'air occasionné par les différentes portes était humide et sonore. Cependant, il ne suffisait pas à chasser la forte odeur d'urine qu'elle sentit, entre autres, quand elle passa devant les toilettes des hommes où il y avait la queue. Elle remercia Dieu quand elle vit que personne n'attendait devant les toilettes des femmes. Au moment où elle allait entrer, une femme sortit, manquant de la renverser.

— N'entrez pas, madame, dit-elle, tandis qu'elle courait vers le couloir.

Elle se retourna pour la regarder. Elle était sûre de trouver l'endroit dans un sale état. Depuis quelques années, les toilettes des femmes n'étaient pas forcément plus propres que celles des hommes. Elle imagina le pire. Vomi, diarrhée, junkie en train de se piquer… Sa vessie allait exploser, c'était une urgence, et elle avait vu beaucoup de choses horribles dans sa vie. Elle poussa la porte.

Ça ne puait pas, du moins pas trop. Il y avait deux petites flaques suspectes sur le sol près des lavabos. Et c'était vide. Alors elle entendit un gémissement, une voix étouffée, peut-être des pleurs très bas, ou un effort, une poussée, une asphyxie. Elle passa devant les lavabos en faisant attention à ne pas poser sa canne dans les parties mouillées, et avança dans l'allée où se trouvaient les cabines de toilettes de part et d'autre. Au fond, deux hommes jeunes se tenaient debout devant la porte ouverte de la dernière cabine. De l'intérieur dépassaient deux longues jambes, des pieds féminins chaussés de sandales plates à fines lanières rouges. Pendant un instant, Nana pensa que les plaintes qu'elle avait entendues étaient celles d'une femme sur le point d'accoucher. Jusqu'au moment où elle vit un homme se relever d'entre les jambes de la fille, remontant son pantalon, tandis qu'un autre, qui attendait son tour, baissait le sien.

Une puissante bouffée de chaleur envahit son

ventre. Sa respiration s'accéléra et ses yeux se remplirent de larmes de colère.

— Qu'est-ce que vous faites ?! cria-t-elle de toutes ses forces.

Les trois hommes se retournèrent, surpris, puis immédiatement amusés.

— Tire-toi d'ici, vieille pute, répondit l'un d'eux, hilare. Ou peut-être que t'en veux un peu aussi ? dit-il, se touchant les parties génitales.

Nana tremblait de la tête aux pieds. Sans réfléchir, elle se dirigea vers eux. Elle sentit sa canne glisser entre ses doigts tremblants, mais continua d'avancer, chancelante et poussée par une colère et une haine qu'elle avait seulement connues une autre nuit d'ouragan.

Un des hommes vint à sa rencontre, fanfaron, et ouvrit ses bras en riant comme s'il allait l'étreindre. Nana ferma le poing droit et le lança de toutes ses forces vers la poitrine de l'homme. Elle n'arriva pas à l'atteindre. Il l'intercepta et, immobilisant ses bras, l'obligea à faire demi-tour vers les lavabos, la guidant par les poignets sans aucun effort, comme s'ils dansaient une valse. Nana pleurait de haine. Ses larmes coulaient, brûlantes de culpabilité et d'impuissance, tandis qu'elle se débattait furieusement contre l'homme qui riait et la repoussait, presque avec délicatesse. Elle se sentit encore plus humiliée. Quand ils furent à la porte, accompagnant son geste, il lui dit :

— Va-t'en, je ne veux pas te faire de mal, tu me rappelles ma grand-mère.

Nana était épuisée, les bras douloureux tant elle avait lutté pour résister à cette brute. Ses jambes tremblaient, ses mains, prisonnières entre les poings de l'homme, la brûlaient. Au fond des toilettes, les gémissements de la femme, dont elle n'avait pas vu le visage, avaient redoublé d'intensité. Elles pleuraient à présent à l'unisson, comme deux sœurs. Nana n'en pouvait plus ; elle geignit d'impuissance quand l'homme lâcha enfin ses mains qui retombèrent, inertes, le long de son corps, comme deux animaux morts. Elle détesta son corps de vieille femme, son corps maladroit et inutile, seulement capable d'abriter la rage et la haine. Elle leva les yeux vers l'homme, qui l'observait avec insouciance, presque avec compassion. Alors toute sa fureur et sa rancœur débordèrent de sa bouche comme l'éructation d'une furie de l'enfer.

— Maudit sois-tu ! Je te maudis, toi et ces canailles, au nom de ta grand-mère, au nom de ta mère, au nom de toutes les femmes qui reposent dans la tombe de ta famille ! hurla-t-elle, levant la main pour pointer sur lui un doigt sévère. Sois maudit pour toujours, ne revois jamais la lumière, puisse ta semence pourrir en toi, et puisses-tu ne jamais trouver le repos !

Le visage de l'homme se décomposa. Son sourire disparut. Il se mordit les lèvres et secoua la tête.

— Qu'est-ce que tu dis, espèce de sorcière ? l'interpella-t-il, troublé.

Il n'y avait plus en lui aucune trace de la moquerie et de l'assurance qu'il affichait une minute plus tôt.

— Je te maudis ! répéta Nana, redoublant de mépris, distillant dans ses mots toute sa rage et sa douleur, qui augmentaient à mesure que l'homme se dégonflait.

— Tais-toi ! la supplia-t-il quasiment.

Elle inspira profondément, redressa le cou et le regarda dans les yeux.

— *Sois maudit !*

L'homme avait peur, sa respiration s'était accélérée, il haletait avec angoisse, les yeux écarquillés par l'adrénaline. Il leva un poing immense et le lança en direction du visage de Nana.

À cet instant, la lumière s'éteignit.

Nana perçut la vitesse, le chuintement dans l'air et le fracas près de son oreille quand le poing toucha le panneau situé derrière elle. Ses jambes flageolèrent et elle tomba par terre. À quatre pattes, elle glissa ses doigts presque insensibles sur le bord de la porte branlante. Elle la poussa et rampa jusqu'à ce que l'air humide et chaud lui confirme qu'elle était dans le couloir. De petites flèches vert fluo indiquaient les sorties. Elle se traîna vers le mur et, s'aidant du rebord, réussit à se mettre debout. S'appuyant contre le mur, elle avança, se demandant pourquoi elle continuait d'entendre les pleurs étouffés de cette femme, quand soudain elle se rendit compte que c'étaient les siens. Elle s'arrêta, s'obligeant à respirer pour essayer de se calmer. Le courant d'air dans le couloir était de plus en plus fort, comme si, au lieu d'être dans un stade, elle se trouvait dans un tunnel de vent. Elle perçut quelque chose d'humide sous elle. Elle savait déjà ce que c'était, mais toucha quand même son entrejambe et palpa l'humidité, et la honte. Alors la lumière revint et Nana commença à crier.

30

Pas cette nuit

La Nouvelle-Orléans, Louisiane
Lundi 29 août 2005, 5 heures du matin

Amaia tendit l'oreille pour distinguer les respirations de Johnson et de Charbou. Ils dormaient, allongés sur leurs lits de camp, malgré le vacarme magnifique de la tempête et la sonnerie permanente des téléphones qui leur parvenait, atténuée, du centre d'urgence voisin. Elle supposa que Dupree et Bull étaient toujours occupés à leur affaire, quelque part dans la caserne des pompiers. Elle consulta sa montre. Il était presque cinq heures du matin. Le jour se lèverait bientôt, même si à travers la vitre, recouverte de kraft, on ne percevait aucune lueur. Devant l'insistance de Johnson, elle avait accepté de se reposer un peu sur son lit de camp, mais n'avait pas retiré ses baskets.

De l'endroit où elle se trouvait, elle parvenait à voir, étalées sur la table de réunion, certaines photos des scènes de crime qu'ils avaient mises de côté l'après-midi. Le désordre, la destruction et le chaos dominaient en chacune. Amaia pouvait percevoir le vent, l'extérieur envahissant l'intérieur, la force destructrice de la nature, et la nature humaine plus dévastatrice encore. Elle ne doutait pas de cela, c'est pourquoi elle n'arrêtait pas de se demander ce qui la tracassait. La réponse était dans les scènes de crime, dans cette représentation du désir qu'un homme recréait encore et encore. Comme une sorte de thérapie dans laquelle il projetait son amertume sur d'autres ? Ou comme une répétition de sa grande pièce ? Et si c'était le cas, qu'attendait-il pour en finir à nouveau avec sa propre famille ? Combien de fois encore devait-il répéter ?

Quand elle fermait les yeux, elle revoyait le portrait de Lenx souriant, solitaire, face à l'objectif, celui de Brad Nelson dans un groupe au cours d'une fête de la police, les chevelures rousses de leurs filles. L'épouse de Lenx, avec son air coincé et peureux ; celle de Nelson, sûre d'elle, tout sourire même sur son permis de conduire. Le capitaine Reed avait mentionné qu'elle travaillait dans l'immobilier. Comme elles étaient différentes ! S'agissait-il de ce genre de « correction » qu'un psychopathe applique à sa nouvelle vie ? Une épouse jolie et indépendante ne correspondait pas vraiment à Lenx. Reed avait également insinué que ce n'était pas la première fois que Nelson perdait les pédales, même s'il n'avait jamais atteint ce stade. Peut-être voulait-il ramener son épouse au bercail ? Sarah Nelson souriait avec assurance au photographe, mais cela, Amaia le savait, ne signifiait rien. Sarah avait-elle pu subir de mauvais traitements ? Une certaine violence, oui. La brutalité contre les objets était l'étape qui précédait celle contre les personnes. Et il y avait Nelson entrant en cachette dans une église. Amaia pensa qu'il aurait été intéressant de posséder des photos de la maison de Nelson avant et après son explosion de violence ce soir-là. Son épouse était partie avec ses enfants à mille kilomètres. Que ferait alors un homme comme Lenx ? Résoudre à nouveau le problème comme la première fois ? Suivre les siens, bien entendu. Mais si à présent c'était un policier, il ne pouvait pas courir ainsi après son épouse et ses enfants pour en finir avec eux.

Quelqu'un ouvrit la porte au bout du couloir et le bruit de dizaines de téléphones sonnant en même temps entra comme une vague puis s'atténua dès que la porte se referma. Amaia réalisa alors que les appels d'urgence semblaient avoir augmenté au cours de la dernière heure. Alors qu'elle venait de le faire, elle regarda à nouveau sa montre et se dirigea vers la fenêtre. Il fallait qu'elle réfléchisse, mais elle eut beau tenter de classer dans sa tête les dates et les informations entendues pendant la journée, elle commençait à éprouver une certaine confusion, sous forme de pensées répétitives caractéristiques de l'arrivée du sommeil, qu'elle s'efforça de contrôler. Pas une seconde elle n'avait envisagé de dormir, ça ne marchait pas comme cela pour elle. Dormir n'était pas une décision consciente ni un acte auquel elle s'abandonnait de son plein gré. Le sommeil surgissait chez elle par effraction, séquestration de sa conscience, et elle ne lui cédait jamais sans lutter ; il en avait toujours été ainsi, car son sommeil était celui d'un condamné attendant chaque nuit que le bourreau se penche sur lui pour lui indiquer que l'heure de sa mort était venue.

Et…

Elle est très fatiguée, mais comme elle sait qu'elle ne peut pas dormir, elle s'oblige à ouvrir les yeux, pose les pieds par terre et sent sur sa peau nue la tiédeur du bois ciré. Elle regarde ses pieds d'enfant, pâles et petits, avançant sur le parquet sombre jusqu'aux lits de ses sœurs. Ros a les yeux fermés et semble dormir, ses longs cheveux noirs, comme ceux de Flora, noués en une tresse qui repose sur son oreiller comme un fidèle animal de compagnie. Flora lit à la lueur d'une petite lampe en bronze avec une nymphe à sa base. Comme si elle devinait la présence de sa petite sœur, elle repose son livre, agacée.

— Encore ? Qu'est-ce qui t'arrive maintenant ?

Amaia inspire et soupire, terrifiée, avant de répondre.

— J'ai peur, Flora. Laisse-moi dormir avec toi.

— Je t'ai déjà dit non. Et il vaudrait mieux que tu retournes dans ton lit avant que l'*ama** te voie.

Ros ouvre les yeux et se redresse, s'appuyant sur ses coudes. Bien qu'elle l'ait entendue, elle l'interroge à nouveau, car Ros est comme ça.

— Qu'est-ce qu'il y a, Amaia ? Pourquoi tu ne dors pas ?

Elle la regarde avec patience.

— Ros, j'ai très peur, laisse-moi dormir avec toi.

Elle sent sa voix se briser, est à deux doigts de pleurer et se retient, de toutes ses forces qui s'amenuisent. Flora se moque d'elle quand elle pleure.

— Amaia, tu n'as aucune raison d'avoir peur. (Ros lui parle toujours comme à une petite fille, lentement, d'une voix douce.) Flora dort près de la porte, et je suis là aussi, nous te protégeons de n'importe quel monstre, fantôme ou vampire.

— Pas moi. Moi, la nuit, je ne protège personne, je dors, la contredit Flora, cinglante. Et vous devriez faire pareil, je vais éteindre la lumière.

« Non, non, non, n'éteins pas la lumière n'éteins pas la lumière n'éteins pas la lumière. »

Amaia est très fatiguée, elle sent que tout est perdu. Malgré la chaleur de la pièce, elle commence à frissonner, ses yeux se ferment d'épuisement. L'effort pour les garder ouverts lui arrache ses premières larmes. Ensuite les vannes sont ouvertes, un torrent de peur, de prière et d'angoisse coule sur son visage.

— S'il vous plaît, supplie-t-elle en sanglotant, tellement épuisée que ses mots sont presque inaudibles.

Ros penche la tête d'un côté, émue par sa détresse. Elle soulève sa couverture et lui fait de la place.

— Allez, viens ici.

Amaia se pelotonne en boule contre sa sœur. Elle entend au loin la voix de Ros.

— Mais il faudra que tu retournes dans ton lit avant que l'*ama* vienne nous réveiller demain matin, parce que si elle te trouve ici, elle se mettra en colère. Tu m'écoutes, Amaia ?

Mais Amaia ne l'entend plus. Elle dort profondément, à l'abri.

Jusqu'au moment où elle entend les cloches. Ding, dong.

Elle ouvre les yeux, espérant percevoir uniquement le silence qui lui confirmera que le carillon était dans son rêve, mais elle l'entend à nouveau très clairement. Ding, dong. Elle s'assoit sur le lit et contemple ses sœurs, surprise que le vacarme ne les ait pas réveillées. Elle écoute avec attention et se rend compte qu'en plus des cloches il y a une rumeur furieuse, comme le grondement du vent ou le crépitement d'un incendie. Quelque chose attire son attention, elle tourne le regard vers la porte et parvient à voir la robe de chambre en soie nacrée de sa mère, qui ondule dans son sillage quand elle marche dans le couloir. Elle pose les pieds par terre et sent que le sol a perdu toute sa chaleur : la maison est glacée. Elle avance jusqu'à la porte de la chambre et observe la lumière ambrée du salon qui arrive jusqu'à la moitié du couloir. Elle distingue sa mère, de dos. Le bas de sa robe de chambre flotte derrière elle comme une traîne. Ding, dong. Amaia pense à nouveau, convaincue, que c'est un rêve, il est impossible que ces carillons n'aient pas réveillé toute la maison, tout Elizondo.

Le bruit des cloches est assourdissant. Amaia plaque les mains sur ses oreilles pour tenter d'en atténuer l'impact, suivi d'une rumeur lugubre, sorte de respiration vibrante qui remplit le silence entre chaque tintement, comme un mauvais présage. Elle regarde autour d'elle et voit des traces de sang qui convergent, des différentes pièces, vers le centre du salon. S'efforçant de les éviter, elle s'avance, tremblant de froid et de peur. Une famille entière, d'abord les adultes, puis les enfants, alignés du plus grand au plus petit, qui doit avoir son âge. Ding, dong, la musique jaillit, retentissante, des murs du salon de musique, le souvenir d'un *Dies irae* comme une farce dans ce sabbat de sorcières et de démons qui assistent à leurs funérailles. Amaia grelotte de froid et ne peut s'empêcher de regarder les mains des morts reposant, inertes, à côté des corps alignés, la tête en direction de la rivière qui, Amaia le sait, est au nord. La balle de petit calibre a dessiné sur leurs fronts un cercle sombre, effrayant, car on le devine insondable, et le plus jeune enfant, celui qui doit avoir son âge, a les cheveux dressés au sommet du crâne, comme s'il s'était fait un épi en dormant. Le sang s'est répandu sur son crâne brisé, coulant dans ses cheveux et l'inondant d'une masse visqueuse et obscure, comme de la mélasse. Une flaque se forme, se dirigeant lentement vers les pieds de la fillette de plus en plus triste qui, tout en sachant qu'elle ne doit pas le faire, éprouve le désir irrépressible de panser cette blessure de ses propres mains. Elle ouvre les yeux et Rosario est au-dessus d'elle, qui la regarde avec dédain.

— Tu crois peut-être que ça revient au même ? Qu'une nuit en vaut une autre ? demande-t-elle, affichant un air de mépris absolu. Que tout ça revient au même ?

Elle écarte les mains, esquissant un grand geste en direction du salon, des cadavres, de la musique de Berlioz. Elle se penche sur elle, de plus en plus près, et son souffle chaud agite ses cheveux sur son front.

— Tu crois peut-être que je suis folle ? Non, l'*ama* ne te mangera pas cette nuit. Dors, petite sorcière.

Elle se réveilla en sursaut, comme si elle surgissait d'une eau glacée, le front humide, le froid de son rêve encore collé à la peau, tremblant de peur et de certitude. La respiration hachée, elle jeta un coup d'œil autour d'elle, espérant qu'elle n'avait pas crié, certaine qu'elle n'avait pas dormi et avait seulement fermé les yeux quelques secondes. « Les morts vous rendent-ils visite au pied de votre lit, Salazar ? » Elle entendit nettement dans sa tête la voix de Dupree. « C'est une putain d'hallucination hypnagogique, merde ! C'est juste du stress, de la fatigue, de l'angoisse, et une putain d'hallucination entre l'état de veille et le sommeil. »

— Les morts sont seulement morts, murmura-t-elle comme pour se persuader.

Elle s'aperçut alors qu'elle avait parlé à voix haute et se tourna, inquiète, pour vérifier que ses camarades dormaient toujours. Elle se mit debout, étourdie, et, à tâtons, se dirigea vers l'entrée, guidée par la faible lumière de l'escalier. Troublée, elle pensa qu'elle devait aller là, car cette lumière bleue, ce bruit violent réussiraient peut-être à dissiper les brumes du rêve. « Tu crois que je suis folle ? » En un instant, ce fut comme si le vent redoublait de force avec un gémissement presque humain, qui semblait être à la fois à l'extérieur et à l'intérieur du bâtiment. Amaia posa la main sur sa poitrine agitée soudain par une noire palpitation et suivit son impulsion de marcher vers cette lumière. Elle sut avec certitude que ça ne revenait pas au même, qu'une nuit n'en valait pas une autre, que rien n'était laissé au hasard et que, lorsque sa mère s'approchait de son lit, ce n'était pas pour lui accorder une nuit de plus ni pour lui laisser la vie sauve, mais seulement pour prononcer sa sentence, comme Martin Lenx.

Les climatiseurs avaient beau vibrer à fond, donnant l'impression de marcher à plein rendement, la salle était bouillante. D'une dizaine d'écrans accrochés au plafond, projetant un éclat bleuté, surgissaient des images en direct des caméras de surveillance, qui montraient des rues désertes balayées par la pluie et le vent, et d'autres, méconnaissables, dans lesquelles on voyait voler de temps à autre, emportés par la fureur de l'ouragan, des branches d'arbres, des panneaux publicitaires, des bouts de plastique, des planches en bois arrachées des fenêtres, des gouttières. Sur la plupart des écrans, les images n'étaient qu'une succession de taches grises et floues, violemment secouées par le vent : l'omniprésente photo satellite de Katrina depuis l'espace, avançant inéluctablement vers La Nouvelle-Orléans.

À l'absence de fenêtres s'ajoutait la chaleur corporelle des trente opérateurs devant leurs ordinateurs et d'une dizaine d'autres qui allaient et venaient entre chaque poste. Le directeur de la salle et son assistante, une femme qu'Amaia avait rencontrée l'après-midi tandis qu'ils leur expliquaient quel genre d'appels devait attirer leur attention, travaillaient à un bureau au centre de la pièce. Quand elle la vit, la femme lui fit signe d'approcher et lui versa une tasse de café glacé d'une thermos. Sans se lever, elle attrapa une chaise afin qu'Amaia puisse s'asseoir à côté d'elle. Elle ôta l'oreillette de son oreille gauche.

— C'est de la folie, dit-elle, lui montrant un des écrans.

Une succession de rafales grises au milieu du noir.

— Katrina est en Louisiane. L'ouragan est entré par Buras, à l'ouest du delta du Mississippi. Ces images proviennent d'une caméra de surveillance sur l'autoroute. C'est tout ce qu'on a, on a perdu la liaison, mais le Centre national des ouragans parle d'une montée des eaux de huit mètres et demi.

Amaia la regarda, impressionnée.

— Huit mètres et demi, c'est…

— Fou, conclut-elle.

Amaia s'aperçut à cet instant que la femme était terriblement effrayée.

— On n'a aucun moyen de vérifier les informations qui arrivent, pour la plupart ce ne sont que des rumeurs que nous rapportent les gens qui appellent les urgences, les communications sont coupées avec la côte, mais on dit que Gulfport et Biloxi sont sous l'eau. (Elle inspira profondément.) J'ai des amis qui vivent là-bas.

Il lui sembla voir les yeux de la femme se remplir de larmes.

— Et en ville ? demanda Amaia pour changer de sujet.

— Dans certains quartiers, la lumière n'est pas revenue après la coupure de cette nuit, expliqua la femme, désignant les écrans sur lesquels on ne voyait que des nuances de gris. Heureusement, les lignes fixes fonctionnent encore. On reçoit un tas d'appels de personnes qui accusent la mairie d'avoir coupé l'électricité. Tu peux le croire, en pleine tempête ? Des gens en rogne, en majorité, mais ce qui nous inquiète c'est que, quand le courant est revenu, certaines pompes d'assèchement chargées d'évacuer l'eau des rues n'ont pas été alimentées et ont cessé de fonctionner. Le Centre national des ouragans estime que la montée des eaux poussera celles du lac Pontchartrain vers la côte ; on sait qu'il a commencé à déborder et que l'eau arrive déjà aux maisons les plus proches ; d'ailleurs, elle est aux portes de la caserne.

Amaia lui jeta un regard incrédule.

— Mais le lac n'est pas le plus préoccupant ; vu sa configuration, les eaux déborderont assez faiblement, c'est déjà arrivé d'autres fois. En revanche, si le vent pousse celles du Mississippi à contre-courant, comme pendant l'ouragan Betsy, cela peut provoquer des vagues qui risquent de passer par-dessus les barrages. Tu sais, j'imagine, que la ville est située deux mètres en dessous du niveau de la mer. Si les pompes ne marchent pas, les rues vont se remplir d'eau tant qu'il continuera de pleuvoir. Le centre-ville est déjà inondé. Pour l'heure, quelques centimètres. Mais sur la route 90, l'eau coule comme dans une rivière.

Elle avait à peine prononcé ces mots que la lumière s'éteignit à nouveau, plongeant dans le noir les écrans du plafond et les ordinateurs devant les opérateurs. Un murmure de découragement s'éleva dans la pièce.

— Patience ! Dans une minute le générateur se mettra en marche ! cria le responsable pour se faire entendre dans le brouhaha croissant. Nous travaillerons à capacité réduite tant que l'électricité ne sera pas revenue.

Dupree apparut à la porte et fit signe à Amaia de le rejoindre de toute urgence. Dehors, Johnson et les policiers de La Nouvelle-Orléans attendaient à côté de l'escalier. Dès qu'elle apparut, ils commencèrent à descendre.

— L'agente Tucker a localisé Nelson et son groupe aux urgences de l'hôpital Charity. La ligne est surchargée, mais le chef des pompiers a une liaison directe par radio avec le directeur du service. Il a localisé Meigs, le responsable d'équipe de Nelson. Il sera en ligne dans deux minutes.

— Et le silence radio ? demanda Bull, faisant allusion au principe de ne pas divulguer d'information via des moyens non sécurisés auxquels l'assassin pourrait aussi avoir accès.

— Ce ne sera pas par le canal officiel, mais par un canal alternatif. Si l'assassin écoute, il est peu probable qu'il soit sur toutes les lignes en même temps. De toute façon, on n'a pas le choix.

Les pompiers occupaient deux étages du bâtiment. Au second étaient la cuisine, le réfectoire et le dortoir où ils se reposaient quand ils étaient de garde ; au premier, le garage, l'atelier et l'entrepôt pour le matériel. Et dans une sorte d'entresol auquel on accédait en montant cinq marches, il y avait une salle de réception séparée de la rue par une grande baie vitrée, abritant un petit bar qui paraissait ne servir qu'à poser des tasses de café, trois canapés disposés autour d'un vieux téléviseur éteint et, derrière une cloison, la cabine de radio.

L'eau derrière la baie vitrée atteignait déjà soixante centimètres, quasiment la hauteur de la cinquième marche. Un groupe d'hommes étaient là, parlant avec animation en regardant dehors. Ils ne semblaient pas du tout préoccupés par la montée des eaux. Au contraire, ils accueillaient presque avec joie les vagues de plus en plus fortes qui venaient se briser contre les maisons en raison de la crue. Une tortue de la taille d'une grande main vint cogner contre la vitre, ballottée par les vagues. Les hommes crièrent de bonheur. Amaia avait déjà observé ce phénomène : de l'excitation, quasiment de l'allégresse, que les pompiers tentaient de réprimer, compensant leurs plaisanteries et leurs rires par des mines retenues et inquiètes. Ils s'amusèrent pendant cinq minutes à observer l'un d'eux qui, dans sa tenue de protection personnelle, s'était risqué à descendre les marches extérieures. De l'eau jusqu'aux hanches, muni d'une pelle, il récupéra la tortue pour la mettre à l'abri en haut de l'escalier, acclamé par le reste des hommes.

— C'est une tortue carnivore, expliqua un des pompiers en se tournant vers Amaia. Quand la tempête sera finie, en plus de la destruction, nous serons confrontés à des tortues carnivores, des fourmis rouges, des serpents d'eau, des rats des bayous, et à toute cette boue pourrie que la tempête charrie, qui non seulement empeste mais est truffée de bactéries capables de causer tout type d'infections, dit-il, montrant les marques noires que les vagues laissaient sur la vitre.

Le chef des pompiers leur fit signe que la liaison

était prête. Il conduisit le groupe jusqu'à la petite cabine vitrée où se trouvait la radio ; l'homme assis à l'intérieur les salua et, indiquant sur la table un micro avec une touche rouge, leur donna les instructions de base.

— C'est très simple : appuyer pour parler, lâcher pour écouter. N'oubliez pas de dire « à vous » à la fin de chaque communication pour que votre interlocuteur sache que vous avez fini.

Il se pencha sur le micro et appuya sur la touche.

Dupree posa son téléphone à côté du haut-parleur pour que Tucker et Emerson puissent entendre la conversation.

— Attention, Charity, ici la caserne de pompiers de Lake Marina Tower. Je vous passe l'agent du FBI. À vous.

— Ici le chef Meigs du centre ambulancier de l'hôpital Charity. À vous.

Dupree fit signe à Johnson de prendre la place du pompier devant la radio.

— Chef Meigs, je suis l'agent spécial Ambrose Johnson du FBI. Dans le cadre d'une enquête nous avons besoin de vérifier la présence d'un membre de votre équipe au cours de certaines interventions que vous avez effectuées ces derniers mois. Il s'agit de Brad Nelson. À vous.

— À votre service, si je peux vous être utile. Que voulez-vous savoir ? À vous.

— Nelson était-il dans le groupe qui est intervenu à Cape May, New Jersey, en février dernier ? À vous.

— Oui. C'est la première fois que Nelson nous accompagnait, d'ailleurs nous sommes peu intervenus. Les dégâts se limitaient à la côte, tout était sous contrôle quand nous sommes arrivés. À vous.

— Et le 15 mars à Killeen, Texas ? À vous.

— Oui. Nelson était avec nous. À vous.

— Et à Brooksville, Oklahoma, le 26 avril ? À vous.

— Oui… peut-être… je ne suis pas sûr. Si, il nous a accompagnés, mais il n'est pas reparti avec nous. Il s'est passé quelque chose… Il a eu une urgence et a dû rentrer chez lui. Son binôme connaît les détails mieux que moi. J'essaie de garder l'équipe unie, mais nous sommes aux ordres des autorités locales et devons parfois nous séparer. En revanche on travaille toujours par binômes, et j'étais avec eux quand il est parti. À vous.

— Comment s'appelle son binôme ? Il est ici avec vous ? Peut-on lui parler ? À vous.

— Il s'appelle Phil Lorenzo. Il est ici mais mobilisé actuellement. La tempête a arraché une partie du toit du Superdome et il pleut à l'intérieur du stade, sur les gens. On a reçu l'avis il y a vingt minutes et nous sommes l'équipe de secours la plus proche ; j'allais partir là-bas quand on m'a dit que vous vouliez me parler. Si c'est très urgent, je demanderai à Phil de prendre contact avec vous dès que possible, quoique je doute que ce soit dans les prochaines heures. Le service météo de Kenner vient de nous confirmer que l'œil de l'ouragan est à cent soixante-dix kilomètres de Biloxi. Pour le moment, l'impact de la montée des eaux sur toute la côte dépasse ce que nous avions prévu. À vous.

— Nous comprenons le côté exceptionnel de la situation, nous ne vous aurions pas dérangé si ce n'était pas important. Nous vous serions reconnaissants de nous mettre en contact avec Phil Lorenzo dès que possible. Encore quelques questions. Nelson vous a-t-il accompagnés à Alvord, Texas, au début du mois ? À vous.

— Oui, il était avec nous, mais pas depuis le début, il n'était pas disponible quand nous l'avons sollicité ; il nous a rejoints quelques heures plus tard. À vous.

— Combien d'heures plus tard, au juste ? À vous.

— Je crois me souvenir que nous sommes arrivés à midi et qu'il nous a rejoints le soir. À vous.

— Vous a-t-il accompagnés à Tampa, en Floride, il y a trois jours ? À vous.

— En effet. Il est venu par ses propres moyens, parce qu'il était plus près, et s'est rendu à Tampa en voiture, mais il nous a retrouvés sur place. À vous.

— Et nous savons qu'il est à La Nouvelle-Orléans avec votre équipe. À vous.

— Non, Nelson n'est pas ici, il avait du travail ; au dernier moment il nous a prévenus qu'il ne pourrait pas venir. À vous.

Surpris, Johnson se tourna vers Dupree et Amaia.

— Il a présenté son justificatif de voyage à Miami, murmura Dupree.

Johnson se pencha sur le micro et enfonça la touche rouge.

— Chef Meigs, c'est très important : êtes-vous sûr que Brad Nelson n'est pas venu avec vous à La Nouvelle-Orléans ? Peut-être va-t-il vous rejoindre plus tard ? Nous savons qu'il a demandé l'autorisation à son commissariat. À vous.

— Absolument sûr. Ça n'a rien d'inhabituel, c'est fréquent, je vous rappelle qu'il s'agit de policiers, de pompiers, d'ambulanciers. Ils ont des urgences et doivent parfois annuler à la dernière minute. À vous.

Johnson remercia le chef Meigs et se tourna vers ses collègues.

— Où est Nelson ?

Charbou répondit.

— Je vais vous dire où il est : ici, à La Nouvelle-Orléans. Vous avez entendu le chef Meigs, il était présent sur toutes les scènes de crime. Et le fait qu'il soit arrivé plus tard à certains endroits et parti plus tôt à d'autres, loin de le disculper, lui donne au contraire le temps de commettre les assassinats sans être soumis au contrôle du groupe.

— Je suis d'accord, dit Tucker au téléphone. Voyager seul lui permet d'être libre et de pouvoir se justifier auprès de son commissariat et de l'équipe. C'est un policier, il porte un insigne qui l'accrédite en tant que membre d'un groupe de secours, et au milieu d'une catastrophe, il passe inaperçu. Si quelqu'un le reconnaît, il devient un héros quand il explique que, devant l'importance du désastre, il a décidé de rejoindre l'équipe à la dernière minute.

Dupree hocha la tête, pensif.

— Johnson, quel est votre avis ?

— Nous allons trop vite en besogne. En premier lieu, il faudrait vérifier qu'il n'a pas eu en effet une urgence qui l'a empêché de venir ici. Il y a toujours plusieurs données qui ne cadrent pas. Mais c'est une possibilité, j'admets qu'il pourrait être…

— Oui, intervint Dupree. Au départ j'avais quelques doutes, moi aussi. Voyager avec l'équipe lui permet d'être sur place, mais c'est aussi une contrainte ; il me paraissait assez difficile de s'éclipser le temps de commettre les crimes… Mais à la lumière des nouveaux éléments, il semble plus facile que je ne le croyais de prétendre être occupé ailleurs ou avoir été sollicité à un autre endroit. S'ils sont aux ordres des autorités locales et que les groupes sont divisés, je doute que quiconque puisse répondre de quelqu'un d'autre, sauf son binôme, et même le chef Meigs est sûr qu'il leur est arrivé d'être séparés. Par exemple, pensez-vous qu'il serait difficile pour Phil Lorenzo, qui se trouve à présent entre l'hôpital Charity et le Superdome, de s'échapper de l'équipe pendant… D'après vous, combien de temps lui faudrait-il pour se déplacer de la base établie jusqu'aux lieux, commettre les crimes et revenir ?

La voix de Tucker résonna dans le haut-parleur, se perdit deux secondes, puis revint.

— Les meurtres en soi, entre vingt minutes et une demi-heure, au maximum une heure ; grâce au témoin, nous savons qu'il est rapide. Il vient accomplir sa tâche, s'en acquitte et repart. Ça cadre avec le profil et la nature du bourreau ; quelques préparatifs, mais pas de triomphe ensuite, ça ne correspond pas à sa mentalité et serait contraire à son désir de purifier les victimes et de faire croire qu'elles ont succombé à la tempête. Le temps qu'il lui faut pour se déplacer, c'est autre chose. Au milieu de la catastrophe, ce n'est pas évident, et il ne faut pas oublier que, chaque fois, il a dû être le premier à arriver jusqu'aux familles, avant toute autre équipe de secours, et on parle de communications coupées, de routes détruites et impraticables… Cela peut certainement lui compliquer pas mal les choses, et on ne sait toujours pas comment il choisit les familles.

Dupree observa Amaia pendant qu'elle écoutait les autres. Elle demeurait en retrait, appuyée contre la cloison, presque soutenue par celle-ci, silencieuse. Quelque chose avait changé en elle au cours des dernières heures. Ce n'était pas seulement la fatigue. Son visage avait été assombri par le halo grisâtre qu'octroie le discernement. Le fait de déchiffrer quelque chose que les autres ne connaissent pas. Pendant que ses collègues parlaient, elle restait immobile, le regard rivé au sol, comme économisant son énergie pour la consacrer à une pensée qui l'épuisait de l'intérieur.

— Salazar, l'encouragea Dupree.

Elle s'avança. Contrastant avec son apparence tourmentée, sa voix était claire et ferme.

— Nous sommes d'accord sur le fait que le Compositeur et Martin Lenx sont probablement la même personne.

Tous acquiescèrent.

— Mais je doute fortement que ces identités confluent en Nelson. Oui, je sais qu'il correspond, dit-elle, parant aux premières protestations, mais je sais aussi que tous les indices qui pointent dans sa direction sont circonstanciels. De Lenx nous connaissons sa scène de crime, ses photos et la lettre qu'il a laissée à la police. Du Compositeur nous connaissons ses scènes de crime, qui sont les seules pistes authentiques que nous avons pour attraper cet assassin. Nous en déduisons son comportement quand il tue, et ce doit être la base de notre enquête. Six scènes de crime réparties dans tout le pays, et une autre il y a dix-huit ans, quand Martin Lenx a assassiné sa famille. Bien sûr, il faut faire abstraction de la force des éléments, de la fureur de l'ouragan et des dégâts provoqués par les tempêtes, mais si nous sommes capables de dépasser ça, chaque scène de crime est aussi ordonnée et immaculée que l'originale dans le salon de musique de la vieille demeure.

— On sait déjà ça, où voulez-vous en venir ? demanda Tucker, contrariée.

Sans tenir compte de son ton péremptoire, Amaia continua.

— Nelson, dans un accès de colère, causé par un simple différend avec son épouse sur l'heure de retour des enfants, a détruit le salon de sa maison avec une violence inouïe. Selon les mots du capitaine de Galveston, « on aurait dit qu'il y avait eu une tornade ».

— Comme pour les autres scènes de crime, ajouta Charbou.

Amaia secoua la tête.

— Non. C'est ce qui nous embrouille. Nelson a détruit les meubles de son salon parce qu'il s'est disputé pour une broutille avec sa femme, et ce n'était pas la première fois. Nelson est un homme sujet à la colère, une brute incapable de se contrôler quand il est énervé. Un comportement qu'il a déjà eu à plusieurs reprises, au point que sa femme, n'en pouvant plus, a fini par plier bagage. Martin Lenx avait supporté des années de déceptions, des années de malchance pendant lesquelles rien ne s'est passé comme il le souhaitait. À cela se sont ajoutés la supposée désobéissance de ses enfants, le laxisme de son épouse, la non-obtention du poste qu'il convoitait… On sait par ailleurs, grâce à l'enquête, qu'il accumulait les dettes, avait contracté plusieurs hypothèques sur la maison, et que son monde s'écroulait. Et pendant tous les mois qui ont précédé les meurtres, il n'a jamais montré, ni à sa famille, ni à ses collègues de travail, ni aux fidèles de son église, qu'il souffrait, ni exprimé le moindre signe de contrariété. De fait, parmi les nombreux témoignages de ses proches d'alors, tous insistent sur son caractère maîtrisé, son excellente éducation, ses manières circonspectes. Martin Lenx a tout affronté avec calme, et c'est une donnée qu'il faut prendre en compte. Il s'est passé beaucoup d'heures entre le premier crime, sa mère, et le dernier, son fils aîné, qui rentrait du lycée.

Et en attendant, il est resté tranquillement chez lui, en compagnie des cadavres de sa famille, avec largement assez de temps pour penser, exploser ou devenir fou, mais non. Il est allé dans la cuisine, où il avait préparé du papier et un stylo à plume bleu, et il a pris le temps d'écrire une lettre de trois pages au responsable de son église. Il n'y avait pas de fautes d'orthographe, son écriture ne trahissait aucune fébrilité. Les graphologues affirment qu'il était d'humeur sereine quand il l'a écrite. Il l'a laissée là, sur la table. Vous connaissez le reste de l'histoire. Rien, aucun acte de Martin Lenx n'a été irréfléchi, ou dicté par la colère. Rien en lui n'a été instinctif ou précipité. Et pour chacun des six meurtres au cours des huit derniers mois, on a exactement le même schéma, au millimètre près.

« Tu crois peut-être que je suis folle ? » résonna la voix de sa mère dans sa tête.

Amaia ferma les yeux une seconde, s'efforçant de chasser de son esprit l'ombre de sa mère penchée sur elle.

— Non, une nuit n'en vaut pas une autre, dit-elle.

Elle le regretta aussitôt, mais il était trop tard, Dupree avait incliné la tête et l'observait. Il s'était rendu compte qu'elle se parlait à elle-même.

— Que voulez-vous dire, Salazar ? Lenx a assassiné sa famille le matin.

— Je veux dire que tous les jours ne se valent pas ; l'ordre, le moment comptent beaucoup. Chacun de ces six assassinats de familles, calqué au millimètre sur celui de sa famille d'origine, n'est pas un événement en soi, ils n'ont pas d'entité propre, ce sont juste des répétitions du vrai meurtre. Chaque fois qu'il assassine, il exécute la sentence de son véritable objectif, qui est sa famille actuelle.

— Pourquoi ne l'a-t-il pas encore fait ? demanda tranquillement Dupree, comme s'il connaissait déjà la réponse.

Amaia sentit à nouveau la présence de sa mère penchée sur elle, nuit après nuit, pendant son enfance.

— Parce que toutes les nuits ne se valaient pas, dit-elle. Elle attendait un signe, ça faisait partie d'un rituel.

— Elle attendait ? Ça faisait partie ?…

La voix déconcertée de Tucker sortit du haut-parleur du portable.

— Je veux dire « il attend », « ça fait partie », se corrigea Amaia qui s'en voulut et ferma une seconde les yeux, agacée. Cette épée de Damoclès au-dessus de ses victimes le fait se sentir puissant, et sa force de volonté pour attendre le bon moment nous donne une vision claire de son état mental : ce n'est pas un homme tourmenté, fou de rage ; ce n'est pas quelqu'un qui perd les pédales. Pas un seul indice ne conduit à cette sorte de fureur qui s'est emparée de Brad Nelson la nuit où il a détruit le salon de sa maison, ou chaque fois qu'il s'est disputé avec sa femme et a fini par briser des objets, incapable de se contrôler.

— Êtes-vous maintenant en train de dire que la destruction qu'on découvre sur les scènes de crime n'a rien à voir avec une représentation de la colère ? Je croyais que c'était ce qu'on avait conclu à propos du choix de la référence à la Bible dans la lettre de Lenx, fit remarquer Tucker.

Sa voix, hachée par les interférences de plus en plus nombreuses, avait un timbre narquois, de vieille sorcière.

— Une destruction, répondit Amaia, que le Compositeur laisse aux mains de Dieu, de la nature. Un verdict qu'il ne dicte pas, mais auquel il se soumet. Et nous avons ici un autre point discordant. Johnson et moi pensons qu'il est difficile pour un homme ayant les convictions morales et religieuses de Lenx de renoncer à celles-ci dans sa nouvelle vie.

— Vous oubliez que le capitaine de Galveston l'a vu entrer dans une église presque en catimini. Dans cette partie de sa vie, il a peut-être décidé de garder sa foi secrète, objecta Dupree.

Amaia secoua la tête.

— J'ai des doutes sur ce point aussi, il me semble peu probable qu'un luthérien convaincu tel que lui adopte ainsi le catholicisme. Dans sa lettre, la défense de la religion, l'emportant sur toutes les bonnes actions, justifie ses actes. Ce concept est profondément luthérien, l'inverse du concept catholique de la bonne action qui rachète même la brebis égarée. Martin n'était pas disposé à pardonner les petits péchés des siens, sa famille manquait à ses devoirs devant Dieu et il était le bras de la justice divine.

Elle laissa la parole à Johnson.

— Et il y a la question de la grand-mère. Nous avons constaté dans toutes les affaires qu'il y en avait une et, dans le cas contraire, qu'elle était remplacée par une figure de substitution. C'est important pour lui. Les parents du Nelson officiel sont morts il y a longtemps, et la mère de son épouse est décédée quand elle était petite. Ils n'ont pas de grand-mère de substitution ni de nounou, ni personne qui vit avec eux, leurs enfants sont déjà grands.

Emerson intervint pour la première fois.

— J'entends bien les conclusions de la sous-inspectrice, mais il reste la possibilité qu'il n'ait pas reproduit cette fois tous les schémas de sa vie précédente.

Si, comme le soutient Salazar, celle-ci est une version corrigée, il a peut-être éliminé certains aspects. Changer de religion pourrait même être une décision prise délibérément pour éviter de croiser, par hasard, quelqu'un de son ancienne église.

Amaia soupira avant de répondre.

— Je ne crois pas, évidemment, qu'il ait reproduit ce qu'il considérait comme les «erreurs» de sa vie précédente, mais sa religion était sa valeur principale, et la figure de la grand-mère avait tellement d'importance pour lui qu'elle est présente dans chaque meurtre. À tel point que, dans le cas de la famille Allen, il s'est assuré qu'il y en avait une, de substitution, et l'a poursuivie à travers champs pour la laisser sous le toit. Je pense qu'il a dû tenter de corriger les erreurs de sa vie passée, mais je crois aussi qu'il est appelé à les commettre à nouveau par le simple fait qu'il vise un idéal impossible. La réalité quotidienne des familles a bien plus de points communs qu'il n'y paraît, et on retrouve le même genre de conflits à certaines étapes du développement des enfants.

— Demandez aux thérapeutes familiaux et aux psychologues pour enfants et adolescents, renchérit Johnson. Tant que les enfants étaient petits, il a probablement réussi à garder le contrôle, mais les enfants réclament souvent plus d'indépendance à l'adolescence. Et là, comme la fois précédente, les conflits ont dû réapparaître. Si par ailleurs son épouse actuelle n'est pas toujours d'accord avec des règles aussi strictes, la probabilité que le même schéma de comportement se répète est très élevée. On peut être sûr que l'œuvre ne le satisfait plus, ne lui plaît plus, et qu'il décide, comme la fois précédente, de tout jeter à la poubelle, et peut-être de recommencer.

Tucker voulut intervenir, mais la communication fut plusieurs fois perturbée avant d'être coupée. Dupree la rappela de son portable.

— Désolé, agente Tucker. Nous risquons d'être à nouveau interrompus à tout moment. Dans tous les cas, Internet fonctionne encore : si nous sommes coupés, nous pourrons continuer par mail. Vous étiez en train de dire quelque chose.

— Oui. Sous-inspectrice Salazar, je ne suis pas d'accord avec votre hypothèse. Je crois que c'est Nelson. Chaque argument que vous avancez pour le rejeter me semble confirmer le contraire. Emerson pense la même chose. Que dites-vous, Johnson ?

— Je suis d'accord avec Salazar, pour moi ça ne cadre pas du tout, même s'il y a plusieurs coïncidences qui font de lui un potentiel suspect. Mais on pourrait, par exemple, commencer par vérifier s'il n'est pas chez lui, au fond de son lit, ivre mort en train de pleurer…

— Pizza à quoi ? demanda Tucker.

— Anchois et olives, répondit Johnson.

Les policiers de La Nouvelle-Orléans échangèrent un regard interrogateur avant de se tourner vers Johnson qui les observait avec amusement.

— C'est la technique habituelle pour vérifier si quelqu'un est bien chez lui. Un agent habillé en livreur de pizza sonne à sa porte, expliqua Johnson. Tout le monde ouvre à un livreur de pizza, même quand on n'a rien commandé.

L'écran du portable s'éteignit. La communication avait été de nouveau coupée. Dupree tenta plusieurs fois de rappeler Tucker. En vain.

31

Nana. Sommeil éternel

Stade Superdome de La Nouvelle-Orléans
Lundi 29 août 2005, 8 h 45

Nana prit son calmant sans eau, le faisant passer avec sa salive. Il lui donna envie de pleurer, lui laissant un arrière-goût métallique, comme si elle avalait du sang. Elle avait accumulé tant d'angoisse. Elle s'appuya contre le mur, tentant de soulager le poids sur sa hanche droite. La douleur lancinante parcourait sa jambe du talon à la taille, avec de fortes crampes qui menaçaient à tout moment de la faire tomber. Elle ferma les yeux et se concentra sur l'effet du sédatif pour se persuader qu'elle commençait à sentir du soulagement.

Depuis presque trois heures, ils étaient dans un couloir du Superdome, où ils avaient dû se réfugier quand, vers six heures du matin, une terrible rafale avait arraché le toit au-dessus de leurs têtes et que la pluie était tombée à l'intérieur du stade. Mouillés et terrifiés, ils s'étaient d'abord abrités dans un tunnel d'accès, mais peu à peu ceux qui se repliaient derrière eux les avaient poussés vers un couloir intérieur. Bobby plaça le fauteuil roulant de sa mère contre le mur et aida Nana à s'asseoir à côté d'elle, par terre, sur l'oreiller qu'il avait apporté. Ainsi, la tête posée sur la roue du fauteuil de Seletha, elle était restée immobile, perdue, regardant les gens qui déambulaient pour chercher où poser leurs affaires. Il faisait chaud, elle avait les cheveux trempés mais la tache d'urine sur sa jupe avait séché, formant juste une auréole blanche. Nana la frotta avec dégoût et se rendit compte que Bobby l'observait, préoccupé.

— Ce n'est pas grave, Nana, ça n'a aucune importance, ça ne se voit quasiment plus.

En guise de réponse, elle ferma les yeux. Quand elle avait crié dans le couloir, après être sortie des toilettes où une femme était violée, elle avait réussi à attirer l'attention d'un groupe d'enfants bruyants, assis près des escaliers. Ils s'approchèrent d'elle mais quand elle leur expliqua ce qu'il se passait, ils regardèrent en direction de la porte des toilettes d'un air affligé. Deux d'entre eux proposèrent d'aller jusqu'à la sortie suivante où, selon une des filles, il y avait des policiers. Ils mirent une éternité à revenir et tandis qu'elle attendait, Nana vit sortir les trois hommes qui disparurent parmi la foule du couloir ; peu après, la femme sortit à son tour. Elle regarda des deux côtés, tira sur sa jupe et se recoiffa avec les mains.

Quand les enfants revinrent en compagnie de deux policiers, elle avait perdu la femme de vue.

— Il y avait trois hommes qui violaient une femme, mais ils sont partis, tous.

Les policiers échangèrent un regard, entrèrent inspecter les toilettes, et ressortirent à peine deux minutes plus tard.

— Il n'y a plus personne, dit l'un d'eux, qui tenait sa matraque à la main.

— Je vous l'ai dit, ils sont tous partis, répéta-t-elle. Ils étaient trois, je n'ai rien pu faire.

Un des policiers remarqua la tache sur sa jupe.

— Vous êtes avec quelqu'un, madame ? Il vaudrait mieux retourner à votre place et, s'il vous plaît, n'allez pas seule aux toilettes, ce n'est pas sûr.

Deux filles l'avaient raccompagnée jusqu'à son siège. Bobby lui dit qu'il était désolé et Seletha continua de dormir. Ce fut tout. Personne ne fit rien. Il n'y avait rien à faire. Elle était restée là assise, sans bouger, ruminant toute cette saloperie jusqu'à ce qu'une rafale de vent arrache le toit du Superdome, déversant sur eux la pluie et l'obligeant à retourner dans le couloir.

Elle regarda avec désolation la petite flaque brune qui s'étendait à ses pieds. La crue avait provoqué un dégorgement et les eaux usées remontaient à la surface. Depuis une demi-heure, des geysers puants jaillissaient des toilettes et des lavabos du Superdome. Nana était tellement accablée qu'elle ne se rendit pas compte que son oreiller commençait à être imbibé de cochonneries. Bobby l'aida à se lever, s'excusant comme s'il était responsable de toute la merde qui sortait des toilettes. Il prit l'oreiller de Nana, arracha la housse tachée et lui tendit le rembourrage matelassé, qui présentait une petite trace jaune dans un coin.

Bobby posa la main sur le front humide de sa mère.

— Je crois qu'elle a de la fièvre.

— Il fait très chaud ici, répondit Nana.

Elle était sûre que Bobby ne se trompait pas, mais avait résolu de garder ses distances pour pouvoir supporter tout cela.

— Maman, réveille-toi ! Maman, maman…

Bobby se pencha sur sa mère, approcha son oreille

de sa bouche ouverte pour écouter sa respiration. Il souleva ses paupières pour examiner la taille de ses pupilles, qui apparaissaient inégales et ne réagirent pas à la lumière. Il prit sa main, sans cesser de lui parler.

— Maman, réveille-toi, maman, s'il te plaît, réveille-toi, répéta-t-il de plus en plus angoissé.

Il saisit un de ses doigts et appuya sur le contour de l'ongle, si fort qu'il laissa sur la peau à cet endroit une fine marque sanglante. Les yeux de Seletha ne montrèrent aucune réaction.

— Nana, je crois que ma mère est dans le coma.

32

Anchois et olives

Miami, Floride

À travers les vitres teintées de la camionnette, l'agente Tucker parvenait à apercevoir d'imposants nuages en formation dans le ciel bleu de Miami. La porte de la maison de Nelson était en partie cachée par l'accès à la demeure voisine. C'était une maison de ville relativement neuve, plutôt jolie, bien que souffrant de la comparaison avec la maison d'à côté, mieux entretenue et décorée de jardinières fleuries, alors que la sienne n'avait même pas de rideaux aux fenêtres. Ça faisait presque une heure qu'ils étaient là, et les vingt-neuf degrés de température extérieure commençaient à rendre l'air irrespirable à l'intérieur du véhicule dont le moteur tournait. Tucker avait essayé de se concentrer sur le rapport envoyé par Amaia, résumant tous les éléments en leur possession. Une goutte de sueur coula sur son front, lui donnant la sensation qu'un insecte bougeait sur sa peau. Elle soupira avec résignation et considéra l'habitacle. La chaleur qui émanait des corps et l'odeur de transpiration des trois hommes qui l'accompagnaient étaient devenues intolérables. Ils avaient utilisé un système d'écoute à distance tandis qu'un des agents, se faisant passer pour un téléprospecteur, avait appelé sur la ligne fixe de Brad Nelson. Mais il était tombé sur le répondeur. Ça ne voulait rien dire. En voyant s'afficher le numéro, il pouvait avoir décidé de ne pas répondre. Puis, ils avaient essayé son portable. « Le numéro que vous avez demandé n'est pas accessible pour le moment. »

Elle soupira de soulagement quand elle vit s'approcher la moto de l'agent déguisé en livreur de pizza avec sa veste rouge et sa casquette multicolore. Elle roula le rapport, fit signe aux techniciens de vérifier une dernière fois le bon fonctionnement de la communication radio avec l'agent extérieur, et l'opération commença. Le jeune agent gara sa moto contre le trottoir et traversa les graviers du jardin jusqu'à la porte d'entrée.

— Vas-y, ordonna Tucker dans la radio.

L'agent frappa à la porte une fois. Deux. Rien.

— Encore, insista Tucker.

Rien.

De son poste dans la camionnette, Tucker observa l'entrée de la maison pendant quelques secondes.

— Essaie encore pour être sûr, ensuite on glissera la caméra sous la porte.

L'agent frappa deux fois à nouveau. La porte de la maison voisine s'ouvrit, et un homme d'environ soixante-dix ans, vêtu d'un pyjama dont le haut était déboutonné, s'appuya contre la rambarde de son escalier, toisant le livreur.

— Je doute fort que mon voisin ait commandé cette pizza, petit, dit-il avec malice.

— Fais-lui tout le laïus, souffla Tucker.

Elle savait d'expérience que les voisins sont généralement une source fiable d'information.

— Eh bien, monsieur, répondit le livreur, feignant de lire sur un petit carnet, j'ai ici la commande d'une maxi pizza avec double ration d'anchois, olives et câpres pour M. Brad Nelson, 556B avenue Tiboly. Ce n'est pas ici ?

À l'intérieur de la camionnette, il y eut des gloussements et des grimaces de dégoût.

L'homme en pyjama se toucha le menton, comme pour vérifier qu'il s'était bien rasé.

— Si, c'est ici, et Brad Nelson est mon voisin, mais je crains qu'on vous ait fait une mauvaise blague. Je l'ai vu mettre ses valises dans sa voiture et il m'a dit qu'il partait en voyage.

L'agent livreur soupira, résigné.

— C'est sûrement ça : des gosses nous ont déjà fait ce genre de blague, on aurait dû s'en douter, peu de gens prennent des anchois au petit déjeuner.

Il avait pivoté pour regagner la rue, mais il se retourna.

— Vous ne sauriez pas quand M. Nelson va rentrer ? C'est un bon client, et maintenant que la pizza est là, je pourrais la laisser à sa porte s'il revient vite…

— Ne comptez pas là-dessus. Il m'a dit qu'il serait absent deux ou trois jours, peut-être plus.

L'agent, l'air désemparé, remercia le voisin et se dirigea vers la moto.

— Hé, petit, vous pourriez me la donner, comme vous avez dit, maintenant qu'elle est là et que peu de clients aiment les anchois au petit déjeuner…

À l'intérieur de la camionnette, les agents éclatèrent de rire. Craignant qu'on les entende de l'autre côté de la rue, Tucker les fit taire, non sans mal.

Elle sortit du véhicule et marcha jusqu'à sa voiture, tirant sur son tee-shirt qui lui collait au dos et frappant sa hanche en rythme avec le rapport de Salazar enroulé. « Putain, est-ce que les mecs savent ce qu'est le déodorant ? » Elle avait besoin de prendre une douche en urgence pour se débarrasser de cette odeur, mais devait auparavant faire quelque chose d'important. Elle déverrouilla la voiture et s'assit à la place du passager pour laisser Emerson conduire.

— OK, dit Emerson. On a maintenant la confirmation que Nelson n'est pas en ville et qu'il est très probablement parti pour La Nouvelle-Orléans, ou se trouve déjà sur place. Vous allez appeler l'agent Dupree ?

— Les communications sont coupées depuis ce matin, et le siège du FBI à La Nouvelle-Orléans a été délocalisé, il n'y a plus personne là-bas. Rétablir la liaison avec le groupe est très compliqué en ce moment et sera impossible quand ils quitteront le centre d'urgence.

Emerson garda le silence quelques secondes. Tucker crut qu'il réfléchissait à ce qu'elle venait de lui dire et fut d'autant plus surprise quand il affirma :

— La sous-inspectrice Salazar se trompe. Nelson est le Compositeur.

Tucker pivota sur son siège pour mieux l'observer.

— Vraiment ? Expliquez-moi ça.

Emerson regarda l'agente Tucker, qui lui fit signe de se concentrer sur la route. Il hésita avant de répondre.

— Elle pense que Martin Lenx est le Compositeur, mais ne croit pas qu'il ait pu prendre l'identité de Nelson, dit-il, montrant le rapport que Tucker tenait entre ses mains.

— Son analyse vous paraît erronée ?

Il se tourna à nouveau vers elle, troublé. Il essayait de la flatter, de lui dire qu'il était de son côté, et elle…

— Je veux dire que nous avons raison, et pas elle.

— Moi, j'ai trouvé son analyse brillante, d'une grande clarté. Et je crois que nous avons de la chance de l'avoir dans l'équipe. Vous feriez bien, agent Emerson, d'apprendre d'elle ; si vous voulez progresser et monter en grade au FBI, cessez de remettre en question ce que dit une femme, seulement parce que c'est une femme. Prenez le temps de réfléchir, la prochaine fois.

Emerson soupira, perturbé. On aurait dit un enfant sur le point de pleurer.

— Je ne comprends pas, vous non plus n'êtes pas d'accord avec elle.

— La différence, c'est que je la respecte. Vous pouvez me lécher les bottes autant que vous voulez, mais si vous espérez m'avoir à la bonne en critiquant une femme qui vaut deux fois mieux que vous, vous vous fourrez complètement le doigt dans l'œil.

Emerson souffla par le nez et choisit de se taire, incapable de trouver quoi répondre. Tucker sourit à nouveau. Elle sortit son téléphone, chercha un numéro dans ses contacts et appuya sur la touche d'appel.

— Ne soyez pas triste, agent Emerson. Il est possible que Nelson soit à La Nouvelle-Orléans, et même que Salazar ait raison, dit-elle, brandissant le rapport devant ses yeux, mais croyez-moi si je vous dis que nous sommes au bon endroit, au bon moment.

33

Monnaie d'échange

Washington D.C.
Lundi 29 août 2005

Le directeur Wilson observait par la fenêtre la circulation, calme comme il se devait en ce lundi d'août sur Pennsylvania Avenue. Avec les mains dans les poches de son pantalon de survêtement et le soleil colorant son visage, déjà naturellement rougeaud, il avait un air décontracté et nonchalant qui contrastait avec ses lèvres pincées et ses sourcils froncés au-dessus de ses lunettes à fine monture.

— C'est moi ou c'est dégueulasse ? demanda Michael Verdon derrière son bureau.

Wilson se retourna et le regarda, à la fois triste et résigné. Il soupira avant de répondre.

— Des trahisons, des crasses…

— On sait que l'agente Stella Tucker est capable du pire…

— Oui, approuva Wilson, mais elle a raison, et l'expérience m'a appris qu'il vaut mieux parfois faire une fleur à quelqu'un comme Tucker que de voir la tête d'un ami tomber.

Verdon secoua la tête, écœuré, mais il saisit le

téléphone et demanda la communication qu'il sollicitait depuis une heure avec La Nouvelle-Orléans. Il activa le haut-parleur pour que Wilson puisse écouter la conversation, et attendit quelques secondes, imaginant la surprise de Dupree quand il recevrait un appel du bureau du directeur du département d'enquête criminelle à Washington sur la ligne fixe du chef de la caserne des pompiers.

— Michael ?

La voix de Dupree était claire, mais Verdon, qui le connaissait bien, y perçut une once de méfiance.

— Aloisius, je suis avec Jim Wilson. Il fait beau ici à Washington, j'imagine qu'il n'en va pas de même en Louisiane. Les images aux infos sont effrayantes. On parle de destruction gigantesque et de centaines de morts et de disparus. Nous pensons que ça va se compliquer pour vous dans les prochaines heures et qu'il sera difficile de quadriller le secteur.

Dupree avait écouté attentivement et répondit avec prudence. Ce que lui racontait Verdon lui semblait bien moins important que le fait que Jim Wilson ait interrompu ses vacances.

— Michael, Jim, que se passe-t-il ?

Verdon regarda Wilson et soupira, levant les deux mains en signe d'impuissance totale. Dupree n'était pas idiot, il savait parfaitement qu'ils ne l'appelaient pas pour lui parler de la météo.

— Dupree, les circonstances météorologiques particulières, le fait que ton unité soit actuellement répartie à deux endroits différents et l'ampleur de la catastrophe qui frappe La Nouvelle-Orléans nous a amenés à prendre certaines décisions.

Dupree garda le silence. Seul le grésillement de la

ligne les assura que la communication n'avait pas été coupée.

— Nous estimons nécessaire de te donner quelques explications, ajouta Verdon avec déférence. Nous avons suivi avec intérêt vos avancées dans l'enquête, et l'agente Tucker nous a informés que…

— J'ai bien entendu ? L'agente Tucker vous a appelés ? interrompit Dupree.

— Aloisius, s'il te plaît, arrête d'être sur la défensive et écoute-nous ; nous sommes tes amis, intervint Wilson, haussant le ton.

— Comme je te disais, reprit patiemment Verdon, l'agente Tucker nous a informés que vous avez obtenu la confirmation de la présence d'un policier de Miami, Brad Nelson, sur toutes les scènes de crimes, et que la sous-inspectrice Salazar a établi d'importantes similitudes entre les crimes du Compositeur et une affaire d'assassinat de famille il y a dix-huit ans.

— Je vois que l'agente Tucker a oublié de mentionner que même si, en effet, Nelson a accompagné l'équipe de secours sur certaines scènes de crime, il est rentré avant elle de Brooksville et n'est pas officiellement à La Nouvelle-Orléans. Elle a également omis de dire, bien entendu, que même si Salazar pense que le Compositeur peut être un certain Martin Lenx qui a tué toute sa famille il y a dix-huit ans, elle ne croit pas que Nelson corresponde au profil.

— Il me semblait que c'était votre principal suspect…

— C'est à moi que tu poses la question ou à l'agente Tucker ?

— Aloisius, bon sang ! implora Wilson.

— Nelson est notre principal suspect, mais tous les indices sont circonstanciels ; nous attendons de pouvoir interroger son binôme dans l'équipe de secours, ainsi que d'obtenir confirmation de certaines vérifications que j'ai demandées à Tucker vers six heures du matin. Je n'ai pas encore reçu son rapport, contrairement à vous.

— Tucker a essayé de te contacter, mais elle affirme qu'elle n'a pas réussi.

— Quoi d'autre ? demanda Dupree sur un ton dur et impatient.

Wilson hocha la tête en regardant Verdon. Dupree, à l'évidence, sentait la vacherie arriver. Il était inutile de la différer davantage.

— L'agente Tucker a parlé à l'épouse de Nelson, lâcha Verdon, contrarié.

— Comment ?

Ce n'était pas une question. Il ne demandait pas comment elle avait procédé mais comment elle avait osé. Verdon le comprit.

— D'après les renseignements qu'elle avait recueillis, il lui a semblé devoir le faire.

— Pourquoi n'a-t-elle pas demandé l'autorisation ? répliqua Dupree.

— Écoute, Aloisius, je comprends que ça t'emmerde, mais les communications sont quasi impossibles, les portables ne marchent plus à La Nouvelle-Orléans, il nous a fallu plus d'une heure pour obtenir la liaison avec toi sur une ligne fixe, alors que nous avons tous les moyens à notre disposition.

— Depuis quelle heure a-t-elle la confirmation que Nelson n'est pas à Miami ? insista Dupree sans répondre à Verdon.

— Depuis sept heures du matin, à peu près.

— Alors pourquoi ne nous l'a-t-elle pas communiqué ? Il est presque onze heures. Nous avons perdu les liaisons téléphoniques après la coupure de courant, mais j'ai très clairement donné l'ordre de nous informer de n'importe quelle avancée par mail.

— Ce n'était pas grand-chose, et il lui a semblé que parler à l'épouse de Nelson était le mieux pour l'enquête.

— À quelle heure ?

— Dupree…

— À quelle heure a-t-elle parlé à l'épouse de Nelson ? Il y a quatre heures de route entre Miami et Tampa.

— Nous l'ignorons, répondit Wilson, conscient que Dupree savait qu'il mentait.

Verdon intervint, pacificateur :

— Tu as toi-même reconnu qu'entre la tempête et la coupure de courant il y a eu des problèmes avec les communications.

— Je suis au centre d'urgence du 911, ils ont un générateur et trente opératrices qui répondent au téléphone ; j'ai du mal à croire qu'elle n'ait pas réussi à me contacter. Alors que vous, au moment où vous avez quelque chose à communiquer, vous avez trouvé le moyen de le faire, dit-il, sarcastique.

— Aloisius…, supplia Verdon, conciliateur.

— Aloisius, continua Wilson, l'épouse de Nelson confirme plusieurs aspects relatifs à son comportement qui sont assez troublants. Il est venu chez elle avant-hier ; elle l'a trouvé inhabituellement serein, étrange, mystérieux, une attitude très différente de celle, plus tourmentée, qu'il a eue ces derniers temps. Il lui aurait dit exactement : « Tout ce qui s'est passé, c'est ma faute, je sais que j'ai mal agi, mais je vais arranger cela. Je dois à présent partir car j'ai quelque chose à faire que je ne peux pas différer, mais quand je reviendrai, je serai prêt à corriger toutes les erreurs. »

— Il a dit « les » ou « mes » erreurs ? voulut savoir Dupree.

— « Les erreurs », d'après ce que j'ai sous les yeux.

— Ce pourrait être simplement la promesse d'un homme qui cherche à s'amender, mais aussi l'annonce que le moment qu'il attend est sur le point d'arriver. « Les erreurs » suggèrent qu'il s'exclut de la responsabilité de les avoir commises, même s'il se sent prêt à y remédier. Salazar pense que notre homme diffère seulement l'assassinat de sa famille à un moment précis, une sorte de signal qu'on ignore pour l'heure, on continue de travailler dessus.

Dupree fit une pause ; quand il reprit la parole, l'indignation était revenue dans sa voix.

— Vous vous rendez compte de l'importance de ce que vous me racontez ? C'est une information vitale pour l'enquête, et l'agente Tucker l'a retenue de manière délibérée. Elle a agi sans réfléchir, a peut-être mis toute l'enquête en péril. Si Nelson est notre homme, qu'il appelle son épouse et qu'elle lui parle de la visite de Tucker, cela pourrait l'alerter.

— C'est la raison de notre appel, Dupree, expliqua Verdon. J'ai placé la famille de Nelson sous protection et mis Tucker à la tête d'une équipe à Miami.

Dupree resta silencieux.

— Aloisius, dit Wilson sur un ton conciliant. Sois compréhensif.

— Sérieusement, vous êtes tellement aveugles que vous ne voyez pas ce que Tucker manigance ?

Michael Verdon soupira lourdement.

— Aloisius, j'ai beaucoup de respect pour toi, mais tu ne peux pas nous rendre responsables de cela. Tu es de retour dans ta ville ; après ce qui s'est passé la dernière fois, il est inévitable que nous soyons méfiants… Je ne t'offenserai pas en te demandant s'il y a un lien avec Samedi… Parce que j'espère sincèrement que non.

— Et je ne te répondrai pas, parce que ce serait hors de propos, répliqua sèchement Dupree.

— Un agent de ton expérience devrait savoir qu'il y a des éléments spécifiques à cette enquête que tu aurais dû nous communiquer.

— Je ne vois pas à quoi tu fais référence.

— À une information que tu as oublié de mentionner et qui figure dans le rapport envoyé par Salazar à l'agente Tucker : le nom de jeune fille de Sarah Nelson est Rosenblant, c'est la fille du sénateur.

— Je ne peux pas le croire ! s'exclama Dupree, stupéfait. Tu es en train de me dire que tout ce cirque, c'est parce que le beau-père de Nelson est sénateur ?

— Bon sang, Dupree ! Qu'est-ce qui t'étonne ? cria, énervé, Wilson. Tu sais très bien comment ça marche !

Verdon prit la parole. Il avait retrouvé son calme, mais aussi sa fermeté.

— J'ai l'impression que tu n'as pas conscience de la gravité de la situation. Depuis la base navale de Lakefront, on nous a confirmé que le siège du FBI à La Nouvelle-Orléans est totalement détruit, le toit a été arraché par le vent et les vitres ont littéralement explosé. Tout le personnel a été évacué, y compris les réservistes. Les militaires s'occupent de faire quitter la ville aux agents et à leurs familles. Quand la tempête sera passée et que vous mettrez le nez dehors, vous serez seuls. Si l'opération quadrillage échoue, et si par malheur il s'avère que ce type est un assassin et que le sénateur apprend que sa fille et ses petits-enfants ont été en danger parce que nous n'avons pas activé le protocole de sécurité, des têtes vont tomber, et inutile de te dire que les nôtres sont bien vissées.

Avant de raccrocher, Verdon lui fit une dernière remarque.

— Il y a autre chose. Même si tu considères notre intervention comme une ingérence dans la direction de ton équipe, nous avons confiance en toi. Je détiens une information relative à la sous-inspectrice Salazar, mais je te laisse décider ce que tu veux en faire et si cela peut affecter le déroulement de l'enquête. C'est une circonstance extraordinaire et cela mérite des mesures extraordinaires. Si tu décides de cacher cette information, nous la retiendrons le plus longtemps possible ; je ne crois pas que cela posera de grand problème.

34

Insomnie

Centre 911 de La Nouvelle-Orléans
Lundi 29 août 2005, entre 10 heures et 12 heures

Amaia s'approcha de la fenêtre pour essayer de voir à travers le trou que quelqu'un avait fait dans le papier kraft qui protégeait les vitres. Le verre lui renvoya sa propre image. Plaquant ses mains contre son visage, elle regarda dehors. La ville était noire : le jour s'était levé plusieurs heures plus tôt, et pourtant le ciel était aussi sombre qu'un lac profond. Il lui sembla distinguer au loin l'éclat d'un incendie, probablement une explosion de gaz.

Elle vit passer le toit de plusieurs voitures flottant sur l'eau comme des tortues mortes.

Après la conversation avec le capitaine de l'équipe des secours, elle avait essayé de se remettre au travail en relisant la déclaration des témoins, qui ramenait une fois de plus à celle de Joseph Andrews et au capitaine Reed de Galveston, à celle du groupe de criminalistique qui avait analysé la maison, et à celle de Nelson en personne au sujet de ce qu'il avait vu sur place. Johnson et elle avaient fouillé toute l'histoire criminelle du pays au cours des dix-huit dernières années : depuis l'assassinat de la famille Lenx il n'y avait pas eu de meurtre réunissant les particularités de celui-ci, jusqu'à celui de Galveston. Tout commençait là. L'assassinat des Andrews était la Genèse de ce créateur de morts.

Oui, mais de quelle façon, comment, quel était le signal que cette entité attendait pour son Armageddon ?

Le vacarme provenant de la salle d'urgence la tira de sa concentration. Johnson et les policiers de La Nouvelle-Orléans étaient à la porte. Elle éteignit son ordinateur et les rejoignit.

Les lignes étaient saturées. Dès qu'un opérateur raccrochait, ça sonnait à nouveau. Amaia se plaça à côté de l'opératrice avec qui elle avait sympathisé, et qui la salua d'un geste tandis qu'elle prenait un appel. Le ton de sa voix n'avait pas changé, elle gardait son calme. Amaia trouva qu'elle parlait même plus lentement, mais son visage trahissait la tension. Elle écoutait les demandes de secours au téléphone en se mordant les lèvres au point de les faire disparaître, comme si elle voulait avaler sa propre bouche.

Le coordonnateur en chef brancha le haut-parleur pour qu'ils puissent entendre certains appels.

Des gens en pleurs.

« S'il vous plaît, aidez-moi, ma maison a bougé, je suis seule avec deux enfants tout petits, les vagues entrent chez moi. »

— Madame, on ne peut rien faire pour le moment ; les policiers ne peuvent pas sortir tant que la tempête n'est pas passée.

Ou profondément résignés.

« Bonjour, nous sommes à la plage, nous avons été stupides et je pense que nous allons mourir ici. »

— Madame, essayez de vous mettre à l'abri, on ne peut vous envoyer personne pour l'instant.

Ou paniqués.

« S'il vous plaît, aidez-nous, nous sommes dans un grenier, mais il n'y a aucune issue, et l'eau arrive au linteau de la porte ; s'il vous plaît, venez nous chercher. »

— Monsieur, nos agents ne peuvent pas se déplacer actuellement ; donnez-moi votre adresse et vos noms.

« Nos noms ? Pour pouvoir nous identifier quand vous nous trouverez morts ? »

Ou désespérés.

« Je vais mourir, je m'appelle Ethel Burel, je suis dans le 9e District. »

— Vous n'allez pas mourir, madame, essayez de vous mettre à l'abri, on vous enverra quelqu'un dès que la tempête s'apaisera.

« Vous ne comprenez pas, je vais mourir. »

— Tous les appels sont comme ça.

Le directeur posa la main sur son épaule, l'encourageant à continuer ; l'opératrice coiffa ses écouteurs et prit un nouvel appel.

— Les gens demandent de l'aide, et tout ce qu'on peut faire c'est noter leurs coordonnées et les ajouter à une liste d'attente.

— Quelle est la situation en ce moment ? demanda Johnson.

L'homme le regarda, soudain en colère, et montra les écrans au plafond. Tous levèrent la tête, sauf Johnson qui observait le visage crispé du coordonnateur des urgences.

— En un mot : c'est le chaos. La ville est dans le noir. On nous a avertis que plusieurs pylônes électriques sont tombés, les téléphones portables ne marchent plus, le vent a probablement arraché les tours de relais. Il pleut à l'intérieur du Superdome, les gens s'entassent dans les couloirs et les eaux fécales sortent des toilettes. Il y a eu des agressions, des viols et des bagarres, aussi bien au Superdome qu'au centre des congrès. On parle de plusieurs morts à l'arme blanche. Il y a des maisons en feu, sans doute à cause des fuites de gaz occasionnées par le déplacement des fondations. On nous a informés de la présence en plusieurs endroits de tourbillons et de petites tornades, comme si ça ne suffisait pas. De cadavres flottant dans les rues. De maisons entières arrachées par l'eau. Mais si votre question concerne vos « coups de feu consécutifs », pour le moment on n'a rien.

Johnson le fixa avec incrédulité. Il fit un pas en avant et se posta devant l'homme, face au pupitre duquel il dirigeait les opérations. Il lut son nom sur la plaque posée sur son bureau. Bernard Antée.

— Écoutez-moi bien, monsieur Ante.

— Antée, le corrigea l'homme sans le regarder.

— Regardez-moi, monsieur Antée, ordonna Johnson.

Le coordonnateur leva les yeux vers lui, de mauvais gré.

— Je vous écoute, répondit-il, furieux.

Gardant son calme, Johnson se rapprocha de lui et se pencha en avant, obligeant l'homme à faire de même ; puis il lui parla à l'oreille.

— Nous sommes ici pour aider ; nous cherchons un assassin, un monstre qui apparaîtra entre les ruines de cette ville pour massacrer dans sa propre maison la malheureuse famille qui aura eu la chance de survivre à tout cela. Il s'agira en effet de coups de feu consécutifs, tirés l'un après l'autre, tandis qu'il les tuera un par un, y compris les enfants, en obligeant les autres à regarder. Je sais que ça ne vous amuse pas, mais vous n'avez pas le droit de supposer que moi, oui. Ce ne sont pas « mes » coups de feu ; ce seront, si nous n'arrivons pas à l'empêcher, ceux d'une famille dont le seul tort sera d'avoir survécu à la tempête pour qu'un assassin fauche sa vie.

Quand Antée se redressa, il était décomposé. Il regarda Johnson et acquiesça sans un mot.

35
Propreté

La Nouvelle-Orléans, Louisiane

Martin avait choisi cet hôtel parce qu'il n'y avait pas de fenêtre dans la salle de bains. C'était une pièce indépendante entre la chambre et le mur du couloir intérieur, et le seul lien avec l'extérieur était un conduit d'aération qu'il avait lui-même obstrué avec les serviettes pour ne plus entendre le bourdonnement intense, semblable à celui d'un tuba, du vent qui faisait vibrer le conduit en métal. Il était presque midi quand il se décida à ouvrir la porte de son refuge. La baie vitrée du balcon qui donnait sur la rue avait disparu, ainsi que tous les meubles de la chambre, y compris le lit. Seules la table de chevet et une applique pour lire, fixées au mur, étaient toujours à leur place. Le faux plafond était détruit, il restait ici et là quelques morceaux épars de gaines jaunes des lignes électriques. Le vent soufflait encore avec force, mais ce n'était plus un ouragan. Enjambant les débris, il s'approcha du trou béant dans la façade, là où se trouvait auparavant la fenêtre. Le balcon possédait encore sa balustrade, mais les coups violents l'avaient tordue à plusieurs endroits. Martin décida ne pas prendre de risque. Il observa la ville depuis l'embrasure de la porte. Le ciel était toujours noir à l'est, mais commençait à se dégager. Il pleuvait avec beaucoup moins d'intensité et le niveau de l'eau baissait peu à peu.

Depuis un moment, il entendait dans son talkie-walkie que les hélicoptères des garde-côtes de la base de Sikorsky se préparaient à sortir. Il devait se dépêcher. Il retourna dans la salle de bains, alluma sa lampe de poche et la pointa vers le miroir pour s'examiner. Il retira le tee-shirt en coton qu'il avait porté jusque-là. Par réflexe, il ouvrit le robinet du lavabo, qui émit un gargouillis étouffé, suivi d'un sifflement. Pendant la nuit, tout ce qui sortait des robinets avait été un mélange brunâtre d'eau et de boue, et maintenant il n'y avait plus rien. Il utilisa pour se rafraîchir une des petites bouteilles d'eau qu'il avait dans sa mallette, se lava les dents, le visage, et se mouilla la nuque sous ses cheveux courts comme un marine. Il sortit de la mallette une chemise propre et soigneusement repassée, qu'il enfonça dans son pantalon avant de boucler sa ceinture. Il inspecta son reflet et arrangea ses vêtements jusqu'à ce qu'il soit satisfait. Avant de saisir sa mallette, il prit son badge et l'accrocha à sa chemise, sur le côté gauche, afin de laisser l'insigne bien visible sur sa poitrine.

Quand il passa devant ce qui avait été la réception de l'hôtel, il sourit. L'eau lui arrivait aux genoux, mais elle ne l'empêcherait pas de marcher. Il n'y avait absolument plus rien. Comme si un énorme aspirateur avait avalé le contenu du rez-de-chaussée. Plus de portes, de fenêtres, de lumières. Tout le plâtre du plafond était tombé, et les bandes d'isolant argentées pendaient telles des décorations de Noël crépitant dans le courant d'air, comme du petit bois sec.

Il sortit de l'hôtel et avança prudemment jusqu'au milieu de la rue déserte, loin des décombres, des enseignes et pancartes à moitié détachées de la façade, dangereusement en suspens au-dessus du trottoir. Il ne pleuvait plus. Il marcha avec difficulté sur l'avenue Esplanade. De nombreux grands arbres près de Cabrini, y compris celui du café Degas, n'avaient pas résisté à la tempête. Ils gisaient, arrachés, comme des guerriers vaincus. Dans l'air flottait un mélange d'odeurs allant de l'ozone à une mixture humide de champignons, ciment frais, bois mouillé et boue noire. De petites colonies de moustiques commençaient à s'agglutiner à quelques centimètres de l'eau, et Martin sut qu'au lever du soleil la puanteur marécageuse deviendrait irrespirable. Il sortit de sa poche le plan de la ville où il avait marqué son chemin, et qu'il avait plié de manière à pouvoir le consulter d'un simple coup d'œil.

Au loin il vit des gens apparaître aux fenêtres et sortir, regardant autour d'eux comme des cosmonautes débarqués sur une autre planète, hostile, à l'atmosphère différente. Ils bougeaient lentement, observant la destruction partout, essayant de se persuader que tout ceci, en effet, était arrivé. Comme souffrant de la même gueule de bois, ils se regardaient, haussant les épaules, avec cet air affligé que Martin connaissait si bien. Il ignora les appels à l'aide des rares personnes qui commençaient à surmonter le choc initial.

— Hé, l'ami ! Tu peux venir nous aider ?

Il baissa la tête, feignant de ne rien avoir entendu.

Il continua d'avancer, esquivant les gravats, matelas, meubles, murs écroulés, arbres abattus. Par deux fois, il fut obligé de faire un détour pour éviter les lignes électriques tombées par terre, car les informations à la radio avaient beau dire qu'il n'y avait plus de courant dans une grande partie de la ville, il pouvait entendre le bourdonnement et le grésillement de la haute tension en passant à côté des endroits où les câbles touchaient le sol. Il mit plus d'une heure pour arriver à destination.

La maison avait été construite sur une solide base en ciment, ce qui avait sans doute convaincu les propriétaires de rester chez eux pendant la tempête. On y accédait par un escalier latéral qui communiquait avec une passerelle extérieure formant un étroit balcon. Il monta jusqu'à la huitième marche et s'assit pour retirer l'eau de ses chaussures, observant, dégoûté, la tache épaisse, sombre, qui teintait son pantalon pratiquement jusqu'à la taille. Consterné, il regarda au bout de la rue. À la surface tranquille de l'eau se dessinait un sillage mouvant vers lequel le courant se dirigeait. Ceci n'avait aucun sens, mais l'eau montait, alors qu'elle aurait dû logiquement commencer à descendre. Il sortit un mouchoir blanc et tenta, en vain, de retirer la texture boueuse qui collait le tissu sur sa peau. Il réussit seulement à souiller son mouchoir ; il le replia soigneusement et le glissa dans la poche arrière de son pantalon. Cette crasse, non seulement était déplaisante, mais elle le dégoûtait. C'était un homme méticuleux. Son œuvre avait beau être liée à la destruction, Martin savait que dans ce moment de chaos, de perte gigantesque, quand tout alentour était sale et infect, son apparence impeccable signifiait une attention délicate envers les gens, du calme, de la sollicitude et de la compassion qui apaisaient leur hystérie et les plaçaient sous son influence sans qu'ils éprouvent la moindre méfiance.

Il appuya sur la sonnette et constata qu'il n'y avait pas de courant. Le bouton reprit sa position initiale avec un léger sifflement. Martin expira lentement, comme un acteur qui s'apprête à entrer en scène. Il frappa à la porte, et entendit presque simultanément à l'intérieur un écho, des murmures, des voix étouffées, l'angoisse coincée dans les gorges, une note d'espoir et de peur. Il entendit les appels au calme, au silence, de quelqu'un qui chuchotait. Martin put quasiment le voir poser deux doigts sur ses lèvres. Quand il ouvrit, la porte se bloqua et le canon d'une arme apparut dans l'ouverture. S'appuyant sur une technique tirée d'un manuel du parfait vendeur qui, dans les années 1950, sillonnait le pays en proposant aux dames des aspirateurs et des batteries de cuisine, il recula d'un pas et demeura immobile. Il aperçut le regard soupçonneux de l'homme scrutant son visage. Il sourit sans exagération, posa son doigt sur sa chemise immaculée pour diriger l'attention de l'homme sur son insigne et demanda :

— Famille Sabine ?

Il attendit trois secondes, comme l'indiquait le manuel, avant d'entendre une exclamation de soulagement.

— Oh, mon Dieu ! Merci mon Dieu ! Vous avez fait vite !

Martin ne bougea pas, alors que l'homme bataillait avec la porte coincée, tâchant de l'ouvrir suffisamment pour le laisser entrer et lui permettre de voir qu'une partie du mur du fond et du toit avait explosé. Il avait plu dans la maison. Le parquet mouillé commençait à gondoler, les planches se soulevaient telles des vagues capricieuses, donnant à la pièce un aspect irréel.

— Vous allez tous bien ? demanda Martin d'un ton de sincère sollicitude.

— Grâce à Dieu, oui, juste des bleus et des blessures légères ; je crois que Jana a le poignet cassé, dit-il, montrant une adolescente qui, assise par terre, s'était enveloppée dans une couette, comme si elle avait froid. Mais la maison est détruite…, expliqua-t-il, repoussant de la pointe du pied les objets tombés, les feuilles et branches de l'extérieur, les morceaux et bris de verre de ce qui avait été leurs biens.

Il observa Martin, immobile sur la passerelle extérieure et qui, devant son air interrogateur, jeta un bref regard au revolver que l'homme tenait toujours à la main.

— Oh, bien sûr, excusez-moi ! dit-il, cherchant autour de lui un endroit où le poser.

Il trouva une petite table jonchée de débris, qu'il balaya de la main, et y plaça son arme. Martin entra dans la maison. Grave, confiant, il regarda un par un chacun des membres de la famille qui, comme appelés par un signal divin, étaient tous rassemblés là. Du bout de ses chaussures, il écarta les gravats pour pouvoir poser sa mallette. Il se pencha et saisit l'arme de l'homme.

— C'est le Smith and Wesson que vous avez acheté en 2000 ; vous n'avez pas d'autres armes dans la maison, n'est-ce pas ?

— Non, répondit l'homme, une légère inquiétude dans la voix.

Martin sourit.

36

Dépendance

Centre d'urgence de Marina Tower,
La Nouvelle-Orléans

Dupree sortit du bureau du chef des pompiers et monta deux par deux l'escalier intérieur jusqu'au centre d'urgence du 911 deux étages plus haut. Il entendait encore résonner à son oreille les paroles de Michael Verdon lui proposant, comme un privilège, de garder l'information secrète. Insensible au point de ne pas comprendre que, pour Dupree, cacher des faits à quelqu'un aurait seulement signifié accepter la trahison qu'ils lui vendaient comme un gage d'efficacité. Il se dirigea vers la salle de réunion qu'ils avaient utilisée comme quartier général : elle était déserte. Ils étaient sûrement tous au centre d'urgence.

Amaia était assise à côté du coordonnateur et de son assistante. Elle avait mis un casque et écoutait avec attention, tout en lisant la liste des appels d'urgence sur l'écran de l'ordinateur. Dupree entra, s'approcha d'elle et posa le doigt sur le haut de l'écran pour attirer son attention.

— Salazar, venez avec moi, dit-il, repartant vers la porte.

Dans la salle de réunion, il se dirigea vers la fenêtre et commença à arracher le kraft, qui se déchira en longues bandes quasiment jusqu'au plafond. Pendant quelques secondes, elle le regarda dégager les fenêtres. Quand il se tourna vers elle, il avait l'air très grave, presque comme s'il était fâché.

— Salazar, je crois que vous devriez vous asseoir.

Elle resta immobile, les yeux fixés sur lui. Sans doute pour l'encourager, il s'approcha de la table, tira deux chaises, s'assit sur l'une et lui montra l'autre. Elle prit place en face de lui.

— J'arrive de la salle d'urgence ; inutile de vous dire que l'ouragan a été beaucoup plus destructeur que prévu. La majeure partie de la ville est privée de courant et d'eau, et bien que le centre de l'ouragan soit passé à l'est, évitant la destruction totale, on sait que l'eau atteint six mètres sur le littoral. Les hélicoptères des garde-côtes ont commencé à sortir et, vu du ciel, la ville offre un spectacle désolant. Et désolant n'est pas un adjectif qu'ils utilisent facilement. Le Quartier français s'en est bien tiré, mais d'autres secteurs sont dévastés. Le West End est inondé et les premières informations parlent de lignes à haute tension tombées et de personnes réfugiées sur des ponts. L'opération quadrillage telle que nous l'avions planifiée va être compliquée. Toute l'équipe doit être à cent pour cent… (Il marqua une pause, baissant le regard une seconde.) Salazar, on m'a informé de Washington que votre tante a appelé de Navarre. J'ai le regret de vous annoncer que votre père est mort pendant la nuit.

Amaia inspira profondément. Elle avait besoin de tout l'air de la pièce, de tout l'air du monde. Dupree se leva et alla ouvrir la fenêtre. La vitre, qui était longue et étroite, et atteignait presque le plafond, emporta dans le mouvement des morceaux de ruban adhésif qui craquèrent quand ils furent arrachés du cadre. La brise entra, humide et saumâtre, comme si la mer était à la porte, et le courant d'air fit s'envoler toutes les photos qui se trouvaient sur la table, les dispersant à l'envers sur le sol. Amaia les contempla, comme incapable de percevoir l'horreur qu'elles contenaient.

Dupree observa son visage, fasciné, puis traversa la salle en direction de la porte.

— Je vais rejoindre le reste de l'équipe dans la salle d'urgence. Si tout se passe comme nous le croyons, on ne devrait plus tarder à recevoir un appel. Si vous décidez de partir, je tâcherai de vous trouver un transport jusqu'à la base navale de Lakefront ; d'après les dernières infos, les marines sont en train d'affréter leurs avions pour évacuer le personnel du FBI qui était encore en ville. Dès que vous serez dans un aéroport sécurisé, vous aurez à votre disposition un billet pour rentrer chez vous.

Amaia distingua sa présence quand il passa à côté d'elle, perçut qu'il s'arrêtait un instant et tendait la main comme s'il allait la toucher, avant de changer d'avis au dernier moment. Elle l'entendit sortir et refermer la porte. Elle se baissa et ramassa une photo qui avait atterri près de ses pieds. Elle la contempla pendant quelques secondes, la plia en quatre et la mit dans sa poche.

37
Notre Père

Elizondo

Amaia respira l'odeur onctueuse du beurre fondu. Elle l'aimait plus que celle du sucre caramélisé, qui en une seconde devenait âcre comme un incendie et collait aux vêtements et aux cheveux sans qu'on puisse rien faire ; ou celle de la farine, trompeusement douce, brute et primitive, mais aussi asphyxiante que la terre d'une tombe. Elle regarda son père, qui pétrissait les lourdes plaques de pâte feuilletée, et sentit son pouls s'accélérer. La radio, qui était toujours allumée quand il travaillait, diffusait une valse de Strauss. Il sourit quand il la vit. La fillette tenta de lui retourner son sourire, en vain. Elle se contenta de le dévisager de ses grands yeux tristes, tandis qu'elle réfléchissait à la façon de lui parler. Comment raconte-t-on à quelqu'un qu'on aime quelque chose qui le fera souffrir ? Alors qu'elle essayait de trouver les mots, elle observa son dos ; ses cheveux coupés court sur sa nuque, ses bras tendus par l'effort. Et comme si elle se regardait d'en haut, elle vit une enfant de neuf ans cherchant des mots qu'une fillette ne devrait pas connaître. Elle l'aimait tellement, tellement… Elle entendit la musique, l'impétueuse accélération de la valse, impériale, élégante et totalement incongrue pour parler de la peur. Elle se mordit les lèvres, en un geste de retenue venu du plus profond d'elle-même, et comprit qu'elle ne lui parlerait pas car, si elle le faisait, il arrêterait de sourire, éteindrait la radio, et la valse disparaîtrait dans les ondes, remplacée par le crépitement des fours et les gouttes qui tombaient du robinet défectueux dans le grand évier en inox. Cette décision ne fut pas sans souffrance, et une profonde douleur lui oppressa la poitrine, l'obligeant à fermer les yeux pour ne plus voir son père. De ses paupières surgit une larme, silencieuse, lourde, qui coula rapidement sur son visage juste à l'instant où son père se tournait en souriant vers elle.

— M'accordez-vous cette danse, princesse ?

Son sourire s'évanouit aussitôt. Il s'accroupit devant elle et toucha, incrédule, le sillon brillant que la larme avait laissé sur le visage de sa fille.

— Qu'est-ce qu'il y a, mon amour ?

Amaia continua de se mordre les lèvres, les yeux fixés sur lui, déchirée. Elle se jeta à son cou et se serra contre lui pour ne plus voir. Juan l'étreignit, affligé.

— Amaia ? dit-il, inquiet.

Il la souleva du sol et l'assit sur la table en inox, juste à sa hauteur. Il se libéra de ses bras pour éteindre la radio, lui prit les mains et les embrassa.

— Dis-moi ce qui t'arrive, ma chérie.

C'était fichu pour la valse. Elle entendit le crépitement des fours, le goutte-à-goutte permanent dans l'évier. La sensation fut si forte qu'elle lui donna presque envie de vomir, avec la certitude de quelque chose d'inévitable. Ses lèvres s'ouvrirent pour laisser sortir les mots de l'horreur.

— *Aita**, arriva-t-elle à dire, et sa voix se remplit de larmes. Elle me fait peur… très peur. La nuit, quand tu dors, elle vient près de mon lit. (L'effroi laissa place au désespoir, alors qu'elle ouvrait grands les yeux.) Elle veut me manger, *aita* ! Elle veut me manger et, si tu ne fais rien, une nuit elle va le faire…

Juan détourna les yeux du visage implorant de sa fille pour regarder dans le vide.

Dans sa tête il entend à nouveau le froissement de sa chemise de nuit. Le faible craquement du parquet sous le poids léger de son épouse traversant la chambre dans le noir. Juan se redresse sur le côté droit, se tournant vers la porte, ouvre les yeux dans l'obscurité, comme si cela pouvait lui permettre de mieux entendre. La chambre des filles est en face de la leur. Rosario doit à peine parcourir deux mètres d'une porte à l'autre. Il perçoit son mouvement, parfois même son murmure étouffé, ses paroles qu'il ne parvient pas à (ne veut pas) entendre. Ça ne dure jamais plus d'une minute, une minute pendant laquelle il attend, aux aguets, retenant son souffle, priant pour que cette minute ne se prolonge pas. Il l'entend revenir. Juan se rallonge discrètement et feint de dormir. Elle s'allonge à ses côtés, et lui, sans même la toucher, sent le froid de la maison collé à son corps et le pouls furieux de son cœur. C'est fini, elle ne se relèvera plus cette nuit. Mais il ne dort pas tant qu'il n'est pas sûr qu'elle ne s'est pas assoupie.

Juan lâcha les mains de sa fille, juste un instant. Pour rallumer la radio. Un piano mélancolique avait remplacé la valse.

— Beaucoup d'enfants font des cauchemars, c'est normal à ton âge, tu as beaucoup d'imagination, et en plus tu lis énormément ; ça nourrit ton imagination.

Ne t'inquiète pas, ce ne sont que des cauchemars, ils ne peuvent pas te faire de mal.

Elle répliqua, incrédule :

— Mais, *aita*…

— Tu as rêvé, Amaia. Les rêves ne sont pas réels, même s'ils en ont l'air, ce sont simplement des cauchemars et ils sont dans ta tête.

Il la posa par terre. La petite pleurait, cette fois à gros sanglots, hoquetant profondément, les yeux fermés. Juan fut certain que c'était pour ne pas être obligée de le regarder. Il baissa la tête, cette fois par pure honte. Toujours sans la regarder, il se pencha sur sa fille et l'embrassa sur le front.

— Mais si, une nuit, le cauchemar te fait vraiment très peur, appelle-moi, lui dit-il avant de regagner sa table de travail.

Amaia continua de pleurer longtemps. Quand elle rouvrit les yeux, son père avait repris sa tâche, et les notes d'une nouvelle valse flottaient dans l'air, mêlées au doux arôme des gâteaux. Il pétrissait la pâte feuilletée, de dos. Il lui sembla que sa force, son énergie habituelle, avait disparu. Amaia reprit son cartable et se dirigea vers la porte, traînant des pieds pour lui laisser le temps de la retenir, de la rappeler, comme une condamnée à mort attendant d'être graciée. En vain. À cet instant la porte de la fabrique et cette salle de réunion dans la caserne de pompiers de Marina Tower, à l'autre bout du monde, furent un seul et même lieu. L'enfant qui ne pouvait retenir ses larmes et la femme qui ne pouvait pleurer se retournèrent en même temps pour regarder leur père.

— *Agur*, *aita*, dit-elle.

— *Agur*, *maitia**, répondit-il du fond de la fabrique.

La Nouvelle-Orléans

Amaia entra dans la salle du 911 au moment où Charbou levait la main, réclamant l'attention générale.

— Des coups de feu rue Maine, à Jefferson ; apparemment au domicile d'une famille. La femme qui a téléphoné parle de cinq ou six détonations assez rapprochées.

— On a plusieurs familles enregistrées dans le secteur, dit Johnson, étalant la carte et montrant la maison.

— Il y a un problème, intervint Bull. Depuis une demi-heure, tous les gens qui appellent disent que l'eau monte, même dans les lieux qui n'ont pas été inondés et où elle avait commencé à baisser. Et elle monte vite. Pour le moment, on ne sait pas pourquoi. Certains pensent que le barrage de la rue 17 a cédé, c'est à confirmer mais une des dernières personnes qui a téléphoné parlait d'un mètre d'eau dans la rue Poydras.

— Bon, dit Amaia. Le quartier de Jefferson était déjà inondé, vous n'espériez quand même pas rentrer chez vous le pantalon sec ? Qu'est-ce qu'on attend ?

Dupree l'observa, évaluant sa force. Il se dirigea vers la porte tout en donnant l'ordre de vérifier l'équipement, les provisions, les piles, les lampes… Quand il passa à côté d'elle, il eut un mouvement de la tête, comme un léger acquiescement, qui contenait plus de respect que tout ce qu'il aurait pu lui dire.

— Voulez-vous qu'on essaie d'envoyer un message en Navarre ?

— Non. Ma tante sait déjà que je n'irai pas. Mais…

— Oui ?

— Pourriez-vous faire parvenir un message à l'inspectrice Gertha Schneider ? C'est une policière allemande qui faisait partie du groupe d'Europol. Dites-lui que le caractère montagnard tient le coup. Elle comprendra.

DEUXIÈME PARTIE

> Ce que la chenille appelle fin, le reste du monde l'appelle papillon.
>
> LAO TSEU

Le lundi 29 août 2005, un peu après midi, l'ouragan Katrina se dirigea vers l'intérieur des États-Unis, perdant sa force. Il dévasta la côte, mais passa finalement juste à l'est de La Nouvelle-Orléans, évitant ainsi sa destruction totale.

Ceci est l'histoire de ce qui s'est passé ensuite.

38

Après la tempête

La Nouvelle-Orléans, Louisiane
Lundi 29 août 2005

Ils sortirent et éprouvèrent le même choc que s'ils avaient atterri sur une autre planète. Rapidement, les appels angoissés reçus aux urgences, les images floues des caméras de vidéosurveillance, les bulletins météo, le rapport des patrouilles ou les informations recueillies auprès des sinistrés eux-mêmes furent éclipsés. Car rien de ce qu'un être humain aurait pu leur transmettre, de son horreur, de son désespoir, ne pouvait les préparer à ce qu'il y avait dehors.

Dans un coin de l'embarcation, Dupree scrutait les visages de son équipage. Quand ils avaient quitté la caserne, il avait parié que son inquiétude se concentrerait sur Amaia. Il était conscient du risque qu'il courait en laissant une agente dans son état les accompagner. Lorsque Wilson et Verdon l'avaient autorisé à utiliser l'information de la façon qui convenait le mieux à l'enquête, ils pensaient sûrement qu'il fallait empêcher une femme en deuil de se lancer à la poursuite d'un tueur sur un terrain difficile. Mais quelque chose lui disait que c'était ainsi que Salazar fonctionnait. Devant cette maison sans toit, et alors qu'il la renvoyait à Quantico, elle lui avait demandé : « Pourquoi moi ? » Il avait éludé la question, prétextant l'importance de l'enquête. Il lui avait menti. Amaia était une enquêtrice-née. Un de ces êtres doués naturellement de la capacité de discerner la trace du mal. Un privilège douteux, certainement, acquis lors d'un séjour dans son enfer personnel. Elle était caractérielle et irascible, comme tout policier devenu célèbre avant ses vingt-cinq ans ; et, en même temps, tellement tempérée et détachée de la douleur que Dupree se demandait si c'était le mécanisme de défense qu'elle déployait généralement face aux autres, ou si elle ne savait même pas d'où provenait son don. Dans ce dernier cas, elle deviendrait quelqu'un d'extraordinaire. Un être rare qui, si tout se passait comme ils le redoutaient, serait bientôt mis à l'épreuve.

Cependant, ceux qui le préoccupaient le plus à présent étaient les deux policiers de La Nouvelle-Orléans.

Amaia et Johnson avaient à peine échangé quatre mots à voix basse pendant tout le trajet. Ils étaient sans nul doute affectés, mais surtout pleins de retenue face à Bull et Charbou, comme s'ils comprenaient que leur stupéfaction n'était rien en comparaison de ce que devaient ressentir des habitants qui voyaient leur ville détruite. Assez vite, les policiers de La Nouvelle-Orléans avaient cessé de s'exclamer. Ils avaient renoncé au 4 × 4 sur l'autoroute 10 pour continuer avec le Zodiac. L'ampleur de la destruction était telle qu'ils s'enfermèrent soudain dans le mutisme, présentant tous les symptômes du choc post-traumatique : balbutiement de mots étouffés, rapide mouvement oculaire de droite à gauche, pâleur, économie de gestes.

Le 428 rue Maine était la seule construction d'un étage à la ronde. Elle n'avait sûrement pas eu meilleur aspect avant la tempête. Mais, par chance, les habitations étaient situées au premier, comme si l'idée initiale de l'architecte avait été de consacrer le rez-de-chaussée à des locaux de commerce et, à la dernière minute, avait muré ceux-ci avec du béton. On accédait à l'étage par une passerelle extérieure sur laquelle donnaient les portes des logements. Quand ils arrivèrent au croisement entre la rue 90 et le début de Maine, ils stoppèrent le moteur pour que le bruit ne les trahisse pas ; ils espéraient que le courant les pousserait jusqu'au 428. Mais immédiatement le Zodiac se mit à reculer vers le nord. Ils se regardèrent avec étonnement et saisirent les rames. L'eau atteignait le niveau des toits de la plupart des maisons de la rue et cachait les plus basses, dont on ne voyait que le haut de la toiture. Le courant venait de River Road ; l'eau boueuse du fleuve avait envahi la rue du même nom, tourbillonnant à l'endroit où les deux voies se croisaient. Il était impossible de ne pas songer aux familles qui avaient peut-être résisté dans ce quartier sans penser à leur sort, et à cette boue marron provenant du fleuve qui conservait encore, pour l'heure, son odeur minérale et commencerait à empester dès que monterait la température.

Mais quand ils arrêtèrent le moteur, ils prirent conscience, avant tout, du silence, ou plutôt du nouvel ordre du son, de la façon dont les ondes se déplaçaient sur l'eau, de la manière dont ils avaient perdu leurs références visuelles et aussi auditives. Pendant le trajet, ils avaient levé la tête, alertés par le passage imminent des hélicoptères des garde-côtes qui survolaient la ville dans toutes les directions. Rien d'autre. Lorsqu'on y prêtait attention, on parvenait à entendre une rumeur lointaine, comme celle qu'on perçoit d'une colline aux environs d'une grande ville. Une rumeur qui indique qu'il y a une vie quelque part, mais si légère qu'un susurrement, le clapotis ou le moteur du Zodiac la faisait disparaître, comme si cela n'avait été qu'un écho, une illusion ou un souvenir de ce que le monde avait été.

Ils amarrèrent le Zodiac à la rampe de l'escalier qui paraissait dangereusement inclinée vers l'extérieur, et dont la base avait disparu sous l'eau, comme à un embarcadère. Amaia estima qu'au moins dix marches étaient submergées.

Protégés par des gilets pare-balles, ils suivirent Bill et Bull qui, poussés par une énergie nouvelle, et sans aucun égard, se précipitèrent dans l'escalier, signalant la gauche de la passerelle où il manquait des bouts de balustrade, en direction de l'adresse qu'ils cherchaient. Ils passèrent devant deux portes sur lesquelles quelqu'un avait dessiné, avec un spray orange identique à celui qu'ils avaient eux-mêmes dans leurs sacs, deux grands X, obéissant au système de marquage de secours et d'intervention urbaine établi par la Fema[1].

Bill et Bull arrivèrent devant la porte de l'appartement et se positionnèrent de chaque côté ; aussitôt, ils se tournèrent vers Dupree, interrogateurs. Le X orange était peint sur la porte. Cette habitation avait été inspectée. Les quatre angles du X indiquaient : en haut, le jour où l'équipe avait effectué l'intervention

1. Federal Emergency Management Agency : organisme gouvernemental américain voué à assurer l'arrivée des secours en situation d'urgence. *(Note de la traductrice.)*

de secours et l'heure où elle avait quitté les lieux ; à droite, l'état de la structure ; en bas, le nombre de vivants et de morts trouvés à l'intérieur ; et à gauche, l'identification du groupe qui avait réalisé l'opération.

— Il n'y avait personne dans la maison. La structure est endommagée, ils recommandent de ne pas entrer, chuchota Bull.

Charbou pointa avec son pistolet la date et l'heure en haut du X. 29/8 – 12 h 30. Il regarda sa montre. Dupree vérifia l'heure et comprit tout de suite ce qu'avait remarqué Charbou.

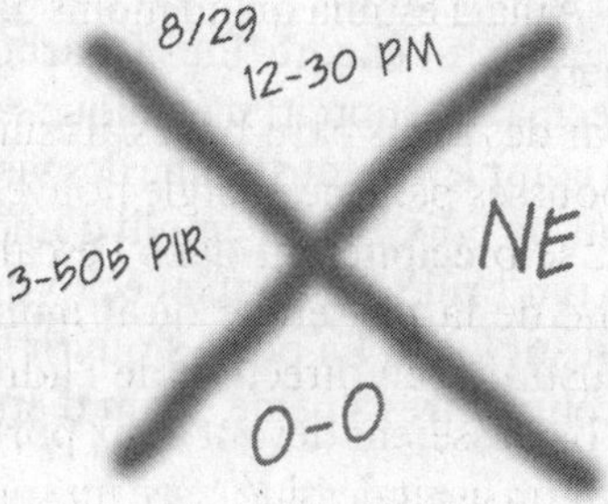

Il était quasiment impossible qu'ils n'aient pas croisé cette équipe, ou qu'elle ne soit pas en train d'inspecter les autres maisons de la rue. Il recula et examina les X sur les portes précédentes ; l'information était incomplète, mais ce fut Johnson qui tira le premier la conclusion en un murmure :

— La 3-505 PIR est l'infanterie de parachutistes de la 62e division aéroportée ; ils viendront, c'est sûr, mais je doute qu'ils l'aient déjà fait.

Dupree retourna près de Bull et fit signe à Charbou d'examiner la porte suivante. Il se tourna vers eux, formant un non silencieux avec ses lèvres et esquissant un geste de la main.

Dupree acquiesça. Le Compositeur avait couvert sa fuite, s'assurant que personne ne le dérangerait, mais il n'avait pas pris la peine d'aller plus loin. Dupree leur donna l'ordre d'intervenir, avec toutes les précautions : l'assassin pouvait être encore à l'intérieur.

Charbou frappa à la porte.

— Police de La Nouvelle-Orléans, ouvrez ! cria-t-il, se plaquant contre le mur.

Ils écoutèrent attentivement. Rien.

Cette fois, ce fut Bull qui cria.

— Police de La Nouvelle-Orléans, écartez-vous de la porte, nous allons entrer !

Mais ils attendirent encore. Puis Charbou tira sur la serrure et recula. Le support métallique sauta, tournant presque complètement sur une des vis et faisant voler des éclats de bois. L'air s'emplit d'une odeur de poudre et de pin brûlé, alors que l'écho du coup de feu s'éloignait sur l'eau. La porte s'ouvrit lentement, de quelques centimètres à peine, avant d'être bloquée au sol.

Bill cria à nouveau :

— C'est la police qui vous parle, écartez-vous de la porte ; nous allons tirer.

Ils ne le firent pas non plus. Bull lança son épaule contre le fragile battant, qui céda avant de se coincer encore, sans s'être ouvert totalement ; il s'accroupit, couvrant son collègue, ce qui permit à Bill de bondir à l'intérieur où il retomba à genoux, son arme pointée devant lui.

L'odeur âcre de la poudre et celle, plus brute, du bois brûlé furent immédiatement remplacées par celle de la mort récente. La chaleur métallique du sang versé, le souffle coupé sur les bouches des morts, les gouttes de sueur saumâtres et les larmes séchées sur la peau, laissant des cercles blancs caractéristiques, l'urine et les selles de la peur atroce de la mort violente.

Les policiers de La Nouvelle-Orléans mirent à peine quelques secondes pour constater qu'il n'y avait personne d'autre dans le petit appartement. Toute l'équipe entra.

Le mur du fond de la pièce avait en grande partie disparu. On pouvait voir le terrain vague de la rue de derrière et le panneau JEFFERSON COMPANY effondré entre deux poteaux. On distinguait dans l'eau les couleurs jaune et noire d'une gigantesque machine agricole détruite.

Les meubles avaient été entassés dans un coin de la pièce. La famille avait peut-être essayé d'occulter le trou dans le mur du fond, mais Dupree gagea que c'était plutôt l'œuvre du Compositeur ; la pièce était petite et les meubles avaient dû gêner sa mise en scène, il avait besoin d'espace pour allonger ses victimes par terre. La famille était positionnée parallèlement à l'entrée, leurs têtes alignées en direction du lac Pontchartrain et leurs pieds vers le Mississippi, même si, à présent, le lac et le fleuve étaient partout.

Amaia demeura immobile. Pendant une seconde, elle eut le sentiment d'être redevenue une enfant, pieds nus et froids sur le sol en marbre d'une salle de danse. Elle baissa les yeux vers ses chaussures, pour s'assurer qu'elle ne marchait pas dans une flaque de sang noir, et entendit avec clarté dans sa tête le sinistre grondement des cloches. La pièce était tellement étroite qu'en deux pas elle était déjà à côté du cadavre le plus proche de la porte. Un petit garçon, menu, maigre. Elle était sûre qu'il devait avoir onze ou douze ans, l'âge choisi par le Compositeur, même s'il en paraissait plutôt dix. Il portait un tee-shirt des Saints noir et or et avait beaucoup pleuré, son visage était encore humide de morve et de larmes, et ses paupières étaient si rouges qu'elles semblaient peintes.

« Un enfant pas beaucoup plus grand que moi. » Elle ferma les yeux une seconde, très fort, pour tenter de chasser cette pensée absurde de son esprit. Mais quand elle les ouvrit et regarda à nouveau le cadavre, elle vit que, du sommet du crâne soulevé par le coup de feu, du sang avait coulé, formant une petite flaque qui s'étendait à ses pieds. Elle s'accroupit près du corps et, pendant quelques secondes, l'observa de près. Elle se persuada qu'il ne restait plus de trace de vie en lui et eut conscience, d'une manière primitive, presque animale, qu'elle assistait à ce que les personnes qui croient en l'âme nomment la désincarnation.

L'odeur était tellement intense que Johnson lui-même ne put résister à vérifier le pouls de chacun. Puis il recula et secoua la tête.

— On a dû le croiser, non seulement la rigidité cadavérique n'est pas encore intervenue, mais ils sont encore chauds.

Pendant que Bill et Bull inspectaient le reste du bâtiment, Dupree laissa Johnson prendre la première série de photos avant de commencer à dégager les objets qui recouvraient les corps, principalement le contenu d'un placard, dont de la vaisselle ancienne. Ils prélevèrent des échantillons de sang, tout en sachant qu'ils ne pourraient pas les faire analyser avant que tout ceci soit terminé. Néanmoins, ils les étiquetèrent et les conservèrent comme il se devait. Au-dessus de leurs têtes, Johnson localisa le violon. Malgré les efforts du Compositeur pour l'intégrer à la destruction, il brillait avec un éclat sinistre qui fit surgir en Dupree une colère inexplicable. Il la réprima en se mordant les lèvres en un geste qui lui était familier. De l'extérieur leur parvinrent les voix de Bull et de Charbou, qui frappaient aux portes en criant aux habitants d'ouvrir. Au milieu du délire de l'assassin, leurs échos apportèrent une dose nécessaire de réalité.

C'était sans aucun doute la plus humble demeure visitée par le Compositeur. Amaia se rappela la prévision de Bill et de Bull, la veille au matin dans le commissariat du 8e District, quand ils avaient spéculé sur le type de familles qui resteraient en ville pendant la tempête. Le petit salon, dans lequel on entrait directement, occupait toute la pièce et, de là, on accédait à la chambre des parents et à la cuisine. Il n'y avait pas de lumière et toutes les fenêtres étaient obstruées par des planches clouées de l'intérieur. Une autre porte menait à un étroit couloir desservant une petite salle de bains et deux chambres minuscules, l'une pour les garçons, l'autre pour la fille et la grand-mère. Un mur était couvert de posters de groupes de musique ; sur un autre, il y avait juste une étagère sur laquelle étaient posés un bréviaire et une croix avec un socle en bois. Amaia parcourut les pièces, qui paraissaient d'autant plus petites qu'elles étaient presque envahies par les meubles. Elle balaya le sol du faisceau de sa lampe. Étant donné les circonstances, les pièces semblaient plutôt rangées. Dans la cuisine, une grande table et deux chaises étaient poussées contre un mur ; les autres étaient empilées dessous et autour. Amaia devina qu'ils les tiraient au centre de la pièce pour les repas. Il n'y avait rien dans l'évier, sauf des éclaboussures de boue provenant du robinet. Elle examina le frigo, qui était encore à bonne température. Pas mal de nourriture, bien rangée et emballée. La porte de la salle de bains était dégondée, le linteau du milieu avait été arraché par la pression du vent. La baignoire était pleine d'une eau raisonnablement propre, laissée là sans doute par la famille, ainsi qu'un seau en plastique comme ceux que les enfants emportent à la plage. Un seul flacon de gel douche et un autre de shampoing, les mêmes pour tout le monde, étaient toujours à leur place dans un angle de la baignoire. Mais la fenêtre délabrée située au-dessus n'avait pas résisté ; elle s'était cassée vers l'intérieur, déversant dans la baignoire de la sciure de bois et de la poussière noire vermoulue. Amaia souleva le couvercle des toilettes. Une violente odeur d'urine envahit la pièce. Elle referma le couvercle et le faisceau de sa lampe éclaira un objet, qui lui sembla d'abord en verre, caché derrière la cuvette. Elle se pencha pour le ramasser et constata que c'était seulement l'emballage plastique d'un pansement hydrophile. Quand elle sortit de la salle de bains, elle sentit une brûlure au mollet. Un clou de l'encadrement de la porte dépassait de cinq centimètres. Elle s'accroupit pour examiner les dégâts et fut surprise de voir qu'elle avait seulement déchiré son treillis. Elle dirigea sa lampe vers le clou et comprit alors pourquoi elle s'était attendue à être blessée. Il y avait du sang. Et pas seulement sur le clou ; quand elle observa de près le parquet en bois sombre, il lui sembla distinguer des taches mates. Elle retourna dans le salon où Johnson et Dupree étaient toujours accroupis près des corps.

— Un des membres de la famille est-il blessé à la jambe ? Sans doute juste au-dessus de la cheville, ou même au mollet. Une blessure profonde, qui aurait pas mal saigné et nécessité un pansement.

Ils écartèrent plusieurs objets et examinèrent les jambes des uns et des autres. Pour les femmes, il était évident que non, elles portaient toutes des robes d'été.

Ils lui firent un signe négatif. Amaia s'expliqua :

— La tempête a arraché la fenêtre de la salle de bains et également la porte que la force du vent a complètement dégondée. Un clou du cadre dépasse de plus de cinq centimètres. Quelqu'un s'est blessé avec, quelqu'un qui a utilisé un pansement et a pris la peine d'essuyer les taches de sang par terre, dit-elle, tout en les conduisant dans le petit couloir qui menait aux chambres et à la salle de bains.

Johnson frotta le sang sec avec un bâtonnet qu'il protégea aussitôt. Il se tourna vers Amaia, déterminé.

— Vous vous rendez compte de l'importance de ceci ?

Amaia réfléchit, elle n'était pas aussi sûre que Johnson.

— Je ne sais pas…

— Vous plaisantez ? C'est l'ADN de l'assassin.

— Oui, admit-elle. Probablement. Mais il s'est mis à agir bizarrement, et il faut que je réfléchisse.

— Comment ça, bizarrement ? voulut savoir Johnson.

— Il a accordé plus d'importance à sa mise en scène pour les corps qu'à dissimuler son passage dans la maison, contrairement aux fois précédentes. Les meubles dans le salon étaient poussés dans un coin pour faire de la place aux cadavres. Il a dessiné ce sigle de la Fema sur la porte, c'est la première fois que nous le voyons, alors que les autres scènes de crime sont également apparues sur les lieux de grandes catastrophes.

— Mais jamais aussi grandes que celle-ci, il faut le

reconnaître. Par ailleurs, cette scène de crime est la plus urbaine, intervint Dupree. C'est la première fois qu'il y a des voisins aussi proches, la première fois dans un immeuble collectif, auparavant il s'agissait de maisons individuelles. Il voulait certainement être tranquille pour mener à bien ses crimes.

— Oui, Bill et Charbou avaient raison concernant le type de quartier qu'il choisirait pour agir, cela a pu l'obliger à modifier certains aspects…, renchérit Johnson.

Amaia hocha la tête et dirigea le faisceau de sa lampe à l'intérieur de la salle de bains.

— Je crois qu'après les avoir tués il est allé aux toilettes. Il y a de l'urine au fond de la cuvette et le réservoir est vide. La famille avait rempli la baignoire d'eau et prévu un petit seau… Mais il ne pouvait pas le savoir. Je pense que cette urine n'est pas celle d'un membre de la famille, même dans ce chaos on perçoit que c'est une maison propre et bien rangée. Je crois qu'il s'est blessé en sortant ; il a nettoyé le sang, il était sans doute pressé et s'est contenté d'essuyer rapidement, mais peut-être aussi qu'il n'y a pas attaché tellement d'importance puisqu'il a laissé plusieurs traces évidentes. Dans l'obscurité d'une maison sans lumière et au milieu de cette catastrophe il était peu probable que quelqu'un remarque que le parquet en face de la salle de bains ne brillait pas comme ailleurs.

— Vous n'allez pas suggérer maintenant qu'il veut qu'on l'attrape ? Je n'y crois pas du tout. Non seulement il ne veut pas qu'on l'arrête, mais il vient de nous échapper de peu, gémit Johnson.

Amaia remarqua que Dupree semblait sourire. C'était le plus ardent défenseur de la théorie selon laquelle le Compositeur ne désirait pas être arrêté, ni même qu'on sache qu'il existait. Elle était d'accord, mais mesurait également l'impact du décor sur eux tous, y compris sur le Compositeur.

— Non, il ne va pas se laisser attraper, mais cette tempête, cette ville..., expliqua-t-elle. Vous avez vu le visage de Bill et de Bull quand on est venus ici, c'est l'Armageddon. Et si quelqu'un de normal ne peut pas faire abstraction de cette destruction, imaginez un être qui la recherche. Quand je dis que ce n'est peut-être pas aussi important pour lui, je crois qu'il peaufine son œuvre. Qu'elle doit constituer pour lui non pas un signal, mais un lien direct avec Dieu. « Il ne restera aucune pierre qui ne soit renversée »... S'il a accéléré le rythme ces derniers jours, il ne va pas s'arrêter maintenant : La Nouvelle-Orléans est une révélation pour lui. Je pense que, d'une certaine manière, peu lui importe ce qui se passera après ça...

Johnson se concentra à nouveau sur la tache par terre.

— Même s'il en a nettoyé une bonne partie, c'est beaucoup de sang. Avec une telle blessure, quelqu'un de normal irait trouver un médecin. Vous pensez qu'on pourrait envoyer un avis de recherche aux hôpitaux ?

— Il s'est soigné tout seul. À moins qu'un vaisseau sanguin n'ait été touché, un pansement occlusif peut suffire. Et vous avez vu l'état des rues ; la boue ne permet pas de voir où on marche, les blessures et coupures aux pieds vont être très répandues dans les prochaines heures.

— Il va rester en ville, dit Johnson.

— Je suis persuadée qu'il a encore beaucoup de travail à faire.

— Moi aussi, je le crois, dit Dupree. Tout ce dont

nous pouvons être sûrs, c'est qu'il rencontrera autant de difficultés que nous. Espérons davantage. L'opération quadrillage, telle quelle, est impossible : je viens de parler par radio avec le chef de la police, ils sont totalement débordés ; tous les barrages sur les routes de sortie ont été levés, tous les effectifs sont réquisitionnés. Le 911 est saturé d'appels de gens prisonniers sur des toits, dans des greniers, étouffant de chaleur dans les combles sans fenêtres de leurs maisons. Les portables ne marchent pas, il n'y a ni lumière ni eau, il fait presque trente degrés et tous les égouts de la ville débordent. Marcher dans l'eau, c'est marcher dans la merde. Il n'y a aucun magasin ouvert. Seuls fonctionnent encore quelques téléphones fixes et l'eau est en train de monter. On parle de fuites dans les digues. Et c'est ce qu'ils craignent : si les digues cèdent, il y aura une réaction en chaîne, et La Nouvelle-Orléans sera engloutie. Toutes les autorités présentes en ville font l'impossible actuellement pour tenter de communiquer avec Washington ou avec les États voisins pour réclamer de l'aide.

Dupree se pinça le nez pour essayer d'enrayer un mal de crâne naissant. Il sourit avec amertume.

— J'ai appelé par radio le commissaire du 8e District pour tâter le terrain et savoir s'il était possible que quelqu'un vienne chercher les cadavres pour les conduire au dépôt. Après avoir entendu tout ce qu'il m'a raconté, je n'ai pas osé. On va sceller la porte et sécuriser la scène de crime. On ne peut rien faire d'autre. Et nous n'avons qu'une vision partielle des dégâts causés par la tempête, mais avec ce qu'on a vu en venant ici nous pouvons nous faire une idée de ce que ce sera dans les prochaines heures. Pire. Mais comme vous, je crois aussi qu'il va rester en ville.

Amaia entendit le bruit d'un moteur qui approchait et alla voir à la porte d'entrée au moment où Bill et Bull revenaient de leur tournée d'inspection dans l'immeuble.

— C'est un Zodiac avec une équipe de secours, une vraie. La police d'État. On a parlé avec eux. La voisine qui a donné l'alerte à propos des coups de feu est la vieille dame qui vit à côté. Elle avait un téléphone fixe. Ce sont les dernières lignes qui ont résisté. Il n'y a personne d'autre dans le bâtiment ; on a mis un bon moment à la convaincre de nous ouvrir, elle nous a avoué qu'elle s'était cachée sous son lit, et elle a deux béquilles. Elle nous a raconté à peu près ce qu'elle a dit aux urgences au téléphone : elle a entendu cinq ou six coups de feu consécutifs, avec un intervalle d'environ quatre ou cinq secondes entre chaque et, le pire, elle a aussi entendu les cris. Elle dit que quelqu'un a vérifié si c'était fermé à clé chez elle et s'est arrêté quelques secondes devant sa porte, probablement quand il dessinait le sigle de la Fema pour nous égarer. Mais elle n'a rien vu. Elle n'a pas osé bouger, ce qui lui a sauvé la vie. Ils vont l'emmener maintenant, donc si vous voulez lui parler avant…

Pendant que Johnson effaçait le sigle et en dessinait un nouveau avec les bonnes données, Dupree s'approcha de la vieille femme, que deux policiers emportaient sur une civière ; elle était pâle et choquée. Il se pencha vers elle pour lui poser les mêmes questions que Bull et Charbou. La vieille femme lui sourit et Dupree pensa qu'en réalité il ne voulait rien lui demander. Elle tendit le bras et lui prit la main.

— Que Dieu vous bénisse ! Vous êtes les gentils. J'ai eu tellement peur, le démon est venu ici, mais vous êtes les bons Samaritains. Les bons Samaritains ! répéta-t-elle, alors que les policiers la portaient dans l'escalier.

Dupree les regarda un long moment s'éloigner sur leur bateau jusqu'à l'immeuble suivant, où ils renouvelèrent leurs appels en criant ; il songea à nouveau que le son voyageait sur l'eau de manière étrange. Bull le tira de ses pensées en levant son talkie-walkie sous ses yeux.

— Plusieurs coups de feu consécutifs dans le 9e District, adresse à préciser, près de la rue North Galvez.

— En passant entre Claiborne et l'autoroute 10 on devrait être à North Galvez assez vite ; si on évite les abords du Superdome, on aura peut-être de la chance.

Charbou le contempla, incrédule.

— Bien sûr. Et pourquoi pas aller jusqu'à Simon Bolivar avec un Zodiac rempli de petits Blancs et se prendre assurément un coup de fusil dans le cul ?

Dupree allait répliquer, mais Bull le devança :

— On était convenus que la sécurité, c'était notre affaire. C'étaient les conditions. On traversera le Mid-City et on prendra ensuite l'avenue Saint Bernard qui rejoint North Galvez. Si elle est praticable. Sinon, on essaiera de descendre par l'avenue Florida, ou n'importe quelle option qu'on estimera assez sûre.

Johnson et Dupree se tournèrent vers Amaia, qui confirma :

— On a du pain sur la planche.

39

Oceanetta

La Nouvelle-Orléans, Louisiane

Le ciel était toujours couvert. La brise persistante de la matinée s'était arrêtée, et les nuages se déplaçaient, lents et noirs. À l'horizon, on commençait à entrevoir une éclaircie. Il faisait de plus en plus chaud.

Le 9e District était situé dans l'est de la ville. Il était bordé d'un côté par le Mississippi et de l'autre par le lac ; au sud-ouest par le quartier de Saint Bernard, et par le canal à l'opposé. C'était le plus grand des dix-sept quartiers de La Nouvelle-Orléans, et il offrait de loin un aspect désolant. Dans la rue North Galvez, l'eau atteignait plus d'un mètre. Ils virent le capot de voitures qui flottaient et, dans plusieurs rues, durent éviter des lignes électriques tombées et des arbres déracinés qui allaient à la dérive. Ils n'avaient pas d'adresse précise, mais depuis qu'ils étaient dans le secteur, ils se laissaient guider par le bruit des détonations qui semblaient provenir d'un fusil ; apparemment, les coups de feu étaient tirés dehors, espacés de quelques minutes.

Ils virent beaucoup de personnes, la plupart des jeunes, sains et saufs, qui les regardaient depuis les coursives supérieures des appartements. Sur tout le trajet ils avaient vu des habitants qui, dès qu'ils apercevaient le Zodiac, leur faisaient signe et agitaient du haut des toits et des galeries des drapeaux improvisés avec des vêtements. Dupree remarqua que la rage et l'impuissance augmentaient sur le visage des policiers quand ils passaient devant eux sans s'arrêter. Ils transmettaient par radio l'alerte « Il y a des gens sur les toits » ou « Des gens ont besoin d'aide ». Plusieurs fois, Charbou prit le mégaphone pour leur crier que les secours arrivaient, mais au bout d'un moment il renonça à le faire, conscient de mentir ; il n'en savait rien, n'avait aucun moyen de savoir.

Quand ils arrivèrent au Ninth Ward, les voix s'étaient tues. Il n'y avait plus que des coups d'œil méfiants aux insignes de la police et du FBI imprimés sur leurs gilets pare-balles, et des cris de mépris sur leur passage. Au début de la rue Clovet, ils découvrirent trois garçons noirs qui distribuaient aux habitants coincés ce qu'ils avaient dans leur bateau. L'un d'eux était dans l'eau, qui noircissait son tee-shirt rouge comme si c'était du sang. Il avançait jusqu'aux fenêtres des maisons en essayant de garder sa marchandise au sec. Il sourit en les voyant. Les deux autres les regardèrent d'un air soupçonneux.

— On ne fait rien de mal.

— Qu'est-ce que vous vendez aux gens ? demanda Bill Charbou.

— Vendre ? Moi je ne vends rien, mon pote, c'est cadeau. Budweiser et cigarettes, je suis le Robin des Bois du ghetto. Le Robin des Bois du ghetto, répéta-t-il en criant en direction de la maison, où deux hommes l'acclamèrent. La Croix-Rouge n'a rien pour vous, mes frères, mais moi oui.

— Tu es très généreux, dit Charbou.

Le garçon sourit. D'une certaine façon il avait l'air heureux et, bien sûr, fier.

— Si on attend votre aide…, leur lança du bateau un autre garçon.

— Hé, petit con, je suis aussi noir que toi, dit Charbou sans perdre patience.

Le garçon acquiesça, feignant de lui donner raison d'une voix apathique.

— C'est ça, le grand frère flic.

Bill changea de sujet.

— Écoutez, on nous a prévenus que quelqu'un tirait des coups de feu ; on les a entendus de loin mais on ne sait pas où c'est. Vous êtes au courant ?

— Putain ! C'est dingue. L'eau n'arrête pas de monter dans ce quartier et vous n'en avez rien à foutre ; mais un vieux taré tire deux coups de feu de son toit et vous êtes là en un rien de temps, et avec le FBI en plus.

— Attends, mon gars, il peut blesser quelqu'un par maladresse, Robin des Bois, par exemple, dit-il en montrant le garçon au tee-shirt rouge. Et alors, vous appellerez qui ?

— Tu as dit qu'il est sur un toit ? intervint Bull.

— C'est Jim Leger, dit le garçon qui était resté silencieux.

— Pourquoi tu la fermes pas ? lui reprocha l'autre.

— Je ne l'aime pas, il est cinglé, toujours en train de sortir en brandissant son fusil dès qu'on marche sur son trottoir. Il vit près d'ici, par là, dit-il en agitant vaguement la main vers la rue principale.

Charbou fit un signe de remerciement, mais avant de diriger le bateau vers le croisement, il se retourna et demanda :

— Vous savez s'il reste beaucoup de monde ?

Le garçon qui avait répondu reprit la parole :

— On ne sait pas, ici ça ne va pas trop mal, mais il paraît que le bas du 9e District a disparu, la tempête a arraché les maisons de leurs fondations ; la plupart des gens qui vivaient là-bas, c'étaient des vieux. J'espère qu'ils se sont réfugiés au Superdome.

L'évocation du stade serra le cœur de Dupree.

— Personne n'imaginait qu'un truc comme ça pouvait arriver, se plaignit Charbou.

— Ah bon ? répondit l'autre garçon. Nous, on l'avait bien imaginé, puisque ce sont les Blancs qui ont ouvert les vannes.

Bull ne put se retenir.

— Mais qu'est-ce que tu racontes comme conneries ?

— La vérité : au nord tous les connards sont au sec, alors que le centre est inondé ; les Blancs ont ouvert les vannes pour sauver leurs maisons au prix de nos vies. Ici, c'est ce que tout le monde dit.

— C'est faux, intervint Dupree. L'eau monte dans toute la ville, au nord aussi ; on ne sait pas bien pourquoi encore.

— Vous ne savez pas ? Moi si, répéta, obstiné, le garçon. C'est dans l'histoire de notre ville, dès que l'eau monte, ils dynamitent les barrages pour sauver le putain de Quartier français.

Charbou secoua la tête, prenant congé d'eux.

— Faites attention à vous.

— Vous aussi, faites attention, répondit le garçon sur un ton qui pouvait aussi bien être une menace qu'un conseil bien intentionné.

Charbou continua de secouer la tête. Il regarda Amaia et se mordit les lèvres. Elle lui sourit, admirant sa patience. Bull pilota le Zodiac vers une rue latérale, et ils se retrouvèrent à nouveau dans North Galvez.

Charbou se leva, s'appuyant contre Bull, pour tenter de voir au loin. Soudain il se mit à rire, montrant le haut d'un toit sur lequel une femme noire attendait patiemment sous une ombrelle à rayures jaunes et blanches.

— Oceanetta ! cria-t-il, mettant ses deux mains en porte-voix. *Where are you?*

Elle lui fit signe de la main.

— *Awrite*!* répondit-elle, levant une Budweiser.

Le Robin des Bois du ghetto était passé par là.

— Oceanetta Charbou est la tante de Bill, on vous a déjà parlé d'elle. Il n'y a pas eu moyen de la convaincre de quitter la ville, expliqua Bull.

Amaia le regarda, troublée, haussant les épaules.

— « Où es-tu » ?

— Impossible à expliquer, c'est une façon de se saluer à La Nouvelle-Orléans. Je sais que ça n'a aucun sens, s'excusa-t-il avec un sourire.

Oceanetta Charbou ne s'était jamais mariée et vivait toujours dans la maison où ses quatre frères et elle étaient nés. C'était la petite sœur du père de Bill, et elle devait avoir dans les cinquante-cinq ans, peut-être plus. Nerveuse, elle était aussi décidée, résistante et attirante que son neveu. Elle lança deux sacs remplis de petites bouteilles d'eau, de barres chocolatées et de céréales. Puis elle glissa comme sur un toboggan jusqu'au bord du toit et laissa les policiers la porter. Une fois assise dans le bateau, elle sourit à chacun en se présentant. Elle était tellement sereine qu'elle semblait capable de supporter un autre ouragan avec le même stoïcisme.

Charbou regarda l'ombrelle abandonnée sur le toit.

— J'ignorais qu'il y avait une ouverture dans ton grenier.

— Et il n'y en avait pas, jusqu'à maintenant. Tu as déjà entendu parler de la recommandation de Vic Schiro ?

— Bien sûr, je suis d'ici, admit Charbou.

— Pas moi, dit Amaia.

— Il était maire de La Nouvelle-Orléans quand Betsy nous a frappés en 1965… Il est mort il y a quelques années, expliqua Dupree. Beaucoup d'habitants se sont noyés, prisonniers de leurs greniers sans ouverture. Vic Schiro a alors conseillé à tous les habitants de la ville d'avoir une hache dans leur grenier, dit-il, se penchant et prenant les mains d'Oceanetta, sur laquelle on pouvait voir de grosses ampoules.

— Vous avez ouvert votre toit à la hache ? s'étonna Johnson.

Oceanetta ne lui répondit pas. Toute son attention était concentrée sur Dupree.

— Vous êtes d'ici, et vous étiez là au moment de Betsy. Vous avez dit « quand Betsy nous a frappés ». Vous deviez être tout petit, alors, affirma-t-elle, scrutant son visage à la manière de certaines femmes qui devinent votre âge, votre famille, et qui sont vos parents. Quel est votre nom ?

Amaia observa la femme avec amusement. Méfiante et directe, elle lui rappelait un peu sa tante Engrasi.

— Dupree, prononça-t-elle, pensive. Vous êtes très blanc pour être d'origine haïtienne, sans vouloir vous offenser. Il y a beaucoup de Noirs d'origine haïtienne dans ce coin, je connais leurs noms.

Dupree sourit.

— Je ne suis pas offensé. Ma famille était créole. Mon nom est d'origine française.

— Peut-être que oui, peut-être que non… Beaucoup d'esclaves ont changé de nom quand ils ont été libres, et Dupree ressemble beaucoup au haïtien Dipré. De toute façon, votre nom me dit quelque chose, ça va finir par me revenir ; j'ai une excellente mémoire.

Mais ce qui aurait pu être une plaisanterie eut un effet inattendu sur Dupree. Amaia et Oceanetta le virent détourner le regard, fuyant. La tante de Bill s'adressa alors à son neveu sur un ton moqueur.

— Tu n'es quand même pas venu pour moi… On peut savoir ce que tu fais ici ?

— Oh ! Un de tes voisins tire des coups de feu, on ne voudrait pas qu'il tue quelqu'un. Un gosse nous a dit qu'il s'appelle Jim Leger.

— Ce vieux fou ! J'ai entendu les détonations. C'est un fusil semi-automatique. Il n'a pas d'autres armes chez lui et la sienne est normalement rangée dans une armoire. La tempête a dû le faire paniquer.

Amaia la regarda, étonnée.

— C'est un de vos amis ?

— C'est un client. Il a tous ses contrats chez moi ; je dirige en ville la filiale d'une compagnie nationale d'assurances.

— Vous savez où il habite ?

— Oui. La prochaine à droite.

Ses indications furent inutiles, le bruit d'un nouveau coup de feu les guida jusqu'à l'homme. Quand ils furent dans sa rue, ils coupèrent le moteur du Zodiac à une distance prudente. Jim Leger était posté à une fenêtre au dernier étage. Devançant tout le monde, Oceanetta s'adressa à lui en criant dans ses mains.

— Hé, Jim ! C'est moi, Oceanetta Charbou. On peut savoir ce que tu fabriques ?

— Bonjour, Oceanetta ! répondit-il poliment. Je me réjouis de voir que tu vas bien. Je défends ma maison, pas question que ces salopards me volent le fruit du travail de toute une vie.

Oceanetta leva les yeux au ciel.

— Mais que veux-tu qu'on te vole, Jim ? Tu as bien regardé autour de toi ? On a tout perdu, Jim, tout ce que tu réussis à faire, c'est effrayer les gens. Tu vois, la police est venue pour toi, et je t'assure qu'en ce moment ils ont d'autres chats à fouetter ; alors arrête de faire l'idiot et descends de là avant de blesser quelqu'un.

Ils durent attendre un moment avant que Jim sorte par la fenêtre du deuxième étage. Ses cheveux blancs encadraient un visage ridé par le temps, même si on pouvait percevoir encore de bons muscles sous les bretelles de son débardeur. Amaia lui donna environ soixante-cinq ans. Il semblait désolé que son comportement ait contraint la police à se déplacer.

— Monsieur Leger, on nous a alertés que des coups de feu terrifiaient les quelques habitants qui sont encore ici. C'est vous qui avez tiré, monsieur ?

— Eh bien, bredouilla-t-il, oui, mais j'ai tiré en l'air, juste pour que personne s'approche, qu'on sache que je suis là.

— OK, monsieur. Alors arrêtez, maintenant. Pour le moment vous n'avez encore blessé personne, mais ça pourrait arriver. Ne tirez plus, vous avez compris ?

L'homme acquiesça, regardant Oceanetta.

— Vous avez de la chance, comme Mlle Charbou a parlé en votre faveur, ça ira pour cette fois. Mais si j'apprends que vous recommencez, si vous m'obligez à revenir jusqu'ici, je vous arrêterai et ouvrirai une enquête contre vous. Vous avez compris, monsieur ?

— Merci, Oceanetta, murmura-t-il avec humilité, hochant lentement la tête.

Elle implora son neveu du regard.

— On ne peut pas le laisser ici… Je sais que vous travaillez, je ne crois pas que le FBI viendrait ici juste parce qu'un vieux fou tire des coups de feu sur un toit… Si vous pouviez seulement nous déposer à un endroit sec d'où nous pourrions marcher…

Bill Charbou regarda Dupree, qui acquiesça. Il s'adressa à l'homme à la fenêtre :

— Écoutez, préparez un sac avec vos papiers, vos médicaments, vos affaires de première nécessité ; nous allons vous conduire avec Mlle Charbou jusqu'à un endroit sec.

Leger eut l'air attristé et parla à la tante de Bill, comme si elle était la seule à qui il devait des explications.

— Je reste, Oceanetta, je ne peux pas abandonner ma maison.

Elle ne répliqua pas, fit un geste résigné de la main et lui demanda :

— Ça va aller ?

— L'eau va bientôt baisser, ce n'est pas mon premier ouragan. J'ai à boire et à manger, et ma maison a des fondations solides. Mais tu le sais.

Oceanetta se tourna vers son neveu.

— Partons. Je le connais bien, même l'armée ne le fera pas sortir de là.

Oceanetta ne pouvait pas le savoir, mais ce serait pourtant l'armée qui finirait par sortir Jim Leger de chez lui deux semaines plus tard. Perdu, déshydraté, famélique, et toujours arrimé à son fusil.

Au lever du jour, le ciel couvert semblait encore sous l'influence de la tempête, comme si tout pouvait à nouveau recommencer. Mais à présent le soleil rendait le décor plus vrai et ils eurent alors la certitude que l'ouragan était passé. C'était fini. Toute cette horreur resterait là, brillante sous le soleil de l'évidence, fixée dans le réel.

Un gémissement sourd tira Amaia de ses pensées. Elle se retourna vers l'arrière du Zodiac. Oceanetta Charbou pleurait, les yeux écarquillés d'effroi, d'incrédulité et de rage. Elle avait ramené les mains sur sa poitrine et regardait autour d'elle avec désolation.

— Tu aurais dû nous écouter, ma tante, partir… Tu es une vraie tête de mule, la réprimanda doucement son neveu.

— Il fallait que je reste ici pour aider nos concitoyens. Qui aurait cru que ça irait aussi loin ?

— Console-toi, tu vas avoir beaucoup de travail dans les semaines qui viennent, et beaucoup de personnes à aider.

— Ces gens, pour la plupart, n'ont pas d'assurance. Et s'ils en ont eu une un jour, ça fait longtemps qu'ils ont arrêté de payer leurs mensualités. Les habitants d'ici sont pauvres. Ils sont au chômage ou survivent grâce aux pensions de leurs grands-parents. Jim est une exception. Je ne sais pas comment ils vont reconstruire leurs maisons.

— J'imagine que pour ta boîte aussi, c'est un sale coup… si vous devez payer les primes des polices d'assurance…

— Bien sûr que non, dit-elle, séchant ses larmes et retrouvant son énergie. Dans quel monde vis-tu ? Les assureurs ne font pas faillite. Quand il y a une tempête, on attend d'évaluer les dégâts, de voir si l'état de catastrophe naturelle est reconnu, et combien d'argent le gouvernement affecte à la tragédie. Par ailleurs, les assurances, dans leur grande majorité, font partie de l'American Insurance Association, qui a des réserves de fonds, auxquelles tous les associés contribuent en versant un pourcentage de chaque contrat, précisément pour faire face à des situations comme celle-ci.

Amaia la regarda avec intérêt.

— Oceanetta, vous avez dit tout à l'heure quelque chose qui a attiré mon attention, vous pourriez peut-être m'aider.

— Avec plaisir.

— Vous saviez que Jim Leger possédait une arme, vous saviez que c'était un fusil et qu'il était rangé dans une armoire…

— Je suis son agente d'assurances, il a contracté avec moi plusieurs contrats, vie, habitation, et même obsèques…

Ils se mirent tous à rire.

— Ne rigolez pas, c'est mon plus grand succès. Les gens tiennent de plus en plus à payer leur enterrement, à décider des détails, de la musique, des fleurs. Pour l'assurance habitation, les alarmes incendie, antivol, barreaux aux fenêtres, portes blindées, interphones, la façon dont le foyer est protégé, tout est pris en compte au moment d'évaluer le risque, et bien sûr la prime de la police d'assurance. Posséder une arme est à double tranchant : ça ajoute des points seulement si l'arme est soigneusement rangée dans une armoire conçue à cet effet. Ma compagnie refuse d'assurer quand ce n'est pas le cas.

Amaia jeta un coup d'œil rapide à Dupree avant de continuer :

— Et les agents d'assurances sont obligés de le vérifier ?

— Non seulement de le vérifier, mais de remettre

un rapport sur le sujet avec des photos qui confirment la déclaration.

— Donc vous savez tout ce qu'il y a dans une maison…

— Si c'est moi qui l'ai assurée, oui.

— Vous savez combien de personnes vivent dans un domicile et quel âge elles ont ?

— Bien entendu. Si elles sont couvertes par mon assurance, je suis obligée de le savoir.

— Et si elles ont été malades, ou ont eu des problèmes avec la loi ; par exemple, des conflits à l'école pour les enfants, ou avec un voisin ; ou si elles possèdent un véhicule ou un tracteur, des choses comme ça.

— La plupart des assurances habitation incluent la responsabilité civile. Aujourd'hui, certaines personnes en souscrivent une, non seulement pour leurs enfants, mais pour leur animal de compagnie. Plus, d'ailleurs, pour leur animal de compagnie.

Amaia regarda Dupree, pleine d'espoir. Mais il secoua la tête avec une certaine lassitude.

— On a déjà vérifié les contrats d'assurance. Ça ne coïncide dans aucun cas. On a étudié la possibilité qu'un agent ait changé de compagnie, ou travaillé à différentes périodes pour plusieurs, mais il n'y a aucune coïncidence. C'étaient chaque fois des personnes différentes qui ne se connaissaient pas, la plupart du temps des agents locaux, comme Oceanetta, et diverses compagnies. Le seul point commun entre nos victimes est qu'elles étaient toutes assurées, mais ça n'a rien d'étrange quand on vit dans des zones à risques, et certaines d'entre elles avaient déjà subi par le passé des tempêtes ou des tornades. Les Jones, par exemple.

Amaia fixa Oceanetta, comme si l'indice qu'elle cherchait pouvait jaillir de l'intelligence de ses traits. La femme soutint son regard, pensive.

— Bien sûr que…

— Oui ? l'encouragea Amaia.

— Si les personnes dont vous parlez ont déjà été frappées, disons par une tornade, je suis sûre que leurs données figurent également à l'American Insurance Association.

— Vous voulez dire alors que l'assurance prendra en charge la reconstruction de toute cette région ? demanda Jason Bull.

— Ceux qui auront le plus de chance seront probablement les malheureux que la banque a obligés à souscrire, pour leur accorder l'hypothèque, un de ces contrats absurdes qui couvrent jusqu'aux dégâts causés par la lave d'un volcan, même si le plus proche se trouve à l'autre bout du pays. Malgré cela ils feront un tour de passe-passe pour ne pas payer.

— Pour ce qui est de La Nouvelle-Orléans, ils ne vont pas avoir le choix, dit Johnson, qui montra le décor autour d'eux.

— Ne croyez pas ça, dit-elle, le regardant avec gravité. D'où vient toute cette eau ? Est-elle bien due à la tempête ? Pourquoi continue-t-elle de monter alors qu'il a arrêté de pleuvoir à onze heures du matin ?

Johnson, qui avait écouté la radio toute la matinée, répondit :

— En ce moment les garde-côtes examinent tout le secteur des barrages depuis leurs hélicoptères, mais priorité est donnée aux secours d'urgence : personnes vulnérables, âgées, malades, enfants. Il faudra des heures avant d'obtenir un rapport fiable sur ce qui s'est passé ; pour l'instant on n'a que des suppositions basées sur le récit de témoins, des personnes très effrayées dans la plupart des cas.

— Je l'espère, déclara tristement Oceanetta. Car les assurances ne couvrent pas les ruptures de canaux construits par l'homme.

— Mais ce n'est pas possible. Si le canal a cédé, c'est à cause de l'ouragan, c'est évident..., répliqua Johnson.

— Évident pour vous, pour moi, mais beaucoup moins pour eux. En 1965, pendant le passage de l'ouragan Betsy, les barrages se sont effondrés à cause de la mauvaise qualité des matériaux avec lesquels ils avaient été construits. La nuit, la pluie a fait monter l'eau de soixante centimètres, c'est resté comme ça des heures durant, et soudain en quinze minutes c'est monté quasiment de trente centimètres, puis encore de trente centimètres les quinze minutes suivantes, jusqu'à atteindre cette hauteur, la moitié du deuxième étage. Je suis sur mon toit depuis onze heures du matin et j'ai vu passer dans l'eau les affaires de mes voisins avec une force et une vitesse que seul peut produire un courant coulant de l'est vers l'ouest ou, ce qui revient au même, de la zone qui borde le canal à la lisière du quartier. Si le barrage a cédé dans l'Industrial Canal, tout ce qu'on récoltera ce seront, comme la dernière fois, de belles paroles. C'est tout.

— Vous n'allez tout de même pas me dire, comme les gosses tout à l'heure, que les Blancs ont ouvert les barrages pour sauver le Quartier français.

— Les Blancs responsables de cette merde n'ont pas eu besoin de venir en pleine tempête dynamiter les barrages ou ouvrir les vannes ; tout était prêt, comme une bombe à retardement. Après le passage de Betsy, ils ont construit les barrages avec des matériaux d'occasion. Des matériaux médiocres pour Américains d'occasion.

Johnson se mordit les lèvres si fort qu'elles disparurent sous ses grosses moustaches. Il n'aimait pas ce qu'il entendait, n'y croyait pas. Et c'était sa façon de montrer son mécontentement. Il aimait son pays, c'était un grand pays. Ce qu'Oceanetta insinuait était répugnant. Il était habitué à entendre les plaintes des détenus : trafiquants, fraudeurs, violeurs, meurtriers… tous avaient leur part de reproches envers le système, le gouvernement, les institutions, la police. Il s'était habitué à les écouter comme on entend la pluie, conscient qu'il s'agissait du subterfuge psychologique des lâches pour ne rien faire de leur vie. Mais Oceanetta lui plaisait bien. C'était une femme respectable, impliquée dans la vie de son quartier, intelligente et instruite ; elle ne correspondait pas au profil du geignard larmoyant, infantile, qu'on retrouvait en général dans ce type de paranoïa conspirationniste.

— Donc, Oceanetta, intervint Amaia, captant à nouveau son attention, cet organisme doit avoir accès aux mêmes informations que les assurances…

— Ils se consacrent surtout aux réassurances, créent des réserves de fonds et, bien que les lois de chaque État définissent les règles pour les assurances, ils établissent des critères généraux dans tout le pays. La représentation est répartie sur quatre zones géographiques : Nord-Est, Sud-Est, Centre-Ouest et Ouest.

Amaia inspira profondément, fixant Dupree et Johnson.

— Attendez, que ce soit bien clair pour moi ; donc, quand quelqu'un d'ici, à La Nouvelle-Orléans, souscrit une assurance, sa maison, sa vie, les personnes qui habitent sous son toit, son chien, tous ces renseignements, détails, photos, en plus d'être communiqués à la société mère de son assurance…

— Sont également transmises à l'American Insurance Association, affirma avec certitude Oceanetta.

— De toutes les assurances du pays ?

— Oui.

Amaia expulsa tout l'air de ses poumons, regarda le paysage autour de l'embarcation, et, malgré la désolation environnante, un sourire commença à se dessiner sur son visage. Ses yeux brillaient déjà.

40
Chat blanc

La Nouvelle-Orléans, Louisiane
Lundi 29 août 2005, 19 heures

À dix-neuf heures, la chaleur accumulée pendant la journée et l'évaporation de l'eau avaient rendu l'atmosphère irrespirable. Les informations les plus fiables arrivaient par la radio des garde-côtes, et même si aucune donnée n'était officielle, tous s'accordaient sur le fait que les garde-côtes semblaient être ceux qui géraient le mieux la situation. Mieux que la police de La Nouvelle-Orléans, la police d'État ou même la Fema. Il y avait un peu plus d'une heure, ils avaient confirmé la rupture du barrage des canaux de la rue 17, de l'avenue London et de l'Industrial Canal. Les rumeurs du début de journée selon lesquelles la marée était passée par-dessus le barrage de la rue 17, provoquant l'effondrement de celui-ci, avaient été démenties par les pompiers. La première fissure s'était produite dans la partie inférieure, à l'extrême ouest de La Nouvelle-Orléans, au niveau du pont Old Hammond Highway. Plusieurs capitaines de pompiers affirmaient avoir vu le barrage céder avant que l'eau arrive en haut. La rupture avait arraché plus de cent mètres de digue, et l'eau avait envahi le territoire comme s'il lui avait toujours appartenu.

Dans l'Industrial Canal, c'était encore pire. Le témoignage des garde-côtes parlait d'au moins cinq rangées entières de maisons emportées par l'eau. Le canal de l'avenue London avait cédé également à deux endroits. Dans la partie inférieure, juste derrière le boulevard Robert E. Lee, et dans la partie supérieure, près du pont de l'avenue Mirabeau. Pendant la nuit et aux premières heures du jour, on leur avait signalé des ruptures de digues dans au moins quinze lieux, et la peur ainsi que les rumeurs étaient allées bon train toute la journée. Certaines routes où ils avaient circulé en milieu de journée étaient submergées, et l'eau continuait de monter.

Vers dix-huit heures trente, ils avaient réussi à transférer Oceanetta sur un bateau de la police de l'État de Louisiane qu'ils avaient intercepté en route, alors qu'il se dirigeait vers l'hôpital Charity, transportant plusieurs blessés. Dès qu'elle fut à bord, la tante de Bill s'empressa de distribuer les barres chocolatées et l'eau qu'elle avait dans son sac. Son neveu secoua la tête, fier et préoccupé à la fois, sachant pertinemment qu'il ne lui resterait plus rien en arrivant à l'hôpital. Quand les bateaux repartirent dans des directions opposées, Oceanetta agita la main pour leur dire au revoir. Soudain elle se rappela pourquoi elle connaissait le nom Dupree. Elle ouvrit la bouche et écarquilla les yeux, saisie d'effroi, et cria pour attirer l'attention de son neveu qui, malgré le bruit des moteurs, sembla l'entendre. Bill Charbou se retourna pour la regarder une dernière fois et lui adressa un baiser de loin. Oceanetta ferma sa main levée comme si elle avait attrapé le baiser de son neveu et, terrifiée, serra le poing qu'elle couvrit avec son autre main et porta à son cœur ; espérant que le message arriverait jusqu'à lui, elle dessina avec les lèvres un seul mot qu'elle prononça en silence. Alors que les embarcations s'éloignaient à toute vitesse, il lui sembla distinguer l'inquiétude sur le visage aimé de son neveu. Elle pria pour que ce soit le cas.

Ils continuèrent de dépendre des alertes de coups de feu sporadiques. Il y en avait eu beaucoup, dans la plupart des cas dans le seul but d'attirer l'attention des secours pour ceux qui attendaient sur les toits. Dupree décida qu'il valait mieux chercher un lieu où s'établir pendant cette longue attente. Tourner sous le soleil en Zodiac sans destination précise leur faisait gaspiller un carburant devenu précieux, et qui, au fil des heures, le serait encore plus. Sans parler de leur moral qui descendait à vitesse grand V. La vision des maisons inondées, des voitures flottant dans l'eau et des habitants appelant au secours depuis les toits troublait leur jugement, leur faisait oublier la raison pour laquelle ils étaient là. Amaia était de plus en plus frustrée. Toutes les cinq minutes, elle vérifiait les mobiles, qui ne captaient toujours rien. Dans l'espoir de trouver du réseau dans d'autres secteurs, ils s'étaient déplacés d'abord vers le nord, puis vers l'est, avant de revenir à leur point de départ sans obtenir la communication tant désirée. Les talkies-walkies marchaient toujours et ils avaient des réserves de piles pour plusieurs jours, mais les ondes courtes, qu'utilisaient la police et les secours, avaient une portée très limitée, et à certains moments la fréquence d'émissions des pompiers, de la Garde nationale, de la police, des garde-côtes et des pêcheurs rendait impossible toute communication au-delà des appels d'urgence. Johnson conservait avec lui un portable avec une batterie de rechange. Quand Amaia s'avoua vaincue et constata qu'il serait impossible de passer un appel téléphonique ou radio à l'American Insurance Association, elle demanda à Johnson de vérifier si les mails circulaient toujours.

— Théoriquement oui, par Internet via le satellite. Bien sûr, si les relais à terre ne marchent pas, les mails peuvent rester coincés quelque part. Internet est très lent, mais dans certains endroits, apparemment ça fonctionne. Écrivez votre message. Dès qu'on aura du réseau, il partira. Mais je ne peux pas vous garantir qu'on aura la même chance pour recevoir une réponse.

Amaia tapa un message à l'attention du responsable du personnel de l'association. Elle le donna à lire à Dupree avant de l'envoyer. Elle demandait des informations sur les données concernant les assurés auxquelles les enquêteurs d'assurance pouvaient avoir accès, sur le travail de ces enquêteurs et sur la possibilité de leur présence sur des lieux où s'étaient produites des catastrophes. Elle s'intéressait en particulier à ceux qui pouvaient avoir entre cinquante et soixante ans, et trois enfants. Puis elle vérifia à nouveau le réseau, impuissante. Mais ce qui poussa Dupree à se décider fut l'attitude de Charbou. Les yeux fixés au loin, il gardait le silence depuis que sa tante avait été transférée sur l'autre bateau, répondant par monosyllabes aux commentaires de ses collègues. Ils passèrent à côté du cadavre d'un chat blanc qui flottait à côté du Zodiac. Il portait un collier bleu autour du cou. Et après ce qu'il avait vu ce jour-là, le chaos, la destruction, la famille Sabine assassinée dans son salon, les pieds en direction du Mississippi, ce fut un chat blanc avec un collier bleu qui le fit sortir de ses gonds. Il soupira violemment et s'adressa au groupe, sans parler à quelqu'un en particulier.

— On ne le chopera pas, impossible, affirma-t-il. On a mis des heures pour venir de Jefferson jusqu'ici, un trajet qu'on ferait en quinze minutes en temps normal. Le Compositeur est peut-être en ce moment même à Lakeview ou à Kenner. Combien de temps il nous faudra pour aller là-bas ? La moitié des routes qui étaient praticables ce matin sont maintenant sous l'eau, sans compter les arbres déracinés, les lignes électriques, les véhicules qui flottent ou les décombres qu'on ne voit pas là-dessous…

Dupree lui répondit sans hausser la voix, mais se pencha légèrement en avant, obligeant les autres à l'imiter pour pouvoir l'entendre malgré le bruit du moteur.

— Je pense que le Compositeur connaît les mêmes difficultés que nous. Il faudrait qu'il ait un bateau, et ça me semble peu probable. Quand il est venu à Jefferson, on pouvait encore marcher dans l'eau, et nous sommes presque sûrs que c'est ce qu'il a fait. Mais les circonstances ont changé, pour tout le monde. Je crois qu'il choisira ses victimes près d'une zone d'évacuation, il ne peut pas prendre le risque qu'une équipe de secours le surprenne en pleine action. Qu'en pensez-vous ? demanda-t-il à Johnson, qui avait déplié une carte au centre de l'embarcation.

— Je suis d'accord : cet événement nous a dépassés, mais lui aussi. S'il avait un plan, il devra le modifier. Ce ne sera pas un grand problème pour lui ; dans n'importe quel coin de la ville, il trouvera des malheureux qui ont survécu à la tempête, une famille qui correspond à son modèle. Et même si plusieurs familles cadrent avec son profil à Kenner, il n'ira pas jusque là-bas ; la ville lui offre à présent de multiples possibilités. L'instinct, en cas de danger, est de rester près de l'endroit où on peut recevoir une assistance ; il a beau vouloir l'hécatombe, c'est un homme soumis aux mêmes circonstances que nous, et n'oublions pas qu'il est blessé. (Johnson posa le doigt sur le plan et montra différents endroits.) Je pense qu'il restera dans le Quartier français, à Frenchmen, à la lisière de Tremé, aux abords de la rue Canal, de Magazine ou de la place Jackson. Il utilisera ces lieux comme points de chute. Il doit avoir un endroit où se poser, et sinon, il en cherche sûrement un, comme nous.

— Je ne sais pas, dit Charbou. C'est le chaos, il n'y a pas de lumière ni d'eau, bientôt il sera difficile de trouver du carburant. Quand il fera nuit, on sera de retour à l'âge de pierre. Je crois qu'on devrait venir en aide aux habitants au lieu de tourner en rond en attendant une nouvelle alerte aux coups de feu.

C'est ce que Dupree avait redouté tout au long de la journée. Il avait remarqué les regards furieux du policier quand ils passaient devant des maisons et voyaient les affaires des gens flotter dans l'eau sale. Il avait vu sa mâchoire se crisper en apercevant un groupe de femmes qui, leurs bébés dans les bras, criaient depuis les ponts de l'autoroute, imploraient qu'on vienne les chercher. Il l'avait vu bouillir de l'intérieur et se consumer en silence, surtout depuis qu'Oceanetta avait débarqué.

Mais ce fut Bull qui répondit à son collègue.

— Tu savais en quoi consistait notre mission, ce que nous faisons est important. Il y a d'autres personnes chargées de l'aide, les secours vont bientôt arriver.

Charbou se retourna, en colère.

— Ah bon ? Et où sont-ils ? Parce que moi, j'entends seulement des victimes qui crient, appellent des secours qui n'arrivent pas alors que nous, nous sommes là. Ce n'est pas pour cela que je suis devenu policier.

Ses dernières paroles résonnèrent comme une sentence. Amaia était restée silencieuse. Elle se pencha en avant et tendit la main pour toucher celle de Charbou. La peau sombre du jeune homme brillait de sueur, contrastant avec la pâleur de celle d'Amaia. Le simple contact d'un autre être humain parut le désarmer immédiatement. Ses poings fermés s'ouvrirent pour recevoir la caresse, sa mâchoire se décrispa. Il ouvrit la bouche et Dupree fut certain qu'il allait dire quelque chose. Mais il resta silencieux, regardant Amaia, les yeux grands ouverts.

Elle lui parla avec fermeté.

— On ne subit pas tout ça, on ne survit pas à la tempête pour permettre à un assassin d'en finir avec la vie qu'on a acquise en luttant et en résistant. Ceux qui ont survécu sont les enfants de la tempête. Si elle ne les a pas tués, personne n'a le droit de le faire. On ne peut pas laisser le Compositeur transformer le combat pour la survie de ces familles en son parc d'attractions d'Armageddon.

Dupree acquiesça. Il savait qu'elle avait gagné, mais ce n'était pas grâce à ses paroles. C'était un fait indiscutable, vérifié dans tous les lieux où l'homme avait survécu, des champs de bataille aux camps de réfugiés, des hôpitaux militaires aux couveuses de nouveau-nés. Quand les consignes n'avaient plus de sens, quand l'épuisement s'emparait des corps et des âmes, quand continuer ou non faisait débat :

il n'existait aucune force aussi rédemptrice que le contact humain.

Officiellement, le soleil était censé se coucher à dix-neuf heures vingt-quatre. Cependant, au cours de la dernière demi-heure, la lumière s'enfuit rapidement vers l'ouest, teintant le ciel de couleurs roses et violettes en un coucher de soleil si beau et si incongru qu'ils ne pourraient jamais l'oublier. La prédiction de Charbou se confirmait et, alors que la lumière s'éteignait à l'horizon, la ville de la musique plongeait dans l'âge de pierre. Ils devaient trouver un endroit où passer la nuit. La plupart des noms de rue avaient disparu, et bien que leur première intention fût de retourner à l'avenue Florida, ils optèrent pour une rue qui pouvait être Dorgenois ou Rocheblave. Bull pilotait l'embarcation et fit retentir l'avertisseur. Le son se perdit dans la nuit alors qu'ils approchaient d'une maison à deux étages, inondée jusqu'au premier. La structure paraissait stable et ils pouvaient entrer facilement par la fenêtre du deuxième. Pour en être bien sûrs, ils firent le tour, balayant de leurs lampes la façade en quête d'un signe de vie. Bull manœuvrait l'embarcation pour tourner quand Johnson donna l'alerte :

— Là ! J'ai vu quelque chose. Je crois qu'il y a quelqu'un.

Bull redressa la barre et fit reculer le Zodiac vers l'endroit que Johnson avait indiqué pendant que tous pointaient le faisceau de leurs lampes dans cette direction. La porte arrière du rez-de-chaussée était entrouverte, pas beaucoup, juste assez pour apercevoir une main accrochée au bois.

— Je le vois ! Quelqu'un est coincé !

Après avoir approché le bateau le plus possible, Johnson et Charbou attrapèrent la porte, tirant dessus de toutes leurs forces. C'était inutile, elle était bloquée par quelque chose, sûrement la boue, les pierres et les branches que l'eau avait charriées. Dupree unit ses efforts aux leurs. La porte céda un peu, puis davantage, et totalement. La main accrochée au bois se libéra et le cadavre sortit de la maison, flottant entre le mur et l'embarcation, qui reculait. C'était un homme âgé. Amaia le vit à sa barbe et à ses cheveux blancs ; sa peau pâle et gonflée par l'eau ne permettait pas d'en dire beaucoup plus. Il était probablement mort la nuit précédente, pendant les heures les plus dures de la tempête ; les bactéries dans l'eau et les températures élevées de la journée avaient fait le reste. Ses pieds nus décolorés comme de la gélatine apparurent en premier. Il portait un jean et un tee-shirt blanc qui s'était soulevé, dévoilant le bas de son ventre blanc, qui commençait à bleuir à cause de la putréfaction à certains endroits. Sur son tee-shirt, une inscription en lettres rouges disait « Le meilleur père du monde ».

Amaia poussa un cri, un gémissement de douleur. Tous se retournèrent vers elle, inquiets. Elle avait porté les deux mains à sa bouche, comme si elle tentait de retenir en elle tout son chagrin refoulé, toute l'obscurité. Le visage crispé, les yeux remplis d'horreur, elle regardait avec désolation le courant emporter le corps. Avant que quelqu'un réagisse, avant même qu'ils aient eu le temps de réfléchir, Amaia sauta dans l'eau. Elle atterrit sur une surface molle, sans doute la terre du jardin, et alors que ses compagnons lui criaient de revenir, elle avança, les yeux aveuglés par les larmes et l'eau sale, traversant le jardin, se félicitant de porter ce gilet pare-balles qui flottait, contrairement à ceux du FBI. Bull tenta de la suivre avec le Zodiac, mais le haut de la clôture, qui émergeait entre les deux maisons, l'empêcha d'aller plus loin ; il recula de deux mètres et essaya de passer par le côté. Charbou allait sauter à son tour dans l'eau quand Dupree l'arrêta.

— Attendez.

— Mais…, protesta-t-il, incrédule.

— Attendez.

Amaia avait attrapé le corps par la main. C'était un homme grand, fort. Son cadavre était trop lourd, elle ne pourrait pas le ramener chez lui. Elle regarda autour d'elle, désespérée.

— Amaia, tu ne peux plus rien faire, il est mort ! cria Charbou du Zodiac.

Mais elle ne l'entendit pas. Les yeux remplis de larmes, elle contempla à nouveau l'inscription sur son tee-shirt. « Cet homme a-t-il été le meilleur père du monde ? » se demanda-t-elle. Sa voix de douze ans répondit de très loin. « Il suffit qu'il l'ait été pour quelqu'un. » Elle ôta sa ceinture et la fit glisser sous les deux passants de devant du pantalon de l'homme. Puis elle tracta le cadavre jusqu'à un panneau de signalisation, où elle l'attacha fermement. Si cet homme avait été un bon père, il y aurait un enfant pour le pleurer sur sa tombe ; il était juste de lui donner cette possibilité et d'empêcher l'eau de l'emmener. Elle resta immobile à côté de lui, très calme. Elle essaya de réciter une prière. « Notre Père Notre Père Notre Père Notre Père Notre Père. » Elle renonça quand elle s'aperçut qu'elle ne pouvait pas s'empêcher de relire sans arrêt l'inscription sur le tee-shirt.

— Qu'est-ce qu'elle fait, bordel ? demanda Charbou, fasciné.

Dupree s'apprêtait à lui répondre, mais Johnson le devança.

— Elle dit adieu à son père.

Bull et Charbou se tournèrent vers lui.

— Le père de Salazar est mort la nuit dernière. On l'a prévenue qu'elle devait rentrer si elle voulait le voir encore en vie juste quand nous sommes partis pour La Nouvelle-Orléans, et ce matin elle a appris qu'il était mort.

— Je n'arrive pas à le croire ! Pourquoi vous ne l'avez pas rapatriée ? Vous ne voyez pas dans quel état elle est ?

— Elle a décidé de rester. Et personne n'a le droit de la juger. Nous prenons tous des décisions qu'il est parfois difficile d'assumer, tout à l'heure c'était vous qui sembliez renoncer. Je trouve qu'elle s'en sort très bien, mais ça n'empêche pas qu'à un moment, que ce soit à cause d'une inscription sur un tee-shirt ou d'un chat noyé, on a envie de tout laisser tomber.

Charbou encaissa le reproche et hocha la tête, les yeux fixés sur Amaia.

— Et vous ne pensez pas qu'on devrait aller la chercher ?

— Si, confirma Dupree. Mais laissez-lui encore une minute.

Ils choisirent une maison assez grande, à deux rues de là vers l'ouest. Après avoir appelé et vérifié qu'elle était vide, ils forcèrent une fenêtre à l'étage et entrèrent, retrouvant soudain la sensation de terre ferme qu'ils avaient perdue au cours des dernières heures. Dans l'escalier, l'eau atteignait le haut de la porte du rez-de-chaussée submergé. Il y avait trois chambres en bon état et une salle de bains où les toilettes avaient débordé, formant une flaque pestilentielle. Johnson ferma la porte, pendant que Bill et Bull examinaient les ouvertures et le petit grenier sans fenêtre rempli de bric-à-brac. Il faisait chaud là-dedans, l'air était humide et ça sentait la vase, mais ils furent heureux de pouvoir s'allonger, retirer leurs gilets, se rafraîchir un peu. Par un accord tacite, ils n'utilisèrent pas les lits. Il semblait légitime de trouver refuge dans une maison, mais les lits gardaient encore l'empreinte de leurs occupants. Ils prirent des coussins et des oreillers et, s'appuyant contre un mur, s'assirent ensemble dans la pièce par laquelle ils étaient entrés, la seule qui possédait une fenêtre ouverte. Dehors, l'obscurité était totale, pas la moindre étoile. À présent que les hélicoptères avaient arrêté de voler, les seuls bruits provenaient du parquet qui craquait sous l'eau sale, et de la respiration de cinq personnes dans une chambre d'appoint. Ils n'avaient rien avalé depuis le petit déjeuner à la caserne de pompiers, à part quelques barres chocolatées. Ils partagèrent les provisions prévues pour le dîner, et allèrent même jusqu'à sourire, retrouvant un peu d'entrain.

Johnson s'adressa à Amaia.

— Je me suis demandé toute la journée pourquoi l'endroit d'où vous venez me disait quelque chose. Avant d'arriver au comportement criminel, j'ai passé un moment dans une unité spécialisée dans les sectes. Plusieurs fois, on a fait référence à cette région frontalière des Pyrénées, entre l'Espagne et la France, comme bastion de la sorcellerie. Zugarramurdi et les lieux où on célébrait des sabbats doivent être tout près de votre village, Elizondo, c'est ça ?…

Elle acquiesça à contrecœur.

— Oui, c'est à côté.

— D'ailleurs, n'est-ce pas à Elizondo qu'un inquisiteur de l'Église catholique a mené une enquête pour établir si le diable était présent dans cette région ? demanda Johnson avec un enthousiasme croissant.

Amaia ne répondit pas. Johnson la regardait, exalté.

— Oui, c'était à Elizondo, affirma-t-il, continuant son exposé. Et l'inquisiteur du Saint-Office s'appelait comme vous, Salazar. Salazar y Frías, ajouta-t-il.

Tous les autres regardèrent Amaia avec intérêt.

— L'Inquisition, c'était l'équivalent des tribunaux des procès de Salem, qui jugeaient les sorcières, non ? demanda Charbou. Vous avez un lien avec ce Salazar ? C'est votre ancêtre ?

Amaia répondit, sérieuse.

— J'en doute. Mon nom vient de celui d'une vallée et d'une rivière proches du lieu où je suis née.

— Mais vous avez fait des recherches ? insista Johnson, caressant nerveusement sa moustache. Je crois que ce serait très intéressant… Je connais un généalogiste capable de remonter des siècles en arrière.

Dupree, qui observait Amaia, intervint :

— Johnson, j'ai l'impression que ce sujet n'enthousiasme pas beaucoup Salazar.

— Comment est-ce possible ? s'étonna Bull. À sa place, j'adorerais en savoir plus.

Johnson ne s'avouait pas vaincu.

— Si votre famille a toujours vécu dans ce coin, il est assez probable qu'à un moment ils se soient retrouvés impliqués dans un des nombreux procès en sorcellerie menés là-bas par l'Inquisition, comme témoins ou accusés. Je me rappelle tout à coup que lors de son enquête sur la présence du diable, l'inquisiteur Salazar a recueilli des milliers d'auto-accusations ou de dénonciations. Ça devait toucher toute la population de la région.

— Il y a combien d'habitants aujourd'hui dans votre bled ? demanda Charbou.

— Trois mille environ.

— Voilà ! s'exclama Johnson. Toute la population accusée ou accusant ses voisins.

— En effet, répondit-elle avec amertume.

Dupree s'adressa à Amaia.

— On dirait que vous n'aimez pas parler de ça, pourquoi ?

Amaia resta silencieuse. Johnson insista.

— Sous-inspectrice, cet événement remonte à plusieurs siècles. Si c'était les États-Unis, il y aurait aujourd'hui dans cette commune six hôtels de charme, trois « routes des sorcières » et une douzaine de boutiques de souvenirs. Souvenez-vous de la propriétaire du Dauphine.

— Il y a deux raisons, répondit Amaia. Soit vous ne croyez pas un mot de ce qu'on vous raconte, soit vous avez trouvé une manière plus saine de cohabiter avec les aspects magiques du monde qui vous entoure.

Dupree insista.

— Ce n'est pas le cas à Baztán ?

— Baztán ? demanda Bull.

Amaia soupira.

— C'est le nom de la vallée où se trouve mon village. Je crois que le monde se porterait mieux sans toutes ces supercheries. Ça peut sembler amusant quand on l'envisage d'un point de vue ludique, mais ce type de pensée, archaïque et superstitieuse, génère seulement de la souffrance, de la stigmatisation sociale et de l'exclusion.

Bull la regarda, fasciné.

— Vous voulez dire qu'aujourd'hui on croit toujours aux sorcières à Baztán ?

Johnson répondit avant elle :

— La bonne question est : y a-t-il encore aujourd'hui des sorcières à Baztán ?

Ils ressentirent aussitôt l'intense fatigue physique et émotionnelle de la journée. Bull proposa de prendre le premier tour de garde près de la radio, alors que les autres, munis de coussins et d'oreillers, cherchaient un coin pour dormir.

Amaia resta près de la fenêtre, seule dans la pièce. Elle avait besoin du peu d'air qui entrait par là, mais son regard se dirigea, inquiet, vers l'intérieur de la pièce. Elle détestait l'obscurité. Elle réussit à atténuer la lumière de sa lampe de poche avec le store de la fenêtre et à la projeter vers le sol sans éblouir, mais avec assez de luminosité pour échapper aux esprits de la nuit. Les *gaueko**. Elle regarda à nouveau dehors et réalisa qu'elle n'avait pas pensé aux *gaueko* depuis l'enfance. Les ombres. Qui errent sans foyer, cherchant dans votre âme un coin d'obscurité où vivre. Elle pensa à la vieille femme qui, comme une enfant, s'était cachée sous son lit pour fuir les *gaueko*. « Le diable est venu », avait-elle dit. Elle pensa au Compositeur et fut certaine, à cet instant, qu'il regardait lui aussi l'obscurité, quelque part en ville. À la différence qu'il était uni à la nuit : l'obscurité était en lui, il portait les *gaueko* à l'intérieur de lui car il était l'un d'eux. Elle secoua la tête, étonnée par la force du souvenir et l'éclairage qu'il jetait sur la personnalité du Compositeur.

— *Gaueko*, murmura-t-elle en direction de l'obscurité.

Le mot ancien et sinistre, prononcé en euskera si loin de Baztán, en fit surgir de nombreux autres, sombres et insidieux, aimés et apaisants comme une étreinte.

La voix de Dupree, de retour dans la pièce, la tira de ses pensées.

— Ça va mieux ?

Elle soupira, honteuse.

— Je suis désolée, c'était imprudent de ma part, je n'ai pas réfléchi.

— Ne vous en faites pas. C'est juste que l'eau est pleine de bactéries. En plus des immondices qui ont débordé des égouts, il y a la vase des bayous, un mélange de plantes mortes, de micro-organismes en décomposition et de larves en tout genre. Si vous avez une plaie, lavez-la bien, sinon elle finira par s'infecter.

— Je ne parlais pas de l'eau…, dit-elle, essayant de sourire.

Mais son visage demeura triste. Dupree hocha la tête. Amaia était pour lui un mystère. Comment accéder à elle ? C'était une des personnes les plus complexes qu'il avait connues dans sa vie. Il décida d'attaquer de front.

— Mes parents sont morts pendant l'ouragan Betsy. Mon père était médecin et ma mère était son infirmière. Ils étaient allés s'occuper d'un accouchement et sont restés coincés à Grand Isle quand la tempête est arrivée. On les a retrouvés une semaine plus tard, morts dans leur voiture.

— Je suis désolée, dit Amaia, scrutant son visage. L'ouragan doit remuer de terribles souvenirs pour vous.

— J'étais très petit, presque tous les souvenirs qu'il

me reste d'eux, ce sont des photos. J'ai été élevée par Nana, la cousine de mon père.

— Vous avez des frères et sœurs ?

Dupree détourna le regard.

— J'ai une sœur. Et vous ? demanda-t-il trop rapidement, et ce détail n'échappa pas à Amaia : à l'évidence il préférait ne pas s'étendre sur sa famille.

— J'ai deux sœurs plus âgées. Mais nous ne sommes pas très proches. Moi aussi j'ai été élevée par ma tante.

Dupree se retint de l'interroger davantage. Deux sœurs plus âgées dont elle n'était pas très proche, envoyée dès l'âge de douze ans aux États-Unis pour étudier, et un père qu'elle n'accompagnait pas dans sa mort.

— Je vous ai vu prier pour cet homme. C'est bien.

Elle l'observa en silence pendant cinq, six, dix secondes. Comme si elle n'avait pas entendu ce qu'il avait dit ou, au contraire, analysait en profondeur les conséquences de ses paroles. Puis elle baissa les yeux et, pendant dix autres secondes, fixa la lumière de sa lampe. Quand elle reprit la parole, sa voix les surprit tous les deux.

— Quand j'étais petite, je récitais le Notre Père, vous connaissez le Notre Père ?

— Oui, je suis catholique. Pas tellement pratiquant, mais catholique.

Elle continua de parler et il sut qu'elle ne l'avait pas écouté ; sa question n'appelait pas de réponse, elle faisait partie d'un discours ou d'un raisonnement. Dupree prêta attention à sa posture. Le dos appuyé contre le mur et les jambes légèrement repliées, elle regardait par terre, concentrée sur le petit cercle de lumière brillante que le faisceau de la lampe formait sur le sol. Elle parlait lentement et tout bas, d'une voix plus aiguë que d'habitude.

— Je priais toutes les nuits, toutes les nuits. Je répétais chaque strophe, mais surtout la première : Notre Père, Notre Père. Mais je ne priais pas Dieu, je priais mon père ; il était dans la chambre d'à côté, mais n'a jamais entendu mes prières.

Elle fit une pause, esquissa un sourire.

— Je ne m'en étais pas rendu compte, toutes ces années, je l'ai compris aujourd'hui quand j'essayais de dire une prière pour l'âme de cet homme.

Dupree la regardait, hypnotisé. Des centaines de questions affluaient à son esprit, et il se faisait violence pour les ignorer. Son instinct analytique l'obligeait à prendre des notes ; son père dans la chambre d'à côté, de quoi avait-elle peur ? Elle priait son père ? Concentrant toute son attention sur ses mots, sur chacun de ses gestes, chacune de ses intonations, il était conscient que cette confidence avait la profondeur d'une révélation et qu'en même temps cette femme demeurait un mystère.

— J'appelais mon père, j'étais comme cette ville, criant du haut des toits, dit-elle.

Dupree s'aperçut qu'Amaia réagissait à son propre témoignage comme si la vérité se révélait à elle alors même qu'elle parlait.

— On croit appartenir à une famille et on prie en pensant que son père entend, mais il a fallu que je sois à deux doigts de mourir pour qu'il m'entende ; il a attendu et attendu, jusqu'au jour où il a dû me sauver d'une tombe.

Elle regarda Dupree, et il implora en silence qu'elle continue, qu'elle ne prenne pas soudain conscience, en le voyant, de tout ce qu'elle lui révélait.

— Pendant des années j'ai cru que c'était son amour qui m'avait sauvée, mais ce n'était pas de l'amour, c'était ce qui l'avait toujours animé jusque-là : la honte. La honte l'avait poussé à m'ignorer, la honte l'a obligé à me sauver, mais seulement parce que tout le monde savait, parce que sinon ç'aurait été pire.

Dupree observa Amaia. Elle s'était endormie sans s'en rendre compte. Elle parlait, et une seconde plus tard il l'avait vue se blottir contre le mur. L'instant d'après, elle dormait. Ce fut si rapide qu'il se demanda si elle était totalement réveillée quand elle parlait, ou s'il s'agissait d'un épisode de semi-somnambulisme causé par le stress et l'épuisement. La lumière projetée sur le sol dessinait sur son visage des ombres sinistres qui, il en eut la certitude, étaient le reflet de l'obscurité qui peuplait ses rêves. Une perle rare, un être capable de raisonner avec toute la logique scientifique du monde, et aussi sensible à l'invisible que le Petit Prince. Elle analysait le monde depuis ces deux fronts qui s'opposaient en permanence en elle. Dupree toucha la cicatrice sur son torse et, sous son tee-shirt, compta les bords rugueux de la plaie. Cinq. Il avait été sincère : s'il ne se souvenait pas de cette nuit-là, ce n'était pas à cause de la mort de ses parents mais parce que ça avait été la nuit de Samedi. La nuit qui avait plongé la ville dans le chaos. Il regarda la jeune femme endormie, redoutant et désirant à la fois qu'arrive le moment de la pousser jusqu'aux limites. Le moment où le Baron Samedi reviendrait pour imposer son règne d'anarchie et de mort sur la ville.

41

Cœur de chevreuil

Elizondo

Ignacio Aldecoa n'aimait pas Elizondo. Joxepi, sa femme, disait qu'à force d'être tout le temps dans la montagne, il était en train de devenir aussi sauvage que ses chiens et ses moutons. Elle disait souvent à ses amies que, pour Ignacio, venir à Elizondo, c'était comme se perdre dans une fête foraine. Quand il rentrait à la maison, il avait l'air aussi nauséeux et désorienté que s'il descendait d'un manège. Ignacio haussait les épaules. Il savait que sa femme l'aimait comme il était, respectait son espace et son silence, et était heureuse d'élever leurs enfants avec lui dans cette ferme reculée où ses sœurs lui avaient dit qu'aucune femme n'accepterait jamais de vivre.

En échange, Ignacio savait qu'au moins une fois par semaine il devait accompagner sa femme à Elizondo. Prendre un café, manger un gâteau dans une pâtisserie, faire quelques courses, traîner devant les vitrines… Ils étaient depuis un moment dans la rue Santiago, devant l'entrée de l'église. Sa femme bavardait avec Engrasi, une amie d'enfance. Ignacio acquiesçait de temps à autre sans prêter attention à leur conversation. Il observait la nièce d'Engrasi. C'était une fillette grande et mince, d'environ dix ou douze ans. Elle s'amusait à sauter, évitant les séparations naturelles entre les dalles du trottoir mouillé par la pluie de l'après-midi, comme sur une marelle invisible. De temps en temps, elle regardait sa tante, puis elle reprenait son jeu silencieux et solitaire. Ignacio aimait bien Amaia. En général il n'aimait pas trop les enfants, en dehors des siens. Il les trouvait bruyants, frénétiques et exigeants. Mais cette petite fille était différente. Un jour, il en avait parlé à Joxepi, qui lui avait dit : « La pauvre petite a beaucoup souffert. Sa mère est folle et, de manière inexplicable, bien qu'elle ait trois filles, elle rejette cette enfant depuis sa naissance. »

Ignacio savait de quoi elle parlait, il avait grandi dans une ferme. Dans la nature et chez les animaux, il arrivait parfois qu'une mère rejette un de ses petits sans raison apparente, qu'elle le laisse mourir de faim, de froid ou de manque d'amour. Et elle était capable de faire ça, avec la cruauté que cela supposait, alors qu'elle s'occupait parfaitement de ses autres petits. Il savait aussi que sauver une de ces créatures constituait un formidable défi ; parfois ça marchait, mais dans la plupart des cas ça se terminait par la mort du petit, qui semblait assumer, se sentant rejeté, que son destin était de mourir. Ignacio savait aussi qu'Amaia lui plaisait parce que, d'une certaine façon, elle lui ressemblait. Tranquille et discrète, elle disait bonjour timidement puis s'éloignait de quelques pas pour jouer en silence, non loin de sa tante. Elle non plus n'aimait pas Elizondo. Elle se déplaçait comme un chevreuil au milieu de la circulation, s'arrêtant pour dresser l'oreille et lui donnant l'impression que son petit cœur bondissait d'un endroit à un autre.

La fillette sautait sur sa marelle invisible. De la buée sortait de sa bouche, ponctuant le décompte de ses petits bonds. Sur l'asphalte mouillé se reflétèrent les phares jaunes d'une voiture qui roulait très vite. Ignacio leva les yeux au ciel qui s'était assombri sans qu'elle s'en rende compte car les lampadaires étaient allumés depuis un moment. Il regarda sa montre et constata les désastres que causait dans sa perception horaire l'éclairage public d'Elizondo. Il reporta à nouveau son attention sur la petite, à présent illuminée par la lumière orangée des fanaux de l'église. C'est alors qu'il détecta le premier signal d'alerte. Au début il ne sut pas très bien pourquoi, mais sortir chaque jour en montagne avec un troupeau de moutons, qui étaient pour les prédateurs comme des petits fours dans un cocktail, avait développé chez lui un instinct de vigilance et de protection auquel il faisait toujours confiance. Sans prévenir les femmes, il recula d'un pas et se tourna pour mieux voir la petite. Il ne se passa rien de notable au cours des cinq minutes suivantes. Rien de surprenant à cette heure ; de moins en moins de piétons dans les rues, une augmentation de la circulation – les gens rentraient chez eux –, et la sensation que plus la lumière disparaissait, plus la température baissait. La fillette sautait sur la marelle invisible.

Engrasi et Joxepi continuaient de bavarder avec animation. À un moment, Ignacio entendit sa femme le solliciter : « N'est-ce pas, Ignacio ? » Il acquiesça machinalement sans quitter la petite des yeux. Une voiture s'arrêta près du trottoir. Les gouttes de pluie semblaient collées à la carrosserie comme de petites cloques causées par d'innombrables brûlures. La lumière orangée des lampadaires faisait étinceler la tôle d'éclats ambrés. Mais dès le premier regard, Ignacio avait reconnu la voiture immatriculée en France qui avait descendu la rue très lentement un instant auparavant. Cette nuit-là, alors qu'il se retournait dans son lit, incapable de dormir, il finirait par être presque sûr que ce n'était pas la deuxième mais la troisième fois qu'il la voyait, quelques minutes plus tôt il avait été intrigué par l'étrange lenteur avec laquelle circulait un véhicule aux vitres teintées.

Amaia arrêta de jouer. Son instinct de chevreuil la fit reculer d'un pas. Elle mit les mains dans ses poches. « Brave petite », pensa Ignacio qui concentra toute son attention sur la voiture. La proximité avec la France leur avait fourni toutes sortes de choses, bonnes et mauvaises, au cours de l'histoire. Globalement, leurs relations avec les voisins français étaient excellentes. Ceux qui, comme eux, étaient nés à quelques mètres de la frontière savaient combien c'était une notion abstraite. Pendant des siècles, les hommes et les femmes des deux côtés avaient cohabité, partageant amitié, langue, amours, contrebande, marché noir, moutons, chevaux ; s'affranchissant toujours des droits de douane en vigueur. Mais les Français et les touristes français étaient deux choses différentes. Compte tenu de la dévaluation de la peseta, ces derniers avaient tout intérêt à venir faire le plein d'essence en Espagne, acheter des cigarettes, de l'alcool, de la nourriture, ou simplement passer un bon moment, et on voyait de plus en plus de touristes dans la commune, parfois tellement ivres qu'ils n'étaient pas capables de retrouver leur chemin pour rentrer.

« Des Français perdus qui cherchent la frontière », souffla la logique. « Attends... », murmura l'instinct.

La logique disait que la vitre du conducteur allait se baisser par à-coups pendant que quelqu'un tournait la poignée à l'intérieur et qu'un touriste français déboussolé surgirait, demandant sa route. Mais ce fut la portière arrière qui s'ouvrit. Ignacio fit un pas vers la rue, se plaçant derrière son épouse. Une main pâle, de femme, apparut au bout d'une manche vaporeuse, faisant signe à la fillette de s'approcher. Il y avait dans son geste quelque chose de séducteur et d'envoûtant, comme la chorégraphie d'un ballet classique. Cette petite main blanche ondula dans l'air comme un serpent. Amaia avança vers la voiture. Au même moment, Ignacio se mit à courir dans sa direction. Engrasi et Joxepi interrompirent leur conversation, surprises par l'étrange réaction de l'homme qui s'interposait entre elles et la petite, les empêchant de bien voir la voiture. En y repensant par la suite, Ignacio aurait l'impression que tout s'était passé à la fois très vite et très lentement, comme dans un rêve. Et, comme dans un rêve, il appela l'enfant, et sa voix mourut dans sa gorge sans émettre d'autre son qu'un petit râle.

Mais la fillette au cœur de chevreuil avait appris à écouter. Amaia tourna la tête et ses yeux rencontrèrent ceux, inquiets, du berger. Elle s'arrêta. Elle haleta, pétrifiée par la menace et le sortilège qui l'attiraient à l'intérieur du véhicule. Ignacio avait presque atteint le trottoir, qui lui parut alors immense. Il devait se dépêcher car il y avait la même distance entre l'enfant et lui qu'entre l'enfant et la voiture. Amaia était toujours immobile, comme hypnotisée par la main blanche de la fée de la mort qui l'appelait. Derrière lui, Ignacio entendit les cris affolés d'Engrasi et de Joxepi qui à présent voyaient la voiture. Il y était presque. Il tendit la main et effleura les cheveux qui bordaient la capuche du blouson d'Amaia. Presque en même temps, une jambe vêtue d'un pantalon noir et d'une chaussure à talon sortit de l'arrière de la voiture, se posant au bord du trottoir. La femme à la main blanche avait couvert sa tête d'une capuche, mais plusieurs mèches de cheveux noirs et mats s'en échappaient, encadrant son visage caché. Néanmoins, la couleur et la texture de cette chevelure, qu'il ne toucha pas et associa à la fourrure d'un loup, resteraient gravées dans la mémoire d'Ignacio. La main blanche ondula à nouveau dans l'air avant d'enserrer le bras d'Amaia et de la tirer puissamment vers elle. Ignacio ne réfléchit pas. Il attrapa la petite par la taille et la retint de toutes ses forces. Amaia sentit ses pieds se soulever du sol et son corps s'élever au-dessus du trottoir. La main blanche qui emprisonnait son bras glissa sur le tissu imperméable de son blouson, ses ongles crissèrent. Elle ne relâcha pas la pression quand elle atteignit la peau de sa main, sur laquelle elle laissa une trace rouge indélébile. Pas même quand Ignacio réussit à arracher la petite de ses griffes.

Ensuite, tout se passa très rapidement. La femme rentra à l'intérieur du véhicule. Ferma la portière. La voiture partit à vive allure et disparut à l'horizon. Engrasi et Joxepi accoururent auprès d'eux. Ignacio était hors d'haleine. Il pouvait sentir contre lui le petit cœur de chevreuil de la fillette qui battait à tout rompre. Il la reposa par terre, mais sans la lâcher. Il recula juste d'un pas quand Engrasi et Joxepi voulurent l'étreindre à leur tour, poussant des exclamations. Elles touchaient ses cheveux et ses vêtements, la pressant de questions. Engrasi cria. La fillette saignait. Ignacio se pencha vers elle et prit son bras. Les marques sur son blouson étaient visibles comme les traces d'une fourchette. Sur sa main, des filets de sang coulaient, la peau était déchirée.

— Ce n'est rien, susurra Amaia, le regardant dans les yeux. Ça ne me fait presque pas mal.

Ignacio n'était pas dupe. Il y avait dans sa voix une pointe de panique qu'Amaia tentait de contenir pour les rassurer. Il sentit son cœur se serrer. « Ça ne me fait presque pas mal », pensa-t-il en soupirant, et c'était loin d'être de soulagement. Son épouse et la tante de l'enfant n'arrêtaient pas de répéter qu'il l'avait sauvée, et il aurait peut-être été d'accord avec elles s'il n'avait pas vu les yeux de cette femme. Ils n'exprimaient pas de haine, de ressentiment ni de folie. Quand il l'avait regardée, déterminé à ne pas lâcher la petite, elle avait souri, amusée, montrant ses petites dents, abîmées et pointues, pareilles à celles d'un enfant qui n'a pas encore perdu ses dents de lait ou à celles d'un rat. Il avait continué de la regarder jusqu'à ce qu'elle ferme la portière de la voiture et, fasciné, n'avait pas détecté une once de contrariété ni de défaite en elle. Ce loup reviendrait.

42

Bazagrá

La Nouvelle-Orléans, Louisiane
Mardi 30 août 2005, 5 heures du matin

Johnson lui toucha doucement l'épaule.

— Salazar, réveillez-vous. Nous avons reçu une alerte. Des coups de feu, tout près d'ici.

Il enfila son gilet pare-balles tout en jetant un coup d'œil rapide à la pièce pour vérifier qu'ils n'avaient rien oublié.

— Quelle heure est-il ? Il ne fait pas encore jour…, dit-elle, confuse, essayant de s'extraire de la sensation léthargique du sommeil et de se resituer dans l'espace, tandis qu'elle observait l'obscurité extérieure.

— Cinq heures et quelques.

— Des tirs consécutifs ?

— L'alerte n'est pas très précise, des coups de feu dans un domicile familial près du cimetière de Saint Louis… ils pensent que c'est rue Bienville, ils ne sont pas très sûrs, dit Bull.

— Ça ne nous aide pas beaucoup ; Bienville va du premier cimetière au deuxième, et les deux s'appellent Saint Louis, grogna Charbou.

— On nous a parlé aussi de personnes détenues, expliqua Johnson.

Amaia sauta dans le Zodiac, s'installant à l'arrière avec Bull qui avait déjà démarré le moteur et manœuvrait rapidement pour sortir de la propriété.

— Ça veut dire qu'il est encore avec eux ? Il les retient prisonniers ? demanda Amaia.

— On ne sait pas, admit Bull. L'alerte ne nous a pas été transmise par le centre d'urgence, mais par un bateau de la Croix-Rouge qui est passé près de l'endroit. Ce qui explique le manque de précisions topographiques, beaucoup de volontaires ne sont pas de la ville et les noms des rues ont pour la plupart disparu.

Amaia s'agrippa fortement à la corde qui entourait le bateau. Le fond plat du Zodiac était un grand avantage quand on ignorait combien de branches, de gravats ou même de véhicules pouvaient se trouver sous l'eau alors qu'ils progressaient à grande vitesse. C'est pour cette raison que les équipes de secours privilégiaient les embarcations pneumatiques. Cependant, le risque que le timon ou l'hélice heurte un objet submergé était manifeste. Si cela se produisait à pareille vitesse, ils seraient projetés hors du bateau.

Ils misèrent sur le premier cimetière. Si la personne qui avait donné l'alerte n'était pas de la ville, elle ignorait probablement l'existence d'un autre cimetière nommé Saint Louis, sinon elle aurait précisé.

Quand ils arrivèrent à Bienville et ralentirent, les cris épouvantés sortant d'une maison d'un seul étage les guidèrent jusqu'à leur objectif. L'eau arrivait à mi-hauteur du premier et de la fenêtre ouverte dans un côté du toit à deux pentes, en plus des cris, jaillissait une lueur jaune et scintillante, provenant peut-être de bougies. Ils attachèrent l'embarcation, grimpèrent jusqu'au toit et, sur l'ordre de Bull, les policiers firent irruption dans la petite pièce, autorisant immédiatement leurs collègues à les rejoindre. Le grenier, bien que pourvu de cette ouverture, était en réalité un espace entre le plafond et le toit. De manière rustique, sans peinture ni vernis, les piliers de la maison traversaient la structure par le sol. Sur les côtés s'entassait de la laine de verre qui aurait dû couvrir toute la surface pour être totalement isolante. Presque sous la fenêtre, un vieil homme noir, petit et ridé, haletait, en sueur, prostré au sol par une douleur intense, la main droite posée sur sa poitrine. Amaia pensa qu'on lui avait tiré dessus, une idée étayée par la présence d'une vieille femme qui tenait un fusil, pointé en direction de l'escalier qui descendait abruptement, proférant de furieuses menaces contre quelqu'un, plongé dans l'ombre, plus bas. Un petit garçon, à qui Amaia donna quatre ou cinq ans, s'était recroquevillé sous le toit, dans la partie la plus basse, réfugié dans l'asphyxiante laine de verre jaune. Il pleurait bruyamment, inconsolable.

Amaia sentit sa peau se couvrir d'une couche de sueur. Il devait faire quarante-cinq degrés là-dedans. Ça sentait le moisi, l'urine et la transpiration, ainsi que quelque chose de piquant et d'asphyxiant à la fois, qu'elle attribua à la laine de verre. L'unique lumière provenait d'un bout de bougie à l'intérieur d'une vieille lampe. Comme elle était posée aux pieds de la femme, éclairant le trou de l'escalier, chaque fois que cette dernière bougeait, son ombre était projetée dans tout le grenier, les laissant par moments dans le noir.

Charbou attrapa la femme par-derrière, l'immobilisant complètement et la désarmant, non sans une certaine délicatesse, ferme et rassurante. La vieille femme lâcha son arme, mais continua, plus violemment encore, ses imprécations contre la personne en bas de l'escalier, inquiétant Charbou, qui pointa son arme dans cette direction. Dans cette petite pièce, la chaleur, l'odeur, les cris, les pleurs et les gémissements étaient oppressants. La laine de verre éparpillée, bien qu'insuffisante pour s'opposer à la chaleur extérieure, semblait responsable du nouvel ordre acoustique qui donnait l'impression que tous les sons confluaient au centre de la pièce. Les policiers agitaient leurs lampes dans tous les sens en quête d'agresseurs cachés. Amaia haleta, la bouche ouverte, s'efforçant de maîtriser sa nausée, de garder son sang-froid et de faire abstraction des cris des victimes et des voix de Bull et de Charbou, qui leur demandaient de se calmer.

Johnson s'accroupit près de l'homme. Il était trempé de sueur comme si on lui avait déversé un seau d'eau sur la tête. Sans ménagement, d'un coup brusque, Johnson déchira sa chemise pour voir l'état de sa blessure : il ne saignait nulle part, même s'il avait une forte marque sur la poitrine, rouge à plusieurs endroits où commençaient à se former des hématomes.

— Je crois que c'est un infarctus…, dit-il sans grande conviction.

La vieille femme, à présent désarmée, se tenait derrière Charbou, s'accrochant à sa taille. Elle marmonnait toute seule en montrant l'obscurité ; elle semblait hésiter entre retenir le policier ou le pousser dans l'escalier. Bull, de son côté, essayait de la convaincre de lâcher son collègue, tout en l'interrogeant sur ce qui s'était passé. Mais c'était inutile. La femme continuait de crier des propos incohérents et ponctuait ses hurlements hystériques d'une sorte de danse erratique, martelant le sol, avançant et reculant, faisant de petits sauts, sans cesser de vociférer, le bras tendu en direction de l'escalier.

Dupree recula jusqu'à l'ouverture qui donnait sur un ciel si noir qu'il semblait impossible que le jour se lève. Il pointa son arme dehors et tira. La déflagration envahit le petit espace, comme un courant d'air sonore qui assourdit un instant toutes les personnes présentes et les obligea à se tourner vers lui. Quand il eut attiré l'attention de chacun, Dupree resta silencieux. De toute façon, Amaia doutait qu'ils puissent l'entendre, leurs oreilles bourdonnaient comme lors d'un changement de pression. Dupree posa un doigt sur ses lèvres, demandant le silence ; il enjamba l'homme et avança lentement jusqu'à l'endroit où était blotti le petit garçon. Lorsqu'il s'accroupit, sa tête toucha la toiture. Évitant d'aveugler l'enfant avec la lumière directe de la lampe, il lui parla sans trop hausser la voix.

— Nous sommes la police, nous sommes venus vous aider, vous êtes en sécurité. Ne pleure plus et réponds-moi. Il y a quelqu'un d'autre ici ?

Le garçon, qui s'était tu, montra l'escalier.

— OK. Je comprends qu'il y a quelqu'un en bas, mais il y a quelqu'un d'autre ici en haut, caché ?

Le petit fit non de la tête et montra à nouveau l'escalier.

— Il t'a touché ? demanda Dupree, désignant sa poitrine.

— Seulement mon grand-père.

— OK. Reste ici, lui ordonna Dupree, se redressant.

Il rangea son arme et se dirigea vers la vieille femme. Sans un mot, il la prit par les épaules, la séparant doucement de Charbou, et la fit pivoter de sorte qu'elle le regarde dans les yeux.

— Combien sont-ils ? demanda-t-il.

— Ils ont enlevé les filles, répondit-elle en larmes.

— Qui a enlevé les filles ? demanda Dupree sans hausser la voix.

Sa stratégie fut payante. La femme lui répondit terrifiée, mais sans crier.

— Samedi. Samedi les a enlevées.

Charbou intervint, dérouté.

— Samedi ?

— Le Baron Samedi, *le criminel*, Samedi, répéta la femme, se remettant à crier. Samedi a enlevé mes filles.

Dupree et Bull se regardèrent, hochant la tête. Amaia interrogea Johnson en silence : elle en avait assez de cet échange de regards complices et de sous-entendus auquel elle assistait depuis deux jours. C'était quoi ce bordel ? Il était évident qu'il ne s'agissait pas d'une scène de crime du Compositeur, et tout aussi évident que Bull et Dupree avaient attendu que ceci se produise au cours des derniers jours.

— Ils sont en bas ? Ils se sont enfuis par là ? demanda Dupree à la vieille femme.

— Non, ils sont partis et ont enlevé les filles, mais mon mari..., dit-elle avec un geste en direction de l'homme allongé par terre. Il a tiré sur un démon, les autres l'ont abandonné et il est allé se cacher en bas. Je sais qu'il est là, je peux l'entendre ; il ne pourra pas aller très loin après ce que mon Henry lui a fait. On ne peut pas les tuer, mais mon mari l'a mis hors d'état de nuire, ajouta-t-elle fièrement. C'est pourquoi ils ont failli le tuer.

— Quel âge ont les filles ?

— Huit et douze ans, Ania et Bella, ce sont mes

petites-filles, les sœurs de Jacob, dit-elle en montrant le coin obscur où se terrait le petit garçon. Samedi n'enlève que les filles. Il veut le sang des vierges. Il veut manger leur cœur.

Bull acquiesça, jeta un regard à Dupree et désigna l'escalier. Charbou secouait la tête dans tous les sens, abasourdi par les incohérences de la grand-mère et plus encore par la crédibilité que paraissaient lui accorder Dupree et son collègue.

— On peut savoir de quoi… ?

— La ferme ! ordonna brutalement Dupree, se concentrant à nouveau sur la vieille femme.

Amaia le dévisagea, étonnée par sa réaction.

— Madame, combien sont-ils en bas ? demanda-t-il, se plaçant devant la vieille femme pour la rassurer.

— Un seul. Henry lui a tiré dessus et l'a touché à la jambe. Les autres l'ont abandonné… Il est en bas, je peux l'entendre, répéta-t-elle, montrant l'escalier d'une main tremblante.

— Réfléchissez bien, il y a une autre issue en bas ?

— Non, on a cloué des planches sur les portes et les fenêtres et on s'est réfugiés ici en haut ; la maison est très ancienne, cette ouverture dans le toit a été prévue en cas d'inondation.

Dupree sortit son arme et alluma sa lampe. Il pointa l'une et l'autre en direction du trou de l'escalier. L'eau arrivait jusqu'au premier palier, à l'endroit où l'escalier tournait et se perdait dans l'obscurité. Des traces de sang confirmaient l'histoire et, d'après la quantité versée, la personne blessée était au bord de l'hémorragie. Dupree aussi pouvait l'entendre. C'était un clapotis semblable à celui qui se produit quand on prend de l'eau dans ses mains pour se laver le visage, ou quand quelqu'un de très léger marche dans peu d'eau. Ses mouvements provoquaient de petites vagues qui poussaient l'eau sale jusqu'à la marche suivante. Il se tourna vers la femme et chuchota, signalant le fond du grenier.

— Je veux que vous alliez rejoindre votre mari et votre petit-fils et que vous restiez là sans bouger, et en silence. Vous avez compris ?

La femme acquiesça sans un mot et recula, étonnamment muette et obéissante, jusqu'au vieil homme qui respirait avec difficulté. Dupree fit signe à Amaia et à Johnson de se placer à côté de Charbou, qui semblait contrarié et lançait des regards pleins de reproches à son collègue. Il était visiblement furieux. Il se posta dans l'escalier comme le lui indiqua Johnson, mais ne fit aucune objection quand Dupree et Bull descendirent en premier. Ils évitèrent de marcher dans le sang. L'odeur de l'eau stagnante se mêlait à une autre plus terreuse, moisie, évocatrice de champignons et de pourriture. Avant d'atteindre le palier où l'escalier tournait, ils prirent position près du mur.

— Police !

Ils entendirent parfaitement un clapotis, et les vagues provoquées par le mouvement poussèrent l'eau jusqu'à la marche suivante.

Charbou montra le tournant, prévenant Dupree que le suspect se trouvait de l'autre côté. C'était logique. Dans le salon, l'eau atteignait presque deux mètres, il devait forcément être sur un palier.

— Nous savons que vous êtes là et que vous êtes blessé ! Jetez vos armes dans l'eau et levez les mains très haut au-dessus de votre tête ! cria Bull.

Ils entendirent à nouveau le son de quelqu'un qui se déplace dans l'eau.

—Nous sommes armés, il n'y a pas d'autre issue, et nous savons que vous êtes blessé ; ne compliquez pas la situation, parce que sinon nous serons obligés de tirer, menaça Bull sur un ton qui ne laissait aucune place au doute.

Le policier se pencha en avant et recula aussitôt.

— Il est là, murmura-t-il, l'eau lui arrive aux genoux.

Il fit un geste en direction de ses propres genoux, ferma le poing, tendit un doigt et leva le pouce pour confirmer qu'il n'avait pas vu d'armes. Dupree se retourna pour alerter le reste de l'équipe. Il vit qu'Amaia était juste derrière lui.

Couvert par Dupree, Bull descendit la marche suivante, de côté, son arme et sa lampe pointées sur le suspect. Dès que le faisceau lumineux l'atteignit, ce dernier se mit à tourner en rond, comme un animal pris au piège, barbotant dans le petit espace d'à peine un mètre carré que formait le palier. Il avait la tête baissée et une sorte de tignasse dégoûtante lui masquait le visage. Son corps oscillait comme s'il allait s'écrouler d'un instant à l'autre. Bull dirigea sa lampe vers ses jambes. L'eau autour de lui était rouge, et à chacun de ses mouvements le bout d'un objet blanchâtre ressortait de la flaque de sang, puis son corps titubait à nouveau, au bord de la chute. Le policier estima que l'objet en question devait mesurer une vingtaine de centimètres, il n'avait pas eu le temps de bien voir, mais il pouvait s'agir du manche d'un couteau ou d'une petite machette. Il n'avait pas d'autres armes, en tout cas pas dans les mains, puisque l'une était appuyée contre le mur, l'autre sur la rampe en bois. Bull leva sa lampe pour essayer de voir le visage de l'homme qui restait dans l'ombre à cause de sa tête baissée et de sa tignasse dans laquelle alternaient parties chauves et touffes poussiéreuses comme celles de moutons misérables. Il remarqua alors qu'il n'avait pas émis un seul son. Il n'avait rien dit, ne s'était pas plaint, malgré tout le sang qu'il perdait et la souffrance occasionnée par cette blessure, qui lui permettait à peine de rester debout. Profitant du tour suivant dans cet éternel cercle que l'individu s'efforçait de tracer, il braqua à nouveau sa lampe vers ses pieds. Quand l'individu sortit la jambe de l'eau, Bull put voir celle-ci avec clarté. Le policier perdit l'équilibre et tomba, assis, sur l'escalier. Inquiet, Dupree se précipita vers lui tandis qu'il visait le suspect avec son arme. Il aida Bull à se relever, et tous deux descendirent l'escalier. Ils s'immobilisèrent deux marches au-dessus de l'homme. Dupree lui cria de se rendre alors que Bull essayait de dire quelque chose. Derrière eux, Amaia leva sa lampe pour obtenir un éclairage plus large qui leur permit de constater la petite taille de l'individu, perceptible malgré l'ample tunique qui couvrait son corps jusqu'aux genoux. Il se tenait courbé, et son cou semblait enfoncé entre ses omoplates de manière peu naturelle. Quand elle vit ses épaules étroites et le petit renflement de sa poitrine, Amaia n'eut aucun doute.

— C'est une femme, dit-elle.

Sans paraître les remarquer ni les entendre, l'être anéanti continuait de tourner en rond, s'aidant pour garder son équilibre de ses grandes mains osseuses, aux ongles longs et durs comme de l'os, qui s'agrippaient à la rampe, arrachant le vernis. Au tour suivant, Amaia réussit à voir ce qui avait déstabilisé Bull. Quand la femme avança dans la flaque d'eau pleine de sang, il apparut que l'objet blanchâtre qu'il avait pris pour le manche d'un couteau était l'os, cassé et pointu, qui sortait de sa jambe. À chaque pas, elle entraînait la masse informe qui était son pied, et son poids pesait sur son tibia brisé, qui jaillissait de la plaie en arrachant un autre morceau de sa propre chair.

— Oh, mon Dieu ! s'exclama Amaia horrifiée, sans pouvoir quitter des yeux la blessure, se demandant comment cette femme pouvait rester debout sans hurler de douleur.

— Putain ! Mais arrêtez-la une fois pour toutes, supplia Charbou derrière eux.

Dupree descendit les deux marches et, lui posant une main sur l'épaule, obligea la femme à se retourner. Elle tomba entre la rampe et le bas de l'escalier. Alors que Bull et Amaia pointaient leurs armes sur elle, Dupree l'éclaira d'en haut. Luttant contre sa répugnance, il tendit sa main gantée vers son visage. La femme recula instinctivement, comme s'il allait la frapper.

— Je ne vais pas vous faire de mal, je veux juste voir votre visage, dit-il.

Amaia perçut dans sa voix une émotion nouvelle, qu'elle ne lui connaissait pas. La femme émit une sorte de chuchotement.

— Je suis…

— Elle a dit quelque chose, elle parle, prévint Amaia.

Ils se turent pour écouter le petit filet de voix.

À nouveau un susurrement inintelligible. À nouveau ce soupir étouffé.

— … je sssssuis morte.

Amaia regarda Dupree par-dessus l'épaule de Bull et la tête de la femme.

— Je crois qu'elle a dit qu'elle… est morte.

Dupree prit entre ses doigts les touffes de cheveux, comme du jonc, et les rejeta derrière la tête de la femme. Son visage était d'un gris de cendre ; la peau était tellement tirée sur les os qu'elle ressemblait à du parchemin sur le point de se déchirer, et il y avait si peu de chair sur son visage qu'on percevait dans ses joues la présence des molaires. Les lèvres étaient sèches et fendues, couvertes par une croûte comme de l'herpès, et les yeux étaient énormes, exorbités par l'adrénaline de la peur et la chair fine des paupières sans cils. Mais le pire était son regard qui, malgré la peur, était vide et sans espoir, comme celui d'un poisson mort.

Dupree s'agenouilla devant la femme et la regarda dans les yeux.

— Je sssssuis morte, répéta-t-elle.

Dupree braqua sa lampe sur ses rétines et constata qu'elles bougeaient à peine. Élevant la voix, il demanda :

— Comment vous appelez-vous ? Quel est votre nom ?

La femme eut alors une réaction étrange, comme si elle venait de se réveiller ou prenait conscience d'un aspect de la réalité. Elle releva la tête d'un coup. Entre ses lèvres sèches et tuméfiées apparut une langue blanche, couverte de champignons, comme de la crème de lait. Les dents, de la couleur du liège, semblaient tenir difficilement à ses gencives malades. Un son traînant, gras, jaillit de sa gorge.

— Mééédora.

Dupree sentit l'odeur de tombe qui émanait de sa bouche et recula, terrifié.

— C'est impossible, non…, haleta Bull, écartant la tignasse qui cachait le cou de la femme.

La peau déshydratée apparaissait noircie par la

présence d'un sarcome brun, mais le tatouage était toujours visible. Le nom était écrit en belles lettres rococo.

— C'est Médora Lirette. Mon Dieu ! balbutia Bull.

La femme leva la main droite et posa ses cinq doigts effilés sur la poitrine de Dupree, qui la contemplait, incrédule.

— Médora, Médora Lirette…, répéta-t-il.

Elle lui répondit d'une voix d'outre-tombe, à peine audible.

— Bazagrá… Je suis morte et toi aussi.

Dupree pâlit, haleta comme s'il ne pouvait plus respirer ou était subitement très fatigué, puis laissa tomber son arme et, en même temps, la lampe qui éclairait la femme. Il posa la main droite sur sa poitrine, sur la griffe osseuse de la femme. Il était sûr que c'était un infarctus, il allait le dire, mais ne pouvait plus parler. Son visage se couvrit de transpiration et il trembla, en proie à une crise, avant de tomber foudroyé en arrière.

43

Revenir

Floride

Brad Nelson glissa les doigts sous la monture de ses lunettes pour se frotter les paupières. Il avait conduit pendant des heures sans s'arrêter, ignorant les avertissements du détecteur de fatigue de sa voiture, qui lui avait recommandé au moins trois fois de faire une pause. Il ne pouvait pas. De toute façon, il n'en éprouvait pas le besoin, il était en pleine forme, seuls ses yeux trahissaient l'effort que rouler de nuit lui avait demandé.

Le chemin avait été long jusqu'ici, ce matin il ne pensait pas à la grande distance qu'il avait parcourue, mais à la façon dont tout s'était précipité huit mois plus tôt, ce soir-là à Galveston, et au calvaire pénible qu'il avait dû endurer pour être à nouveau prêt. Galveston avait été une erreur. Sa vie là-bas, son travail, l'influence de cet endroit sur ses enfants, sur son mariage… Son monde s'était écroulé à cause d'une erreur qu'il avait lui-même provoquée et, depuis, il en subissait les conséquences. Le chemin avait été ardu, un retour à la case départ dans le douloureux processus consistant à reconnaître ses erreurs et à corriger tout ce qui était mal. Il s'était laissé aller, avait été faible et négligent dans son devoir de diriger sa propre vie. Et maintenant il devait en payer le prix.

Une petite alarme sonna dans le tableau de bord, lui recommandant de s'arrêter pour se reposer après trois cents autres kilomètres. Brad Nelson regarda sa montre. Dans un peu plus d'une heure il arriverait chez son épouse, où ses enfants et elle-même dormiraient peut-être encore, ou seraient en train de se lever pour aller au collège, au lycée, au travail. Il devait être là-bas avant qu'ils partent, n'étant pas sûr de réussir à tenir sa résolution jusqu'à leur retour. Il devait profiter de l'énergie qui l'animait. Il éteignit l'alarme du tableau de bord et accéléra, déterminé ; il ne pouvait pas s'arrêter maintenant, car s'entraîner à mille kilomètres de distance et passer à l'acte étaient deux choses très différentes. Un rictus se dessina sur son visage couvert de cicatrices. La tâche ne serait pas facile, mais il savait aussi qu'il y avait dans cet acte une source de joie. Il ne s'était pas préparé en vain pendant ces huit derniers mois.

44

Chaos

Hôpital Charity, La Nouvelle-Orléans
Mardi 30 août 2005, 6 h 37

Les urgences de l'hôpital Charity étaient sous l'eau. L'accueil des blessés se faisait à présent par la baie vitrée arrachée du premier étage. Ils avaient prévenu de leur arrivée par radio, et le personnel hospitalier se précipita autour du trou béant pendant que le chef du service annonçait à haute voix le premier diagnostic et les ordres.

— Homme, quarante-quatre ans, tachycardie, douleur et pression dans la poitrine, difficulté pour respirer, sueurs froides, nausée, a perdu conscience pendant environ six minutes, mais est revenu à lui. On dirait un infarctus. C'est un policier, il était en service dans le cadre d'une libération d'otages. Box un.

Une douzaine de mains saisirent le corps inerte de Dupree qui, blanc comme un linge, serrait les dents pour résister à la douleur, alors qu'on l'allongeait sur une civière. Johnson sortit de l'embarcation derrière lui. Une autre équipe médicale se prépara à accueillir le vieil homme.

— Homme, quatre-vingts ans, symptômes identiques, mais il ne s'est pas évanoui. Box trois.

Ils évacuèrent le vieil homme. Sa femme et son petit-fils le suivirent.

— À la radio vous avez parlé aussi d'une femme blessée, signala la chef des urgences, consultant ses notes.

Bull leur montra une silhouette à l'extrémité du Zodiac. Deux infirmiers montèrent à bord pour aider.

— Pourquoi vous l'avez couverte comme ça ? Il fait très chaud, elle va étouffer.

L'équipe médicale du Charity avait à peu près tout vu pendant les deux derniers jours : noyés, personnes déshydratées, asphyxiées par la chaleur, blessées par balle, amputées, écrasées, ainsi que des fractures de toutes sortes. Mais les infirmiers n'étaient pas prêts, manifestement, à ce qu'ils découvrirent quand ils retirèrent la couverture. L'odeur fongique s'étendit sur le bateau.

— Putain ! s'exclama le premier, tombant en arrière.

— C'est un cadavre, dit l'autre, choqué.

— Non, elle est vivante, expliqua Bull, évitant de la regarder. Plus ou moins…

— Plus ou moins…, répéta, irrité, Charbou.

La chef des urgences reprit le commandement des opérations.

— Sortez-la de là, ordonna-t-elle. Femme d'âge indéterminé, fracture ouverte au tibia et au péroné, présente des symptômes de déshydratation et d'inanition extrêmes. Rappelez-vous qu'il s'agit d'une libération d'otages ; je veux que vous preniez sur vous et la traitiez comme une victime. Allez ! Nous avons vu bien pire.

— Pire que ça, non, murmura une infirmière.

Amaia regarda dans le couloir. Johnson montait toujours la garde devant la porte fermée de la salle où on soignait Dupree. Charbou s'occupait du Zodiac. Il essayait de convaincre le personnel hospitalier de l'autoriser à le garer dans le box des ambulances, s'il le laissait sans surveillance, on le lui volerait. Et Bull avait disparu depuis qu'ils étaient arrivés au Charity. Pourtant, elle avait tellement envie de parler avec lui ! Autour d'elle, les salles d'attente avaient été transformées en salles de soins, et les lits, les civières et les fauteuils roulants étaient rassemblés au milieu de la pièce, contre les murs des couloirs. Les plaintes des blessés et le halètement des malades s'élevaient en un nuage de vapeur chaude, comme une brume légère et infecte. La climatisation ne marchait pas, et même s'ils avaient ouvert toutes les fenêtres, quitte à briser les vitres de celles qui étaient fixes, la chaleur et l'odeur étaient écœurantes.

Assis par terre devant l'infirmerie de garde, Amaia vit le petit garçon qu'ils avaient amené. Il était seul. Il tenait deux figurines, mais ne jouait pas. Il avait le regard perdu sur un point du mur devant lui. Elle estima qu'elle pourrait voir Johnson aussi bien de là s'il y avait du nouveau. Elle avait réussi à trouver deux bouteilles d'eau et vint s'asseoir à côté de l'enfant, lui en offrant une.

— Tu t'appelles Jacob, n'est-ce pas ?

Le garçon acquiesça. Elle réfléchissait à ce qu'elle allait lui dire pour l'encourager à parler, mais il la devança.

— Et toi ?

— Amaia, dit-elle, lui tendant la main.

— Drôle de nom.

Elle sourit.

— Oui, sans doute. Ce n'est pas un nom d'ici, je viens d'un autre pays.

— Qu'est-ce que ça veut dire ?

— Qu'est-ce que ça veut dire ? répéta-t-elle, troublée.

— Jacob est un nom de la Bible. Bella veut dire « jolie » en italien, et Ania était la reine de la Lune.

Amaia pensa que pour un enfant si petit, reine ou déesse, c'était presque pareil.

— Bella et Ania sont tes sœurs ? Les filles qui ont été enlevées ?

Il acquiesça à nouveau.

— Où sont tes parents ?

— Ils travaillent à Baton Rouge. (Elle sentit la tristesse l'envahir à ce souvenir.) Ils viendront bientôt, ma grand-mère me l'a dit, ajouta-t-il, peu sûr de lui.

— Ça veut dire « la fin ».

Jacob la regarda, déconcerté.

— Amaia veut dire « la fin ». On raconte aussi que ça vient de la première mère. La mère de tout le monde. Le début et la fin.

L'enfant sourit.

— C'est bizarre.

— Oui, je suppose.

Le garçon lui montra ses deux figurines. C'étaient deux animaux mutants, qu'Amaia fut incapable d'identifier. L'un, presque entièrement jaune, ressemblait à un lapin bedonnant ; l'autre était une sorte de petit dragon orange, qui crachait du feu par la queue.

— Tu prends lequel ?

— Le dragon, dit-elle sans réfléchir.

— C'est Dracaufeu, un Pokémon type Feu, volant. Pikachu est meilleur.

Elle comprit que Pikachu était l'autre et sentit aussi le soulagement de l'enfant quand il vit qu'elle avait choisi le dragon.

— Je prends Dracaufeu.

Jacob le lui tendit.

— Tiens, c'est pour toi.

Amaia fut surprise, elle croyait que le petit lui proposait de jouer, mais il lui avait demandé de choisir pour lui offrir un de ses jouets.

— Merci beaucoup, Jacob, mais je ne peux pas accepter, dit-elle, le dragon dans la main.

Alors elle le retourna et vit que Jacob avait écrit quelque chose dessous. Elle le lui montra.

— C'est ton nom ?

— Oui.

— Tu le marques sur tous tes jouets ?

— Oui.

— Pourquoi ?

— Parce que Ania collectionne aussi les Pokémons et elle veut toujours prendre les miens.

Amaia observa Jacob pendant qu'elle desserrait son gilet pare-balles pour fouiller dans ses vêtements. Elle sortit un papier qu'elle déplia avec délicatesse et tendit à l'enfant. C'était la photo qu'elle avait ramassée par terre la veille, dans la salle de réunion, un agrandissement sur lequel on voyait le côté parfaitement identifiable d'un violon et la mystérieuse rayure.

— Que penses-tu de ça ?

Jacob examina le cliché.

— C'est le violon d'un enfant qui s'appelle Mic.

— Mic ? Tu crois que c'est ce qui est marqué ?

Jacob acquiesça.

— Oui. C'est ce qui est marqué. Mic. C'est le violon de Mic, affirma-t-il sans l'ombre d'une hésitation.

Amaia observa à son tour la photo, stupéfiée par cette évidence soudaine. Comme quand on découvre la pièce manquante d'un puzzle. Elle se tourna de nouveau vers l'enfant.

— À ton avis, Mic a quel âge ?

Jacob réfléchit.

— Il doit être à la fin de l'école primaire.

— Qu'est-ce qui te fait dire ça ? demanda-t-elle, fascinée, presque pour le plaisir d'entendre son explication.

— Parce qu'il écrit en attaché. Les petits n'écrivent pas en attaché.

— Bien sûr. Parce que toi, tu es plus grand, sourit Amaia.

Elle retourna le dragon et constata qu'en effet il avait inscrit son prénom en écriture cursive.

— Jacob, tu m'as beaucoup aidée. Je ne voulais pas accepter ton Dracaufeu, mais je crois que je vais devoir le garder, je suis sûre qu'il va me porter chance.

Elle replia la photo, la rangea avec le petit dragon et regarda Jacob, qui l'observait avec attention.

— Le problème c'est que je n'ai rien à te donner en échange…

L'enfant baissa les yeux. Amaia suivit son regard et constata qu'il était posé sur l'arme qu'elle portait à la taille.

— Tu veux mon pistolet ? demanda-t-elle, étonnée.

Jacob hocha la tête.

— Tu sais que c'est un vrai, dit-elle gravement.

— Oui.

— Alors tu sais que je ne peux pas te le donner, parce qu'un enfant ne peut pas porter une arme.

Il soupira, accablé.

— Pourquoi voudrais-tu mon pistolet ?

— Parce que j'ai peur, répondit-il, et il se mit à trembler en regardant sur le côté, vers le mur.

Amaia se tourna et ne remarqua rien de spécial. Elle hésita une seconde puis, finalement, passa le bras autour des épaules de l'enfant et le serra contre elle, comme un ami.

— Écoute, moi aussi j'avais peur, quand j'avais ton âge. Mais il faudra que tu attendes d'être plus grand et de devenir policier pour avoir un pistolet.

— Tu es policière parce que tu avais peur quand tu étais petite ?

— Oui, je crois. J'en suis sûre, même, dit-elle, réalisant que c'était le cas.

— Et maintenant tu n'as plus peur ?

— Si, mais j'ai mon arme, et mon insigne. Ça me donne du pouvoir pour poursuivre ceux qui me font peur.

Jacob ne parut pas très convaincu.

— Et quand tu les trouves, tu les tues ?

Elle réfléchit beaucoup à sa réponse ; dans d'autres circonstances, elle aurait dit non, l'arme ne servait pas à tuer, seulement à se défendre, et elle l'utilisait juste pour empêcher les méchants de faire encore plus de mal. Mais elle contempla le garçon effrayé devant elle et se rendit compte qu'elle ne pouvait pas lui servir ce genre de cliché qui, par ailleurs, était un mensonge. Pas après tout ce qui s'était passé.

— Oui. Je me débarrasse d'eux.

Jacob sourit, baissa aussitôt la tête et son regard s'échappa de nouveau sur le côté.

— Mais il y en a qu'on ne peut pas tuer, comme le zombi qui était en bas. Mon grand-père lui a tiré dessus et ça ne lui a même pas fait mal, il a continué de marcher, comme un robot un peu cassé. Tu feras quoi, si c'est un zombi ou un fantôme ?

Il y avait vraiment de la terreur dans sa voix.

— Tu as pu voir les gens qui sont entrés dans ta maison ?

— Il y avait deux hommes avec le visage masqué, un autre comme elle et le fantôme, qui était le chef.

— Le chef était un fantôme ? Pourquoi penses-tu ça ?

— Parce qu'il ne parlait pas et leur disait ce qu'ils devaient faire par la pensée… En plus, son visage…

— Comment il était ?

Jacob baissa de nouveau la tête et demeura immobile plusieurs secondes, le temps, Amaia en fut sûre après coup, de s'armer de courage. Il se leva et lui tendit la main, l'invitant à l'accompagner. Sans savoir très bien pourquoi, elle prit la main de l'enfant et le suivit. Il l'emmena à quelques pas de là, à l'infirmerie de garde qui était devant eux. Elle comprit alors la raison de ses regards en biais et de sa peur. Sans la regarder, le garçon lui montra une planche anatomique du corps humain avec ses muscles, sans peau.

— Comme ça.

45

Ange gardien

Elizondo

Ignacio Aldecoa n'avait pas de réveil, il n'en avait jamais eu besoin. Il alluma la veilleuse et prit sur la table de chevet la montre qu'il avait héritée de son père. Il était cinq heures du matin. Il savait que, lorsqu'il descendrait, il trouverait les braises encore chaudes dans la cheminée de la salle à manger. Il n'avait pas fermé l'œil de la nuit ; il avait eu beau essayer, il n'arrivait pas à chasser de son esprit ce regard obscur. Il revoyait en boucle les images : la main blanche ondulant dans l'air entourée de dentelle vaporeuse, les cheveux mats et noirs de loup, et ce sourire.

Il n'avait pas faim mais termina le copieux petit déjeuner que, par habitude, il prenait tous les matins. Quand il sortit, il constata, à moitié surpris, que, pour la première fois depuis des années, sa femme avait fermé à clé. La maison la plus proche était à trois kilomètres et par tradition on laissait toujours ouvert. Il s'attarda quelques secondes, observant la petite clé, et se demanda ce que Joxepi avait réussi à entrevoir de la femme de la voiture. Assez sans doute pour donner un double tour de clé. Il sortit et referma à clé, puis se dirigea vers l'étable, sifflant pour appeler ses chiens Argi et Ipar, deux border collies qui étaient ses inséparables compagnons de travail.

Quand il revint à midi, Joxepi était au téléphone avec Engrasi. Il n'eut pas besoin de poser de questions, il put deviner sans peine la conversation. La veille dans l'après-midi, ils étaient allés porter plainte ensemble à la caserne de la Guardia Civil. Et ce matin, le lieutenant avait appelé Engrasi pour lui expliquer que, selon les fichiers de la police française, il n'existait aucune voiture avec cette plaque d'immatriculation. Ils l'avaient peut-être mal notée, ou avaient confondu une lettre avec un chiffre. Ignacio secoua lentement la tête tout en découpant sur l'évier la viande pour ses chiens. Il n'était pas étonné que l'immatriculation soit fausse, ou que le lieutenant ne se soit même pas donné la peine de la rechercher. La grimace moqueuse qu'il avait adressée au sergent, quand il croyait qu'ils ne le voyaient pas, ne lui avait pas échappé. La possibilité d'un enlèvement lui paraissait aussi lointaine qu'une invasion extraterrestre. Il s'était même permis d'invoquer trois ou quatre théories sur les degrés d'alcoolémie que pouvaient atteindre les touristes le vendredi, et la tendance à l'imagination et à la confusion d'une petite fille. Peu importait, Ignacio avait pris sa décision.

À l'intérieur de la classe, Amaia vit Ignacio debout dans la cour. Elle savait que sa tante viendrait la chercher, mais se réjouit de le voir. Il était là, sérieux et immobile, sous le doux *zirimiri** que les autres fuyaient. Il portait un imperméable bleu marine et une casquette noire emperlée de petites gouttes de pluie qui la faisaient briller comme de l'argent. Assis à côté de lui, attentif, Ipar. Quand la sonnerie retentit, Amaia s'attarda, selon son habitude, pour laisser sortir d'abord la horde d'enfants bruyants. Certains s'approchèrent d'Ignacio et tentèrent même de toucher Ipar.

— Il mord, annonça-t-il gravement aux plus audacieux.

Amaia s'amusa de les voir retirer leur main, comme si le chien allait réellement la leur manger. Quand elle les rejoignit, Ignacio se pencha vers elle.

— Comment va ta main ? dit-il, observant le pansement qui l'entourait.

— Oh ! s'exclama-t-elle pour s'excuser. La *tía* a insisté.

Ignacio fit un geste au chien qui, après s'être redressé sur ses pattes, se mit à renifler la fillette, tournant autour d'elle plusieurs fois. Puis il revint à sa position initiale, assis à côté de son maître.

La petite tendit la main et laissa le chien sentir son pansement.

— Amaia, voici Ipar. C'est un border collie, la meilleure race de chien de berger qui existe. Ces chiens sont dans ma famille depuis quatre générations, ce qui signifie qu'Ipar est l'arrière-petit-fils du premier Ipar. Il a un odorat et une ouïe extraordinaires, est toujours aux aguets, rien ne lui échappe et il est très courageux. À partir d'aujourd'hui, Ipar veillera sur toi. C'est ton chien.

Amaia sourit, écarquillant les yeux, mais aussitôt le doute l'envahit.

— La *tía*… ?

— Ta tante est d'accord. Pendant quelques jours, je vous accompagnerai sur le trajet de l'école. Tu peux jouer avec lui, mais ne laisse pas les autres enfants l'approcher. Amaia, Ipar ne peut pas avoir d'amis, ces chiens ont seulement un chef, et son chef, ce sera toi. Tu ne dois pas le quitter. Rien ne pourra t'arriver tant qu'il sera à tes côtés. Ipar serait capable d'affronter un loup pour te protéger.

Amaia regarda Ipar, jaugeant sa force, puis se tourna à nouveau vers Ignacio. Il devina à quoi elle pensait. Elle n'avait jamais vu de loup ; pour elle, c'était un animal sauvage qui apparaissait dans les documentaires à la télé, aussi lointain que le tigre du Bengale ou le lion d'Afrique. Il lui fallait plus de garanties. Alors il dit ce qu'il devait dire.

— Et si la sorcière revient, il la tuera.

— Vraiment ?

Il y avait tellement, dans sa voix, le désir d'être rassurée.

— Oui, je te le promets.

La fillette sourit. Elle comprenait que c'était du sérieux. Elle posa sa main blessée sur la tête du chien et dit :

— Viens, Ipar.

46

Sans peau

Hôpital Charity, La Nouvelle-Orléans
Mardi 30 août 2005 dans la matinée

Amaia vit Johnson lui faire signe de la porte de la salle de soins, tandis qu'il prenait congé d'un homme avec qui il venait de parler. Tenant toujours Jacob par la main, elle se dirigea vers lui.

— Des nouvelles ?

Johnson se tourna vers la porte avec un geste d'impatience.

— Rien encore. Ils n'arrêtent pas d'entrer et de sortir, mais personne ne dit rien. Je vous ai appelée car j'ai des choses à vous raconter.

Amaia observa Johnson. Il était pâle, malgré la chaleur intense qui régnait. Sa peau était grise, comme en plein hiver. Même sa moustache, l'élément le plus personnel de son visage, habituellement fournie et provocante, semblait plus petite et terne. Il s'inquiétait pour Dupree. Amaia n'allait pas le lui reprocher, il était évident qu'ils avaient beaucoup d'estime l'un pour l'autre, et même s'il avait désapprouvé la façon dont Bull et lui avaient manipulé et caché des informations, Johnson était tout entier dévoué à cet homme.

Pour échapper peut-être à son examen minutieux, Johnson la regarda dans les yeux.

— Vous avez vu le type avec qui je parlais ? C'était Lorenzo.

Elle eut l'air perdue.

— Phil Lorenzo, de Rescue Me. Vous vous souvenez qu'ils étaient basés à l'hôpital ? Nous leur avons parlé ici, hier matin.

— Le binôme de Brad Nelson, dit-elle, se rappelant soudain. Que dit-il ?

— Beaucoup de choses, mais je ne sais pas si elles nous seront très utiles, tout est très ambigu. D'un côté, il dit que c'est vrai, Nelson a été absent au moins une fois, et est arrivé plus tard une autre fois. D'ailleurs, il dit aussi qu'il l'a couvert un jour, prétendant qu'il était à un autre poste alors qu'en réalité il était parti. Le chef de groupe ne l'a jamais su.

Amaia le fixa, interrogative. Tout correspondait.

— Il dit aussi que Nelson avait des problèmes dans son couple et beaucoup de choses à résoudre dans sa famille. Lorenzo est compréhensif, il a failli divorcer il y a dix ans, il buvait beaucoup. Du coup, il s'est identifié à Nelson et a décidé de le couvrir, parce qu'il reconnaît qu'il l'a mal vécu lui aussi et qu'il avait honte alors de dire quels étaient ses vrais problèmes. Il se rendait chez les Alcooliques anonymes en cachette, et devait inventer des excuses, mentir. Il m'a avoué qu'à cette époque c'était un menteur professionnel, mais d'après lui c'est une phase qu'on arrive à dépasser quand on est prêt. « Ce qui te fait honte devient ta fierté », m'a-t-il dit. Il m'a même montré une plaque bleue et dorée qui récompense ses dix années de sobriété.

— Il pense que Nelson a des problèmes avec l'alcool ?

— Apparemment il n'a pas voulu le lui demander directement. C'est son côté compréhensif…, dit Johnson, résigné.

— Bon. On a un type qui lui fournit un alibi parce qu'il s'identifie à lui et pense qu'il est alcoolique. Il est vrai que ça n'apporte pas grand-chose à ce que nous savions déjà, mais ça confirme que Brad Nelson avait de gros problèmes dans sa famille, qu'il pensait qu'il devait trouver une solution et pour ce faire a dû s'absenter de son travail plusieurs fois. Sans que personne le sache, sauf son charmant binôme, précisément dans les endroits où ces familles ont été assassinées.

— Pourtant vous ne croyez pas qu'il soit le Compositeur.

— Les crises de colère cadrent mieux avec quelqu'un qui a des problèmes avec l'alcool. Et les réunions des Alcooliques anonymes ont souvent lieu dans des locaux appartenant aux paroisses. Rappelez-vous que le capitaine Reed a vu Brad Nelson entrer en catimini dans une église, alors que personne ne savait qu'il était croyant.

— OK. Je vous ai dit que j'avais plusieurs choses, continua-t-il, tapotant doucement le sac contenant l'ordinateur portable qu'il portait sous le bras. Les mobiles ne marchent toujours pas, mais il semble que le système informatique de l'hôpital soit toujours opérationnel. Une infirmière m'a confirmé que l'intranet fonctionne et, même si c'est très lent, le courrier électronique aussi. J'ai réussi à me connecter avec sa clé et reçu plusieurs courriels. Ils ont mis vingt minutes à arriver. L'un d'eux vous est adressé.

Il sortit l'ordinateur et lui montra l'écran.

— De Virgil Landis. Le directeur de l'American Insurance Association.

Amaia lut le courriel pendant que Johnson lui résumait le contenu à voix haute.

— Il vous explique le fonctionnement de son association, le travail des enquêteurs d'assurances. Il confirme qu'ils ont accès à toutes les informations des contrats dont ils s'occupent. Ils se rendent sur les lieux de catastrophes pour autoriser l'indemnisation qui sera versée, dans le cas présent, grâce au fonds commun. Il est très coopératif, et sans a priori, ce qui est rare. La seule information qu'il ne donne pas, c'est celle relative aux enquêteurs de cet âge ayant trois enfants. Il dit qu'il ne peut pas envoyer ces renseignements dans un courriel sur lequel n'importe qui pourrait tomber.

Il haussa les épaules avec un geste d'évidence.

Amaia leva les yeux de l'écran.

— De toute façon, ça ne nous aurait pas beaucoup avancés ; je crois que j'ai pu me tromper sur l'âge des enfants. J'ai déduit l'âge des victimes en pensant que tout se répétait, mais il n'a pas eu le temps. Si, il y a dix-huit ans… (elle regarda le petit Jacob à côté d'elle) il a fait ce qu'on sait et a disparu, même dans le cas où il aurait refait sa vie très vite, ses enfants sont forcément plus petits. Jacob m'a d'ailleurs aidée sur ce point. Notre homme peut avoir un enfant de neuf ou dix ans qui s'appelle Mic, Michael ou Michel, et à qui appartient le violon ; peut-être qu'un autre de ses frères en joue aussi, et je crois que c'est pour cette raison qu'il est retourné le chercher à Galveston.

— Il s'est aperçu que son fils l'avait marqué et a pensé que cet indice pourrait nous mener jusqu'à lui, théorisa Johnson.

Amaia pencha la tête d'un côté, pensive.

— Je pense à autre chose maintenant. En laissant un violon sur la scène de crime, non seulement il transforme n'importe quelle pièce en salon de musique, mais si ses enfants aussi jouent du violon, l'acte devient une transmutation parfaite. Cela confirme la théorie que tous ces meurtres sont seulement la répétition de l'assassinat de sa propre famille.

Johnson acquiesça, réfléchissant à ses propos.

— C'est un raisonnement brillant. Dupree va adorer.

Amaia soupira fortement, découragée.

— Je ne sais pas, tout est confus ; je me demande si mon cerveau n'essaie pas de compléter les blancs par des théories absurdes.

— À mon avis, rien n'est perdu avec Landis ; il dit qu'il ne peut pas envoyer ce genre d'information par mail, mais il vous donne son numéro de téléphone. Je pense qu'il a envie de papoter, dit Johnson.

— Oui, mais les portables ne marchent toujours pas.

Johnson se pencha pour lui parler à l'oreille.

— L'infirmière qui m'a parlé de l'intranet m'a aussi confié que les lignes fixes de l'hôpital fonctionnent encore. Les numéros d'informations et le standard sont saturés, et quand vous décrochez un appareil vous n'entendez aucune tonalité, mais elle m'a raconté qu'ils ont instauré un code d'accès pour passer des appels extérieurs. Zéro, zéro, un, dièse. Au quatrième étage, il y a des bureaux administratifs fermés qui abritent des téléphones fixes. Vous savez crocheter une serrure ? dit-il, lui glissant deux aiguilles en métal dans la main.

Elle lui confia le petit Jacob.

— Cette infirmière vaut de l'or… ou bien vous lui avez drôlement plu…

— Je n'ai pas perdu tout mon charme…

Il s'efforça de sourire. Sa moustache parut un peu moins terne.

Amaia ne se soucia de l'heure qu'il était qu'après avoir composé le numéro. Par la fenêtre, elle constata que, pendant qu'elle était assise dans le couloir avec Jacob, le jour s'était levé. Elle ne pouvait pas bien voir, car les fenêtres du bureau étaient recouvertes d'un horrible plastique. Elle regarda sa montre : sept heures quarante. Vu le décalage horaire entre La Nouvelle-Orléans et Washington, M. Landis était probablement déjà levé. Sinon, tant pis. Au bout du compte, quand on communique son numéro personnel, c'est qu'on envisage l'éventualité d'être appelé.

Landis prenait son petit déjeuner quand le téléphone sonna. Amaia n'essaya pas de s'excuser. Dans d'autres circonstances peut-être aurait-elle proposé de le rappeler plus tard, mais elle ne pouvait pas prendre le risque : les possibilités de trouver un téléphone étaient infimes. Landis ne sembla pas importuné.

— J'espère vous avoir aidée, le travail des enquêteurs d'assurances n'est pas très connu.

— Monsieur Landis, vous avez été très aimable de me communiquer votre numéro. L'information que je vous ai demandée est peut-être un peu délicate, j'en ai conscience. Pour l'heure, il s'agirait seulement de renseignements génériques auxquels ont accès tous vos départements, et cela nous aiderait beaucoup car nous sommes plongés dans une enquête très importante, dont je ne peux pas vous parler, et… (elle laissa échapper un rire idiot) je ne devrais pas vous le dire, mais nous soupçonnons un de vos enquêteurs d'être impliqué dans une affaire très sérieuse.

Johnson avait raison. Landis mourait d'envie de bavarder.

— J'ai toujours eu pour principe d'aider la police autant que je le pouvais, alors quand j'ai vu que c'était le FBI… Je suis ravi de collaborer.

— Vous êtes très aimable, monsieur. Bien entendu, je compte sur votre discrétion, car dans la mesure où nous collaborons, je vais être obligée de vous révéler plus d'aspects de l'enquête, et il s'agit d'une affaire particulièrement « sensible », dit-elle en accentuant le dernier mot, pour qu'il morde à l'hameçon.

— Bien entendu.

— Tous les enquêteurs d'assurances se rendent-ils sur les lieux où se sont produites des catastrophes ?

— Oui, comme je vous le disais dans mon courriel ; ils sont tenus de le faire pour accorder ou non l'indemnisation provenant du fonds commun créé à cet effet.

— Et ils se déplacent dans tout le pays ?

— Le pays est divisé en quatre secteurs. En principe, les enquêteurs se déplacent seulement à l'intérieur de leur zone, mais ils peuvent être sollicités ailleurs en cas de grande catastrophe. Comme vous le savez, l'action immédiate dans ces moments-là est primordiale, parfois plusieurs enquêteurs se rendent dans un autre secteur.

— Dans votre mail, vous disiez qu'ils ne le font jamais avant une catastrophe, même quand elle a été annoncée, comme l'ouragan Katrina en ce moment.

— Il est impensable de risquer la vie de nos employés. Ce serait un non-sens absolu, en plus il faudrait augmenter leur prime d'assurance, ajouta-t-il en riant.

Amaia supposa que c'était une blague d'assureurs. Elle feignit de rire aussi.

— Ils ont déjà assez à faire après les catastrophes ; croyez-moi, leur travail n'est pas sans risques, précisa-t-il.

— Un enquêteur a donc accès aux renseignements privés que contiennent les contrats, qui souvent ont été conclus sous serment, n'est-ce pas ?

— Oui. Tout mensonge dans la déclaration empêche de toucher l'indemnisation. Les titulaires sont informés de cette clause quand ils contractent l'assurance, expliqua Landis.

— Bien sûr. Dites-moi, les enquêteurs ont-ils besoin d'une autorisation pour accéder à ces informations ?

— Leur grade les autorise à accéder au contenu de n'importe quel contrat souscrit par nos associés.

Amaia fit une pause. Elle imaginait Landis se léchant les babines et s'étirant comme un chat.

— L'homme que nous recherchons doit avoir entre cinquante et soixante ans, dit-elle.

Landis émit une sorte de miaulement qui renforça l'image qu'Amaia s'était faite de lui.

— C'est embêtant. Si c'est un inspecteur, il est très probablement dans cette tranche d'âge : notre entreprise valorise la motivation, mais surtout l'expérience. On devient enquêteur seulement après de nombreuses années. Quelques-uns sont plus jeunes, mais pour la plupart ils ont cet âge-là.

— Si je devais affiner, je dirais qu'il a dans les cinquante-cinq ans. Qu'il est marié et a trois enfants, très probablement deux garçons et une fille, et aussi, mais j'ignore si vous avez ce genre de renseignements, qu'un de ses fils s'appelle Michael et doit avoir environ dix ans.

— Nous assurons les compagnies d'assurances, nous avons toutes les informations, nos employés ont l'obligation de souscrire un contrat avec la société ; par ailleurs, il y a cinq ou six ans, nous avons créé un fichier avec les dates d'anniversaire des employés et de leurs enfants pour pouvoir leur présenter nos vœux.

— Vous n'avez des bureaux qu'à Washington ?

— Non, nous en avons ailleurs, bien sûr. De fait, à Washington ce sont juste les bureaux administratifs ; notre personnel est réparti sur deux centres, l'un à New York, l'autre à Austin, Texas.

Elle ne put s'empêcher d'y penser. New York était près de Cape May, dans le New Jersey ; Galveston, Killeen et Alvord se trouvaient au Texas ; Brooksville était tout près, en Oklahoma. Il était également facile de se rendre de là en Floride ou à La Nouvelle-Orléans… Il fallait juste prendre un avion jusqu'à une distance prudente du lieu où allait se produire une grande tempête. Sans grande conviction, Amaia risqua une dernière question :

— Monsieur Landis, je vais vous envoyer une liste des endroits où il y a eu de grandes catastrophes au cours des derniers mois, y compris La Nouvelle-Orléans, où la tragédie a lieu en ce moment. Je ne sais pas quand je pourrai vous rappeler, mais j'essaierai par tous les moyens. Mais ce pourrait être très intéressant pour la suite de notre enquête d'établir quel enquêteur s'est rendu, ou quels enquêteurs se sont rendus, sur ces lieux et à quels moments. Et aussi si l'un d'eux a demandé à prendre des congés à ces dates, ou s'il est en congé depuis deux jours.

— OK, répondit Landis, qui devait prendre des notes.

Amaia eut une soudaine inspiration.

— Pourriez-vous aussi préciser les lieux de naissance de vos enquêteurs sur cette liste ?

— Oui.

— Quand pensez-vous pouvoir rassembler tous ces renseignements ?

Landis demeura silencieux quelques secondes, tandis qu'Amaia priait pour que ce soit rapide.

— Je pourrais en obtenir certains dès aujourd'hui, mais pour la plupart il faudra que je consulte les fichiers du personnel dans nos bureaux... Disons demain midi.

Devant la résidence familiale des Nelson, Floride
Hôpital Charity, La Nouvelle-Orléans

De retour aux urgences, Amaia constata que Bull avait rejoint Johnson devant la porte de la salle de soins et que le petit Jacob n'était plus là. Charbou apparut dans le couloir, visiblement furieux.

— Où est le petit ? demanda-t-elle.

— Avec sa grand-mère, ne vous inquiétez pas, répondit Johnson. L'état du mari est stable. Ils l'ont transféré au troisième.

— Du nouveau ? interrogea-t-elle, esquissant un geste en direction de la porte.

Charbou répondit, énervé, les yeux posés sur son camarade.

— Non, on n'a pas une putain d'info, et vous savez pourquoi ? Je vais vous le dire, parce que ces deux-là, votre chef et mon collègue, ont manœuvré dans notre dos alors qu'on pensait poursuivre un tueur en série.

— Ce n'est pas ça. On poursuit le Compositeur, répondit Jason Bull d'un ton patient, sans élever la voix.

— Salazar l'a remarqué dès le début, les messes basses, les regards complices, les apartés. Tu peux te marrer, collègue, je ne l'ai pas vu. Ou si je l'ai vu, je n'ai pas voulu le croire, bien qu'elle m'ait prévenu, parce que je n'aurais jamais pu imaginer que tu ferais un truc pareil.

Bull avait la tête baissée, encaissant le savon. Il répondit plus doucement encore.

— Tu ne comprendrais pas.

Charbou le regarda, indigné.

— Je ne comprendrais pas ? Je suis trop con, c'est ça ? S'il y a bien quelque chose que je ne comprends pas, c'est pourquoi tu ne m'as rien expliqué. Et tu pourrais commencer par cracher ce qu'est ce putain de truc qu'on a ramené dans le Zodiac, planqué sous une couverture comme une saloperie d'oiseau endormi.

— À ton avis ? demanda Bull, très calme, le défiant du regard.

Charbou ne se laissa pas intimider ; il fit un pas en avant et vint se placer juste devant lui.

— À mon avis ça n'a pas de nom, et si ça en a un, je préfère ne pas le dire.

Bull approuva.

— C'est exactement ça.

Charbou soutint son regard deux secondes et feignit de rire.

— Tu es en train de me dire que c'est un putain de zombi ?

— Je dis juste que certaines choses sont ce qu'elles

semblent être. Tu sais, l'explication la plus simple…, confirma-t-il sans se troubler.

— Qui est Samedi ? voulut savoir Amaia, le visage grave.

Bull se mordit les lèvres avant d'ouvrir la bouche.

— Je ne peux pas répondre à cette question ; ça fait partie de l'enquête que je mène avec l'agent Dupree. Je ne peux rien révéler sans son autorisation.

Johnson intervint.

— Son autorisation ? L'agent Dupree a fait un infarctus, vous n'êtes pas au courant ? Il est là-dedans, entre la vie et la mort. Je suis l'agent le plus gradé après lui, et à la tête de cette unité. Je vous ordonne de répondre.

— Vous ne pouvez pas me donner d'ordres, je ne suis pas un agent du FBI. La nature de ma collaboration avec l'agent Dupree est…

Charbou l'attrapa par le cou et le plaqua contre le mur. Bull ne chercha même pas à se protéger.

— J'étais à ton mariage, je suis le parrain de ton dernier fils. Ne me fais pas ça.

Johnson et Amaia immobilisèrent Charbou, sans trop de vigueur.

— OK, céda Bull, fermant les yeux.

Charbou le lâcha et recula.

— Elle s'appelle Médora, Médora Lirette. Elle a été enlevée il y a dix ans, quand elle venait d'avoir seize ans, pendant l'ouragan Casilda.

Johnson acquiesça.

— Continuez.

— Je travaillais alors aux homicides. Médora était la petite sœur de Jerome Jay Lirette, un célèbre narcotrafiquant de Terrebonne, dans les bayous, à une heure d'ici environ. Jerome avait commencé très jeune à vendre de la drogue, mais il était clean. Il n'avait jamais été accro et avait prospéré dans le business pour devenir un dealer de stature moyenne avec un tas de gens qui travaillaient pour lui. En quelques années il avait acquis un certain prestige, dans les limites de son milieu. Il veillait sur sa mère et sur sa grand-mère, et se montrait particulièrement protecteur envers sa petite sœur. La nuit où l'ouragan Casilda est passé sur les bayous, des individus identiques à ceux qui ont enlevé les sœurs de Jacob ont fait irruption chez lui et enlevé Médora, qui était très jolie, ainsi que deux amies qui dormaient chez elle. Toutes trois mineures.

— Médora est la jeune fille qui a été enlevée il y a dix ans ? Vous êtes sûr ?

— Son nom est tatoué sur sa nuque. Un cadeau de son frère pour son anniversaire. C'est tout ce qui nous reste pour l'identifier. Il n'y a pas eu de demande de rançon car ceux qui l'ont enlevée n'avaient pas l'intention de la ramener. Bien que les narcotrafiquants aient l'habitude de régler leurs affaires entre eux, quand Médora a disparu, Lirette a porté plainte, et il ne l'a pas fait à Terrebonne, où il vivait. Il est venu à La Nouvelle-Orléans, au commissariat central, en compagnie de trois avocats qui ont demandé à parler au capitaine et au procureur.

» On me l'a aussitôt envoyé. Jerome était défait. On voyait qu'il n'avait pas dormi depuis un moment et que tout ça le dépassait. Au début, il n'a rien dit. Il était tellement émacié qu'il semblait sur le point de s'évanouir à tout moment.

» Ensuite il a déclaré que sa sœur avait été enlevée, c'est le mot qu'il a employé, pas séquestrée ou détenue. Enlevée. Il a déclaré aussi qu'il savait qui était responsable et était prêt à donner les noms du réseau du trafic de drogue dans la ville contre son immunité et la collaboration de la police de La Nouvelle-Orléans et du FBI pour retrouver sa sœur. Vous pouvez imaginer nos têtes. Puis il s'est tu, mais ses avocats ont été plus concrets. M. Lirette était conscient de la gravité de l'affaire, mais également de l'importance de ce qu'il allait révéler, à savoir de nombreux aspects du fonctionnement interne de son business : associés, dealers, routes d'entrée, complices au port et au contrôle de marchandises. Nous savions que la majeure partie des drogues entrait par les canaux et les bayous, mais connaître l'organisation du port était une tentation impossible à repousser. Ils avaient tout écrit sur un document qu'ils nous remettraient si nous parvenions à un accord. Ils se sont enfermés dans le bureau du capitaine et il a fallu quelques minutes au procureur pour feuilleter le document de vingt pages et accepter. Ils ont signé l'accord, récupéré le document, et les stups se sont immédiatement mis au travail.

» Jerome nous a raconté qu'un mois plus tôt il avait été approché par une organisation dont il savait seulement qu'elle venait de Baton Rouge. Jerome ne serait pas arrivé à sa position s'il avait été bête. Les questions que les types lui ont posées lui ont fait soupçonner qu'ils s'intéressaient plus à l'infrastructure de son réseau qu'à faire fructifier ses affaires. Alors il a rompu ses relations avec eux. Et deux jours avant qu'il vienne nous voir, au moment où l'ouragan Casilda détruisait la région, un groupe était entré chez lui, terrorisant sa mère et sa grand-mère, et avait enlevé sa sœur de seize ans et ses deux amies. Il a dit que c'était Samedi.

— Exactement ce qu'a dit la grand-mère de Jacob, commenta Amaia. Le petit a décrit deux hommes cagoulés et armés, ainsi qu'un autre individu ayant la même apparence que Médora. Et après m'avoir raconté l'attaque en détail, il m'a montré une planche anatomique où on voit un corps avec des muscles, mais sans peau, et l'a comparé au chef des ravisseurs.

— Putain ! protesta Charbou. Il est perturbé par ce qu'a dit sa grand-mère. Et notre copine Médora foutrait les jetons à n'importe qui. Mais c'est un gosse de quatre ans.

— Cinq, corrigea Amaia. Un garçon très intelligent, et un des témoins les plus fiables et les plus mesurés que j'aie jamais rencontrés.

— Super, si maintenant on croit ce que raconte un gamin de quatre ans, on est sauvés.

— Cinq, cinq ans. Et je ne vois pas pourquoi je ne le croirais pas. Je ne comprends pas pour quelle raison vous mettez en cause la parole des enfants. Je ne sais pas pourquoi Jacob serait moins crédible que Jerome Lirette. Pour lui, vous n'avez pas hésité à ouvrir un dossier, s'énerva Amaia.

Johnson eut l'impression d'un *déjà vu*. Il avait souvent la sensation que l'inspectrice parlait d'elle-même.

— Tout le monde en Louisiane sait qui est Samedi, enchaîna Charbou. Le Baron Samedi, un des *Lwas* du vaudou. Le *Lwa* de la mort. Un esprit maléfique, à qui on attribue les pires méfaits, et que vous avez dû voir représenté un million de fois pendant le carnaval ou Halloween. Un squelette avec les orbites enfoncées, un haut-de-forme et un cigare à la bouche. Parfois on le représente vêtu d'un smoking ou d'un frac… Je suis sûr que tous les enfants sont capables de le reconnaître. C'est une figure de notre folklore, au même titre que les lutins verts en Irlande. (Il marqua une pause et regarda Bull.) Ensuite il y a la légende de Samedi, l'organisation secrète, la Maison noire ou l'Église noire, comme l'appellent certains. Tous les policiers de Louisiane savent qu'on attribuait à Samedi les affaires inexpliquées. L'impossibilité de résoudre certaines disparitions a fait soupçonner un réseau pédophile, de prostitution de mineures ou de traite des Blanches très jeunes. Mais moi, je crois que Samedi n'existe pas, déclara Charbou. C'est une vieille légende pour policiers : une prétendue organisation criminelle secrète et très puissante, à laquelle on peut imputer les crimes irrésolus. Un fantôme. Aucune enquête officielle n'a trouvé le moindre indice de son existence.

Bull nuança, plus ouvert :

— Pour ma part, j'ai toujours admis qu'il pouvait y avoir une part de vérité dans ces histoires. On sait que beaucoup de réseaux criminels opèrent dans l'ombre pendant des années sans qu'on réussisse à prouver leur existence, ou peut-être grâce à cela. Samedi entrait peut-être dans cette catégorie, mais le reste était sans doute une légende ; jusque-là, pour moi, il s'agissait d'une organisation fictive et imaginaire. Jusqu'à Jerome Lirette. Jerome nous a donc raconté que, deux jours plus tôt, des inconnus avaient débarqué chez lui dans la nuit, juste après le passage de l'ouragan. Comme chez les grands-parents de Jacob aujourd'hui. Dans la maison se trouvaient à ce moment-là sa mère, sa grand-mère, sa sœur Médora et deux amies, deux de ses lieutenants et lui-même. Il n'y avait pas de lumière et le téléphone ne marchait pas, mais la maison avait bien résisté à l'ouragan. Ils ont entendu un grand bruit et pensé qu'une tornade, faisant partie de la queue de l'ouragan, avait détruit la porte. Les individus qui ont fait irruption ont immédiatement exécuté les deux lieutenants de Jerome d'une balle dans la tête. Puis le Baron Samedi en personne est entré dans la maison en compagnie de trois autres personnes : Jerome a dit « d'aspect étrange » mais a refusé de nous donner une description. Devant sa mère et sa grand-mère épouvantées, ceux qui l'accompagnaient ont entouré les filles et les ont poussées dehors. Pendant ce temps, le Baron, ou l'homme habillé en Baron Samedi, debout au milieu de la pièce, observait tout ce chaos avec une joie manifeste. Il semblait bien s'amuser. La mère et la grand-mère ont tenté de les arrêter, mais ils les ont repoussées sans ménagement. La grand-mère est tombée morte par terre ; la mère a eu la clavicule et un bras cassés. En larmes, Jerome nous a avoué qu'il n'avait rien fait. Il était littéralement terrorisé, et la peur l'avait paralysé. Pendant qu'ils s'en allaient, il a entendu les cris de sa sœur. Médora l'appelait à l'aide, terrifiée, et il a été incapable de lui porter secours.

» Il a dit que les cris de sa sœur résonnaient toujours dans sa tête. Nous l'avons soumis au détecteur de mensonges mais c'était inutile : il était évident qu'il disait ce qu'il croyait être la vérité. Il se sentait humilié et tourmenté, ce qu'il nous racontait lui faisait sans nul doute terriblement honte. Par ailleurs, aucun trafiquant de sa trempe n'aurait donné au procureur la moitié de son business si cela n'avait pas été du sérieux. Nous avons vérifié son histoire. Dans le quartier, l'affaire avait été classée comme un règlement de comptes entre narcotrafiquants. Jerome avait raconté au shérif que des inconnus étaient entrés chez lui pendant la nuit, avaient tué ses amis et sa grand-mère, et blessé grièvement sa mère. Il n'avait pas mentionné la disparition de Médora ni des autres filles. Quand le shérif lui a demandé où était sa sœur, Jerome a dit : chez un parent à Saint Bernard. Les corps de ses deux lieutenants se trouvaient à l'institut médico-légal de Terrebonne. Le shérif avait autorisé le transfert du corps d'Amelia Lirette, la grand-mère de Jerome, vers un funérarium local. Les blessures sur les cadavres validaient son histoire. Les deux autres filles avaient disparu de chez elles.

» Nous sommes allés à l'hôpital et la déclaration de la mère de Jerome a été encore plus étrange, car elle, en revanche, nous a décrit les compagnons de l'homme habillé en Baron Samedi : deux hommes cagoulés et trois personnes *non vivantes*. C'est ce qu'elle a dit. Donc, prenant avec des pincettes la déclaration de Jerome, nous avons mené une enquête sur l'enlèvement de Médora Lirette et des deux autres filles, persuadés qu'elles étaient des victimes collatérales, que leur disparition était liée aux affaires de Jerome. Surtout parce que les types de Baton Rouge qui s'intéressaient tellement à son business s'étaient volatilisés du jour au lendemain. L'enquête nous a fait soupçonner l'existence d'un réseau criminel organisé qui aurait absorbé les moyens et gros dealers et leurs filières de distribution, et exercé sur eux une pression en enlevant leurs plus proches parents. C'est une pratique courante au Mexique, au Brésil et en Colombie entre cartels de la drogue. On a entendu des rumeurs, l'Église noire, la Maison noire, Samedi… Mais l'organisation était un fantasme, elle n'existait pas, tout simplement. Dans tous les pays et toutes les polices du monde, il y a une légende pour les affaires irrésolues. C'était le cas ici. Une impasse. Jusqu'au jour où un agent du FBI nous a fait envisager l'enquête sous un autre angle, moins lié à Jerome qu'à

Médora elle-même. Vous aviez raison, avoua Bull, regardant Amaia. Dupree et moi nous connaissions déjà. Depuis longtemps.

— Dix ans, dit-elle.

Il acquiesça.

— Dupree et Carlino étaient les deux agents affectés par le FBI pour aider à résoudre l'affaire Médora Lirette.

Johnson hocha la tête.

— Je ne connais pas l'agent Carlino.

— L'agent Frank Carlino ainsi que Jerome Lirette sont morts il y a dix ans, au cours de l'enquête qui a failli coûter la vie à Dupree.

47

Petit bon ange

Hôpital Charity, La Nouvelle-Orléans

La porte s'ouvrit et deux médecins vinrent les trouver.

— J'imagine que vous faites partie des *freaks*…, dit l'un d'eux.

Amaia ne comprit pas la blague, si c'en était une. Elle lança au comique un regard assassin.

— Ne soyez pas offensés ; vous nous avez amenés trois blessés et nous n'avions jamais vu autant de bizarreries réunies.

— Comment va l'agent Dupree ? demanda Johnson avant qu'elle ait pu réagir.

— J'ai de bonnes et de mauvaises nouvelles. Votre ami semble avoir fait un infarctus du myocarde. Ça présente les symptômes de l'infarctus, génère la douleur de l'infarctus, mais, et c'est la bonne nouvelle, ce n'en est pas un. Votre ami souffre de ce qu'on appelle le syndrome du cœur brisé, ou de Takotsubo, une cardiomyopathie de stress dont les symptômes – douleur à la poitrine et difficulté à respirer – sont identiques à ceux d'une crise cardiaque. On pense qu'il est causé par une augmentation des hormones liées au stress, comme l'adrénaline… Les artères ne sont pas bouchées, mais le muscle cardiaque rétrécit et s'affaiblit, au point que le ventricule gauche acquiert une forme conique, d'où son nom : le *takotsubo* est une sorte de vase bombé à col étroit qui sert au Japon de piège à poulpes. Une fois à l'intérieur, l'animal ne peut plus sortir. Le cœur de votre ami est littéralement paralysé d'un côté.

Johnson échangea un regard avec Amaia, dépassé.

— D'un côté…, murmura-t-il.

L'autre médecin prit la parole.

— En l'examinant, nous avons remarqué des cicatrices d'une ancienne blessure qui présente cinq impacts, comme des marques de coups de couteau, mais au niveau interne l'échographie n'a rien révélé. Vous avez peut-être d'autres informations ?

Amaia se tourna vers Johnson, qui secoua la tête.

— Non, mais ces derniers jours il s'est plaint d'avoir mal à une ancienne cicatrice.

— C'est exact, confirma Amaia, se rappelant l'épisode avec le prédicateur devant le striptease de la rue Bourbon.

Elle observa Bull qui, de manière presque imperceptible, rejeta le corps en arrière, baissant légèrement la tête.

— Nous avons été frappés par la ressemblance entre les marques repérées chez votre ami et celles que présente le vieil homme que vous avez amené, continua le médecin. Cinq points d'intense pression, des zébrures comme les extrémités d'une étoile de mer. On lui a tiré dessus avec un *taser* ou quelque chose de ce genre ?

Ils secouèrent la tête.

— Avez-vous tenté un type de réanimation sur le vieil homme ?

— Non, au début on a cru qu'il avait été touché par balle... mais quand on a vu les marques sur sa poitrine, on ne l'a pas touché, expliqua Johnson.

Le médecin eut un geste perplexe en direction de son collègue.

— J'espérais que vous me confirmeriez la tentative de réanimation, ça aurait pu justifier son histoire. Le vieux raconte qu'on a voulu lui arracher le cœur. La pression sur le cœur pendant une crise est si forte qu'il aurait pu éprouver cette sensation quand vous tentiez de l'aider... J'avais seulement vu ça avec des blessures causées par des coups de feu amortis par un gilet. De toute façon, nous ne pensons pas qu'il y ait un lien avec ce qui est arrivé aujourd'hui à M. Dupree.

— Vous allez devoir l'opérer ? voulut savoir Johnson.

— Non. Grâce à un traitement pharmacologique, le cœur retrouve sa forme originelle au bout de quelques jours, ou quelques semaines, peut-être un peu plus. Le problème que nous avons est lié à l'ouragan. Votre ami est sous surveillance médicale et nous lui avons donné de l'aspirine et des diurétiques, mais il doit prendre des bétabloquants et des inhibiteurs enzymatiques. Or nous n'avons plus ces médicaments à l'hôpital. Dans des circonstances normales, nous les demanderions à n'importe quel autre établissement de la ville. Nous enverrions une ambulance les chercher et vingt minutes plus tard ils seraient là. Mais en plus de la difficulté d'envoyer quelqu'un dans un autre hôpital en ce moment, nous savons qu'ils ont le même problème de pénurie de médicaments que nous.

— Qu'allez-vous faire ?

— Ce que nous pouvons : maintenir votre ami sous surveillance et au repos, lui donner des antidouleurs et c'est à peu près tout, jusqu'à ce que ça s'arrange dehors. Pomper demande à son cœur un énorme effort, sans parler de la douleur intense que ça lui cause, et c'est là que vous pouvez peut-être aider. (Il fit une pause pour les regarder.) Car quand nous l'avons informé de son état et du contexte, M. Dupree a manifesté son intention de quitter l'hôpital et a demandé à signer une décharge.

— Ce pourrait être dangereux pour lui ? interrogea Johnson.

— Très dangereux, même si en principe le rétablissement s'effectue sans problèmes. Mais s'il ne reçoit pas de traitement et fait des efforts, son état pourrait se compliquer par une rupture du ventricule gauche. Si c'était le cas, ce serait la mort subite.

— Alors nous ne pouvons pas le laisser sortir d'ici, dit Bull.

Le médecin haussa les épaules.

— Un autre jour, j'insisterais pour le convaincre de rester, mais vous voyez où on en est, dit-il, montrant l'hôpital autour de lui. Nous avons besoin de chaque lit, de chaque civière. Le syndrome de Takotsubo est très intéressant pour un médecin ; j'aimerais observer son évolution, mais nous sommes en sous-effectif. Nous avons dû renoncer à l'air conditionné pour que le générateur continue d'alimenter les respirateurs artificiels, et on n'a plus de fioul. On commence à envisager d'évacuer l'hôpital. Je ne vais pas retenir ici quelqu'un qui veut partir de son plein gré. Essayez de le faire changer d'avis.

— On peut le voir ?

— On lui donne ses médicaments actuellement,

vous pourrez le voir dans un petit moment, mais auparavant nous avons besoin de votre aide. Les neurologues et les psychiatres qui s'occupent de la femme que vous avez amenée veulent vous poser quelques questions. Ils sont totalement hallucinés. Les *freaks*, dit-il, lançant un regard complice à Amaia.

Elle ne cilla pas.

— Je reste ici, dit Johnson, au cas où…

— J'y vais, répondit Bull, qui emboîta le pas des médecins avec détermination.

— Moi aussi, renchérit Amaia d'un ton sans appel.

— Moi aussi, ajouta Charbou, qui lui adressa un clin d'œil.

— Mais où avez-vous trouvé cette femme ? les interpella un des médecins dès qu'il les vit.

Amaia l'observa : il exprimait un profond intérêt, mais elle perçut aussi chez lui cette excitation quelque peu malsaine devant l'extraordinaire, ainsi qu'elle l'avait remarqué au cours des derniers jours chez plusieurs personnes ; devant le caractère inévitable de l'ouragan, l'ampleur de la catastrophe, la traque frénétique d'un prédateur comme le Compositeur ou la barbarie de ses actes. Elle commençait à en avoir assez de tous ces excès. Ce que l'autre médecin avait appelé « les *freaks* ». Sans parler des regards qu'on leur adressait, comme si on attendait d'eux de nouvelles extravagances ou comme s'ils étaient responsables de celles-là. Impatiente, elle jeta un coup d'œil dehors à travers une fenêtre cassée. Le troisième étage réussissait à échapper aux effluves de l'extérieur, mais pas à la forte chaleur, car à ce niveau, à l'exception des vitres que la tempête avait détruites, les fenêtres restaient fermées, de même que les portes d'accès.

Sans doute, pensa Amaia, pour garantir la sécurité des patients en psychiatrie.

Il régnait un silence de mort. Le visage de ses camarades ne devait pas être plus avenant que le sien, car le médecin détourna les yeux. Il sembla réfléchir et reprit la conversation sur un autre ton :

— Je suis le docteur Stone, chef du service de neurologie ; le docteur Matteu est le chef du département de psychiatrie, dit-il, s'avançant la main tendue et désignant son collègue.

— Comment va la patiente ? demanda Bull.

Les médecins échangèrent un regard avant de répondre.

— Elle va… bien… vu les circonstances. Elle avait une fracture ouverte en très mauvais état. On a beaucoup de problèmes parce que les blocs opératoires sont au rez-de-chaussée qui est inondé, comme vous le savez. Quand l'eau a commencé à monter, on a transféré tout le matériel qu'on a pu au premier et au deuxième étage, mais même ainsi, on n'a pas les conditions ni les installations adéquates pour une intervention. On pratique seulement celles qui sont une question de vie ou de mort.

Les médecins marquèrent une courte pause avant de continuer.

— Bien… C'est vous qui avez amené cette femme. Aux urgences, on nous a parlé d'un enlèvement ; nous supposons que c'est elle qui a été séquestrée…

Amaia croisa le regard de Charbou. Bull baissa la tête. Le médecin poursuivit :

— Vous avez dû remarquer que, malgré la gravité de sa fracture, elle ne se plaignait pas. D'ailleurs elle n'émettait aucun son. Nous avons pensé qu'elle pouvait être en état de choc, certaines personnes réagissent ainsi face à l'effroi que leur cause la vision de leurs blessures. Mais nous avons constaté qu'elle présente une analgésie complète. Elle ne semble pas du tout ressentir la douleur, ni sur le plan physique ni sur le plan psychique. Nous pensons qu'il s'agit d'une analgésie congénitale, et parfois héréditaire. Il nous faudrait connaître son nom pour chercher dans notre fichier. C'est une maladie rarissime, elle touche une personne sur un million, et se caractérise par l'incapacité d'éprouver de la douleur, même en cas de blessures très graves.

Bull hocha la tête. Amaia et Charbou examinaient le sol, sans paraître surpris.

Les médecins échangèrent un nouveau regard.

— On a remis en place l'os fracturé et posé une attelle sur sa jambe. On lui a administré des antibiotiques et on a pansé sa plaie. On ne peut pas faire beaucoup plus tant qu'on ne dispose pas d'un bloc opératoire. Mais tout ceci n'est pas, de loin, le plus intéressant concernant cette patiente, dit-il, montrant une vitre derrière lui.

À ces mots, le trio s'avança vers la fenêtre qui donnait sur une pièce aux murs capitonnés. La lumière extérieure ne parvenait pas à l'éclairer entièrement. Il y avait un lit au centre, mais la femme se tenait debout dans un coin, la tête baissée, le visage à moitié caché par sa tignasse sombre. Amaia constata que sa tunique en toile avait été remplacée par une chemise de nuit de l'hôpital, bleue à fleurs blanches, qui lui donnait, d'une certaine manière, une apparence encore plus incongrue.

— On a essayé par tous les moyens de la faire s'allonger. On a dû l'attacher, d'ailleurs, pour soigner sa jambe, mais après on a décidé de la libérer.

On ne voulait pas recourir aux drogues, ce qui aurait rendu la communication avec elle encore plus difficile. Elle est immobile dans ce coin depuis qu'on l'a détachée. Elle présente un état semi-hypnotique, très semblable au somnambulisme, mais répond aux questions basiques.

L'autre médecin prit la parole.

— J'espérais que vous pourriez nous aider, nous donner des renseignements sur elle : où elle était, dans quelles conditions, comment vous l'avez trouvée. On nous a parlé d'un enlèvement… Si vous savez combien de temps elle a été détenue ou si elle a déjà reçu un traitement…

Bull déglutit.

— Eh bien… pas exactement…

— Elle a dit qu'elle s'appelle Médora, mais elle ignore son nom de famille, ou ne s'en souvient pas. Le cas de cette femme est extraordinaire. Je suis psychiatre depuis vingt ans, et même si ma thèse de doctorat portait sur le syndrome de Cotard, je n'avais encore jamais rencontré de cas.

— Vous voulez dire que c'est une maladie ? intervint Charbou, soudain intéressé.

— Et que croyiez-vous que c'était ? répliqua le médecin, souriant. Un zombi ?

— Elle dit…, tenta-t-il de se justifier.

— Oui, je sais, elle dit qu'elle est morte, et j'avoue que ça peut être très déconcertant ; moi aussi, je suis de Louisiane. Mais c'est exactement le syndrome de Cotard, connu comme délire de déni, ou délire nihiliste : les personnes qui en souffrent croient être mortes. Vous voulez en savoir plus ?

— Excusez-moi, quel est le rapport avec la Louisiane ? demanda Amaia.

— Je connais bien le contexte folklorique. Je vous ai dit que j'ai fait ma thèse de doctorat sur le syndrome de Cotard ; je l'ai intitulée « Le délire de déni et les morts-vivants ».

— Vous pensez que le syndrome de Cotard serait l'explication pour les zombis ? interrogea Charbou, jetant un coup d'œil à Bull.

— Le premier cas recensé a été diagnostiqué par le neurologue français Cotard en 1880. Sa patiente, une femme également, affirmait être morte, croyait que son cœur s'était arrêté et que ses organes s'étaient décomposés. Dans d'autres cas, les patients pensent simplement qu'ils n'existent pas et affirment être des esprits errant comme des âmes en peine. Les plus extrêmes ont des hallucinations olfactives au cours desquelles ils sentent l'odeur de la décomposition et en arrivent même à voir des vers dévorant leur chair. Pour beaucoup d'entre eux, la conviction de leur propre mort les pousse à ne plus s'alimenter et ils finissent par mourir d'inanition.

— Alors c'est une maladie mentale, dit Amaia.

— Oui, ou neurologique. Il y a eu des recherches des deux côtés. Une maladie très cruelle et horrible pour le patient qui en souffre et pour ceux qui en sont témoins.

— Quelles peuvent en être les causes ? C'est héréditaire ?

— Non, c'est une maladie rare, et pour ce qui est des causes, j'espérais que vous pourriez nous aider. Savoir comment et où elle était… et connaître ses antécédents familiaux nous permettrait d'établir s'il y a d'autres cas de maladies mentales dans sa famille, des problèmes héréditaires ou d'une autre nature.

— D'une autre nature ? insista Amaia.

— Toxicologique. On sait que dans certains cas recensés, le délire a pu être motivé par une exposition à des toxines.

— Motivé ou forcé ? demanda Bull. On peut le provoquer ?

— Vous parlez de zombification ? ironisa le neurologue, amusé.

— Moi aussi, je suis de Louisiane, rétorqua Bull.

— On n'a pas pu lui faire de prise de sang pour le moment, car elle en a trop perdu. De toute façon, on n'en a pas assez pour les transfusions, et le laboratoire n'est pas opérationnel, même pour les analyses les plus basiques. Elle a peut-être été droguée, mais on n'en sait pas assez sur la zombification pour pouvoir affirmer ça.

— Ni pour pouvoir l'écarter, n'est-ce pas ?

Le psychiatre intervint.

— Il existe beaucoup de publications sur le sujet, mais hélas, rien de scientifique. Les lésions neurologiques ne sont pas la seule explication, et je crois qu'il ne faut pas non plus écarter l'influence de certaines toxines dans l'altération du comportement, mais évidemment pas jusqu'à ce point. Médicalement nous devons éliminer cette possibilité. Même si…

— Si ?

— Ses yeux présentent de graves lésions abrasives. Je dirais qu'elle est presque aveugle, mais bien sûr il faudrait qu'un ophtalmologue l'examine. Certaines marques semblent être d'anciennes brûlures chimiques. J'oserais affirmer qu'à un moment elle a pu être accro aux drogues… ou soumise à un long traitement. Elle a des traces de piqûres, des cicatrices d'ulcères et des escarres à cause de son immobilité.

Bull déglutit avant de parler.

— Vous dites que vous avez réussi à communiquer avec elle. Que vous a-t-elle raconté ?

Le psychiatre le regarda, pensif.

— Dans d'autres circonstances je ne vous le montrerais pas, mais vous êtes policiers, et j'ai vraiment l'impression que cette femme a pu être victime d'un crime. Je crois que vous devriez voir ça.

Le médecin releva le store qui assombrissait la pièce capitonnée et pointa une lampe sur la patiente. Les petites fleurs blanches de sa chemise de nuit étincelèrent sous le faisceau lumineux. La femme ne réagit pas. L'homme s'approcha des barreaux encastrés dans la vitre de la fenêtre et décrocha un appareil.

— Nous avons remarqué qu'elle réagit mieux à la voix qu'à la présence humaine, expliqua-t-il. Ceci est un interphone semblable à ceux qu'on utilise pour surveiller les bébés, et par chance il fonctionne avec des piles, dit-il avant d'appuyer sur une touche. Médora.

L'écho de sa voix dans la petite pièce fermée fit vibrer la vitre qui les séparait d'elle. La silhouette dans le coin de la salle ne parut pas l'avoir entendu. Elle resta immobile.

— Médora.

Rien. Le médecin éteignit l'appareil.

— C'est un symptôme ordinaire de ce délire : le déni d'identité. Il y a eu des recherches sur les lésions dans les zones du cerveau qui interviennent pour la reconnaissance faciale. La vision de la patiente peut être altérée, l'empêchant de reconnaître des visages familiers, et même de les considérer comme humains, dit le neurologue avant de rallumer l'appareil.

— Comment vas-tu ?

Il y eut d'abord une sorte de murmure, d'air aspiré,

puis à nouveau ce sifflement gras. Amaia sentit ses cheveux se dresser sur sa tête.

La bouche sèche et couverte de pustules apparaissait au milieu de la tignasse. L'air jaillit d'entre ses lèvres sans que le moindre mouvement n'ait été observé.

— Je suuuis morte.

La voix aurait pu aussi bien appartenir à un homme qu'à une femme, mais assurément très vieux.

— Sais-tu où tu es ?

— Je suuuis morte, susurra-t-elle.

— Sais-tu ce qui t'est arrivé ?

— Morte.

Cette voix, surgissant d'une bouche immobile, produisait une sensation malsaine et inquiétante.

— Où étais-tu avant ?

Le corps tituba légèrement quand le poids passa d'une jambe à l'autre. Ils crurent qu'elle allait s'effondrer mais elle resta debout.

— … la tommmbe.

— Demandez-lui si elle se rappelle où elle était avant de mourir, suggéra Bull.

— Où étais-tu avant la tombe ? répéta le psychiatre.

Silence. Et soudain une légère plainte, comme si elle allait se mettre à pleurer.

— Je suis morte.

— Que s'est-il passé ensuite ?

— La tommmbe.

— Et après ?

— Sa-me-di, chuchota-t-elle comme si elle s'étouffait.

— Quoi ? Vous avez entendu ? leur demanda le médecin, se tournant vers eux.

Bull s'avança jusqu'à lui.

— Vous permettez ?

L'homme hésita. Bull s'adressa au neurologue à l'autre bout de la pièce, qui acquiesça. La voix grave de Bull résonna des deux côtés de la vitre.

— Médora Lirette, dit-il.

La femme bougea très légèrement. Amaia crut qu'elle penchait la tête, prêtant attention.

— Médora Lirette. Que t'a fait Samedi ?

— Samediiii… m'a tuée… et m'a sortiiiie de ma tommmbe.

Bull soupira.

— Qui est Samedi ?

Tout à coup, la femme se mit à courir du coin où elle s'était réfugiée et traversa la petite pièce pour se jeter bruyamment contre la fenêtre. La peau sèche de son visage s'écrasa sur la vitre et ses lèvres couvertes d'herpès laissèrent une trace sombre à l'endroit qu'elles avaient heurté. Tous reculèrent instinctivement. Amaia pensa aux hallucinations olfactives. Elle eut l'impression de sentir un champ de pommes de terre.

— Elle ne peut pas nous voir, les rassura le neurologue.

Comme pour le démentir, les yeux morts de Médora parcoururent la pièce, se posant sur chacun d'eux. Puis elle baissa les paupières et resta immobile. Un grognement surgit de sa bouche fermée, du plus profond de ses entrailles. Elle trembla.

— Il a pris *mon petit bon ange*, dit-elle, d'une voix claire et enfantine.

— Qui ? répéta Bull.

La femme resta immobile, puis elle ouvrit les yeux et son regard transperça la vitre qui la séparait de Bull. Alors, sans que son visage bouge le moins du monde, elle émit un son semblable à un cri jailli des profondeurs. À nouveau cette voix jeune, presque de petite fille. Amaia aurait juré qu'une autre femme était prisonnière quelque part en elle.

— Le Grand…

48

Nana. Promesses

Stade Superdome de La Nouvelle-Orléans

Quand ils avaient découvert que Seletha était dans le coma, ils s'étaient mis à sillonner les couloirs intérieurs du stade à la recherche de la Croix-Rouge. Le nombre de personnes qui encombraient les couloirs, réfugiées à cause de la pluie, la difficulté à pousser le fauteuil roulant de Seletha parmi la foule, et Nana qui avait du mal à marcher, s'appuyant sur sa canne, avaient transformé leur quête en un chemin de croix. Bobby s'arrêtait régulièrement pour relever la tête de sa mère qui, au bout d'un moment, retombait sur sa poitrine, au milieu de grognements étouffés.

Ils finirent par atteindre un poste de secours où on leur confirma que Seletha se trouvait dans un état comateux. Les médecins présents n'avaient que des médicaments antiémétiques et une solution saline, mais au moins ils transférèrent Seletha sur une civière, et la position allongée facilita sa respiration. Il fallait attendre que la tempête soit passée pour la transporter au Charity, qui était l'hôpital le plus proche. Ils ne pouvaient rien faire de plus pour l'heure.

Consterné, Bobby regarda d'abord sa mère, puis Nana et enfin un médecin.

— Mais… il doit bien y avoir moyen de…

Le médecin haussa les épaules et montra le toit du Superdome que la tempête, par à-coups, arrachait dans un vacarme assourdissant.

Ils passèrent la nuit et la matinée suivante assis par terre, contre la civière sur laquelle agonisait Seletha, dans le petit poste de secours qui, jusqu'à la veille, avait été une remise à outils.

En début d'après-midi, le médecin revint les voir.

— On va emmener votre mère en canot jusqu'au Charity.

Bobby tendit la main à Nana pour l'aider à se mettre debout.

— Un seul accompagnateur par malade, précisa le médecin.

— Mais ce n'est pas possible, regardez-la, protesta-t-il, faisant un geste en direction de Nana. Elle aussi est malade, elle vient d'être opérée et ne peut quasiment pas marcher. Je ne vais pas la laisser ici toute seule.

Le médecin se montra inflexible.

— Il faut transférer plus de cent personnes et il y a vingt-cinq places sur le bateau. Je donne priorité à ta mère parce qu'elle est dans un état grave, mais d'autres personnes sont très malades et elle peut se débrouiller, ajouta-t-il, faisant référence à Nana.

Bobby voulut insister.

— Je suis désolé, conclut le médecin. Soit vous venez maintenant avec votre mère, soit vous attendez d'avoir de la place sur un autre bateau. Mais je ne peux pas vous dire quand ce sera.

Bobby ne répondit pas. Il soupira bruyamment, impuissant et furieux.

Nana lui prit la main.

— Bobby, chéri, tu dois amener ta mère à l'hôpital. Ça va aller pour moi.

— Alors ? demanda le médecin, pressant.

Bobby donna son sac à Nana.

— Garde-le devant toi, sinon on te volera tout. Ne partage pas l'eau, c'est juste pour toi. Il n'y a plus que de la boue qui sort des robinets.

Il contempla le décor ambiant, désespéré.

— Nana, je veux que tu restes ici, à côté du poste de secours. Ne bouge pas, tu m'entends ? Je reviendrai te chercher dès que ma mère sera à l'hôpital. Je reviendrai, je te le promets. Mais tu ne dois pas bouger d'ici, sinon je n'arriverai pas à te retrouver.

Nana acquiesça, étourdie.

— Promets-le-moi, supplia Bobby pendant que les infirmiers poussaient la civière de sa mère. Nana ! Jure-moi que tu ne bougeras pas d'ici.

— Je te le jure, dit-elle.

Et elle regarda autour d'elle, accablée.

49

Freaks

Hôpital Charity, La Nouvelle-Orléans

Johnson leur fit signe de la porte. Il y avait dans la salle cinq lits, tous occupés. Dupree était au fond de la pièce, près d'une fenêtre dont les vitres avaient disparu, sans doute à cause de Katrina. Il était si pâle qu'il avait l'air gelé, les lèvres bleues, même si une couche de sueur recouvrait sa peau. Il s'était à moitié redressé et tentait d'enfiler un tee-shirt sans grand succès.

— On peut savoir ce que vous faites ? s'écria Johnson.

Il lui prit le vêtement des mains. Épuisé, Dupree se laissa retomber sur le lit. Inévitablement ils regardèrent tous les anciennes cicatrices sur sa poitrine.

— Je dois sortir d'ici.

Sa voix était à peine audible.

Amaia s'approcha de lui. Malgré son état, la détermination de Dupree était indubitable.

— On parlera de ça plus tard. Je crois que vous nous devez d'abord une explication, déclara-t-elle.

Dupree ferma les yeux deux secondes.

— Ce n'est pas facile…

— Tant mieux. Il devrait toujours être difficile de mentir. Je ne sais pas ce que pensent les autres, vous verrez ça avec chacun d'entre nous, mais j'aurais aimé que vous admettiez que j'étais ici pour Samedi. Cela n'aurait pas signifié moins d'engagement de ma part, mais au moins je n'aurais pas perdu mon temps en croyant poursuivre le Compositeur.

— Je ne vous ai pas menti, le Compositeur est la priorité.

— Non, le Compositeur est la raison officielle, corrigea Amaia, le prétexte pour être ici. Je n'aime pas être manipulée. Vous auriez dû l'admettre.

Bull intervint.

— Vous vous êtes rendu compte, je crois, que c'est assez difficile à exposer. Nous sommes bien conscients de poursuivre une ombre. Il y a dix ans, l'enquête a été abandonnée, mais l'affaire n'a jamais été classée. Il ne s'agit donc pas d'une réouverture. Après la mort de l'agent Carlino et de Jerome Lirette, nous avons reçu l'ordre d'arrêter. Mais nous avions la certitude qu'il recommencerait. Nous sommes restés attentifs à la possibilité qu'il réapparaisse avec la tempête, comme lorsqu'il a enlevé Médora Lirette.

Charbou fit claquer sa langue, contrarié.

— Je comprends que ça doit être difficile, j'ai connu des policiers qui ont perdu leur collègue en service, et on ne s'en remet jamais. Mais il me semble très imprudent de mettre toute l'opération en danger par vengeance personnelle.

Dupree lui lança un regard froid.

— L'opération n'a jamais été mise en danger. Nous sommes tout près d'arrêter le Compositeur.

— Je suis du même avis que Charbou, renchérit Amaia. J'ai cru depuis le début que j'étais là pour le

Compositeur et, sauf votre respect, vous vous êtes laissé distraire. Sinon, comment expliquer que Tucker se retrouve à la tête de l'opération en Floride ? Elle avance, pas nous.

Johnson baissa la tête et tapota son épaisse moustache. Il était évident qu'il ne portait pas Tucker dans son cœur, mais également qu'il nourrissait des doutes sur la façon dont l'enquête était menée.

Dupree regarda Amaia, visiblement exténué.

— Tucker n'y connaît rien, et si je vous ai fait venir ici, c'est parce que je crois que non seulement vous êtes capable de trouver le Compositeur, mais aussi de comprendre Samedi.

Il ferma les yeux. Il était tellement silencieux et immobile qu'il paraissait mort.

— Justement, cette femme, Médora Lirette. Vous êtes sûrs que c'est elle ? Dix ans ont passé et…

— C'est elle, affirma Bull, et Dupree acquiesça. Sans l'ombre d'un doute.

Amaia hésita un instant. Elle ne savait pas comment exprimer sa pensée…

— Elle a l'air…

— Aliénée, dit Dupree d'une voix faible.

— Vous voulez dire sous emprise, dominée ?…

Dupree approuva.

— C'est ce qu'ils leur font.

— À qui ?

— À ceux qu'ils enlèvent.

— Les médecins disent que cette femme a une maladie mentale.

— C'est exact…, confirma Dupree.

— Mais vous pensez que quelqu'un l'a provoquée, continua Amaia. Aux premiers temps de la psychiatrie, on considérait que les personnes souffrant de troubles mentaux avaient été aliénées dans leur nature même.

— Oui. Je crois que c'est son cas, susurra-t-il.

— Comment pouvez-vous en être si sûr ? demanda Amaia, sans tenir compte de son épuisement croissant.

— Parce que ce n'est pas la première fois qu'on voit ça, affirma-t-il, incluant Bull.

— Les médecins indiquent deux origines possibles de la maladie : psychique ou neurologique…, insista Amaia.

— Oui. Troubles mentaux héréditaires ou exposition à une toxine.

— En effet, les médecins ont mentionné ça aussi, mais nous parlons bien de la même chose ? demanda-t-elle.

— Je ne sais pas, de quoi parlez-vous ? répondit-il, très faible.

— De ce que j'ai vu là-haut : asservissement de la volonté, diminution des fonctions vitales, conviction de sa propre mort, subrogation de la conscience…

— Putain, ce que vous décrivez, c'est la zombification ! s'écria, halluciné, Charbou.

— On peut l'appeler comme ça, approuva Dupree, dont l'aspect empirait de minute en minute.

Elle s'avança encore plus près du lit et se pencha au-dessus de lui. Elle remarqua alors qu'il serrait dans sa main un petit paquet gris, qui lui sembla en peau de mouton. Dupree le cacha sous son drap.

— Non. Je ne l'appellerai pas comme ça. Nul besoin d'être né sur les rives du Mississippi pour avoir entendu parler de l'asservissement de la volonté. Et je ne fais pas allusion à un étrange virus qui se balade dans l'air, ressuscitant les morts, mais à son aspect le plus cruel et réel : la soumission chimique de la volonté par les drogues ; GHB, scopolamine, flakka, y compris la stramoine, l'herbe du diable.

» Ces dernières années, les polices européennes ont démantelé des réseaux de traite des Blanches qui soumettaient les femmes, les maintenant dans un état de semi-conscience où leur volonté était totalement annihilée. Certaines de ces femmes avaient conscience de leur situation, d'être prisonnières, mais décrivaient leur état comme un demi-sommeil ou plutôt un cauchemar dont elles ne pouvaient pas se réveiller. La plupart d'entre elles étaient stupéfaites quand elles apprenaient qu'elles étaient dans cette situation depuis des années, ayant perdu toute notion du temps. Il y a quelques mois, j'ai arrêté un collectionneur de femmes qui les séquestrait et les obligeait à prendre un médicament appelé Rohypnol. La soumission était absolue et l'individu pouvait se donner l'illusion que ces femmes qui étaient ses prisonnières restaient avec lui de leur propre gré. La scopolamine est connue comme drogue du violeur, mais on sait qu'elle a été également utilisée pour pousser des personnes à vider leur compte en banque ou à communiquer leur code de carte de crédit…

— Il faut être né sur les rives du Mississippi, dit Jason Bull, pour ne pas rejeter l'idée qu'on a peut-être donné de la *poudre de mort*, ou tétrodotoxine, si vous préférez le terme scientifique, à Médora Lirette afin de l'asservir. Mais je ne veux pas discuter de ça. Libérées de ces réseaux de traite des Blanches, les femmes retrouvent leur conscience et leur volonté dès qu'elles ne sont plus droguées. Mais ce ne sera pas le cas de Médora Lirette, car elle est consciente de ce qui lui manque.

— De ce que Samedi lui a pris, comme elle a dit ? fit remarquer Johnson.

— Le *petit bon ange*. En elle. Son âme.

— Bon. J'ai l'impression qu'on s'éloigne un peu trop du sujet, intervint Charbou, toujours énervé. Je ne suis pas un super agent du FBI, poursuivit-il en regardant ironiquement son collègue, mais à mon humble avis, je trouve un peu tiré par les cheveux qu'on puisse établir un mode opératoire à partir d'un seul fait, simplement parce que la disparition de Médora a eu lieu pendant une tempête. Et plus encore, d'attendre dix ans que ça se reproduise.

Dupree se redressa sur son lit. Une expression de souffrance traversa son visage qui se couvrit de transpiration.

— Nous devrions vous laisser vous reposer, suggéra Johnson, inquiet.

Dupree leva la main, le temps de récupérer.

Bull s'approcha et soupira.

— Raconte-leur, s'il te plaît, dit-il à Dupree.

Les yeux dans le vide, l'agent du FBI commença à parler.

— En 1965, l'ouragan Betsy a ravagé la Louisiane. Les barrages ont cédé, la ville a été inondée, les gens sont morts noyés dans leur grenier. Pour cette raison, je me souviens de la consigne du maire, Vic, d'avoir toujours une hache chez soi. J'avais quatre ans, et la nuit où c'est arrivé, Nana, la cousine de mon père, gardait sept enfants chez elle, en plus de sa propre fille : quatre petites du voisinage, ma cousine, ma sœur et moi. Mes parents étaient restés bloqués à Grand Isle au début de la tempête. Les parents de ces petites filles travaillaient à Baton Rouge ou sur la côte, et Nana avait transformé sa maison en garderie du quartier. Nous avons passé toute la nuit à veiller dans son grenier, qui avait une fenêtre. Le matin, très tôt, des inconnus ont fait irruption dans la maison, nous ont neutralisés Nana et moi, et ont enlevé les filles. Pendant des mois, la presse en a parlé. « Les six disparues de Tremé », les appelait-on. Au début, l'affaire a été traitée comme un enlèvement, mais il n'y avait rien, pas une seule piste. Au bout de quelques années, leurs noms sont venus s'ajouter à la liste officielle des victimes de l'ouragan Betsy.

Tous retinrent leur souffle, échangeant des regards en silence. Dupree continua.

— J'étais là. J'étais très petit, mais je sais que ce n'est pas l'ouragan qui les a enlevées : j'ai vu qui c'était…

Johnson termina la phrase.

— Samedi…

Dupree ne dit rien.

— D'après vous, quel âge pouvaient avoir les individus qui sont entrés dans la maison ? demanda Johnson.

— On sait ce que vous pensez, intervint Bull. Quarante ans ont passé. Trente, entre l'enlèvement de la famille de l'agent Dupree et celui de Médora Lirette. Comme on vous l'a dit, nous avons reçu l'ordre d'abandonner cette affaire et c'est ce que nous avons fait, mais nous sommes restés vigilants. Et nous croyons que Samedi a agi d'autres nuits. Le 20 septembre 1996, un an après Médora Lirette, Andrea López, quinze ans, a disparu d'un parc de caravanes près de Gretna. Sa mère, une accro au crack, a déclaré que la Mort l'avait enlevée. Le 11 janvier 1999, un homme a été arrêté dans la région d'Acadia, accusé d'être impliqué dans la disparition de ses deux filles, de quatorze et seize ans.

Ce type était un misérable qui, apparemment, avait vendu les petites à des gens qu'il connaissait. Mais il a prétendu qu'un démon accompagné d'individus armés était entré chez lui et avait emmené ses filles en pleine nuit, pendant une tempête. La mère de Samantha Oliver, à Estherwood, a porté plainte pour la disparition de cette dernière au cours d'une autre grande tempête. L'affaire a été d'abord traitée comme une fugue volontaire, mais une vieille voisine, qui vivait en face, a expliqué que la jeune fille avait été enlevée par les morts, commandés par le Baron Samedi en personne.

— S'il y a bien un type qui enlève des gamines, pourquoi le ferait-il déguisé en fantoche ? interrogea Charbou.

— Pour brouiller les pistes, affirma Johnson. J'ai enquêté deux ans sur les sectes et les crimes rituels. À présent j'imagine que ça m'a valu des points pour être recruté par l'agent Dupree dans cette unité, dit-il, pensif. J'ai appris à cette époque que dans quatre-vingts pour cent des crimes présentant un aspect mystique, magique ou satanique, il s'agit d'actions destinées à brouiller les pistes. Et ça réussit presque toujours, car la presse adore ce genre de choses ; les policiers veulent juste classer ces affaires et tourner la page, et les témoins n'ont pas de crédibilité. Seuls deux cas sur dix sont, en réalité, des crimes rituels.

Bull acquiesça.

— Nous pensons que Samedi n'est pas un individu, mais plutôt une organisation sectaire, dirigée par un homme, un *bokor** qui prend cette identité pour faire peur et avoir une emprise sur les autres. Ce ne serait pas la première fois. On sait qu'en Haïti le président François Duvalier s'habillait parfois en Baron Samedi et se montrait ainsi sur le balcon du palais, ou se promenait près de la résidence présidentielle pour effrayer la population et lui faire croire que le président était Samedi en personne ou comptait sur sa protection. De toute façon, il faut bien admettre qu'un témoin, si fiable soit-il, est automatiquement désavoué quand il affirme que des individus cagoulés, des zombis et le baron des morts sont responsables de l'enlèvement de jeunes filles. C'est tellement absurde et irrationnel que la police ne s'y intéresse même pas. Si nous n'avions pas porté une attention particulière à la disparition de plusieurs jeunes filles pendant des tempêtes, nous aurions eu du mal à repérer ces affaires-là.

— Le profil des victimes de Scott Sherrington, dit Amaia, alors que Dupree hochait la tête, satisfait. Elles établissent la possibilité qu'il y ait un prédateur, ou un rabatteur, ce qui donnerait à l'affaire un aspect encore plus sinistre.

— Un rabatteur ? répéta Charbou.

— Un individu, voire une organisation, répondit-elle en regardant fixement Dupree, qui fournit des victimes à la carte pour psychopathes, pédophiles ou collectionneurs, qui paient pour elles de véritables fortunes. Ils choisissent des victimes avec un profil fragile, des jeunes filles qui pourraient avoir fugué de chez elles. Et maintenant Médora Lirette est revenue et nous a dit où est Samedi.

— C'est pourquoi vous devez me sortir d'ici, haleta Dupree.

— Et où comptez-vous aller ? protesta Johnson. Je crois qu'ils vous ont expliqué la gravité de votre état et le risque que vous prendriez en bougeant.

— Ils m'ont aussi expliqué qu'ils n'ont pas de traitement ; tout ce qu'ils me conseillent, c'est de rester allongé. Ils ne peuvent pas soigner ce que j'ai. Vous devez me sortir d'ici.

Johnson le contempla, désespéré. Il lui saisit la main et la serra dans la sienne.

— Pour aller où ? Pour l'amour de Dieu ! La situation a beaucoup empiré depuis hier : l'eau a continué de monter pendant la nuit, la ville est inondée à quatre-vingts pour cent. Il n'y a plus de médicaments dans les hôpitaux. La Garde nationale de tous les États voisins est en train d'arriver et ce n'est pas suffisant. Les gens dévalisent les supermarchés pour prendre des vêtements secs, de l'eau et de la nourriture pour les enfants. On raconte que des dingues leur tirent dessus. C'est l'anarchie dehors. Le chaos. Et vous me demandez de vous sortir d'ici ?

Dupree lui fit signe de s'approcher.

— Si je reste, je vais mourir. J'ai besoin d'un *traiteur**. Il faut que vous m'emmeniez dans les bayous.

Johnson se redressa, stupéfait. Il se tourna vers les autres, les yeux écarquillés.

— Un *traiteur* ?

— Un guérisseur cajun, un sorcier, expliqua Bull.

Johnson regarda à nouveau Dupree, consterné.

— Putain de…, réussit-il à bredouiller.

— Allons-y, dit Dupree en un murmure. Et on emmène Médora. C'est une preuve, ajouta-t-il aussitôt, avant que Johnson ait eu le temps de s'opposer. Elle non plus ne peut pas être soignée ici.

— Nous allons chercher Samedi, n'est-ce pas ? demanda Amaia, fixant Dupree.

Il ne répondit pas.

— C'est pourquoi nous emmenons Médora, car vous croyez savoir où sont les filles… et vous comptez sur elle pour nous conduire jusque-là.

Dupree inspira avant de parler. Cela lui coûtait visiblement un immense effort.

— Il y a dix ans, dit-il, soutenant le regard d'Amaia, une intuition nous a d'abord conduits à un campement dans les bayous, où nous avons trouvé un indice indéniable, une petite broche que la mère de Médora a formellement identifiée. Puis cet indice nous a menés à une immense propriété. Une ancienne plantation qui avait été abandonnée pendant des années. Quand nous sommes arrivés là-bas, il y avait une clôture, de l'électricité, et des caméras de surveillance partout. Nous n'avons pas pu avoir de mandat de perquisition parce que ce jour-là Jerome Lirette a disparu et l'agent Carlino…

Il baissa la tête sans achever sa phrase. Bull prit la relève.

— Nous n'avons pas cessé de suivre cette piste depuis, et savons que la propriété appartient à une corporation dont le siège est en Hollande. Elle porte désormais le nom de Janssen Huis, mais son nom original était Le Grand Bayou Plantation, même si les Cajuns l'ont toujours appelée simplement « Le Grand ».

— Ce que Médora t'a répondu quand tu lui as demandé qui lui a pris son petit bon ange, admit Charbou malgré lui.

— Vous croyez que les filles peuvent toujours être là-bas dix ans après ? interrogea Amaia.

— Pourquoi pas ? Comme je vous l'ai dit, on n'a jamais eu de mandat de perquisition, et le nom de cette propriété ne figure dans aucun rapport de l'époque. Personne n'est au courant des soupçons que nous avons, répondit Bull.

Charbou le regarda dans les yeux.

— Bull et moi serions hors de notre juridiction.

— La séquestration est un délit fédéral, et vous faites partie de mon équipe en tant que guides dans la région, rien de plus.

— OK. On vous emmène à votre traiteur, on cherche la maison et, s'il n'y a rien, on revient à La Nouvelle-Orléans à toute berzingue, céda Bill Charbou.

— Je ne pensais pas que je te convaincrais, avoua Bull.

— Ça m'amuse de mettre le nez hors de ma juridiction.

— Qu'en pensez-vous, Salazar ? demanda Dupree.

Tous se tournèrent vers elle.

— Et le Compositeur ? On a beaucoup avancé ces dernières heures. Je crois qu'on a réussi à affiner la fourchette pour l'âge des enfants. Nelson continue de ne pas correspondre au profil. Nous avons parlé avec son binôme de l'équipe de secours, il l'a en effet couvert, mais signale aussi un comportement tourmenté, déprimé et perturbé, qui ne cadre pas du tout avec celui de Martin Lenx ou du Compositeur. L'hypothèse d'un enquêteur d'assurances est la plus probable. J'ai eu au téléphone le directeur de l'American Insurance Association, et dans quelques heures j'aurai une liste de noms assez précise à partir de laquelle nous pourrons travailler.

— Dans quelques heures ?

— Oui. Peut-être demain midi. Tout dépend si je pourrai l'appeler ou pas.

— Je vous demande ces heures, dit Dupree.

— Quoi ?

— Vous avez raison. Je vous ai amenée ici pour chercher le Compositeur ; Samedi a simplement croisé notre route, mais compte tenu du délit et de notre capacité à le poursuivre, nous ne pouvons pas faire autrement. Je ne vous abandonnerai pas ici, ni ne vous obligerai à venir avec nous si vous ne le voulez pas. Dans ce cas, nous n'irons pas. La décision est entre vos mains. Mais je vous supplie de me donner ces heures, jusqu'à demain.

— Il reste beaucoup de questions sans réponse, fit-elle remarquer.

— Je répondrai à toutes, assura Dupree.

— Et je les poserai toutes, renchérit Amaia, même les plus complexes. Je veux toute la vérité ; si je vous soupçonne de me cacher quelque chose, ne comptez plus sur moi.

— OK.

— Et nous reviendrons à La Nouvelle-Orléans pour chercher le Compositeur aussi vite que possible.

Johnson l'interrompit, le visage désemparé. Il leur montra sur l'écran de son ordinateur portable un courriel qui venait d'arriver.

— Mauvaises nouvelles. Tucker a arrêté Nelson à Orlando. Ils l'attendaient dans la maison de son épouse. Il est rentré de voyage, a garé sa voiture devant l'entrée et est resté là, à l'intérieur du véhicule, s'armant de courage pendant une heure. Puis, comme s'il était soudain devenu fou, il a couru vers la maison, pistolet à la main, a enfoncé la porte arrière à coups de pied et a fait irruption dans la demeure en tirant des coups de feu. Un agent du Swat posté dans le salon a été blessé, mais il l'a touché d'une balle dans la poitrine. Nelson est à l'hôpital, il a été placé en coma artificiel. Il est dans un état très grave.

Amaia regarda Dupree, déçue.

— Tucker n'y connaît rien ? Putain !

50

Marie-France

Elizondo

L'inspectrice Marie-France Renaud jeta un coup d'œil à son collègue et soupira, se retenant de l'éjecter de la voiture. Ludovic était un jeune gars, gentil, beau gosse, un génie informatique ; d'ailleurs, s'ils étaient là, c'était grâce à lui, plus exactement grâce à ses compétences dans ce domaine. Ludovic était un de ces spécimens dont les études universitaires freinent le développement sur de nombreux plans, qui sortent de la fac bardés de diplômes mais novices pour tout le reste. Il brandissait son permis de conduire et implorait d'avoir les clés de la voiture comme un labrador supplie d'aller faire un tour. L'inspectrice Renaud, qui avoisinait la soixantaine, aimait conduire. Ça la détendait et, au fond, elle était flattée de se balader toute la journée, ici et là, en compagnie de son sémillant et prétentieux sous-inspecteur, dont elle vantait les mérites devant ses collègues, même s'il l'agaçait en privé. Ce qui l'énervait le plus était qu'il conduisait mal, et Marie-France avait beau se jurer chaque fois de ne plus lui laisser le volant, elle finissait toujours par céder. Elle avait conduit de Biarritz presque jusqu'à la frontière, mais quand ils étaient arrivés sur les petites routes paisibles du Pays basque français, la beauté du paysage l'avait fait ralentir et avait vaincu sa résistance. Elle avait pris place sur le siège passager. Ludovic avait roulé lentement, de manière à peu près supportable, mais ça faisait maintenant cinq minutes qu'il manœuvrait pour se garer près de la Baztán, à Elizondo. Et malgré ses efforts pour se concentrer sur la beauté du village, où le soleil de la mi-journée dissipait la brume printanière, elle soupira d'impatience quand, pour la deuxième fois, il cala.

— Bon sang ! s'écria-t-elle.

Elle sortit de la voiture en trombe et consulta ses notes en quête du numéro. La maison était très jolie. Le genre qu'elle aurait aimé avoir. On entrait sous une arche flanquée de deux bancs en pierre, de la même pierre que le reste de la façade, et les fenêtres du premier étage étaient couvertes de jardinières remplies de pétunias rose vif. La porte sombre avait deux vantaux fermés, sur lesquels étaient encore fixés les anneaux auxquels on accrochait les chevaux jadis.

— Tu me laisses parler, dit-elle avant de frapper à la porte.

C'était une plaisanterie entre eux : il était bien entendu impossible de faire taire ce petit présomptueux, mais elle aimait jouer au petit chef pour le titiller.

— Comme vous voulez, chef, mais sachez que je suis trilingue en espagnol, italien et portugais.

— Mais tu ne sais pas conduire, murmura-t-elle malicieusement. De toute façon, la dame parle français.

Une femme entre deux âges, mince et élégante, leur ouvrit. Elle portait un pantalon et un pull à col roulé, les cheveux noués en un chignon. Marie-France sourit ; elle était exactement comme elle l'avait imaginée en l'entendant au téléphone la veille. Elle se rappela leur conversation.

— Engrasi Salazar ?

— Oui, c'est moi.

— Inspectrice Marie-France Renaud, de la police nationale française. Nous aimerions vous parler d'une plainte que vous avez déposée pour tentative d'enlèvement dans laquelle un véhicule immatriculé en France est impliqué.

— Bien sûr. Vous avez retrouvé la voiture ?

Marie-France avait continué sans répondre à sa question.

— D'après ce que je lis, il y avait deux autres témoins, en plus de vous.

— Oui, des amis étaient avec nous au moment de l'incident.

— Serait-il possible de leur parler aussi, par exemple demain vers onze heures du matin ? Pourrions-nous nous retrouver chez vous ? À cette heure, la petite sera au collège, n'est-ce pas ?

Elles étaient convenues du rendez-vous.

La femme s'effaça pour les laisser entrer, mais un border collie vint à leur rencontre, montrant les dents.

— Ne vous inquiétez pas, c'est Ipar. Il fait son travail, il en a juste pour deux secondes.

En effet, un instant plus tard, le chien recula pour se poster entre eux et la sortie. Il faisait chaud à l'intérieur et ça sentait le feu de bois. Marie-France remarqua, non sans une certaine envie, deux fauteuils à oreilles devant la cheminée où s'élevait une bonne flambée. Debout près de la table, deux personnes les attendaient. Elle leur donna à peu près le même âge qu'Engrasi. La femme, Joxepi, petite, énergique, cheveux courts. L'homme, Ignacio, grand, sec et musclé, l'air dur et méfiant.

— Vous avez retrouvé la voiture ? C'est pour ça que vous êtes ici ? demanda, impatiente, Joxepi.

L'inspectrice eut un geste ambigu, entre affirmation et haussement d'épaules, qui fit ondoyer ses cheveux lisses.

— Le sous-inspecteur Bélanger et moi-même aimerions entendre à nouveau votre version des faits. Apparemment, monsieur Aldecoa, c'est vous qui avez le mieux vu la scène, dit-elle à Ignacio.

— Oui, confirma-t-il. J'y ai beaucoup réfléchi. J'ai repensé à chaque minute en essayant de me souvenir de tous les éléments et je suis sûr que la voiture est passée deux fois dans la rue Santiago, dans les deux sens, avant de s'arrêter. Je me rappelle m'être dit qu'il s'agissait d'un touriste français perdu, cherchant la frontière.

— Que s'est-il passé quand le véhicule s'est arrêté ?

— Je m'attendais à ce que le passager à l'avant baisse sa vitre pour demander s'ils étaient dans la bonne direction. Mais c'est la portière arrière qui s'est ouverte. Quelqu'un a parlé à la petite, qui jouait sur le trottoir. Je n'ai pas entendu sa voix mais, même si la portière m'empêchait de tout voir, j'ai réussi à distinguer la manche d'un chemisier blanc et vaporeux, comme de la dentelle, et une main de femme. Elle faisait signe à la petite d'approcher. Amaia est une enfant prudente, mais l'autre insistait tellement qu'elle a commencé à avancer. Alors je lui ai crié de faire attention et elle a stoppé net. À partir de là, tout est allé très vite, j'ai couru vers elle, la femme a sorti une jambe de la voiture et saisi le bras d'Amaia. Quand je suis arrivé tout près, j'ai dû l'arracher de ses griffes. Regardez, dit-il, montrant le vêtement qu'Engrasi avait posé sur la table. (On voyait toujours, sur la manche du blouson, des marques de lacération.) La petite a encore des égratignures sur la main. Puis la femme est remontée dans la voiture et ils sont partis à toute vitesse.

— Vous l'avez mieux vue à ce moment-là ? demanda l'inspectrice.

— Oui. Et j'aurais préféré m'en passer, dit-il, alors que remontait à sa mémoire l'image indélébile de ce sourire carnassier. J'ai déjà donné la description à la Guardia Civil.

— C'est exact, nous l'avons lue, et cela a attiré notre attention, entre autres…

Bélanger paraissait prêt à se lancer dans un exposé, mais la femme d'Ignacio l'interrompit, impatiente.

— Vous avez retrouvé la voiture ou non ?

Le sous-inspecteur soupira, contrarié.

— Le numéro d'immatriculation que vous nous avez communiqué correspondait à une voiture volée à Bordeaux deux jours plus tôt, et ça aussi, ça coïncide avec d'autres cas. Les voitures volées figurent automatiquement dans les alertes antiterroristes, mais si l'alerte n'a pas été donnée au début, c'est parce que chaque fois ils modifient un chiffre du numéro d'origine. Ce qui nous a réellement mis la puce à l'oreille, c'est que c'est le mode opératoire utilisé pour une tentative d'enlèvement.

Engrasi porta les mains à sa bouche, bouleversée.

— Alors c'était bien une tentative d'enlèvement ?

Marie-France Renaud acquiesça.

— Nous en sommes sûrs, car le récit de M. Aldecoa

coïncide mot pour mot avec celui des témoins de quatre autres enlèvements de fillettes au cours des cinq dernières années, toutes impubères, à peu près du même âge qu'Amaia.

— Comment est-ce possible ? Quatre fillettes ? Nous n'avons jamais rien entendu…, s'étonna Ignacio.

Le sous-inspecteur Bélanger sortit quatre portraits de fillettes blondes aux cheveux longs, qui présentaient une certaine ressemblance avec Amaia. Elles n'avaient pas été choisies au hasard.

— Trois d'entre elles ont disparu dans différentes régions de France, et la quatrième en Belgique.

— Et ensuite ? Dites-moi que vous les avez retrouvées, supplia Engrasi, angoissée.

L'inspectrice Renaud se mordit les lèvres avant de répondre. Autour de sa bouche apparurent des rides témoignant de plusieurs années de tabagisme invétéré.

— Malheureusement non.

— Mais qui ? Qui les enlève ? Qui est cette femme ? demanda Engrasi.

— Nous pensons qu'elle n'agit pas seule. Il y a en tout cas la personne qui lui sert de chauffeur, mais nous croyons qu'elle fait partie d'une bande.

Joxepi les regarda fixement.

— Et pour quelle raison un groupe voudrait-il enlever des petites filles ? Je ne sais pas, on imagine toujours une femme qui n'a pas pu avoir d'enfant et est malade, dérangée…, tenta d'expliquer Joxepi.

Ludovic bondit sur l'occasion.

— Nous pensons qu'il peut s'agir d'un groupe organisé, nous ne savons pas avec certitude à quelle fin. Traite des Blanches, peut-être, ou une secte…

— Une secte ? répéta, surpris, Ignacio.

— Le choix de fillettes de cet âge et des rumeurs

qui nous sont parvenues sur la formation de groupes dans différents lieux en France nous conduisent sur cette piste. Au départ ils sont pacifiques, mais dans certains cas ils finissent par adopter des pratiques proches de la sorcellerie, des sacrifices d'animaux…

— Des satanistes ? voulut savoir Ignacio.

— Hum, dit Ludovic, plutôt de la sorcellerie ancienne, des pouvoirs surnaturels indéfinis, de nos jours ça peut aller des extraterrestres au diable.

Engrasi l'examina avec intérêt.

— Vous pensez que cette secte pourrait être établie dans la région ?

— Nous ne savons pas encore si c'est une secte, s'empressa de rectifier l'inspectrice Renaud, qui adressa un regard de reproche à son subordonné.

— Mais c'est possible, continua ce dernier comme si de rien n'était. Depuis longtemps, toute cette région des deux côtés des Pyrénées a été considérée comme magique. Les sorcières de Zugarramurdi, les procès de l'Inquisition…

— Qu'allez-vous faire maintenant ? Ici, la Guardia Civil ne nous a même pas écoutés…, dit Engrasi.

— Nous allons les informer, bien entendu. Nous leur demandons, à titre particulier, de resserrer la surveillance autour de la petite. Chaque fois, les fillettes ont été enlevées sur un trottoir, à côté de la route. Cependant nous pensons qu'ils ne reviendront pas.

Ignacio secoua la tête. Il n'était pas de cet avis. Ces deux-là n'avaient aucune idée de ce qu'il avait vu sous la capuche qui couvrait le visage du loup. Engrasi le remarqua. Inquiète, et sans doute dans l'intention d'être rassurée, elle demanda :

— Pourquoi êtes-vous si sûrs qu'ils ne reviendront

pas ? Ils ne sont jamais revenus après les tentatives d'enlèvement manquées ?

— Il n'y a eu aucun enlèvement manqué. Aucune fillette n'a réussi à s'échapper. Les récits que nous avons proviennent des témoins qui les ont vues monter dans la voiture et disparaître.

51

Krewe. Équipage*

Environs de La Nouvelle-Orléans
Mardi 30 août 2005, mi-journée

Le soleil tapait fort, formant des éclats à la surface des eaux troubles qui avaient désormais envahi, à des degrés divers, toutes les rues, dans un air humide, lourd. Ils allongèrent Dupree à la poupe du Zodiac, la partie la plus stable, afin de lui éviter des mouvements brusques, à côté de Bull qui pilotait. Ils s'éloignaient à peine de l'hôpital qu'il était déjà pâle et trempé de sueur. Il avala avec une gorgée d'eau deux calmants que Johnson lui donna et ferma les yeux. Johnson et Amaia se placèrent d'un côté, et Charbou en face. Médora, recouverte d'un drap, était à la proue. De là, son odeur se répandait dans toute l'embarcation dès qu'ils prenaient un peu de vitesse, mais au moins ils n'étaient pas obligés de l'avoir près d'eux. Sa présence était déjà assez inquiétante, en partie à cause du linceul qui l'enveloppait et leur donnait l'impression d'avoir un cadavre à bord.

— On devrait peut-être la découvrir un peu, il fait très chaud, suggéra Johnson.

— Pas question, répliqua Charbou. C'est mieux comme ça.

— Mieux pour qui ? demanda Bull, suspicieux.

— Pour moi, affirma-t-il, catégorique. Pour tout le monde. Je jure que si on me force à voir ça, je vais péter les plombs !

Personne ne le contredit. Amaia était trop déconcertée pour discuter. Les dernières nouvelles en provenance de Floride tournaient en boucle dans sa tête. L'arrestation de Nelson, le coup final de Tucker et la stratégie de Dupree pour les convaincre d'aller dans les bayous. Bull était de son côté, et il avait joué avec Johnson la carte de la loyauté, sachant qu'il le suivrait jusqu'en enfer sans poser de questions. Mais le plus hallucinant était qu'après avoir exposé leurs arguments Charbou et elle avaient finalement cédé.

Bien sûr, c'était avant de savoir que Tucker avait résolu l'affaire. À présent, le chaos extérieur et le sien, intime, se faisaient presque écho. Très vite néanmoins, l'immensité du désastre alentour écrasa ses propres inquiétudes. La lumière et la beauté du jour lui paraissaient tellement incongrues et absurdes face à la catastrophe, qu'elle eut à plusieurs reprises l'impression que son cerveau fonctionnait au ralenti. Devant les rues inondées, l'exode de milliers de personnes vers le centre, la puanteur, la chaleur, les pleurs des enfants dans le silence d'une ville détruite, qui criait depuis trois jours du fond de sa tombe d'eau sans que personne l'entende, elle pensa : « J'étais comme cette ville. »

Ils mirent au moins deux heures à sortir de La Nouvelle-Orléans. Bill et Bull se disputèrent. Finalement ils se décidèrent pour une des routes les plus risquées : traverser le Mississippi vers le Westbank devant Gretna, remonter le canal parallèle à l'avenue Destrehan puis remonter à nouveau le canal vers le Mississippi jusqu'à l'entrée de l'aéroport de la marine à Callender Field. Luttant constamment contre la sensation de reculer au lieu d'avancer, ils avaient déjà perdu trop de temps pour un trajet qui aurait dû être beaucoup plus court, et il ferait nuit dans deux heures. Johnson avait obtenu l'aide de la marine, qui avait promis de mettre à leur disposition à l'embarcadère un véhicule tout-terrain doté d'une remorque pour le Zodiac. Quand ils quittèrent le Mississippi et furent sur les eaux plus calmes du canal, Dupree ouvrit les yeux et leva la tête. Il contempla un à un les membres de son singulier équipage postapocalyptique, et sourit.

— Sacrée *krewe*.

— C'est le moins qu'on puisse dire, capitaine, confirma Bill Charbou.

Bull s'adressa à Amaia, sûr qu'elle n'avait pas compris l'allusion.

— La *krewe* est l'équipage d'un char du carnaval, et le capitaine est le fou aux commandes.

Amaia observa Dupree. Il lui lança un regard éloquent : il n'oubliait pas qu'il lui était, en partie, redevable.

— Que voulez-vous savoir ? lui demanda-t-il.

— Je crois que vous devriez vous reposer, s'opposa Johnson. Vous ne devez pas faire d'efforts.

Dupree balaya son objection d'un revers de la main.

— Je vais bien, affirma-t-il, même si la pâleur de son visage couvert de sueur disait le contraire.

— Il y a beaucoup de choses que je veux savoir. Qui

est Bazagrá ? attaqua Amaia, observant sa réaction. C'est ce qu'a dit Médora avant de vous… agresser.

Dupree ferma les yeux et hocha la tête. C'était visiblement un sujet difficile pour lui, mais plus hostile encore fut la réaction de Johnson, qui la foudroya du regard comme si elle avait parlé de corde dans la maison d'un pendu.

Elle ne se laissa pas intimider. Elle fixa Dupree, attendant qu'il réponde.

— Selon certains, c'est un mot qui n'a aucun sens, dont le but est juste de semer le trouble chez celui qui l'entend.

— Et selon d'autres ?

— C'est une malédiction. Une invocation magique à un démon. Bazagrá, Bazagré, Bazagreá, dérivés de Beelcebú, Baalzebud ou Baal, de l'ancien dieu de Canaan et de Phénicie, qui s'est infiltré dans la vie religieuse juive à l'époque des Juges.

Amaia continua comme s'il s'agissait d'un interrogatoire, sans tenir compte du fait que Dupree venait de lui expliquer qu'il avait été maudit.

— D'où viennent les marques sur votre poitrine, identiques à celles du grand-père de Jacob ?

— Celui qui a enlevé ma sœur et ma cousine me les a faites quand j'ai tenté de l'arrêter, la nuit de Betsy. Nana a les mêmes sur sa poitrine.

On n'entendait que le bruit du moteur. Amaia prit conscience qu'elle était la seule à regarder Dupree ; les autres étaient tournés vers l'horizon où les deux rives s'estompaient, avalées par le fleuve. Ils évitaient de baisser les yeux vers l'eau où flottaient des objets, des animaux noyés et des vêtements dont ils préférèrent ne pas savoir s'ils enveloppaient encore leurs propriétaires.

— Très bien, dit-elle. Mais il y a quelque chose que vous devez m'expliquer, j'ai besoin de comprendre. Je pourrais concevoir qu'on close une enquête sans avoir élucidé la mort d'un narcotrafiquant ; souvent les exécutants des crimes ne sont pas ceux qui les commanditent. Mais ce que je n'arrive pas à cerner, c'est comment le FBI a pu classer une affaire incluant l'assassinat non résolu d'un de ses agents.

Dupree se redressa légèrement, prenant appui sur son bras droit. Une grimace de douleur traversa son visage.

— C'est moins lié à sa mort qu'à la façon dont il est mort, répondit-il sèchement.

— J'ai pensé à cette option, admit-elle. Et j'en conclus qu'au moment où il est mort il faisait quelque chose d'illégal. Classer l'affaire a été le moyen pour le FBI de couvrir d'un épais manteau des faits qui auraient risqué de déboucher sur un scandale.

Bull intervint, incapable de se retenir.

— Pas le moins du monde. L'agent Carlino est mort en accomplissant son devoir. Et, d'une certaine manière, Jerome Lirette, aussi. Son devoir de frère.

Dupree leva la main, désireux d'apaiser l'indignation de Bull.

— Quand j'ai rejoint l'enquête, j'ai perçu immédiatement les similitudes entre ce que racontaient Lirette et sa mère, et mon expérience pendant l'enlèvement de ma sœur, de ma cousine et des autres petites. Jerome commençait à désespérer devant l'insistance de la police à considérer la disparition de Médora comme un enlèvement de la part d'autres narcotrafiquants pour faire pression sur lui. Mais même en sachant qui nous affrontions et vers où nous devions diriger notre travail, il n'y eut aucune indication, au cours des jours suivants, sur l'endroit où pouvait être Médora, jusqu'à ce qu'on retrouve son épingle à cheveux dans ce campement du bayou.

Dupree fit une pause, respirant lentement. Bull prit la relève.

— « Le bayou a des yeux » ne fait pas seulement référence aux bêtes qui le peuplent. Beaucoup de Cajuns vivent dans des campements, des maisons flottantes ou sur leurs propres bateaux. Cependant, personne ne savait rien et cela nous a paru étrange. Les habitants des bayous ont un sixième sens, ils n'arrêtent pas de signaler au bureau du shérif la présence d'étrangers, de chasseurs ou de braconniers de toutes sortes, mais aussi certaines qui échappent aux explications rationnelles.

— C'est-à-dire ? s'intéressa Charbou.

— Tu sais qu'avant d'entrer à la brigade criminelle en ville, j'ai commencé comme policier au bureau du shérif de Terrebonne. Les gens d'ici sont superstitieux, et encore plus dans les bayous. Vivre là-bas donne une autre conception du monde, et il n'était pas rare de voir quelqu'un raconter qu'il avait vu le *rougarou**, ou même des *lutins**. On a donc trouvé bizarre que personne n'ait rien vu ni entendu.

— *Rougarou* ? *Lutins* ? répéta Johnson.

— Le *rougarou*, ou *loup-garou*, est un monstre des bayous, l'équivalent de l'homme-loup. Les *lutins* sont encore plus difficiles à expliquer : ce sont des esprits espiègles, suppose-t-on, comme des farfadets, et il y a aussi les *fifolets*, les lumières du bayou, des feux follets probablement mais, selon la culture cajun, des esprits malins, fantômes des morts entraînés par le courant vers les bayous.

— Et la police de Terrebonne accorde du crédit à

ces histoires ? demanda Johnson, étonné. À l'époque où j'enquêtais sur des sectes, je me heurtais au scepticisme de la part des autorités.

— Si vous viviez ici un temps, ça ne vous semblerait pas si ridicule, je vous assure. Le bayou est vivant. Quand vous travaillez à proximité d'un groupe ethnique comme les Roms, les Amérindiens ou les Cajuns, vous devez apprendre et comprendre ses coutumes, sinon vous serez complètement perdu. Par ailleurs, ce n'est un secret pour personne qu'on pratique le vaudou dans le sud de la Louisiane.

— Vous voulez dire la sorcellerie ? demanda, sceptique, Amaia.

Bull lui jeta un coup d'œil, mal à l'aise. Il répondit, très sérieux :

— Le vaudou est la religion majoritaire dans certains pays, le Togo ou le Bénin par exemple, et la religion officielle en Haïti dans sa version caribéenne. Ici, il s'est développé à partir des croyances des esclaves venus d'Afrique et de la fusion avec le christianisme et ses dérivés, santería, candomblé, umbanda. Oui, dit-il en se tournant vers Johnson, on accorde du crédit aux appels et aux signalements concernant n'importe quelle activité suspecte, parce que la croyance fait partie de nos racines culturelles, et nous devons accepter qu'il puisse se produire des actes en relation avec elle. Des cérémonies qui impliquent le sacrifice d'animaux, des réunions nocturnes, des spoliations de tombes, des vols d'ossements...

— Je vois, admit Johnson, dépassé.

— Jerome a fait une gaffe, reprit Dupree. Sa sœur avait disparu depuis une semaine et nous n'avions rien. Personne n'avait rien vu ou, ce qui était pire, comme nous le soupçonnions, personne ne voulait rien dire. Alors, sans nous en parler, Jerome a offert une récompense de vingt mille dollars pour toute information sur Samedi. Les bayous ne fonctionnent pas comme le reste du monde : il n'a pas passé d'annonce dans le journal local ni à la radio du comté. Vingt mille dollars, c'est une petite fortune. Il a juste fait courir la rumeur qu'il paierait cette somme, et les choses se sont faites toutes seules.

» Ça faisait des heures qu'on essayait de contacter Lirette, en vain. En fin de matinée, nous sommes allés chez lui. Sa mère a ouvert la porte un fusil à la main, très nerveuse et apeurée. On ne pouvait pas le lui reprocher, pauvre femme, après l'expérience qu'elle avait vécue les derniers jours. Elle nous a dit que son fils n'était pas à la maison, qu'il n'était pas venu la chercher à l'hôpital alors qu'il savait qu'elle sortait le matin même, qu'un malheur avait dû lui arriver. Nous étions d'accord : tous ceux qui connaissaient Jerome Lirette savaient qu'il adorait sa famille. Et qu'il n'allait pas abandonner sa mère après avoir perdu sa grand-mère et sa sœur. Nous avons appelé le shérif et commencé à organiser une battue dans les bayous, quand nous avons reçu un appel anonyme nous indiquant l'endroit où nous pouvions trouver son corps. Des coordonnées précises dans un bayou, qui provenaient obligatoirement d'un Cajun de la région.

» Presque au même moment, la mère de Jerome nous a rappelés, hystérique, à propos d'un message de son fils pour nous. On a cru qu'il s'agissait d'une plaisanterie de mauvais goût, ou d'un imposteur qui, alléché par les vingt mille dollars de récompense de Jerome, avait téléphoné à sa mère et laissé un faux message. Nous avons quand même décidé de nous diviser. Je suis allé avec le shérif, l'inspecteur Bull et une partie des hommes là où, d'après l'appel, se trouvait le corps de Lirette ; Carlino s'est rendu chez sa mère pour lui parler.

— C'était un piège, supposa Charbou.

— Non, ce n'en était pas un, c'est presque le plus aberrant dans cette affaire. Il y avait bien un message de Jerome pour nous chez sa mère. Nous avons trouvé son corps à l'endroit indiqué. Décapité. On l'avait cloué à un tronc d'arbre dans un coin lugubre entouré de végétation flottante. Il était nu et pourtant, même ainsi, accroché à l'arbre, on avait l'impression qu'il marchait sans tête sur le pré vert et brumeux qui tapissait l'eau à ses pieds.

— Alors Carlino…, souffla Johnson.

Dupree expira fortement.

— Quand nous sommes arrivés, l'agent Carlino gisait, prostré, sur le perron de Lirette, couvert de sang, une plaie béante à la poitrine. Il était encore vivant. À deux mètres de lui, à peine, posée délicatement sur la dernière marche, se trouvait la tête coupée de Jerome. Je me suis penché sur mon compagnon, qui essayait par tous les moyens de me dire quelque chose. Les mots paraissaient sortir de sa bouche poussés par des flots de sang ; j'ai tenté de le convaincre de ne pas parler, mais il y tenait absolument. J'ai collé mon oreille à sa bouche. Alors j'ai pu l'entendre : « Lirette est vivant… »

» J'ai cru qu'il demandait des nouvelles de Jerome, même si c'était étrange puisque, de là où il était, il pouvait voir sa tête décapitée. J'ai pensé que le choc dû à sa blessure le faisait délirer et je lui ai répondu : « Je suis désolé, mon ami, ça n'a pas marché. Lirette est mort. » « Non, il est vivant », a-t-il dit, crachant du sang et tendant la main vers la tête.

» La coupure était dentelée, irrégulière, comme si la tête avait été arrachée, sensation accentuée par les tendons, nerfs et lambeaux de tissu qui pendaient partout de la base du cou. C'était l'aspect qu'on pouvait attendre d'une tête décollée. Bleutée, grise à certains endroits. Dans la bouche entrouverte apparaissait la langue blanche, irritée. Les yeux étaient fermés, et toute ressemblance avec l'élégant Jerome Lirette avait disparu. Mais c'était lui, sans l'ombre d'un doute. Soudain il a ouvert les yeux et m'a regardé. Il a rentré sa langue dans sa bouche et remué les lèvres comme s'il allait parler.

Dupree fit une pause, observant la réaction d'Amaia. Elle acquiesça, imperturbable, et l'incita à continuer.

— Je le regardais, stupéfait, paniqué par les cris de sa mère qui me parvenaient de l'intérieur de la maison, et par cette vision. La main de mon collègue s'est posée sur la mienne, m'obligeant à concentrer mon attention sur lui. Je me suis à nouveau penché sur Carlino pour pouvoir entendre ses marmonnements. « Samedi m'a arraché le cœur… »

» Plein d'effroi, j'ai examiné la terrible plaie qu'il avait à la poitrine. J'avais cru qu'on lui avait tiré dessus avec un fusil, quasiment à bout portant. Je me suis alors rendu compte qu'il n'y avait aucune brûlure autour de la blessure. Juste une longue incision aux bords irréguliers qui se contractaient chaque fois qu'il respirait. J'ai utilisé ma propre chemise pour boucher la plaie, mais mon compagnon insistait à nouveau pour me parler. « Si tu le poursuis, il t'arrachera le cœur », m'a-t-il dit.

» Carlino est mort à son arrivée à l'hôpital, mais il

a tenu bon pendant tout le trajet. Nous l'avons évacué d'abord à Houma, puis de là en hélicoptère jusqu'à Baton Rouge. Je suis resté avec lui tout le temps, une vingtaine de minutes. Il a ouvert les yeux deux fois. Il avait le regard de quelqu'un qui meurt. Je n'ai pas arrêté de lui parler et de lui serrer la main ; il a perdu conscience juste avant l'atterrissage. Ils ont constaté qu'il était mort dès qu'ils l'ont branché aux moniteurs aux urgences. Son pouls ne battait pas, il n'avait pas de pression artérielle ni aucune sorte d'activité. Mais Carlino était un agent jeune, il avait trente-quatre ans, et le médecin n'a pas renoncé. Il lui a administré plusieurs décharges avec le défibrillateur, sans résultat. Alors il a choisi d'agir directement sur le muscle cardiaque. Quand ils ont ouvert sa poitrine, ils ont constaté, hallucinés, que l'agent Carlino n'avait pas de cœur. Le rapport médical parle d'une cardiectomie effectuée grâce à une incision visible sous les côtes.

— Mais c'est impossible, protesta Charbou.

Bull expliqua :

— Des études anthropologiques sur les sacrifices de l'ère classique maya en Amérique centrale décrivent une cérémonie consistant à extraire le cœur d'un sujet vivant par une incision pratiquée sous les côtes, appelée « excision du cœur vivant ».

— Je crois que Charbou ne remettait pas en cause ce type de crime, de sacrifice ou de cérémonie, appelez-le comme vous voulez, mais le fait que la victime puisse rester en vie ensuite, surtout aussi longtemps, précisa Johnson.

— Ce n'est pas tout, reprit Dupree, attristé, la voix faible. Le corps de l'agent Carlino a continué de manifester des signes vitaux et une activité cérébrale pendant quarante-huit heures. Quatre jours plus tard, le pathologiste a dû arrêter l'autopsie car des organes réagissaient encore, de la même façon que la tête tranchée de Jerome Lirette. Les restes de l'un et l'autre ont été incinérés. J'ai remis un rapport complet, avalisé par le bureau du shérif de Terrebonne et le bureau des homicides de la police de La Nouvelle-Orléans en la personne de l'inspecteur Jason Bull. La mère de Lirette a également témoigné. En conséquence, elle a passé beaucoup de temps internée dans un hôpital psychiatrique. Je l'ai revue l'autre jour sur un balcon, rue Bourbon. Sur le moment je ne l'ai pas reconnue. Ce qu'elle m'a dit prouve qu'elle ne va pas beaucoup mieux..., dit-il, regardant Bull. Quatre heures après avoir remis mon rapport, j'ai été convoqué par mes supérieurs qui m'ont ordonné de supprimer du dossier tout ce qui échappait à la logique criminalistique. C'est ce que j'ai fait.

Amaia tourna la tête vers l'horizon. Elle savait parfaitement, elle aussi, raconter une histoire en censurant ce qui n'était pas rationnel.

52

Traiteur. Guérisseur

Les bayous

Dès qu'ils entrèrent dans les bayous, la lumière disparut. Amaia n'avait jamais visité de marais, mais la sensation des arbres dérobant la luminosité du ciel jusqu'à leurs racines était identique à celle qu'elle avait connue mille fois dans la forêt de Baztán. Le récit de Dupree l'avait transportée dans le temps jusqu'à une nuit et une forêt qu'elle croyait avoir oubliées. Elle sentit un frisson dans son dos, se rappelant la fascination et la peur qu'elle avait éprouvées.

Ils avaient laissé le véhicule aux abords d'une ville dévastée, peut-être Houma, et naviguaient à nouveau sur le Zodiac. Médora, telle la figure de proue mortuaire d'un bateau pirate, était restée immobile à l'avant, y compris pendant le trajet en voiture, car Charbou avait juré qu'il préférait voyager sur le capot plutôt qu'être assis à côté d'elle dans un espace aussi réduit.

Dupree avait à nouveau de la fièvre. Malgré la chaleur intense de la journée, Amaia sentit sa peau brûlante quand elle l'aida à reprendre place sur le bateau. Il s'assoupissait à certains moments et levait la tête de temps à autre pour donner à Bull des indications probablement inutilisables sur un territoire où ils avaient perdu tous leurs repères. Ils virent plusieurs maisons flottantes qui semblaient abandonnées, certaines en partie submergées, inclinées, l'eau pénétrant par les brèches que la tempête avait ouvertes. Ils aperçurent au moins trois bateaux qui naviguaient au loin. Deux fois, ils croisèrent des habitants qui transportaient des affaires sur des embarcations remplies à ras bord, et même s'ils leur assurèrent qu'ils allaient bien, Johnson et Charbou échangèrent des regards dubitatifs. Il restait une heure de jour et le soleil brillait encore, mais quand ils s'aventurèrent dans les parties sombres du bayou, la crainte que la nuit les surprenne envahit le groupe. Amaia frissonna à nouveau, se demandant si elle n'avait pas elle aussi de la fièvre.

Bill Charbou venait de proposer qu'ils fassent demi-tour quand ils distinguèrent le campement.

C'était le lieu le plus étrange qu'Amaia ait jamais vu. Il y avait trois maisons assez grandes, construites sur des pontons flottants, qui étaient ancrées au fond ou attachées au moyen de chaînes à de hauts arbres. Leurs toits atteignaient presque, à présent, la cime des arbres sous lesquels elles s'abritaient quand le bayou était à son niveau normal. Plusieurs crevettiers étaient amarrés des deux côtés des quais improvisés, et les lumières des guirlandes qui les traversaient de la proue à la poupe étaient les premières qu'ils voyaient depuis la tempête. Le bruit d'un groupe électrogène se mêla au murmure des gens qui les saluaient de la main. Amaia fut certaine d'avoir entendu une musique joyeuse, entrecoupée de voix d'enfants et d'adultes. Elle éprouva de la joie, une immense allégresse, comme une fillette perdue qui trouve une maison éclairée au milieu d'une forêt.

— *Howsyamammaaneem* ?* leur crièrent-ils depuis les galeries des maisons flottantes.

Bill et Bull levèrent les pouces, souriant en même temps.

— *Howsyamammaaneem ?* répondirent-ils en chœur, provoquant un véritable brouhaha de cris et de saluts de bienvenue.

— « Maman et les autres »… ? interrogea Amaia, souriant à son tour.

— Oh, oui, sous-inspectrice, la Louisiane est un État matriarcal.

Ils amarrèrent le Zodiac à la balustrade d'une galerie et on les aida à débarquer.

Amaia se rappela qu'elle avait imaginé le *traiteur* comme une sorte de chaman coloré et braillard, chef d'un défilé du carnaval traditionnel du Sud. Paré de plumes, vêtu d'une tunique multicolore ornée de coquillages, de paillettes et de coraux, et portant un masque mi-africain, mi-caribéen pour affronter les esprits d'égal à égal.

Le *traiteur* était un homme à la peau dorée, au corps mince et légèrement courbé, comme s'il passait de nombreuses heures penché en avant. Il portait un tee-shirt des Pelicans de La Nouvelle-Orléans, assez vieux et délavé, et un pantalon large retroussé, qui laissait voir ses chevilles fortes et osseuses ainsi que ses grands pieds, emprisonnés tant bien que mal dans des sandales en plastique. Il avait les cheveux mi-longs, d'où ressortaient de nombreuses mèches grises. Il monta dans l'embarcation avant de les autoriser à déplacer les patients. Il découvrit Médora et l'observa sans avoir la moindre réaction d'épouvante ou de dégoût. Juste de la pitié. Avec Dupree, il fut très rapide. Il fit signe aux hommes de venir le chercher. Pendant qu'une demi-douzaine de pêcheurs transférait Dupree à l'intérieur de la maison, Johnson tenta de rattraper le *traiteur* afin de lui communiquer le diagnostic des médecins et de l'informer que Dupree avait insisté pour être amené là. L'homme lui fit soudain face, le surprenant par son attitude.

— Merci, lui dit-il.

Son remerciement parut tellement sincère que Johnson fut incapable d'ajouter un mot. Il inclina légèrement la tête, comme s'il reconnaissait son autorité.

Il y avait au moins vingt-cinq personnes dans la pièce, qui occupait tout le rez-de-chaussée. Des hommes et des femmes, des pêcheurs de crevettes et des habitants des bayous, mais leur présence ne semblait pas gêner le *traiteur*. L'homme agissait comme s'il était seul avec son patient ; il ne regardait personne, ne s'adressait à personne. Il ne demanda rien, n'eut besoin de rien. Il était là pour Dupree.

La voix du *traiteur* était calme, masculine et douce à la fois. Amaia pensa qu'elle aimerait l'entendre rire. L'homme retira d'entre les doigts crispés de Dupree le petit sachet en peau de chèvre qu'Amaia avait vu à l'hôpital. Il l'observa très attentivement et le plaça sur l'oreiller près de lui.

— Vous savez ce que c'est ? susurra Amaia à la femme la plus proche d'elle.

— C'est un grigri, répondit-elle aussitôt.

Amaia la regarda, surprise à la fois par sa réponse et parce qu'elle ne pensait pas en obtenir une.

— Une amulette vaudoue, expliqua la femme. Une personne qui l'aime beaucoup l'a faite pour lui car elle le savait en danger ; s'il ne l'avait pas eue, il serait mort.

Amaia éprouva une légère nausée et fut certaine d'avoir de la fièvre. Ou alors c'était l'ambiance surnaturelle de ce lieu, ajoutée aux heures passées au soleil, qui lui montaient à la tête. Un élancement lui déchira le ventre. Elle fit un rapide calcul : ce n'étaient pas ses règles. Ça recommença et la douleur s'étendit jusqu'à l'intérieur de sa cuisse. Une immense faiblesse s'emparait de sa région lombaire. Elle s'efforça de ne pas y accorder d'importance et se concentra sur ce que faisait l'homme.

Le *traiteur* s'assit à la tête du grabat où Dupree avait été installé. Il s'agenouilla sur le parquet et posa ses mains sur la poitrine de l'agent en même temps qu'il penchait la tête et murmurait des prières, ou des formules magiques, des sortilèges. Amaia ignorait ce que c'était, mais elle comprit que cet homme était puissant de la manière la plus humble, un doux guerrier, un prince modeste. Il se déplaça autour du patient. Chaque fois, il recommençait le rituel avec la même énergie confiante, posant les mains sur Dupree comme s'il laissait là un trésor, une offrande ou une étoffe pour draper sa souffrance.

Il se leva et regarda l'assistance. Dupree avait les yeux fermés, les mains étendues le long du corps ; il ne transpirait plus et semblait dormir paisiblement.

— À présent nous devons le laisser. Je l'ai soigné, c'est à lui de se soigner.

— Il dort ? demanda Bull.

C'était à la fois une question et une affirmation.

— Non, répondit le *traiteur*.

Et sans donner plus d'explications, il regarda les pêcheurs et leur fit signe d'aller chercher Médora.

Quand il souleva la couverture qui l'enveloppait, l'odeur de vieille tombe s'étendit subtilement et la plupart des spectateurs se couvrirent la bouche et le nez des deux mains, ou tirèrent sur le col de leur tee-shirt, proférant des exclamations d'horreur et de peur. Certains se signèrent, d'autres embrassèrent des amulettes ou des images de saints, selon leurs croyances.

Debout au milieu de la pièce, Médora ne parut réagir qu'à la lumière. Quand le *traiteur* la découvrit, elle baissa la tête, se protégeant de la faible clarté de la pièce, dispensée par de nombreuses ampoules pendant du plafond. Sa tignasse retomba sur son visage, dissimulant sa peau desséchée, tendue.

— Qui t'a fait ça ? demanda doucement l'homme.

La femme ne répondit pas, mais émit un sifflement très faible, comme un léger écoulement. Le *traiteur* leva les mains et les posa sur ses épaules squelettiques, dont on percevait les os pointus à travers la chemise d'hôpital à petites fleurs, si incongrue sur elle. Elle sursauta à ce contact et recula de deux pas, faisant fuir tous ceux qui se trouvaient de ce côté de la pièce. Le *traiteur* avança pour se placer à nouveau devant elle et, sans la toucher cette fois, pencha la tête et commença à réciter sa prière.

La femme se mit à se balancer d'avant en arrière comme si une vague tranquille parcourait son corps depuis ses pieds, remontant par ses genoux, ses hanches, ses épaules, son cou, tandis qu'elle sifflait.

— Ssssh, ssssh, ssssh.

Amaia l'observait, hypnotisée. Elle n'aurait jamais cru qu'un corps à ce point maltraité, sec et ankylosé, pouvait se contorsionner ainsi.

— Ssssh, ssssh, ssssh, ssssh.

Un bourdonnement, un chuintement.

Ses bras oscillaient le long de son corps telles des branches sèches et mortes, et le balancement s'étendait à sa tête qui dodelinait, le visage caché par ses cheveux filandreux.

— Ssssh, ssssh, ssssh, sifflait-elle.

— C'est le serpent, dit la femme qui avait déjà parlé à Amaia.

Oui, c'était ça, comment ne s'en était-elle pas rendu compte ? Médora sifflait et se déplaçait comme un reptile, et pas n'importe lequel : un serpent. Tout à coup, le signal d'alerte qu'elle avait cru percevoir s'amplifia, retentissant avec puissance et lui faisant voir que la lumière dans la petite maison au milieu de la forêt était en réalité le portail de l'enfer. Amaia l'éprouva si fortement qu'elle se retint de courir vers le *traiteur* pour le prévenir. La femme à côté d'elle posa sa main robuste de pêcheuse sur son poignet.

Le *traiteur* fit un pas vers Médora et, tout en continuant de réciter sa prière, la prit soudain dans ses bras, telle une petite fille dont le crâne vint se blottir contre sa poitrine. Il ne la portait pas, ne la soutenait pas. Il l'étreignait, en un geste intime et paternel, de protection sincère, d'amour véritable. Médora s'effondra dans ses bras. Toute la force qui l'animait semblait l'avoir abandonnée. Ses bras balançaient, inertes, le long de son corps, ses genoux ployèrent et ses pieds perdirent leurs appuis. Sa tête se renversa en arrière, et tous purent voir alors la cruauté de la mort sur son visage.

Le *traiteur* l'empêcha de tomber et, avec une délicatesse extrême, l'allongea par terre, faisant signe qu'on lui apporte une couverture. Johnson, Amaia et les policiers de La Nouvelle-Orléans s'approchèrent de lui.

— Votre ami guérira, leur dit-il, montrant Dupree qui se reposait, immobile. Elle, je ne peux pas la soigner.

Amaia le regarda, stupéfaite. Que signifiait donc ce qu'elle venait de voir ? Comme si le *traiteur* avait entendu sa question, il s'adressa à elle :

— Le syndrome de Takotsubo s'appelle aussi le syndrome du cœur brisé. C'est ce dont souffrait votre ami. Son cœur était comme pris traîtreusement en tenailles par la peur et l'insécurité. Je ne peux pas soigner cette femme, car le lieu où se trouve son mal n'est pas avec elle.

Bull et Johnson acquiescèrent.

— Je ne comprends pas, dit Charbou.

— Il ne peut pas soigner ce qu'elle n'a pas, expliqua Amaia. Son *petit bon ange*, son âme, que Samedi lui a prise, d'après ce qu'elle nous a dit.

— Mais, c'est possible ? s'exclama Charbou à l'intention du *traiteur*.

Amaia remarqua que, d'une certaine manière, il reconnaissait lui aussi son autorité. Jusqu'à cet instant, l'attitude de Charbou dénotait un pur scepticisme. Pour la première fois, il admettait l'éventualité qu'il y ait une autre réponse.

— Elle le croit, dit le *traiteur*, et c'est suffisant. Il ne lui a peut-être pas pris son âme, mais il la retient prisonnière. Pendant ce temps, elle est son esclave, et le lieu que le *bon ange* occupait est à présent un tambour, une caisse de résonance pour d'autres visiteurs. Une maison abandonnée par son propriétaire dans laquelle n'importe qui peut entrer.

— Mais je vous ai vu faire ce que vous avez fait,

insista Charbou, jetant un coup d'œil à la femme qui dormait par terre. Et, si je peux me permettre, je dirais même qu'elle a meilleure mine, ajouta-t-il, faisant naître un sourire sur toutes les lèvres.

— C'est un soulagement temporaire. Mais ce loup reviendra…

Amaia frémit à ces mots. Elle prit conscience que l'homme l'observait avec grand intérêt, intrigué.

— Les médecins ont dit qu'elle souffrait du syndrome de Cotard, avança-t-elle.

— Je suis d'accord, dit le *traiteur*.

— Alors, d'après vous, c'est une maladie mentale qui la rend comme ça ? interrogea Charbou, cherchant à être rassuré.

— Bien sûr. Mais elle n'est pas tombée malade toute seule : on l'a rendue malade, on lui a inoculé cette maladie, on l'a contaminée volontairement.

— J'ai toujours pensé… Bon, vous voyez ce que je veux dire… Je suis de La Nouvelle-Orléans, j'ai entendu parler de vaudou, de zombis, de malédictions et de poupées utilisées pour jeter des sorts… mais j'étais persuadé que c'était du cinéma. Je n'y ai jamais cru.

— C'est exactement de cela qu'il s'agit : croire ou pas. Le *bokor* qui a fait ça est un prêtre noir, quelqu'un qui invoque les esprits pour le mal et la domination. Tout ce folklore autour du vaudou a une part de vrai, c'est la religion des esprits. C'est précisément ce que signifie le mot « vaudou » : l'esprit qui parle. Et quand on parle aux esprits, on peut choisir de parler aux gentils ou aux méchants. Médora est atteinte d'une maladie mentale qui la fait agir et se sentir comme si elle était morte, je ne peux pas imaginer de plus grande souffrance, mais si son âme ne guérit pas, son cerveau ne le fera pas non plus. Médora est malade car elle y croit. Au cours de la cérémonie de zombification, le *bokor* arrive à convaincre sa victime qu'elle est morte, qu'il lui a arraché son âme et qu'il est le seul à pouvoir la ramener à la vie. Pendant ce temps, elle lui appartient.

— Dupree a dit que vous aideriez Médora, objecta Amaia.

— Je peux vous aider, vous, si vous voulez, dit-il, montrant son ventre. Mais les *traiteurs* ont des limites, et un antibiotique ne vous ferait pas de mal. Demandez-en un à Annabel, ajouta-t-il, désignant la femme qui avait parlé à Amaia. Par ici, les eaux grouillent de bactéries et les femmes des bayous ont souvent des cystites.

Amaia sentit la faiblesse qui avait envahi ses lombaires gagner sa colonne vertébrale. Les élancements étaient de plus en plus forts, et elle avait une envie urgente d'uriner. C'était sans nul doute une infection de la vessie. Surmontant sa douleur, elle se mordit les lèvres.

— Mais si vous ne l'aidez pas, elle ne pourra pas nous aider. Nous avons besoin de l'interroger, d'établir avec elle un mode de communication ; la vie de deux petites filles dépend de ce qu'elle peut nous dire.

— Je ne crois pas qu'elle dira encore quelque chose.

— Elle n'a rien dit, répliqua Charbou.

Le *traiteur* sourit.

— Peut-être pas dans votre langue, mais je peux vous assurer que celui qui était là, dit-il, montrant le corps de Médora, a parlé.

53

Stella Tucker

Floride

L'agente Stella Tucker observa son reflet dans le miroir pendant qu'elle se lavait les mains. Les cheveux courts étaient un atout : elle était toujours impeccablement coiffée. La tension et l'effort des dernières heures avaient dessiné de gros cernes sous ses yeux mais elle n'avait pas la peau sèche. Elle s'exerça à sourire. Sa tenue était correcte et pourtant elle aurait volontiers changé de chemise, si elle avait pu. Elle décida qu'elle n'avait pas le choix ; il était trop tard pour retourner à son hôtel, et elle ne pouvait pas faire attendre un sénateur. Le coup de fil du chef Wilson lui avait pris un temps précieux, mais ç'avait été tellement agréable de l'entendre la féliciter et reconnaître son travail, sachant que Wilson et Verdon avaient peu d'estime pour elle. Elle s'en fichait. Maintenant que Dupree avait disparu à La Nouvelle-Orléans et que son équipe avait échoué, Stella Tucker ne retravaillerait pas sous ses ordres. Elle avait brillamment dirigé sa propre unité, et personne ne lui enlèverait ça. Deux sonneries stridentes annoncèrent la réception du SMS qu'elle attendait d'Emerson. Le sénateur venait d'arriver de Washington. Il entrait dans l'établissement. Son secrétariat avait appelé une heure plus tôt. Le sénateur était revenu en urgence et demandait à la rencontrer dans le salon VIP de l'hôpital où Brad Nelson avait été admis. Pour ce dernier aussi, les choses avaient tourné au mieux. Vingt minutes plus tôt, les médecins avaient informé Tucker que Nelson avait repris conscience ; il était encore en état de choc, intubé, et ils ne pourraient pas l'interroger dans l'immédiat, mais les médecins étaient confiants concernant son rétablissement. Par miracle, les balles du policier des Swat n'avaient touché aucun organe vital. Le médecin avait parlé d'une vertèbre détruite, Nelson ne remarcherait probablement plus, ou en tout cas avec de grandes difficultés, mais Tucker savait que sa mort aurait terni son coup d'éclat. Alors que le procès d'un tueur en série lui ferait une publicité extraordinaire. Elle tendit la main droite vers le miroir et pencha la tête respectueusement, sans obséquiosité. Professionnelle. Ni indifférente ni impressionnée. Tucker était l'agente aux commandes de l'opération qui avait sauvé la famille d'un sénateur américain, mais c'était son devoir, son travail. Elle devait adopter une attitude à mi-chemin du professionnalisme austère et de l'héroïsme modeste, et accepter ainsi la gratitude méritée qu'elle espérait recevoir de la part du sénateur.

54
Mûrir

Elizondo

C'était un geste rassurant, tellement intériorisé qu'il le faisait même en dormant, inconsciemment, et qui lui permettait d'étouffer ses craintes, de se reposer. Juan tendit le bras vers la place encore tiède et sentit l'absence. Il ouvrit les yeux. Rosario n'était pas là.

Elle n'était pas dans la maison. Il le sut dès l'instant où il se réveilla. Pourtant, il parcourut toutes les pièces l'une après l'autre, pieds nus, laissant le froid l'envahir. Il revint dans la chambre et s'assit au bord du lit, contemplant l'endroit où aurait dû être sa femme. Il se pencha vers sa table de chevet, ouvrit le tiroir et poussa plusieurs paires de chaussettes. Dessous, il prit une grande enveloppe jaune qu'il plaça à côté de lui, sur le lit. D'une main tremblante, il caressa le nom de sa fille, écrit à l'encre bleue. Il soupira, bouleversé.

Depuis qu'Amaia vivait chez Engrasi, Rosario avait arrêté de se lever pour se rendre dans la chambre des filles. Et cela faisait douze ans qu'elle ne sortait plus la nuit, depuis sa dernière grossesse. Des années d'insomnie, de demi-sommeil. Il se souvenait de la première fois qu'il s'était réveillé et s'était rendu compte qu'elle n'était pas là. L'inquiétude, d'abord, ne la voyant pas revenir au bout des quelques minutes nécessaires pour aller aux toilettes, la possibilité d'un malaise, la menace à chaque grossesse d'une fausse couche. Le doute, ensuite, après avoir sillonné toute la maison sur des charbons ardents et avoir même poussé jusqu'à l'atelier, un manteau enfilé sur son pyjama, afin de vérifier qu'elle n'était pas là non plus. Puis l'attente, assis dans le salon, partagé entre l'appréhension et les soupçons, regardant le téléphone et s'accordant quinze minutes supplémentaires avant d'appeler la Guardia Civil. Le bruit de la clé dans la serrure, enfin, et céder à l'impulsion de retourner rapidement au lit, feindre de dormir et de se réveiller après qu'elle s'était recouchée, le corps imprégné du froid de la rue.

— Où étais-tu, ça va? avait-il demandé, la voix tremblante.

Elle avait répondu, très calme.

— Ne t'inquiète pas, ça va. Comme je n'arrivais pas à trouver le sommeil, je suis descendue boire un verre de lait.

Juan avait perdu le sommeil. Rosario se levait en moyenne une fois tous les dix jours et sortait au beau milieu de la nuit. Elle revenait, glacée et tranquille, avant l'aube, et se recouchait comme si de rien n'était.

Mille fois il avait pensé à en parler avec elle, réfléchi à la façon d'aborder le sujet. Chaque fois qu'elle sortait, pendant qu'il l'attendait assis dans le salon obscur, il avait imaginé la conversation qu'ils auraient à son retour, lorsqu'il la surprendrait revenant sur la pointe des pieds. Elle aurait alors été obligée de s'expliquer, de lui dire d'où elle venait, avec qui elle était, pourquoi elle disparaissait, seule et enceinte, en pleine nuit. Alors il entendait la clé dans la serrure. Il devinait Rosario serrant le trousseau dans sa main pour l'empêcher de tinter dans la maison silencieuse. Le doux crissement du matériau isolant qu'ils avaient placé sur le linteau de la porte pour garder la chaleur. Sa façon de retenir la poignée pour éviter le clic de la porte quand elle la refermerait, de veiller à ne pas marcher sur les lattes qui craquaient. Et ces précautions, cet effort furtif et inquiet à la fois pour ne pas être découverte le faisaient retourner au lit, un instant avant qu'elle n'entre. Il s'était persuadé que son silence était de la pudeur, de la retenue, que son attitude trahissait ses remords et sa honte. Cette première nuit avait créé un précédent, car quand Rosario avait été à nouveau couchée, qu'il avait entendu sa respiration se stabiliser et senti son corps se réchauffer, puis quand elle s'était enfin endormie, il s'était redressé pour la contempler, et tout ce qu'il avait éprouvé fut de la gratitude : elle était là, elle était rentrée. Alors, chaque fois qu'elle était sortie la nuit jusqu'au jour où elle accoucha, il avait eu beau se promettre de l'attendre, plein de reproches, d'accusations, de soupçons et de questions, depuis cette première nuit il ne lui avait jamais rien demandé.

Que lui aurait-il dit ? Qu'aurait-il exigé d'elle ? Alors qu'il ne comprenait toujours pas, quand il la regardait dormir à ses côtés, ce qu'une femme comme elle faisait avec un pauvre type comme lui, n'arrivait pas à croire qu'elle l'ait choisi et vive avec lui. Engrasi disait qu'il faisait l'autruche. Il se sentait plutôt comme un homme simple amoureux d'une reine, à qui le destin avait donné l'incroyable chance de connaître un amour inaccessible à d'autres, le privilège de vivre avec une femme extraordinaire. Auprès d'elle il était invincible, même s'il n'oubliait jamais qu'il était seulement un gueux, sans culture ni manières, marié à une souveraine. Comment aurait-il pu la soumettre, la dominer ?

La deuxième fois qu'elle était sortie, il avait été tellement inquiet qu'il n'avait pas cessé d'y penser au cours des jours suivants. Où se rendait son épouse, son manteau enfilé sur sa chemise de nuit et ses chaussures à la main ? Où pouvait bien aller une femme enceinte, au beau milieu de la nuit, dans un village où tout était fermé à partir de vingt et une heures ? Le doute le rendait fou. Insomniaque la nuit, irritable le jour, Juan n'arrivait plus à manger sans vomir aussitôt. Après la troisième escapade, il avait pris rendez-vous chez le médecin. Il n'y avait eu aucun problème pour les deux premières grossesses de Rosario, mais il avait eu peur quand le docteur Hidalgo avait commencé à lui expliquer :

— Cette grossesse est spéciale, et peut être particulièrement difficile pour elle.

— Dangereuse pour sa santé ?

— Non, l'avait rassuré le médecin. Rosario est en bonne santé, elle suit sérieusement son régime, marche beaucoup et n'a pas pris trop de poids, ce qui pourrait être mauvais dans son cas. Dans ce genre de situation je préfère multiplier les examens, et le dernier est parfait. Mais une grossesse comme celle-là, avec ses particularités, n'est pas seulement un défi pour le corps de la femme, c'est un défi pour le moral, le mental. Ne t'inquiète pas, Rosario est une bonne mère et elle fera face.

Une nuit, quand elle était revenue et s'était glissée

dans le lit, Juan s'était risqué à susurrer, dans l'obscurité :

— Je suis ton mari et je t'aime. Où que tu ailles, je pourrais t'accompagner.

Rosario n'avait pas répondu tout de suite. Il avait même pensé qu'elle s'était endormie ou n'avait pas la force de répondre, tellement elle avait honte. Soudain, sa voix claire et ferme s'était élevée dans la chambre :

— Jamais.

Juan n'avait pas réussi à trouver le sommeil le reste de la nuit. Les yeux grands ouverts, ce mot tournant en boucle dans sa tête, il s'était interrogé sur sa signification et la menace implicite qu'il contenait. Rosario avait continué de sortir la nuit, quasiment chaque semaine pendant les trois derniers mois de sa grossesse. Juan n'avait jamais posé de questions. Quand sa femme avait accouché, son monde s'était effondré et il avait su qu'il était le seul responsable, car la nuit où Amaia était née avec sa sœur jumelle, Rosario avait étouffé cette seconde petite fille. Juan avait voulu croire que c'était un accident ou, comme l'avait dit alors le docteur Hidalgo, la conséquence d'une dépression post-partum qui disparaîtrait peu à peu, se diluant comme un cauchemar. Mais souvent, au cours des premiers mois qui avaient suivi la naissance d'Amaia, il avait trouvé sa femme debout près du berceau. Au début, il s'était persuadé que c'était l'instinct de protection, qui pousse de nombreux parents à se lever la nuit pour s'assurer que leur enfant respire toujours. Cependant, il y avait sur son visage, dans son regard, quelque chose qui n'avait rien à voir avec la sollicitude et la protection, mais plutôt avec le souci du devoir à accomplir. Il la regardait, accablé, et, tout en sachant que c'était inutile, il lui murmurait des paroles rassurantes, affirmant que la petite allait bien et qu'il ne lui arriverait rien. Il passait un bras autour de ses épaules et la convainquait de revenir se coucher, jusqu'à la nuit suivante.

Il s'était résigné, se persuadant, nuit après nuit, qu'elle en resterait là. Attendant, assis dans le lit, quand elle se levait pour se rendre au chevet d'Amaia et lui chuchoter des paroles terribles. Voulant croire que sa fille dormait et ne se rendait pas compte. Jusqu'à cette nuit où toutes ces menaces avaient débouché sur la noirceur absolue et qu'il avait été obligé d'exfiltrer pour toujours sa fille de sa maison.

Juan était un homme conscient de ses limites. Un homme sans histoires, aux pensées paisibles et ordonnées, liées au travail, à la famille, à la responsabilité et au devoir. Il l'avait toujours été. Mais il ne dominait pas les mots. Les mots le dépassaient. C'était pour lui un calvaire de donner un nom à chaque objet, et que chaque objet en eût un. Car il était de ceux qui pensaient que les choses existaient seulement quand on les nommait, et que certaines horreurs n'entreraient ni dans sa vie ni dans sa maison s'il refusait de prononcer leur nom. Il avait violemment reproché à Engrasi de dire que le seul objectif de Rosario depuis la naissance d'Amaia avait été de la tuer. À cette pensée, il secoua la tête malgré lui. C'était trop horrible. Il soupira profondément, noué par la peur et le chagrin, et prit l'enveloppe jaune posée à côté de lui sur le lit. Il l'ouvrit et en sortit une radiographie qu'il leva devant ses yeux. Le petit crâne de sa fille apparaissait, meurtri par deux marques sinistres entourées de taches grises qui montraient l'étendue de l'impact. Il ferma les yeux et se mit à pleurer. Puis il jeta le cliché sur le lit et se leva, déterminé.

Ainsi qu'il l'avait fait douze ans plus tôt, il pria pour que Rosario soit tout près, qu'elle ait glissé dans l'escalier ou ait eu un malaise quelque part dans la maison. Coupable de la souhaiter blessée et invalide, tombée dans la fabrique, tout plutôt qu'elle recommence à sortir. Il vérifia partout, sachant qu'il ne la trouverait pas. Il prit la clé de la fabrique et enfila son manteau sur son pyjama. Il traversa Elizondo endormi et silencieux dans la brume nocturne, à peine perturbé par la rumeur de la rivière. Il se rendit à la fabrique, constata qu'elle était plongée dans le noir, entra néanmoins et inspecta l'intérieur. Sa femme n'était pas là. Il appuya un moment la tête contre la porte, désespéré.

Il arrêta de pleurer, bouleversé par la clarté de sa pensée. Il savait ce qu'il devait faire. Il avait décidé. Pourtant, quand il voulut parler, sa voix jaillit, rauque et brisée par l'angoisse.

— Rosario, murmura-t-il, tremblant. Rosario va tuer notre fille.

Il porta les mains à sa bouche, sidéré par la brutalité des mots, comme s'il pouvait encore les retenir. Mais vaincu par leur caractère inévitable, il laissa retomber ses bras et poussa un gémissement furieux et rauque qui lui parut à peine humain. Il prit conscience qu'il l'avait toujours su, cette atrocité avait vécu tapie en lui parce qu'elle n'était pas énoncée. D'une certaine façon, en la nommant, il lui avait donné enfin toute sa funeste cruauté. Il sortit de la fabrique sans se soucier de fermer la porte et courut sur les pavés humides de rosée vers la maison de sa sœur.

55

Engrasi

Elizondo

Ipar dressa les oreilles et regarda Engrasi, l'air à la fois anxieux et résigné. Il était encore couché sur la couverture d'Amaia, bien qu'Engrasi eût installé un plaid par terre à côté de son propre lit. La petite étreignait le chien d'une main. Engrasi savait parfaitement qu'Amaia l'encourageait à venir dès qu'elle avait le dos tourné. Elle sourit, magnanime, et posa l'index sur ses lèvres. Ipar soupira et se recoucha, comme s'il l'avait comprise. Engrasi s'appuya contre l'encadrement de la porte, observant, émerveillée, la fillette endormie. Elle était éclairée par la douce lumière de sa veilleuse. Ses cheveux d'un blond doré s'étalaient sur l'oreiller, captant des reflets. Ses beaux cheveux, blonds et épais comme les siens, songea Engrasi, se touchant la tête. Identiques à ceux de sa mère, Juanita, la grand-mère d'Amaia. Qui la distinguaient de ses sœurs et que Rosario avait tressés pour les lui taillader à coups de ciseaux irréguliers, brutaux. Une véritable agression qui aurait dû alors les alerter. Engrasi repensait souvent à cela, aux jours qui avaient précédé la nuit où la petite avait failli mourir des mains de sa mère. La façon dont la violence s'était resserrée autour d'elle ; les vêtements que Rosario l'obligeait à porter, la nourriture qu'elle la forçait à manger… Engrasi secoua la tête. Combien de fois notre silence nous rend-il complices ? songea-t-elle. Alors que nous voyons tous les signes de l'horreur et ne bougeons pas le petit doigt.

— *Gabon**, Ipar, dit-elle, refermant la porte de la chambre, sûre qu'Amaia était en sécurité.

Engrasi s'était sentie inquiète toute la journée. Après la visite des policiers français, Joxepi l'avait prévenue :

— Tu ne dois pas la laisser seule un instant. Accompagne-la partout. Ne la laisse pas ouvrir la porte si Ipar n'est pas près d'elle, car s'ils sont aussi dangereux que l'a dit cette inspectrice française…

Ignacio, taiseux comme toujours, avait secoué la tête, contrarié.

— Engrasi, Ipar mourra pour elle, mais ce n'est pas un chien qui arrêtera ces gens-là…

Engrasi avait acquiescé, consternée. Il avait raison.

— Ça fait un moment que j'envisage d'envoyer Amaia poursuivre ses études ailleurs. D'ailleurs, c'est elle-même qui l'a proposé. Elle est brillante et très en avance. Il y a quelques mois, un professeur lui a parlé d'un internat à Pampelune. Un très bon établissement, où les cours sont en anglais. Elle passerait la semaine là-bas. Certains élèves ne rentrent chez eux que pour les vacances. S'il le fallait, j'irais la voir le week-end.

— Si c'était ma fille, je n'hésiterais pas. Pas après ce que tu nous as raconté.

Depuis quelques jours elle y repensait très sérieusement. Pas seulement à cause de l'incident de la voiture française, mais parce qu'elle n'arrivait pas à oublier ce que Rosario lui avait dit la dernière fois.

« S'il y a une chose dont je suis sûre depuis le jour où cette gamine est née, c'est que nous avons tous un destin, Engrasi, et le sien s'accomplira, comme le mien. »

Elle descendit au salon, ajouta deux bûches dans le feu et s'approcha du buffet. Avec la clé qu'elle portait autour du cou, elle ouvrit le tiroir et prit le paquet en soie noire qu'elle posa sur la table. Elle s'assit, en défit les nœuds et sortit les cartes. Un jeu de tarot de Marseille qu'elle contempla avec une certaine appréhension, comme un médicament nécessaire et amer, accablée à l'avance par ce qu'elle allait faire.

Elle battit les cartes lentement, sans les quitter des yeux, concentrée sur la question qu'elle devait poser, coupa et battit à nouveau. Engrasi ne choisissait jamais celles de sa pioche. Ce jeu était tellement vieux, elle l'avait si souvent manipulé et le connaissait si bien qu'elle était capable d'identifier les marques du temps sur le dos et les coins des arcanes majeures. Quand elle interrogeait le tarot pour elle-même, elle utilisait la méthode romani, consistant à interpréter les dix cartes qui se retrouvent en haut du paquet. Elle les retourna et les posa sur la table, formant une croix celte. La première carte représentait Amaia. L'Étoile. Une belle porteuse d'eau, nue, versant l'eau de sa connaissance dans une rivière qui se perd à l'horizon, sous un ciel limpide et étoilé. Engrasi sourit. Sa petite fille. La carte qui symbolisait le mieux la jeunesse, la beauté, la pureté de l'âme. La clarté d'un esprit préservé qui lui permettait de discerner la vérité et de voir avec netteté ce qui était invisible à d'autres. Elle évoquait l'avenir brillant, la chance, le sourire, un ciel qui serait clément avec elle. Engrasi retourna la carte suivante. Avant même de voir les orbites vides de la Mort fauchant les têtes sur un champ de bataille, elle savait déjà laquelle c'était. Elle se retint de la poser à sa place, au-dessus de l'Étoile, comme si elle allait ensevelir la petite fille qui dormait à l'étage. Elle la tint en l'air, évitant que les deux cartes ne se touchent. La Mort, la carte la plus redoutée du tarot, ne signifiait pas toujours ce qu'on croit. Souvent, comme cette fois, elle symbolisait l'irréversible, la vitesse, le destin qui se tisse autour de soi sans qu'on puisse le contourner. Un grave danger et la possibilité de l'esquiver précipitamment.

Elle étudiait, inquiète, les orbites vides du squelette, comme si elles allaient lui apporter une réponse, quand on frappa fort à la porte. Elle sursauta, lâcha la carte qui tomba sur l'Étoile, recouvrant son ciel lumineux et une bonne partie des longs cheveux de la belle porteuse d'eau. On frappa à nouveau. Avec urgence. Engrasi se leva, posa le jeu sur la table et poussa la carte de la Mort, l'éloignant de l'Étoile. Elle s'avança vers la porte, tremblante.

— Qui est-ce ?

— Engrasi, c'est moi, Juan. Ouvre, s'il te plaît.

Engrasi s'exécuta et découvrit le visage hagard, ravagé par les larmes de son frère.

— Engrasi, où est la petite ? demanda-t-il, effrayé.

— En haut, elle dort, elle va bien. Tu as vu l'heure qu'il est ? répondit-elle, s'efforçant de retrouver ses esprits.

— J'ai besoin de la voir, elle va la tuer, répliqua-t-il.

Il entra dans la maison, écartant sa sœur, et se précipita dans l'escalier. Engrasi courut derrière lui pour le prévenir.

— Juan, non… N'ouvre pas la…

Elle le rattrapa au moment où il saisissait la poignée et entrouvrait le battant. Le museau pointu d'Ipar apparut et sa mâchoire manqua de peu la main de Juan.

Juan se tourna vers sa sœur, pâle et bouleversé.

— Mais qu'est-ce que… ? réussit-il à bredouiller.

— C'est Ipar, répondit gravement Engrasi. C'est lui qui veille à présent sur Amaia. Il vaudrait mieux que nous descendions. Il faut qu'on parle.

Juan resta immobile quelques secondes, hypnotisé par la porte derrière laquelle dormait sa fille, conscient de la présence silencieuse du chien, aux aguets, de l'autre côté. Puis il se tourna vers sa sœur et murmura tout bas, mais avec fermeté :

— Je vais signer les papiers pour qu'Amaia puisse aller dans cet internat. Nous devons l'éloigner du village au plus vite.

Engrasi n'avait jamais vu une telle détermination chez son frère.

— Mais que s'est-il passé ?

— Rosario sort à nouveau la nuit, comme avant la naissance d'Amaia. Ça recommence, Engrasi. Si on ne fait rien, elle la tuera, dit-il, éclatant en sanglots. Rosario tuera ma fille.

56

Infection

Les bayous
Mardi 30 août 2005, soir

Elle n'avait pas beaucoup de fièvre, mais son corps entier était secoué de frissons. Amaia crut mourir quand elle urina et sentit l'horrible brûlure irradier son bas-ventre. En sueur, nauséeuse, elle avait cédé et suivi le conseil du *traiteur*, maudissant sa malchance. Heureusement, Annabel avait une bonne réserve d'antibiotiques contre les infections urinaires.

— C'est très efficace. D'ici vingt-quatre heures, ce ne sera plus qu'un mauvais rêve. Je le sais d'expérience. Ces eaux et leurs bactéries…, dit-elle, diluant le médicament dans un peu d'eau.

Elle tendit le verre à Amaia qui but sans respirer. La femme l'encouragea à manger quelque chose. Les pêcheurs avaient installé des tables improvisées, plaçant des planches sur des tréteaux, des glacières, des congélateurs et toutes sortes de meubles. Autour, une douzaine de chaises pliantes multicolores. Et alors qu'elle avait assuré à Annabel qu'entre la fièvre et la douleur elle ne pourrait rien avaler, l'odeur alléchante provenant d'un réchaud de camping lui ouvrit immédiatement l'appétit.

— Qu'est-ce qui sent aussi bon ?

Annabel sourit. C'était une grande femme, avec des kilos en trop et des cheveux mi-longs qu'elle attachait en une queue de cheval sur le haut de son crâne. Une coiffure d'enfant pour une matrone qui n'hésitait pas à porter une robe très courte, bleu clair, et des bas résilles.

— Mon mari et les gamins préparent un *jambalaya** de crevettes et jambon.

— Oh, je n'en ai jamais goûté, avoua Amaia. Ça fait drôlement envie.

Elle s'approcha du cuisinier qui faisait revenir des légumes émincés dans une jolie sauce rouge. Johnson lui demanda la recette. Annabel distribua des canettes de bière. Amaia, qui mourait d'envie d'en boire une, refusa à cause de l'antibiotique. Elle sentait la douleur envahir ses jambes et son dos.

— Quand j'étais petite, ma mère cuisinait le *jambalaya* les jours de fête, expliqua Annabel. Ça peut paraître incongru de parler de fête aujourd'hui, pourtant nous devons grandement nous réjouir. Car même si beaucoup d'entre nous ont perdu leur maison, nous avons sauvé les bateaux, qui sont au bout du compte notre seul moyen de subsistance. Nos familles sont indemnes et nos enfants sont sains et saufs. Alors, comme on dit, « *laissez les bons temps rouler* * ».

— Oui, vous avez sans doute raison, l'important c'est que tout le monde aille bien. Vous avez réussi à contacter toutes les familles ?

— Oui, ce sont des crevettiers pour la plupart, et les bateaux possèdent une radio puissante, de moyenne portée. C'est notre mode de communication habituel car, dans les bayous, les téléphones portables ne captent pas beaucoup de réseau. Mais avec les radios, on se débrouille bien. J'ai pu parler aujourd'hui avec un de mes cousins qui vit dans le Maine et était très inquiet.

Amaia la fixa, vivement intéressée.

— Comment est-ce possible ? La radio d'un bateau a une portée de quelques milles marins.

— En effet. Ce n'est pas par la radio, du moins pas seulement par la radio, expliqua-t-elle. On appelle par radio un bateau qui se trouve dans une zone où on capte un plus grand réseau, par exemple ma cousine Paula, à Cocodrie, on lui dit quel numéro on veut joindre et elle l'appelle avec son portable en mettant le haut-parleur. C'est un truc très utilisé par ici, croyez-moi. Le seul hic, c'est que les appels radio sont audibles de toutes les stations qui écoutent à ce moment-là, et tous les bateaux qui sont branchés sur ce canal peuvent les entendre.

Amaia regarda Johnson et Charbou.

— Que pensez-vous de ça ? leur dit-elle, souriant à cette nouvelle inattendue.

Johnson s'adressa à Clive, le mari d'Annabel.

— Vous pourriez me montrer ? Vous n'imaginez pas combien il est important pour nous de pouvoir communiquer en ce moment.

— Je dois contacter la cousine de ma femme à vingt-trois heures. On essaiera alors. Le *jambalaya* est prêt. C'est un plat qu'il faut manger tout de suite, et on dirait que cette troupe a faim, dit-il, esquissant un geste derrière lui.

Johnson se retourna et vit qu'autour des tables improvisées s'était formée une file de pêcheurs avec leurs enfants, tenant tous des bols et des cuillers.

Après avoir dîné, Amaia prit la relève de Bull auprès de l'agent Dupree, pendant que Johnson et Charbou accompagnaient Clive et Annabel à leur bateau.

— Il ne s'est pas réveillé, mais il n'a plus de fièvre et a bien meilleure mine, dit Bull.

Amaia s'assit par terre à côté du lit de camp et contempla par les fenêtres l'obscurité du bayou. Les habitants affirmaient qu'ils voyaient flotter des *fifolets* comme des âmes au-dessus de la surface noire de l'eau, ainsi que des petits lutins, les esprits des enfants espiègles, qui profitaient du sommeil des humains pour faire des nœuds dans leurs cheveux, les poils de leurs chiens ou la crinière de leurs chevaux. Elle se concentra sur les sons de cette nuit. Elle entendit le brouhaha festif des convives dans la maison voisine, s'émerveillant de la capacité de récupération des êtres humains. Mais elle perçut aussi le bruit des cordes attachées autour des maisons qui grinçaient, tendues. Elle crut distinguer un léger murmure et reconnut le marmonnement de quelqu'un qui prie. Elle remarqua alors que Médora n'était plus là ; elle s'approcha de la fenêtre et vit le *traiteur*, assis sur la galerie à l'arrière de la maison face à la loque qu'était cette femme. Il lui chuchotait une prière, les mains posées sur les siennes.

— Que signifie *gaueko* ?

La voix de Dupree, dans le noir, la fit sursauter.

— Vous m'avez fait une de ces peurs. Vous vous sentez mieux ?

— Oui, beaucoup mieux, répondit-il. (Il n'était peut-être pas totalement rétabli, mais sa voix avait retrouvé son timbre et sa force.) Que signifie *gaueko* ? répéta-t-il. Je vous ai entendue prononcer ce mot hier soir à La Nouvelle-Orléans.

Elle revint s'asseoir auprès de lui, dans la pénombre. Elle soupira, s'avouant vaincue.

— *Gaueko*, les esprits de la nuit, dit-elle. Dans la région d'où je viens, il existe de nombreuses légendes sur toutes sortes de créatures magiques, celles de la lumière comme celles de la nuit. On trouve parmi les *gaueko* tous les êtres de la nuit, ceux qui errent dans les montagnes, ceux qui hantent les villes, ceux qui sont pleins de mort et de solitude et cherchent une part d'ombre où se glisser dans un corps humain. Selon les légendes, ils sont libres d'aller où ils veulent jusqu'à l'aube, mais doivent se cacher dans les grottes et sous les pierres dès qu'arrive le jour. C'est une croyance tellement répandue que beaucoup de maisons arborent sur leur porte une fleur de chardon, la *eguzki-lore**, ou fleur du soleil. On raconte que la déesse Mari l'a offerte aux hommes afin de protéger leurs foyers des *gaueko* car elle ressemble au soleil. Ma tante en a toujours une accrochée à sa porte, au cas où.

— Je vois. Dans le culte vaudou, il existe un démon appelé Kalfou, qui monte sur la poitrine de sa victime quand elle dort et la paralyse, la rendant consciente de son cauchemar, mais incapable de s'en libérer. Quand j'étais petit, ma tante Nana m'obligeait à dormir les fenêtres fermées, alors qu'il faisait quarante…

— Vous n'aviez pas dit que vous étiez catholique ?…, fit remarquer Amaia.

— Ma mère l'était. Après la mort de mes parents, j'ai été élevé par Nana. Elle a insisté pour que je reçoive une éducation chrétienne, et elle m'accompagnait à la messe le dimanche. Mais elle pratique le vaudou. Ça doit vous paraître bizarre.

— Pas du tout. Ma tante Engrasi tire les cartes

et elle est titulaire d'un diplôme de psychologie à la Sorbonne. Vous voyez.

— Et vous ?

— Je ne crois pas à ces choses. Je respecte la foi et les croyances, comme le doit un bon enquêteur, mais c'est tout.

— J'ai l'impression que ça n'a pas toujours été le cas, se risqua Dupree.

— Comme vous l'avez dit, notre lieu de naissance a sur nous une influence indéniable, et quand on est d'une région comme Baztán, croire à tout ça est aussi naturel que dans les bayous. Hier, quand je contemplais La Nouvelle-Orléans dans l'obscurité, je me suis souvenue de cette histoire et j'ai pensé que, d'une certaine façon, malgré le jour qui se lèverait, les esprits de la nuit s'étaient emparés de la ville. Ce qui s'est passé ensuite l'a confirmé. La Nouvelle-Orléans subit le sortilège permanent que lui a jeté Samedi, comme dans ces histoires où un méchant sorcier envoûte toute une ville et ses habitants.

— C'est une jolie légende, et très intéressante. Mais quand je vous ai interrogée à propos de ces histoires près du toit des Allen, vous avez nié, prétendu ne pas les connaître, ne pas vous rappeler…

— Et c'est vrai aussi. Elles appartiennent à un lieu et à une époque qui ne font plus partie de ma vie et n'ont plus d'importance pour moi. Mais au cours des derniers jours, avec les crimes du Compositeur et le retour de Samedi, ces histoires sont revenues violemment à ma mémoire. Comme si, d'une certaine façon, il pouvait s'établir un lien, que je sais impossible, entre ces légendes, mes souvenirs d'enfance et ce qui se passe ici. Sans doute ma tête qui me joue un mauvais tour.

Dupree demeura silencieux quelques secondes avant de reprendre la parole.

— Le plus grand charme de ces légendes, c'est qu'elles indiquent le remède pour se protéger ou lutter contre le mal. Il y a toujours une fleur du soleil pour combattre les *gaueko* qui, malgré leur pouvoir, ne sont pas invulnérables.

Amaia ne dit rien. Il n'existait pas dans le monde d'*eguzki-lore* capable d'arrêter ce mal.

— Ce ne sont que des histoires…, murmura-t-elle finalement.

— L'autre jour, quand Johnson nous a parlé de votre lieu de naissance, je lui ai demandé de m'en dire plus. Il a mentionné une déesse de la fécondité comme centre de la nature, un seigneur des forêts, des sortes de sirènes à pattes de canard qui peuplent les rivières.

Amaia soupira.

— Oui. Il ne vous a sûrement pas dit que cette déesse féminine est aussi considérée comme la reine des sorcières, que les pauvres femmes qui lui faisaient des offrandes pour avoir des enfants, ou obtenir de bonnes récoltes, ont été accusées, humiliées et torturées à cause de leurs croyances. Que n'importe quel petit signe absurde, par exemple connaître la propriété des herbes, assister leurs voisines pendant les accouchements, décider de ne pas se marier et de vivre seule, ou parler à un animal, suffisait pour qu'on les considère comme sorcières.

Dupree fit claquer sa langue.

— Ce n'est pas exclusif aux Pyrénées. Dans toute l'Europe, dans le monde entier, y compris le Nouveau Monde, on a eu notre dose d'hystérie à propos des sorcières. Salem et ses procès, par exemple. Et vous, qu'est-ce qu'on vous a fait ? Pour quelle raison vous ne voulez même pas entendre parler de ce lieu ?

Amaia scruta l'obscurité avant de répondre.

— Ce n'est pas un hasard si je suis ici, n'est-ce pas ?

— Vous croyez au hasard ? répliqua Dupree en guise de réponse.

Elle ne répondit pas. Il la relança.

— Vous pensez que les êtres humains sont différents parce qu'ils sont séparés par un océan et des milliers de kilomètres ?

— Que voulez-vous dire ?

— Que les désirs, les peurs et les ambitions des hommes sont les mêmes dans le monde entier. L'histoire de l'humanité est l'histoire de ses peurs. Mais les mythes pour les définir, les nommer et tenter de les contrôler sont différents. Je crois à l'intuition. Je crois à la façon naturelle avec laquelle notre esprit primitif établit des liens instinctifs, peut-être pas tellement logiques, mais terriblement pratiques pour la survie. Vous avez parlé de « variables latentes ». Les variables qu'on n'observe pas directement, mais qu'on déduit à partir d'autres variables qui, elles, sont visibles. Qui vous ont indiqué que le Compositeur avait déjà tué avant, qu'il s'entraînait, et qui nous ont conduits jusqu'à Martin Lenx. Qui ont signalé à Scott Sherrington qu'il y avait un prédateur dans sa région, alors que les éléments visibles parlaient seulement de jeunes fugueuses dans un coin sinistré de l'Angleterre. De la même façon, les événements qui se produisent ici font remonter dans votre esprit des variables latentes liées à des concepts que vous maniez, peut-être dans une autre dimension, mais qui amènent à penser qu'il existe un lien.

— Ça ne m'a pas été très utile pour le Compositeur.

— Ne vous tourmentez pas. À présent, essayez de dormir. Demain à la première heure nous partirons pour Le Grand, ou ce qu'il en reste, et votre capacité à sentir des variables cachées sera plus que jamais requise. J'ai besoin que vous soyez en forme.

Le découragement dominait dans la voix d'Amaia :

— J'étais si sûre de moi… maintenant, je doute. Dire que je me trompais peut-être depuis le début… Je ne suis sans doute pas l'outil qu'il vous faut.

Charbou entra, précédé par le faisceau de sa lampe.

— Salazar, Johnson vous demande de venir, c'est important.

Elle suivit Bill sur les pontons puis sauta d'un bateau à l'autre pour arriver à celui de Clive et d'Annabel. La lumière brillante à l'intérieur de la cabine lui fit plisser les paupières.

— Salazar, l'interpella Johnson dès qu'elle entra. La cousine d'Annabel dans le golfe a réussi à appeler La Nouvelle-Orléans ; nous avons pu contacter le centre d'urgence, j'ai en ligne le coordonnateur Bernard Antée, de la caserne de pompiers de Marina Tower, vous vous rappelez ?

Amaia acquiesça.

Johnson approcha le micro de sa bouche.

— Bernard, j'ai à mes côtés la sous-inspectrice Salazar, vous voulez bien répéter ce que vous venez de me dire ?

La voix métallique et lointaine surgit dans la cabine.

— Bonsoir, sous-inspectrice, je suis heureux de savoir que vous allez bien. Il y a deux heures à peine, une brigade de la Garde nationale du Texas a découvert dans une maison proche de la place Jackson une famille composée de six membres, tous tués par balle.

Ils nous ont aussitôt appelés et, quand ils ont décrit la scène de crime, j'ai tout de suite pensé à vous.

Amaia resta bouche bée. Elle se tourna vers Johnson, qui hocha la tête, impatient, et Charbou qui la regardait avec des yeux ronds.

Nerveuse, elle se mordit les lèvres, s'efforçant de remettre en ordre ses pensées et les questions qui s'accumulaient dans son esprit.

— Chef Antée, il est capital que je puisse parler à la brigade qui les a trouvés.

— Je crains que ce ne soit compliqué. Je ferai mon possible pour vous mettre en contact s'ils rappellent. Il est prévu de procéder à l'évacuation totale et obligatoire de La Nouvelle-Orléans demain matin et ils sont en train d'inspecter toutes les maisons pour voir s'il reste des gens. Les premiers à partir seront les cars et les camions en direction des États voisins. Mais comme je vous l'ai dit, quand j'ai vu les ressemblances avec les éléments que vous nous aviez communiqués, j'ai tenté de réunir le plus d'informations possible. J'espère pouvoir vous aider.

Amaia soupira. C'était mieux que rien. Elle prit le micro à son tour et demanda :

— Que pouvez-vous me raconter ?

— Six personnes, trois de sexe féminin, trois de sexe masculin. Trois jeunes, des adolescents. Une femme âgée. Tous ont été tués d'une balle dans la tête. Les corps sont alignés dans la même direction, mais ils ne m'ont pas précisé laquelle… Près de la main de l'homme adulte, il y avait un revolver.

— Ont-ils parlé du fait que la maison pouvait déjà avoir été inspectée ?

— Oui, en effet. Mais ce qui a attiré leur attention était que le sigle sur la porte était celui de leur propre unité, et ils étaient sûrs que personne de leur équipe n'était déjà venu.

— Comme à Jefferson, murmura Johnson.

Même s'il était assez peu probable que quelqu'un ait remarqué ce genre de détail, Amaia devait poser la question suivante.

— Chef, vous vous souvenez s'ils ont mentionné un violon sur place ?

— Non, ils n'ont rien mentionné.

— Et le plus important, chef, vous ont-ils indiqué depuis combien de temps ils pouvaient être morts ?

— Sur ce point, je peux vous aider, répondit le coordonnateur, heureux de se sentir utile. Il y avait un infirmier dans l'équipe. Il a affirmé qu'ils étaient morts depuis deux à trois heures, au maximum.

Amaia dévisagea Johnson, puis Charbou, troublée par l'information, et poursuivit.

— Chef Antée, savez-vous quelle a été la procédure sur place ?

— Le domicile a été mis sous scellés. Inutile de préciser qu'il n'y a pas eu d'analyse scientifique, ils n'ont même pas pu transférer les cadavres, mais au moins c'est protégé. C'est tout ce qu'ils ont pu faire pour le moment.

— Merci, chef. Vous nous avez beaucoup aidés.

Elle mit fin à la communication et remercia la cousine Paula à Cocodrie. Se retournant, elle vit Dupree, qui avait tout entendu, et lui dit :

— Il faut rentrer en ville, je dois voir cette famille…

Il réfléchit un instant.

— Les pêcheurs sont en train de se préparer ; avant le lever du jour nous partirons pour Le Grand chercher les sœurs de Jacob. S'il existe encore une chance de les trouver, c'est maintenant ; plus les heures passent, plus cette chance diminue. Je ne suis pas arrivé à temps pour sauver Médora, mais nous sommes sûrs qu'ils les séquestrent un moment avant de les faire disparaître définitivement. Je ne peux pas renoncer maintenant, sachant qu'elles peuvent finir comme Médora Lirette. Nous les chercherons ; ensuite, quel que soit le résultat, nous rentrerons à La Nouvelle-Orléans.

— Mais…, protesta-t-elle.

Elle comprenait ce que voulait Dupree, et en même temps ce rebondissement inattendu prouvait que le Compositeur était à La Nouvelle-Orléans. Elle savait qu'elle avait raison. Elle avait l'impression d'être comme un limier qui a repéré une trace et ne peut plus rien flairer d'autre que la proie qu'il traque.

Dupree le savait également, aussi ajouta-t-il :

— Il n'ira nulle part. S'il est intelligent, et il l'est, il sortira de la ville parmi les réfugiés quand l'armée procédera à l'évacuation. Ils commenceront demain par les blessés et les malades. Le Compositeur ne réussira pas à monter dans un car avant au moins deux jours. J'ai besoin de vous ici, dit-il en sortant de la cabine.

Amaia l'arrêta.

— Agent Dupree.

— Oui ?

— Vous aviez raison. Tucker n'y connaît rien.

Il sourit dans l'obscurité.

57

Le rasoir d'Ockham

Floride

Tucker commençait à être nerveuse et, à deux reprises au moins, elle avait changé de position. Devait-elle attendre assise sur le canapé en skaï ou debout près de la porte ? Elle s'avança vers la table où on avait mis à leur disposition de l'eau, du café et un assortiment de gâteaux et de salades. Elle regagna sa place pour ne pas paraître anxieuse aux yeux d'Emerson qui, depuis qu'ils étaient arrivés, feignait de feuilleter un magazine. En réalité, il observait chacun de ses mouvements. Dieu que ce type l'irritait. Elle venait de s'asseoir quand un homme, sûrement le secrétaire, ouvrit la porte et s'effaça pour laisser passer Rosenblant, le sénateur républicain de Floride. C'était un homme impressionnant. Grand et gros, il avait le visage tanné de quelqu'un qui aime la vie au grand air et prend trop le soleil. Cependant, il était très élégant, vêtu d'un costume clair impeccablement coupé. Il avait des cheveux épais, courts et plaqués en arrière par une pellicule brillante comme Tucker n'en avait pas vu depuis des années. Elle reconnut l'odeur du gel.

— Je suis désolé de vous avoir fait attendre, dit-il, entrant d'un pas vif qui déplaça l'air derrière lui. Je crains d'avoir été retenu plus longtemps que prévu. Les médecins m'ont autorisé à voir mon gendre.

Tucker sourit et lui serra la main, pensant déjà aux reproches qu'elle adresserait à Emerson. N'étaient-ils pas censés être les premiers à parler avec le détenu dès qu'il serait en mesure de le faire ? Dans le même temps, elle se mit à la place du policier de garde à la porte de la chambre et comprit que, sur son territoire, personne ne pouvait s'opposer aux désirs du sénateur de Floride.

Plus tard, en y repensant, elle s'en voudrait de ne pas avoir remarqué qu'il avait dit « mon gendre ».

Le sénateur s'assit sur le canapé sans l'inviter à le rejoindre. Il prit entre ses énormes mains un dossier marron que lui tendit le secrétaire.

— Vous êtes donc l'agente Stella Tucker, du FBI, aux commandes de l'opération qui a sauvé la vie de ma fille et de mes petits-enfants, et a envoyé mon gendre à l'hôpital.

Elle acquiesça vigoureusement, les mains jointes dans le dos, consciente qu'Emerson était vexé d'être totalement ignoré.

— Et dites-moi, agente Stella Tucker, vous me prenez pour un con ?

Tucker regarda le sénateur, déconcertée. Le sourire qu'elle esquissait se figea sur son visage. Elle réalisa que l'agent Emerson était tout ouïe, pas si vexé que ça, finalement.

— Bien sûr que non, monsieur, réussit-elle à dire.

— Je vous pose la question au cas où vous imagineriez que je n'ai pas enquêté sur Brad Nelson quand ma fille est tombée amoureuse de lui. Un homme sans visage, sans identité, ressuscité d'un incendie, avec la fille d'un sénateur. Évidemment que j'ai enquêté sur lui, et figurez-vous que j'ai découvert non seulement qu'il était irréprochable, mais surtout que c'était quelqu'un de bien, qui avait surmonté plusieurs épreuves auxquelles peu de gens sont confrontés dans une vie. J'entretiens depuis lors d'excellentes relations avec lui. Croyez-moi, je n'ignore pas que c'est un homme dur, brutal si vous voulez. Mais je le suis aussi et je respecte ce genre d'individus, tant qu'ils sont capables de canaliser leur violence. Pendant des années, c'est ce qu'il a fait. Puis, je ne sais pas ce qui s'est passé… peut-être à cause de son travail, ou simplement sa nature est ressortie… Mon gendre a dépassé les bornes avec ma fille, et ma fille est aussi sévère que moi. Elle le lui a fait payer très cher, et je trouve ça bien. Mais j'apprécie Brad, et c'est réciproque. Quand il a vu sa vie partir à la dérive, il est venu me voir, comme un père, pour me demander de l'aide. Et je sais que, depuis lors, il a essayé de corriger ses erreurs. Cela fait huit mois qu'il est éloigné de sa famille et suit une thérapie de gestion de la colère. Il a passé du temps dans le désert avec des chamans, des psychologues et des psychiatres, qui l'ont soumis à toutes sortes de traitements pour apprendre à maîtriser cette colère. Toutes les fois où vous supposez qu'il se trouvait à différents endroits du pays en train d'assassiner ces familles, il était en thérapie avec des groupes de soutien qui se réunissent pour des retraites dans le désert du Texas. Je le sais, parce que c'est moi qui prends tout en charge. Grâce à cela, je suis au courant des progrès de Brad en temps et en heure.

Tucker était bouche bée. Elle s'humecta les lèvres, réfléchissant à toute vitesse.

— Sénateur, vous êtes très généreux, et nous apprécions votre grand cœur, mais vous ne devez pas oublier que Brad Nelson a été arrêté alors qu'il venait d'entrer, armé, dans la maison de votre fille et de vos petits-enfants. Il a détruit la porte à coups de pied, monsieur. J'ai reçu une formation de tir. L'arme devant soi, tenue avec les deux mains, prête à tirer, dit Tucker, joignant les mains pour accompagner ses paroles. Je vous assure que votre gendre allait abattre votre famille, il a tiré sur un policier qui se trouvait à l'intérieur. Personne n'entre ainsi dans un domicile s'il a de bonnes intentions.

Ce qui humilia le plus Tucker fut peut-être la réaction de Rosenblant à cet instant. Le sénateur échangea un regard avec son secrétaire. Il semblait incrédule devant tant d'incompétence. Puis il se tourna vers elle, jeta le dossier marron sur la table et lui parla comme à une petite fille.

— Il a vu un de vos tireurs, entièrement vêtu de noir, accroupi sur le toit. Il a cru avoir affaire à des voleurs ou à des assassins qui voulaient s'en prendre à sa famille. Les ennemis de la liberté détestent les sénateurs dans ce pays, ce n'est pas un secret. Dans cette communauté, tout le monde sait parfaitement que ma famille vit ici. Brad Nelson est un excellent policier, qualifié et autorisé à porter une arme. S'il est entré armé « dans sa maison », c'était pour défendre « sa famille », dit le sénateur, qui se leva et sortit de la salle.

L'agente Tucker sentit le monde s'effondrer autour d'elle. Une violente migraine envahit son crâne. Elle fit deux pas en arrière et se laissa tomber sur le canapé en skaï. Mais avant de sombrer, elle eut le temps d'entendre et de voir deux choses : le secrétaire du sénateur, qui se pencha vers elle pour lui annoncer, avant de sortir à son tour :

— Attendez-vous à des poursuites.

Et l'agent Emerson, qui leur emboîta le pas en disant :

— J'étais opposé à cette opération depuis le début…

58

Attente

Hôpital Charity, La Nouvelle-Orléans

Martin se passa la langue sur les lèvres et sentit qu'une ampoule s'était formée à la commissure. Il avait enfin de nouveau les idées claires. Combien d'heures était-il resté inconscient ? La chaleur et l'humidité de La Nouvelle-Orléans se confondaient, à de nombreux moments, avec l'épuisement et la fièvre. L'affaiblissement et les vertiges étaient facilement imputables à l'effort de marcher dans l'eau. Par ailleurs, à l'élan de joie qu'il ressentait quand il envoyait une famille au ciel succédait toujours une sensation de malaise. De devoir inachevé. Qui resterait inaccompli tant qu'il n'aurait pas sauvé les siens. C'était la raison pour laquelle il était si mal, supposa-t-il : parce que le temps pressait, et il savait qu'au fond toutes ces familles avaient beau constituer une sorte de répétition générale, elles n'étaient pas sa vraie famille. Il faisait le boulot pour d'autres, alors que sa propre maison s'effondrait.

La fièvre était arrivée en premier, mais il l'identifia seulement quand il commença à avoir froid. Il terminait son travail, sa partie du travail, avec cette famille de la rue Chartres, quand un frisson parcourut son corps, le surprenant par sa violence. Il se mit à trembler. Il souleva le bas de son pantalon et comprit pourquoi. Le pansement était imbibé de sang poisseux. Sa plaie suppurait sous la gaze comme si une légion de champignons poussait à cet endroit. La peau autour était gonflée et brûlante, d'une inquiétante couleur violette, et tellement enflammée que le pansement s'était incrusté dans la chair, telle une silice crasseuse. Il ne se rappelait pas comment il était arrivé à l'hôpital Charity. Il se souvenait d'avoir marché dans la rue parmi la foule sur la place Jackson, aux rares endroits encore secs, puis d'être monté dans un bateau de la Croix-Rouge, et de la sensation de rêver quand il était entré dans l'hôpital par une fenêtre.

D'abord, il avait accepté la chaise que lui avait laissée un jeune homme qui accompagnait sa mère moribonde. Mais au bout de quelques minutes, il s'était senti tellement faible et nauséeux qu'il avait préféré s'asseoir par terre, contre le mur, protégé par la civière de la vieille femme, dont il partageait le pied à perfusion. Martin ouvrit les yeux et regarda sa poche de sérum, à moitié remplie. Il était là depuis des heures. On lui avait fait un vaccin antitétanique, donné des antibiotiques, et c'était sa deuxième dose de sérum. Il leva la main et se toucha le front. Il n'avait plus de fièvre, semblait-il. Il se sentait beaucoup mieux, même s'il était encore faible. Il tendit les doigts pour palper la peau autour du pansement. Elle était encore chaude et enflammée, mais moins enflée.

Il regarda autour de lui. Le jeune homme qui lui avait laissé sa place pleurait, la tête entre les mains. Sa mère venait de mourir. Martin pensa qu'elle était probablement alitée et très malade depuis des années :

elle n'avait que la peau sur les os de sa main qui pendait mollement de la civière. Le médecin expliquait au jeune homme qu'ils devaient emmener sa mère. Ils avaient besoin de la civière pour d'autres patients. Ils fixèrent le pied à perfusion de Martin au dos d'une chaise et évacuèrent la vieille femme. Il vit le jeune homme leur emboîter le pas, songea qu'ils ne l'autoriseraient pas à les suivre là où ils la conduisaient. Martin pensa que c'était un bon fils. Et elle, avait-elle été une bonne mère ? Soudain, il se souvint de la sienne, qu'il avait envoyée au ciel. Il récita une brève prière pour son âme.

59

Nana. Le crépuscule des Saints

Stade Superdome de La Nouvelle-Orléans

Nana ouvrit les yeux. Avait-elle dormi quelques minutes ou plusieurs heures ? Elle se sentait trop fatiguée et fragile pour avoir l'énergie d'ouvrir la fermeture éclair et de chercher à l'intérieur de son sac à dos sa montre dorée que Bobby l'avait pressée de cacher. Comme chaque fois qu'elle se réveillait, une couche de sueur s'étalait sur sa peau de plus en plus déshydratée. Peu importait. Elle maudit l'envie d'uriner qui la torturait depuis des heures et qu'elle était sûre de ne plus pouvoir maîtriser encore longtemps. Elle regarda autour d'elle. Elle aurait juré, bien que cela parût impossible, qu'il y avait plus de gens. Elle inspira une bouffée d'air vicié et sale, mélange d'urine, de transpiration et de l'haleine de milliers de personnes. Elle regretta d'être aussi faible et envisagea de terminer, peut-être, la demi-barre chocolatée aux céréales qu'elle avait dans son sac. Elle avait promis à Bobby de rester là, mais avait déjà attendu toute une journée et toute une nuit. C'était à nouveau le matin. Si elle ne partait pas rapidement de là, elle allait finir par se pisser dessus. Ce serait terrible. Malgré la puanteur de ce lieu, elle percevait encore l'odeur acide de l'urine séchée sur sa jupe. Saisissant sa canne, elle posa la main sur l'épaule de l'homme assis près d'elle.

— S'il vous plaît, pouvez-vous m'aider à me relever ?

Elle envisagea d'abord, pauvre naïve, d'aller aux toilettes les plus proches. Peu importait leur état de saleté. Elle ne pouvait se résoudre à pisser par terre, elle ne pourrait le supporter que si elle pouvait se cacher. Elle pensa que les circonstances nous poussent à accepter ce que vingt-quatre heures plus tôt nous aurions jugé inadmissible. Nana était une femme d'une certaine éducation, à l'ancienne, qui rougissait encore quand elle se déshabillait chez le médecin. S'accroupir et faire ses besoins en public était pour elle inconcevable. Elle mit plus d'une demi-heure pour atteindre la porte des toilettes et, de loin déjà, renifla la flaque pestilentielle sur le sol, agrandie par les milliers de pieds qui marchaient dedans. Plusieurs fois elle sentit le caoutchouc, au bout de sa canne, glisser sur l'immondice. Mais elle n'avait d'autre choix que de continuer de marcher, emmenée de force, presque soulevée, par les gens qui l'entraînèrent vers la sortie. Près de la porte, les groupes qui tentaient d'entrer se mélangeaient dangereusement à ceux qui sortaient et l'on avançait très lentement. Nana sentit sur sa figure le vent chaud et humide qui empestait. Mais elle préféra ça à l'air vicié et oppressant de l'intérieur. Elle était presque dehors quand elle fut poussée de tous côtés. Sa canne dérapa et Nana tomba à genoux. Ses deux mains frappèrent le sol si fortement qu'on l'entendit alentour. La douleur dans ses rotules remonta jusqu'à ses hanches avec une intensité atroce. Elle pensa que c'était la fin, qu'elle allait mourir là, au milieu de la foule. Elle reçut des coups de pied dans les mollets avant qu'une femme qui passait la prenne sous les aisselles, d'une manière très pénible mais qui la remit debout, empêchant qu'elle soit écrasée. Nana continua de marcher, ballottée à droite et à gauche. Elle avait perdu sa canne. La douleur dans ses jambes était insupportable et les élancements dans ses hanches, une véritable torture. Mais elle avança, emportée par cette marée humaine que le stade déversait sur l'esplanade principale. Alors Nana se rendit compte qu'il y avait moins de monde. Elle était dehors.

Le soleil brillait déjà haut. Nana boitait tellement qu'à chaque pas son corps balançait dangereusement, menaçant de la faire à nouveau tomber à tout moment. Elle atteignit la barrière de sécurité et regarda en direction de sa ville. Son cœur se brisa. Des heures durant, elle avait écouté le récit des nouveaux arrivants, mais même dans ses pires cauchemars elle n'aurait pu imaginer un spectacle aussi horrible. Des vieux comme elle, les yeux fous, attendaient, groupés contre la barrière. Des femmes emmenaient vers le stade des petits enfants qui n'arrêtaient pas de pleurer. Il y avait des personnes allongées par terre, à moitié nues, sales. L'eau encerclait le stade, l'odeur était nauséabonde, et les mouches buvaient à la commissure des lèvres des anciens qui bavaient, abandonnés à leur sort. Nana sut qu'elle était perdue au centre de sa propre ville. Elle pouvait à peine marcher sans sa canne. Il n'était pas question de retourner à l'intérieur. Elle le savait, et savait aussi que Bobby ne la retrouverait pas. Elle était seule. Autour d'elle, la pelouse qui entourait le bâtiment était devenue une immense latrine. Ses frères d'infortune étaient là, accroupis, faisant leurs besoins comme des animaux, côte à côte. Horrifiée, folle de douleur et consciente qu'elle ne tiendrait plus longtemps, elle avança cependant. Imprégnée d'excréments et d'urine, la terre ramollie s'enfonça sous ses chaussures. Nana s'approcha du mur. En larmes, elle souleva sa jupe, se baissa légèrement et urina. Au même instant, l'armée entra dans la zone d'accès au stade et les soldats sautèrent des camions.

60

Mangrove noire

Les bayous
Mercredi 31 août 2005

Ils avaient quitté le campement avant l'aube et naviguaient depuis plus d'une heure dans les marais. Après la chaleur de la veille et une nuit à plus de vingt-sept degrés, il semblait impossible que la température ait autant baissé. Il faisait froid. L'humidité dans l'air collait à la peau, telle une couche de transpiration gelée. Dès que le soleil commença à chauffer, la brume à la surface de l'eau se leva. Le visage pâle et bouleversé de Dupree était l'image de la souffrance, mais ses actes, en revanche, étaient empreints d'une détermination et d'une force qui paraissaient émaner du même endroit que la douleur. Il murmurait des indications à l'oreille de Bull, qui pilotait le bateau, assisté par deux pêcheurs. Amaia, Johnson et Charbou étaient à l'arrière, à l'abri sous des bâches en plastique prêtées par les pêcheurs. À l'avant, Médora, obscure figure de proue, présidait l'équipage, veillée par le *traiteur* qui avait insisté pour les accompagner. Ils longèrent les rives inondées qui réapparaissaient peu à peu. Les rangées de cabanes étaient, dans le meilleur des cas, détruites, penchées, comme si une main puissante les avait tordues, ou retournées, inclinées en avant comme des courtisans devant sa majesté le bayou. Des arbres flottaient à la dérive. D'autres, à moitié arrachés, bloquaient le passage de l'eau. Entre les canaux boueux, ils aperçurent les mâts de plusieurs crevettiers qui avaient coulé, entraînant par le fond le seul moyen de subsistance de leurs propriétaires.

À la brume succédèrent quasi simultanément des nuages de moustiques se déplaçant sur l'eau tels de joyeux cirrus dans un bayou qui, à la première heure de cette journée radieuse, demeurait obscur. Les hautes cimes, que n'atteindrait jamais l'eau, se rejoignaient dans le ciel, fermant le chemin comme un tunnel de végétation. Les pêcheurs leur indiquèrent un endroit, dans l'eau, où dépassaient des monticules rugueux : c'étaient les yeux des alligators à l'affût. Clive pointa son fusil vers les arbres.

— Attention en haut : quand l'eau monte, les serpents se réfugient dans les branches, et souvent ils se laissent tomber sur leurs proies.

Inquiets, ils regardèrent les arbres, conscients que leur manque d'expérience du bayou les empêchait de distinguer un reptile d'une branche, ou d'une des lianes qui pendaient partout. Le courant du bayou diminua à mesure qu'ils entraient dans une nappe d'eau dormante, peu profonde. Bull coupa le moteur et leva l'hélice. Le paysage sous leurs yeux était une forêt touffue, pas très haute. Les racines aériennes sortaient de l'eau, formant à leur base un enchevêtrement complexe, noueux, qu'on aurait dit composé d'os, sorte de mangrove, mais totalement noire. Amaia perçut un mouvement parmi les ombres et pointa son arme. Une laie et une demi-douzaine de marcassins s'approchèrent, curieux, sur la rive. Un des pêcheurs leva son fusil, mais Dupree secoua la tête.

— N'y pensez pas. Pas question qu'on annonce notre arrivée.

L'homme fit claquer sa langue, dégoûté.

— Un bon Cajun est capable de manger de tout et, voyez-vous, je crois que manger va devenir compliqué dans les temps qui viennent. Un sanglier peut résoudre la question de la nourriture chez moi pendant deux semaines, et c'est beaucoup, se plaignit l'homme sincèrement.

— Peut-être au retour, concéda Dupree.

À la proue du bateau, la figure de la mort bougea légèrement. Le tissu qui la recouvrait glissa sur son épaule, faisant apparaître sa silhouette squelettique. L'attelle et l'épais bandage blanc que le *traiteur* avait ajoutés pour renforcer ceux de l'hôpital captèrent la faible lumière du marais et se mirent soudain à briller. Médora se pencha en avant et tendit ses doigts osseux vers la proue. Dupree leva la main, faisant signe à tous d'attendre. C'était inutile : ils retenaient leur souffle, observant Médora dont la seule présence constituait une anomalie. Ils écoutaient, troublés, le son vibrant qui sortait de sa bouche chaque fois qu'elle remuait, tel un sifflement aqueux aussitôt suivi d'une déglutition. Médora enjamba le plat-bord et se laissa tomber de l'autre côté dans un clapotis maladroit. Dupree acquiesça et leur ordonna de la suivre. Les pattes dures et fines d'un sanglier étaient peut-être adaptées à ce genre de terrain, mais les pieds humains glissaient sur les racines qui s'élevaient de l'eau, et les trous entre les branches étaient tellement profonds qu'ils pouvaient avaler une jambe entière. Médora marchait devant, suivie par le *traiteur*. Elle ne pouvait plier la jambe à cause de son attelle qui la faisait chanceler dangereusement, et pourtant elle avançait plus vite que n'importe quel autre membre de l'expédition. Amaia se rappela les paroles de Dupree la veille au soir ; elle allait sans nul doute être obligée de recourir à toutes les variables possibles, car s'aventurer dans cet entrelacs de branches derrière Médora, c'était comme poursuivre un zombi dans un ossuaire infini qui menaçait de les engloutir à tout moment.

L'odeur était intense, mélange de bois mouillé, de champignons et d'eau stagnante, vive. Amaia s'efforçait de ne pas penser aux serpents et aux alligators susceptibles d'être cachés parmi la mangrove noire. Elle avait enfilé des gants et évitait de toucher l'écorce des arbres, couverte de fourmis rouges et de chenilles venimeuses. Mais elle se rendait compte que ce lieu ressemblait à l'enfer, et que les chances de survie dans le bayou étaient infimes pour qui n'y était pas né. La concentration extrême requise pour regarder où poser les pieds et suivre Médora lui avait fait perdre le sens de l'orientation, ainsi que toute notion de distance et de temps. Chaque fois qu'elle levait la tête, une vision identique à la précédente apparaissait. Elle se retourna plusieurs fois, inquiète pour Dupree qui les suivait, à la traîne, avec un des pêcheurs. Et Dupree lui fit signe de continuer. Amaia commençait à se demander si c'était une bonne idée de se laisser guider par une femme presque aveugle, et s'ils arriveraient à sortir de là. Le destin sembla vouloir répondre à sa question, car la lumière brûlante du soleil du matin éclaira soudain une sorte de prairie qui s'étendait dans l'eau devant eux. Médora s'arrêta sur l'entrelacs de racines, regardant autour d'elle, cherchant un repère. Tous l'imitèrent, l'observant, soufflant. Amaia respira l'air frais, pur, qui lui rappela une autre clairière, à une autre époque. Elle chassa cette pensée de son esprit et se concentra à nouveau sur la femme qui, non sans mal, descendit des branches noueuses et s'enfonça jusqu'aux genoux dans cette fausse prairie qui s'étalait sur plus de trois kilomètres.

Des fleurs rouges, odorantes, surgissaient de l'eau entre les pousses vert émeraude. Amaia crut qu'il s'agissait d'une espèce rare d'orchidées, avant de se rendre compte que c'étaient des lys, ces fleurs héraldiques, symboles de La Nouvelle-Orléans.

Ils avançaient très lentement, même Médora. Dupree s'était placé à côté du *traiteur* et lui parlait si bas que personne ne pouvait entendre ce qu'ils se racontaient. L'eau était tiède. On aurait dit une substance séreuse, organique, dont le contact produisait une réaction répulsive. Alors Amaia entendit le premier coup de tonnerre. Retentissant, puissant, tout près.

« Elle arrive. »

Elle regarda le ciel. La brume était montée à mi-hauteur. La visibilité au ras du sol était totale, mais une couche dense de nuages bas et effilochés flottait partout. Comment appelaient-ils ce ciel ? L'odeur des fleurs se répandait, sucrée, entêtante, s'élevant comme une guirlande parfumée autour d'elle. Il lui sembla que la charge d'ozone de la tempête la rendait encore plus enivrante. Plus ils avançaient, plus le terrain descendait. La brume empêchait de voir, et le soleil se reflétait à sa surface avec un étrange éclat qui faisait mal aux yeux. Un nouveau coup de tonnerre fendit l'air et résonna pendant une, deux, trois secondes.

« La Dame arrive. »

Comment l'appelaient-elles déjà, sa tante et elle ?

« De la crème de brume », pensa Amaia, et elle le dit à voix haute en même temps :

— De la crème de brume.

Elle entendit crier derrière elle et se retourna. Dupree, qui marchait près de Médora, se plaça devant cette dernière, l'obligeant à s'arrêter. La femme se figea, déconcertée. Évitant de le regarder, Médora observa les alentours, très lentement, comme si elle prenait conscience du lieu où elle était. Perturbée, et devant l'impossibilité d'avancer, elle mit ses bras autour de son corps et commença à se balancer d'avant en arrière.

À présent, Amaia distinguait tout. Bull discutait avec les pêcheurs. Dupree lui fit signe de venir voir. Les pêcheurs s'étaient arrêtés à une certaine distance.

— On ne va pas plus loin, ça suffit, dit le plus âgé, catégorique.

— Mais pourquoi ? Je ne comprends pas ce qui vous prend tout à coup, rétorqua Bull.

— C'est trop dangereux, expliqua l'homme.

Johnson, qui les dévisageait, leur dit :

— Ne me faites pas ce coup-là. Vous êtes des durs, des Cajuns des bayous, des pêcheurs. Vous saviez qu'on cherchait Le Grand. Quel est le problème ?

Clive se tourna, inquiet, vers le chemin d'où ils venaient, laissant son compagnon répondre.

— Le tonnerre…

— Le tonnerre ? Vous avez peur de l'orage ? demanda Johnson, incrédule.

Le plus âgé parut offensé.

— Vous ne comprenez pas. Ce ne sont pas des coups de tonnerre normaux. Regardez le ciel.

Tous obtempérèrent, plissant leurs yeux agressés par la lumière.

— Où sont les nuages noirs ? Les grands cumulus

pleins d'eau ? interpella l'homme, s'adressant au *traiteur*.

— L'orage est encore loin…, prétendit Bull, sans laisser à ce dernier le temps de répondre.

— Non, il est au-dessus de nous. Vous n'avez pas entendu le tonnerre ? Le dernier coup a fait trembler la terre, répliqua le pêcheur.

— D'accord. Il est au-dessus de nous, admit Bull. Et alors ?

— C'est un mauvais présage, répondit Clive très sérieusement. Tout le monde le sait, ajouta-t-il, fixant le *traiteur*.

L'homme ne dit rien, mais acquiesça, lui donnant raison.

Bull les regarda, halluciné.

— Les coups de tonnerre sont des mauvais présages ?

— Ceux-là…, précisa le pêcheur, exalté, pointant son arme en l'air. Quand le ciel n'est pas noir, qu'il n'y a pas un seul nuage d'orage ni aucun autre signe. Si on est dans le bayou et qu'on entend le tonnerre dans un ciel comme ça, c'est un mauvais présage.

— Il ne faut pas continuer, insista l'autre.

— Pourquoi ? interrogea Bull, railleur. Que peut-il arriver ?

Les hommes échangèrent un regard avant de répondre.

— On dit qu'il faut faire demi-tour. Les esprits du bayou sont réunis ; si on les dérange en entrant dans leur territoire, ils nous plongent dans un cauchemar dont on ne peut plus sortir pendant au moins cent ans.

— Rip Van Winkle. (Tous se tournèrent vers Dupree). C'est une nouvelle de Washington Irving.

— Vous voyez, renchérit Johnson. Une nouvelle.

— Il est vrai toutefois, reconnut Dupree, qu'Irving s'est inspiré d'anciennes croyances et de légendes des montagnes pour l'écrire. Différentes façons de nommer la même peur à différents endroits, dit-il à l'intention d'Amaia.

Mais elle regardait au loin, distraite, étrangère à leur conversation. Elle semblait entendre quelque chose, se souvenir d'autres coups de tonnerre.

— Le tonnerre est le signal qu'il faut faire demi-tour, conclut le pêcheur. Nous pensions que vous saviez où vous alliez, mais guidés par ce zombi…

— C'est une femme malade, corrigea le *traiteur*. La victime d'un enlèvement, séquestrée pendant dix ans. Et, le pire, c'est qu'elle est toujours prisonnière. Elle n'a pas choisi d'être comme ça. Ayez plus de respect pour elle, s'il vous plaît.

Les hommes baissèrent la tête, mais ne bougèrent pas pour autant.

Le *traiteur* alla rejoindre Médora.

Dupree observa de nouveau les pêcheurs, fit claquer sa langue et leur dit, s'impatientant :

— Peu importe. Partez si vous voulez, attendez-nous à côté du Zodiac. On ne peut pas perdre plus de temps, la vie de plusieurs jeunes filles est en jeu.

— Hors de question, intervint Charbou, qui était resté silencieux jusque-là. Si on laisse ces deux trouillards retourner au Zodiac, au prochain coup de tonnerre ils détaleront comme des lapins et nous laisseront tomber.

Dupree scruta les deux hommes, interrogateur. Tous deux détournèrent le regard.

— Désolé, les amis, mais vous allez devoir continuer,

il est trop tard pour faire demi-tour, annonça Bull, mettant un terme à la conversation.

— Nous sommes en état d'arrestation ou quoi ? s'écria Clive.

— Non, répondit Charbou, mais si vous persistez à vouloir rester ici, je vous menotte à un de ces arbres couverts de fourmis rouges, et vous attendrez qu'on revienne.

Ils se remirent en marche à contrecœur.

La clairière se terminait brusquement, laissant place à des arbres touffus, deux fois plus grands qu'un homme, qui formaient une barrière naturelle. Un nouveau coup de tonnerre retentit au-dessus de leurs têtes au moment où ils arrivaient à la première clôture. Les pêcheurs se regardèrent, contrariés. Médora se faufila entre les barbelés, s'égratignant la peau au passage. Ils la suivirent. De l'autre côté, ils découvrirent une propriété qui leur parut immense.

— Vous avez devant vous l'ancienne plantation du Grand Bayou, susurra Dupree.

Ils en firent le tour. Bull indiqua à Dupree les endroits où se trouvaient les caméras, mais en approchant il s'aperçut que la tempête avait probablement rendu inutilisables la plupart d'entre elles. Elles étaient couvertes de lichen, de chiendent, et certaines étaient orientées d'une façon peu adaptée à la surveillance. La deuxième clôture présentait des brèches à plusieurs endroits, et la porte principale était sortie de ses gonds, bien qu'une grosse chaîne munie d'un cadenas tout neuf et huilé maintînt encore les deux vantaux. Manifestement, cet endroit était encore sous l'eau à peine quelques heures plus tôt. Médora passa devant l'entrée et s'avança jusqu'à une barrière d'arbustes qui protégeait l'accès principal de chaque côté. La clôture était cassée à cet endroit, il y avait un trou assez large pour passer en rampant. Médora se jeta dans la boue et, tirant sur sa jambe entravée, se glissa de l'autre côté. À l'intérieur de la propriété, l'eau arrivait aux genoux, mais de nombreuses marques indiquaient qu'elle était montée bien plus haut. Elle avait beau être redescendue au cours des dernières heures, elle stagnait sur le terrain, formant un bassin naturel qui serait utilisé en d'autres temps, Amaia en fut sûre, pour les cultures en zone humide. Elle songea que le bayou avait repris le terrain qui portait son nom et imagina même qu'il avait probablement été le premier propriétaire de ce lieu avant que l'homme s'en empare. La surface de l'eau était calme, sombre et menaçante, comme un grand miroir noir. Au loin, ils pouvaient voir au moins cinq bâtiments entourant le corps principal, qui s'élevait sur une petite colline et était le seul à ne pas être inondé. Le premier bâtiment, de plain-pied, était rectangulaire. Il ressemblait à une ancienne écurie et était rempli de bidons métalliques et en plastique, de différentes tailles et couleurs. Il n'y avait personne.

Plus ils avançaient, plus se renforçait leur impression que la propriété était abandonnée. Nul véhicule à l'horizon, à l'exception d'une Jeep dont le capot était ouvert. De près, ils constatèrent que le moteur était noyé dans la boue. Ils contournèrent avec précaution les autres bâtiments par-derrière, longeant la clôture là où les arbustes plus hauts pouvaient cacher leur présence si quelqu'un les observait de la maison principale. Bill et Bull se dirigèrent vers celle-ci, entraînant avec eux un des pêcheurs, pendant que Johnson et Amaia exploraient les dépendances avec l'autre. Le reste du groupe attendit leur retour. Ils ne trouvèrent aucune trace de présence humaine. Il y avait un petit pavillon de chasse au bout de la propriété. Médora partit dans cette direction, suivie par Amaia, le *traiteur* et Dupree. Ils eurent du mal à avancer. À chaque pas, leurs bottes s'enfonçaient dans la masse fangeuse au fond de l'eau. Amaia s'efforçait de ne pas penser, de chasser la sensation que quelqu'un, ou quelque chose, la tirait vers le bas, l'aspirant tel un butin que le bayou réclamait. Elle tenta de se calmer. Au même moment, un nouveau coup de tonnerre fit vibrer l'air alentour, comme l'onde expansive d'une explosion.

« La Dame arrive », répéta le chœur antique dans sa tête.

De près, l'étrange bâtiment semblait abandonné depuis longtemps. Le rez-de-chaussée était inondé et, de l'extérieur, on voyait que l'eau était montée quasiment jusqu'au toit sans ouverture.

Le tonnerre retentit de nouveau et il commença à pleuvoir. De grosses gouttes tièdes qui tombaient d'un ciel toujours aussi éblouissant et brumeux. En moins de trente secondes, ils furent complètement trempés.

« Elle arrive. »

61

Fatalité

Elizondo

Quand Amaia Salazar avait douze ans, elle se perdit dans la forêt pendant seize heures. On la retrouva à l'aube à trente kilomètres au nord de l'endroit où elle avait quitté le chemin. Quand on l'interrogeait, elle répétait qu'elle ne se souvenait presque de rien. Pourtant, elle aurait pu décrire en détail chacune des émotions et des sensations, des sentiments et des peurs qui l'avaient accompagnée tout ce temps. D'abord la panique, quand elle s'était rendu compte qu'elle s'était éloignée du sentier. Puis la certitude de pouvoir le retrouver. Enfin, le moment où elle avait admis qu'elle s'était bel et bien perdue, telle l'héroïne d'un sinistre conte de Grimm. Elle se rappelait avec clarté le tonnerre dans un ciel gris de crème de brume, sans aucun de ces nuages noirs gorgés de pluie que tout randonneur apprenait à distinguer et à redouter.

C'était un matin frais, à la fin de l'hiver. Un matin apparemment comme un autre, même si ce ne fut pas le cas. La brume épaisse se déversant sur le flanc des montagnes, telle l'eau savonneuse d'un bain. Les voitures garées en file au bord de la route sur le lieu de rendez-vous, tout près du champ de tir. Les retrouvailles joyeuses des randonneurs, comme s'ils ne s'étaient pas quittés seulement une semaine plus tôt. Les premiers kilomètres silencieux, seulement ponctués par le bruit des chaussures sur la terre compacte du chemin. Quelques flaques restaient de la dernière pluie et, à certains endroits, le sentier se couvrait de l'or friable des feuilles des arbres qui tombaient sur eux par surprise comme des confettis.

Il y avait quelque chose de sacré à marcher dans la montagne, c'était chaque fois semblable et chaque fois différent. Une sorte de pilotage automatique qui lui permettait de rêver et de se détendre comme nulle part ailleurs. Les matins humides et froids de son enfance emperlaient ses vêtements en laine de gouttes brillantes qui y restaient accrochées, tels de petits bijoux. Pendant la première heure, les randonneurs parlèrent peu. Ils se concentraient sur leurs pas, cherchant leur rythme, inspirant par le nez l'air froid de Baztán qui formait de la buée quand ils l'exhalaient à travers leurs écharpes. Elle pouvait ainsi marcher tranquillement. Devant, écoutant les pas du groupe dans son dos, ou derrière, les laissant s'éloigner suffisamment pour retrouver la sensation d'être seule. Chaque fois semblable et chaque fois différent. Elle n'aurait jamais cru qu'elle pourrait aimer ça à ce point, ni qu'un jour, et c'était aujourd'hui, elle serait contrainte d'arrêter. La forêt la cajolait, la berçait en son sein, lui ôtant ce sentiment de peur, de menace permanente, de honte. Surtout, elle la délivrait de cette pensée qui bouillonnait dans sa tête, ne la quittant jamais, l'empêchant de se reposer, et qui seulement ici se repliait dans son royaume obscur, l'autorisant à se sentir libre, maîtresse, orgueilleuse propriétaire et humble servante de la belle forêt.

Un matin comme un autre, mais c'était le dernier. Elle allait partir, et seuls la forêt et Ipar lui manqueraient. Sa tante irait la voir, mais elle ne reviendrait plus ici avant longtemps et il était impossible d'emmener Ipar. Chaque fois qu'elle y pensait, ses yeux se remplissaient de larmes. Elle s'arrêtait et, à genoux, étreignait le chien, plongeant son petit nez dans les poils de son cou. Et lui, comme s'il pressentait la séparation, se comportait comme le meilleur ami du monde, léchant ses larmes à grands coups de langue. Elle prit beaucoup de photos d'Ipar : attendant ses caresses, marchant à ses côtés, s'avançant pour explorer le chemin avant elle, la contemplant, fasciné comme un amoureux, tirant la langue, les yeux rieurs… et l'attitude qu'elle préférait : à l'arrêt, immobile, écoutant attentivement les sons qui surgissaient de la partie sombre de la forêt, qui le faisaient grogner et menacer toute personne qui voulait s'approcher. Amaia laissa le groupe s'éloigner afin de profiter du sentier vide. Elle marcha deux pas et un éclat blanc dans l'herbe attira son attention. Une primevère si pâle qu'elle semblait mourir de froid. Peut-être la première fleur de l'année, pensa la fillette, se sentant privilégiée par la forêt qui lui offrait un cadeau spécial pour son départ. Ipar, contaminé par sa curiosité, renifla la fleur, ce qui fit rire la petite jusqu'au moment où elle s'aperçut que, sans le vouloir, il l'avait sectionnée avec son museau.

— Mais quelle brute !

Elle s'agenouilla, poussant Ipar, et tenta en vain de replacer la petite fleur sur son moelleux tapis de feuilles vertes. Mais la fragile primevère était complètement arrachée. Elle la tint entre ses doigts, regardant Ipar à la fois contrariée et indulgente. Alors elle vit l'arbre. Rond et voluptueux, son tronc brillait avec la rosée du matin comme une robe en soie sur les hanches d'une dame majestueuse.

Amaia leva les yeux et constata que le groupe était encore visible. Elle sortit du sentier et dut contourner les branches tombées d'un hêtre ainsi qu'une barrière de hautes fougères qui, telles des sentinelles, surveillaient le chemin naturel vers l'arbre dame. Il était magnifique, d'une façon primitive, naturelle et ancienne. Amaia le contempla, bouleversée par sa splendeur, l'éclat poli de ses feuilles de jade qui semblaient baignées de rosée, comme le tronc. Elle l'admira, captivée par la manière avec laquelle l'ombre et le calme s'étendaient sous ses branches, formant un espace protégé où l'air était paisible, doux et argileux. Les racines sortaient de terre, voluptueuses et arrondies, féminines, se prolongeant sous les pieds de la fillette dans un enchevêtrement ferme et harmonieux. D'un geste impulsif, elle s'accroupit et posa la fleur qu'elle tenait encore à la main dans un creux entre les racines. Elle demeura ainsi, sous l'autorité protectrice de la Dame arbre pendant… Jamais elle ne saurait combien de temps elle était restée là, fascinée. Mais elle se rappelait qu'un coup de tonnerre lui avait fait prendre conscience qu'il se passait quelque chose d'étrange. La lumière brillait intensément entre les feuilles de l'arbre. Les grognements furieux de son chien lui semblaient très loin. Renonçant à contempler l'ensorcelante Dame, elle baissa les yeux et sentit sa tête tourner. Elle s'assit par terre et, levant les genoux, regarda fixement ses pieds, jusqu'à ce que son malaise disparaisse. Elle remarqua alors qu'Ipar aboyait, hystérique, tourné vers l'épaisseur de la forêt. Il avançait puis reculait vers elle, l'effleurant avant de s'élancer à nouveau en direction du feuillage, décrivant un arc de cercle comme s'ils étaient cernés par un ennemi. Amaia fit quelques pas en arrière pour sortir de l'influence de l'arbre et leva les yeux au ciel. Trouble, rempli de nuages à mi-hauteur qui imprégnaient l'air d'eau et empêchaient de voir le soleil. Sa tante et elle appelaient ça un ciel de « crème de brume ». Elle plissa les yeux et entendit un nouveau coup de tonnerre. Elle regarda autour d'elle, étonnée, et mesura à cet instant combien elle s'était éloignée du chemin. Elle aurait juré qu'elle s'était seulement avancée d'une dizaine de mètres dans la forêt, pourtant elle ne pouvait plus voir le sentier de randonnée. Elle appela Ipar et tenta de revenir sur ses pas, mais le chemin n'était plus là. Elle retourna vers l'arbre puis marcha à reculons en continuant de fixer le point qui l'avait attirée. Au bout d'un moment, elle ne pouvait presque plus voir l'arbre, mais elle n'avait pas retrouvé le chemin. Effrayée, elle repartit vers l'arbre.

— Par où faut-il aller, Ipar ? demanda-t-elle au chien.

Mais toute l'attention de l'animal était fixée sur la progression de l'ennemi tapi dans le feuillage. Il lui jetait de rapides regards pour constater sa position, puis bougeait d'avant en arrière en aboyant rageusement.

Un autre coup de tonnerre retentit comme une bombe, faisant trembler le sol sous ses pieds. Amaia leva la tête, mais put seulement distinguer la couche de brume haute qui cachait le ciel.

Les randonneurs d'Aranza dont elle faisait partie s'aperçurent de sa disparition quand ils s'arrêtèrent pour se restaurer à dix heures du matin. Javier Atienza, le responsable du groupe, mit environ huit minutes à interroger la cinquantaine de personnes, en majorité des parents avec leurs enfants. Ils venaient presque tous de la ville proche de Pampelune, et tous les week-ends se retrouvaient dans la petite commune d'Elizondo pour partir dans la montagne, emmenés par un alpiniste qui, après avoir grimpé trois ou quatre fois dans sa jeunesse jusqu'à huit mille mètres, consacrait sa retraite à transmettre aux plus jeunes son amour de la montagne.

Atienza passa sa main sèche sur son visage ridé. Il se maudit à voix haute de ne pas avoir été plus attentif. Il l'était d'habitude, car Amaia était la seule enfant à venir seule. Sa tante, qu'il connaissait depuis leur jeunesse et qu'une récente opération aux genoux empêchait de faire de la randonnée, la lui avait personnellement recommandée. Elle s'en voulait d'avoir pressé la petite d'accepter cette sortie et de ne pas être en mesure de l'accompagner. Atienza lui avait promis de ne pas quitter Amaia des yeux. La fillette passerait de merveilleux moments, découvrirait un paysage d'une beauté extraordinaire et se ferait des amis. Javier pensait qu'il avait vu juste pour deux choses. Silencieuse et solitaire, on voyait que ça lui plaisait : toujours avec son appareil accroché autour du cou, elle prenait en photo des papillons, des champignons, des fleurs. En revanche, elle fuyait la compagnie des autres et préférait marcher devant ou derrière le groupe. Au cours des premières excursions, certains avaient tenté de l'approcher, curieux, des fillettes avaient voulu lier conversation avec elle, les parents d'autres enfants lui avaient proposé de s'asseoir avec eux quand ils s'arrêtaient pour déjeuner. Mais Amaia cherchait un arbre éloigné et, s'appuyant contre lui, sortait de son sac à dos le sandwich que lui avait préparé sa tante et le mangeait, fixant des yeux la cime des arbres. Javier la laissait tranquille. Il savait qu'il existe de nombreuses manières d'entrer en communication avec la forêt, et pour certains, les plus privilégiés, c'était ainsi, en silence, presque en communiant, comme s'ils pouvaient entendre une voix, au-delà du feuillage, leur susurrant des paroles pour eux seuls. Il était sûr qu'avec le temps Amaia ferait partie de ces admirables randonneurs qui préfèrent être seuls et trouvent dans leur relation exclusive avec la forêt une sorte de bonheur indescriptible, lumineux, qui se reflète sur leur visage, conscients d'avoir assisté à un miracle.

Quelqu'un se rappelait l'avoir vue pour la dernière fois vers neuf heures du matin. Ils n'étaient pas très sûrs car Amaia avait l'habitude de s'attarder pour photographier tout ce qui attirait son attention au bord du chemin. Sachant cela, Atienza passait son temps à se retourner jusqu'à ce qu'il la voie arriver en courant et réintégrer le groupe. Il était presque certain de l'avoir vue revenir au moins une fois. Une battue organisée par le père d'Amaia partit à sa recherche avant midi. Ils crièrent son prénom dans les clairières et le sous-bois, inspectèrent les rivières et les cascades, les grottes et le creux des arbres, les cabanes, les fermes, les refuges de chasseurs, les ravins… Seuls les coups de tonnerre résonnant dans cet étrange ciel blanc leur répondirent. Puis la nuit tomba, et Juan Salazar s'indigna intérieurement quand il entendit que les volontaires abandonnaient, non sans un certain soulagement. C'était une petite fille, certes, mais elle était bizarre. La fille des Salazar qui ne parlait à personne et n'avait pas d'amis. Et le tonnerre dans un ciel dégagé était un mauvais présage. Le signe sans équivoque que la dame des tempêtes était de retour en Baztán.

Juan Salazar les remercia de l'avoir aidé à chercher sa fille. Les hommes bredouillèrent des excuses et des paroles de réconfort. Ils avaient sans doute un peu honte, mais partirent quand même. Juan Salazar continua de chercher sa fille en compagnie d'une demi-douzaine de chasseurs, de quelques bergers, des gardes civils d'Elizondo et de Javier Atienza qui, malade de culpabilité et pâle comme la mort, refusait de s'alimenter tant qu'ils n'auraient pas retrouvé l'enfant. À vingt heures, l'obscurité fut totale. Alors l'orage éclata.

Ipar en avait connu d'autres. Il n'avait pas peur du tonnerre ou des éclairs, mais craignait ce qui se cachait dans le feuillage. La pluie tombait, glacée, sur Amaia. La petite se recroquevilla, tremblant, sous la capuche de son blouson trempé. L'eau coulait à flots sur sa main transie de froid, avec laquelle elle s'accrochait aux longs poils du cou d'Ipar. On ne voyait rien, sauf quand les éclairs traversaient le ciel, illuminant la nuit ; alors, comme poussée par une force nouvelle, Amaia avançait sur le sentier que la lumière, en une seconde, avait gravé dans son esprit. Ipar pouvait sentir que la fillette était très fatiguée. À certains moments, elle s'asseyait par terre pour se reposer et il se frottait contre elle pour lui transmettre de la chaleur, percevant que sa température corporelle baissait et que son pouls ralentissait. Amaia l'étreignait, fermant les yeux, enfouissait sa tête dans son cou et s'endormait avant de se réveiller à peine quelques secondes plus tard, effrayée et fébrile. Ipar savait qu'il ne fallait pas qu'elle s'endorme sous la pluie, mais quand elle se remettait à marcher, elle partait dans la mauvaise direction. Ipar avait beau lui montrer la bonne et insister par tous les moyens avec lesquels un chien de berger guide sa brebis égarée, Amaia continuait de se diriger vers le nord, obéissant au messager obscur qui se cachait dans le feuillage et lui indiquait subtilement le chemin. Ipar ne pouvait que rester aux côtés de la fillette, attentif aux mouvements dans les arbres, grognant et aboyant de temps en temps pour empêcher la créature qui rôdait d'approcher.

62

Le Grand Bayou

Les bayous
Mercredi 31 août 2005

Ils firent le tour du pavillon de chasse. La porte était grande ouverte mais, à la différence des autres bâtiments, quelqu'un avait bloqué le vantail avec une branche. Dès qu'ils eurent franchi le seuil, Médora se colla contre le mur, telle une petite souris. Comme si elle se souvenait de ce lieu, regardant horrifiée les têtes empaillées de pumas, sangliers, alligators et crocodiles qui décoraient la pièce jusqu'au plafond, où la marque de l'eau était visible. Le pelage des animaux était mité et noirci par le temps, et même s'ils avaient séché sous l'effet de la chaleur, ils étaient couverts de boue et d'eau sale, ce qui leur donnait un aspect répugnant et sinistre. Il y avait deux grandes tables entourées de bancs renversés. La partie supérieure sortait de l'eau, mais les plateaux étaient maculés de fange. L'eau arrivait aux fenêtres, qui étaient au nombre de six. Contrastant avec la lumière éclatante de l'extérieur, la pièce était quasiment dans la pénombre. Les vitres avaient résisté par miracle, mais couvertes de limon du bayou, elles laissaient à peine passer le jour. La moitié de la pièce était traversée par des poutres en bois qui soutenaient le toit ; l'autre moitié était occupée par une mezzanine en porte-à-faux à laquelle on accédait par un escalier en colimaçon. La porte en haut de l'escalier était ouverte et ils entendirent clairement quelqu'un siffler, malgré le crépitement de la pluie sur le toit. Au même moment, avant qu'ils aient eu le temps de battre en retraite, un homme apparut de dos dans l'encadrement. Il était torse nu et commença à descendre en traînant une sorte de ballot qui heurtait chaque marche avec un bruit sourd. Tous braquèrent leurs armes sur lui, attendant le signal de Dupree. Médora poussa un cri de bête prise au piège, et des mouvements spasmodiques secouèrent son corps comme si elle cherchait à se libérer ou agonisait. L'homme cessa de siffler et se retourna, lâchant son fardeau. Ils découvrirent alors qu'il s'agissait du cadavre d'une jeune fille aux longs cheveux noirs tressés qui continua de glisser sur les marches, sa tête heurtant violemment le sol. Dans un premier temps, le ravisseur tenta de remonter sur la mezzanine, mais le cadavre l'empêchait de passer. Jason Bull tira, probablement un des pêcheurs aussi, mais ils le ratèrent tous deux. L'homme, qui bougeait avec une rapidité extraordinaire, sortit de sa ceinture une arme avec laquelle il commença à tirer, atteignant un des animaux depuis longtemps morts. Le pelage sale explosa en copeaux et sciure de bois qui tombèrent en pluie sur Médora. Le siffleur descendit l'escalier à toute vitesse, mais Charbou se jeta sur lui pour l'intercepter. La rampe s'effondra et tous deux tombèrent dans un mètre d'eau. Ils luttèrent parmi les cris des autres qui essayaient de viser l'homme et lui ordonnaient de se rendre. Plusieurs coups de feu retentirent, amortis par l'eau boueuse. Soudain le siffleur s'effondra sur Charbou qui le repoussa et sortit du périmètre où le sang commençait à colorer l'eau.

Médora avait arrêté de crier. Ils se tournèrent vers elle et s'aperçurent que le *traiteur* lui avait couvert la tête avec sa veste. Cela semblait la tranquilliser. Debout contre le mur, à peine soutenue par les os fragiles de ses jambes, elle ressemblait à un grand oiseau galeux et déplumé, cagoulé. Mais elle était calme. Elle se balançait d'avant en arrière, émettant son chuintement semblable à une fuite d'eau. Son pansement était sale, et une tache brune apparaissait sur sa plaie.

— Oh, mon Dieu ! s'exclama le *traiteur*.

Il la rattrapa au moment où ses jambes n'étaient plus capables de la porter. À genoux dans l'eau, il passa le bras sous les épaules squelettiques de Médora et réussit à grand-peine à lui maintenir la tête hors de la boue. Avec l'autre main, il s'efforçait de stopper l'hémorragie qui, telle une tache d'encre rouge, s'étendait et grossissait sur le tissu mouillé de son absurde chemise de nuit à fleurs. Le *traiteur* secouait la tête devant cette injustice, contemplant son visage dévoré par la mort. À cet instant, juste à la fin, une belle lumière, bien que pâle, éclaira les yeux moribonds de cette enfant dont la vie avait été volée. Médora s'était tue, mais ses lèvres remuaient comme si elle essayait de dire quelque chose. Le *traiteur* pencha la tête pour tenter de l'entendre malgré le vacarme de la pluie qui martelait le toit. Son corps glissa entre ses bras et son torse s'enfonça dans l'eau sale. Dupree et Bull s'agenouillèrent à ses côtés, l'aidant à soutenir les pauvres os de la jeune fille et sa tête hors de l'eau. Le *traiteur* lui posa alors une main sur le front et l'autre sur la poitrine, sans cesser de réciter une prière. Il se pencha à nouveau, colla son oreille contre l'horrible bouche et écouta. Il continua de prier pour elle, même quand la petite lumière dans ses yeux s'éteignit pour toujours.

Dupree l'aida à la porter jusqu'à une table, sans quitter l'escalier des yeux. Le corps de la jeune fille était resté sur une marche ; une jambe s'était retournée et coincée dans la rampe.

Bull chuchota :

— S'il y avait quelqu'un d'autre là-haut, je crois qu'il se serait montré.

— À condition d'être armé…, précisa Charbou.

Ils se firent un signe de tête, et s'élancèrent dans l'escalier, enjambant le cadavre de la fille, grimpant à toute vitesse l'un derrière l'autre. À l'étage, ils se plaquèrent au mur de chaque côté de la porte. Pointant leur arme devant eux, ils pénétrèrent l'un après l'autre dans la pièce. Bull réapparut aussitôt sur le seuil.

— RAS. Un homme jeune, mort, et… d'autres adolescentes… Il vaudrait mieux qu'ils ne montent pas, dit-il à Dupree, avec un geste qui englobait le *traiteur* et les pêcheurs.

Il y avait cinq victimes, toutes des filles. Amaia estima qu'elles devaient avoir entre douze et seize ans. L'eau était redescendue et, malgré la marque encore visible près du plafond, tout était sec. Cependant, leurs vêtements et cheveux présentaient cet aspect caractéristique de ce qui a été déshydraté après avoir été trempé, comme un drap arraché d'un fil à linge, qu'on retrouve tout rêche parmi les pierres et la poussière après une tempête. La chaleur était intense, étouffante . L'humidité du bayou et du rez-de-chaussée de la maison avait totalement disparu, ils avaient l'impression d'être dans une vraie fournaise.

Dans l'entrée et au centre de la pièce, il y avait assez de hauteur sous plafond pour qu'un adulte comme Bull ou Charbou puisse tenir debout, mais ailleurs c'était mansardé et ils devaient s'accroupir, voire s'agenouiller. Une douzaine de paillasses garnies de mousse espagnole sortant par les coutures déchirées, une table assez grande à laquelle manquait un pied, et une lampe à huile allumée et accrochée à un clou près de la porte. Ni fenêtre ni aucune source de lumière. Ils braquèrent leurs lampes sur les corps.

Jason Bull s'appuya contre un mur.

— Vous vous sentez bien ? murmura Amaia, passant à côté de lui.

Bull baissa les yeux.

— Comment le pourrais-je… Cinq gamines…

— Six, intervint Dupree, avec celle de l'escalier. Il l'emmenait ailleurs. Ils étaient certainement en train de faire le ménage, dit-il, montrant le cadavre du jeune homme à côté de la porte. (Il avait glissé dans la position assise. Il était évident que sa mort était récente.) Ils se sont disputés, sans doute à cause des petites ; je crois que c'est le type d'en bas qui a tué celui-là.

Charbou regarda les corps l'un après l'autre.

— Peut-on savoir si les sœurs de Jacob sont parmi elles ? A-t-on un moyen de les identifier ?

Johnson poussa une sorte de grognement exprimant son malaise.

— Ce sont les sœurs et les filles de quelqu'un, c'est tout ce qui compte. Elles sont mortes depuis plus de quarante-huit heures. Probablement à cause de la chaleur. Asphyxiées. Ils ne leur ont laissé ni eau ni nourriture, dit-il, regardant partout autour de lui. La température est très élevée depuis le passage de l'ouragan. Cela accélère la décomposition et il est plus difficile de déterminer l'heure exacte du décès.

— La nuit de Katrina..., précisa Dupree, se penchant sur un corps. Poussez-vous, dit-il à Johnson.

L'agent recula, et Dupree retourna le cadavre, l'allongeant sur le dos. Elle devait avoir environ treize ans. La peau sombre. Ses cheveux noirs et frisés lui arrivaient aux épaules. Elle portait un tee-shirt rose à rayures rouges, collé à sa poitrine naissante. Il n'y avait plus une seule lueur de vie dans ses yeux, qu'une pellicule blanchâtre voilait d'une façon cruelle. Très délicatement, Dupree posa ses deux mains sur son diaphragme et appuya dessus comme pour pratiquer un massage cardiaque. La bouche de la petite s'entrouvrit, laissant échapper un son semblable à un soupir. De ses lèvres surgit un nuage d'écume blanc et rose.

Bull et Charbou se couvrirent la bouche et le nez à cause de la puanteur.

— Elles se sont noyées, déclara Dupree.

Charbou posa la main sur l'épaule de Johnson et ajouta, d'une voix qui sembla dure, comparée à la douceur de son geste :

— Je ne voulais pas dire que ces victimes ne comptent pas, mais nous n'avons aucun moyen de savoir depuis quand elles sont ici ; en revanche, on sait que les sœurs de Jacob ont été enlevées à La Nouvelle-Orléans la nuit de Katrina. Nous sommes censés être arrivés jusqu'ici en suivant leurs traces, j'aimerais avoir un seul indice me confirmant qu'elles sont encore en vie.

Johnson se releva et acquiesça, repentant.

— Vous avez raison. Jacob m'a dit qu'Ania avait été punie pour s'être teint les cheveux chez une amie, sans l'autorisation de ses parents. Elle s'était fait des mèches blondes. Toutes ces petites, y compris celle de l'escalier, ont les cheveux noirs.

— Merci, répondit Charbou.

— Mais on ignore combien de filles l'homme qui sifflait avait déjà évacuées, ajouta Johnson, presque en s'excusant.

Amaia se dirigea vers le fond, s'accroupissant pour atteindre l'endroit le plus mansardé. De là, elle observait la scène. Les paillasses, gorgées d'eau, avaient à peine bougé de leur emplacement initial contre le mur, mais les corps des filles étaient dispersés ; elles n'étaient pas réunies comme elles auraient dû l'être si elles avaient eu peur, ce qui était plus que probable. Amaia revint au centre de la pièce et toucha la trace que l'eau avait laissée sur le mur.

— Elles sont montées sur la table, dit-elle, soulevant le coin du meuble pour le redresser. Quand l'eau a commencé à inonder la pièce, elles ont dû être terrorisées, dans le noir. Il n'y a rien pour alimenter la lampe à huile, c'est l'homme qui l'a apportée. Elles sont restées là, sur la table, sentant l'eau leur monter aux chevilles, aux hanches, à la poitrine. Terrifiées. Prisonnières de l'homme et chahutées par la tempête.

« Elle arrive. »

— Il est difficile pour une petite fille de savoir qui veut lui faire du mal, qui veut la sauver.

63

La forêt et son seigneur

Elizondo

Ipar avançait aux côtés de la fillette. Elle n'avait pas dit un mot depuis un bon moment, et c'était étrange, car elle lui parlait tout le temps d'habitude. Il sentait son découragement, percevait son épuisement.

La dernière fois qu'ils s'étaient arrêtés pour se reposer, Ipar s'était frotté contre elle pour la réchauffer, tandis que la petite posait la tête sur lui, n'ayant même plus la force de le serrer dans ses bras. Elle était restée longtemps dans cette position, sommeillant et sursautant à chaque coup de tonnerre, avant de retomber dans cette dangereuse léthargie. Aboyant pour la réveiller, Ipar l'avait poussée avec son museau pour l'obliger à se relever.

Plusieurs éclairs illuminèrent le ciel, montrant un chemin sinueux à flanc de montagne.

— Viens, Ipar, murmura Amaia avec un filet de voix.

Ils avaient commencé à descendre la pente entre les buissons. Ipar distingua à nouveau la présence cachée qui les avait accompagnés tout le chemin. Elle avançait devant eux, s'arrêtant, tapie dans l'obscurité, pour les attendre. Dès qu'ils se remirent en mouvement, l'émissaire le fit aussi.

Alors Ipar entendit un léger sifflement provenant de la partie la plus touffue de la forêt. Il leva les oreilles pour être sûr. On l'appelait. La fillette voulut suivre le sentier, mais elle était exténuée et, dans l'obscurité, Ipar la dirigea doucement vers le bois ténébreux.

Contrairement à ce qu'ils auraient pu croire, ils n'étaient pas dans le noir. La forêt avait beau s'épaissir de plus en plus, imperméable même aux éclairs striant le ciel, elle leur offrait une sorte de refuge entre les arbres, qui poussaient si près les uns des autres que la pluie y pénétrait à peine. À l'abri du vent, ils avaient l'impression qu'il faisait un peu plus chaud à l'intérieur du bois. L'émissaire invisible s'était arrêté à l'entrée de la forêt, comme un indésirable aux portes d'un palais. Ipar repéra un endroit assez sec et confortable près de gros arbres. Il guida la petite jusque-là. Comme si elle était enfin rentrée chez elle, elle se laissa tomber sur son lit végétal. Ipar s'assit à ses côtés, dans la pénombre. Alors il le sentit nettement. Il s'étonna de ne pas l'avoir flairé plus tôt, mais c'était à cause du bois, des champignons, des baies, de la terre et de l'humus. Toutes les odeurs de la forêt se combinaient en lui en une parfaite harmonie. *Basajaun**. Il avait sûrement été là tout le temps car il le perçut comme un souvenir, une figure respectée et lointaine, diluée dans le temps. Ipar, qui était un chien de berger, fils de chiens de berger, et avait passé sept ans de sa vie dans la montagne, devina qu'il avait déjà eu affaire à lui. Il ignorait s'il l'avait rencontré lui-même ou, comme tant de choses qu'il savait ou sentait, s'il était dans les gènes que lui avait transmis son orgueilleuse lignée.

Basajaun était dans la forêt avec eux. Et, contrairement à l'émissaire affamé et anxieux, il était calme. Il se déplaçait lentement, de cette façon majestueuse liée en partie à sa taille, mais surtout à sa nature. Sa respiration était profonde et caverneuse, sereine, comme tout son être. Ipar le sut instinctivement, viscéralement. Il était sûr d'avoir déjà entendu ses sifflements, et le message implicite qu'ils contenaient : tu peux être tranquille, le seigneur de la forêt veille sur vous.

Ipar fut rassuré pour la première fois depuis qu'ils s'étaient éloignés du sentier de randonnée, percevant la respiration paisible du seigneur du bois entre les grands arbres de son foyer, même s'il ne pouvait pas être totalement confiant : la fillette allait mal. Amaia s'était endormie, allongée sur un lit de feuilles mortes, près du tronc d'un hêtre géant. Ipar se colla à elle pour qu'elle sente sa présence. Quand elle dormait, elle s'agitait, en proie à une terreur qui l'empêchait de se détendre.

L'enfant rêvait. Elle pleurait dans son sommeil.

Ipar renifla son front brûlant. La fièvre avait envahi son corps alors qu'elle se débattait dans un cauchemar, cherchant à repousser quelque chose loin de son visage.

— Je ne suis qu'une petite fille, murmura-t-elle.

Amaia était à moitié consciente de dormir. Elle savait qu'elle rêvait, mais ce n'était pas une consolation ; dans la réalité, elle était perdue dans la forêt. Elle comprit, intuitivement, qu'elle allait à nouveau mourir, et elle ne le voulait pas. Cela la rendait triste.

La tempête l'effrayait tellement.

« La Dame est là », retentirent les voix du chœur dans sa tête.

« J'ai peur », leur répondit-elle.

« La Dame arrive », répondirent les lamies impitoyables.

« Elle me fait peur », gémit-elle.

64

Identification

Les bayous
Mercredi 31 août 2005

Treize ans plus tard, au premier étage d'un pavillon de chasse, l'enfant et la femme se confondirent.

— Il est difficile pour une petite fille de savoir qui veut la sauver alors que le monde semble conspirer pour la tuer.

Bull la regardait en silence, sans rien comprendre. Charbou, au contraire, l'observait avec un ravissement fasciné, à la fois admiratif et déconcerté. Johnson voulut intervenir, mais Dupree l'en empêcha.

— Elles sont restées sur la table, essayant de respirer, la tête hors de l'eau, jusqu'à ce que le pied de la table se casse et dérive là-bas, dit-elle, montrant la partie la plus basse de la mansarde. Les filles sont tombées dans l'eau, les unes sur les autres, affolées. Elles ont résisté aussi longtemps qu'elles ont pu. Puis leurs forces les ont abandonnées et elles se sont noyées, asphyxiées entre le plafond et l'eau qui inondait tout. Quand l'eau a commencé à redescendre, les corps se sont posés ici et là.

Bull prit la parole, presque pour rompre le charme.

— J'imagine que c'est un accident. Personne ne se donne la peine d'enlever autant de filles pour les laisser se noyer. Ils devaient les cacher ici temporairement, comme ils l'ont sans doute fait avec Médora et les autres filles, avant de les transférer ailleurs au bout de quelques jours. Toute la propriété est une sorte d'entrepôt de produits chimiques. Ce qui n'est pas si étrange, l'entreprise propriétaire est une société pharmaceutique. Rien dans ce lieu, sauf ce pavillon de chasse, n'indique que d'autres filles ou d'autres personnes y ont été séquestrées.

— Quand on voit Médora, on pourrait presque dire qu'elles ont eu de la chance, commenta Charbou.

Amaia contempla les filles avec une expression d'infinie tristesse.

— En réalité, la tempête voulait les sauver de quelque chose de bien pire, mais la Dame ne mesure pas ses forces. Elle est comme ça.

Johnson leva la main, demandant le silence. Il pencha légèrement la tête, vérifiant ce qu'il croyait avoir entendu. Le bruit du moteur d'un bateau pénétra dans la pièce à travers les fissures des murs.

— Putain ! Voilà l'autre.

Depuis le début, ils étaient certains que l'homme de l'escalier avait un ou plusieurs complices. Ils avaient parié plutôt pour un ; s'il en avait eu deux, ou plus, quelqu'un serait resté avec lui pour l'aider à déplacer les corps. Mais ils étaient au moins deux, et avaient besoin d'un moyen de transport pour transférer les cadavres ailleurs. Le bruit du bateau s'approchant de la maison leur prouva qu'ils avaient eu raison, du moins en partie.

Ils se précipitèrent en bas, priant pour que les pêcheurs, enhardis par l'action, n'aient pas décidé d'agir de leur propre initiative. Clive était à l'intérieur du pavillon, à côté du *traiteur* qui veillait sur Médora. Mais ils ne virent l'autre nulle part.

— Où est votre copain ? demanda Bull.

— Quand vous nous avez dit qu'un complice pouvait revenir, mon collègue a décidé de faire le guet dans les arbustes dehors. On ne va pas le laisser nous prendre par surprise comme celui-là, répondit-il, esquissant un geste vers le cadavre qui flottait près de l'escalier.

Ils se regardèrent, alarmés. Bull et Charbou coururent à l'entrée. Dupree, Amaia et Johnson se dirigèrent vers les fenêtres. Un coup de fusil retentit sous la pluie, rivalisant avec le tonnerre de cet étrange ciel brillant. Johnson, qui avait ouvert la fenêtre, eut le temps de voir tomber à l'eau un des deux hommes qui arrivaient dans un Zodiac. Ils ne s'attendaient pas du tout à un tel accueil.

— Merde ! s'exclama-t-il.

L'autre, toujours dans le bateau, lâcha la barre et saisit un fusil avec lequel il tira, sans vraiment viser, en direction de l'entrée de la maison. L'homme eut le temps de recharger son arme avant que le pêcheur le touche à l'abdomen. Il porta les mains à son ventre et s'écroula en avant sur le pont du bateau, qui continua d'avancer lentement, venant frapper le mur du pavillon. Johnson et Amaia sautèrent à tribord, Bull et Charbou à bâbord, ordonnant à l'homme de lever les mains en l'air. Il ne leur obéit pas, bien entendu. Il hurlait comme un possédé, se tenant le ventre pour empêcher ses tripes de sortir. Johnson avait déjà remarqué la Winchester calibre 243 de Clive, mais l'autre possédait une 300, avec laquelle il avait envisagé d'abattre un sanglier. Cela expliquait le trou que l'homme avait au ventre. Ses cris se mêlèrent à ceux des pêcheurs, qui se félicitaient mutuellement.

— Portez-le à l'intérieur, ordonna Dupree. (Et, se tournant vers le pêcheur toujours caché dans les arbustes :) Vous ! Sortez de là et arrêtez de tirer et de hurler, vous avez dû effrayer tous les sangliers des bayous !

Ils halèrent le bateau jusqu'à l'entrée principale du pavillon. L'homme avait arrêté de crier. Ils le portèrent jusqu'à la table, près du cadavre de Médora. Charbou confectionna un pansement occlusif avec des chiffons huileux qu'il avait trouvés dans l'embarcation. Il réussit à stopper l'hémorragie, mais le blessé, qui avait une quarantaine d'années, avait perdu connaissance.

Le *traiteur* lui jeta de loin un regard rapide, secouant la tête.

— Je peux prier pour son âme, mais pour son corps, il n'y a rien à faire. Il se vide de son sang. Il mourra dans une heure, peut-être moins, et ce sera très douloureux, dit-il, se retournant vers la dépouille de Médora.

Dupree, lui prenant le bras et le conduisant près de la table, l'implora :

— *Traiteur*, cet homme est le seul à pouvoir nous dire où sont les fillettes, des fillettes enlevées dans leur propre maison, comme Médora, et qui finiront comme elle si je n'arrive pas à arrêter ces monstres. J'ai poursuivi ces types toute ma vie ; quand Médora a été enlevée, nos pas nous ont conduits tout près, si près qu'ils ont tué son frère et mon collègue, qui sont morts dans des souffrances inhumaines. Depuis, j'ai vu des dizaines d'adolescentes disparaître sans que personne ne s'intéresse à leur sort et ne cherche à les retrouver. C'est la première fois que nous sommes si proches du but. Il y a six filles là-haut, j'ignore combien il peut y en avoir ailleurs, mais je sais que si on ne fait rien, personne ne le fera.

— Comment est-ce possible ? demanda-t-il.

Il ne s'agissait pas de pure rhétorique. Il exigeait une réponse.

Dupree le regarda, déconcerté. Amaia répondit à sa place.

— Venez avec moi.

— Quoi ?

— Venez là-haut avec moi, dit-elle, pointant du doigt la mezzanine.

Dupree voulut s'interposer.

— Salazar, je ne sais pas si c'est une bonne idée…

— J'y vais, lui répondit le *traiteur*. Je crois que votre collègue veut me montrer quelque chose…

L'homme suivit Amaia dans l'escalier. Dupree leur emboîta le pas.

La lampe à huile était toujours allumée. Dans la précipitation liée à l'arrivée du bateau, personne ne l'avait éteinte. Elle répandait une lumière rouge, insuffisante, qui colorait étrangement cette pièce étouffante et donnait la sensation d'entrer dans une maison de poupées endormies. À l'exception de celle que Dupree avait retournée pour vérifier la cause de sa mort, toutes les filles étaient couchées sur le côté, la tête posée entre leurs bras tendus vers l'avant. Leurs cheveux, sales et filandreux comme les poils des animaux empaillés au rez-de-chaussée, cachaient en partie leurs visages.

Amaia braqua sa lampe sur les corps, un par un.

— Nous cherchons un démon, dont la plus grande

ruse est de nous faire croire que ce que nous avons devant les yeux est autre chose que la réalité. Ce type de prédateur est capable d'exercer pendant des années son travail macabre avec discrétion, dissimulant ses traces ou les cadavres de ses victimes, faisant passer ses meurtres pour des disparitions, des fugues, des accidents ou des suicides, et choisissant pour cela des victimes ayant un profil à haut risque, des exclus sociaux dont la disparition peut passer inaperçue ou attire peu l'attention. Des adolescentes noires, jolies, en bonne santé, et pauvres. Le genre de filles qui auront de la chance si leur famille s'inquiète pour elles, le genre de filles qu'on soupçonne de fuguer parce qu'elles ne veulent pas aller en cours ou parce qu'on ne les autorise pas à rentrer tard et à sortir avec des garçons. Des adolescentes qui ne s'entendent peut-être pas très bien avec leur mère, se sont disputées avec leur père. Qui, d'une certaine manière, sont déjà parties de chez elles. Des filles désobéissantes, qui se teignent les cheveux sans permission et sont souvent punies, se comportent mal et déçoivent. Tout le monde le sait dans leur village, leur quartier. Parfois elles marchent seules dans la rue, en marge des groupes car elles aiment être tranquilles… Le genre de filles qui peuvent disparaître pendant un ouragan, emportées par les eaux, ou dans une forêt au cours d'une tempête. Qui s'ajoutent au nombre total de victimes, avec tristesse mais sans drame, et sans qu'on se donne la peine d'enquêter davantage sur ce qui a pu se passer. Pour quelle raison le ferait-on ? Puisque de toute façon ces filles finiront par fuguer, s'enfuir et disparaître. Il n'enlève que les rebuts de la société.

» Ce type d'assassin n'a nullement l'intention d'être arrêté, il est capable de jouer au bon citoyen toute sa vie, il n'a pas soif de notoriété, il a déjà sa place dans le monde. C'est un chasseur d'âmes. Non seulement il les enlève, mais il les emmène dans un pavillon de chasse, telles des proies attrapées lors d'une chasse à courre. Et c'est seulement le début de ce qui les attend… Avez-vous une idée du nombre officiel de disparus que l'on recensera quand on fera le bilan de cette catastrophe qui nous a frappés ? Des douzaines ? Des centaines ? Si vous réfléchissez, c'est le décor idéal pour faire disparaître quelqu'un. C'est de cette façon qu'il a bâti son empire, et qu'il continuera de se nourrir, dans l'obscurité, comme un vampire.

Elle marqua une pause et fixa Dupree. Elle avait répété mot pour mot son discours sur le profil des victimes et des tueurs en série cachés de Scott Sherrington. En guise de conclusion, elle ajouta :

— Sa satisfaction et son pouvoir proviennent du fait que nous ne croyons pas à son existence. Comme le diable.

Le *traiteur*, qui allait d'une fille à l'autre en écoutant Amaia, s'approcha tout près d'elle. Il se pencha et prit une de ses mains. Amaia aperçut la silhouette de Dupree, qui avait reculé jusqu'à la porte, et ignorant pourquoi, elle eut terriblement honte. Elle fit un pas en arrière et tenta de dégager sa main, pressentant que le *traiteur* avait ainsi accès à une part de son intimité qu'elle ne pouvait pas partager. Mais l'homme l'avait saisie avec une fermeté et une vigueur surprenantes chez quelqu'un d'aussi chétif. Il la retint, avançant à nouveau vers elle pour combler la distance qu'elle avait voulu imposer entre eux et enveloppa de ses deux mains celle d'Amaia. La vérité jaillit puissamment.

— Un jour, une tempête m'a sauvée.

65

Ipar. Nord

Elizondo

La fillette était brûlante de fièvre et délirait dans son sommeil sous un hêtre. Son chien, qui l'aimait d'un amour absolu, était près d'elle, léchant sur son visage les larmes qu'elle semblait vouloir balayer avec ses petites mains.

Amaia sentit l'odeur minérale et primitive de la farine. La poudre fine entra dans ses narines, collant aux sinus et l'obligeant – elle devinait qu'elle ne devait pas le faire – à respirer encore plus fort. Elle ouvrit la bouche. La farine sous laquelle elle était ensevelie entra dans sa gorge, et ce mélange de pâte et de salive l'étouffa, lui soulevant le cœur. « Je ne veux pas mourir, je ne suis qu'une enfant », essayait-elle de dire. Mais à chaque mot la farine pénétrait plus profondément, et ses prières pour vivre étaient cruellement en train de la tuer. Elle entendit le tonnerre et la musique de Berlioz accompagnant sa mort de son carillon funèbre. Quand elle fut sûre que c'était la fin, elle sentit des mains humides et chaudes nettoyer la farine sur son visage. Alors elle put ouvrir les yeux… Rosario lui sourit.

— C’est aujourd’hui, petite sorcière. L’*ama* va te manger cette nuit.

Amaia hurla, terrorisée, et se réveilla au cœur d’une forêt noire. Pendant un bon moment, elle crut qu’elle était morte car elle ne voyait rien, n’entendait rien sinon ses propres cris étranglés par le froid et la fièvre, sa voix lui semblant appartenir à une autre.

Les aboiements d’Ipar la ramenèrent à la réalité. Elle était perdue dans la forêt, elle allait mourir. On allait la manger.

Elle se mit debout, s’accrochant au hêtre, et, telle une non-voyante, enfonça la main dans le pelage de son chien avant d’esquisser un pas.

— Allons-y, Ipar, lui ordonna-t-elle de cette voix inconnue.

Le chien resta à sa place. Immobile.

Amaia s’agenouilla à côté de lui et, le serrant dans ses bras, l’implora :

— Allons-y, Ipar, je t’en supplie.

Elle enfonça à nouveau les doigts dans les longs poils et fit un pas. Cette fois, le chien ne résista pas. Il avança au côté de sa maîtresse, mais tourna plusieurs fois la tête, comme pour tenter d’expliquer au seigneur de la forêt qu’il ne pouvait pas faire autrement.

Amaia ne voyait rien. Elle ferma très fort les yeux dans l’espoir de voir un peu mieux quand elle les rouvrirait. Ipar la guidait. Il l’empêchait de se cogner aux arbres qu’elle sentait près d’elle, telle une présence bienveillante, mais trébuchait sans arrêt sur les racines, les pierres et les dénivelés. Elle tomba à genoux. Ipar s’élança devant elle pour amortir le choc et l’empêcher de s’étaler complètement par terre, mais l’élancement dans ses cuisses et la brûlure dans ses genoux la firent pleurer de douleur et de peur. Elle eut du mal à se relever. Ensuite, chaque pas fut pour elle une torture. Elle avait l'impression d'avoir des cailloux incrustés entre les rotules. À deux reprises, elle crut entendre la rivière, mais elle n'était pas sûre : c'était peut-être la pluie qui continuait de se déverser sur les arbres. Elle n'avait pas le choix : elle devait continuer d'avancer.

Elle regretta d'avoir quitté le refuge sous le hêtre où la température était plus élevée d'au moins deux degrés, la compagnie des arbres. D'avoir renoncé au seul abri qu'elle pouvait trouver ici. Quand elle sentit la pluie frapper à nouveau son visage, elle comprit qu'elle était sortie de la forêt. Dès qu'ils franchirent la lisière, elle crut entendre un sifflement qui se prolongea quelques secondes. Ipar s'arrêta, comme s'il avait reconnu la voix de son maître. Mais après avoir attendu un instant que le son se répète, la petite fille se dit que c'était sûrement le vent entre les arbres. Un éclair fendit le ciel, illuminant la nuit. Éblouie, elle distingua un sentier qui s'ouvrait devant elle, suivant la pente de la montagne. Ainsi qu'autre chose. Amaia cria. Quelqu'un était là. Ipar se mit à aboyer, fou furieux, filant entre ses doigts. Elle se retrouva seule, dans le noir, avec, gravé dans sa mémoire, le souvenir de la silhouette sombre qu'elle avait réussi à apercevoir lorsque l'éclair avait illuminé la nuit. Quelqu'un était là et ne lui voulait pas du bien, elle en était sûre : c'était un des douteux privilèges que lui avait octroyés le fait d'avoir vécu toute sa vie condamnée à mort. Tremblant de fièvre et de peur, elle appela Ipar en criant. Quand il n'était pas à ses côtés, sa peur se transformait en panique. Le chien, qui avait avancé sur le sentier, continua d'aboyer de longues secondes qui lui parurent éternelles. Puis il arrêta d'un coup, et elle le sentit aussitôt près d'elle. Elle se baissa pour le serrer dans ses bras. La présence était partie.

— Ne me laisse pas, Ipar. Ne me laisse pas toute seule, dit-elle, pleurant de soulagement, enfouissant à nouveau ses doigts transis de froid sous les poils du chien.

Avant de se remettre en marche, elle tenta de percevoir s'il y avait quelqu'un par là. Cependant, la pluie l'empêchait d'entendre autre chose que les battements accélérés de son propre cœur qui résonnaient à ses oreilles tels des coups de fouet. Ipar grogna encore deux fois, mais Ignacio lui avait appris à faire la différence entre les grognements d'avertissement et ceux de vantardise que le chien poussait quand il était fier et sûr d'avoir éloigné le danger.

Plus le sentier descendait, plus il se rétrécissait, et bientôt il fut impossible à Amaia de continuer en position debout sans risquer de tomber en avant. Elle devinait le vide sous ses pieds et se réjouit de porter des chaussures de montagne. Toujours accrochée au cou d'Ipar, elle s'accroupit jusqu'à se retrouver en position assise, afin de pouvoir agripper de sa main libre n'importe quelle saillie, arbuste ou rocher. En cas de chute, elle était sûre de dévaler toute la montagne sans que personne puisse la retenir. Elle sentait ses genoux écorchés sous le tissu de son pantalon, qui lui faisaient terriblement mal chaque fois qu'elle pliait les jambes. Ils descendirent ainsi pendant un bon moment. Soudain, épuisée, elle fit une pause pour se reposer et leva la tête. Alors elle vit la lumière.

C'était une maison. Au milieu de la forêt. Éclairée. Dans l'esprit fébrile de la fillette, cela signifiait : des gens, un téléphone pour appeler sa tante, une cheminée. Elle s'empêcha de ciller, craignant de la perdre de vue. Ipar aussi s'excita, sentant une présence humaine. Se rapprochant de la maison, elle constata qu'il y avait de nombreuses lumières disposées tout autour de la propriété, dans le jardin, éclairant la façade, l'entrée principale et une allée cimentée où étaient garées plusieurs voitures. Cette vision sous la pluie intense lui parut irréelle après l'obscurité, le froid, les blessures, la fièvre et la souffrance ; elle éprouva une sorte d'euphorie, qui laissa immédiatement place à un sentiment proche de la honte. Elle avait été tellement stupide de se perdre. Et dire qu'à peine dix minutes plus tôt elle se résignait presque à mourir dans la forêt, alors qu'elle était à quelques centaines de mètres de cette maison !

Amaia atteignit l'allée comme on regagne enfin la plage après avoir lutté contre le courant. Elle esquissa deux pas maladroits sur la surface ferme et dut réprimer le sanglot coincé dans sa gorge, telle une boule impossible à ravaler.

Alors il arrêta de pleuvoir. Quelqu'un dans le ciel ferma le robinet qui déversait des trombes d'eau sur la terre. Ce fut comme un augure. Ipar s'immobilisa, Amaia aussi. Ils demeurèrent ainsi plusieurs secondes à écouter le bruit des gouttes dans les arbres, la douce rumeur des centaines de ruisselets et de fontaines qui se formaient à Baztán quand il pleuvait. Amaia soupira, et cela lui parut être un bruit assourdissant. Un long sifflement fendit l'air. Elle sursauta et se retourna, persuadée que cela venait de tout près.

— Qu'est-ce que c'est, Ipar ? demanda-t-elle, anxieuse, à son chien.

Mais Ipar n'était pas inquiet. Il avait cette attitude qu'elle aimait tant. Attentif, en alerte, les oreilles dressées, orientées vers un point qu'il surveillait. Quoi que ce fût, Ipar ne le craignait pas.

La fillette essuya de la main l'eau de pluie qui perlait de ses paupières et se dirigea vers la maison.

Il y avait beaucoup plus de voitures qu'elle ne l'avait cru. Manifestement elles n'appartenaient pas toutes au propriétaire de la maison, car elles étaient garées un peu partout dans l'allée, comme lorsqu'il y a une fête. De gros véhicules accumulant sur leur capot des milliers de petites gouttes, telles des ampoules après brûlure. Amaia s'arrêta devant l'un d'eux, cherchant à se rappeler ce qui l'avait tant inquiétée. Elle fut prise de vertige et dut s'appuyer contre la voiture pour ne pas tomber.

Un deuxième sifflement puissant fendit l'air. Elle sursauta à nouveau. C'était derrière elle, elle en était sûre. Elle se retourna si rapidement qu'elle eut encore un vertige et fut obligée de se retenir à Ipar et à la voiture. Il n'y avait personne. Tremblant de la tête aux pieds, elle s'accrocha fermement à son chien et courut comme elle put jusqu'à l'entrée de la maison.

La porte en bois épais n'avait aucune décoration, ni heurtoir, ni marteau. Elle était éclairée par en haut, et flanquée d'élégants arbustes aux fleurs rouges. On y accédait par un chemin de dalles en ardoise entre lesquelles poussait un gazon bien tondu. Amaia arriva à la porte et lâcha Ipar pour frapper. Mais une grande indécision l'envahit : comment allait-elle raconter son histoire ? Que dit-on quand on arrive chez des gens après s'être perdue dans la forêt ?

Elle n'eut pas le temps de réfléchir. La porte s'ouvrit aussitôt, et un faisceau de lumière dorée dessina sur le sol un triangle parfait. Amaia recula.

Un jeune homme la regardait sur le seuil. Il portait

un pantalon noir et une chemise blanche dont il avait légèrement retroussé les manches. La lumière dorée se refléta sur ses cheveux, qui étaient châtains et tombaient sur ses yeux en une frange trop longue qu'il écarta de la main gauche. Il n'avait pas l'air surpris de la voir, comme si elle était l'invitée d'honneur de la fête. Il lui adressa un sourire chaleureux et sensuel, l'encourageant à parler.

— Je me suis perdue, réussit-elle à dire à voix basse. J'ai besoin d'appeler ma tante.

Elle se sentait de plus en plus nerveuse. La fièvre augmentait, ainsi que son malaise. Mais c'était lié aussi à cet homme, dont le sourire s'élargit.

— Comment tu t'appelles ?

Lorsqu'un homme demande son prénom à une femme, cette question et la réponse qui suivent contiennent de nombreux sous-entendus. Amaia l'apprendrait des années plus tard. Pour l'heure, elle l'ignorait encore.

— Amaia Salazar Iturzueta, récita-t-elle, se sentant aussitôt ridicule, les joues rouges.

Elle soupira et ferma les yeux, s'efforçant de se calmer.

— Amaia, murmura-t-il.

Amaia avait douze ans. Elle aimait les garçons, avait cru être amoureuse deux ou trois fois jusqu'à maintenant. Mais elle n'avait encore jamais fait l'expérience de la sensualité, l'effervescence sous la peau, l'accélération du pouls, ainsi qu'elle le ressentit quand l'homme prononça son prénom. Elle porta instinctivement la main à ses cheveux, qui étaient froids, rêches et emmêlés. Elle se demanda à quoi ressemblaient ses vêtements, mais n'osa pas quitter des yeux ce sourire. Les lèvres de l'homme étaient charnues.

Ses dents blanches, parfaites ; ses yeux marron ou verts, perçants. Mais il y avait quelque chose dans son attitude, sereine et insouciante, qui la fascinait.

Alors elle comprit ce que c'était. Il n'avait pas paru surpris. Il agissait comme s'il était normal qu'une petite fille frappe à sa porte en pleine nuit, trempée, fiévreuse, blessée et amochée. Ce qu'il dit alors finit de la convaincre que, d'une certaine façon, il l'attendait, l'avait toujours attendue.

— Je ne t'imaginais pas comme ça.

Étonné et charmé.

Amaia haussa les épaules, déconcertée. Elle ne comprenait rien, s'affaiblissait de minute en minute. Il était prévu qu'ils se rencontrent ? Il avait imaginé comment elle était ? Ses pensées étaient tout embrouillées, rendues confuses par la fièvre. Elle remarqua qu'Ipar s'était mis à grogner, de cette façon rauque qui était un avertissement en bonne et due forme.

Un éclair se dessina au loin, illuminant la montagne.

— Tu veux entrer ? demanda l'homme, sans cesser de sourire.

Les grognements sourds d'Ipar s'intensifiaient. Amaia détourna un instant les yeux pour observer son chien. Ipar était toujours près d'elle, le pelage humide collé à son corps et les poils de son cou, à l'endroit où elle l'agrippait, tout ébouriffés. Il se tenait en équilibre sur trois pattes. Il baissait la tête, ne perdant pas de vue un instant l'entrée de la maison. Sa longue queue touffue, ressemblant à celle d'un renard, était enroulée sur elle-même, et les poils sur son dos complètement hérissés. Il grondait en continu, férocement, bien qu'avec maîtrise.

— Amaia, l'appela l'homme.

Elle aimait la façon dont il disait son prénom. Personne ne l'avait jamais prononcé ainsi. Dans sa bouche, son prénom d'enfant devenait celui de la femme, de l'amoureuse, qu'elle serait un jour…

Elle le regarda à nouveau. Il était toujours là, avec son sourire charmeur, plein de sensualité et d'arrogance. Alors elle s'aperçut qu'il y avait quelqu'un près de lui. Mais la lumière dorée qui l'éclairait ne lui permit pas de voir ceux qui l'entouraient.

« Bien sûr, il y avait d'autres gens, toutes ces voitures, c'était peut-être une fête. »

Elle allait entrer, mais Ipar s'interposa, grondant de plus en plus fort.

« Mais qu'est-ce que tu as, Ipar ? » pensa-t-elle.

Un nouveau sifflement puissant fendit l'air. La foudre tomba tout près en un fracas métallique, en même temps que le tonnerre retentissait, faisant trembler le sol, ses os, ses dents.

Amaia fit deux pas en arrière. Il se remit à pleuvoir.

— Amaia, appela à nouveau l'homme sur le seuil.

Il souriait toujours mais quelque chose dans sa voix avait changé. Perdait-il patience ?

Captivée par son sourire, elle n'arrivait pas à le quitter du regard, alors que son visage se couvrait de gouttes de pluie, de plus en plus grosses. Elle voulait le suivre. Elle était malade, avait froid. Elle aimait sa voix. La pluie était glacée.

« La Dame arrive », pensa-t-elle.

Ipar, dressé devant elle, l'empêchait de passer.

Un nouveau sifflement assourdissant traversa le ciel.

L'homme séduisant l'appela encore, souriant comme avant.

— Amaia. Tu veux entrer ?

Elle allait répondre oui, elle voulait entrer. Que pouvait-elle faire d'autre ? Qu'espérait Ipar ? Que savait-il, lui, simple chien, de ce dont avait besoin une petite fille ?

Nouveau coup de tonnerre.

« Elle arrive », pensa-t-elle.

Alors l'homme charmant s'écarta et une des silhouettes qui se tenaient dans l'ombre avança jusqu'à la lumière dorée.

Amaia ouvrit la bouche de surprise et se remit à trembler, cette fois de pure terreur.

— Noooon ! hurla-t-elle à la silhouette qui, sur le seuil, hochait la tête patiemment, tout sourire. Non ! cria-t-elle, reculant pas à pas.

À présent, d'autres personnes étaient apparues à l'entrée et observaient l'enfant qui criait et reculait, détendues, amusées.

Un terrible coup de tonnerre fit vibrer la terre. Plusieurs éclairs déchirèrent le ciel. Les sifflements semblaient fuser de toutes parts.

« La Dame est là. » Elle en eut la certitude.

Les silhouettes qui attendaient dans l'entrée parurent s'impatienter soudain et sortirent sous la pluie, avançant vers elle.

Amaia ne pouvait plus crier. Aphone, terrifiée, elle recula, trébucha sur une dalle d'ardoise et tomba. À cet instant, une lumière aveuglante éclaira l'allée et toutes les personnes présentes au milieu d'un fracas magnifique. Amaia ferma les yeux et sentit la puissance de l'onde expansive de la foudre au moment où elle l'atteignit.

66

Double fond

Les bayous
Mercredi 31 août 2005

Le *traiteur* regarda Dupree avant de poser les mains sur l'homme inconscient.

— Je ne mens jamais, je ne peux pas. C'est un pacte que j'ai passé avec Dieu. Pour cette raison, s'il faut mentir, faites-le vous-même.

— Sans problème, accepta l'agent, qui parut requinqué d'un coup.

Le *traiteur* ferma les yeux et passa d'abord les mains au-dessus du crâne puis du ventre de l'homme. Puis il souleva l'épais pansement que Charbou avait improvisé et glissa délicatement la main dessous, murmurant une prière. Quand il rouvrit les yeux, il adressa un signe de tête à Dupree.

L'agent se pencha sur l'homme évanoui. L'attrapant par le menton, il le secoua doucement.

— Réveillez-vous.

L'homme ouvrit les yeux et le regarda, perdu, cherchant à se toucher le ventre.

— Restez tranquille, ordonna Dupree, lui immobilisant les mains. Cet homme est un *traiteur* des bayous, il s'occupe de vous. Comment vous appelez-vous ?

— Dominic.

Johnson ôta sa veste et la plia en trois pour la placer sous sa tête. L'homme ouvrit la bouche.

— Ça ne me fait pas mal, dit-il, perplexe.

— Mais ce sera le cas si le *traiteur* arrête sa magie.

— Non, implora l'homme, s'il vous plaît…

— D'accord. Dominic, y a-t-il quelqu'un d'autre dans la propriété, attendez-vous de la visite ?

— Non.

— Très bien. Où sont les filles ?

— Mortes. Mais ce n'est pas nous qui les avons tuées. Elles se sont noyées quand l'eau est montée… pendant la tempête.

— Je parle de celles qui ont été enlevées à La Nouvelle-Orléans, la nuit suivant le passage de l'ouragan, insista Dupree.

L'homme ferma très fort les yeux. Quand il les rouvrit, de grosses larmes roulèrent sur son visage.

— Je n'aurais jamais dû m'en mêler, c'est Len qui m'a convaincu. Il y avait beaucoup d'argent… Quand ils sont arrivés ici et ont trouvé les filles mortes, Len s'est mis très en colère. Alors on leur a demandé de tout nettoyer… c'est pour ça qu'il est venu me chercher. Je savais dans quel milieu Len magouillait et je lui avais dit plusieurs fois que ça m'intéressait. Il y a un paquet de fric là-dedans, mais ce sont des types très dangereux…

— Vous faites référence à Samedi ?

Il acquiesça.

— Vous l'avez déjà vu ? Vous savez qui c'est ? interrogea Dupree, plein d'espoir.

L'homme secoua la tête, esquissant un sourire grimaçant.

— Ça vous dépasse, hein ? Samedi, c'est Samedi, répondit-il comme s'il parlait d'un dieu.

— Les filles de La Nouvelle-Orléans. Où sont-elles ?

L'homme ferma les yeux et soupira.

— Je ne peux pas vous le dire.

— Vous avez déjà assez de problèmes comme ça ; si vous nous aidez, on vous aidera.

— Vous ne comprenez pas, ils vont me tuer.

— C'est vous qui ne comprenez pas. Je vais être franc : vous avez une blessure très vilaine ici, dit-il, pointant le ventre de l'homme et lui soulevant la tête pour qu'il puisse voir le pansement. Nous sommes à des kilomètres de l'hôpital le plus proche ; si on ne vous aide pas, vous serez mort dans quelques heures, et je ne vous évacuerai pas d'ici tant que je serai persuadé qu'il y a des petites filles cachées quelque part dans cette énorme propriété. Je fouillerai un par un chaque entrepôt, chaque tonneau, même si cela doit prendre des jours, et nous partirons uniquement quand je les aurai trouvées, vivantes ou mortes.

Dominic se mordit les lèvres, les yeux rivés sur son ventre, hypnotisé.

Dupree fit un signe au *traiteur*, qui bougea légèrement la main. Dominic cria de douleur. Son visage se couvrit de gouttes de sueur.

— Aidez-nous et on vous évacuera d'ici.

— Ce qu'ils font aux traîtres est mille fois pire que la mort.

Dupree se toucha instinctivement la poitrine. Il pâlit et sentit ses vieilles plaies brûler à nouveau sous ses vêtements. Son cœur battait de manière syncopée. Il s'efforça de se calmer.

— Nous vous protégerons.

— Protéger ? Ah oui ? Len m'a dit que Samedi avait des fidèles dans la police.

Bull et Dupree se regardèrent, inquiets. Ils n'avaient jamais envisagé cette possibilité.

Dupree sortit son insigne et le montra à Dominic.

— Nous ne sommes pas la police. Nous sommes le FBI. Nous vous protégerons en tant que témoin. Nouvelle vie, nouvelle identité, loin d'ici, hors de danger.

Dominic contemplait l'insigne, réfléchissant. Dupree adressa un nouveau signe au *traiteur* qui bougea imperceptiblement. Dominic hurla.

— Elles ont dû arriver hier, au plus tard avant-hier, et les filles d'en haut sont mortes depuis la tempête. Où sont celles de La Nouvelle-Orléans ?

Le *traiteur* avança les mains. Le visage de Dominic se crispa davantage.

— Vous me sortirez d'ici et me donnerez une nouvelle identité…

— Vous avez ma parole.

Dominic ferma les yeux.

— Elles sont dans la maison principale.

— Nous l'avons fouillée et il n'y a personne, commenta Johnson. La maison ne semble pas avoir été habitée depuis l'époque des plantations.

— Il y a un double fond dans le garde-manger de la cuisine…, chuchota Dominic.

Johnson et Charbou se précipitèrent vers la porte, suivis par les pêcheurs.

— Prenez le Zodiac, conseilla Bull.

Dupree observait Dominic : c'était un Blanc, plus ou moins de son âge. Il pâlissait de minute en minute et avait ce regard perdu, caractéristique de ceux qui vont mourir.

— Samedi est venu ici ? Il a vu ce qui est arrivé aux filles ?

— Non. Il ne vient pas ici.

— Qui est le mort là-haut ?

— Pitt. Le frère de Vince. C'est lui qui devait surveiller les filles. Il a dit qu'il était arrivé trop tard pour les faire sortir, mais Len était très en colère. Il l'a descendu.

— Et lui ? demanda Dupree, montrant le corps qui flottait sur le ventre à côté de l'escalier.

— C'est… c'était Vince. Un ami à moi.

— Et ton ami était tellement content de voir que Len avait abattu son frère qu'il sifflait en travaillant ?

— Ils ne s'entendaient pas très bien, affirma Dominic en guise d'explication.

— Donc, l'homme dehors doit être Len…

Dominic acquiesça faiblement. Dupree se pencha et constata qu'une flaque de sang s'était formée sous lui, dégouttant dans l'eau qui arrivait presque à hauteur de la table.

— Len et Vince ont amené les filles ici. On devait attendre que la voie soit libre pour les transférer ailleurs ; en ce moment les policiers, l'armée, même les marines envahissent les routes…

— Qui décide comment se fait le transfert ? demanda Bull.

— Quand c'est sûr, ils préviennent Len.

— Comment ?

— Il a un téléphone spécial, il l'a toujours sur lui. Il ne peut pas appeler. Ce sont eux qui le contactent.

Amaia sortit du pavillon de chasse. Le cadavre de Len était à moitié immergé, à quelques mètres de l'entrée. Elle fouilla dans ses vêtements, cherchant le téléphone. Elle le trouva dans la poche de son gilet de sauvetage et constata avec désolation qu'il dégoulinait d'eau sale.

Elle retourna à l'intérieur, tenta en vain de l'allumer.

— Fichu, dit-elle.

Dupree soupira, contrarié.

— Il n'y avait pas d'autre moyen de communication ? demanda Bull.

— Vous dites que Samedi n'est pas venu ici, mais savez-vous si Len l'a informé de ce qui était arrivé aux filles ? interrogea Dupree.

— Oui, Len lui a dit qu'on avait perdu la pêche et qu'il s'était occupé de Pitt car il était responsable.

Le *traiteur*, jusqu'alors silencieux, répéta tristement les mots de Dominic.

— La pêche…

Ils entendirent le moteur du Zodiac qui revenait. Amaia regarda par la fenêtre.

— Ils ramènent les filles, dit-elle triomphalement.

Dupree s'était assis sur la table, aux pieds de Dominic. Il semblait sur le point de s'évanouir.

— Juste à temps, dit le *traiteur*, sortant de sous le pansement ses mains couvertes de sang. M. Dominic vient de nous quitter.

Un regard noir du *traiteur* fit taire les protestations des pêcheurs quand Dupree annonça qu'ils ramèneraient le cadavre de Médora. Le souvenir des six jeunes filles mortes laissées derrière eux pesait plus lourd que le petit corps léger de Médora, qu'ils avaient enveloppé dans la housse d'un matelas en mousse espagnole de l'étage.

Les sœurs de Jacob n'avaient pas dit un mot depuis qu'ils les avaient sorties du trou aménagé derrière le garde-manger de la maison. Quand Johnson et Dupree leur avaient demandé si elles avaient vu d'autres fillettes, ou si elles se souvenaient de ce qu'avaient dit leurs ravisseurs, elles s'étaient contentées de secouer la tête. Elles se tenaient la main. La plus jeune devait avoir huit ou neuf ans ; l'autre, douze environ. Elles étaient très jolies : la cadette était la plus vive, l'aînée plus mélancolique.

Assises dans le Zodiac, elles semblaient toutes deux terrorisées. Amaia remarqua qu'elles ne quittaient pas des yeux le petit corps de Médora enveloppé dans son étrange linceul. Elle changea de place et vint s'asseoir entre le cadavre et les fillettes.

— Ania est la reine de la Lune, et Bella signifie « jolie » en italien, dit-elle.

Les deux enfants la regardèrent, stupéfaites. Elle ouvrit son gilet pare-balles et glissa la main sous ses vêtements, consciente, alors qu'elle soulevait son tee-shirt, d'avoir capté également l'attention de Charbou. Elle sortit le petit dragon orange.

— C'est Jacob qui m'envoie.

— Oh ! s'exclamèrent-elles à l'unisson en voyant le jouet.

Ania le lui arracha des mains et le retourna pour pouvoir lire le prénom de son frère. Alors elles se mirent à rire et à pleurer en même temps, et se précipitèrent dans les bras d'Amaia. À deux doigts de perdre l'équilibre, serrant les petites contre elle, la jeune femme lutta pour ne pas tomber sur le cadavre. Tous les autres à bord les observaient, étonnés par la réaction des fillettes.

— Où est Jacob ? Comment vont nos grands-parents ? demandèrent-elles en chœur.

— Ils vont tous bien.

— Mais notre grand-père…

— On l'a emmené à l'hôpital et il va beaucoup mieux. Ils sont tous ensemble là-bas, et nous allons vous conduire auprès d'eux le plus vite possible, les rassura Amaia. Jacob m'a dit que vos parents travaillent à Baton Rouge.

Les fillettes acquiescèrent.

— On connaît leur numéro de téléphone au travail, dit Bella, l'aînée.

— Pour le moment, c'est très difficile de téléphoner, mais on trouvera une solution.

Dupree, du regard, incita Amaia à les interroger. Elle dévisagea les petites.

— J'ai besoin de savoir si ces hommes vous ont fait du mal, s'ils vous ont donné des médicaments…

— Ils nous faisaient peur, répondit Ania.

— Ça, c'est normal. Je trouve que vous avez été très courageuses, car ces types-là font vraiment peur. J'ai vu un gros assez vieux, un blond, un chauve, et un autre très grand. Quatre hommes. Il y en avait plus ?

— Non.

— Vous avez vu d'autres filles ?

Les sœurs de Jacob se regardèrent. Ania commença à hocher la tête, mais Bella intervint :

— Non, il n'y avait personne.

Quand Johnson et Charbou les avaient ramenées, Amaia avait remarqué que leurs longs cheveux étaient propres et brillants, récemment brossés. De minuscules tresses partant du haut de leur crâne.

— C'est vous qui vous êtes coiffées ?

— Non, dirent-elles tout bas, se penchant en avant pour empêcher les autres de les entendre.

Amaia les imita, incrédule, se demandant qui, parmi

ces brutes épaisses, avait pu se donner la peine de coiffer les fillettes avec autant de soin.

— Ce sont les *lutins* *, dit Bella. Ils nous ont coiffées pendant qu'on dormait.

— Les *lutins* aiment beaucoup jouer avec les cheveux, affirma Ania avec conviction.

Amaia inspira, se demandant comment elle devait réagir.

— Les *lutins* étaient là-bas avec vous ? Vous les avez vus ?

Elles secouèrent la tête.

— Nous sommes trop grandes, il n'y a que les petits qui peuvent les voir. Mais on les a entendus rire, et ils nous ont coiffées, réitéra Ania, agitant ses cheveux.

— Et ils vous ont parlé ? insista Amaia, prudemment.

— Ils ne parlent pas. Ils rient seulement et veulent jouer. Tu ne connais pas les *lutins* ? demanda-t-elle, consternée.

— Si, je les connais. Là où je suis née on les appelle *mairu**, ce sont les esprits des enfants qui sont morts avant d'être baptisés.

— Tu en as vu quand tu étais petite ? voulut savoir Bella.

Charbou, assis sur le côté de l'embarcation, ne perdait pas une miette de la conversation.

— Je ne sais pas, répondit Amaia, pensive. Quand j'étais petite, j'adorais aller chez ma grand-mère Juanita, qui avait une très grande maison dont elle utilisait seulement le rez-de-chaussée et le premier étage. Je me rappelle qu'il y avait une autre petite fille, qui devait avoir le même âge que moi. Elle m'attendait en haut de l'escalier qui montait au grenier, où nous allions jouer ensemble. Puis je l'ai oubliée. Mais plus tard, une fois grande, je me suis souvenue d'elle et j'ai parlé à ma tante de cette petite fille qui m'attendait pour jouer dans la maison de ma grand-mère. Elle m'a dit qu'il n'y avait jamais eu là-bas d'autres filles que mes sœurs et moi.

— Elle te parlait ?

— Je ne m'en souviens pas. Mais je crois qu'elle riait. Elle voulait juste jouer, dit-elle, réjouie par l'évocation de ce souvenir.

— C'était un *lutin*, conclurent-elles.

Amaia sourit à Charbou, qui la contemplait, fasciné. Alors il tendit la main vers son visage et en retira un brin d'herbe. Il l'effleura à peine une seconde, mais l'effet entre eux fut tellement évident que les deux petites se mirent à rire malicieusement.

— Tu avais quelque chose…, s'excusa-t-il, gêné.

Amaia baissa la tête. Les petites se jetèrent à nouveau sur elle pour lui parler à l'oreille.

— C'est ton amoureux ?

— Non, répondit-elle, certaine qu'il les avait entendues lui aussi.

— Alors il aimerait bien le devenir, affirma la cadette, regardant Charbou droit dans les yeux en hochant la tête.

Les rires des fillettes gagnèrent tout le bateau et glissèrent sur l'eau sale des bayous.

Johnson adressa un signe d'approbation à Dupree. Ils s'étaient opposés au sujet du comportement de la sous-inspectrice avec le jeune Andrews, mais il devait admettre qu'elle faisait preuve d'une empathie surprenante et rare à l'égard des victimes. Une main de fer dans un gant de velours. Cela lui donna à réfléchir.

67
Dracaufeu

Les bayous

Amaia sauta du Zodiac dès qu'ils furent de retour au campement. Ania la retint par le bras et lui tendit le dragon orange.

— Jacob te l'a donné. Pour qu'il te porte chance.

Elle ne discuta pas. Serrant Dracaufeu dans sa main, elle étreignit les deux fillettes. Il était une heure et quart de l'après-midi. Les hommes qui les attendaient sur la jetée amarrèrent le bateau au ponton. Ils laissèrent les petites sous la responsabilité du *traiteur* qui était demeuré silencieux pendant tout le trajet, veillant sur l'étrange linceul contenant le cadavre de Médora. Amaia devança le reste de l'équipe, sautant de bateau en bateau jusqu'à celui d'Annabel. Elle espérait que Landis serait aussi coopératif que lors de leur précédente conversation.

— Vous ne m'aviez pas dit que vous deviez lui parler avant midi ? l'interpella Annabel, ce qui la rendit encore plus nerveuse. Ça fait deux heures que j'ai Paula en ligne.

Amaia saisit le micro qu'elle lui tendait.

— Paula, c'est bon, allez-y. À vous.

Landis répondit aussitôt, juste au moment où Johnson arrivait sur le pont du bateau pour aider Dupree à marcher. Il avait retrouvé quelques couleurs, bien que paraissant encore malade et très fatigué.

— Agente Salazar, j'ai les renseignements que vous m'avez demandés, retentit la voix de Landis dans les haut-parleurs de la cabine.

— Je ne sais pas comment vous remercier, monsieur Landis.

— Oh, c'est inutile, ce n'est pas tous les jours qu'on a l'occasion de travailler avec le FBI ; je dois vous avouer que ça m'a beaucoup plu, agente Salazar.

Amaia se prépara à prendre des notes, sans corriger l'erreur de Landis sur son grade : après tout, elle était bien une agente du FBI, temporairement…

— Comme je vous l'ai dit hier, nos enquêteurs se déplacent sur les lieux où se sont produites des catastrophes, mais aucun ne s'est trouvé sur tous ceux de votre liste ; certains sur deux, pas davantage. Rien de plus normal. Les enquêteurs du Texas, par exemple, s'occupent souvent des sinistres occasionnés par des tornades, alors que ceux de New York se chargent des dégâts causés par des phénomènes maritimes à l'Est. Chacun est habitué au genre de dommages provoqués par les spécificités météorologiques de sa région.

— Et pour ce qui est des enfants ? demanda Amaia.

— Parmi nos enquêteurs, neuf en ont trois ou plus ; nous en avons trouvé deux dont le fils s'appelle Michael, l'un a vingt-cinq ans et l'autre est mort dans un accident de la route à l'âge de deux ans. Un drame terrible dans un accident absurde…

— Quant aux vacances ?…, le pressa Amaia.

— Trois de nos enquêteurs sont en congé actuellement, deux femmes et un homme. Aucun enquêteur n'a pris de vacances aux dates que vous m'avez signalées hier.

— Que pouvez-vous me dire de l'homme qui est en congé actuellement ?

— À votre place, je l'écarterais, se risqua à affirmer Landis, qui à l'évidence s'amusait beaucoup. C'est notre plus jeune enquêteur, il a trente-deux ans et il vient de se marier. Il est en voyage de noces à Hawaï.

Amaia dut admettre que Landis avait raison.

— J'ai vérifié aussi les lieux de naissance, continua-t-il, enthousiaste. Et il apparaît qu'aucun de nos enquêteurs n'est originaire d'une des villes touchées par les catastrophes qui vous intéressent.

Amaia soupira, gribouillant sur son carnet.

Alors ? Qu'est-ce que cela signifiait ? Elle avait été sûre que cette piste était la bonne. Le lien initial s'était bien établi quelque part ; « Ce que la chenille appelle fin, le reste du monde l'appelle papillon, pensa-t-elle. Où, comment et pourquoi notre chenille a-t-elle décidé d'en finir avec sa vie d'avant et de se métamorphoser à nouveau ? »

— Même si l'un d'eux possède une résidence secondaire à Galveston.

Amaia se redressa d'un coup, lançant un regard éloquent à Dupree.

— Parlez-moi de lui.

— Robert Davis, un type bien, fiable, très sérieux. Ça fait longtemps qu'il travaille avec nous. Je ne pourrais pas dire que nous sommes amis, mais il nous arrive de parler… Il correspondrait au profil d'âge que vous cherchez, mais c'est tout. Je n'étais pas au courant pour sa seconde maison… Le renseignement est apparu parce qu'il a déclaré des dégâts dans sa propriété qui, bien entendu, est assurée par nos soins.

— Quelle sorte de dégâts ?

— Vandalisme. Mais il n'y a pas eu de suite, car il aurait fallu accompagner la déclaration d'une plainte, à laquelle, apparemment, Davis a renoncé.

— Mais Robert Davis n'est pas en vacances en ce moment, n'est-ce pas ?

— Non. Je vous ai dit que ça ne colle pas : c'est un de nos meilleurs enquêteurs, il est responsable du bureau central du Texas, à Austin. C'est là qu'il vit, et il ne prend jamais de vacances, au grand maximum des jours de congé pour convenance personnelle. Dernièrement il en a pris pour s'occuper de son épouse. C'est pourquoi il ne pouvait pas être sur les lieux des catastrophes que vous citez dans votre liste.

— Sa femme est malade ?

— Non, juste un peu fragile. Elle a une grossesse à risque, à cause de son âge, vous voyez ?

— Il a d'autres enfants ?

— Oui, deux, ça ne correspond pas non plus. Un garçon et une fille… (Il s'éloigna, cherchant le renseignement.) Ah, voilà : Thomas, douze ans, et Michelle, neuf.

— Vous avez dit Michelle ?

Amaia écrivit « MIC » sous le dessin, ressemblant à un cœur, qu'elle avait gribouillé. Elle le montra à Johnson et à Dupree.

— Oh ! je ne m'étais pas rendu compte…, murmura Landis, confus. Quel imbécile je suis, je cherchais un garçon.

Amaia sourit, pleine d'espoir à cette nouvelle perspective.

— Vous ne sauriez pas, par hasard, si sa fille fait du violon…

— Ils en font tous les deux. Les enfants de nos

employés interprètent un air traditionnel à Noël ; nos différents bureaux le diffusent sur Facebook pour les vœux…

Amaia respira lentement pour se calmer.

— Savez-vous de combien de mois sa femme est enceinte ?

— Hum… Non, mais elle ne devrait pas tarder à accoucher. Je vois qu'il vient de prendre quelques jours pour son congé de paternité.

Le crayon échappa aux doigts d'Amaia et alla rouler par terre, parmi les équipements du pont.

Landis s'excusa à nouveau.

— Je suis désolé de ne pas l'avoir vu avant, quand vous m'avez parlé de vacances… Mais dans cette société, on ne considère pas le congé de paternité comme des vacances, et il n'apparaît pas sur le listing général.

Amaia ne répondit pas. Elle en était incapable. Ses pensées allaient à mille à l'heure, alors qu'elle vérifiait à nouveau les dates, une par une. Si cette femme était sur le point d'accoucher, ça voulait dire quarante semaines environ. Si c'était une grossesse à risque, l'accouchement avait peut-être été programmé. Si elle avait découvert qu'elle était enceinte à son premier mois d'aménorrhée, c'était donc il y a huit mois : la date à laquelle les crimes avaient commencé, précisément à l'endroit où Davis possédait une résidence secondaire. Amaia se tourna vers Johnson et Dupree, abasourdie par l'importance potentielle de cette information.

Johnson leva huit doigts.

— Huit mois…

Amaia toucha son ventre. Elle sentit un vide qu'aucune nourriture ne pourrait rassasier. Le vertige avant le précipice. La pièce manquante du puzzle.

Elle connaissait cette sensation. Comme les fois précédentes, elle la prenait par surprise, à un moment inattendu, alors qu'elle s'attendait à passer encore beaucoup de temps à chercher… Et puis, rebondissement miraculeux, accumulation de hasards. « Tu auras toutes les réponses si tu sais poser toutes les questions », lui disait sa tante. Soudain c'était là. Sous son nez.

Nouvelle grossesse. Le cycle se complétait. Trois enfants, les mêmes erreurs, les mêmes péchés.

— Vous avez dit qu'il travaille depuis longtemps avec vous… Combien ?

— Un instant, demanda Landis afin de vérifier. Dix-sept ans et demi.

Amaia en resta bouche bée, lança un regard à ses collègues qui hochèrent la tête. Son hypothèse sur la nouvelle vie de Lenx était juste. Cela faisait dix-huit ans que Martin Lenx avait assassiné sa famille dans une villa des environs de Madison. À peine six mois plus tard, il était entré à l'American Insurance Association au Texas. Nouvelle ville, nouvelle famille.

— Connaissez-vous personnellement Mme Davis ?

— Il m'est arrivé de la croiser à la fête de Noël que la compagnie organise pour les employés et leurs familles.

— Diriez-vous que Mme Davis est une jolie femme ?

— Hum…, bredouilla Landis.

Amaia avait compris que Landis commençait ainsi ses phrases quand il ne savait pas quoi répondre.

— Je dirais qu'elle est jolie à sa façon… C'est une femme mince, encore bien pour son âge… Elle n'est pas très marquée…

— J'ai besoin de savoir si elle est jolie, ou si elle l'a été…

— Non. Comprenez-moi bien, elle n'est pas laide, mais elle n'est pas très… attirante. Je crois que c'est surtout parce qu'elle est très timide.

« Enfoiré, pensa-t-elle. Il a reproduit exactement le même schéma. »

Elle appuya sur son ventre d'une main tremblante, luttant contre le vertige qui menaçait de l'aspirer. Sa respiration s'était accélérée. Si elle ne se contrôlait pas, elle risquait de faire un malaise.

— Monsieur Landis, auriez-vous accès à la déclaration de dommages dans sa propriété de Galveston à laquelle finalement Davis n'a pas donné suite ?

— Un moment…, dit-il. (Malgré la distance, le téléphone et la radio, ils l'entendirent tapoter sur un clavier.) Je l'ai sous les yeux.

— Les dégâts étaient dans le jardin ?

— Comment le savez-vous ? C'est marqué : destruction intentionnelle d'un parterre de fleurs tropicales.

Comment avait dit Landis ? « Un type bien, fiable, très sérieux. » Le genre de voisin sévère mais compréhensif, qui ne porte pas plainte contre un enfant quand il se rend compte qu'il a simplement du mal à s'adapter à sa nouvelle maison. Le bon voisin qui offre son aide désintéressée au fils aîné après les meurtres. « Putain ! Il avait même payé de sa poche la société de nettoyage. Insisté pour accompagner Joseph dans la maison. » Elle pouvait imaginer son angoisse quand il avait vu la réaction du garçon devant le violon.

— Landis, c'est très important : les jours pour convenance personnelle pris par M. Davis coïncident-ils avec les dates que je vous ai indiquées ?

Il mit cinq secondes à répondre.

— Mon Dieu ! Ils coïncident tous !

Amaia sortit sur le pont du bateau et s'agrippa au garde-fou, s'efforçant de retrouver son calme. La température extérieure atteignait trente degrés, et pourtant elle frissonna. Ses mains tremblaient légèrement, mais le creux dans son ventre se remplissait de certitudes, alors qu'elle repassait dans sa tête tous les éléments en leur possession.

Johnson la suivit dehors. Dupree s'attarda quelques secondes à l'intérieur pour observer la feuille sur laquelle elle avait pris des notes. Il y avait quelques mots et l'esquisse d'un cœur. Étrange, car habituellement on traçait deux arcs qui se rejoignaient en une pointe commune, alors qu'elle avait dessiné un organe avec ses ventricules irréguliers et son apex arrondi. Dupree plia la feuille et l'emporta.

Johnson s'était placé à droite d'Amaia. Il se mit à gauche. Le soleil de la mi-journée se reflétait à la surface agitée de l'eau, troublée par le courant du bayou et le reflux de la marée cyclonique retournant vers le golfe. Combien de cadavres charrierait-elle jusqu'aux profondeurs du golfe du Mexique ? se demanda Amaia. Combien de personnes disparues, déclarées mortes, figureraient sur les listes officielles ? Des dizaines ? Des centaines ? Combien d'entre elles auraient vraiment été tuées par la tempête ? Combien auraient en réalité été assassinées ? Et combien seraient victimes de quelque chose d'infiniment pire ?

— Nous devons rentrer, dit Amaia, comme pour elle-même. Agent Johnson, s'il vous plaît, allez chercher les policiers Bull et Charbou. Tout le monde doit être présent.

Tandis que Johnson bondissait de bateau en bateau, Dupree observa Amaia. Après sa conversation avec Landis, elle avait appelé un numéro qu'il lui avait donné. Celui du gynécologue de Mme Davis, pris en charge par l'entreprise de son mari.

Le docteur Steve Owen s'était montré intraitable. Il s'était accroché au secret médical comme si sa vie était en jeu. Mais ses silences et ses refus avaient été tout aussi instructifs.

— Ce n'est pas que je ne veux pas coopérer, je l'ai fait à plusieurs reprises quand on me l'a demandé, mais je n'arrive pas à imaginer quelle sorte d'enquête peut dépendre des renseignements que je vous révélerais sur l'état d'une patiente. Si vous pouviez m'en dire davantage sur la nature du délit…

Amaia grimaça. « Bien sûr, docteur, je soupçonne l'époux de votre patiente d'être un dangereux tueur en série, qui a abattu toute sa famille il y a dix-huit ans, car elle le décevait, et il a décidé de l'envoyer au ciel. Qui, depuis qu'il sait que son épouse est de nouveau enceinte, a recommencé à assassiner des familles dans tout le pays. Et qui, je le crois, descendra chacun des membres de la sienne d'une balle dans la tête si le bébé qu'attend sa femme est un garçon », pensa-t-elle.

— Très bien. Procédons autrement, lui avait-elle proposé, refusant de renoncer. Si j'avais quarante-cinq ans, l'âge de Mme Davis, et que vous suiviez ma grossesse, je suppose que vous me feriez passer toute une batterie d'examens pour surveiller ma santé et celle du fœtus, n'est-ce pas ?

— Ce serait la procédure habituelle.

— Des examens comme l'amniocentèse sont réalisés autour de la seizième semaine. J'imagine que Mme Davis en a eu une.

— C'est possible.

— Et que les résultats de cet examen ont été favorables à la poursuite de sa grossesse.

— Ça, c'est vous qui le dites : beaucoup de couples décident de poursuivre une grossesse malgré des anomalies détectées par l'amniocentèse. Pour des raisons religieuses, par exemple.

— Docteur Owen, je crois qu'un homme aussi intègre que vous, qui se préoccupe tant de la santé de ses patientes, n'aurait pas fait passer à Mme Davis un examen susceptible de provoquer un avortement s'il avait su qu'elle n'avait nullement l'intention d'interrompre sa grossesse, même dans le pire des cas.

Quand il répondit, le docteur Owen parut s'être un peu radouci, du moins sur le fond.

— Ma mission est de veiller à sa sécurité et à celle de son bébé. C'est ce que j'ai fait pour elle, comme pour toutes mes patientes.

— Ont-ils demandé à connaître le sexe du bébé ? interrogea-t-elle à brûle-pourpoint.

— Non, Mme Davis ne voulait pas savoir. Elle préfère garder la surprise pour la naissance, répondit-il aussitôt, pris au dépourvu par la question. Je ne considère pas que je révèle quoi que ce soit en disant cela, ajouta-t-il à sa décharge.

Pourtant, si. Il n'avait pas dit « elle préférait », mais « elle préfère », ce qui pouvait signifier que Mme Davis n'avait pas encore accouché.

Amaia continua comme si de rien n'était.

— Mais au cours de cet examen, on peut connaître le sexe du bébé, n'est-ce pas ?

— En effet, confirma le médecin.

— M. Davis a-t-il demandé à savoir ?

— Je ne peux pas répondre à cette question, c'est d'ordre privé.

— Très bien. Faisons ainsi : vous ne me dites rien, mais je suis libre de continuer mes suppositions, entendu ? Je crois que M. Davis s'est montré très préoccupé par l'évolution de cette grossesse dès le début. Je me trompe ?

— Je peux répondre à cela, car ça n'a rien d'exceptionnel. Son épouse n'est plus toute jeune, entendez-moi bien, pour avoir des enfants. Il serait normal que son mari ait peur qu'elle fasse une fausse couche.

« Ou plutôt qu'il désire celle-ci, pensa Amaia. La volonté de Dieu le débarrassant de sa mission. »

— Je crois que M. Davis a feint d'être d'accord avec son épouse quand cette dernière n'a pas voulu connaître le sexe de leur bébé. Mais je crois aussi qu'il vous a rappelé, plus tard, seul, pour savoir, et que vous lui avez transmis ce renseignement.

— Le père et la mère sont géniteurs au même titre devant la loi, et ont les mêmes droits et devoirs envers leur enfant, dit prudemment le médecin.

— Je suppose que la question du sexe ne devrait pas revêtir autant d'importance pour un père qui a déjà un garçon et une fille ; cependant, pour lui, ça en avait beaucoup. Je suppose aussi que malgré cela il n'a pas paru très heureux quand vous lui avez annoncé qu'il aurait un autre garçon. Je suis sûre que vous avez dû trouver ça bizarre, il avait le choix du roi, ç'aurait dû lui être égal. Cette réaction vous a étonné, surtout venant d'un homme qui s'était tellement inquiété pour l'évolution de la grossesse de sa femme.

Le docteur Steve Owen soupira ostensiblement.

— Si ça peut vous être utile, je vous dirai que vous êtes très intuitive et assez efficace. Je ne voudrais pas être votre mari.

À la fin de la communication, alors qu'Amaia allait rendre le micro à Annabel, une voix féminine retentit.

— Sous-inspectrice. À vous. Sous-inspectrice Salazar, ici Paula Thibodaux. À vous.

Surprise, Amaia regarda Annabel, qui l'incita à répondre.

— Je vous écoute, Paula. À vous.

— Ça va peut-être vous paraître stupide, mais puisque j'ai tout entendu, je voulais vous suggérer quelque chose, si vous me permettez… À vous.

— Bien sûr, Paula, je vous remercie beaucoup, allez-y. À vous.

— Eh bien… Je me suis rappelé que la femme de notre cousin Tim n'avait pas voulu non plus connaître le sexe de son bébé. Pour nous, c'était un problème de nous présenter à l'hôpital le jour de l'accouchement avec un cadeau pour l'enfant sans savoir si c'était un garçon ou une fille. On a trouvé la solution en appelant la fleuriste de l'établissement, qui possède la liste de tous les nouveau-nés et le numéro de la chambre. Il n'y a qu'à donner le nom de la mère. On a apporté une petite robe, des bracelets, des peluches et des fleurs, tout en rose !… Ma cousine se demande encore comment nous avons appris que c'était une fille, dit-elle en riant. Si vous voulez, je peux essayer. À vous.

— Absolument, Paula, l'encouragea Amaia. C'est le Seton Family Hospital. À vous.

Quelques secondes passèrent, puis elle entendit :

— Bonjour, je voudrais offrir des roses et des ballons de baudruche à une patiente qui vient d'accoucher, s'il vous plaît, mais j'ignore son numéro de chambre, et si c'est un garçon ou une fille.

— Comment s'appelle-t-elle ?

— Mme Davis, Natalie Davis. Je sais que son accouchement était programmé ces jours-ci.

— Vous êtes un peu en avance… L'accouchement de votre amie est prévu pour après-demain. Mais si vous voulez, vous pouvez payer les fleurs et nous les lui enverrons aussitôt après la naissance.

— Ce ne sera pas nécessaire si c'est prévu pour après-demain, je passerai à l'hôpital choisir personnellement. Comme ça je pourrai ajouter les ballons et une jolie carte, répondit Paula.

— Comme vous voulez, à votre service.

Paula coupa la communication.

— Alors ? Qu'en pensez-vous ? À vous.

— Vous êtes un génie, Paula. Terminé.

68

Il fait nuit à Baztán ?

Les bayous

Dupree continuait d'observer Amaia, qui était toujours accrochée au garde-fou du bateau. Il se rapprocha d'elle et déplia devant ses yeux le papier sur lequel elle avait représenté un cœur.

— Joli dessin.

— J'ai appris à le dessiner ainsi quand j'avais douze ans. C'est un médecin qui m'a montré.

— Le mien est un peu plus comprimé au milieu, comme un de ces pièges à poulpes japonais.

— Takotsubo, dit-elle.

Dupree sourit, la scrutant de cette manière qui avait tant inquiété Amaia au début. Mais pas cette fois.

— Dites-moi, si vous ne deviez garder qu'un seul aspect, une seule nuance pour définir cette époque, ce serait quoi ?

Elle répondit sans réfléchir.

— La nuit… (Elle fit une pause au cours de laquelle, Dupree en fut certain, elle-même digérait la réponse.) Le jour, c'était encore supportable, mais quand il faisait nuit à Baztán…

— Et maintenant, il fait nuit à Baztán, Salazar ?

— Il fait toujours nuit…

Dupree acquiesça tristement, mais affectueusement.

— Vous avez peur, Salazar.

Elle ouvrit la bouche. Elle voulait répondre, mais ne savait quoi dire.

— Pour cette raison, vous laissez une lumière allumée quand vous dormez.

Elle resta silencieuse.

— Vous avez peur, mais entre l'obscurité et la lumière, vous préférez voir arriver votre ennemi. Vous avez peur, mais vous l'attendez, et cela fait de vous quelqu'un d'extraordinairement courageux.

Elle baissa les yeux. Dupree lui effleura le menton, l'obligeant à le regarder à nouveau.

— Je l'ai su la première fois que je vous ai vue. Vous étiez alors une jeune étudiante à cette conférence à l'université de Loyola. J'en ai eu la confirmation quand je vous ai revue à Quantico. Vous êtes une enquêtrice-née. Domptez un peu votre arrogance, pas beaucoup, car si vous ne vous laissez pas emmener par votre instinct, vous serez juste une policière parmi d'autres. Et écoutez votre cœur. Vous arriverez à être une des meilleures enquêtrices que j'aurai eu la chance de connaître. Écoutez votre cœur, car c'est ce que nous avons en commun, Scott Sherrington, vous et moi. Notre cœur, à nous trois, s'est arrêté, mais nous ne sommes pas morts, pour différentes raisons. Tous trois avons dû mourir pour apprendre à revenir de l'enfer. L'avantage, c'est que maintenant, non seulement nous connaissons le chemin et la sortie, mais qu'en plus nous distinguons ceux qui l'empruntent.

— Maudit privilège, murmura-t-elle.

— Je dois vous demander une faveur. Il y a quelqu'un

à La Nouvelle-Orléans… Nana… C'est comme ma mère. Elle vit à Tremé, je sais que le quartier est très touché, mais elle m'a dit qu'elle se réfugierait au Superdome.

— Je vérifierai si elle figure sur une liste, répondit-elle.

Il hocha la tête, conscient qu'il lui demandait l'impossible, mais qu'il devait le faire.

— Maintenant, laissez-moi vous raconter quelque chose avant le retour des autres. Pour eux, je serai obligé de donner une autre version. Vous vous habituerez à cela, vous devrez le faire très souvent au cours de votre carrière. Vous vous habituerez à cacher la vérité si nécessaire, car on ne peut rien contre la bêtise ou l'intolérance, et tout le monde ne voit pas ce que vous voyez. Mentez quand vous n'avez pas le choix, mentez pour sauver votre peau, pour protéger la justice et la vérité. Mais promettez-moi que vous serez toujours consciente de mentir, de savoir quelle est la vérité, et de ne jamais mentir à vous-même. Ni à moi, ajouta Dupree. Je vais vous raconter quelque chose. Que vous comprendrez, je le sais.

— Répondez-moi d'abord, l'interrompit-elle. Nous sommes amis ?

— Je suis prêt à parier ma vie là-dessus, dit-il, lui prenant la main droite et déposant dans sa paume un petit paquet gris.

Amaia sourit.

69
Sorcière

Elizondo

Quand Amaia Salazar avait douze ans, elle se perdit dans la forêt pendant seize heures. C'est un berger, Julián Andía, qui la retrouva au milieu d'un pré, et pendant des années ensuite il raconta à qui voulait l'entendre qu'il traversait le champ quand un éclair avait déposé la petite Salazar à ses pieds. Le jour se levait. Elle était à trente kilomètres au nord de l'endroit où elle avait quitté le chemin. Évanouie sous une pluie battante, les vêtements noircis et roussis comme ceux d'une sorcière médiévale rescapée d'un bûcher. En revanche, sa peau était blanche, propre et froide comme si elle venait de sortir de la glace. Elle avait perdu une chaussure, la plupart de ses vêtements avaient disparu mais, alors qu'elle avait passé plusieurs heures sous la pluie, elle n'était pas mouillée. Cette fillette était apparue dans un éclair comme la déesse Mari. D'abord, Julián avait crié. Pas pour appeler quelqu'un, mais parce qu'il avait eu peur. Il n'avait pas osé la toucher, car il avait entendu dire que si on touche quelqu'un qui vient d'être foudroyé, on risque de l'être à son tour et de mourir. Le mieux est de secouer le blessé au moyen d'un bâton, d'un bout de bois, pour libérer son corps de l'électricité qu'il contient. Ensuite, on peut le toucher. Mais le premier garde civil qui accourut à ses cris lui dit que c'étaient des bêtises, l'électricité était sortie de la petite par ses pieds, ce qui avait arraché une de ses chaussures et troué la seconde. Il s'accroupit auprès d'elle, chercha son pouls, en vain. L'éclair avait arrêté son cœur. Le garde et le berger se relayèrent pour tenter de maintenir la fillette en vie, puis tâchèrent d'empêcher son père de basculer dans la folie. Dès qu'il la vit, en effet, ce dernier se jeta sur elle, criant des paroles incohérentes. « Ce n'étaient pas des cauchemars », « Tu avais raison, ce n'étaient pas des cauchemars ».

Le berger en conclut que la petite avait dû rêver, comme un présage, que la foudre lui tombait dessus, et son père, bien entendu, ne l'avait pas écoutée. Mais qui aurait pu le lui reprocher ? Quoi de plus mystérieux que des cauchemars qui s'accomplissent ? Sans parler de l'éclair qui l'avait transportée. Il l'avait vu de ses propres yeux. Et quand ils avaient écarté les lambeaux de vêtements qui lui restaient, ils avaient aperçu sur sa poitrine un dessin très bizarre, une sorte d'éclair rouge, comme tatoué au feu par la sorcière des tempêtes. Et puis, elle était glacée alors qu'elle avait été foudroyée, et n'était pas mouillée après avoir passé une nuit entière sous la pluie. Il y avait aussi ce qui était arrivé à son chien, qu'ils avaient retrouvé des heures plus tard. Julián avait bien une petite idée à ce sujet, qu'il ne partageait pas avec tout le monde. Mais aux personnes de confiance il avait raconté que jadis les sorcières montaient dans les grottes de Mari pour déposer des offrandes, demander des faveurs afin d'obtenir ce que Dieu ne leur donnait pas, aller contre nature. Et il était notoire que dans une de ces grottes, on était au sec. Mais que Dieu l'en préserve, il préférait être trempé jusqu'aux os plutôt que d'être redevable à la sorcière. Il l'avait toujours trouvée étrange, la petite Salazar, et pourtant, jurait Julián qui disait cela sans malice, il n'avait rien contre elle. Avec ce genre de créatures, mieux vaut être en bons termes. Comme disait sa défunte grand-mère, qui en savait beaucoup sur la question, il ne faut pas croire qu'elles existent, il ne faut pas prétendre qu'elles n'existent pas.

Amaia était allongée sur un lit d'hôpital. Un simple drap couvrait son torse mais le reste de sa peau, à l'exception de ses genoux et de ses mains couverts de bleus et d'égratignures, était si pâle qu'on eût pu la croire morte, vidée de son sang. Une infirmière surveillait l'écran de contrôle à ses côtés. Une autre examinait régulièrement ses pupilles.

Engrasi et Juan Salazar regardaient Amaia à travers la vitre des soins intensifs. Ils se tenaient par la main et écoutaient le médecin.

— On lui fera d'autres examens quand elle reprendra conscience, mais tout porte à croire qu'il n'y a pas de lésions importantes.

— Pourquoi n'est-elle pas encore réveillée ? demanda Engrasi.

— C'est un énorme effort pour son organisme. Si on y ajoute qu'elle a passé de nombreuses heures sous la pluie glacée, seule, perdue, et longtemps dans le noir, il est normal qu'elle soit épuisée. Elle le sera encore plusieurs jours. Quand on est exposé à un danger extrême, le cerveau met tout en œuvre dans l'unique objectif de survivre. Elle est exténuée.

— C’est vrai que son cœur s’est arrêté ?

— Oui. Nous ne pouvons pas mesurer combien de temps. La foudre produit une décharge électromagnétique massive en un millième de seconde, et dix pour cent des personnes touchées souffrent d’un arrêt cardiorespiratoire. Heureusement que les gars de là-bas ont été capables de la ranimer.

Engrasi posa ses mains sur sa bouche. Ce mot suscitait en elle une peur qu’elle n’avait jamais éprouvée. Car s’il avait fallu ranimer Amaia, cela signifiait obligatoirement qu’elle avait été morte. Son enfant chérie était morte. Quelques minutes ou quelques secondes, peu importait. Et elle, qui savait combien elle était en danger, n’avait pas su la protéger. Ignacio et Joxepi avaient raison, elle aurait dû la faire partir d’ici, l’envoyer loin, dans un lieu où cette vallée ne pourrait pas l’atteindre. Le médecin parlait toujours. Engrasi lui prêta à nouveau attention.

— Elle est jeune, en bonne santé, elle devrait récupérer. Mais je dois vous avertir que, parfois, il lui arrivera sans doute d’avoir des convulsions, des malaises et, plus communément, des trous de mémoire. Les gens touchés par la foudre, dans leur grande majorité, ne se rappellent pas ce qui leur est arrivé avant l’accident.

— Et cette étrange marque sur sa poitrine…, murmura Juan, inquiet.

— C’est une brûlure ; elle a eu de la chance, car elle n’en présente aucune autre, mais l’air est tellement chaud autour de la foudre que cela explique qu’une partie de ses vêtements se soit volatilisée et qu’elle ait été complètement sèche quand on l’a retrouvée. Ça a beau ressembler à un tatouage, c’est, comme je vous l’ai dit, une brûlure qui s’est produite de l’intérieur vers l'extérieur pendant que l'énergie de la foudre parcourait la surface du corps d'Amaia, obligeant les globules rouges des capillaires à sortir dans l'épiderme. Ce qui a laissé cette marque bizarre qu'on appelle « tatouage de Lichtenberg ». Elle s'effacera avec le temps.

— On peut entrer ? demanda Engrasi, qui ne quittait pas Amaia des yeux à travers la vitre qui les séparait.

— Oui, mais pas en même temps.

— Vas-y d'abord, concéda-t-elle à son frère.

Quand Amaia reprit conscience, elle vit son père à côté de son lit d'hôpital. Pâle, les cheveux plaqués par la pluie sur son front. Ses paupières irritées par les larmes étaient cerclées de rouge. Quand il la vit ouvrir les yeux il se pencha, le visage crispé de préoccupation mais avec un début de soulagement. Cette attitude la remplit d'une immense tendresse, l'émotion menaçant de la submerger.

— Il y avait un arbre, *aita*, un arbre spécial. Et après je n'ai pas retrouvé le chemin…

— Ne parle pas, *maitia*. Repose-toi.

Les yeux bleu clair d'Amaia brillaient de larmes contenues.

— Il y avait quelqu'un dans la forêt, Ipar l'a empêché d'approcher.

Juan frissonna à l'idée des dangers que sa fille avait dû affronter.

— C'est fini, *bihotza**. Tu es saine et sauve, et tu vas vite te rétablir.

— J'avais tellement froid, et soudain j'ai vu la maison…

— Tu es entrée dans une maison ? s'étonna Juan.

— Il y avait un homme… très beau… Et d'autres gens…

Juan se redressa. L'obscur pressentiment qui l'avait accompagné tout au long de la journée serra son cœur. Il n'aimait pas ça.

— C'étaient des… méchants. J'allais entrer parce que j'avais froid, mais Ipar m'a retenue…

La fillette écarquilla les yeux, quelque chose lui venant brusquement à l'esprit.

— Où est Ipar, *aita* ?

Juan baissa la tête. Merde ! Il aurait préféré ne pas avoir à annoncer ça à sa fille.

— *Maitia*, Ipar t'aimait beaucoup, c'était un bon chien, et il a veillé sur toi jusqu'à la fin.

Amaia poussa un « non » étouffé. Les larmes jaillirent sans retenue. Juan ne l'avait jamais vue ainsi. Sa fille qui pleurait toujours en silence gémissait et sanglotait si fort que les infirmières arrivèrent en courant, alarmées.

— Que lui avez-vous fait ? demanda l'une d'elles, agressive, à Juan, le repoussant au pied du lit.

— Rien, pour l'amour de Dieu ! répondit-il, offensé. C'est que son chien… est mort, tenta-t-il d'expliquer.

— Et vous n'auriez pas pu choisir un meilleur moment pour le lui annoncer ? Il faut la protéger, bon sang !

Il se sentit insulté. Le pire, c'est que cette femme lui rappelait qu'il devait, lui, son père, protéger cette petite fille.

— Il vaut mieux que vous sortiez maintenant, lui indiqua l'autre infirmière, plus doucement.

— Laissez-moi au moins lui dire au revoir, supplia-t-il.

Elles acceptèrent. Il retourna au chevet du lit.

Amaia continuait de pleurer. Un torrent de larmes qui coulait désormais de ses yeux fermés, recouverts par sa main libre de perfusions.

— *Maitia*… Il faut que je parte, murmura-t-il.

Amaia ouvrit les yeux. Juan n'y lut aucun reproche. Elle leva le bras, lui demandant silencieusement de la serrer contre lui. Elle l'aimait, comme elle l'avait toujours aimé. Elle allait le lui avouer…

Juan se pencha sur elle, plein d'amour et de tristesse, et entendit sa voix.

— *Aita*, l'*ama* était là-bas, elle était avec cet homme. Ils m'attendaient, pour…

Juan se releva, se séparant brusquement de sa fille. Les yeux grands ouverts, le pouls battant à tout rompre. Envahi par de sombres présages, il se pencha de nouveau sur elle et lui susurra à l'oreille.

— Amaia, ne le raconte à personne. Si tu m'aimes, fais-le pour moi. Ne raconte rien.

Tout l'amour qu'elle éprouvait, qu'elle avait toujours éprouvé pour son père, disparut brutalement. Les mots destinés à lui avouer combien elle l'aimait moururent en elle, collés à ses cordes vocales pour toujours. Incapable d'émettre un son, elle acquiesça, et son silence devint le dernier secret de son père qu'elle garderait et la raison pour laquelle elle cessa de l'aimer.

Juan sentit le visage de sa fille l'effleurer au moment où elle hocha la tête.

Quand il se redressa, Amaia ne pleurait plus. Elle le regardait fixement. Il comprit qu'il voyait le visage sérieux et affirmé que sa fille aurait adulte. Il détourna les yeux, honteux, et se dirigea vers la sortie.

— *Agur*, *maitia*.

Amaia mit trois secondes à lui répondre. Quand elle le fit, Juan savait déjà que c'était un adieu.

— *Agur*, *aita*.

Engrasi attendait derrière la vitre. Elle n'avait rien entendu, mais n'avait pas perdu un seul mouvement de son frère et de sa nièce. Juan s'arrêta à côté d'elle, la tête toujours baissée. Il sanglotait.

— Elle pleurait pour Ipar ? demanda-t-elle sans le regarder.

— Oui.

— Tu ne lui as quand même pas dit… ?

— Bien sûr que non, s'énerva-t-il. Et personne ne doit jamais le faire.

Engrasi se tourna vers lui, furieuse.

— Qui faut-il être pour raconter à une enfant que quelqu'un a étripé son chien et l'a cloué à un arbre à la lisière de la forêt ?

Juan ne répondit pas et continua de sangloter. Engrasi détourna la tête, dégoûtée.

— Je vais emmener Amaia loin d'Elizondo.

— Oui, approuva-t-il.

— Tu n'as pas compris. Dès qu'elle sortira de l'hôpital, elle partira, et ne remettra pas les pieds à Elizondo.

Juan acquiesça.

— Si, j'ai compris. Et je ne crois pas que Pampelune soit assez loin… Emmène-la, je te donnerai de l'argent… Mais ne me dis jamais où elle est, parce que je ne suis pas assez fort, Engrasi, et si je savais…

70
Le violon de Mic

Les bayous
Mercredi 31 août 2005

Johnson revint en compagnie de Bull et de Charbou. Dupree embraya aussitôt.

— On le tient. Le Compositeur est Martin Lenx, qui s'appelle aujourd'hui Robert Davis. C'est un enquêteur de l'American Insurance Association. Il est entré dans cette boîte six mois après avoir tué sa première famille à Madison. Grâce aux contrats d'assurance, il a eu accès à toutes les informations sur les familles : nombre de membres, personnes vivant au domicile, armes, âges, accidents, maladies, responsabilités civiles dans de petits délits. Il connaissait et jugeait en première ligne leur comportement, et les condamnait. Il vit au Texas avec sa nouvelle famille, mais il était dans sa maison de Galveston, voisine de celle des Andrews, il y a huit mois, quand son épouse lui a appris qu'ils attendaient leur troisième enfant.

— Le bon Samaritain, putain…, murmura Charbou, regardant Amaia.

Dupree continua.

— Il a un garçon et une fille qui s'appelle Michelle

et fait du violon. Il a utilisé son instrument pour transformer le salon des Andrews en salon de musique. Salazar avait raison. Ce fut son premier crime, pulsionnel, irréfléchi, risqué. À un moment où son monde menaçait de s'effondrer à cause de l'arrivée d'un nouvel enfant, qui reproduisait, pas à pas, son histoire antérieure. Et, dans son esprit, c'était justifié par le comportement d'un garçon turbulent, qui posait des problèmes à ses parents et avait saccagé son jardin.

— Enfoiré, marmonna Charbou, incapable de se contenir.

— Il a payé de sa poche le nettoyage de la maison afin de tout contrôler. Il est facile d'imaginer ce qui a dû se passer dans sa tête quand Joseph a commencé à parler d'appeler la police. Et quand sa fille lui a dit qu'elle ne retrouvait plus son violon, sur lequel elle avait gravé son prénom…

— Il est entré dans la maison et l'a récupéré avant le retour de l'équipe scientifique, devina Johnson.

— Pourquoi ne l'a-t-il pas fait plus tôt ? C'était très risqué d'utiliser le violon de sa propre fille, commenta Bull.

— Ce fut son erreur, fruit de la précipitation et de la pulsion qui s'est emparée de lui quand il a appris qu'il allait avoir un autre enfant et que son passé le rattrapait. Il a assassiné ses voisins, des personnes qu'il connaissait, une erreur de débutant que les tueurs en série commettent presque tous. Le cercle de Kanter, la théorie du rayon d'action géographique, qu'avait exposée l'agent Emerson, vous vous souvenez ?

— L'accouchement de son épouse est programmé dans deux jours au Texas. Salazar et moi pensons qu'il va s'attarder à La Nouvelle-Orléans jusque-là, avant de rentrer pour les tuer.

— Nous devons tout de suite repartir en ville, ici on a fini, dit Johnson.

Dupree détourna les yeux une seconde, puis il reprit la parole.

— Charbou, Salazar et vous retournez à La Nouvelle-Orléans. Vous le chercherez et vous le traquerez jusqu'au Texas, jusqu'à sa propre maison s'il le faut, mais vous l'arrêterez. L'enquêteur Bull et moi avons encore du travail ici. Nous restons.

Amaia remarqua que Bull avait gardé les yeux rivés au sol pendant que Dupree parlait. Ils s'étaient déjà mis d'accord avant.

Johnson intervint.

— Sauf votre respect, agent Dupree, Salazar est une agente provisoire et Charbou n'est même pas du FBI. Sans vouloir vous blesser, ajouta-t-il à l'intention de Bill.

— La vérité n'est jamais blessante.

— Salazar est la meilleure agente avec laquelle vous ayez travaillé, et Charbou…, dit-il, faisant un clin d'œil au policier, est de La Nouvelle-Orléans. Il vous sauvera les miches dans cette ville qu'il connaît comme sa poche.

Johnson allait répliquer, mais Dupree continua :

— Je ne vous serais pas très utile. Hier j'étais à moitié mort et l'aller-retour d'aujourd'hui à Le Grand m'a affaibli. Je crains que le *traiteur* n'en ait pas fini avec moi. Bull restera pour m'aider sur l'affaire Samedi. Enlèvements, homicides, coups de feu… Six jeunes filles mortes dans ce pavillon de chasse et trois hommes zigouillés… Nous rentrerons en ville avec les sœurs de Jacob quand la voie sera sûre. Pas question de les laisser ici, et ce n'est pas prudent de les ramener à La Nouvelle-Orléans maintenant. De plus, le *traiteur* veut faire une cérémonie pour Médora, un rite de désenvoûtement, dit-il. Sorte de funérailles pour qu'elle puisse finir de mourir en paix et que son âme trouve le chemin. Bull et moi pensons que nous devons être présents ; nous avons connu sa famille et sommes en partie responsables de ce qui lui est arrivé, de ne pas avoir réussi à la sauver, alors…

— C'est terrible ce qui lui est arrivé, c'est sûr, dit Charbou. Mais ce n'est pas votre faute et on ne peut plus rien faire pour elle désormais.

— Mourir n'est pas si facile, dit Dupree, le regardant dans les yeux. Encore moins pour quelqu'un comme Médora qui a passé presque toute sa vie à croire qu'elle était morte. Quant à Frank Carlino et à Jerome Lirette, il leur a fallu de nombreuses heures, alors qu'on avait arraché les entrailles du premier et décapité le second.

— Vous êtes en train de dire que certains sont encore là après la mort…

— Je dis que certains ne meurent pas aussi facilement, surtout si on les a persuadés que quelqu'un possède une formule pour les faire revenir, ou les a convaincus de ne pas partir. Mourir, comme naître, n'est pas simple. On peut le faire seul, mais il vaut mieux être aidé, avoir quelqu'un qui nous attend des deux côtés du chemin. Bull et moi restons ici. Préparez-vous, vous partez immédiatement. Des questions ? conclut-il, leur adressant un regard qui n'admettait pas la moindre objection.

71

La vérité et la justice

Les bayous

Sur le ponton, Bull et Dupree regardèrent le Zodiac s'éloigner. Avant le départ de leurs collègues, ils avaient passé quelques appels pour s'assurer qu'un véhicule adapté les attendrait près de Houma et qu'ils seraient autorisés à accéder à la base navale. Il était toujours aussi compliqué d'entrer en ville que d'en sortir. Quand l'embarcation disparut à l'horizon, Bull sortit de sa poche un téléphone portable et le tendit à Dupree.

— J'ai mis la carte de Len dans mon téléphone, *et voilà*.

Il l'alluma et lui montra l'écran qui se remplissait de petits symboles scintillants.

— Bien.

— Bien, mais maintenant ? On fait quoi ? En restant ici on sera peut-être au bon endroit quand ils vont appeler, mais Samedi, que ce soit une organisation ou un individu, connaissait Len. C'est sa voix qu'ils espèrent entendre au téléphone. Dès qu'ils remarqueront quelque chose de bizarre, ils raccrocheront. On n'a pas d'équipe technique pour localiser l'appel et je doute, vu le contexte, qu'on trouve dans tout l'État un corps de police disposé à nous en prêter une.

— Je n'ai pas l'intention d'essayer de localiser l'appel.

Bull attendit patiemment.

— Quand ils téléphoneront, Dominic leur racontera ce qui s'est passé.

— Mais…

— Samedi ne connaissait pas Dominic, Dominic ne connaissait pas Samedi, c'était Len leur intermédiaire. Len a pété les plombs à cause de Pitt qui a laissé les filles se noyer, et il lui a tiré une balle dans la tête. Il a lui-même informé Samedi qu'ils avaient perdu « la pêche » et qu'il avait descendu Pitt pour cela. Je suppose qu'il a également obtenu l'autorisation d'engager un nouvel assistant… Qu'ils n'ont jamais vu. Et ceux qui le connaissaient, curieusement, sont tous morts.

— Dominic.

— Ce qui s'est passé ensuite c'est que Vince, le frère de Pitt, n'a pas beaucoup apprécié sa mort et s'est disputé avec Len. Deux mecs à la gâchette facile, qui avaient des caractères de cochon. Résultat : morts tous les deux. Et depuis, moi, Dominic, je suis le seul survivant. J'ai répondu au téléphone de Len car je savais qu'ils appelleraient. Je suis quelqu'un de fiable et d'efficace. J'ai fait le nettoyage tout seul, et grâce à moi Le Grand est impeccable. J'attends juste qu'ils me disent ce que je dois faire.

— Ils ne vous croiront pas.

— Non. C'est pourquoi demain nous retournerons à Le Grand. Nous prendrons des photos, que je leur enverrai quand ils appelleront, et nous ferons ce que Dominic prétendra avoir fait, au cas où ils auraient l'idée de venir voir ou d'envoyer quelqu'un pour vérifier.

— OK, admit Bull sans grande conviction. Mais après ? Ils ne révéleront pas le réseau d'une organisation criminelle au premier imbécile qui répond au téléphone.

— Bien sûr que non. J'ai beaucoup pensé à Samedi ces dernières années, et nous ne les comprendrons pas tant que nous n'arriverons pas à les infiltrer. Et nous ne les infiltrerons pas si nous ne faisons pas partie ou, plus exactement, s'ils ne croient pas que nous faisons partie du réseau. Vous avez entendu Dominic, ils ont des gens dans la police. Ce qui explique qu'ils aient pu continuer d'agir dans l'ombre pendant tant d'années. En alimentant cette légende du surnaturel, du vaudou et de Samedi. Ce doit être fait de l'intérieur, et ni vous ni moi n'obtiendrons jamais l'autorisation d'agir.

— D'accord, mais il n'y a aucune raison qu'ils gobent votre histoire, argumenta Bull.

— Vous oubliez les filles. Samedi sait que les filles de La Nouvelle-Orléans sont vivantes, Len le lui a dit. Ils demanderont à Dominic de les transférer dans un autre lieu, comme c'était prévu.

— Et s'ils envoient quelqu'un les chercher ?

— On peut courir le risque.

— OK. Mettons qu'ils acceptent et fixent un lieu de rendez-vous. S'il s'agissait d'une rafle et d'embarquer tous ceux qui viennent chercher les filles, parfait, mais vous parlez de les infiltrer. Qu'est-ce qui les empêchera de vous abattre si vous vous pointez là-bas sans les filles ? Pourquoi feraient-ils confiance à quelqu'un qui se présente les mains vides ?

Dupree le contempla en silence pendant plusieurs secondes avant de répondre.

— Vous avez raison, Bull. Pour cette raison, je leur amènerai les filles.

72
Le quatrième jour

La Nouvelle-Orléans, Louisiane
Jeudi 1er septembre 2005

Le retour avait finalement été plus facile que l'aller. En revanche, ils eurent du mal à rejoindre leur destination finale. Ils étaient arrivés par Westbank, traversant le Mississippi devant Bywater. À présent ils devaient marcher vers l'est pour atteindre la place Jackson, et l'itinéraire, parfois sur des viaducs, parfois avec de l'eau jusqu'au cou, était de plus en plus périlleux. Ils avaient l'impression de s'être réveillés après un cauchemar, puis rendormis. Et maintenant, c'était encore pire.

La grande différence entre la ville qu'Amaia avait quittée et celle qu'elle retrouva après son périple dans les bayous était le désespoir.

Le premier jour après le passage de Katrina, en effet, les habitants avaient été sous le choc. Regards incrédules, exclamations horrifiées devant l'ampleur de la destruction, stupeur face à la force brute de la nature… Comme pendant la nuit le niveau de l'eau avait monté, le lendemain, l'effroi suscité par la catastrophe avait augmenté : le pire était à venir. Le malheur n'était pas fini, et tout pouvait encore arriver.

Le troisième jour, il ne s'était rien passé de nouveau. La crue semblait avoir atteint son niveau maximum. Évidemment, une digue supplémentaire pouvait se briser quelque part, mais ça ne changerait pas grand-chose à la situation. Tout avait déjà eu lieu. Quatre-vingts pour cent des presque neuf cents kilomètres carrés de terre sèche qu'occupait la ville de La Nouvelle-Orléans étaient à présent submergés. Plus d'électricité ni d'eau courante. Aucun magasin ouvert. Pas d'air conditionné dans une ville où il faisait trente-trois degrés la journée, et pas moins de vingt-huit la nuit. Dans des quartiers entiers, l'eau atteignait le premier étage des maisons, et arrivait aux genoux dans ceux où elle était à son niveau le plus bas.

Ce troisième jour avait été celui du désespoir. Des personnes âgées et des enfants s'évanouissaient en plein soleil, sur les ponts suspendus des autoroutes, après trois jours sans manger, ni boire une goutte d'eau. L'aide n'arrivait pas, en dépit de rumeurs qui se propageaient par le bouche-à-oreille, provenant, apparemment, des rares personnes possédant un transistor à piles.

Le quatrième jour, la folie prit le dessus.

Amaia, Johnson et Charbou avançaient sur le viaduc. Il était dix-sept heures, mais le soleil tapait aussi fort qu'à midi et, sous sa luminosité joyeuse, la ville empestait la merde, la fange et la mort. Le plus difficile à concevoir était qu'au même instant, à des milliers de kilomètres, les vols internationaux continuaient de décoller à l'heure, les présentateurs des journaux télévisés du soir se faisaient maquiller dans leur loge, des hommes et des femmes prenaient une douche ou faisaient l'amour.

Au loin s'élevaient les colonnes de fumée des nombreux incendies qui, selon les plus pessimistes, étaient d'origine criminelle, et selon les plus pragmatiques, causés par des ruptures de conduites de gaz consécutives au déplacement des fondations des maisons détruites. Parmi les bruits nouveaux, le souffle de la brise chaude balayant la surface de l'eau était de temps à autre brisé par l'écho d'un ou de plusieurs coups de feu. On racontait que des habitants défendaient leurs propriétés du pillage fusil à la main. D'autres parlaient de groupes armés organisés qui patrouillaient dans la ville, s'érigeant en nouvelles forces de l'ordre et procédant à des procès et exécutions sommaires, dans la plupart des cas contre des innocents. Tout n'était plus que rumeurs. Il était impossible de savoir si les histoires qui couraient étaient fondées, ou fruit de l'imagination et de la peur.

Mais ce quatrième jour, les citoyens qui faisaient cause commune au début s'étaient transformés au cours des dernières heures, se divisant, telle une cellule cancérigène, en deux moitiés monstrueuses : ceux qui avaient perdu espoir, et ceux qui avaient perdu espoir et étaient furieux. Les premiers s'entassaient de chaque côté des ponts en groupes silencieux, plongés dans une immobilité végétative afin d'économiser leur énergie. À peine réagirent-ils quand ils les virent passer. Plus personne ne demandait de l'eau, des vêtements secs ou des médicaments de base comme aux premières heures. Il ne restait plus rien. Un homme, qui avait un transistor à piles collé à l'oreille, clama :

— Le président viendra demain, ils l'ont annoncé à la radio.

— Ils ont déjà dit ça hier et avant-hier, répliqua une femme à ses côtés.

— Ils répètent que l'aide est en route, dit l'homme, sur le même ton qu'un présentateur radio.

— Alors ils ont dû se tromper de chemin et sont partis au Canada, parce que ça fait quatre jours maintenant que la tempête a eu lieu et personne n'est venu ici.

Certains levaient la tête à leur passage, juste pour les prévenir qu'ils étaient sur une voie sans issue. Cette route, comme la plupart de celles de La Nouvelle-Orléans après Katrina, ne menait nulle part.

Ceux du deuxième groupe, en revanche, se distinguaient par le tapage qu'ils faisaient, exprimant leur détresse, leur colère.

— Où est l'aide ? crièrent-ils quand ils virent leurs insignes.

— On nous a laissés crever ici, mais ça ne va pas se passer comme ça, on est toujours vivants ! hurla une femme encouragée par son groupe.

— Frère, s'adressaient-ils à Charbou. Où vas-tu ? Reste avec les tiens. Regarde autour de toi, tu vois un visage pâle par ici ?

— Ils n'enverront pas d'aide, notre cher pays a trouvé le moyen de se débarrasser de nous ! vociférait un homme.

Charbou se tourna vers Amaia et lui dit :

— Ils ont raison. Des terroristes détruisent le World Trade Center et le pays bascule dans le malheur, mais quand une ville entière à forte population noire disparaît sous l'eau, qu'est-ce que ça peut faire ? Aurait-on trouvé normal que quatre jours après la destruction des tours jumelles l'aide ne soit toujours pas arrivée ?

Amaia confirma.

— Non. Absolument pas.

Un autre groupe, moins nombreux mais insolite, se tenait à l'écart. Parmi eux, des femmes tenant des bébés dans leurs bras. Des hommes émaciés poussant des caddies remplis d'objets de toute sorte. Des vieillards, le torse nu et rougi par le soleil, chancelant, portant dans leurs sacs de vieilles photos de mariage. Tous traînaient les pieds et s'arrêtaient seulement pour regarder au loin, les mains sur le front, avant de reprendre leur insolite pérégrination sans but, tels les condamnés de l'enfer de Dante obligés de marcher sans fin.

Ils durent avancer avec de l'eau jusqu'à la taille avant de trouver un endroit permettant aux piétons d'accéder au pont suspendu de l'autoroute. Ils prirent quelques minutes pour vider leurs bottes pleines d'eau boueuse et sécher leurs armes, avant de repartir. Johnson et Charbou alternaient en tête de cortège. À certains moments, Charbou signalait à l'agent un lieu ou un bâtiment, lui expliquant son importance dans la ville, ou simplement parce qu'il l'aimait bien. Amaia restait en retrait, écoutant les deux hommes parler. Soudain Charbou montra le sud. Johnson se tourna pour regarder, tituba et s'écroula. Amaia s'arrêta, perplexe. Johnson avait-il fait un malaise ou avait-il trébuché ? Une demi-seconde plus tard, elle entendit l'écho du coup de feu. Un impact violent sur son bras la projeta au sol alors qu'une nouvelle balle sifflait dans l'air au-dessus de sa tête.

— On nous tire dessus ! cria Charbou, se précipitant vers Johnson.

Il s'accroupit et prit l'agent sous les aisselles pour

le porter jusqu'au parapet du pont, derrière lequel Amaia s'était retranchée.

— Je crois qu'ils sont dans cet immeuble, là-bas, dit-elle en montrant un endroit au-dessus de sa tête. Attends que je te donne le feu vert.

— Dépêche-toi ! cria-t-il, tout en essayant de protéger Johnson de son corps.

Accroupie, elle pointa son arme par-dessus le parapet et cria à Charbou de bouger pendant qu'elle vidait un chargeur entier en direction du bâtiment. Elle ne visait pas une cible en particulier. Le but était seulement de couvrir ses compagnons.

Charbou tomba comme un sac à côté d'elle, Johnson affalé sur lui. L'agent était en sueur et respirait par le nez, lèvres serrées, s'efforçant de récupérer du choc de l'impact.

Amaia observa sa blessure : à l'épaule gauche, à la limite du gilet pare-balles. Son bras était tout tordu, ce qui lui laissa supposer des dégâts dans l'os et les tendons. Elle déversa le contenu de son sac par terre et prit une chemise en coton avec laquelle elle stoppa l'hémorragie. Du bout des doigts, elle examina l'épaule de Johnson, cherchant en vain l'orifice de sortie de la balle.

— Ce n'est pas grave, Johnson. Elle est à l'intérieur, je la sens à travers la peau ; je crois que l'os est cassé, mais ça ne saigne pas beaucoup ; vous vous en sortirez.

L'agent Johnson ne répondit pas. Il regarda le pont désert dont les deux extrémités étaient submergées dans l'eau, conscient de la situation.

Devinant ses pensées, Amaia se fâcha.

— Ne faites pas ça, Johnson. On va vous tirer de là, OK ?

Charbou s'était légèrement redressé, tâchant de voir d'où venaient les coups de feu. Il s'assit en lieu sûr.

— Je crois qu'ils ont arrêté. Ils ne s'attendaient sûrement pas à ce qu'on réplique, dit-il, sortant la radio de son étui pour appeler les secours. Attention, code trois. Enquêteur Bill Charbou, on a un blessé, je répète, code trois. Nous sommes sur le pont de l'autoroute sur Elysian, croisement rue Tonti.

La réponse fut immédiate.

— Ici le central.

Une autre voix interrompit la première.

— Enquêteur Charbou ? (La voix hésita.) C'est l'enquêteur Bull qui est blessé ?

— Non, c'est un agent du FBI, l'agent Johnson. Il a été touché à l'épaule.

La radio resta silencieuse quelques secondes avant la réaction du central :

— On vous envoie tout de suite de l'aide.

Ils mirent moins de dix minutes à arriver. Un bateau de la police de La Nouvelle-Orléans accéda au pont par le même endroit qu'eux. Cette intervention rapide parut rassurer Johnson, qui s'était redressé, s'appuyant contre le parapet. Il souffrait visiblement, mais il avait retrouvé des couleurs. Après avoir reçu les premiers soins, il leur fit signe d'approcher.

— Vous devez continuer, dit-il, oubliant la procédure et regardant Amaia dans les yeux. Être un agent du FBI blessé en service comporte quelques avantages. Ils ont reçu des instructions pour me transférer à la base militaire du lac. Dès que mon état sera stable, ils m'évacueront, ainsi que d'autres agents blessés et les quelques familles restantes. Vous ne pouvez pas perdre du temps à m'accompagner à l'autre bout de la ville. Pas maintenant, alors que vous êtes si près du but.

Amaia acquiesça. Elle non plus n'aurait pas accepté d'abandonner à ce stade.

Les brancardiers s'occupèrent de lui, pansèrent sa blessure et placèrent une attelle à son bras qui pendait, tordu vers l'intérieur. Puis Johnson s'adressa de nouveau à Amaia.

— Ce n'est que justice, dit-il, s'efforçant de sourire. C'est vous qui l'avez trouvé, il est à vous, allez le chercher. Mais n'oubliez pas que vous serez seule. Si vous informez le FBI, peu leur importera que vous l'ayez démasqué et qu'il faille agir immédiatement. De deux choses l'une : soit ils vous écouteront, exigeront des détails, des preuves, tout un protocole, et quand ils débarqueront au Texas, Lenx aura fui ; soit ils ne vous écouteront pas et il sera trop tard. Dans tous les cas, Lenx en sortira gagnant. Mais je peux vous assurer une chose : dès qu'ils flaireront la proie, ils vous balaieront aussi rapidement que l'éclair. Cette maison est pleine d'agents Tucker.

Elle acquiesça de la tête.

— Une dernière chose.

— Dupree, dit-elle. Il ne rentrera pas… n'est-ce pas ?

— Non, admit Johnson malgré lui. Mais il sait ce qu'il fait.

Quand les brancardiers soulevèrent la civière pour l'installer dans le bateau, Johnson répéta :

— Souvenez-vous. Ne dites rien avant que ce soit fait.

Charbou avait obtenu que le bateau les dépose non loin du Quartier français avant de poursuivre sa route.

À partir de là, il leur fut facile de rejoindre la place Jackson et la rue Chartres. Ils montèrent au deuxième étage, à l'appartement en question. Ainsi que le coordonnateur des urgences les avait prévenus, presque rien n'avait été fait. La rubalise de scène de crime avait été mise en place, ainsi que deux scellés avec la date et l'heure, et la sempiternelle croix orange indiquant, aux personnes sans odorat, que six cadavres se trouvaient à l'intérieur.

Charbou coupa les scellés au moyen d'un couteau, tâchant de les endommager le moins possible. Puis il recula de deux pas, regarda Amaia, qui lui fit signe qu'elle était prête et prit une profonde inspiration, tirant sur le col de son tee-shirt pour se couvrir le nez et la bouche. La lumière du soleil, qui se couchait et teintait le ciel de violet et de rose, était insuffisante dans l'appartement dont tous les volets étaient fermés. Amaia se demanda s'ils l'étaient déjà quand on avait découvert les cadavres, ou si c'était une précaution de la part du médecin qui avait examiné les corps, afin de limiter l'intense température extérieure et d'empêcher les insectes d'entrer. De toute façon, ça n'avait servi à rien. Même sans les voir, Amaia entendit le sinistre bourdonnement des mouches sur les cadavres. Une femelle pouvait pondre jusqu'à mille œufs, en cinq ou six fois, avec une centaine d'œufs déposés par ponte. Elles naissaient au bout de deux à vingt-quatre heures. À cette température, ce seraient des larves en quatre jours.

Amaia braqua sa lampe sur les corps, résistant à l'impulsion de chasser à grands gestes les mouches qui se posaient sur elle, leurs petites pattes infectes pleines de… Elle regarda la porte, le souffle court, impatiente de sortir de là, et faillit se mettre à courir.

Ne plus respirer la mort, ne plus voir la mort, ne plus sentir la mort. Se contrôlant, elle se plaça aux pieds des défunts, inclina la tête et pria pour leurs âmes. Elle ne l'avait jamais fait auparavant sur une scène de crime. Elle comprit qu'elle se sentait responsable à leur égard, d'une façon qu'elle ne visualisait pas bien encore, mais elle pria. Et elle le ferait désormais chaque fois qu'elle se trouverait devant une personne assassinée, qu'elle devait respecter, écouter, et avec qui elle devait fusionner pour pouvoir la représenter et défendre sa mémoire.

Puis elle respira profondément dans le tissu de son tee-shirt, laissant l'odeur envahir ses narines. Ce fut plus supportable ensuite. Mais elle ne se découvrit pas le visage. Elle ne pourrait pas se concentrer si les mouches lui tournaient autour.

Leurs têtes étaient sans aucun doute alignées en direction du nord. Ils étaient placés les uns à côté des autres, dans l'ordre, et l'assassin avait ôté leurs liens, les emportant, comme pour les autres crimes. Mais il avait été infiniment moins prudent. Ou alors certains membres de la famille s'étaient débattus quand ils étaient attachés car de profondes marques étaient visibles sur les poignets et les pieds d'au moins deux d'entre eux.

Le revolver, par terre, près de la main droite du père, qui ouvrait ce cortège funèbre. La grand-mère, l'épouse, les deux adolescents et un jeune garçon. Et posé contre le mur, plus ou moins à hauteur de la tête de la mère, un violon.

Amaia sortit son téléphone, qui ne captait toujours pas de réseau mais qu'elle avait rechargé au campement. Elle prit plusieurs photos, indiquant à Charbou comment éclairer la scène.

La place Jackson grouillait de monde. Ils passèrent devant la porte ouverte de la cathédrale. L'autel illuminé par des bougies constituait la seule lumière à l'intérieur, mais c'était assez pour faire étinceler les dorures et permettre de distinguer depuis l'entrée les drapeaux de Castille, d'Espagne, d'Angleterre et de France, ondulant devant le drapeau américain et rendant hommage aux origines de la ville, dans l'ordre rigoureux des arrivées des différents peuples. Des centaines de personnes avaient envahi l'église.

— Tu veux entrer ? demanda Charbou quand il la vit jeter un coup d'œil.

Elle se sentit gênée soudain.

— Non, pourquoi le voudrais-je ?

— Je ne sais pas, je t'ai vue prier dans l'appartement de cette famille.

— Travis, précisa-t-elle.

— Comment ?

— Son nom… Famille Travis. J'ignore pourquoi je l'ai fait, je crois que c'est une façon d'être en paix avec eux, de leur dire au revoir et de cesser de les voir seulement comme des cadavres. Des indices, des pistes, des preuves, des chrysalides, des larves…

— Je n'avais pas l'intention de me moquer de toi. Je trouve bien que tu pries pour eux, sans déconner. C'est peut-être moi qui devrais entrer dans l'église pour rendre grâce. La balle qui a touché Johnson m'était destinée.

Amaia s'arrêta net et le regarda, surprise.

— Je le pense sincèrement. Et je suis sûr que les tireurs étaient des policiers.

Amaia ouvrit la bouche, estomaquée. Elle le prit

par le bras et le conduisit vers les escaliers, où ils s'assirent.

— Les gosses nous l'avaient dit, tu te rappelles ? Que des patrouilleurs justiciers abattaient des Noirs.

— Tu crois qu'ils t'ont tiré dessus parce que tu es noir ?

— Les gosses ne mentaient pas. Je l'ai entendu sur les ondes courtes, c'est la vérité. D'autres coups de feu ont été tirés depuis des ponts et des endroits élevés. Chaque fois sur des Noirs désarmés.

— D'accord, je ne dis pas le contraire. L'anarchie règne dans la ville, mais tu marchais entre Johnson et moi, ils auraient pu blesser n'importe lequel d'entre nous.

— C'était bizarre, quand j'ai appelé les secours par la radio. Quelqu'un a répondu avant le central, quelqu'un qui nous connaît assez bien pour penser qu'on avait abattu Bull.

— Tu veux dire que c'était peut-être vous qui étiez visés ?

— Je l'ignore. Bull m'a dit que Dominic avait parlé de policiers appartenant à Samedi, et il ne parlait pas de patrouilleurs mais de chefs.

Amaia regarda le ciel. Il était un peu plus de dix-neuf heures et la lumière s'éteignait par moments.

— On est tout près de l'hôtel et il n'y a quasiment pas eu de dégâts dans le Quartier français. À ton avis, le plus vieux bordel de la ville sera toujours ouvert ?

Le ciel était bleu marine quand ils arrivèrent rue Dauphine une vingtaine de minutes plus tard. Les volets verts de l'hôtel étaient cloués de planches et les drapeaux qui décoraient habituellement la façade avaient disparu.

Amaia s'approcha de la porte principale et tenta de voir à travers les fissures des planches. La porte s'ouvrit brusquement. Elle se retrouva nez à nez avec une des sœurs propriétaires de l'hôtel. La grosse femme, sans un mot, se jeta sur elle et la serra contre sa poitrine.

— Oh, grâce à Dieu ! Comme je suis contente que vous alliez bien ! Où sont les autres ? J'étais très inquiète quand j'ai vu que vous ne rentriez pas.

— Ça va, ils vont bien, vu les circonstances, réussit à dire Amaia.

La femme relâcha son étreinte et embrassa Charbou de la même façon.

— Entrez, entrez, dit-elle. Je suis obligée de tout boucler. Les gens sont tellement désespérés qu'ils seraient capables de nous tuer juste pour pouvoir entrer ici, ajouta-t-elle, les entraînant à l'intérieur et refermant la porte derrière eux.

— Il reste des clients à l'hôtel ?

— Oui. La plupart n'ont nulle part où aller, leurs maisons sont inondées. D'autres ont peur de sortir. On entend des histoires terribles sur ce qui se passe en ville. Des amis et des proches ont également échoué ici. J'ai dû donner les chambres de vos collègues, mais j'ai gardé la vôtre, j'étais sûre que vous reviendriez, dit-elle en souriant à Amaia.

— Pouvons-nous rester ici ce soir ?

— Bien sûr que oui.

— Ce sera juste pour une nuit.

— Vous pouvez rester aussi longtemps que vous voulez. On n'a presque plus de nourriture, mais mes sœurs et moi tiendrons jusqu'à la fin. Aujourd'hui ils ont dit à la radio que les autorités s'inquiètent du niveau du lac Pontchartrain. Elles craignent qu'il ne déborde et n'inonde aussi le centre-ville. Il paraît qu'il faudra des mois pour pomper l'eau et réparer les digues. On dit que le gouvernement va donner l'ordre d'évacuer la ville, que des soldats viendront chercher les habitants un par un dans les maisons.

— Oui. Nous aussi en avons entendu parler.

— Eh bien, moi je vous le dis, j'attends les soldats de pied ferme, et tant qu'on ne m'obligera pas à partir, je ne laisserai pas mon hôtel une seule minute. C'est notre travail, notre maison ; je ne vais pas l'abandonner pour qu'une poignée de voyous viennent mettre le feu et anéantissent tout ce que nous possédons.

Amaia et Charbou la regardaient en silence.

Son sourire réapparut.

— Mais quelle idiote je suis, à jacasser alors que vous devez être épuisés. Je vous accompagne, dit-elle, prenant une bougie allumée sur le comptoir. Le seul problème, c'est que vous devrez partager la même chambre, il n'y en a plus de disponible, conclut-elle, adressant un clin d'œil à Amaia.

Elle les précéda dans l'escalier et ouvrit la porte de la chambre ; elle entra, tenant la bougie au-dessus de sa tête pour bien éclairer. Après avoir dormi dans le campement des pêcheurs, dans la maison abandonnée d'un inconnu ou contre les murs de l'hôpital Charity, après avoir vu des maisons détruites et des meubles submergés, avoir senti l'odeur pénétrante du moisi, la chambre du Dauphine leur sembla tout droit sortie d'un rêve. Le vaste lit blanc, les meubles de cette couleur de crème vanille. Les miroirs, les draps propres. Amaia s'étonna de la rapidité avec laquelle son esprit s'était adapté à la misère.

— Je vous ai dit qu'il ne reste plus rien à manger, donc le petit déjeuner n'est pas compris. Je peux seulement vous laisser une bougie et une boîte d'allumettes. Mais je crois que vous allez aimer ça, dit-elle, se dirigeant vers la salle de bains qu'elle alluma.

Amaia la suivit. Son visage se détendit. La femme expliqua :

— Avant l'arrivée de la tempête, ma sœur Grace a eu l'idée de remplir à ras bord toutes les baignoires. Faites-en bon usage, l'eau sert pour tout, se laver, boire, etc. Elle est froide, mais il y a des serviettes propres.

Ôter les vêtements qu'elle portait depuis l'ouragan fut comme retirer une couche de peau. Elle posa sur le meuble de la salle de bains la photo pliée qu'elle avait emportée, et sourit au petit dragon orange que lui avait offert Jacob. Elle observa son corps nu dans le miroir. Les marques du bronzage sur ses bras et son cou. Elle palpa son ventre, bénissant l'efficacité des antibiotiques d'Annabel qui avaient foudroyé l'infection. Elle transvasa un demi-seau d'eau dans le lavabo et approcha de son nez le morceau de savon parfumé au lilas, s'enivrant de cette fragrance qu'en temps normal elle n'aurait jamais remarquée. Elle se frotta soigneusement, examinant les bleus et les égratignures auxquels elle n'avait pas prêté attention jusque-là. Elle se lava les cheveux et utilisa un demi-seau d'eau supplémentaire pour se rincer. Sans se sécher afin de garder cette sensation de fraîcheur, elle enfila des sous-vêtements propres et un tee-shirt en coton. Elle ne s'était pas sentie aussi bien depuis longtemps.

— À toi, dit-elle, cédant la place à Charbou.

Le policier pénétra dans la salle de bains, laissant la porte entrouverte pour permettre à la lumière d'éclairer la chambre.

Allongée sur le lit, la fenêtre grande ouverte, Amaia entendit Charbou transvaser de l'eau. Elle l'imagina respirant le parfum du savon comme elle l'avait fait. Une brise chaude arriva de l'extérieur, en même temps que le son d'un saxophone. Ça l'amusa. Quelqu'un jouait, seul. Elle se leva et s'approcha de la fenêtre. « Deux sortes de personnes n'abandonneront jamais La Nouvelle-Orléans : les musiciens et les fantômes. »

Quand elle se retourna, elle vit le reflet de Charbou dans le miroir. Son corps nu, encore humide. Il était musclé et beau comme une statue. Lui aussi la contemplait dans la glace. Immobile, tranquille, très sérieux. Amaia retira son tee-shirt d'un coup ; fixant Charbou, elle s'avança vers lui.

Cela faisait longtemps qu'elle n'avait pas rêvé d'elle. Qu'elle ne venait pas hanter ses nuits. Elle sentit sa présence près du lit. Elle l'observait. Attirée, contrariée et fascinée à la fois par la force de l'enfant qui la provoquait, tournant le dos à la porte, comme pour lui signifier « je n'ai pas peur de toi ». Alors qu'elles savaient toutes deux que c'était faux. La présence se pencha sur Amaia et ouvrit la bouche pour qu'elle sente son souffle sur sa peau.

« Pourquoi ne t'ai-je pas mangée cette nuit-là ? Tu crois peut-être que je suis folle ? »

Amaia se réveilla en sursaut dans l'obscurité, devinant un mouvement. Elle ouvrit les yeux et s'en voulut de ne pas avoir laissé la lumière de la salle de bains allumée. Elle chercha sa lampe de poche sur la table de chevet et l'alluma contre l'oreiller afin de ne pas réveiller Charbou.

Il dormait profondément. Elle le contempla quelques secondes avant de percevoir de nouveau, à la fenêtre, le mouvement qui l'avait réveillée. Elle éteignit sa lampe et se leva. Les épais rideaux de la fenêtre voisine étaient ouverts, ainsi que les battants. La lumière dorée qui inondait l'intérieur permettait de voir une pièce richement décorée. Un vieux monsieur vêtu d'un peignoir en soie lisait à la lueur d'un chandelier à huit branches. Derrière lui, les tranches des livres brillaient à la lumière des bougies qui éclairaient une bibliothèque grimpant jusqu'au plafond. Amaia l'observa, captivée par le sentiment d'irréalité et de beauté de la scène.

— Salazar, l'appela Charbou dans le noir. Reviens dans mon lit.

— « Ton » lit ? s'amusa-t-elle.

— Je suis dedans et pas toi. C'est mon lit. Viens ici.

— Seulement si tu arrêtes de m'appeler Salazar. J'ai l'impression de parler avec un flic.

— Et je suis quoi d'autre ?

— Un amant, répondit-elle. Non ?

— Viens dans mon lit et tu verras.

73

Grigri. Amulette

La Nouvelle-Orléans, Louisiane
Vendredi 2 septembre 2005

Le jour se leva vers six heures et demie. Il faisait déjà vingt-neuf degrés. Amaia s'habillait, sous le regard de Charbou encore au lit. Il remarqua qu'elle portait le petit paquet en peau de chèvre de Dupree.

— Tu dois beaucoup compter pour lui s'il t'a donné une amulette qui lui a sauvé la vie.

Elle serra le grigri entre ses doigts, percevant à travers la douce peau son contenu friable.

— Qu'est-ce qu'il y a à l'intérieur, à ton avis ? demanda-t-elle, continuant de le triturer.

— Des graines, du café, de l'encens, de la terre de cimetière, des os humains broyés… Tu vois bien, ce genre de trucs typiques de Louisiane, dit-il, hilare. Que te donnent ceux qui t'aiment. Enfin, tout dépend de l'objectif.

— L'objectif ?

— Si l'intention est de protéger ou de nuire. Mais je crois que tu peux être tranquille, celui-ci a déjà prouvé son magnifique pouvoir de protection des fonctions cardiaques.

— Mais si ça a protégé le cœur de Dupree, que va-t-il lui arriver maintenant qu'il ne le porte plus ?

— Grande question, répondit-il, haussant les épaules.

Amaia regarda le petit sac, se mordit les lèvres et le glissa sous son tee-shirt.

— Je ne crois pas aux amulettes.

— Pourquoi le portes-tu alors ?

— C'est comme le dragon que m'a donné Jacob. Parce que je crois à la foi, à la force des croyances des autres. Au nom de ces croyances, on a bâti et détruit des empires. D'une certaine manière, le type que nous poursuivons est un homme qui possède de solides croyances. Avec une base psychopathique. Mais solides, au bout du compte.

Charbou la contempla, pensif.

— Tu es très intelligente, sous-inspectrice Salazar.

— Ça y est, je suis redevenue la sous-inspectrice Salazar ? Je croyais que tes flatteries à propos de mon intelligence faisaient partie de la « méthode Charbou ».

Il posa la main sur son cœur, feignant d'être offensé.

— La méthode Charbou ? Une tactique ? C'est ce que tu penses de moi ?

— La patronne de l'hôtel t'a démasqué le premier jour. Elle t'a qualifié de « coureur ».

— C'était peut-être le cas à ce moment-là, mais aujourd'hui j'ai plutôt l'impression que ce sont les sœurs de Jacob qui ont raison. J'ai entendu ce qu'elles te disaient.

Il la serra contre lui, observant leurs peaux l'une contre l'autre.

— Tu ne trouves pas que nous formons un beau couple ?

Elle ne répondit pas.

— Je le dis sincèrement. Mais tu dois déjà le savoir, tu sembles dotée d'un mystérieux pouvoir pour percer à jour les pensées et les actions des autres.

— Ce n'est pas un pouvoir.

Elle songea aux paroles de Dupree.

— Comment sais-tu alors que notre homme est toujours à La Nouvelle-Orléans ? Comment sais-tu qu'il n'est pas parti ?

Elle s'assit sur le lit et réfléchit.

— Parce que, pour lui, les moments sont aussi importants que les actes. Il a attendu huit mois depuis qu'il a appris que sa femme était enceinte. Pendant cette période, il a gardé l'espoir que son destin ne s'accomplisse pas, fausse couche, revers de fortune, qui aurait été pour lui le signe de la clémence de Dieu. Il a reproduit son crime sur des familles qu'il estimait aussi dignes que la sienne d'être sauvées. Mais il ne se précipitera pas, car il est important pour lui que s'accomplissent tous les préceptes, qu'apparaissent tous les signaux. Sinon, cela reviendrait dans son esprit à commettre un assassinat.

— Parce qu'il n'a pas l'impression de commettre des assassinats ?

— Non. C'est un psychopathe. Sa famille est une expérience de laboratoire qui a échoué. Il la jettera à la poubelle et recommencera avec la même motivation. Un psychopathe sans aucun doute, et croyant par ailleurs, ce qui fait de lui un fanatique. C'est pourquoi il ne faut jamais sous-estimer le pouvoir des croyances d'autrui. Lenx va probablement rester ici : cette ville est un *open bar* pour un meurtrier, avec des milliers de maisons touchées par la tempête. Il peut facilement trouver une famille dont le profil correspond à ses désirs pour continuer de s'entraîner. Le temps se resserre et le moment de vérité approche. J'imagine que sa propre famille le rend nerveux. Il traînera ici le plus possible, car il ne veut pas être présent quand son fils naîtra. Il arrivera pour tout achever. Suivant le rite. Pour sa propre maison, il n'a pas besoin de tornade ou d'ouragan, il s'arrangera lui-même pour qu'il ne reste aucune pierre.

Elle se leva et finit de boutonner son pantalon. Le ton de sa voix changea.

— Puis il disparaîtra de nouveau, comme il l'a fait il y a dix-huit ans.

— Tu vas devenir vraiment insupportable.

— Pourquoi dis-tu cela ? demanda-t-elle, amusée.

— Parce que je crois que tu vas être une très bonne flic, une de ces intelligences supérieures, chasseuses de tarés. Les gens t'adoreront, mais tes collègues te haïront. Une putain de flic superstar.

— Jamais. Ça n'arrivera pas, répliqua-t-elle, lui lançant un oreiller.

— Comme si tu pouvais l'empêcher.

Ils prirent congé des propriétaires du Dauphine, qui les raccompagnèrent à la porte sans cesser de jeter des regards pleins de sous-entendus à Charbou et de faire des clins d'œil à Amaia. Ils sortirent de l'hôtel et prirent la direction de l'est. Ils voulaient essayer d'arriver au Superdome avant qu'il commence à faire sérieusement chaud. À la radio officielle, ils avaient entendu que tout au long de la nuit, entre la Croix-Rouge, les urgences fédérales, les services sociaux et les militaires de l'État, vingt-trois mille citoyens avaient pu être transférés du Superdome au stade Astrodome du Texas. Des cars continueraient de partir toute la matinée. Le président était attendu en ville ce jour. Ainsi que le premier camion d'aide en provenance d'un autre État, transportant de l'eau, de la nourriture et des médicaments.

74

Nana. Se résigner

Environs du stade Superdome de La Nouvelle-Orléans

Nana perçut le murmure de milliers de voix autour d'elle. On aurait dit la rumeur d'une ruche, dont le niveau sonore augmentait et baissait par moments, telle une vague. Seul le sifflement métallique des haut-parleurs brisait le rythme de ce bourdonnement malade. Elle ouvrit les yeux. Le soleil, qui montait rapidement, était déjà intense. Deux larmes, arrachées par la lumière, coulèrent sur son visage. Elle avait passé la nuit à veiller, assise sur le béton contre la balustrade. La douleur était vive, lancinante. Une bête féroce qui lui mordait les genoux, les hanches, les chevilles, le dos… et la torturait pendant de longues minutes au moindre mouvement. Seule une immobilité absolue parvenait à apaiser ses élancements puissants. Elle se concentra sur sa respiration. Elle devait rester calme. Toute la nuit elle avait vu les habitants, aux ordres de soldats munis de mégaphones, faire la queue pour monter dans les cars qui partiraient de l'esplanade. Des hommes et des femmes de tout âge, traînant leurs affaires dans des sacs-poubelle colorés, sur lesquels sommeillaient des enfants épuisés. Ou dans des sacs en plastique transparents qui laissaient voir leur contenu misérable. Les soldats, en véritables chiens de berger, les dirigeaient de force, les obligeant à transporter leurs bagages d'un endroit à un autre. Ils réprimaient les tentatives de protestation par des gestes brusques, et la foule, comme un troupeau soumis, obéissait, vaincue. Mais Nana ne voulait pas partir, tout ce qu'elle désirait, c'était rentrer chez elle. Elle pouvait supporter le manque de confort pendant quelques jours, le temps que l'électricité soit rétablie. Elle nettoierait la boue, sécherait tout. Ces derniers jours, elle avait entendu des récits de tout ordre sur les conséquences de la tempête dans différents quartiers. Mais Tremé était solide. Avec de bonnes maisons qui avaient résisté à d'autres ouragans. Non, elle ne partirait pas, attendrait là qu'une autorité compétente lui permette de rentrer chez elle. Épuisée et incapable de se lever, elle avait mis dans sa bouche ses deux derniers calmants. Ils lui collaient au palais, se décomposant lentement, libérant leur amertume. Elle n'arrivait pas à les avaler. Sa bouche était irritée, sa langue tellement sèche qu'elle était figée.

Un jeune homme vêtu d'un uniforme de la Croix-Rouge s'approcha d'elle.

— Madame, vous êtes seule ?

Elle voulut répondre, mais se mit à pleurer, ainsi qu'elle l'avait fait, régulièrement, pendant la nuit. Cela ne l'avait pas soulagée. Elle avait beau envisager la situation sous tous les angles, et être plus que jamais déterminée à survivre, elle était si fatiguée qu'elle n'arrivait plus à réagir. Elle se reprocha pour la énième fois d'avoir l'air d'une vieille gâteuse, sans force ni mots. Le jeune homme lui tendit une bouteille d'eau. Comme elle ne la prenait pas, il la posa sur son ventre, dévissa le bouchon, puis partit poursuivre sa distribution. Quand Nana cessa enfin de pleurer, elle prit la bouteille et but à petites gorgées. Elle se sentit aussitôt mieux. Quelle imbécile ! Elle ne s'était pas rendu compte qu'elle était déshydratée. Elle vida la bouteille et, s'accrochant à la barrière, se mit lentement debout.

La douleur fut terrible. Elle fut prise de vertiges et s'agrippa de toutes ses forces pour ne pas perdre l'équilibre. Sinon, à coup sûr, elle se casserait la hanche. Et mourrait comme une vieille tortue au soleil, retournée sur sa carapace.

Elle passa plus d'une heure ainsi, avant de se décider à traverser la place noire de monde, jusqu'à la file d'attente. Là-bas, quelqu'un pourrait peut-être la renseigner. Pas à pas, titubant comme si le sol tanguait sous ses pieds, les yeux mi-clos pour se protéger du soleil puissant, elle avança, priant Dieu que personne ne la fasse tomber. La douleur l'accablait. Elle serra les dents et continua de marcher, aveuglée par la souffrance.

— Nana, l'appela une voix.

Elle continua d'avancer, par habitude, incapable de faire autrement.

— Nana, c'est moi.

Nana s'arrêta et s'efforça d'ouvrir ses yeux embués de larmes.

Bobby la serra dans ses bras et la rattrapa quand elle perdit pour de bon l'équilibre.

— Oh, Nana. Je suis désolé, je n'ai pas pu venir plus tôt. Nana, ma mère… Seletha est morte hier. Je ne sais même pas où ils l'ont emmenée ni quand je pourrai l'enterrer. Je t'ai cherchée à l'intérieur, dit-il, montrant le stade. J'ai cru qu'ils t'avaient évacuée dans les premiers cars.

Sa voix surgit, brisée par l'épuisement et les sanglots, amère, méconnaissable :

— Rentrons à la maison, Bobby.

Il la regarda, désespéré.

— Il n'y a plus de maison, Nana. L'eau arrive au premier étage dans les rues de Tremé. Le quartier est détruit, dit-il, un nœud dans la gorge.

— Mais l'eau redescendra. Elle est toujours redescendue après les tempêtes.

— Nana, les digues ont lâché. L'eau restera où elle est. De toute façon il est impossible d'aller là-bas, à part en bateau.

Nana le contempla, accablée mais pas encore totalement vaincue. Elle essayait de trouver dans les yeux de Bobby une once de réconfort. Elle ne pouvait pas imaginer sa maison sous l'eau, sa cuisine inondée, l'album photo qu'elle avait laissé sur la table…

— Nana, c'est fini. Nous devons partir.

— Mais la tempête me ramènera peut-être mes filles…

— Les tempêtes ne ramènent rien, Nana. Elles emportent tout.

Elle se remit à pleurer, le visage contre la poitrine du jeune homme. Il l'étreignit tendrement. Puis, tout en la consolant, il la conduisit vers l'endroit où des milliers de personnes attendaient de monter dans des cars qui les emmèneraient loin de chez elles. Certaines, pour toujours.

L'esplanade qui entourait le Superdome n'était que plaintes et sanglots. Amaia lut le même accablement sur des milliers de visages. Des femmes et des hommes immobiles comme elle sous le soleil. Les vêtements humides et sales, le regard vide, errant.

La chaleur asphyxiante et le soleil qui montait dans le ciel faisaient empester les corps et les sacs poisseux, presque moisis, qu'ils traînaient. Ses propres habits puaient. Amaia sentit le tissu durcir au fur et à mesure qu'il séchait sur sa peau. La sensation agréable de la peau lavée et des vêtements secs s'était évanouie dès qu'elle avait respiré l'odeur tiède et séreuse de l'urine envahissant les abords du stade, dans laquelle il était impossible de ne pas s'immerger. Inquiète, Amaia se souvint de l'horrible douleur qu'elle avait éprouvée en urinant, de l'élancement dans ses reins et de sa faiblesse, qui persistait encore, souvenir de l'infection, à l'intérieur de sa cuisse.

Des cris de colère s'élevèrent parmi la rumeur de la ruche, la tirant de ses pensées. Ils avaient patienté toute la matinée sous le soleil, et seuls six cars étaient partis en direction de Baton Rouge. Des milliers de personnes attendaient encore d'être acheminées quelque part. Pendant ce temps, le président faisait, place Jackson, un discours que le maire de la ville décida de boycotter en plein milieu, reprochant au locataire de la Maison-Blanche de blablater alors que ses concitoyens mouraient littéralement de faim et de soif.

Vers dix-huit heures, dix cars arrivèrent et la foule fut prise de panique. Les gens tentèrent d'avancer, écrasant ceux qui s'entassaient contre les barrières placées par les soldats. Plusieurs groupes commencèrent à se battre. Les soldats qui surveillaient les cars les observèrent sans intervenir, leurs armes en position de défense, pendant que d'autres contenaient les files, indifférents, brutaux.

Amaia perdait patience.

— On ne partira pas d'ici avant plusieurs jours…, dit-elle, constatant que des milliers de personnes attendaient encore, observant le trop lent défilé de cars à l'évidence insuffisants, la colère compréhensible de la foule, et la sélection à laquelle les soldats soumettaient tous ceux qui devaient embarquer.

Charbou se redressa soudain. Il avait reconnu un policier en uniforme qui parlait avec des soldats.

— Je vais le voir. Attends-moi ici, dit-il à Amaia sans lui laisser le temps de répondre.

Il courut au bout de l'esplanade et revint aussitôt auprès d'elle. Il lui prit la main et l'entraîna là-bas.

— Ces cars partent vers Houston, lui expliqua-t-il. Une sorte de transfert de réfugiés entre le Superdome de La Nouvelle-Orléans et l'Astrodome de Houston. Mon pote nous conseille d'attendre là. En théorie, les soldats choisissent en priorité les personnes les plus vulnérables, malades, vieillards, familles avec enfants. Mais quand le car sera presque plein, il te trouvera une place. Ça gueulera sans doute quand ils se rendront compte que tu n'étais pas dans la queue. Ne dis rien, fais profil bas et grimpe sans perdre de temps.

Elle s'arrêta net, lâchant sa main.

Il fit deux pas de plus, avant de revenir vers elle, l'air ennuyé.

— Et toi ? lui demanda-t-elle.

Mais elle connaissait la réponse. Elle l'avait eue sous les yeux le matin même, quand ils tâchaient d'accéder au Superdome. Charbou était venu en aide à un homme qui pataugeait dans la rue, deux petits enfants dans les bras et un troisième accroché à la ceinture. Une femme avait trébuché et était tombée la tête la première dans l'eau. Quand Charbou l'avait relevée,

Amaia avait pensé à Oceanetta. Elle se rendit compte que le policier avait eu la même impression.

— Elle s'en tirera. C'est une femme forte, pleine de ressources, avait-elle dit, faisant référence à sa tante.

Il avait acquiescé, le visage grave. Mais Amaia n'avait pas cessé de l'observer, percevant la colère contenue et les sentiments que la catastrophe faisait naître en lui.

Il parcourut du regard le chaos qui régnait autour d'eux, puis se tourna vers elle.

— Je ne peux pas partir, Amaia.

— Mais…

— Tu vas avoir du mal à monter dans ce car, mais à deux ce serait pratiquement impossible.

— Ce n'est pas la seule raison, dit-elle.

— Non, admit-il. C'est vrai. J'ai juré de protéger cette ville, et en ce moment même de pseudo-justiciers tirent sur les habitants. Des centaines de personnes sont toujours prisonnières chez elles… Des hommes s'entretuent à coups de couteau à l'intérieur du stade. On a abattu des citoyens qui passaient sur le pont Dazinger et l'Industrial Canal. La Nouvelle-Orléans est en train de sombrer. Si je monte dans ce car, j'aurai l'impression d'être un rat quittant le navire.

Elle leva la main et la posa sur sa bouche.

Il embrassa ses doigts avant de les serrer entre les siens.

— Je dois rester, ma place est ici. Je suis un flic de La Nouvelle-Orléans. Je ne peux pas laisser ma ville entre les mains de voyous qui maltraitent mes frères. Et toi, tu ne dois pas perdre de temps. La seule chance que tu as d'attraper le Compositeur, c'est de le devancer. On n'a aucun moyen de savoir si c'est gérable, mais il faut le tenter.

Elle hocha la tête.

— Cours et capture ta proie.

— Comme un limier ? plaisanta-t-elle.

— Comme ma flic superstar.

Ils se présentèrent derrière le car, où les attendait le policier, qui leur fit signe d'avancer. Deux soldats armés surveillaient la porte avant du véhicule. Deux autres désignaient des personnes parmi celles qui faisaient la queue. L'un d'eux s'approcha de Bobby et de Nana. Quand il vit le jeune homme soutenir la vieille dame, il s'adressa à lui :

— C'est ta mère ?

Bobby fit signe que oui.

— Montez.

Des protestations s'élevèrent tout autour, mais le soldat n'en fit aucun cas et continua de sélectionner des passagers.

Bobby avança, soulevant quasiment Nana du sol. Un soldat leur montra un tas où les gens étaient obligés d'abandonner les valises et sacs en plastique qu'ils avaient traînés pendant des jours à travers la ville. Amaia aperçut des photos, parfois encore dans leur cadre, des peluches et des jouets, une robe de mariée, les plumes et verroteries d'un déguisement de carnaval typique de capitaine de *krewe*.

Elle frissonna, fermant les yeux pour chasser les images en noir et blanc qui s'étaient mises à défiler dans son esprit. Arrestations de Juifs du ghetto de Cracovie. Montagnes de vêtements que les nazis les forçaient à laisser par terre.

— Pas plus d'un petit sac par personne, répétait le soldat. Prenez vos papiers, vos médicaments, le strict nécessaire. On vous donnera tout ce dont vous avez besoin quand vous arriverez à Houston.

Bobby lui montra le petit sac à dos pendu à son épaule. Le soldat le fouilla rapidement avant de l'autoriser à monter dans le car.

Amaia se tourna alors vers Charbou.

— Mon arme. Je ne peux pas dire qui je suis, Lenx pourrait être parmi les personnes qui attendent, peut-être même parmi celles qui sont déjà montées. De toute façon, si je m'identifie comme agente du FBI, je vais avoir du mal à expliquer pourquoi je n'ai pas demandé d'aide ou n'ai pas eu recours à l'armée pour prendre contact avec Quantico. Je ne peux pas le laisser me prendre mon arme.

— Il ne te la prendra pas, affirma Charbou, gravement.

— Comment peux-tu en être si sûr ? Ils fouillent tout le monde.

— Regarde-le, dit Charbou. C'est juste un gosse qui joue au soldat. Il ne fait même pas la différence entre les États-Unis et l'Afghanistan, pour lui c'est pareil. Il traite des êtres humains qui ont tout perdu comme de la merde, et lui, c'est le balai du gouvernement venu faire le ménage. Maintenant regarde-toi : tu es blanche, jolie, d'une certaine classe sociale, et tu vas monter dans un car rempli de Noirs.

Elle secoua la tête, horrifiée.

— Mais qu'est-ce que tu racontes ?

— Fais ce que tu dois faire, continua-t-il. Mais ne le laisse pas prendre ton arme.

Elle contempla de nouveau la file. Une femme marchait vers la porte avant du car, soutenue par ses deux fils adolescents. Elle pleurait à chaudes larmes.

Un soldat s'adressa à elle :

— Pourquoi pleurez-vous, madame ? Vous êtes sauvée, maintenant.

Elle leva la tête, le regarda dans les yeux et dit :
— Vous le croyez vraiment ?

Il était vingt-trois heures quand un soldat fit signe au policier, qui dit alors à Amaia de monter dans le car. Charbou la serra contre lui et l'embrassa sur la bouche.

— Capture ta proie, ma flic superstar.

Elle lui rendit son baiser et son étreinte. Puis, sans le regarder, se sépara de lui et grimpa dans le véhicule. Elle avait caché son argent, ses papiers et son insigne mais, comme elle le craignait, le soldat repéra son arme à la ceinture de son pantalon.

— Mademoiselle, vous ne pouvez pas emporter ça dans le car.

— J'ai un permis de port d'arme, répliqua-t-elle à voix basse, s'efforçant de ne pas attirer l'attention.

— Peu importe. C'est le règlement, aucune arme. Vous devez laisser la vôtre ici.

Elle ferma les yeux, prit l'air le plus misérable de la terre et regarda le soldat, désespérée :

— Écoutez, dit-elle tout bas, je suis seule, on a déjà essayé de me violer deux fois, et si je n'avais pas eu cette arme… Vous ne pouvez pas me laisser monter dans ce car sans protection, ajouta-t-elle, se tournant vers les visages choqués, épuisés, qui s'appuyaient contre les vitres.

Le soldat suivit son regard et, après deux secondes qui lui parurent éternelles, la laissa passer. Amaia alla s'asseoir à la seule place libre côté couloir. Elle tenta de distinguer Charbou parmi la foule à l'extérieur, et l'aperçut au moment où le car démarrait. Il leva la main et la garda en l'air jusqu'à ce que le véhicule disparaisse à l'horizon.

La femme assise devant elle sortit de ses vêtements une photo qu'elle montra au jeune homme qui l'accompagnait. Le portrait d'une adolescente aux yeux noirs et aux longs cheveux bouclés ; à ses côtés, une petite fille la contemplait, éblouie. Elles souriaient à l'objectif. La vieille femme embrassa la photo et se mit à pleurer.

— Ça va aller, Nana, lui assura-t-il. Tu es avec moi et je veillerai sur toi jusqu'à ce que nous puissions revenir.

— Promets-le-moi, l'implora-t-elle.

— Je te le promets, Nana, nous reviendrons.

Amaia ferma les yeux.

Six heures de car jusqu'à Houston, puis deux heures avant de pouvoir débarquer à l'Astrodome. Vingt minutes pour dénicher un taxi et se rendre dans une agence de location de voitures, puis trois heures encore pour arriver à Austin et une heure pour trouver la maison de la famille de Robert Davis, dont Landis lui avait fourni l'adresse. Il était presque midi quand elle arriva devant une élégante villa à un étage, dans une rue résidentielle. Amaia se dirigea vers la porte d'entrée, traversant le bout de jardin qui permettait d'y accéder. Elle remarqua une tache d'huile sur la voie de garage. Ils avaient manifestement l'habitude de laisser leur voiture à cet endroit et, pour l'heure, elle ne s'y trouvait pas. Une voisine avec une poussette qui rentrait chez elle examina Amaia de la tête aux pieds. Celle-ci avait lavé et attaché ses cheveux en queue de cheval dans les toilettes d'une station-service. L'état de son tee-shirt était à peu près correct, mieux que son pantalon, tout sec et rigide. Cependant, bien qu'elle eût préféré une Mustang, la

Lexus qu'elle avait louée à Houston joua sans aucun doute en sa faveur.

— Ils ne sont pas là.

— Ah… Je venais voir Mme Davis… Natalie. Je lui ai promis de passer avant qu'elle accouche… J'ai roulé des heures, je voulais lui faire la surprise…

C'était parfait. Elle avait donné des informations que seule pouvait connaître une personne intime, justifiant par la même occasion son aspect négligé.

La voisine mordit à l'hameçon. Elle prit le bébé dans ses bras, laissant la poussette devant sa véranda, et s'avança tout sourire vers la clôture qui séparait les deux jardins. Heureusement qu'elle ne pouvait pas venir plus près, songea Amaia. Son pantalon empestait.

— J'ai une bonne nouvelle à vous annoncer. Mme Davis a accouché avant-hier.

Amaia eut une expression de surprise. Cela avait dû avoir lieu peu après sa conversation avec le médecin, calcula-t-elle.

— Mon Dieu ! Mais elle devait entrer à l'hôpital seulement cet après-midi pour un accouchement programmé…

La voisine acquiesça, réjouie, montrant qu'elle lui faisait pleinement confiance.

— Comme vous voyez, la nature en a décidé autrement. C'est souvent long pour le premier, mais pour les suivants, ça peut aller très vite. Mon Jeremy aussi est arrivé une semaine en avance, n'est-ce pas mon chéri ? dit-elle, embrassant son bébé.

— Vous avez raison. Et vous ne sauriez pas qui s'occupe de Thomas et Michelle ? Je crois que M. Davis est en déplacement, essaya-t-elle.

Elle était sûre qu'une voisine aussi attentive devait savoir si le mari était rentré.

— En effet, avec son travail… Les enfants sont sous la garde de Catherine, la mère de Natalie. Elle est venue s'installer chez eux pour les aider avec le bébé. Je les ai vus ce matin quand ils partaient à l'hôpital, ils étaient tout excités.

— Il y a de quoi, un bébé maintenant, c'est un cadeau du ciel, dit Amaia, retournant à sa voiture tout en continuant de sourire à la voisine. Vous savez si c'est un garçon ou une fille ? Comme ça je ne me tromperai pas pour les cadeaux, ajouta-t-elle, prenant un air de circonstance.

— Un garçon. De toute façon, pour eux peu importait, ils ont déjà un garçon et une fille. L'essentiel, c'était que tout se passe bien…

— C'est au Seton Family, n'est-ce pas ?

— Oui.

Avant de démarrer, elle se pencha à la portière.

— S'il vous plaît, si Robert revient par ici, ne lui dites pas que je suis passée ; je vais tâcher quand même de leur faire la surprise à l'hôpital.

La voisine approuva joyeusement en hochant la tête.

Elle mit près d'une heure à arriver à l'hôpital. Elle n'avait pas envisagé que l'accouchement pût se produire avant la date prévue, et priait pour que Lenx n'en ait pas été informé. Elle se précipita à la réception.

— Je viens voir Mme Natalie Davis, son accouchement était programmé aujourd'hui, mais apparemment le bébé est arrivé avec quarante-huit heures d'avance.

Une secrétaire vérifia les renseignements sur son ordinateur.

— Mme Davis et son bébé sont déjà sortis.

— Mais c'est impossible. J'arrive de chez eux et on m'a dit que sa mère et ses autres enfants étaient allés leur rendre visite.

— Un moment, demanda la secrétaire qui appela la maternité.

Quand elle raccrocha, elle confirma ce qu'elle venait de dire à Amaia :

— Sa famille est en effet venue les chercher il y a une heure.

Amaia courut vers la sortie.

75

Oubli

Elizondo
Vendredi 2 septembre 2005

Engrasi sortit de la chapelle ardente. Elle n'aurait pas dû venir, c'était une erreur. Bien entendu, ni Rosario ni personne n'auraient pu l'empêcher de dire adieu à son frère. Mais après avoir supporté pendant un moment le numéro de veuve inconsolable de sa belle-sœur, et entendu ce que Flora et Rosaura lui avaient confié, elle avait préféré s'en aller.

— L'*ama* ne va vraiment pas bien, elle souffre beaucoup, ne lui en veux pas, *tía*, lui avait dit Ros dès son arrivée.

— De quoi voulez-vous parler ? Vous savez bien que votre mère et moi…

— Ah, *tía*, il vaut mieux que tu l'apprennes par nous plutôt que par quelqu'un d'autre, avait commencé Ros avant d'éclater en sanglots.

Flora avait continué.

— L'*ama* n'a pas mis ton nom sur l'avis de décès de la famille…

Engrasi perçut que Rosario se tournait sur sa chaise au premier rang pour la regarder. Elle se dirigea vers le panneau d'affichage de la chapelle ardente où figuraient les avis de décès. En effet, son nom à elle, sœur unique de Juan, n'apparaissait pas parmi les membres de la famille, contrairement à celui de cousins éloignés et autres parents au deuxième ou troisième degré.

— Nous te supplions de ne pas en tenir compte, *tía*, s'il te plaît. Tu la connais, et depuis la mort de l'*aita*, elle est encore plus étrange. Ça l'a touchée plus qu'on ne l'aurait cru, avait expliqué Flora.

— *Tía*, tu as toutes les raisons du monde d'être en colère, renchérit Ros, la serrant dans ses bras. Et n'importe quel autre jour, j'aurais été de ton côté, mais aujourd'hui, nous te demandons de ne pas faire d'esclandre. L'*aita* était un homme très aimé à Elizondo. Nous ne voulons pas que les gens gardent un mauvais souvenir de lui.

— Ne vous inquiétez pas, dit-elle, tournant le dos à ses nièces, soulagées.

Elle n'avait pas du tout envie de rester. Elle reviendrait plus tard, quand tout ce cirque serait terminé.

Elle repartit chez elle, le cœur de plus en plus lourd à chaque pas. Quelle imbécile elle avait été ! Quand Amaia lui avait annoncé qu'elle ne viendrait pas, Engrasi avait pensé qu'elle avait tort. Elle ne le lui avait pas exprimé, bien sûr. Depuis des années, elle vouait une loyauté sans faille, et pour toujours, à sa nièce, mais secrètement elle avait eu peur qu'elle regrette un jour de ne pas avoir dit adieu à son père. Un jour, quand il serait trop tard. À présent, elle se rendait compte que c'était l'inverse : elle aurait eu tort de venir. Car le nom d'Engrasi n'était pas le seul qui manquait sur l'avis de décès de son frère : celui d'Amaia n'y figurait pas non plus. Une morte, un fantôme du passé, dont l'identité avait été effacée, qui n'avait jamais existé.

Engrasi traversa la rivière et s'arrêta, comme Amaia aimait à le faire, à l'endroit où était inscrit le nom du pont : Muniartea. Une brise agréable et chaude de début septembre souffla, défaisant une mèche de son chignon. Personne ne devrait mourir en été, pas une aussi belle journée. L'hiver à Baztán avait tant de prestance, de caractère ! Mourir en hiver était plus romanesque.

Elle tourna dans l'ancienne rue du Soleil, qui ce jour-là était tout illuminée. Elle entra chez elle, referma la porte et, sans plus aucune force, s'assit sur l'escalier. Alors elle se mit à pleurer.

Elle avait aimé son frère. Elle avait souvent été en désaccord avec lui, et même en colère contre lui, mais cela arrivait avec les personnes qu'on aimait. Tous ceux qui avaient connu Juan se rejoignaient sur ce point : c'était quelqu'un de bien, de gentil. Bien sûr, ils ignoraient tout ce qu'elle savait. Parfois, être gentil ne suffisait pas : il fallait être juste. Et son frère n'avait pas eu le courage de l'être. Il avait laissé sa bonté excessive s'étendre comme une infection, faisant de lui un lâche, en partie hypocrite, qui avait esquivé tout affrontement sous prétexte de préserver une fausse stabilité.

Mais Juan ne s'en tirait pas à si bon compte : il avait souffert, ces dernières années, du silence d'Amaia. Sa fille chérie, préférée. Qui, petite, passait des heures à la fabrique pour le regarder travailler. Dansait la valse de l'empereur juchée sur ses chaussures. Dessinait pour lui des cœurs rouges en forme d'arc, comme le font les petites filles qui aiment leur *aita*. Comme arrêtent de le faire les petites filles qui ont été foudroyées.

Pourtant, au début, après son départ, Amaia lui avait souvent écrit. Des lettres d'enfant encore, remplies de cœurs et de «je t'aime», qu'Engrasi lui donnait et que Juan cachait afin qu'elles ne tombent pas entre les mains de Rosario. Mais à l'adolescence, puis surtout quand Amaia avait commencé ses études supérieures, les lettres s'étaient espacées jusqu'à disparaître. Cela faisait deux ans maintenant qu'elle était rentrée des États-Unis pour intégrer la police de Pampelune, ville où elle vivait désormais. Elle n'était jamais revenue à Baztán et n'avait pas revu son père. Les derniers jours avaient été difficiles. Prostré sur son lit d'hôpital, Juan avait puisé dans ses dernières forces pour demander à Engrasi :

— Amaia ne viendra pas, n'est-ce pas ?

Cela lui avait fait tellement de peine de le voir si démuni, si vieux et amaigri par la maladie, qu'elle avait failli lui mentir. Mais Engrasi s'était souvent targuée d'être la seule qui ne mentait jamais à son frère. Régulièrement, au prix parfois de larmes, elle lui avait dit la vérité. Elle pensait qu'il en avait besoin car souvent les personnes gentilles comme son frère ont tendance à vivre dans le déni, se racontant des histoires qui leur permettent d'affronter une existence insupportable. Mais Engrasi n'était pas sur terre pour être son ange gardien. Enfant déjà, elle s'était chargée de le maintenir en contact avec la réalité. Il était trop tard pour que cela change.

— Non, Amaia ne viendra pas, avait-elle dit.

Il s'était mordu les lèvres.

— Elle sait que… ?

— Oui.

— Tu lui transmettras un message de ma part ?

— Juan…, avait-elle protesté.

— Dis-lui que je l'ai toujours aimée et que je lui demande pardon.

— Juan, ce genre de message ne devrait pas être posthume…

— Tu lui diras ?

— Oui. Mais pas pour toi, pour elle. Et pour ce qui est du pardon, je n'insisterai pas beaucoup. Amaia essaie depuis longtemps de te pardonner, elle le désire de toutes ses forces et a même cru pendant un temps qu'elle avait réussi… Mais pardonner, oublier, ne sont pas des actes volontaires, Juan. Elle a beau être loin, s'efforcer de ne pas penser, faire comme s'il ne s'était rien passé et vivre sa vie : cette petite fille est une survivante, et cette force qui l'a maintenue en vie n'admet rien d'autre que la vérité.

Elle était restée à ses côtés, lui rappelant leur enfance, des chansons, des anecdotes familiales… jusqu'au moment où il avait perdu connaissance. Ensuite, les dernières heures, Rosario ne l'avait pas quitté une seconde, interdisant à toute autre personne d'être auprès de lui.

Le téléphone sonna. Engrasi se leva pour aller répondre. C'était Ignacio.

— Engrasi, tu es allée à la chapelle ardente ? Une dame m'a dit qu'elle t'avait vue entrer mais que tu étais repartie aussitôt.

— Oui. Ma belle-sœur a oublié mon nom sur l'avis de décès. Celui d'Amaia également.

— Quelle horrible femme !

— Ce n'est pas nouveau. J'ai préféré m'en aller plutôt que lui donner le plaisir de me voir doublement triste. Comme si la mort de mon frère ne suffisait pas. J'y retournerai plus tard. J'ai demandé au responsable de me prévenir quand il n'y aura plus personne.

— Comme tu n'es pas restée longtemps, tu n'as peut-être pas fait attention aux personnes qui étaient là…

— À vrai dire, non…

— Parce que autour de Rosario il y avait des femmes qui ne sont pas du village. Au début j'ai pensé que c'étaient sûrement ses sœurs de Saint-Sébastien…

— Ça fait des années qu'elle ne leur parle plus.

— En effet, tu me l'avais dit. C'est pourquoi je les ai observées plus attentivement, et…

— Oui ?

— Engrasi, l'une d'elles était le loup. La femme qui a tenté d'enlever Amaia il y a treize ans.

Engrasi encaissa le choc avant de répondre. Inutile de demander à Ignacio s'il en était sûr. Chacun de ses mots était mesuré et d'une fiabilité absolue. Pourtant Engrasi tenta de lutter contre cette idée.

— Ignacio, le temps a passé et…

— Treize ans, mais c'est pareil, Engrasi. Et par là je veux non seulement dire que cette femme n'a pas du tout changé, mais qu'on dirait que c'était hier.

Engrasi garda le silence quelques secondes, tentant d'ordonner ses pensées.

— Je te crois, Ignacio. Mais il doit bien y avoir une explication rationnelle, n'est-ce pas ? C'était peut-être la fille de cette femme, par exemple.

— C'est ce que j'ai pensé en premier quand je l'ai vue. Alors je suis allé présenter mes condoléances à Rosario, juste pour m'approcher d'elle… Elle m'a reconnu, Engrasi, comme moi je l'ai reconnue.

— Elle t'a parlé ?

— Non. Elle m'a souri. Et tu sais que ses dents de loup sont gravées dans ma mémoire à jamais. Des dents de lait, devenues pointues à force d'attendre que poussent les définitives.

Le responsable de la chapelle ardente l'appela à vingt-deux heures. Tout le monde était parti. Elle attendit vingt-deux heures trente et prépara une thermos de café qu'elle emporterait avec elle. Elle n'avait pas l'intention de dormir. Dans sa famille, on ne laissait pas les morts seuls la première nuit. C'était une vieille coutume qui remontait à plusieurs siècles. Engrasi avait beau se considérer comme une femme moderne, elle avait gardé ce genre de croyances comme celle selon laquelle l'âme ne quittait pas tout de suite le corps. Mourir était un lent processus. Il fallait à l'âme de nombreuses heures, sombres et douloureuses, pour se libérer de son enveloppe charnelle, tel un papillon fragile, étourdi, s'extirpant de son cocon. Pour cette raison, toutes les religions avaient des prières ou des rituels pour protéger l'âme pendant ce passage. « Aujourd'hui et à l'heure de notre mort. » Naître ne se faisait pas en un instant, mourir non plus. Mais selon un protocole à respecter. Et elle, comme des milliers de femmes avant elle, veillerait ses morts.

« Il faut faire ce qu'on doit faire », se dit-elle, s'armant de courage avant de sortir.

Juan mort n'était presque plus Juan. Vêtu d'un costume qu'elle ne lui avait jamais vu, le visage grave, il avait une expression pensive et triste qui ne lui ressemblait pas du tout. Sur ses lèvres seulement, elle retrouva un soupçon du sourire d'enfant, chaleureux et sincère, qu'elle avait toujours adoré chez lui.

Elle entendit un léger bruit derrière elle, un souffle. Rosario.

Elle se retourna très lentement pour la regarder. En deuil de la tête aux pieds, c'était l'élégance incarnée. Elle s'était arrêtée devant les portes battantes qui oscillaient encore. Engrasi distingua derrière ces portes les sombres silhouettes qui l'accompagnaient. Ce n'étaient pas ses nièces.

Rosario souriait, d'une manière déplacée pour une femme qui se trouvait dans la chapelle ardente où reposait le corps de son défunt époux.

— Bon, dit-elle. Où est-elle ?

Engrasi respira profondément. Ça sentait les fleurs. S'agissait-il d'un diffuseur de parfum ? se demanda-t-elle. Pourquoi ce genre d'endroits avait-il toujours la même odeur ?

— Qui ?

— Tu sais très bien, répondit patiemment Rosario.

Engrasi eut le courage de sourire.

— Tu croyais vraiment qu'Amaia serait là ?

— Je *sais* qu'elle est là. Comment la pauvre petite pourrait-elle ne pas venir dire adieu à son *aitatxo* ?…

Engrasi ne la quitta pas des yeux. Elle soupesait l'importance de chaque geste, de chaque action, de chaque parole.

— Elle n'est pas venue, Rosario, et ne viendra pas. Et je te promets que je vivrai plus longtemps que toi, uniquement pour la tenir éloignée d'ici. Pour m'assurer que le jour où elle remettra les pieds dans cette vallée, ce sera pour un autre enterrement : le tien.

Un rictus de haine déforma la bouche de Rosario, et Engrasi eut un aperçu du visage qu'elle aurait quelques années plus tard, quand la maladie aurait totalement pris possession d'elle. Mais pour l'heure, c'était de la méchanceté pure.

Engrasi aurait juré que Rosario haleta légèrement, comme un animal, avant de murmurer :

— Ne me donne pas des idées, Engrasi. Ce ne serait pas la première fois qu'on étriperait son chien de garde.

Engrasi s'agrippa au cercueil de son frère. Ses genoux flageolaient.

— Salope ! s'écria-t-elle, titubant de rage et de peur. Je ne suis pas un chien, et si tu t'approches de moi, ou d'Amaia, je te tuerai. Je le jure sur la mémoire de mon frère, qui de nous deux était le gentil. Je ne suis pas comme lui. J'ai largement assez de force pour vivre avec ta mort sur ma conscience. Je te tuerai, Rosario, et ça ne m'empêchera pas de dormir.

Elle avait beau trembler comme une feuille et tenir debout seulement parce qu'elle s'accrochait au cercueil de son frère, la violence contenue dans ses paroles fit son effet.

Rosario cessa de sourire. Ses mains et sa tête furent agitées d'un tic involontaire. Elle fit demi-tour et poussa les portes battantes. Les ombres qui l'attendaient l'entourèrent. Un cri sauvage retentit. Puis rien. Un léger courant d'air, le bruit du vent et de la porte qui se referma.

Engrasi se concentra sur sa respiration, s'efforçant de contenir ses tremblements. Puis elle regarda son frère.

— Juan, je ne sais pas si je te l'ai dit un jour, mais ta femme est une authentique sorcière.

76

Ballons bleus

Austin, Texas
Samedi 3 septembre 2005

Martin Lenx, alias Robert Davis, gara sa voiture devant chez lui, comme l'avait fait Brad Nelson en Floride. Il observa également sa maison. Mais, contrairement à Nelson, il n'avait aucun doute. Il ne craignait pas d'être repoussé. Il était juste fatigué. Le car dans lequel il avait quitté La Nouvelle-Orléans avait mis une éternité pour arriver à Baton Rouge, et là-bas il avait loué, non sans mal, un véhicule pour rouler ensuite jusqu'à Austin. Il avait envie de rentrer, de prendre une douche, de dormir dix heures. Impossible. Il avait tout planifié, les actes, les moments, les paroles… L'accouchement, le retour à la maison. Ils seraient tous dans le salon. Il demanderait peut-être à Michelle de jouer du violon. L'arrivée prématurée du bébé avait tout précipité. Dieu le pressait d'agir. Il se pencha et s'appuya contre le volant, comme l'avait fait Nelson. Il tenta de prier.

En vain.

La voiture de sa femme était devant le garage, la tache d'huile bien visible sous le coffre. Mille fois il lui avait dit de ne pas la garer là, de la rentrer. Natalie s'était laissée aller ces dernières années. Martin avait refusé de l'accepter, lui dictant sans arrêt sa conduite. Pour l'amour de Dieu ! Ils avaient trois places de garage ! Dans quelle langue fallait-il lui parler ? Et la grossesse n'avait pas arrangé les choses.

À une autre époque, sachant qu'il allait rentrer de voyage, elle aurait au moins pris la peine de changer sa voiture de place. Il devait reconnaître, à sa décharge, qu'elle ne l'attendait pas aujourd'hui. Quand il avait réussi à l'appeler à l'hôpital, il avait feint de regretter de ne pas avoir été là au moment de l'accouchement et d'être immensément heureux de la naissance de ce nouveau fils. Puis il lui avait promis qu'il arriverait le lendemain.

Martin secoua la tête, observant la voiture de sa femme, un sourire sardonique sur les lèvres. Elle l'avait garée un peu plus loin que d'habitude, pour laisser de la place au 4 × 4 de sa belle-mère, dont les roues arrière débordaient sur le trottoir. Bientôt, il n'y aurait plus une, mais deux taches d'huile. Le soleil fit étinceler les ballons gonflables bleus enfermés à l'intérieur du véhicule. « C'est un garçon », était-il écrit dessus.

Il avait un nouveau fils et, au lieu de le rendre heureux, cela lui montrait seulement que Dieu le mettait encore à l'épreuve. Martin Lenx se pencha en avant et ouvrit la mallette posée aux pieds du siège passager. Il prit son vieux revolver et le dissimula dans la ceinture de son pantalon, entre sa chemise et sa fine veste « légèrement froissée », pensa-t-il, contrarié. Il utilisa le mouchoir en soie de sa poche de poitrine pour essuyer les verres de ses lunettes, puis le replia avant de le remettre à sa place. Il passa la main sur ses cheveux courts, sur sa nuque, et sortit de la voiture.

Il contourna la maison pour entrer par-derrière. Il avait la clé à la main mais n'en eut pas besoin : comme d'habitude, Thomas et Michelle avaient laissé ouvert. Il soupira, dégoûté, et referma soigneusement la porte, veillant à bien mettre le verrou. Inutile de prendre le risque d'une visite intempestive de la voisine.

De la cuisine déjà, l'odeur de bébé était perceptible. Cette présence l'émerveilla. C'était le signe d'un événement extraordinaire, d'un miracle. La petite créature toute neuve. À une autre époque, cette odeur avait été accompagnée d'une promesse de réparation. Un arc-en-ciel qui annonçait la volonté de Dieu de lui accorder d'infinies opportunités, de bénir sa nouvelle vie. Mais dès l'instant où il sut qu'il allait naître, ce fils fut pour lui le messager de la fin, le signal du ciel dont il avait eu besoin pour arracher de ses yeux le bandeau qui l'aveuglait. Désespéré, il s'était demandé s'il en serait toujours ainsi, si une malédiction pesait sur lui, l'entraînant indéfiniment dans un abîme d'erreurs et d'échecs où sa famille sombrait, sans que lui, pauvre victime des circonstances, ne puisse rien faire d'autre que prier pour leurs âmes. Mais si Dieu fermait des portes, Il ouvrait des fenêtres, et bientôt Martin commença à y voir plus clair. Il recommencerait et, cette fois, ce serait parfait.

Il entendit sa famille dans le salon. Ils chuchotaient. Le bébé devait dormir. Il sortit son arme et avança dans le couloir.

Thomas et Michelle étaient assis de chaque côté de leur grand-mère sur le canapé, dos à la porte. Natalie était en face. En extase devant le bébé, elle ne leva même pas la tête quand il appuya le canon contre la tête de sa belle-mère. C'était dans l'ordre des choses, elle devait mourir en premier.

Il entendit le clic d'un pistolet qu'on armait.

— Martin Lenx, les mains en l'air. FBI. Vous êtes en état d'arrestation, dit Amaia derrière lui, pointant son arme sur son crâne.

Martin fronça les sourcils, mécontent.

Catherine, Michelle et Thomas se levèrent précipitamment et coururent se réfugier près de Natalie et du bébé, derrière le canapé. Le nourrisson se mit à pleurer. Catherine aussi. Natalie tremblait, mais ce fut Thomas qui l'inquiéta. Il était debout, immobile, fixant son père.

— Papa, qu'est-ce qui se passe ? demanda Michelle d'une toute petite voix.

Martin les regarda et se permit même de sourire.

— Rien, mon ange, tout va bien.

Amaia bouillait intérieurement. « Ne le laisse pas parler avec eux. »

— Taisez-vous et obéissez, Lenx !

— Vous vous trompez. Je m'appelle Robert Davis, je ne connais personne qui…

— La ferme !

Les femmes gémirent, terrifiées. Les pleurs de Michelle et du bébé se mélangèrent.

« Rassure les otages. »

— Baissez-vous et ne bougez pas, ce sera bientôt fini, leur dit-elle.

Ils obtempérèrent, sauf l'adolescent.

« Calme le jeu. Tu y es presque. »

— Martin Lenx, posez votre arme par terre et levez les mains en l'air. Je ne le répéterai pas.

Martin leva lentement les mains, sans lâcher son arme, tandis qu'il commençait à se retourner.

« Non, non, pas comme ça. »

Martin ne devait pas bouger, mais il voulait la voir. Il avait cinquante-cinq ans et était resté mince et musclé. Il évaluait leurs forces, cherchant à savoir combien ils étaient.

— Stop ! On ne bouge plus ! lui ordonna-t-elle, tenant son arme des deux mains.

Mais le contact du Glock, d'habitude rassurant, ne suffit pas cette fois. Les neuf cents grammes du pistolet, dont elle s'était si souvent servie, lui parurent soudain très lourds. Elle sentait des gouttes de sueur glisser sous ses aisselles et entre ses seins.

Martin était un spécialiste des risques, un expert en probabilités. Il ne serait pas passé à travers les mailles de la justice pendant dix-huit ans s'il avait été stupide ou négligent. Il n'y avait pas d'autres policiers, sinon ils seraient déjà intervenus. Elle était seule et, à sa voix, il devina qu'elle était très jeune, sûrement inexpérimentée. Il pouvait sentir l'odeur de stress émanant de son corps et quelque chose de plus suffocant, qui empestait… Qu'est-ce que ça pouvait bien être ?

Amaia savait que le garçon allait poser des problèmes. Elle le voyait à son attitude, debout, défiant son père du regard comme un ennemi. Elle comprit qu'ils ne s'entendaient plus depuis un moment. Les adolescents ont un radar pour les psychopathies parentales, à la mesure de l'amour inconditionnel qu'ils ont éprouvé pour leurs géniteurs pendant leur enfance. On parle beaucoup de l'amour des parents pour leurs enfants, mais personne n'aime aussi fort qu'un enfant. Aussi, personne ne juge aussi bien qu'un adolescent.

— C'est vrai ce qu'elle dit ? Tu veux nous tuer, papa ? l'interpella le garçon d'un ton sévère.

Son « papa » retentit comme une insulte.

Le changement de position de Lenx obligea Amaia à se déplacer. Si elle ne restait pas derrière lui, elle ne pourrait pas le menotter.

« Le menotter ? Mais il est encore armé. »

— Martin Lenx, posez votre arme. Dernier avertissement.

— Papa…, répéta le garçon.

— Tais-toi, Thomas, dit Lenx, se tournant légèrement vers lui.

— Non, je ne me tairai pas, répliqua l'adolescent, faisant un pas vers son père.

— Thomas, je t'en supplie…, implora sa mère, terrorisée.

Mais le garçon fit un autre pas, malgré les bras tendus de sa sœur et de sa grand-mère, cherchant à le retenir.

— C'est pour ça que tu allais dans la chambre de Michelle la nuit ?

— Tais-toi ! cria Lenx, qui se tourna complètement vers lui.

Seul le canapé s'interposait entre eux.

— Il entrait dans ta chambre ? demanda Natalie à sa fille, le visage empreint à cet instant d'une gravité qui le rendait presque beau.

Amaia remarqua alors combien son fils lui ressemblait.

La fille pleurait, mais elle acquiesça.

— Il me faisait peur…

Natalie jeta à son mari un regard de dégoût. Celui de son fils le condamna.

— Pour l'amour de Dieu ! s'exclama Lenx, indigné.

C'est ma fille, jamais je ne la toucherais. Votre perversité est encore plus grande que je ne le croyais, si vous êtes capables d'envisager une chose pareille.

Il baissa les mains, observant son arme comme s'il la découvrait.

— Les mains en l'air, Lenx ! hurla Amaia, se positionnant pour tirer.

Mais Lenx fixait son fils, indifférent à tout ce qui les entourait.

— Tu ne la toucherais pas, continua Thomas, mais tu n'hésiterais pas à tous nous abattre. Ça fait un moment que je le sais.

— Tais-toi !

— C'est toi qui as tué les Andrews…

— Tais-toi, Thomas !

— Tu ne nous aimes pas, affirma Thomas très gravement.

« Tu ne m'aimes pas », résonna une voix d'enfant dans la tête d'Amaia.

— Tais-toi ! répéta Lenx de plus en plus énervé.

« Tais-toi ! » répondit sa mère, avançant vers elle.

— Tu ne nous as jamais aimés, conclut Thomas.

« Tu ne m'as jamais aimée », dit la petite Amaia, âgée de neuf ans.

— Je ne vous ai jamais aimés ?

« Il va essayer de tuer son fils comme elle a essayé de te tuer. Il va lui tirer dessus. »

— Je vous ai dit de poser votre arme ! hurla de nouveau Amaia, se déplaçant sur le côté pour que Lenx puisse voir son Glock.

Sa voix fit réagir Martin Lenx. Ce fut très rapide. Il se retourna et tira en même temps.

Amaia sentit l'impact dans sa poitrine. Elle eut le souffle coupé et tomba en arrière, à cheval entre le salon et le couloir. Étourdie mais consciente, elle les entendit crier. Le bébé pleurait. C'était bizarre, pensa-t-elle : elle n'avait pas mal, mais étouffait. Elle ouvrit la bouche et inspira profondément. Alors la douleur arriva. Intense, immense. Mortelle. Le souffle coupé, terrifiée, elle examina sa blessure. Une petite tache brune, pas plus grande qu'une pièce de monnaie, se dessinait à l'endroit où se trouvait, elle en fut certaine, l'apex de son cœur.

« C'est le choc du coup de feu, c'est le choc. Tu as lu mille choses là-dessus, arrête de penser à la balle dans ton corps. »

Elle tenta de ramener sa main sur sa plaie et s'aperçut qu'elle n'avait pas lâché son pistolet. Son instructeur aurait été fier d'elle.

« Serre ton arme fermement, comme si on risquait de te la prendre », lui avait dit Salvador quand il lui apprenait à tirer à Pampelune. Curieuse pensée à cet instant. Elle leva son autre main et la posa instinctivement à l'endroit où elle avait été touchée, songeant au gilet pare-balles qu'elle avait été obligée d'abandonner à La Nouvelle-Orléans avant de monter dans le car. Elle entendit la voix de son instructeur répéter : « Il n'existe aucune protection dans le monde contre les balles. Le meilleur bouclier, c'est la compétence du policier, et non son gilet pare-balles. »

Les cris lui semblaient très loin. Le canapé l'empêchait de voir, mais elle reconnut la voix du fils appelant à l'aide. Haletante, elle s'appuya sur son bras. Elle retint sa respiration car chaque bouffée d'air lui causait une douleur si forte qu'elle troublait sa vue, la menaçant de sombrer dans l'inconscience. Elle ne pouvait pas s'évanouir, c'était la deuxième règle quand on se prenait une balle. Tenant toujours fermement son arme, elle entreprit de se traîner à l'intérieur de la pièce, cédant à l'impulsion de regarder par terre, à l'endroit où elle était tombée. Pas de sang. Le projectile était en elle. Elle eut une vision du métal logé près de son cœur, le tissu détruit, les veines sectionnées.

« Arrête de faire ça. » « C'est le choc du coup de feu. »

Elle sentait son pouls battre à un rythme fou, son cœur de chevreuil pomper à toute vitesse.

« Si tu cèdes à la panique, tu vas faire de la tachycardie et alors… »

Elle réussit à lever la main jusqu'à sa blessure. Elle appuya dessus et la douleur la transperça, rappelant à son esprit le trajet de la balle, mais ce fut tout de suite plus supportable.

« Désolée, instructeur, je vais devoir tenir mon pistolet d'une seule main, mais je vous promets qu'il faudra m'abattre pour me le prendre », pensa-t-elle.

Elle se traîna sur les coudes et les talons, stimulée par les cris du garçon, les pleurs du nouveau-né, les hurlements des femmes. Amaia se rendit compte qu'elle voyait à peine. L'adrénaline que son cerveau produisait à grande échelle pour la maintenir en vie l'aveuglait partiellement, comme si elle regardait dans une longue-vue ancienne. Le salon, illuminé par le soleil du Texas, était devenu un tunnel sombre, tel que le décrivaient tous ceux qui avaient survécu à un coup de feu.

Elle arrivait au canapé. Elle devait se lever, mais elle comprit qu'elle ne pouvait pas arrêter d'appuyer sur sa poitrine. Elle se servit alors comme d'un piolet de son autre main, qui tenait le Glock. Elle la passa par-dessus l'accoudoir et se redressa assez pour s'agenouiller. Lever la tête ne fut pas une bonne idée. Une couche de sueur envahit sa peau, en même temps que la nausée manquait de la refaire tomber. Elle s'agrippa de toutes ses forces, s'avouant qu'elle ne réussirait pas à se mettre debout. Elle avança en rampant à genoux, pliée en deux par la nausée, s'accrochant au canapé, luttant contre le besoin de respirer. Il lui fallait de l'air pour vivre, mais cet air la tuait, la faisant terriblement souffrir et lui brouillant la vue.

Lenx était assis à califourchon sur son fils, essayant de pointer son revolver dans sa direction, il bataillait avec l'adolescent qui, à grand-peine et se défendant des deux mains, résistait tant bien que mal. Sa mère et sa sœur hurlaient comme des folles. Amaia eut l'impression d'entendre sonner à la porte, peut-être aussi frapper… Elle visa Lenx. Dans des conditions normales, elle aurait peut-être tiré. Mais elle risquait de toucher un autre membre de la famille. Elle se pencha pour mieux ajuster. Elle était si faible qu'elle finit par tomber en avant, à côté de Lenx qui se battait toujours contre son fils. Le bébé pleurait. Amaia comprit qu'elle avait besoin de ses deux mains et arrêta d'appuyer sur sa poitrine. La nausée fut puissante. Elle sentit qu'elle allait vomir. Incapable de maintenir son arme en l'air, elle la pointa sur le mollet de Martin Lenx et tira.

Lenx hurla, se tournant instinctivement vers l'endroit où l'os avait explosé. Quand il s'écroula par terre, ils purent voir les éclats de la balle et les tendons blancs apparaître à travers le tissu déchiré de son pantalon bien repassé. Il lâcha son revolver.

« Occupe-toi d'abord de son arme ; ensuite, passe-lui les menottes. »

Elle se jeta sur lui, lui tordit les bras et le menotta.

Puis elle tâta le sol en quête du revolver, que Thomas regardait, fasciné. Elle le mit dans sa ceinture, faisant non de la tête à l'intention du garçon. Alors seulement, en sueur et choquée, elle se laissa tomber à côté de Lenx. La famille avait fui le salon et, de très loin, elle les entendit crier et appeler la police. Lenx, silencieux, immobile et à plat ventre, la contemplait, écœuré. Il avait toujours cette expression de supériorité morale, même menotté au sol, et en partie couvert par le sang qui avait coulé de la poitrine d'Amaia.

— Pour l'amour de Dieu, vous puez… la pisse, dit-il, reconnaissant l'odeur acide, asphyxiante, qu'il n'avait pas réussi à identifier plus tôt.

Elle le fixa, essoufflée, prise de vertiges. Elle allait s'évanouir.

— Connard, réussit-elle à dire.

Elle ne s'évanouit pas.

C'était vrai, elle puait. Elle leva la main qu'elle avait de nouveau appuyée sur sa blessure. Mauvais signe. Le sang était noir, comme à la lumière de la lune, ou comme celui d'un cadavre. Pourtant elle respirait mieux depuis quelques minutes. Elle explora l'orifice de la balle, palpant son tee-shirt, et sentit quelque chose. D'un coup, elle sortit le petit paquet en peau de chèvre troué, dégoulinant de ce liquide noir qui empestait. Elle l'approcha de son nez pour renifler sa répugnante odeur de putréfaction et de mort. La balle, mate et cuivrée, se trouvait au centre, telle une pierre précieuse au milieu d'une flaque d'essence. Incrédule, Amaia examina sa poitrine, touchant l'endroit douloureux et meurtri. Elle était indemne.

Elle observa de nouveau Lenx, sidérée par sa propre prédiction. Coupe de cheveux, costume ordinaire, soin maniaque : il n'avait absolument pas changé, même le modèle de ses lunettes, restées accrochées à une de ses oreilles, était identique à celui qu'il portait dix-huit ans plus tôt. Un homme d'habitudes. De mauvaises habitudes.

— Martin Lenx, lui dit-elle, vous êtes en état d'arrestation pour l'assassinat de votre mère, de votre épouse et de vos trois enfants à Madison il y a dix-huit ans ; pour le meurtre de la famille Andrews à Galveston il y a huit mois ; vous êtes suspecté d'avoir assassiné au moins six familles à différents endroits du pays, et d'avoir tenté de tuer votre famille aujourd'hui à Austin, Texas. Vous avez le droit…, continua-t-elle, lui récitant ses droits, alors que les policiers d'Austin entraient dans le salon.

77

Un homme normal

J. Edgar Hoover building, siège du FBI,
Washington D.C.
Vendredi 16 septembre 2005

Amaia était assise en face du directeur, Jim Wilson, qui ce jour-là avait revêtu un costume bleu marine pour rivaliser avec Verdon. Mauvais choix, c'était terne. Verdon, appuyé contre la fenêtre donnant sur Pennsylvania Avenue, avait une allure de capitaine de la marine, à un million d'années-lumière du genre de directeur qu'était Wilson.

Amaia signa une douzaine de documents avant de reposer le stylo, soulagée. Elle jeta un coup d'œil à ses bagages, qui l'attendaient à la porte du bureau.

— Vous êtes vraiment sûre de ne pas vouloir rester ? demanda le directeur, qui avait surpris son regard.

— Sûre, répondit Amaia, lui remettant les documents.

— Je me dois d'insister. Il serait bon pour le FBI que vous reconsidériez votre décision.

— Mon père est mort au moment où l'ouragan Katrina arrivait à La Nouvelle-Orléans, dit-elle, sans plus d'explication.

C'était la première fois qu'elle le disait à voix haute. Pour cette raison sans doute, l'importance de cette révélation et la charge émotionnelle qu'elle contenait firent taire le directeur.

Dupree lui avait donc appris la nouvelle, songea Wilson. Et malgré cela, sous la pression… Encore plus de bons points en sa faveur.

— Je comprends. Peut-être plus tard…

Elle fit un geste ambigu.

— Vous savez que vous devrez néanmoins collaborer avec les psychiatres forensiques pour l'élaboration du profil de Lenx. Un individu comme lui, vivant, est un cadeau pour l'étude du comportement criminel.

— Bien entendu.

Wilson vérifia qu'elle avait bien signé tous les documents. En interne, ça avait été compliqué, mais officiellement pas une seule fissure n'était apparue lors d'une opération ayant abouti à l'arrestation d'un dangereux tueur en série, l'un des plus activement recherchés par le FBI au cours des dix-huit dernières années. Arrestation réalisée par une agente provisoire, sélectionnée par Aloisius Dupree pour faire partie de son groupe d'action d'élite.

Le plus difficile avait été de négocier son retour en Espagne. Ils avaient essayé par tous les moyens de la convaincre de l'importance vitale pour eux de pouvoir la présenter à la presse comme agente du FBI. Finalement, devant son obstination, ils avaient cédé. Elle avait participé à la conférence de presse au côté de Johnson, qui avait bien récupéré mais avait le bras en bandoulière, ce qui lui donnait un air romantique de héros, et de Verdon, le directeur du département d'enquêtes criminelles. Portant la tenue et les insignes de la maison, elle était l'image même de l'efficacité.

Dans sa courte biographie, qui commençait à l'âge de douze ans, on avait inclus ses excellentes notes et la mention de tous les prestigieux collèges américains où elle avait étudié, l'université de Loyola, ses diplômes, ainsi que sa formation et ses services exceptionnels depuis le jour où elle avait prêté serment au FBI, en omettant de préciser que c'était seulement deux semaines plus tôt.

Le téléviseur derrière elle rediffusait en boucle la conférence de presse. Les images en gros plan d'Amaia et de Johnson alternaient avec une photo d'archives officielle de l'agent Dupree.

Ces derniers jours, « l'exterminateur de familles », comme l'avait surnommé la presse, occupait toute l'actualité. On voyait de vieilles photos en noir et blanc de la maison de Madison, où il avait assassiné sa première famille dix-huit ans plus tôt, et celles d'Austin aujourd'hui. Mme Davis cachant son visage, alors qu'elle tentait de rentrer chez elle, et le jeune Thomas défiant du regard la caméra. Des prises de vue aériennes de La Nouvelle-Orléans et des clichés de différentes catastrophes dans tout le pays, parmi lesquelles on prétendait montrer la ferme des Jones, ou la maison des Miller, alors que c'était faux. Amaia sourit en voyant Clayton Gray expliquer sa théorie de la mariée et de la pluie devant les portraits où l'on voyait la famille Lenx poser en studio et Martin Lenx seul, avec son étrange sourire de Joconde. Gray évoqua aussi son talent pour la communication non verbale, qu'une agente du FBI avait louée, et révéla qu'il allait s'inscrire à l'université dans cette spécialité, maintenant qu'il prenait sa retraite. Il y avait aussi le petit Albert, qui racontait comment il avait échappé deux fois à la mort dans la même journée : d'abord à la tornade, puis à Lenx qu'il avait vu arriver dans la ferme des Jones. Apparemment ça ne gênait plus son père qu'on fourre n'importe quoi dans la tête de son fils. Contre paiement. Il avait encore le pied bandé. Amaia se demanda si c'était vraiment nécessaire.

Les journaux télévisés continuaient de s'ouvrir sur Martin Lenx. Amaia savait par ailleurs que plusieurs émissions spécialisées avaient l'intention de réaliser des reportages et documentaires sur l'affaire, qui fascinait le pays. Le monde entier. La cruauté avec laquelle Lenx avait exécuté sa première famille et la façon dont il avait reproduit de manière maladive les schémas de son existence précédente. Chaque nouvelle révélation sur la vie anodine et extraordinaire de Lenx était analysée par des bandes d'experts en tout genre étudiant le moindre détail, de son regard à ses vêtements. Amaia rit de bon cœur quand un graphologue affirma sans réserve qu'on pouvait déduire de la signature de Robert Davis qu'il s'agissait d'un homme dominateur et violent. Tout était scruté, commenté. Même ses épouses présentaient une certaine ressemblance. Il avait eu le même nombre d'enfants, et dans le même ordre. Sa maison d'Austin, sans être aussi majestueuse que la villa de Madison héritée de ses parents, possédait une apparence classique, une configuration rigoureuse qui rappelait celle-ci. Lenx était passé de cadre ordinaire dans une société de crédits à enquêteur ordinaire dans une entreprise de réassurances. Discret. Strict. Serviable. Plutôt taiseux, mais aimable et poli. Ses collègues répétaient, hallucinés, devant les caméras, les inévitables phrases : « C'était un homme parfaitement normal ! Je n'arrive pas à le croire ! »

Mais ce qui choquait le plus était sans aucun doute

que Martin Lenx n'ait pas du tout changé d'apparence. Il avait la même coupe de cheveux au rasoir. Portait le même type de costumes classiques, pas trop chers. Les mêmes cravates ternes. Et les mêmes lunettes à monture d'écaille qui, devait-il penser, lui donnaient cet air de respectabilité qu'il avait toujours désiré avoir. Il continuait de fréquenter régulièrement les églises, croyant pratiquant, et s'était acheté deux fois le même modèle de voiture. Au nez et à la barbe de tous. Un homme normal.

Le directeur Wilson éteignit le téléviseur et s'adressa à Amaia.

— Vous aurez le temps de vous voir à la télévision, agente Salazar. Ils continueront de parler de vous pendant des mois. L'agente qui a arrêté le tueur le plus circonspect de l'histoire récente de la police. Vous devez être fière de vous.

— Merci, monsieur. Je n'ai fait que mon travail.

— Ne soyez pas modeste, ça ne vous ressemble pas. Par ailleurs, en dépit de ce que le ton de ma voix pourrait vous laisser croire, je suis sincère. Votre nom entrera dans l'histoire des meilleurs agents du FBI. On vous a tiré dessus à bout portant et vous avez arrêté un exterminateur familial en série. Tout cela sous mes ordres, ajouta-t-il, souriant.

Elle inspira fortement, bien que cela fût encore un peu douloureux, et acquiesça en silence. Le directeur Wilson n'avait pas fini.

— La première fois que j'ai entendu parler de vous, à cause de ce rapport audacieux que vous avez présenté au sujet du Compositeur, j'ai dit à Dupree : « L'excellence ne justifie pas l'insolence. »

— Je n'avais nullement l'intention d'être insolente, répliqua-t-elle.

— Ne vous justifiez pas, vous l'êtes. Mais vous avez sans doute eu le meilleur professeur. Que pouvez-vous nous dire de l'agent Dupree ?

Amaia hocha la tête, prenant le temps d'ordonner ses pensées. C'était important, car elle avait fait cette déclaration au moins une dizaine de fois, oralement et par écrit, et savait qu'elle serait obligée de la répéter encore autant.

— La dernière fois que je l'ai vu, l'agent Johnson, l'enquêteur Charbou et moi rentrions à La Nouvelle-Orléans selon ses ordres, car le centre d'urgence venait de nous prévenir qu'un crime correspondant au mode opératoire de Martin Lenx, alors surnommé le Compositeur, avait été commis. L'agent Dupree était convalescent à la suite d'un malaise cardiaque, et l'enquêteur Bull est resté avec lui. Quelques heures plus tôt, nous avions trouvé l'endroit où avaient été séquestrées les fillettes. Une cabane de pêcheurs en très mauvais état, qui s'est effondrée après que nous l'avons fouillée. Les fillettes n'y étaient pas, mais grâce à différents indices nous en avons déduit la participation d'un homme, Dominic Darrel. Nous avons pensé que c'était un intermédiaire. Et qu'il avait probablement transféré les petites à Baton Rouge pour réaliser la transaction. Dupree a peut-être proposé à Bull de suivre cette nouvelle piste quand nous sommes repartis à La Nouvelle-Orléans.

Wilson regarda Amaia et fit mine de brasser de l'air.

— Oui, oui, je sais. C'est ce que vous avez affirmé dans votre rapport, et ce qu'a également déclaré l'agent Johnson. Nous n'avons pas encore le rapport de l'enquêteur Charbou, continua Wilson, car pour le moment nous n'arrivons pas à le localiser.

La situation est toujours aussi compliquée là-bas, les communications sont coupées et on parle de milliers de morts et de disparus. Mais j'imagine qu'il nous dirait la même chose…

Amaia baissa les yeux une seconde, s'efforçant de tenir à distance le souvenir de Charbou et le fait qu'ils n'arrivaient pas à le trouver.

— Dupree a eu une crise cardiaque, nous n'avons pas d'autres précisions, continua Wilson. Forcément, aucun rapport médical ni moyen d'identifier le personnel soignant. L'hôpital Charity a été entièrement évacué et déclaré insalubre. Cependant, alors que Dupree était hospitalisé et affecté à l'affaire du Compositeur, vous avez décidé d'aller dans les bayous parce que le garçon, Jacob Emerit, lut-il dans le rapport, avait entendu les ravisseurs évoquer ce lieu.

— C'est Dupree qui l'a décidé, précisa Amaia.

Johnson leva sa main valide pour demander l'autorisation de parler.

— L'hôpital tournait à capacité réduite. Il leur restait à peine quinze heures de générateur. Il n'y avait pas de bloc opératoire ni de médicaments, à part quelques calmants. L'agente Tucker venait d'annoncer l'arrestation en Floride de Brad Nelson, elle était persuadée qu'il était le Compositeur. L'enquête était terminée et nous étions prisonniers d'une ville revenue à l'âge de pierre. Dupree a estimé que notre devoir était de nous consacrer à l'affaire dans laquelle nous nous étions retrouvés impliqués.

— Bien sûr. (La voix de Verdon surgit de l'endroit où il se tenait près de la fenêtre. Ils l'avaient presque oublié.) L'ouragan Katrina et l'état catastrophique de la ville sont devenus votre meilleur alibi. Pardon, j'ai dit alibi ? Je voulais dire « prétexte ».

Il s'approcha lentement du bureau, laissant à dessein le silence régner dans la pièce. Une fois près de Wilson, il réattaqua :

— L'agent Dupree est toujours porté disparu. Vous avez une explication ?

— Eh bien, hésita Amaia, fixant Johnson. Inutile de vous dire le chaos dans lequel était plongée alors La Nouvelle-Orléans. On a risqué notre vie pour sortir de la ville, et l'agent Johnson a été blessé par balle quand nous sommes rentrés. Nous avions pris la seule embarcation dont nous disposions, et l'agent Dupree était très mal en point quand nous l'avons laissé entre les mains de l'enquêteur Bull et de ce guérisseur des bayous, le seul médecin que nous avons pu trouver.

— Et Dupree vous a dit qu'il rentrerait à La Nouvelle-Orléans dès qu'il irait mieux, suggéra le directeur du département d'enquêtes criminelles.

— Surtout dès que la situation serait plus sûre, intervint Johnson. Et sauf votre respect, je ne crois pas que ce soit encore le cas. Vous n'avez pas idée de ce qui se passe là-bas. La ville sombre d'heure en heure, les conditions sont épouvantables. Les soldats évacuent la population et ne cessent de découvrir des cadavres d'habitants qui sont morts prisonniers chez eux, noyés pendant la tempête quand l'eau est montée, ou déshydratés sur les ponts de l'autoroute. Rien à boire, pas de nourriture. Des températures qui dépassent les trente-cinq degrés, et des snipers qui ouvrent le feu sur tout ce qui bouge, dit-il, indiquant son épaule. L'image même de l'enfer.

— C'est ce que je disais, triompha Verdon. L'alibi parfait.

Le soupir irrité de Johnson résonna dans tout le

bureau. Un agent blessé en service pouvait sans doute prendre quelques libertés.

Verdon détourna le regard. Wilson enchaîna.

— Vous avez utilisé ce même « prétexte » pour ne pas communiquer, ne pas demander de renforts, ne pas informer de vos nouveaux soupçons…

Amaia commençait à fatiguer. C'était reparti, ces petits jeux dialectiques qui leur plaisaient tant. Elle avait déjà des heures d'interrogatoire derrière elle. Elle ne comprenait pas ce qu'ils voulaient. C'étaient eux qui avaient le plus insisté pour donner une « version officielle ».

— Insinuez-vous que notre façon d'agir n'était pas pleinement justifiée ? Parce que si c'est le cas…

— Excusez-moi, messieurs les directeurs, intervint une nouvelle fois Johnson, mais nous n'avions aucune preuve, aucun élément concret, scientifique, balistique, rien. Nous n'avions pas pu comparer les traits physiques, ni la voix, ni l'écriture, n'avions pas de témoins, aucun soutien. Les cadavres de ses derniers crimes pourrissent encore sur place à l'heure actuelle, et personne ne s'en est occupé. Les dernières avancées de l'enquête avaient conduit l'agente Tucker à arrêter Nelson. Ensuite, nous avons perdu toute communication. N'oubliez pas qu'officiellement, à ce moment-là, le Compositeur avait été capturé. La sous-inspectrice Salazar est arrivée jusqu'à Lenx en suivant son instinct d'enquêtrice. Son intuition. Elle a su que c'était lui quand elle est allée dans sa maison et a rencontré sa famille, elle vous l'a dit. Jusqu'à cet instant, elle n'avait rien de concret à communiquer. Et juste au moment où elle parlait avec sa femme et ses enfants, Lenx est rentré pour les tuer. C'était un miracle qu'elle soit là. Sinon, Lenx serait toujours le fantôme qu'il a été pendant dix-huit ans.

Wilson et Verdon n'en croyaient pas un mot. Ça se voyait à leur visage.

— Ceux que nous avons réussi à localiser, en revanche, et avec qui nous avons pu parler, ce sont les grands-parents de Jacob Emerit, dit Verdon, scrutant minutieusement dans le même temps Amaia et Johnson. La dame nous a raconté que le Baron Samedi a enlevé ses petites-filles, que son mari a tiré sur un zombi, qu'ils ont tenté de lui arracher le cœur, et qu'un agent venu à la rescousse est tombé, foudroyé par un infarctus, quand il a vu la tête du mort-vivant.

Johnson demeura impassible. Amaia leva un sourcil.

— Bien entendu, vous n'avez jamais entendu parler d'une organisation criminelle appelée Samedi, dit Wilson.

Amaia fit la moue en secouant la tête.

Le directeur Verdon ouvrit un dossier qui était posé sur la table et tendit à Amaia et à Johnson des doubles d'un document.

— C'est un rapport du bureau du shérif de Baton Rouge, en Louisiane.

Ils commencèrent à lire.

— La nuit dernière, expliqua Verdon, l'enquêteur Jason Bull, de la police de La Nouvelle-Orléans, a demandé des renforts au cours d'une fusillade à la lisière de la ville. L'enquêteur a déclaré ensuite qu'il s'est retrouvé là-bas en suivant la piste d'un homme soupçonné d'être impliqué dans la disparition de Bella et d'Ania Emerit après le passage de l'ouragan Katrina à La Nouvelle-Orléans. Il n'en était pas très sûr quand soudain, par chance, il l'a vu remettre les fillettes à un groupe armé, qui a ouvert le feu contre l'enquêteur dès qu'il s'est identifié. Il pense avoir blessé au moins l'un d'eux, mais le suspect, Dominic Darrel, ainsi que les autres individus, ont réussi à s'enfuir. Les fillettes sont saines et sauves, elles se trouvent pour l'heure en observation dans un hôpital. Leurs parents sont en route pour venir les chercher.

— L'agent Dupree était-il avec l'enquêteur Bull ? demanda Johnson.

Verdon observa l'agent quelques secondes, puis souffla avant de répondre.

— Non. Bien sûr que non. Selon l'enquêteur Bull, l'agent Dupree est resté aux soins du *traiteur* des bayous, il était trop faible pour se déplacer. Le shérif de Terrebonne vient de confirmer que la péniche où se trouvait supposément l'agent Dupree a coulé. Sans doute pendant le passage de Katrina, pense-t-il, mais c'est difficile à savoir. Ils n'ont pas découvert de corps à l'intérieur. Et comme la marée a charrié des tonnes d'eau et de boue vers le golfe…

Amaia soupira.

— Je ne sais pas quoi dire. J'espère que l'agent Dupree a pu se mettre à l'abri quelque part et que vous le retrouverez au plus vite…

— Bien entendu, dit Wilson.

— C'est tout ? demanda-t-elle.

Ils se levèrent et se serrèrent la main. Johnson sortit. Au moment où Amaia lui emboîtait le pas, Verdon la regarda droit dans les yeux.

— Excellence ou insolence ? lui lança-t-il.

— Intuition, sourit-elle, bienveillante.

La porte se referma, les deux hommes restèrent debout. L'énergie d'Amaia flottait encore dans la pièce, tel un sortilège.

Wilson soupira avec une mélancolie qu'il tenta de chasser en reprenant la parole.

— Elle n'aurait pas arrêté de nous poser des problèmes… Mieux vaut sans doute qu'elle s'en aille…

Verdon le contempla.

— Vraiment ? Dix-huit ans, Wilson. Il nous a fallu dix-huit ans pour capturer Lenx.

Wilson se mordit les lèvres, désolé.

— Non, c'est vrai, il aurait mieux valu qu'elle reste. Elle est insolente et brillante, mais avec le temps on aurait réussi à la dompter.

— De la même façon qu'on a dompté Dupree, n'est-ce pas ?

Épilogue

Pampelune
Novembre 2005

Amaia vit apparaître un numéro inconnu sur l'écran de son téléphone. Elle décrocha quand même.

La voix de Dupree lui parvint de l'autre côté de l'océan.

— Il fait nuit à Baztán, Salazar ?

Elle sourit avant de répondre.

J'ai commencé à écrire ce roman le 16 avril 2017 dans la chambre 105 de l'hôtel Dauphine à La Nouvelle-Orléans. Je l'ai terminé le 16 juillet 2019 au même endroit.

Glossaire

AITA : Père, papa.

AITATXO : Papounet.

AMA : Mère.

AWRITE ! : Intraduisible. Phonétiquement : *All Right !* Façon de saluer à La Nouvelle-Orléans.

BASAJAUN : Seigneur de la forêt. Créature anthropomorphique de la mythologie basco-navarraise, généralement bienveillante, qui protège l'équilibre entre l'homme et la nature. Surnom de l'assassin dans *Le Gardien invisible*, tome 1 de la trilogie du Baztán.

BAZAGRÁ, ou BAZAGREÁ : Nom d'un démon du vaudou, dérivé de Baal et de Belzébuth. Il apparaît déjà en Mésopotamie et, comme Baal, dans l'Ancien Testament. Mot utilisé pour lancer une malédiction.

BIHOTZ : Cœur.

BITXITO : Terme affectueux pour dire coquine, espiègle.

BOKOR : Un des grades de prêtre vaudou. Celui qui a atteint le rang de *bokor* pratique le « lukumi » (serpent), la magie noire. L'autre versant est la « conga » (arc-en-ciel), ou magie blanche. Le même sorcier peut être initié aux deux tendances, « servir des deux mains ».

CRAWFISH BOIL : Marmite utilisée pour cuire les écrevisses. Une pratique courante et extrêmement populaire, en famille ou avec des amis, dans son jardin ou dans la rue.

EGUZKI-LORE : Fleur de chardon, talisman dans la mythologie basque. Sa ressemblance avec le soleil lui octroie des qualités protectrices contre les créatures de la nuit, particulièrement les sorcières et leurs sortilèges. On l'accroche aux portes des maisons et des granges.

GABON : Bonne nuit.

GAUEKO : Esprits de la nuit. Cela englobe les créatures obscures du mal, des sorcières aux lutins, esprits errants et démons comme l'« inguma », créature qu'on retrouve dans différentes cultures et dont la version la plus ancienne apparaît déjà en Mésopotamie. Cf. *De chair et d'os*, tome 2 de la trilogie du Baztán.

HOWSYAMAMMAANEEM : Littéralement : « Comment vont maman et les autres ? » Salut ordinaire en Louisiane, en particulier à La Nouvelle-Orléans, entre amis, à qui on demande d'abord des nouvelles de leur mère puis du reste de la famille.

IPAR : Le nord.

ITXUSURIA : Le couloir des âmes, l'espace entre le mur de la maison et l'endroit sur le sol où tombe l'eau du toit. Lieu où traditionnellement on enterrait les bébés morts avant d'avoir été baptisés, car ils n'étaient pas admis dans le cimetière. Cf. *De chair et d'os*, tome 2 de la trilogie du Baztán.

JAMBALAYA : Plat traditionnel de Louisiane, composé de légumes sautés, crevettes et jambon, avec plusieurs variantes.

KREWE : Équipage mais, dans ce cas précis, tous les membres d'un char de Mardi gras lors du carnaval de Louisiane, systématiquement dirigés par un fou dont ils respectent les ordres.

LAISSEZ LES BONS TEMPS ROULER : Phrase typique de La Nouvelle-Orléans, devenue sa devise.

LUTINS : Esprits espiègles, généralement enfants morts avant le baptême. Seuls les petits de moins de deux ans peuvent les voir, mais tout le monde peut sentir leur présence. Croyance très enracinée chez les Cajuns des bayous. On leur attribue beaucoup de bêtises. Ils aiment en particulier faire des nœuds dans les cheveux des humains quand ils dorment, ou dans les crinières des chevaux et les poils des chiens.

LWAS : Dans le vaudou, un *Lwa* est un esprit intermédiaire entre les êtres humains et l'entité surnaturelle connue sous le nom de Mawu ou Bondye.

MAIRU : Désigne un non-chrétien, non baptisé. Fantômes d'enfants, généralement protecteurs du foyer et enterrés dans l'*itxusuria*. Leurs os sont très recherchés dans les pratiques de sorcellerie pour leur pouvoir magique et narcotique.

MAITIA : Ma chérie.

ROUGAROU : Loup-garou. Créature légendaire de la culture cajun. Vit dans les bayous.

SHOTGUN HOUSE : Type de maison ordinaire en Louisiane, surtout à La Nouvelle-Orléans, allongée et étroite. On dit qu'une balle tirée sur la porte d'entrée peut traverser la maison et ressortir par la porte de derrière.

TRAITEUR : Guérisseur, sorcier cajun de magie blanche ; il soigne par la prière et la manipulation. Les *traiteurs*, hommes et femmes, sont considérés comme des saints, profondément spirituels.

TTUKU-TTUKU : À Elizondo, commérages, ragots.

ZIRIMIRI : Pluie fine et constante, typique de toute la côte cantabrique, quasiment imperceptible.

Tous les articles de presse qui figurent dans ce livre sont authentiques et tirés de « Remembering Hurricane Betsy, a New Orleans nightmare », du journaliste Mike Scott, paru dans *The Times-Picayune*, le 31 mai 2017.

Les appels de détresse sont également la transcription de vrais appels reçus par le service des urgences pendant le passage de l'ouragan Katrina.

Remerciements

Je remercie :

La Nouvelle-Orléans et ses merveilleux habitants. Pour leur courage et leur immense amour de la ville. Pour leur résistance, leur fidélité. J'ai parcouru le monde entier, mais ma maison est toujours à La Nouvelle-Orléans. Avec une pensée pour les victimes officielles de l'ouragan Katrina et les disparus.

Elizondo et la vallée de Baztán, qui m'inspirent et sont le lieu où je reviens quand je rêve.

Manuel Anguita Sánchez, président de l'Association espagnole de cardiologie, pour une conversation passionnante sur les cœurs brisés et la créativité.

Ma guide à La Nouvelle-Orléans, Oriol Cardús, pour son aide précieuse.

Les gardes-côtes des États-Unis, qui sont les véritables héros de cette histoire.

Les pompiers, la police de La Nouvelle-Orléans, la police de l'État de Louisiane et le service des urgences, qui n'abandonnent jamais.

Le musée The Presbytere, à La Nouvelle-Orléans, et son exposition permanente sur l'ouragan Katrina.

Le journal de La Nouvelle-Orléans, *The Time-Picayune*, qui a été une source d'informations pour l'écriture de ce roman.

La Police forale de Navarre pour son aide et sa disponibilité, comme toujours.

Le bureau du FBI à La Nouvelle-Orléans, détruit pendant le passage de Katrina.

L'hôtel Dauphine et le fantôme de sa mariée.

L'hôpital Charity, dont la structure fantomatique, toujours debout, nous rappelle ce qu'il ne faut pas oublier, la misère, la lutte et la victoire.

Moe, le chauffeur de taxi de La Nouvelle-Orléans qui a perdu son taxi et sa maison dans le 9e District pendant l'ouragan Katrina et m'a demandé de l'écrire dans le roman.

Les Saints de La Nouvelle-Orléans et le Superdome. « Je ne suis pas un ange, je suis un saint. »

Les musiciens et les fantômes, qui n'abandonnent jamais La Nouvelle-Orléans.

Toute l'équipe de ma maison d'édition, Destino. Je rentre à Gryffondor.

La déesse Mari. Ce n'est que justice, les tempêtes lui appartiennent.

DE LA MÊME AUTRICE

Aux Éditions Gallimard

Dans la Série Noire

LA FACE NORD DU CŒUR, 2021, Folio Policier nº 958.

Au Mercure de France

UNE OFFRANDE À LA TEMPÊTE, 2016, Folio Policier nº 826.
DE CHAIR ET D'OS, 2015, Folio Policier nº 785.

Aux Éditions Stock

LE GARDIEN INVISIBLE, 2013, Folio Policier nº 752.

Chez Fleuve Éditions

TOUT CELA JE TE LE DONNERAI, 2018, Pocket nº 17432.

Tous les papiers utilisés pour les ouvrages des collections Folio sont certifiés et proviennent de forêts gérées durablement.

Composition APS-ie
Impression Novoprint
à Barcelone, le 14 mars 2022
Dépôt légal : mars 2022

ISBN 978-2-07-296542-5 / Imprimé en Espagne

401771